ÉPICES D'AUTOMNE, NUITS COQUINES

DOUCE ROMANCE OMEGAVERSE

UN ROMAN DE WHISPERING GROVE

HARLEY KNIGHT

Traduction
MEET CUTE MEDIA

TABLE DES MATIÈRES

ÉPICES D'AUTOMNE, NUITS COQUINES

J'ai juré de n'appartenir à personne… Mais certaines promesses sont faites pour être rompues.

À vingt-deux ans, j'ai déjà vécu l'enfer — forcée à épouser un homme violent par des parents qui s'en fichaient royalement. Mais Whispering Grove, c'est mon nouveau départ. Mon propre appartement. Un job à la brasserie. Ma vie, enfin.

Alors quand ma meilleure amie me traîne au festival d'Halloween de la ville, j'essaie de profiter des douceurs épicées et des balades hantées comme tout le monde. Je ris même en croyant apercevoir mon ex dans la maison de l'horreur. Juste mon anxiété, non ?

Jusqu'à ce qu'il entre dans la salle du bal de la moisson. Bien réel. Et furieux.

La panique me pousse droit vers l'Alpha le plus grand et le plus terrifiant de la pièce.

— Faites semblant de me connaître, je murmure à l'inconnu au regard sombre.
Il grogne une question : pourquoi lui ? Je réponds franchement :
— Parce que vous avez l'air du genre qu'on ne vient pas emmerder.

Ce à quoi je ne m'attendais pas, c'est de voir deux autres hommes tout aussi intimidants nous rejoindre… ni la façon dont ils me regardent, comme s'ils venaient de trouver ce qu'ils cherchaient depuis toujours.

Désormais, j'ai un choix à faire : continuer à fuir mon cauchemar… ou affronter mon passé aux côtés de ces trois Alphas prêts à tout pour me protéger.

Le souci ? Accepter leur aide pourrait me sauver de l'obsession d'un Alpha…
Mais qui me protégera de ce que je ressens pour les trois autres ?

CINDY

Halloween à Whispering Grove, c'est un peu comme regarder sa grand-mère se faire un tatouage... inattendu, légèrement dérangeant, et impossible à quitter des yeux. Notre douce petite ville obsédée par Noël se transforme en quelque chose de méconnaissable chaque mois d'octobre, troquant la musique des haut-parleurs extérieurs de « Douce Nuit, Sainte Nuit » pour « Thriller » et remplaçant les guirlandes lumineuses présentes à l'année par de fausses toiles d'araignée qui seront très certainement encore là en décembre.

— Si je meurs là-dedans, je veux qu'il soit noté que je *savais* que c'était un piège mortel. Je croise les bras, fusillant du regard la Maison de l'Horreur qui trône au bord du festival comme si elle m'avait personnellement offensée. Elle penche légèrement vers la gauche, drapée de fausses toiles d'araignée et de lumières rouges vacillantes qui évoquent le tétanos et les mauvais choix de vie. La façade en contreplaqué est peinte pour ressembler à des briques pourries, mais on dirait surtout que quelqu'un a perdu un pari et s'est déchaîné avec une agrafeuse et deux dollars d'articles d'Halloween au rabais. Quelque part à l'intérieur, une tronçonneuse vrombit. Je sursaute. — Tu vois ? Elle fait déjà des victimes.

Harper sautille à côté de moi, vibrant pratiquement d'enthousiasme pour Halloween. Elle a mis le paquet ce soir avec des cheveux noirs aux pointes violettes coiffés en rouleaux de la victoire, un trait d'eye-liner spectaculaire qui pourrait couper du verre, et un T-shirt vintage de film d'horreur rentré dans une jupe en tulle qui ne devrait pas aller, mais qui lui va à ravir. Les rangers aux lacets en toile d'araignée ne sont que la cerise sur le gâteau de son dessert d'épouvante.

— Ne sois pas si théâtrale, dit-elle, ce qui est un comble venant de quelqu'un qui porte des boucles d'oreilles en forme de mini-tronçonneuses.

— Mais non. Cette maison hantée a l'air d'avoir été conçue par quelqu'un dont le psy a baissé les bras.

— Mon psy pense que je fais d'excellents progrès, merci bien. Harper me saisit le bras, sa collection de bagues en argent froide contre ma peau. — D'ailleurs, tu as promis. On ne revient pas sur sa parole maintenant.

— J'ai promis de venir au festival. Je n'ai rien dit sur le fait d'entrer volontairement dans des bâtiments spécifiquement conçus pour déclencher des réactions de lutte ou de fuite.

Harper éclate de rire, tout en continuant à me tirer vers l'entrée.

Le festival d'Halloween de Whispering Grove

s'étend autour de nous dans un chaos grouillant de monde.

Harper aime tout ça avec une intensité qui frise le religieux. Elle a grandi ici, mais sa grand-mère mexicaine a toujours célébré *el Día de los Muertos*, lui apprenant qu'octobre n'était pas une question de peur, mais une façon d'honorer ce qui avait précédé, de danser avec la mort au lieu de la fuir. Quand son abuela est décédée il y a cinq ans, Halloween est devenu pour Harper un moyen de maintenir ce lien. Elle s'y jette avec la même passion que sa grand-mère mettait dans ses *ofrendas*, mais avec plus de faux sang.

— Allez, me persuade Harper en me tirant devant un stand de pommes d'amour. — Il faut qu'on fasse monter l'adrénaline avant le Bal de la Moisson. C'est là que tous les beaux gosses vont être.

— D'après quelle source ?

— C'est Jeff qui me l'a dit.

— Jeff, le type qui disparaît des jours entiers sans répondre aux messages ?

Le sourire de Harper se fait défensif. — Il vit à trois heures d'ici, à Wild Falls. Il ne peut pas toujours…

— Il ne peut pas envoyer de texto depuis Wild Falls ? Ils n'ont pas encore d'antennes-relais là-bas ?

— Il est occupé par son travail…

— À faire quoi, exactement ?

— Banquier d'investissement.

J'arrête de marcher. — Dans la ville dont les principales exportations sont la déception et ce fromage bizarre qui sent les pieds ?

— Ne fais pas ta snob du fromage. Harper me tire en

avant. — En plus, quand il est là… Elle s'évente théâtralement. — Cet homme sait exactement comment me faire sourire.

— Et nous entrons maintenant dans la maison du meurtre ! j'annonce à voix haute alors qu'une famille avec de jeunes enfants passe à côté de nous.

L'adolescent blasé à l'entrée ne lève pas les yeux de son téléphone pendant que nous payons. Son maquillage de zombie est déjà en train de couler, et il n'est que vingt heures.

— Bienvenue vers votre perte, marmonne-t-il. — Ne touchez pas les acteurs. Ils ne vous toucheront pas, sauf si vous signez la décharge pour l'expérience extrême.

— Il y a une expérience extrême ? Ma voix monte d'une octave.

Les yeux de Harper s'illuminent comme si on venait de lui offrir un chiot fait de cauchemars. — On devrait…

— Absolument pas.

Nous passons à travers des chaînes suspendues qui s'emmêlent immédiatement dans mes cheveux, et la température chute comme si nous étions entrées dans une chambre froide. Les bruits du festival s'estompent, remplacés par des haut-parleurs diffusant ce que je ne peux que décrire comme de la souffrance ambiante.

— C'est amusant ! crie Harper, avant de pousser un cri strident alors que quelque chose lui frôle l'épaule.

— Super amusant, je marmonne en lui attrapant le bras. — Je m'amuse tellement que je pourrais en mourir.

Nous avançons à petits pas à travers des lumières stroboscopiques qui donnent l'impression d'être dans un film d'horreur réalisé par quelqu'un en pleine crise d'épilepsie. Le couloir s'ouvre sur un labyrinthe de miroirs, chacun reflétant des versions déformées de nous-mêmes. Harper fait des grimaces à son reflet étiré tandis que j'essaie de ne pas penser à quel point cet effet de palais des glaces me semble juste — déformée, anormale, comme si j'étais encore cette fille d'il y a deux ans qui ne savait pas qui elle était.

— Alors, Jeff vient au bal ce soir, avoue Harper, apparemment immunisée contre les poupées flippantes qui nous entourent maintenant, leurs têtes tournant pour suivre notre mouvement.

— C'est bien pour Jeff.

— Il amène des amis.

— C'est bien pour les amis de Jeff, dis-je sarcastiquement en lui tirant la langue.

Elle me donne un coup de hanche, me faisant presque tomber sur un mannequin habillé en mariée sanglante. La robe blanche me noue l'estomac... trop proche des souvenirs que j'ai enfouis, de la fille qui a couru à travers les bois en dentelle déchirée et morte de peur.

— Désolée ! Harper me rattrape. — Je n'ai pas réfléchi...

— Ce n'est rien. Le rire qui m'échappe est trop vif, trop strident. — Je ne m'attendais juste pas au thème du mariage dans une maison d'Halloween. Je repousse les pensées, car cela fait presque deux ans que j'ai fui ma famille, l'homme que j'étais censée épouser, le laissant planté devant l'autel.

Nous tournons un autre coin pour nous retrouver

dans des toiles d'araignée factices qui collent à tout. La voix d'un enfant chante faux depuis des haut-parleurs cachés, ce qui est infiniment pire que des cris.

— Jeff est vraiment adorable, continue Harper, déterminée à me distraire. — Il m'a apporté des fleurs la dernière fois. Des roses. C'étaient des roses noires.

— D'accord, ça, c'est plutôt pas mal.

Quelque chose bondit de l'ombre. Nous crions, nous agrippant l'une à l'autre comme si nous essayions de fusionner en une seule personne avec deux fois plus d'anxiété. L'acteur s'esclaffe avant de disparaître à nouveau dans l'obscurité.

— Je déteste ça, je halète. — Je déteste tellement ça.

— Tu adores ça, insiste Harper, bien qu'elle respire tout aussi fort. — À quand remonte la dernière fois que tu t'es sentie aussi vivante ?

Elle n'a pas tort, ce qui est agaçant. L'adrénaline est rafraîchissante et ne ressemble en rien à la terreur constante dans laquelle je vivais avant. C'est une peur dont je peux m'éloigner.

Nous traversons une scène médicale qui semble trop réaliste pour être confortable, puis une pièce inclinée qui me donne la nausée.

— Oh, regarde, un clown en colère. Révolutionnaire, continue Harper.

— C'est censé être du sang, ou quelqu'un a renversé son jus de fruits ?

— Ce squelette porte des Crocs. Je refuse d'avoir peur de quelqu'un en Crocs.

Je commence réellement à me détendre, me laissant

emporter par le ridicule de la situation, quand nous tournons un autre coin.

Une silhouette se tient au bout du couloir étroit. Costume noir. Grande carrure. Cheveux blonds plaqués en arrière d'une manière qui évoque l'argent et le contrôle. En contre-jour sous des lumières rouges qui le transforment en cauchemar.

Van. L'homme que j'étais censée épouser. L'homme que j'ai fui dans une robe de mariée il y a presque deux ans. L'homme dont la brûlure de cigarette marque encore mon bras.

Chaque muscle de mon corps se bloque. Le cri qui monte dans ma gorge n'est pas amusant ou contrôlé. C'est celui que j'étouffe depuis deux ans, celui qui a le goût de la fumée et du désespoir.

— Cindy ? La voix de Harper semble venir de sous l'eau.

La silhouette commence à marcher vers nous, et je suis incapable de bouger. Ma vision se réduit, et soudain je ne suis plus ici —

Je suis dans son manoir, sa main autour de ma gorge, sa voix calme tandis qu'il m'explique comment j'apprendrai à me taire.

Je suis dans la salle de cérémonie, comptant les secondes avant que ma vie ne prenne fin.

Je cours à travers les bois, les branches déchirant la dentelle blanche —

— BOUGEZ ! Quelqu'un nous bouscule en passant, le groupe derrière nous, brisant le charme. Les lumières clignotent plus vivement, révélant la vérité. Ce n'est qu'un acteur, d'une vingtaine d'années, avec un maquillage de théâtre et un costume bon marché. Rien à voir avec Van, sauf dans mon cerveau brisé par la panique.

— J'ai cru… je souffle à Harper, incapable de finir. — Pendant une seconde, j'ai cru que c'était Van.

— Merde. Le visage de Harper pâlit.

Elle n'attend pas mon accord, me traînant simplement à travers le reste de la maison comme si nous étions poursuivies par de vrais démons. Nous déboulons dans la nuit d'octobre, et je me penche immédiatement, les mains sur les genoux, aspirant l'air comme si j'avais été sous l'eau.

— Respire, me calme Harper en me frottant le dos. — Tu es en sécurité. Il n'est pas là.

Sauf que je le vois partout ces derniers temps. Il y a deux semaines sur le trottoir, et je me suis cachée dans un salon de thé, mais ce n'était qu'un touriste. La semaine dernière à la station-service, juste un autre grand type blond. Ma paranoïa est à son comble depuis un mois, et je déteste ça. Je déteste qu'après presque deux ans, il ait encore ce pouvoir sur moi.

— Viens, dit Harper en me dirigeant vers les stands de nourriture. — Le pumpkin spice répare tout.

— C'est ta solution à tout.

— Et quand est-ce que j'ai eu tort ?

Nous trouvons une table près de la buvette, qui n'est qu'un assemblage de tables de pique-nique avec des guirlandes lumineuses et des papillons en papier qui ressemblent plus à des mites mutantes. Harper revient avec deux tasses fumantes et une expression inquiète.

— On n'est pas obligées d'aller au bal, propose-t-elle. — On peut rentrer à la maison, regarder des films d'horreur, manger notre poids en bonbons…

— Non. Le mot sort plus durement que prévu. — Non, je ne vais pas laisser une crise de panique gâcher ma soirée. Je ne vais plus le laisser, même son souvenir, me contrôler.

Harper m'étudie un long moment, puis hoche la tête. — D'accord. Mais si tu changes d'avis…

— Je ne changerai pas d'avis. Je prends une gorgée du latte aux épices de citrouille, laissant la douceur me ramener à la réalité. — D'ailleurs, tu m'as promis des beaux gosses à mater. J'exige un plaisir des yeux en compensation de mon traumatisme émotionnel.

Son sourire pourrait alimenter tout le festival. — C'est ma fille ! Allez, allons voir ce que le gratin de Whispering Grove a à offrir.

Le chemin vers la grange nous fait traverser le reste du festival, où nous passons devant le lancer d'anneaux, un concours de sculpture de citrouilles, et une balade en charrette hantée qui n'est qu'un tracteur tirant une remorque pendant que quelqu'un agite mollement un couteau en plastique.

— Deux étoiles, je dis à Harper. — Le masque est de travers, et il est clairement en train d'envoyer un texto.

— Sévère mais juste.

La grange luit contre le champ sombre, enveloppée de tant de guirlandes lumineuses qu'elle est probablement visible depuis l'espace. Des ballons orange et noirs sont amassés à l'entrée, comme si un magasin de loisirs créatifs avait explosé. De la musique s'en échappe, qui, étonnamment, n'est pas si forte.

À l'intérieur de la grange, c'est bondé. La moitié arrière abrite des bancs où des groupes se rassemblent avec des boissons, le milieu est dégagé pour danser, et une scène au fond accueille un groupe qui joue des reprises décentes de rock classique avec une touche d'Halloween.

— Des verres ! déclare Harper, et elle se faufile déjà à travers la foule.

Je regarde sa trajectoire changer lorsqu'elle repère quelqu'un près du bar… Jeff. Il est beau avec des cheveux sombres parfaitement coiffés. Quand Harper se jette littéralement sur lui, il l'attrape facilement, riant d'une manière qui m'adoucit légèrement envers lui. La façon dont il la regarde, comme si elle était la seule personne dans cette grange bondée, d'accord, je comprends peut-être.

Ce qui signifie que je vais attendre un moment pour ce verre.

Je m'enfonce plus profondément dans la grange, longeant le bord de la foule. Malgré tout, j'aime l'énergie, la musique, la liberté d'exister simplement sans que personne ne me surveille pour s'assurer que je suis convenablement réservée. Je commence même à me détendre, laissant la musique m'envahir, la basse vibrant dans ma poitrine comme un second battement de cœur.

Puis je lève le regard et me fige. Et je le vois.

Pas une illusion. Pas ma paranoïa. Pas un sosie.

Van Stone, en chair et en os, debout près de l'entrée par laquelle je viens de passer.

Je vais être malade. Il est exactement le même, sublime de cette manière froide et calculée. Son costume est parfaitement taillé à sa silhouette athlétique. Ses cheveux blonds sont coiffés comme dans mon souvenir, sans un cheveu de travers.

Il est seul, ce qui rend la situation encore pire. Pas de gardes du corps, pas de famille, juste lui avec ces yeux bleu glacier qui scrutent la foule avec une intention méthodique.

Puis son regard se pose sur moi.

La fureur qui transforme son visage me glace le sang. Sa mâchoire se crispe, ses mains se contractent à ses côtés de cette manière qui précédait toujours la douleur. Près de deux ans à fuir, à me cacher, à devenir quelqu'un d'autre, et il m'a retrouvée.

Mon cerveau me hurle de courir, mais mes jambes refusent d'obéir. Où pourrais-je aller ? Il bloque la sortie principale. Harper est perdue dans la foule. Je ne reconnais personne d'autre vers qui courir. La panique s'empare de moi et je balaie frénétiquement la pièce du regard. C'est là que j'aperçois le salut, ou du moins un sursis avant le désastre.

Il y a un homme assis sur l'un des bancs qui longent le mur, et doux Jésus, il est énorme. À côté de lui, le banc a l'air d'un meuble de maison de poupée. Mesurant au moins un mètre quatre-vingt-quinze, bâti comme quelqu'un qui soulèverait des voitures pour s'amuser, il a peut-être la fin de la vingtaine, le début de la trentaine, et il est extrêmement beau. Ses cheveux noirs sont courts, mais plus longs sur le devant, tombant sur son front d'une manière qui devrait paraître juvénile, mais ce n'est pas le cas, pas avec cette mâchoire, ces épaules, cette présence qui semble repousser l'air autour de lui.

Lorsqu'il se tourne pour regarder quelque chose, j'aperçois son profil aux angles durs, adoucis seulement par des lèvres étonnamment pleines et de longs cils sombres qui semblent en décalage avec le reste de sa personne.

Je ne réfléchis pas. J'avance simplement vers lui d'un pas pressé, le cœur battant à tout rompre dans ma poitrine.

— S'il vous plaît, faites juste semblant de me connaître, je murmure en me laissant tomber sur le banc à côté de lui.

Il se tourne complètement vers moi, et mon cerveau court-circuite. Ses yeux sont ambrés, mais cette description ne leur rend pas justice. Ils ont la couleur de fils d'or qui captent la lumière, profondément enfoncés sous des sourcils sombres actuellement haussés d'un air interrogateur. D'aussi près, je peux voir la légère barbe naissante le long de sa mâchoire, le mouvement de sa gorge quand il déglutit, et le fait que ses épaules sont littéralement deux fois plus larges que les miennes.

— Une entrée en matière intéressante, dit-il, et sa voix, mon Dieu, sa voix est basse, caverneuse et dangereusement séduisante. Tu abordes toujours les inconnus avec des demandes d'improvisation ?

— Seulement quand... Je jette un coup d'œil à Van, qui se fraie un chemin dans la foule et se rapproche. Ma voix se brise. S'il vous plaît. Il y a un homme. Il... J'ai besoin...

L'homme montagnard suit mon regard, puis le ramène sur moi. Quelque chose change dans son expression, une acuité qui le transforme de nonchalamment intimidant à létal.

— Un ex-petit ami ? demande-t-il à voix basse.

— Un ex-fiancé. Le mot a un goût de cendre. Le genre qui ne comprend pas que « ex » veut dire « fini ».

Je ne peux m'empêcher de regarder alternativement l'un et l'autre, Van qui se rapproche, et cet inconnu à côté de moi qui sent le caramel épicé et la guimauve grillée, avec des notes de vanille qui n'ont aucun sens, parce que les hommes qui lui ressemblent devraient sentir l'huile de moteur et la violence, pas le réconfort et la chaleur. Mon cerveau s'emballe, submergé par la peur et ce parfum inattendu qui détend quelque chose dans ma poitrine pour la première fois depuis des années.

— Pourquoi moi ? demande-t-il.

Je lève les yeux vers lui, essayant de m'empêcher de trembler. — Parce que vous avez l'air de quelqu'un à qui personne n'oserait chercher des noises. Je suis honnête, ayant désespérément besoin de son aide.

Van n'est plus qu'à six mètres peut-être, son expression promettant un châtiment.

— Comment tu t'appelles ? demande l'homme montagnard en se penchant si près que son souffle me chatouille l'oreille.

— Cindy, je réponds dans un murmure.

— Je suis Holt. Laisse-moi gérer ça. Il passe un bras autour de mes épaules, son poids étant à la fois rassurant et terrifiant. Puis, plus fort, avec un rire aux accents sombres : Te voilà, ma chérie. Je te cherchais partout.

Ce terme affectueux devrait me faire tressaillir, car Van m'appelait ainsi tout en me faisant du mal, mais dans la bouche de Holt, il sonne différemment. Protecteur. Un bouclier au lieu d'une cage.

Van s'arrête à quelques mètres devant nous, et je sens Holt inspirer lentement. Son bras se resserre autour de moi.

— On peut vous aider ? Sa voix prend une intonation mortelle.

— Vous êtes avec mon Oméga. Le ton de Van pourrait glacer l'enfer, chaque mot précis et froid.

— C'est drôle, dit Holt, et je sens le vrombissement de sa voix à travers son torse. Elle n'a pas votre odeur.

Ces mots territoriaux devraient me terrifier. Ce genre de démonstration primitive d'Alpha est exactement ce que j'ai fui. Mais il y a quelque chose dans la façon dont Holt le dit, plus protecteur que possessif, qui me pousse à me blottir contre lui plutôt qu'à m'en éloigner.

— Elle m'a été promise. Le sang-froid de Van se fissure, sa voix s'élevant légèrement. Elle appartient…

— À elle-même, l'interrompt Holt, et l'autorité dans sa voix fait même légèrement reculer Van. Vous voyez, c'est ça votre problème, penser que les gens appartiennent à quelqu'un d'autre qu'à eux-mêmes.

— Un problème, Holt ? lance une voix masculine et profonde sur notre gauche. Je me retourne pour voir deux hommes qui n'étaient assurément pas là avant, et mon cœur s'arrête, car pendant une seconde, je pense qu'ils pourraient être avec Van. Puis je remarque leur positionnement, nous flanquant de manière protectrice plutôt qu'agressive, et la façon dont l'un d'eux sourit à Holt avec une aisance familière.

Ils sont tous les deux dévastateurs de manières complètement différentes. L'un a les cheveux auburn, des yeux gris-vert qui semblent changer de couleur à chacun de ses mouvements, et il est bâti comme un boxeur. Il dégage une odeur aussi douce que des pommes d'amour et du cidre chaud aux épices, avec des notes de cuir qui ne devraient pas s'accorder mais le font.

Les mouvements de l'autre captivent mon attention. Des cheveux blonds foncés tombent au-delà de son col, et ses yeux marron sont si sombres qu'ils paraissent presque noirs dans la faible lumière de la grange. Une odeur de pain grillé beurré à la cannelle et au sucre émane de lui. Rien qu'à l'odeur, j'en bave presque.

— Ce connard semble un peu paumé sur les notions de base du consentement, leur dit Holt, sans jamais quitter Van des yeux.

— Je déteste quand ça arrive, déclare l'Auburn d'un ton joyeux, en se laissant tomber sur le banc à ma gauche.

— Ça gâche vraiment l'ambiance, acquiesce le Blond Foncé, en s'installant de l'autre côté de Holt.

Aucun des deux ne me touche, mais leur présence est écrasante. Trois Alphas massifs m'entourent, leurs odeurs combinées me font tourner la tête. Je devrais être terrifiée. Au lieu de ça, je me sens plus en sécurité que je ne l'ai été depuis deux ans.

— Trois contre un ? ricane Van, mais je le vois évaluer ses chances.

— Trois pour en protéger une, corrige Holt. Grosse différence.

Le regard de Van croise le mien, et la haine qui s'y lit me fait reculer instinctivement. — Tu crois que tu peux juste disparaître, Cynthia ?

Le voilà. Mon vrai nom. Celui que j'ai enterré avec cette robe de mariée quand je l'ai fui il y a moins de deux ans. Celui que seul lui utilise maintenant, le brandissant comme une arme.

— Elle a disparu, dit Holt, en se levant lentement. Quand il se redresse de toute sa hauteur, Van doit pencher la tête en arrière pour maintenir le contact visuel, et le changement de rapport de force est magnifique. On dirait que c'est toi qui ne comprends pas comment fonctionne la disparition.

— Elle a des obligations…

— Avait. Je retrouve ma voix, bien qu'elle tremble. Au passé. Comme dans "terminé". Fini. Classé dans le dossier « erreurs que j'ai fuies ».

L'Auburn pousse un son qui pourrait être un rire. Le Blond Foncé bouge légèrement, bloquant davantage la vue que Van a de moi.

Holt fait deux pas lents en avant, réduisant la distance entre lui et Van. Il passe la main dans ses cheveux, ses biceps se contractant d'une manière à la fois désinvolte et menaçante. Quand il parle, sa voix est assez basse pour que seul notre petit groupe puisse l'entendre.

— Voilà ce qui va se passer. Vous allez vous retourner. Vous allez sortir de cette grange. Vous allez quitter cette ville ce soir. Et si je vous revois près d'elle, si j'entends ne serait-ce que vous avez posé des questions à son sujet, je vous présenterai à des amis qui sont spécialisés dans la disparition des problèmes. Le genre de disparition permanente. C'est clair ?

La mâchoire de Van se crispe. Son regard se pose une dernière fois sur moi, une promesse de violence qui me donne la chair de poule.

— On se reverra, Cynthia, aboie-t-il doucement, et c'est en quelque sorte pire qu'un cri.

Puis il se retourne et s'éloigne d'un pas arrogant, bousculant la foule avec assez de force pour faire tomber des verres des mains des gens. Dès qu'il est hors de vue, tout mon corps se met à trembler.

— Respire, dit Holt en se tournant vers moi. Il s'accroupit devant le banc, nous mettant à hauteur des yeux. Tu es en sécurité.

— Il m'a retrouvée. Je ne suis pas en sécurité, je murmure. Après presque deux ans, il m'a retrouvée. Comment a-t-il… Et s'il…

— Hé. La voix de Holt est douce maintenant, tout ce côté dangereux a disparu. Regarde-moi.

Je le fais, et l'inquiétude dans ses yeux m'attire vers lui.

— Tu as besoin qu'on assure ta sécurité ? demande l'Auburn, et je ne saurais dire s'il plaisante. Parce qu'on est très doués pour ça. Demande à n'importe qui.

— Enfin, ne demande pas aux gens contre qui on a assuré la sécurité, ajoute le Blond Foncé. Ils pourraient ne pas être objectifs.

— Les gars, dit Holt d'un ton modéré, bien que ses lèvres tremblent comme s'il réprimait un sourire.

— Cindy ! crie Harper, apparaissant tel un ange

vengeur, Jeff sur ses talons. Elle évalue la scène, moi tremblante, trois inconnus énormes m'entourant.

— Que s'est-il passé ? Ça va ? Qui sont…

— Van était là, je l'interromps. Il m'a retrouvée.

Le visage de Harper se vide de sa couleur, puis redevient rouge. — Tu es sûre ? Où est-il ? Je vais le tuer. Jeff, tiens mes boucles d'oreilles…

— Il est parti, je l'assure rapidement. Ces messieurs… m'ont aidée.

Le regard de Harper les parcourt. — Et vous êtes ?

— Holt, se présente l'homme montagnard en se levant. Voici Luke et Arrow.

Luke (l'Auburn) fait un petit signe de la main. Arrow (le Blond Foncé) hoche solennellement la tête.

— Ils ont fait partir Van, je dis à Harper. Ils se sont assurés qu'il comprenne que je n'étais pas seule.

Quelque chose dans l'expression de Harper s'adoucit légèrement. — Merci. Mais on devrait y aller. Au cas où il reviendrait.

— Si tu as besoin de quoi que ce soit, dit Holt en sortant son téléphone, de jour comme de nuit…

— Je ne… je commence à protester.

Holt hoche immédiatement la tête. — D'accord, alors. Sache juste qu'on est généralement chez Savor, au moins l'un de nous, et surtout le soir, si tu as besoin de quoi que ce soit. S'il te plaît, n'aie pas peur de demander de l'aide.

— Savor ? je demande, essayant de calmer mon cœur qui s'emballe.

— Un restaurant sur la rue Main, dit Arrow. Je viens

de l'ouvrir récemment. Ces deux-là ne font que squatter.

— On assure la sécurité, proteste Luke. Une sécurité très importante.

— Vous commentez mes choix de menu, ajoute Holt avec un sourire en coin.

— Des commentaires très importants, ajoute Arrow.

Malgré tout, je me surprends à presque sourire. — Merci. Vraiment. Je ne sais pas ce qui serait arrivé si…

— Rien ne serait arrivé, dit fermement Holt. Pas tant qu'on est dans les parages.

La nuance possessive devrait m'effrayer, mais ce n'est pas le cas. Peut-être parce que je peux encore sentir leurs odeurs, les trois parfums distincts titillant mes sens, et des papillons explosent dans mon estomac. Ou peut-être parce que, pour la première fois en deux ans, quelqu'un s'est interposé entre Van et moi sans rien vouloir en retour. Ou alors je suis juste sous l'effet de l'adrénaline et je ne sais pas trop ce que je sens.

— Allez, viens, dit Harper en passant son bras sous le mien. Rentrons à la maison.

Alors que nous partons, je jette un regard en arrière. Les trois hommes nous regardent partir, et il y a quelque chose dans leurs expressions qui me dit qu'ils se soucient de moi. Comme s'ils voyaient quelque chose qu'ils cherchaient depuis longtemps, ce qui est insensé.

— Ce n'étaient pas de simples bons samaritains, dit Harper une fois que nous sommes dehors.

— Rien de normal dans cette soirée. Je tremble

encore, le visage de Van gravé dans mon esprit — sa rage, sa fureur.

Il m'a retrouvée.

Il m'a retrouvée.

— Trois Alphas stupidement canons qui te protègent de ton ex psychopathe ? Ce n'est pas normal. C'est du domaine du roman d'amour.

— Pour moi, c'est du domaine du roman d'horreur.

— Tu souris ? Harper me dévisage.

Un peu, oui. Et ça aussi, ça m'effraie trop.

Parce que malgré le fait que mon pire cauchemar vient de faire irruption dans mon havre de paix…

Malgré le fait que j'en tremble encore…

Je souris en pensant à trois inconnus en qui je ne devrais pas avoir confiance.

Parce que la sécurité n'est pas réelle.

Pas pour moi. Plus maintenant.

Mon cœur ne ralentit pas.

La menace de Van résonne dans ma tête.

Je ne suis pas en sécurité.

Ni ici. Ni nulle part.

Demain, je verrai ce que je dois faire.

Ce soir… je veux juste disparaître.

Je veux juste être libre.

Mais la liberté n'est pas faite pour les Omégas comme moi. Et juste comme ça, les mots de ma mère dansent dans mes pensées : « Les Omégas n'ont pas le droit de fuir. Nous survivons en restant immobiles et en acceptant ce qui est attendu de nous. »

HOLT

—Tu crois qu'elle est en sécurité ? La question de Luke reste en suspens alors que nous regardons Cindy se frayer un chemin dans la foule avec son amie, Harper, et un type en jean de marque qui doit vivre de ses rentes et qui appelle ça de l'investissement.

Je n'arrive pas à la quitter des yeux. Sa façon de se déplacer, prudente mais pas abattue, méfiante mais riant tout de même à quelque chose que Harper lui dit. Ses boucles blond miel brillent sous les lumières de la grange, et toutes les quelques secondes, elle vérifie les environs, à l'affût d'une menace. Elle porte un jean foncé et moulant qui épouse ses formes et un pull vert tendre couvert de minuscules chats noirs. Quand elle se retourne pour jeter un œil à l'entrée de la grange, la lumière éclaire son visage, et quelque chose de primal en moi rugit et s'éveille.

À moi. Le mot martèle dans mes veines comme un tambour. Son odeur s'accroche à mes narines comme si elle y avait élu domicile. Orange piquée de clous de girofle, éclats de caramel et pain d'épices à la citrouille envahissent mes sens, et putain, j'adore déjà ce parfum. Merde !

— Je doute que ce connard de Van comprenne le message, déclare Arrow, sa voix faussement calme alors qu'il observe la foule. Les types comme ça ? Ils n'entendent pas « non ». Ils entendent « essaie encore ».

— Elle est sortie de nulle part, songe Luke, la suivant toujours du regard. Une minute, on se faisait chier à un autre festival d'Halloween parce qu'Arrow voulait jeter un œil aux food trucks de la concurrence, et la minute d'après, cette déesse aux cheveux de miel débarque dans nos vies. Ou plutôt, elle a failli atterrir sur tes genoux, Holt.

— Avec un ex psychopathe qui clairement ne supporte pas le rejet, ajoute Arrow. Tu as vu son expression ? Comme si on lui avait pris son jouet préféré. Putain, j'ai envie de lui faire ravaler ce regard à coups de poing.

— Ce n'est pas son putain de jouet, je lance sèchement.

Ils me dévisagent tous les deux, et Luke sourit.

— Oh, il est déjà bien mordu.

— Je doute que cet enfoiré soit venu seul non plus, je continue, ignorant le commentaire de Luke. Tu sais comment fonctionnent ces types. Rancuniers au possible. Il a probablement des renforts qui attendent dehors.

Je continue de regarder Cindy, la façon dont le vert de son pull fait ressortir l'éclat de sa peau, comment elle glisse une mèche de cheveux derrière son oreille. Elle ne ressemble à aucune Oméga avec qui j'ai été, et j'en ai connu un paquet. Des Bêtas aussi. Des rencontres sans importance, une satisfaction mutuelle, rien de plus. Mais ça… c'est différent.

— Je crois qu'elle pourrait être mon âme sœur olfactive, je dis.

La confession reste suspendue entre nous. Je n'en ai jamais eu, je n'ai jamais pensé que ça m'arriverait. J'en ai entendu parler toute ma vie, cette odeur qui interpelle ton ADN même, cette personne unique dont les phéromones s'alignent si parfaitement avec les tiennes que c'est comme trouver la pièce manquante de toi-même. J'ai toujours pensé que c'étaient des conneries romantiques. De la propagande pour que les Alphas se casent.

Mais là, son odeur toujours enroulée autour de moi comme une couverture, je sais que c'est réel. Quelque chose en moi qui était verrouillé depuis trente-deux ans vient de s'ouvrir, et c'est elle qui détient la clé.

Leurs deux têtes se tournent brusquement vers moi. Je me prépare aux moqueries, aux blagues sur le grand méchant Alpha qui fond pour une minuscule Oméga. Au lieu de ça, Luke laisse échapper un long soupir.

— Putain, merci de l'avoir dit en premier, il marmonne. Je croyais que je faisais un AVC ou un truc du genre. Tu as senti cette odeur ? C'est comme si tout ce que j'ai toujours désiré était réuni en une seule personne.

Arrow pose sa bière, et l'expression sur son visage est quelque chose que je n'ai jamais vu en quinze ans d'amitié.

— Quand on s'est assis avec elle, quelque chose dans ma poitrine a juste… basculé. Comme si le monde s'était incliné et avait soudainement pris tout son sens.

— Les âmes sœurs olfactives ne sont pas si rares, j'admets, même si j'essaie de me convaincre autant qu'eux. Ça arrive, j'en suis sûr. Je n'aurais jamais cru que ça m'arriverait à moi.

— À nous tous, corrige Luke. Avec la même femme. Quelles sont les probabilités ?

— Meilleure question, ajoute Arrow à voix basse. Qu'est-ce qu'on fait maintenant ?

On a toujours prévu de partager une Oméga si on en trouvait une. On a fait un pacte il y a des années quand on a formé notre propre meute après avoir quitté le MC des Savage Reapers. On avait traversé l'enfer ensemble, on refusait de laisser quoi que ce soit, même une Oméga, se mettre entre nous. Mais prévoir quelque chose de théorique et l'avoir juste là, sentant tout ce dont on ignorait avoir besoin, sont deux choses différentes.

— On s'imagine peut-être des choses, je me force à dire. Elle était terrifiée, elle émettait des phéromones de détresse. Peut-être qu'on réagit juste à une Oméga en danger.

Luke ricane.

— Ouais, bien sûr. Parce qu'on est connus pour nos tendances de chevalier servant. Tu te souviens de cette Oméga le mois dernier au bar qui n'arrêtait pas de se frotter à toi ? Tu l'as littéralement décollée de toi et tu t'es barré en pleine conversation.

— Elle était saoule, je me défends.

— Elle était intéressée, contre Arrow. Et tu n'as rien senti. Aucune attirance, aucun instinct de protection, aucune envie soudaine de buter tous ceux qui la regardaient de travers.

Il a raison. La façon dont mon sang a bouilli quand Van était là, quand il a osé l'appeler sienne… Je n'ai pas ressenti une telle rage depuis nos jours d'exécuteurs. Depuis les temps vraiment sombres où on faisait des choses qui feraient fuir les gens normaux en hurlant.

— Écoutez, je dis en faisant rouler mes épaules. Qu'elle soit notre âme sœur olfactive ou juste une Oméga qui a besoin d'aide, on ne va pas la lâcher des yeux tant que ce connard rôde dans les parages. D'accord ?

— D'accord, disent-ils à l'unisson.

Nous nous déplaçons dans la grange, en gardant nos distances mais en maintenant un contact visuel. Je regarde comment elle rit avec Harper, ses cheveux tombant en cascade dans son dos. Je regarde comment elle touche le bras de Harper en parlant. Je regarde comment elle ne cesse de vérifier par-dessus son épaule et autour d'elle.

Elle est parfaite. Et elle n'a aucune idée que trois anciens exécuteurs la regardent comme si elle était la réponse à toutes les questions qu'on ne s'était jamais posées. Puis elles atteignent une voiture garée sur le parking.

— Elles s'en vont, note Arrow en me rejoignant.

Nous suivons dans l'ombre, Luke arrivant à avoir l'air décontracté alors qu'il fait près d'un mètre quatre-vingt-dix d'énergie prête à exploser. Arrow se déplace comme de la fumée à côté de moi, là puis disparu avant que quiconque ne le remarque. Et moi ? J'essaie de ne pas ressembler à ce que je suis, un prédateur qui a trouvé une proie digne d'être chassée.

Le parking est plus sombre qu'il ne le devrait, la moitié des lumières sont éteintes ou clignotent. Le brouillard d'octobre descend des montagnes, donnant à tout cette ambiance Halloween de petite ville – de fausses toiles d'araignée sur chaque lampadaire, des squelettes en plastique suspendus aux arbres, même la cabine du gardien de parking est décorée avec ces auto-collants en gel pour fenêtre qui ressemblent à des empreintes de mains sanglantes.

Je repère deux ombres, à neuf heures. Elles suivent le groupe de Cindy, restant juste assez loin pour que ça ait l'air d'une coïncidence. Mais pas avec leur façon de bouger, leur manière de refléter chaque virage.

Luke me rejoint.

— On va se présenter ?

— Pas encore, je décide à voix haute. D'abord, on s'assure qu'elle est en sécurité. Ensuite, on joue.

Cindy monte dans une Honda argentée, avec Harper au volant et le fils à papa à l'arrière. Les deux ombres se mettent immédiatement à courir vers une BMW noire garée trois rangées plus loin. Aussi subtils qu'un marteau-piqueur.

On s'entasse dans mon pick-up, un énorme Silverado noir avec un kit de rehausse et des roues gigantesques. C'est tape-à-l'œil et c'est exactement ce qui nous convient.

— Pourquoi c'est toujours toi qui conduis ? se plaint Luke depuis l'arrière.

— Parce que c'est mon pick-up, je lui rappelle en démarrant le moteur. Le vrombissement réveille probablement la moitié du quartier, mais je n'ai jamais été doué pour la subtilité.

— Techniquement, on l'a tous payé, fait remarquer Arrow depuis le siège passager.

— Techniquement, vous pouvez tous les deux y aller à pied, je rétorque, en sortant assez vite pour que Luke s'agrippe à la poignée de la portière.

— Bon sang, Holt, elle ne va pas disparaître. Tu peux la suivre à une vitesse normale.

— C'est une vitesse normale. Pour moi.

La Honda tourne dans une rue principale, en direction du quartier résidentiel. Chaque maison est décorée pour Halloween avec des guirlandes orange le long des toits, des créatures gonflables sur les pelouses, ces monstres à détecteur de mouvement qui crient quand on passe devant. Whispering Grove met le paquet pour Halloween, essayant de rivaliser avec sa réputation pour Noël. Même les panneaux de signalisation ont des petits chapeaux de sorcière.

La BMW suit la Honda de Harper à une distance qui semblerait raisonnable à quiconque ne chercherait pas à la repérer. Nous restons plus en retrait, utilisant ma connaissance du plan de la ville pour suivre leur itinéraire en parallèle.

— Tu penses que Harper sait qu'elle est suivie ? demande Arrow.

— Peut-être. Elle a l'air vive. Et protectrice envers notre fille aussi.

— « *Notre* fille », répète Luke avec satisfaction. J'aime bien comment ça sonne. Hé, tu te souviens quand Brick a trouvé son Oméga ?

— Brick, qui faisait quelques courses pour nous ? rit Arrow. Ce type faisait la taille d'un petit immeuble et il s'est transformé en flaque la première fois qu'elle lui a souri.

— Changement total de personnalité, approuve Luke. Il est passé de casseur de jambes pour le club à pâtissier de putains de cupcakes pour son club de lecture.

— Mais ils sont heureux, non ? je fais remarquer, me souvenant de la dernière fois qu'on les a vus. Écœuramment heureux.

— « Trois gosses en quatre ans » de bonheur, ajoute Arrow. Le mec vit sa meilleure vie.

— Et il a dit la même chose que ce qu'on dit maintenant, continue Luke. Qu'il a su à la seconde où il l'a sentie. Que tout ce qui s'était passé avant elle n'était qu'une perte de temps.

Je ne me souviens pas de la dernière fois que ces deux-là ont débordé d'autant d'énergie. D'habitude, le flirt de Luke est superficiel – que du charme, aucune substance. Et Arrow n'a montré de réel intérêt pour personne depuis qu'on a quitté le club. Mais maintenant, ils vibrent presque d'anticipation.

— Elle tourne, je note, en regardant les feux arrière de la Honda disparaître dans Maple Street, plus profondément dans le quartier résidentiel.

La BMW ralentit, essayant clairement de trouver comment suivre sans se faire remarquer. C'est notre ouverture. Ces rues sont plus étroites, bordées de grands chênes qui créent une canopée au-dessus de nos têtes. Des citrouilles-lanternes brillent sur chaque porche, et quelqu'un s'est lâché avec une reconstitution complète de cimetière sur sa pelouse, avec une machine à fumée.

— Arrow, donnons-leur un petit coup de main, je suggère, et il est déjà en train d'attraper le mégaphone qu'on garde sous le siège. Parfois, il faut crier sur les gens à distance. Vieilles habitudes de l'époque des exécuteurs.

J'écrase l'accélérateur, le moteur rugissant alors que nous réduisons la distance. Le conducteur de la BMW nous voit arriver dans son rétroviseur, essaie d'accélérer, mais je suis déjà en train de le contourner, lui coupant la route à la prochaine intersection pour qu'il ne puisse pas suivre Cindy. Il a deux choix : s'arrêter ou percuter mon pick-up. Étant donné que mon pick-up détruirait sa BMW, il s'arrête.

— Tu sais quoi faire, je dis à Arrow.

Il est déjà penché par la fenêtre, mégaphone en main.

— Bonsoir, Messieurs ! On dirait que vous êtes perdus. Cette route ? Elle ne mène pas là où vous pensez.

La vitre de la BMW descend. Je ne vois pas clairement, mais j'entends la voix, celle d'un petit con prétentieux qui a dû naître avec une cuillère en argent greffée à la main.

— On ne fait que rouler…

— Mauvaise réponse ! l'interrompt joyeusement Arrow à travers le mégaphone, le son résonnant contre les maisons. Voyez-vous, vous suiviez cette Honda. Nous, on vous suivait en train de suivre cette Honda. C'est comme une parade super chiante où tout le monde est invité sauf vous.

Luke rit depuis la banquette arrière.

— Arrow s'amuse trop avec ce truc.

— Voilà ce qui va se passer, continue Arrow, utilisant toujours le mégaphone même si on est à peut-être trois mètres. Vous allez nous suivre. On va vous montrer la route panoramique pour sortir de la ville. Celle qui se termine avec vous loin, très loin d'ici.

La portière passager de la BMW s'ouvre. Un type bâti comme un frigo commence à sortir.

Je suis hors de mon pick-up avant qu'il ne soit complètement debout, et le regard sur son visage quand je le domine de toute ma hauteur vaut presque la soirée entière.

— Remontez dans la voiture, je dis calmement.

— Vous ne pouvez pas juste…

— Je peux. Je le fais. Et je vais continuer. Remontez. Dans. La voiture.

Luke est dehors maintenant lui aussi, lançant nonchalamment ses clés en l'air et les rattrapant, faisant briller à chaque lancer le lourd porte-clés, lesté d'un poing américain, sous la lumière du lampadaire.

— Mec, j'adore quand ils pensent à se battre. Ça rend le tout plus amusant quand ils réalisent qu'ils ne peuvent pas gagner.

Arrow est toujours penché par la fenêtre avec le mégaphone.

— Mesdames et messieurs, nous rencontrons des difficultés techniques avec la capacité de nos invités à suivre des instructions simples. Veuillez patienter.

— Le mégaphone est vraiment nécessaire ? demande Luke.

— Oh, absolument, répond Arrow, souriant en le levant de nouveau. ÇA AJOUTE VRAIMENT À L'AMBIANCE.

Le type-frigo jette un regard entre nous, faisant clairement le calcul, et quand il remonte dans la voiture, il est évident qu'il n'aime pas le résultat.

— Homme intelligent ! crie Arrow à travers le mégaphone. Maintenant, suivez-nous. Ne pensez pas à tourner. Ne pensez pas à fuir. Suivez-nous simplement comme de bons petits canetons.

Nous remontons dans le pick-up, et je les guide à travers la ville en respectant scrupuleusement la limitation de vitesse. Nous passons devant l'école primaire, qui est couverte de chauves-souris en papier, la bibliothèque avec une énorme araignée sur le toit, et la caserne des pompiers, où la grande échelle d'un des camions est levée comme le cou d'un dragon, avec une tête de dragon peinte au sommet.

Arrow commente tout le trajet.

— Tournez à gauche ici. Oh, regardez, vous suivez ! Bons toutous. Maintenant à droite. Toujours avec nous ? Excellent.

— Tu prends beaucoup trop de plaisir, ajoute Luke.

— Putain que oui, rectifie Arrow en abaissant le mégaphone de sa bouche. On ne s'était pas autant marrés depuis des mois. Tu te souviens de ce dealer qui a essayé de s'installer derrière notre resto ? C'est carrément mieux que ça.

— Il a fini à l'hôpital, je fais remarquer.

— Ouais, mais il a remarché. Au bout d'un moment. Je crois, dit Luke.

Les ruelles de Whispering Grove sont notre territoire. Chaque raccourci, chaque impasse, chaque route qui semble mener quelque part mais qui finit en cul-de-sac, on les connaît toutes. La BMW nous suit, parce que que peuvent-ils faire d'autre ? Ce sont des étrangers dans notre ville, et on leur a bien fait comprendre que partir était leur seule option.

Finalement, nous arrivons au port fluvial. Ce n'est pas grand-chose, une rampe de mise à l'eau qui a connu des jours meilleurs, un parking couvert de gravier, et la rivière elle-même, sombre, rapide et large d'environ douze mètres. Quelqu'un a même installé ici des décorations d'Halloween : un squelette assis sur le quai avec une canne à pêche.

J'arrête le pick-up. La BMW s'immobilise derrière nous.

— C'est le meilleur moment, dit Luke, qui trépigne presque d'impatience.

On sort tous de voiture. Les mecs de la BMW aussi, et maintenant, je les vois clairement. Refrigerator et Van, qui essaie de se donner un air menaçant, mais qui n'y parvient pas.

Arrow lève le mégaphone une dernière fois. — Bienvenue à l'Autorité Portuaire de Whispering Grove. Population : vous êtes sur le départ.

— C'est un putain d'enlèvement, proteste Van.

— Non, ce sont des indications, je le corrige. Vous vouliez savoir où habite notre amie. Eh bien, elle vit dans une ville où vous n'êtes pas les bienvenus. Cette rivière ? Elle mène jusqu'à Wild Falls. Vous pouvez la suivre, retrouver le chemin du trou dont vous êtes sortis.

— On ne m'a pas payé pour ces conneries, marmonne Refrigerator, le regard passant de Van à nous.

Le visage de Van est écarlate, la mâchoire si serrée qu'elle pourrait briser un os. — Ferme ta putain de gueule, lâche-t-il sèchement, en relevant le menton vers moi comme si j'étais un objet qu'il possédait déjà. Elle m'appartient. Ma famille a payé…*investi*… pour elle. Les arrangements, les contrats…

— Je me contrefous de ton argent sale, le coupe Arrow, la voix basse maintenant, létale. Il abaisse enfin le mégaphone et s'approche d'un pas. Elle n'appartient qu'à elle-même. Et si ça te pose un problème, dis-le. Réglons ça tout de suite.

Il fait craquer son cou comme s'il espérait que Van dise oui.

Van ouvre la bouche, mais Refrigerator tend un bras, essayant de contenir l'explosion. — Vous ne savez pas à qui vous avez affaire. La famille Stone a des relations…

— Nous aussi, dis-je en m'avançant. Ma voix est calme, trop calme. Parce que l'espace d'un instant, je les laisse tous voir l'homme que j'étais.

Celui qui a saigné pour les Savage Reapers que je dirigeais.

Celui qui faisait frémir les monstres.

Celui que Van n'a aucune idée de comment affronter.

— Nos relations, nous les avons bâties avec nos poings, notre sang et la peur, dis-je. Vous voulez savoir ce qui est arrivé au dernier type qui a menacé quelqu'un sous notre protection ?

Silence.

— Exactement, intervient Luke avec un sourire joyeux. Parce que personne ne l'a jamais retrouvé. C'est drôle comme ça marche, non ?

Les Savage Reapers sont peut-être derrière nous, mais les instincts sont restés. Nous nous sommes éloignés de la violence.

Mais pour Cindy ? Une Oméga en détresse.

Pour *notre* compatibilité olfactive ?

Nous traînerons l'enfer par la gorge s'il le faut.

La lèvre de Van se retrousse. — Vous croyez que ça se termine ici ?

— Je crois que vous devriez commencer à bouger avant que ça ne se termine, ajoute Arrow.

Pendant un instant, personne ne bouge. Juste le grondement de la rivière derrière eux et la respiration lourde de trop d'hommes qui meurent d'envie de faire couler le sang.

Puis Van recule enfin, lentement et à contrecœur, son regard brûlant le mien comme s'il gravait une promesse sur ma peau. — Vous n'êtes pas sérieux, vous ne comptez pas nous faire nager pour sortir d'ici ?

— Oh, si. Je suis on ne peut plus sérieux, sourit Luke. J'espère que tu t'es échauffé. Le courant est une garce à cette heure de la nuit.

Refrigerator fait un pas en avant. — Vous ne pouvez pas nous forcer à...

Arrow se déplace rapidement, non pas avec violence, mais avec détermination. Il ne touche pas Refrigerator, il se contente d'envahir son espace personnel, de le presser. Quelque chose dans les yeux d'Arrow, un mélange de calme, de calcul et de froideur *mortelle*, fait reculer l'homme plus massif.

— On faisait ça professionnellement, avant, explique Arrow, d'une voix presque amicale. Faire du mal aux gens, je veux dire. On est devenus très bons à ça. Les os, les nerfs, les points de pression. Tous ces trucs anatomiques marrants.

Il sourit comme s'ils échangeaient des recettes de cuisine, pas des menaces.

— On a essayé de prendre notre retraite. De mener une vie tranquille. Mais vous ? Vous nous rendez nostalgiques du bon vieux temps, quand les problèmes se réglaient une bonne fois pour toutes... de manière définitive.

Refrigerator déglutit difficilement, son visage pâlissant alors qu'il jette un regard nerveux à Van, qui est maintenant dévisagé par Luke.

— Alors, qu'est-ce que ce sera ? je demande en me plaçant à côté d'Arrow. Vous prenez la rivière de votre plein gré, ou on vous renvoie en morceaux avec un message gravé dans le dos pour la famille Stone ?

Les narines de Van se dilatent, la fureur bouillonnant juste sous la surface. Il ne bouge pas, mais la façon dont sa mâchoire se contracte dit tout.

— C'est insensé, marmonne Refrigerator en regardant la rivière. On est en octobre. Cette eau est glaciale.

— Mieux vaut avoir froid que d'être mort, dit Arrow en faisant craquer ses jointures.

— Vous n'allez pas vraiment… commence Refrigerator.

Je fais trois lents pas en avant, Luke me suivant de près, poussant Van vers son copain, plus près du bord du quai. C'est tout. Trois pas, et les deux hommes commencent à reculer comme si le sol s'était dérobé sous leurs pieds.

— Touchez-moi, grogne Van, et je jure devant Dieu que…

— Que *quoi* ? l'interrompt Luke en sortant de l'ombre avec un sourire qui n'atteint pas ses yeux. Tu appelleras ton papa ? Tu pleureras auprès de l'avocat qui a rédigé ton contrat ?

Refrigerator bouge, mal à l'aise. — Van… on est en infériorité numérique.

Le regard furieux de Van se pose sur chacun de nous, la mâchoire serrée, le corps tendu comme s'il était à une seconde d'exploser. — Allez vous faire foutre, crache-t-il, la voix basse et venimeuse. Tous. Ce n'est pas fini.

— On compte bien là-dessus, dit Arrow froidement.

Refrigerator expire par le nez, clairement peu ravi de la situation. — Sans déconner ? murmure-t-il à Van, à peine audible. On va *nager* ?

Van grogne, puis fait un signe de tête vers la rivière. — Bougez-vous.

Refrigerator marmonne quelque chose dans sa barbe mais le suit. Ils entrent tous les deux dans l'eau d'un pas lourd, éclaboussant et jurant sous l'effet du froid qui les saisit.

— Merde ! C'est glacial ! aboie Refrigerator. Mes couilles vont porter plainte.

— Dix dollars que Van se noie juste pour nous emmerder, dit Luke, filmant d'une main, souriant comme s'il s'agissait d'un documentaire animalier.

— Je leur donne cinq minutes avant que la rivière ne décide de nous rendre service, ajoute Arrow.

Nous restons sur le bord, à regarder le courant les emporter.

Van ne se retourne pas.

Refrigerator glisse une fois, jure bruyamment, et continue d'avancer.

Ils disparaissent au détour du coude de la rivière, deux formes sombres entraînées dans l'eau noire, avalées par le courant et la nuit.

Ils sont partis.

Transis de froid. Humiliés. Furieux.

Van n'oubliera pas.

Mais nous non plus.

Nous restons là, dans un silence qui s'étire tandis que la rivière engloutit les derniers restes de Van et de son homme de main.

Puis je ris.

Cela me prend par surprise, un rire sec, non filtré et authentique. Il jaillit d'un endroit enfoui en moi, le genre de rire que je n'ai pas eu depuis des années.

Luke me jette un coup d'œil. — Quoi ?

Je secoue la tête, toujours souriant. — On vient de chasser deux types de la ville comme dans un vieux western. Pour une fille qu'on a rencontrée il y a *moins d'une heure*.

— Une fille qui est très probablement notre compatibilité olfactive, corrige Arrow, sa voix plus calme maintenant. Plus certaine. Ça vaut bien une petite mise au pas fluviale.

— Une petite ? je demande en haussant un sourcil. On vient de les forcer à *nager* jusqu'à une autre juridiction.

— Ouais, eh bien. Luke hausse les épaules. Attends que Van se pointe à nouveau. C'est là que ça deviendra *vraiment* intéressant.

— Il reviendra, c'est sûr, j'ajoute, le poids de cette certitude s'installant dans ma poitrine. Les types comme lui reviennent toujours.

Arrow ne bronche pas. — Tant mieux. Ça fait trop longtemps qu'on n'a pas eu un vrai problème à régler, marmonne-t-il comme s'il s'en réjouissait.

— Pas de meurtre, dis-je, mi-plaisantant, mi-priant.

Luke glousse, abaissant enfin son téléphone. — Tu sais bien qu'on ne peut pas s'en empêcher. Quand on met des loups dans la nature, ils se *comportent* comme des bêtes sauvages.

Arrow regarde derrière nous. — Qu'est-ce qu'on fait de la voiture ?

Je suis son regard jusqu'à l'élégante BMW dans laquelle Van est arrivé. Chère. Voyante. Bruyante de toutes les manières qu'un prédateur ne devrait pas être.

— Poussez-la dans la rivière, dis-je.

Arrow n'hésite pas. — Je m'en occupe.

Luke sourit.

Ils agissent comme s'ils avaient déjà fait ça, parce que c'est le cas. Arrow ouvre brusquement la portière du conducteur, se penche juste assez pour passer au point mort, puis plante une épaule contre la carrosserie pour pousser, pendant que Luke se positionne au niveau du pare-chocs arrière et fait de même. Leurs muscles se tendent tandis que les pneus crissent sur le gravier et les racines. Je reste là à regarder, les bras croisés, le vent tirant sur ma chemise, la rivière encore agitée par sa dernière offrande.

Les roues avant atteignent la pente, et la voiture prend de la vitesse. La gravité prend le relais. La rivière ne résiste pas mais accueille l'offrande avec un splash gourmand alors que la voiture plonge, le nez en premier, l'eau s'engouffrant comme du sang dans une plaie ouverte.

Elle tangue une fois. Deux fois. Puis commence à dériver, les phares vacillant sous la surface comme des étoiles mourantes avant de s'éteindre, et le tout commence à couler.

La voiture disparaît sous la surface. Pas d'éclaboussure. Pas de drame. Juste… plus là.

Comme si elle n'avait jamais existé.

Comme si nous ne venions pas de déclarer une guerre.

Luke tape dans ses mains. — Bon, j'ai la dalle. On vient de commettre au moins trois délits et un crime probable. Ça mérite bien un en-cas.

Arrow ricane. — Ça fait de nous quoi ? Grand Theft Auto et on se détend ?

— Décharge sauvage, corrige Luke en ricanant. Très romantique.

Je les ignore tandis que mes yeux balaient le quai une dernière fois.

Pas de caméras. Pas de gardien de port. Pas de pêcheurs nocturnes. Juste un hangar à bateaux affaissé, des panneaux qui pèlent, et des mauvaises herbes qui percent le bitume.

Rien que des ombres et du silence.

Je jette un autre regard derrière nous. Vide. Pas même un chat errant.

Parfait.

— Alors, on fait quoi maintenant ? demande Arrow. On la retrouve ?

— J'ai déjà la plaque d'immatriculation de son amie, dis-je. Une vieille berline, un feu arrière fissuré. Ce ne sera pas difficile.

Luke hausse un sourcil. — Tu as mémorisé ça au milieu de tout ça ?

— J'étais occupé, je marmonne. Mais pas aveugle.

Je m'éloigne de l'eau, le froid commençant enfin à s'infiltrer dans mes os.

— On la retrouve. On surveille. Discrètement. Elle n'a pas besoin de plus de peur dans sa vie en ce moment. Et elle n'a certainement pas besoin de nous voir débarquer comme des monstres.

— Et quand Van reviendra ? demande Luke, la voix plus sombre.

Arrow hoche la tête. — Alors on l'attendra. Et cette fois, on ne demandera pas gentiment.

Le vent tourne. Le courant tire. La rivière dissimule nos crimes comme si elle avait été faite pour nous.

— Elle ne sait pas ce qui l'attend, dit Luke après un moment.

Je regarde vers la route devant nous. Vers la ville où se trouve la fille qui est entrée dans nos vies comme un avertissement.

— Non, dis-je doucement. Mais on va s'assurer qu'elle y survive.

3

CINDY

*J*e suis dans la grange, mais tout le monde s'est évaporé comme de la fumée. Il ne reste que Holt et moi, et je me retrouve à califourchon sur ses genoux sur le banc, mes cuisses pressées contre les siennes, sentant chaque centimètre de sa chair ferme sous moi. Les guirlandes lumineuses au-dessus de nous se transforment en une nuée d'étoiles, ou peut-être est-ce simplement l'effet que ça fait quand il me regarde comme si j'étais la seule chose dans son univers.

— On a attendu si longtemps, dit-il de sa voix grave et rauque que j'aime déjà. Ses mains immenses glissent le long de mes cuisses. Des siècles. Des vies entières. Et te voilà, avec l'odeur de tout ce qui nous a manqué.

— Je ne comprends pas, je chuchote, mais mon corps, lui, comprend.

— Tu comprendras. Son nez trouve le creux où mon cou rejoint mon épaule, et je halète quand il inhale profondément. Tu as été faite pour nous. Trois fragments de la même âme, et tu es le centre qui nous manquait.

La grange change, fond, se reforme. Nous sommes toujours là, sans y être vraiment. Luke apparaît derrière moi, ses mains se glissent dans mes cheveux, faisant basculer ma tête en arrière.

— Enfin, souffle-t-il contre ma tempe. Sais-tu ce que c'est ? Chercher dans chaque visage, chaque odeur, en sachant que tu es là, quelque part ?

Arrow se matérialise à nos côtés, ses yeux sombres et intenses tandis qu'il trace le contour de ma mâchoire. — On aurait incendié des villes pour te trouver. On aurait réduit en pièces quiconque t'aurait gardée loin de nous.

Je suis encerclée, submergée, noyée dans leurs odeurs mêlées, et ça devrait me terrifier, mais au lieu de ça, je fonds, me dissolvant dans la sensation. La bouche de Holt trace ma clavicule pendant que les doigts de Luke caressent mon épaule, et le pouce d'Arrow effleure ma lèvre inférieure.

— C'est trop, je souffle, mais mon corps se cambre sous leurs caresses, trahissant à quel point je désire ça. Je ne sais pas comment...

— On t'apprendra, gronde Holt contre ma gorge. Tout. N'importe quoi. On a le temps, maintenant. Tout le temps du monde.

Ses dents effleurent la courbe de mon cou, et je frissonne, une chaleur s'enroulant dans mon bas-ventre et s'accumulant entre mes cuisses.

— Sensible, souffle Luke contre mon oreille, sa voix de velours et de péché. Tu sens ça ? Juste là ? Ses doigts descendent le long de mes côtes, traçant des cercles lents et aguicheurs sur ma peau. C'est à moi, maintenant.

Il a un petit rire quand je me cambre contre lui, un son riche et plein de faim. — Mon Dieu, tu es parfaite. On va vénérer chaque centimètre de toi... t'embrasser jusqu'à ce que tu oublies ce que c'était d'être seule.

Arrow me regarde toujours comme s'il m'avait déjà revendiquée. Son regard me transperce, sombre et possessif, la mâchoire serrée comme s'il retenait quelque chose de sauvage.

— As-tu la moindre idée de ce à quoi tu ressembles, là, tout de suite ? dit-il d'une voix rauque en s'approchant. Douce. Prête. Putain de belle.

Ma respiration se bloque dans ma poitrine. Je ne peux pas bouger. Je ne veux pas bouger.

— Quand je te toucherai, continue-t-il, ce ne sera pas avec précaution. Ce sera avec révérence. Et si tu penses que la révérence est synonyme de douceur...

Son regard tombe sur mes lèvres.

... tu vas être surprise.

Luke fredonne contre ma peau, son nez juste sous ma mâchoire. — Tu veux être touchée comme ça, n'est-ce pas ? murmure-t-il. Tu veux qu'on prenne notre temps. Qu'on fasse durer.

Ses doigts glissent sous le bord de mon t-shirt, et je halète. La chaleur de leur attention pèse lourdement sur moi, inéluctable et enivrante.

— Je prends ça pour un oui, murmure-t-il en embrassant l'endroit où mon pouls s'emballe.

Ils ne se contentent pas de me regarder comme si je leur appartenais.

Ils agissent comme tel.

Leurs paroles sont des promesses et des marques de possession, comme si tout était déjà décidé.

Et peut-être que ça l'est.

Peut-être que j'étais destinée à finir ici...

Entre eux.

À eux.

Mes doigts s'enfoncent dans les épaules de Holt tandis que mon corps se cambre, prise entre la peur et un plaisir insoutenable. — Soyez doux. Je n'ai jamais... je n'ai été avec personne. Pas vraiment. Pas comme ça.

Tout s'arrête.

Trois corps puissants s'immobilisent autour de moi, leurs respirations se suspendent comme s'ils avaient été frappés.

La main de Holt s'immobilise à ma taille. Luke relève la tête de l'endroit où ses lèvres traçaient un chemin de feu le long de ma clavicule. Arrow jure à voix basse, d'un ton sec et bref.

Puis Holt recule juste assez pour me voir. Son regard se plante dans le mien, son ambre devenu liquide, quelque chose de sauvage à peine contenu dans ses profondeurs.

— Personne ne t'a touchée ? demande-t-il doucement.

Je secoue la tête, trop submergée pour parler.

Holt expire lentement, comme s'il tentait de se maîtriser. — Alors personne d'autre ne le fera jamais. Pas après ça. Nous serons les premiers. Nous serons les derniers.

La voix de Luke effleure mon oreille, veloutée et teintée de danger. — On va te défaire pièce par pièce, ma belle. Lentement. Soigneusement. Jusqu'à ce qu'il n'y ait plus un seul centimètre de toi que nous n'ayons pas revendiqué.

— Tu ne te souviendras même plus de ce que c'était que de ne pas être touchée, murmure Arrow, ses mains glissant sur mes cuisses comme une promesse.

Leurs mouvements ont une nouvelle intention. Adoratrice. Possessive. Chaque caresse est révérencieuse et sombrement addictive, comme si mon aveu avait actionné un interrupteur invisible. Ils ne se pressent pas. Ils savourent. Chaque parcelle de peau qu'ils touchent semble être marquée au fer rouge — la leur.

Holt se penche, ses lèvres effleurant à peine les miennes. — On rendra ce moment parfait pour toi. Mais parfait ne veut pas dire doux.

Ma respiration se coupe.

— Ça veut dire inoubliable.

Je me réveille en sursaut, tout mon corps *en feu*. Les draps sont entortillés, mes cuisses humides, ma respiration saccadée. J'ai l'impression d'avoir la peau brûlée de l'intérieur, et je jurerais que je sens encore l'empreinte du corps de Holt pressé contre le mien, la voix de Luke à mon oreille, les mains d'Arrow sur ma cuisse.

Il n'y a aucun bruit, à part ma propre respiration haletante et le craquement de la maison qui s'étire autour de moi.

Je m'assois, hébétée, le cœur battant à tout rompre.

Je n'ai jamais fait un rêve pareil. Pas comme ça.

Pas avec cette sensation que quelque chose avait changé.

Que quelque chose allait arriver.

Mes lèvres ont encore le goût du caramel.

Ma peau picote comme si elle avait été revendiquée.

— Qu'est-ce que c'était que ça ? je murmure dans le silence matinal.

Mais au fond de moi, je le sais déjà. Je rencontre des Alphas à tomber par terre, et mon corps me trahit.

Je titube jusqu'à la salle de bains, les jambes flageolantes, et m'asperge le visage d'eau froide jusqu'à ce que la sensation de brûlure s'estompe pour devenir un feulement contrôlable. Dans le miroir, mon reflet a l'air d'une épave — mes pupilles dévorant l'iris noisette, mes joues empourprées, mes lèvres gonflées comme si j'avais vraiment été embrassée.

Une douche froide aide, à peine. Je dois me mordre la lèvre pour ne pas faire de bruit lorsque l'eau frappe ma peau hypersensible. Chaque goutte est comme une étincelle sur des nerfs à vif. Quand je sors, je suis rouge, tremblante et profondément agacée que mon corps m'ait trahie.

J'enroule une serviette autour de moi et me dirige vers le petit miroir au-dessus du lavabo. Mes cheveux sont en pagaille, naturellement ondulés et toujours un peu trop sauvages pour être disciplinés. Ils tombent juste en dessous de mes épaules, d'un blond miel un peu terne. Je passe un peigne à dents larges dans les nœuds, grimaçant quand il s'accroche. Le séchage est rapide et agressif, plus fonctionnel que délicat, et je les lisse avec mes doigts, froissant les pointes pour conserver l'ondulation.

Le maquillage est rapide. De l'anticerne sous les yeux, un coup de mascara, un baume teinté. Juste assez pour simuler l'énergie. Juste assez pour prétendre que je ne me suis pas réveillée haletante d'un rêve qui ressemblait plus à un souvenir.

Puis j'enfile mes vêtements de travail préférés : un pantalon noir ajusté qui a survécu à au moins cent déversements de bière, un t-shirt noir moulant avec notre logo sur la poitrine, et des bottes usées. Elles n'ont rien de spécial, mais elles se sont parfaitement moulées à mes pieds. C'est mon armure. Familière. Fonctionnelle. Je porte parfois une jupe les jours où il fait plus chaud.

Et pendant un instant, je me sens presque à nouveau humaine.

Presque.

Le coup frappé à ma porte me fait sursauter.

— Cindy ! Ma chère ! Vous êtes réveillée ?

Mme Meadow. Je regarde l'heure. Un peu après sept heures. Elle a dû m'entendre bouger.

J'ouvre la porte et trouve ma voisine dans sa robe de chambre emblématique, celle-ci couverte de citrouilles dansantes, tenant une assiette de ce qui sent les brioches à la cannelle.

— Bonjour, Mme Meadow, je parviens à dire, en espérant ne pas avoir l'air aussi dépravée que je me sens.

— Oh, bien, vous êtes habillée. Je m'inquiète pour vous, ma chère, une jeune Oméga non liée qui vit seule. Ce n'est pas convenable, pas prudent. Vous devriez vraiment envisager de retourner vivre avec votre famille, ou au moins de trouver un gentil Alpha pour vous protéger.

Si seulement elle savait pourquoi je ne peux pas retourner dans ma famille.

— J'apprécie votre sollicitude, dis-je doucement en prenant une brioche à la cannelle. Elle est encore chaude, probablement tout juste sortie de son four. Mais je me débrouille très bien toute seule. En vérité, j'adore vivre… de manière indépendante.

Elle me lance un regard. Le genre de regard qui dit qu'elle a déjà entendu ça. Mais je suis sincère.

Parce que la vérité, c'est que j'en ai *assez* d'être étouffée sous le poids de la *sollicitude*.

Les Omégas sont choyés, surprotégés, on nous dit que c'est pour notre sécurité, alors qu'en réalité, il s'agit de contrôle. On attend de nous que nous soyons douces, malléables, obéissantes. On nous fait rarement confiance pour décider par nous-mêmes, mais on nous dit constamment ce qui est le mieux pour nous. J'ai grandi derrière une vitre, piégée dans une maison qui me traitait comme un objet fragile. Je ne pouvais pas sortir seule. Je ne pouvais pas aller au magasin sans escorte. Je ne pouvais pas *respirer* sans que quelqu'un s'assure que je le faisais correctement.

Ils disaient que c'était de l'amour. De la sécurité. La famille.

Mais l'amour ne devrait pas ressembler aux barreaux d'une prison.

Et j'ai marché dans leur combine parce que je ne connaissais rien d'autre. Peut-être que j'avais peur. Peut-être que je n'avais pas une voix assez forte pour me défendre. Mon seul véritable exemple de liberté était ma tante, qui m'a appris ce qu'était l'indépendance lors d'après-midis volés et d'appels téléphoniques murmurés.

Ma mère détestait ça. Essayait de nous séparer. Disait qu'elle était imprudente, dangereuse, une mauvaise influence.

Mais quand ma tante est morte… quelque chose en moi s'est brisé. Comme si tout l'air avait été aspiré de mon monde, et que j'avais soudain réalisé ce qui m'avait manqué.

C'est ce jour-là que j'ai commencé à chercher. À fouiller. À faire des recherches sur les rares endroits du pays où les Omégas n'étaient ni réduits au silence ni possédés. Où ils pouvaient *vivre* — gérer des entreprises, voter aux conseils municipaux, avoir des rendez-vous, aller dans des bars ou *nulle part du tout* — seuls.

Whispering Grove était l'une de la poignée de petites villes qui non seulement toléraient les Omégas, mais les accueillaient. Les protégeaient *sans droit de propriété*. Les encourageaient à faire partie de la communauté. À être des personnes à part entière. Ils avaient même des cliniques pour les chaleurs, qui étaient discrètes, bien gérées et tenues par de vrais professionnels de la santé. Des ressources conçues pour aider les Omégas à gérer leurs cycles sans honte ni peur. Pour que nous ne soyons pas à la merci de la biologie. Pour que nous puissions avoir des options. Le contrôle.

À Whispering Grove, être un Oméga ne signifie pas renoncer à sa vie. Cela signifie enfin pouvoir la *vivre*.

C'est pourquoi je suis venue me cacher ici.

Pourquoi je ne partirai pas. Même si ce connard de Van m'a trouvée. Je ne le laisserai pas me chasser de chez moi, peu importe ce que je dois faire.

— Hmm. Ma voisine pince les lèvres de cette manière qui signifie qu'elle n'est pas d'accord mais ne discutera pas. Bon, soyez prudente. La ville est pleine d'étrangers pour Halloween. Certains d'entre eux… Elle s'interrompt lorsqu'un pick-up s'arrête dehors, musique à fond. Oh ! C'est mon petit-fils. La famille est là. Je dois y aller !

Elle s'éloigne à grands pas, et je regarde par la

fenêtre trois générations de Meadow sortir des véhi-
cules. Le genre de réunion de famille qui a lieu parce
que les gens veulent être ensemble, pas parce qu'ils
calculent ce qu'ils peuvent en tirer.

Je prends mon sac à dos, sors et verrouille la porte
d'entrée. Un rapide coup d'œil autour de moi, personne
ne m'observe, puis je me dirige vers la boulangerie sur la
rue principale. La matinée d'octobre me coupe le
souffle. Whispering Grove s'est transformée en un pays
des merveilles d'Halloween qui rendrait jaloux les
studios de cinéma. Chaque maison de Cottage Lane a
adopté la saison. Les porches sont drapés de toiles
d'araignées synthétiques qui scintillent sous la rosée du
matin, des squelettes sont disposés dans des poses
amusantes, des sorcières gonflables se balancent dans la
brise. Et il y a des citrouilles sculptées devant chaque
maison que je croise. J'adore cet endroit.

Même l'air sent l'octobre avec la fumée de bois des
cheminées, la cannelle de la pâtisserie de quelqu'un,
cette odeur de feuilles fraîches qui n'arrive qu'à cette
période de l'année. M. Shouz est dehors en train
d'ajuster sa décoration de jardin, qui a évolué en une
scène d'apocalypse zombie complète, avec un camp de
survivants en carton.

— Bonjour, Cindy ! crie-t-il en m'agitant un bras
coupé en plastique.

— Bonjour ! Les zombies ont l'air particulièrement
décédés aujourd'hui !

— Merci ! J'ai ajouté plus d'éclaboussures de sang
hier soir. Ma femme dit que c'est trop, mais moi, je dis :
on fait les choses en grand ou on ne fait rien !

C'est ce que j'aime à Whispering Grove. Les gens ici sont eux-mêmes sans complexe, mettant tout leur cœur dans ce qui leur apporte de la joie.

La rue principale poursuit le thème, mais en version amplifiée. Chaque vitrine est peinte de scènes d'Halloween — la quincaillerie a des citrouilles armées d'outils, la pharmacie a des pharmaciens vampires qui délivrent des ordonnances de sang. La boutique vintage a habillé tous ses mannequins en monstres de films célèbres, et je jurerais que le mannequin de la *Créature du Lac Noir* me fait un signe de la main.

Des banderoles orange et noires zigzaguent en travers de la rue comme une couronne d'Halloween.

La boulangerie Flour & Fable s'est surpassée, mais ce n'est pas une surprise. La vitrine est une maison hantée en pain d'épices qui est réellement hantée. J'ai regardé la propriétaire, Lily, installer de minuscules moteurs pour que de petits fantômes en pain d'épices volent autour. La porte d'entrée du café a été encadrée de feuilles d'automne qui sentent la cannelle quand on les frôle, et à l'intérieur, les chauves-souris en papier suspendues au plafond ont chacune de minuscules yeux LED qui clignotent de manière aléatoire.

Harper est déjà à notre table du coin, elle porte un pull avec un zombie et l'inscription « Je suis mort à l'intérieur », mais arrive on ne sait comment à le rendre joyeux.

— On dirait que soit tu n'as pas dormi, soit tu as trop bien dormi, observe-t-elle alors que je m'effondre sur la chaise en face d'elle.

— Les deux ? Ni l'un ni l'autre ? je m'avachis. Je n'arrive toujours pas à croire que Van m'a trouvée, je dis, les mots se bousculant. Ce putain de connard. Presque deux ans que j'étais libre, et il débarque comme s'il en avait le moindre droit…

— Je sais, ma chérie. Je sais. Harper tend la main par-dessus la table pour serrer la mienne. Tu as dormi un peu, au moins ?

— Un peu. J'ai fermé tous les verrous et j'ai calé une chaise sous la poignée. J'ai surveillé la rue pendant une heure avant même de pouvoir essayer de fermer les yeux. Je ris, mais mon rire est tremblant. Entre la peur et un rêve sérieusement torride à propos de M. Montagnard sexy, je suis complètement à la ramasse. Il va me falloir trois cafés. Minimum.

— Un rêve torride ? Les sourcils de Harper se haussent jusqu'à sa frange. À propos de Holt ?

— Et les autres sont apparus aussi, et… Je cache mon visage dans mes mains. J'ai le cerveau en vrac. Complètement en vrac.

— Bonjour, mes beautés ! Lily apparaît tel un tourbillon de caféine, ses yeux noisette pétillant d'enthousiasme. Oh là là, quelqu'un a besoin d'un café d'urgence. Je m'en occupe. Le même que d'habitude, mais en version extra ?

— Mets-m'en un triple, je la supplie.

— Je comprends tout à fait. Et ça a été le chaos ici toute la matinée ! On n'avait plus de lait d'avoine à neuf heures, quelqu'un a renversé le sirop d'épices à la citrouille, et la machine à expresso s'est mise à faire un bruit de possum mourant, mais on tient le coup !

— Lily, tu pars dans tous les sens, dit Harper avec affection.

— Je pars dans tous les sens quand je suis surmenée ! Elle a un petit rire adorable. Halloween fait sortir les originaux *et* les accros à la caféine. Oh ! Et M. Finley est passé tout à l'heure déguisé en chauve-souris, en oubliant qu'il avait une réunion avec le conseil municipal. Il est entré en battant des ailes comme si de rien n'était. Elle se penche vers nous avec un grand sourire. Ils l'ont obligé à garder les ailes. Ils ont dit que ça ajoutait une « fantaisie saisonnière » à la discussion sur le zonage.

Harper éclate de rire.

— Bref, on a de nouvelles saveurs d'Halloween en rotation. Il y a un café infusé à froid au caramel et à la citrouille qui a le goût d'une montée de sucre, et un truc expérimental au cacao noir qui est peut-être maudit. Je n'ai pas encore décidé.

— Ça a l'air génial. Apporte-nous un de chaque pour qu'on goûte, je dis, avant de faire un clin d'œil à Harper. On va prendre les boissons thématiques au lieu de nos habituelles.

— Ça arrive tout de suite ! Plus de sucre, plus de caféine, plus de chaos ! gazouille Lily en pivotant sur ses talons et en retournant presque en sautillant au comptoir.

— Bon, dit Harper une fois que Lily a disparu derrière le comptoir. Elle se penche et baisse la voix. À propos de ces types. Je ne voulais pas te balancer ça hier soir après tout ce qui s'est passé, mais, ma belle... tu as choisi les *meilleurs* gardes du corps possibles.

— Ben ouais, je dis en attrapant une serviette en papier que je me mets à tripoter. Tu *as vu* leur carrure ? C'est pour ça que j'ai choisi Holt pour m'aider. On dirait que ce mec pourrait soulever un camion au développé couché.

Harper me lance un regard entendu. — Non. Pas seulement pour ça. Cindy. Est-ce que tu as la *moindre idée* de qui tu as abordé ? De qui ils sont ?

Je cligne des yeux. — Qu'est-ce que tu veux dire ? Je secoue la tête en fronçant les sourcils. Ça ne fait même pas deux ans que je suis en ville. C'est petit, certes, mais il y a beaucoup de gens qui vivent ici. Je n'ai pas rencontré tout le monde.

— Eh bien, il se trouve que tu les as rencontrés, *eux*. Elle se penche encore plus près. Ce ne sont pas juste des mecs canons et effrayants avec un instinct protecteur. Ce sont d'anciens Savage Reapers.

J'ai un blanc. — Des… quoi ?

— Le Savage Reapers Motorcycle Club, dit Harper d'une voix basse mais pressante. Et pas le genre de motards sympas du week-end qui boivent au pub de Mason. Ces gars-là, c'étaient des vrais de vrais. Organisés. Armés. Craints. Leur club n'était pas du tout dans le coin. Ils étaient basés à l'autre bout du pays. Personne ne sait exactement pourquoi ils sont venus ici, mais le bruit court qu'ils ont quitté cette vie-là il y a quelques années et ont décidé de disparaître dans un endroit plus tranquille.

J'ai la bouche sèche. — Et les gens… les ont juste laissés faire ?

Harper hausse les épaules. — La plupart des gens ne

savent pas. Ils ont fait profil bas, ont ouvert de vraies entreprises. Mais quelqu'un l'a découvert – peut-être une vérification d'antécédents, peut-être que quelqu'un les a reconnus – et ça s'est su. Discrètement. Les habitants n'en parlent pas beaucoup, parce que honnêtement ? Personne ne veut les faire chier.

Je baisse les yeux sur la serviette dans mes mains, maintenant en lambeaux. — Qu'est-ce qu'ils *faisaient* pour le club ?

— C'est la partie que personne ne veut vraiment dire à voix haute, dit Harper. Mais la théorie la plus répandue ? Ils étaient les hommes de main. Le genre d'hommes que tu appelles quand tu veux qu'un problème disparaisse sans poser de questions.

Un frisson me parcourt l'échine, mais ce n'est pas de la peur. C'est plutôt... une prise de conscience. Une compréhension. Holt, Arrow et Luke n'avaient pas *hésité* la nuit dernière. Ils avaient bougé comme s'ils étaient habitués au danger. Comme s'ils étaient *conçus* pour ça.

Je ris, mais mon rire est cassant et fatigué. — Évidemment. Il fallait *bien sûr* que je recrute accidentellement un trio d'anciens hommes de main motards. Mon historique avec les hommes est un putain de film d'horreur.

Harper incline la tête. — Ou peut-être... peut-être que c'est la meilleure chose qui te soit arrivée depuis des années.

Je lève la tête, surprise.

Elle hausse les épaules. — Réfléchis. Tu as une peur bleue de Van, non ? Tu l'as dit toi-même, il est dangereux, obsessionnel. Alors, qui de mieux pour se mettre entre toi et lui que des hommes qui *étaient* dangereux mais qui maintenant utilisent ce danger pour protéger les gens ?

— C'est juste que... Je secoue la tête, essayant toujours de digérer l'information. Ce sont des motards.

— Des *ex*-motards, corrige-t-elle. J'ai fait mes recherches ce matin. Holt et Luke dirigent cette société de sécurité haut de gamme, Blackline Forge & Security. Ils ne prennent que des clients très sélects. Et le restaurant d'Arrow ? Complet pour les trois prochains mois pour le dîner. Ce ne sont pas des voyous qui se cachent. Ils ont construit quelque chose ici.

J'expire bruyamment, laissant l'information faire son chemin. Je devrais avoir peur. Je devrais remettre en question mon instinct. Mais ce n'est pas le cas. Pas vraiment.

Parce que la nuit dernière, quand Van est apparu... Holt s'est posté devant moi comme s'il avait déjà décidé que j'étais sienne, à protéger. Les yeux d'Arrow avaient défié quiconque de me toucher. Luke avait ri comme si la violence était un jeu et que j'en étais le prix.

— Ils ne me veulent aucun mal, je dis doucement.

Harper se penche en arrière, m'étudiant. — Non. Je ne pense pas. Mais ils ont pris ta défense.

J'acquiesce lentement. — Ce qui devrait me terrifier.

— Mais ce n'est pas le cas, termine-t-elle.

— Non. Je regarde par la fenêtre du café, mon cœur battant comme s'il marquait le rythme de quelque chose qui approchait. Pas du tout.

Lily revient avec nos boissons. Un moka avec ce qui semble être des paillettes comestibles, de minuscules chauves-souris en pâte à sucre, et de la vraie glace carbonique qui les fait fumer, et un café infusé à froid caramel-citrouille. Les friandises sont encore plus élaborées. Un cimetière de brownies avec des pierres tombales en biscuit, des choux à la crème en forme de fantômes avec des pépites de chocolat pour les yeux, et de minuscules gâteaux à la citrouille avec des feuilles d'or.

— Lily, c'est incroyable, je souffle.

— Halloween, c'est mon festival d'art ! Oh, et la librairie organise une soirée de lecture horrifique ce soir si vous voulez venir. Des auteurs locaux liront leurs histoires les plus effrayantes. Je fournis les snacks à thème, évidemment. Des cupcakes bloody velvet, des cookies monstres, peut-être des doigts de sorcière si j'arrive à faire en sorte que les amandes ressemblent à des ongles.

— Ça a l'air génial et tu es un génie, lui dit Harper. Tu les gaves de sucreries, puis tu leur vends des livres pendant leur montée de sucre.

— C'est le plan ! Mais honnêtement, j'adore voir les gens heureux. Et rien ne fait plus plaisir que des cookies inattendus. Elle jette un coup d'œil à la file qui s'allonge. Je dois y aller ! Mme Kim veut son habituel, et si je la fais attendre, elle devient grincheuse !

Après avoir terminé notre petit-déjeuner, chaque bouchée incroyable, Harper me raccompagne à la porte. Lily nous y rattrape, nous tendant de petits sacs en papier.

— Des friandises pour le thé de l'après-midi. Elle

fait un clin d'œil. Des macarons d'Halloween. Il y a des Pop Rocks dans la garniture.

— Lily, je mourrais pour toi, dit Harper sérieusement.

— Pas de morts ! C'est mauvais pour les affaires ! Lily rit en nous chassant dehors.

Harper me serre dans ses bras sur le trottoir, une étreinte forte et intense. — Ça va aller. Et si Van se pointe à la brasserie, je suis juste là.

— Je sais, merci.

— Et peut-être… peut-être que tu devrais réfléchir à ces motards. Je sais que ce n'est pas ce que tu avais prévu, mais les plans, ça change.

— Mon plan, c'était de rester invisible et seule pour toujours, je lui rappelle.

— Plan horrible. Ton nouveau plan devrait inclure des hommes canons qui veulent te protéger.

L'entrepôt de la brasserie se dresse devant moi, tout en briques apparentes et fenêtres industrielles, avec *Whispering Grove Brewing Company* peint dans une écriture élégante au-dessus de l'entrée principale. C'est là que Harper et moi nous séparons, car elle travaille au service marketing.

À l'intérieur, ça sent le paradis pour les amateurs de bière. Une odeur maltée et riche, avec des notes d'agrumes de l'IPA que nous brassons. Les cuves en cuivre apparentes brillent derrière des parois de verre, et le bar à l'avant est déjà en cours d'installation pour le service du midi.

— Cindy ! Dieu merci, tu es là !

Garrett, le propriétaire, sort de son bureau l'air agité,

sa chemise en flanelle sortie du pantalon, ses cheveux sombres en bataille là où il a probablement passé ses mains. Du haut de son mètre quatre-vingt-huit, avec ses larges épaules forgées par des années à transporter du matériel, il a une stature imposante, mais ses yeux d'un vert profond sont plus bienveillants que jamais.

— Bonjour à toi aussi, patron, je dis avec affection.

— Désolé, désolé. Bonjour. Tu es bien habillée. C'est une nouvelle chemise ? Peu importe. Écoute… Il attrape déjà son carnet de sa poche arrière, le feuilletant en marchant à reculons vers la porte. L'agence de pub a complètement merdé. La moitié des dépliants pour la dégustation d'Halloween n'ont jamais été envoyés, et ensuite ils ont perdu tous les fichiers dans une sorte de violation de données. Pour faire court, ils ont dû tout refaire à partir de zéro et viennent de recevoir le nouveau lot imprimé. Mais maintenant, il faut tout distribuer. Tu peux t'occuper de la distribution ? L'équipe marketing est prise par autre chose d'urgent. La pile est sur ton bureau.

— Jusqu'où faut-il aller ?

— En ville, c'est sûr. Peut-être tous les lieux touristiques à la périphérie si tu as le temps ? Je sais que c'est beaucoup, mais le festival commence demain et on veut que tout le monde vienne visiter notre stand. Le premier lot qu'on a commandé est parti la semaine dernière – villes environnantes, partenaires régionaux, et quelques arrêts sur l'autoroute. Mais ce lot vient d'arriver, et il est pour la clientèle *locale*. La rue principale, les boutiques, les hôtels, tout ça. Ça doit partir aujourd'hui.

— Je m'en occupe, je promets.

— Tu es un ange ! Une sainte ! Je vais donner ton nom à une bière ! Il est déjà sorti, probablement en retard pour une réunion avec un fournisseur.

Je me dirige vers mon bureau, souriant toujours à l'énergie chaotique de Garrett. Le bureau de la brasserie est chaleureux avec ses briques apparentes, ses affiches de brassage vintage et quelques plantes que j'ai réussi à maintenir en vie. Mon bureau fait face à la fenêtre qui donne sur un petit champ et la ville au loin. Je peux apercevoir les décorations d'Halloween d'ici.

La pile de dépliants trône au centre de mon bureau, brillante et professionnelle. Je prends celui du dessus, admirant le design des cuves en cuivre qui paraissent mystérieuses sous un éclairage tamisé, le bar rempli de clients heureux, les noms des bières d'Halloween en police gothique. Le résultat est fantastique.

La brasserie de Garrett a explosé au cours de l'année écoulée, triplant son activité, augmentant son personnel, tout en réussissant à conserver son charme convivial. Ça n'a pas arrêté, mais c'est le genre d'effervescence qui ressemble à un élan positif.

Puis je le vois.

En arrière-plan de la photo principale sur la brochure, à peine visible sauf si on y prête attention, mais assez net si on sait quoi chercher.

Moi.

Je ris de quelque chose, tenant un plateau de dégustation, l'air plus heureuse que jamais. Mes cheveux captent la lumière, mon visage est tourné juste assez pour être reconnaissable.

— Oh, putain, je souffle en m'effondrant sur ma chaise. Putain, putain, putain.

C'est comme ça que Van m'a trouvée. Il a dû voir une brochure, m'a reconnue.

La photo datait de notre événement estival. Je me souviens de ce jour, la première fois où je me suis sentie vraiment libre, vraiment moi-même. Et maintenant, c'est ce qui fait ressurgir mon passé.

J'ai l'estomac qui se retourne à l'idée de le revoir, convaincue qu'il ne me laissera pas tranquille.

Peut-être que je devrais emménager chez Harper pour un temps. L'union fait la force. Son appartement est au-dessus de la boutique vintage, il a de bonnes serrures, une issue de secours. Elle me laisserait rester aussi longtemps que nécessaire.

Je m'affale en avant, la tête sur mon bureau, et je soupire assez fort pour faire vibrer les dépliants.

— Pourquoi ma vie est-elle comme ça ? je demande à l'univers.

L'univers, comme d'habitude, ne répond pas.

Mais je sais une chose avec certitude… Van est dans ma ville, dans mon refuge, et il n'arrêtera pas tant qu'il n'aura pas obtenu ce pour quoi il est venu.

Moi.

La question est de savoir si je continue de fuir ou si je me retourne enfin pour me battre.

Je repense au rêve, au fait d'être entourée par eux, protégée par eux. À la façon dont mon corps les a reconnus même si mon cerveau hurlait *Danger !* Comment leurs odeurs étaient si réconfortantes que ça m'effraie de penser que mon attirance pour eux est plus que physique.

Peut-être que Harper a raison. Peut-être qu'il y a dangereux, et puis il y a *dangereux*.

Mais pour l'instant, je dois distribuer ces dépliants et faire comme si tout était normal. Faire semblant d'être juste Cindy Young, assistante de brasserie, passionnée de miniatures, et certainement pas une Oméga en fuite avec un Alpha qui la harcèle et qui fait des rêves inappropriés sur des motards.

Juste un autre jour d'octobre à Whispering Grove.

Si seulement c'était vrai.

4

ARROW

—**D**evinez qui vient de nous décrocher cinq mille dollars pour une putain de table ?

Je sors de la cuisine pour entrer dans la salle principale, avec le sourire de celui qui vient de réussir le casse du siècle. Holt et Luke se sont approprié la banquette du coin comme si l'endroit leur appartenait. Ce qui, techniquement, est en partie le cas, mais là n'est pas la question. Ils sont en train de démolir ce qui ressemble à une tour de gamelles initialement prévue pour quatre personnes. Les boîtes en cuivre sont empilées comme de petits coffres au trésor, chacune renfermant quelque chose de ridiculement délicieux. Je jure que je ne les ai laissés seuls avec la tour que dix minutes, et ils en ont déjà fait un véritable carnage.

— T'as enfin vendu ce tableau bizarre dans l'arrière-salle ? lance Luke, levant à peine les yeux du compartiment inférieur, d'où il pêche des morceaux de poitrine de porc laquée au miel avec les doigts, en vrai sauvage qu'il est.

— Il vaut plus cher que ta bécane, je réponds auto-matiquement en me glissant dans la banquette et en attrapant un morceau de poulet frit coréen de l'étage du milieu avant que Luke ne puisse tout rafler. Non, je viens de recevoir le plus bel appel de ma putain de vie.

Je balaie mon restaurant du regard et j'adore le résultat. Savor ne ressemble pas au restaurant haut de gamme typique, et c'est exactement ce que nous voulions. Quand on a conçu cet endroit, on a visé une esthétique du genre « on pourrait vous buter, mais on préfère vous nourrir ». Des poutres en acier noir traversent le plafond, pas ces conneries industrielles que tout le monde fait, mais de vraies poutres récupérées d'une vieille usine qu'on a peut-être, ou peut-être pas, utilisée à des fins moins légales à l'époque. Les tables sont en noyer à bords bruts que Holt et moi sommes allés chercher nous-mêmes dans une scierie, chacune unique, entourée de chaises ou de banquettes en cuir qui ont l'air vintage mais qui coûtent une putain de fortune.

Les murs exposent des œuvres d'artistes locaux qui ont fait de la prison. En ce moment, c'est la série de Jackson ; le gars a fait cinq ans pour vol de voiture avec violence et a apparemment appris à peindre. Ses toiles représentent des paysages traditionnels en feu. Elles sont sombres à crever, et j'adore ça.

— Alors, cet appel, lance Holt, car il me connaît assez bien pour reconnaître quand je prépare un truc d'enfer.

— Une femme appelle, donc. Elle a l'air d'avoir du fric. Pas une nouvelle riche, non, le genre vieille fortune qui dit « souper » au lieu de « dîner ». Je pique un autre morceau de poulet, celui-ci avec le glaçage au gochujang qui fait pleurer les hommes. Elle veut une table pour douze.

— C'est du bon argent, ça, dit Holt la bouche pleine.

— Pour samedi soir.

— Putain, non, dit immédiatement Luke. Samedi, c'est blindé. On a l'anniversaire, ce club de lecture bizarre qui boit beaucoup trop de vin, et la moitié de la ville qui essaie d'impressionner son rencard.

— C'est ce que je lui ai dit. Très poliment, je lui ai expliqué que nous étions complets pour samedi, mais que nous serions heureux de l'accueillir un autre soir.

— Laisse-moi deviner. Luke sourit, de la sauce sur le menton comme un putain de gamin. Elle n'a pas accepté un non comme réponse.

— Elle a proposé le double de notre prix de banquet. Quatre cents par tête.

Ils arrêtent tous les deux de manger et me dévisagent.

— C'est quoi, le piège ? demande Holt, parce qu'il y a toujours un piège.

— Aucun. Elle veut juste notre expérience complète de banquet tiffin. Sept services, accords mets et vins, la totale. Et je ne pouvais pas dire non.

— Alors on les met où, putain ? demande Luke. À moins que tu ne prévoies de virer le club de lecture, et ces dames me font plus peur que n'importe quel homme de main qu'on ait jamais affronté.

— La cour arrière. Je m'affale sur la banquette, visualisant déjà la scène. On installe un chapiteau, un de ces trucs chics à parois transparentes pour qu'ils puissent voir les jardins. Des guirlandes lumineuses, des chauffages, pour que ça ait l'air intentionnel et non improvisé.

— En trois jours ? Holt lève un sourcil.

— On a fait plus avec moins. Tu te souviens de la fois où on a dû déplacer trois bécanes et assez de matos pour armer un petit pays en six heures parce que les fédéraux reniflaient dans le coin ?

— C'était différent, rit Luke. Ça demandait juste des couilles et un mépris total des limitations de vitesse.

— Ça, ça demande ça plus un sens de l'esthétique. Je lève les yeux vers eux. Holt, tu t'occupes de trouver le chapiteau. Luke, le mobilier. Je veux que ça ait l'air comme si on avait toujours eu un salon privé là-bas.

— Putain, marmonne Luke, mais il sourit. Arrow se la rejoue Martha Stewart.

— Martha Stewart avec quelques cadavres au compteur, je corrige. À ce propos, on doit se préparer pour le festival de demain. Le food truck est prêt ?

— Livré sur le site du festival ce matin, dit Luke fièrement. Ce magnifique salaud est garé et prêt à cuisiner. Cuisine complète, passe-plat, la totale. Il a même ces lampes chauffantes qui ne donnent pas l'impression que la nourriture a séjourné sous un réacteur nucléaire.

Tim, notre chef de cuisine, sort de la cuisine avec une cafetière de café frais, le truc colombien qui coûte une fortune mais qui a le goût d'un bébé né du paradis et de la cocaïne. Ses manches sont retroussées, laissant voir ses tatouages, et il sourit comme un homme qui sait qu'il vient de surpasser Dieu.

Il pose la cafetière et un plateau de tiffins miniatures sur la table avec un geste théâtral. — Les boss, votre avant-goût du food porn de demain. Essayez de ne pas gémir trop fort. Je n'ai pas besoin que l'inspecteur de l'hygiène pose des questions.

Il ouvre les loquets d'une des boîtes, la vapeur s'enroulant comme une promesse. — En bas, tacos de rue au confit de canard. Au milieu, frites garnies, truffe et moelle osseuse. Et le joyau de la couronne… il ouvre le compartiment supérieur avec un clin d'œil… des bouchées de gâteau au bourbon. De rien, bande de cons.

— Tu t'es surpassé, je déclare, ce à quoi Tim sourit fièrement avant de retourner en cuisine.

Luke n'attend pas. Il est déjà en train de piocher dedans, attrapant une bouchée de gâteau. — Bordel de merde, gémit-il la bouche pleine. C'est presque aussi doux qu'*elle*.

Et voilà. On sait tous très bien de qui il parle.

— En parlant de *notre fille*, dit Holt nonchalamment, comme s'il n'avait pas passé les dernières vingt-quatre heures dans une obsession silencieuse et dévorante. J'ai fait quelques recherches.

— Tu veux dire que tu l'as traquée comme un putain de pervers, je traduis en souriant.

— J'ai recueilli des renseignements, corrige Holt avec une fausse dignité. Elle habite un triplex sur Cottage Lane. Travaille à la brasserie. Elle a une routine, mais la change juste assez pour éviter les schémas répétitifs.

— Ou alors elle est juste intelligente, je dis en volant un des mini tiffins. Une fille qui change de nom et qui se casse d'une ville pour fuir un ex sait comment rester sous les radars.

— Van l'a appelée Cynthia l'autre jour au bal de la Moisson, ajoute Holt. Elle m'a dit qu'elle s'appelait *Cindy*. Et en me renseignant à son travail, elle se fait appeler Cindy Young. Donc oui, elle a bien changé de nom pour se cacher en ville. Je doute que ce soit le nom de famille de ses parents.

Luke laisse échapper un sifflement bas. — Évidemment.

— Je me fous du nom qu'elle utilise, marmonne Holt. Je la reconnaîtrais rien qu'à l'odeur.

— Bordel, cette odeur. C'est comme si le matin de Noël avait fait un bébé avec tout ce qu'il y a de bon dans le monde. Orange piquée de clous de girofle. Ce craquement de sucre cassant. Pain d'épices à la citrouille, chaud et tout juste sorti du four.

— On doit se rapprocher d'elle, déclare Holt, et il y a quelque chose de sombre et d'affamé dans ses yeux qui correspond à ce que je ressens. La sentir vraiment, comme il faut. Notre première rencontre était rapide, chaotique, pleine d'adrénaline. On doit en avoir le cœur net.

— Quoi, tu veux t'approcher et prendre une grande inspiration ? rit Luke. Salut, ma belle, ça te dérange si je te renifle ? Promis, on n'est pas bizarres, juste trois ex-motards qui pensent que tu pourrais être notre compagne.

— J'ai fait pire, j'avoue.

— Oui, *c'est* flippant à mort, dit Holt. Ça ne veut pas dire qu'on ne va pas le faire.

Le reste de la journée passe à toute vitesse avec les préparatifs, nous mettant en ordre pour l'événement de demain. Je suis dans mon élément, coordonnant avec Tim et l'équipe de cuisine, finalisant les ingrédients, m'assurant que nous avons assez de produits pour le camion et le service normal. C'est ça que j'aime : créer quelque chose à partir de rien, nourrir les gens, regarder leurs visages quand ils goûtent quelque chose qui change leur journée du tout au tout.

Quand le soir arrive, nous sommes prêts pour la phase deux de l'Opération Protéger Notre Fille. Ouais, c'est Luke qui a trouvé le nom. Il est nul pour trouver des noms.

On s'entasse dans le camion de Holt. Moi à la place du passager, Luke à l'arrière, et Holt au volant. Le camion est ridicule, surélevé avec des roues qui pourraient écraser une petite voiture, mais il se fond dans le mélange de pratique et d'excessif de Whispering Grove.

— Tu as les provisions ? je demande.

Luke brandit un sac. — Du café, ces petits choux à la crème que tu as faits, du bœuf séché, et ces noix grillées à l'érable et au poivre de Cayenne. Plus, deux pizzas ici à côté de moi.

Holt se gare dans un coin sombre non loin de la rue de Cindy. — Cette pizza sent tellement bon, putain. Il m'en faut une part maintenant.

Il met le camion au point mort et cherche à l'aveugle une des boîtes. Luke est déjà en train de déchiqueter le bœuf séché d'une main tout en ouvrant la boîte à pizza dans la main de Holt de l'autre.

— Amateurs de viande, annonce Holt comme si c'était une parole sainte. Chargée en pepperoni, saucisse, et ce truc impie que Tim a ajouté qui la rend parfaite.

Je prends une part et me brûle les doigts sur le fromage. Ça en vaut la peine. — C'est de la poitrine de bœuf, je dis. Tim ne joue pas franc-jeu.

Holt attrape la deuxième boîte et l'ouvre, inhalant l'arôme délicieux. — Poulet barbecue avec jalapeños et bacon croustillant. Douce, fumée et épicée. Comme quelqu'un qu'on connaît.

Sa maison est mignonne à croquer, peinte en bleu doux avec des garnitures blanches, de petites fleurs dans les jardinières même si on est en octobre. Le genre d'endroit qui dit *je construis ma vie ici,* pas *je suis prête à fuir à tout moment.*

— Dernier étage, souligne Holt inutilement. On peut tous voir la lumière chaude derrière ses rideaux. Elle est à la maison.

— Sans blague, détective Évident, dit Luke en léchant la graisse de ses doigts. La question est de savoir si Van va tenter quelque chose.

— S'il est assez con pour revenir en ville, je confirme en attrapant une autre part.

— Il pense qu'elle lui appartient, dit Holt d'une voix basse, et cette dureté est là, celle qui précédait le sang autrefois. Il ne peut probablement pas comprendre qu'elle se soit enfuie. Dans son esprit, c'est une propriété qui a été égarée.

— J'ai envie d'égarer ses putains de dents, je marmonne en arrachant un morceau de croûte comme si c'était son visage.

Une Honda Civic se gare devant son immeuble, et je la reconnais instantanément comme étant celle de Harper depuis qu'on l'a suivie avec Cindy après le bal de la Moisson. C'est Harper qui sort, ses cheveux noirs aux pointes violettes scintillant sous le lampadaire, un sac de voyage à la main.

— Intelligent, approuve Holt. Le nombre, c'est bien. Plus difficile d'attraper quelqu'un quand il y a un témoin.

— Tu crois qu'elles font une soirée entre filles ? demande Luke. Se faire les ongles, parler de sentiments et de ce genre de conneries ?

— Je pense qu'elles essaient probablement de trouver comment gérer un ex-fiancé harceleur qui n'accepte pas un non comme réponse, je dis en regardant les lumières toujours allumées chez Cindy. Une des ombres bouge, rien de distinct. Juste assez pour que ma mâchoire se crispe.

— On pourrait se rapprocher, suggère Luke, la main déjà sur la poignée de la portière comme si c'était une chose normale à dire. S'assurer qu'elles sont vraiment en sécurité.

— Et quoi, jeter un œil par leurs fenêtres ? dit Holt. On passe de protecteur à « ordonnance restrictive » putain de vite.

— Depuis quand t'es la voix de la raison ? marmonne Luke.

— Depuis que tu as commencé à penser avec ton nœud au lieu de ton cerveau.

Luke renifle mais ne le nie pas.

On se tait de nouveau, finissant les dernières parts de pizza, les yeux fixés sur la douce lumière derrière ces rideaux du deuxième étage. Aucun mouvement maintenant. Juste le bourdonnement du lampadaire et le faible grondement du moteur de Holt.

Puis mon téléphone sonne.

L'écran s'illumine d'un nom qui transforme ma bonne humeur en cendres.

Mack.

Je soupire comme si on venait de me tendre une grenade dégoupillée. — Quoi ? je réponds, me préparant déjà au chaos.

— Grand frère ! claironne Mack. Comment va mon Alpha préféré ?

Sa voix a cette tonalité frénétique, celle qui signifie généralement qu'il est défoncé, bourré ou sur le point de faire une très grosse connerie. Avec Mack, c'est généralement les trois, plus un pistolet de détresse et un tatoueur douteux.

— Je suis ton *seul* frère Alpha, je lui rappelle, parce que Dieu préserve qu'il l'oublie un jour. Qu'est-ce que tu veux ?

— Un Bêta ne peut pas prendre des nouvelles de son grand frère coincé, qui a réussi et qui est propriétaire d'un restaurant, sans vouloir quelque chose ?

— Pas dans cette vie, je marmonne, vérifiant déjà l'heure et me demandant si je vais devoir payer sa caution. Encore.

Luke se penche pour lire le nom sur mon écran et sourit. — Oh, super, c'est le désastre familial.

— J'ai entendu ça ! hurle Mack à travers le téléphone comme s'il était en haut-parleur. Il ne l'est pas. Son volume fait juste partie de sa personnalité.

— Tu pourrais, mais tu ne le fais pas. Ça fait presque un an que tu n'as pas appelé, et c'était parce que tu avais besoin d'argent pour ta caution après cette bagarre de bar où tu as failli tuer quelqu'un.

Luke et Holt échangent un regard. Ils connaissent mon histoire familiale, savent à quel point tout est foutu. Des parents qui ont essayé de *prier pour me purger de l'Alpha en moi*, littéralement. Famine, isolement, thérapie de conversion qui était en gros de la torture avec une bande-son religieuse. Et Mack, mon petit frère, qui est resté même après que je l'ai supplié de s'enfuir avec moi. Il avait à peine treize ans quand je suis parti. Juste un gamin. Et il est resté.

— C'était un malentendu, dit Mack, et je peux presque l'entendre hausser les épaules à travers le téléphone. Le gars n'aurait pas dû me regarder comme ça.

— Le gars était le barman. Il t'a regardé parce que tu détruisais son bar.

— Détails, dit-il, comme si on parlait d'une amende de stationnement. Bref, je suis de retour en ville. Je loge au motel près de l'autoroute. Je me suis dit qu'on pourrait peut-être prendre une bière, se mettre à jour. Mon grand frère me manque.

Je ne lui manque pas. Ce qui lui manque, c'est d'avoir quelqu'un pour le sortir de la merde. Quelqu'un pour absorber le blâme, comme une éponge pour sa folie.

Dans le monde de Mack, tout ce qui ne va pas dans sa vie est d'une manière ou d'une autre de ma faute – pour être parti, pour être né Alpha, pour ne pas l'avoir traîné dehors quand je me suis échappé de cette putain de maison.

— Je suis occupé. Le festival d'Halloween, les trucs du restaurant.

— C'est ça. Ton endroit chic. Sa voix s'aiguise, juste un peu. J'ai entendu dire que tu te débrouillais super bien. Que tu te faisais un fric monstre. Bien pour toi, Arrow. Vraiment bien.

Ça y est. La demande. Ça arrive toujours. C'est comme s'il ne pouvait physiquement pas s'en empêcher.

— Je dois y aller, je dis. On pourra peut-être se voir dans quelques semaines.

— Quelques semaines. Bien sûr. Comme tu veux, mec. Il marque une pause juste assez longue pour remuer le couteau dans la plaie. Chambre douze, si tu changes d'avis. Tu sais… si tu te souviens que tu as un frère qui a passé trois ans en thérapie de récupération post-traumatique après que je suis parti de la maison.

La culpabilité frappe comme toujours. Aiguë, familière, inutile. Un coup de poing dans le ventre que j'ai déjà reçu mille fois.

Il raccroche avant que je puisse répondre, ce qui est probablement mieux. Rien de ce que je dis n'aide de toute façon. Pas quand il s'agit de Mack. On ne peut pas guérir une blessure quand la personne continue de la gratter juste pour sentir quelque chose.

— Ça va ? demande Luke, une réelle inquiétude perçant à travers son sarcasme habituel.

— Super. Je laisse tomber le téléphone dans le porte-gobelet comme s'il m'avait brûlé et je passe une main dans mes cheveux. Mon frère psychopathe est de retour, probablement fauché, et certainement sur le point de causer des problèmes.

Luke ne dit rien. Il me tend juste un des derniers petits choux à la crème que Tim a faits, comme si le sucre pouvait adoucir les bords des vieilles blessures.

Je le prends et l'avale d'une seule bouchée.

— Tu veux qu'on s'en occupe ? propose Holt, et par *s'en occuper*, il entend tout, d'une simple discussion à le faire disparaître.

Il n'y a pas de sourire sur son visage quand il le dit.

Juste la loyauté calme et profonde de quelqu'un qui a déjà décidé *qui compte* et ce qu'il est prêt à faire à ce sujet.

— Non. C'est toujours mon frère. Malgré tout, c'est la famille.

— La famille, c'est ceux que tu choisis, dit Luke. Nous, on est ta famille. Ce gars, c'est juste quelqu'un avec qui tu partages de l'ADN.

Il a raison, mais ça ne rend pas la culpabilité plus facile à porter.

— On peut parler d'autre chose ? je demande. Genre… est-ce qu'on fait vraiment ça ?

Luke s'arrête en plein milieu d'une bouchée. — Faire *quoi*, exactement ?

— Ça, je dis en désignant l'appartement de Cindy du menton. Rester assis ici comme des chiens de garde avec nos casse-croûtes. Parler de compatibilité d'odeurs et de liens et, merde, de *trucs d'Oméga.* Est-ce qu'on est vraiment prêts pour ce qui vient après ?

Holt jette un coup d'œil, une main drapée nonchalamment sur le volant. — Tu veux dire la partie où la revendiquer change tout ?

— Ouais, j'admets. La partie où ce n'est plus juste de l'instinct. C'est une *vie.*

Luke fait une grimace quand je jette un coup d'œil par-dessus mon épaule vers lui. — Ne le dis pas comme ça. On dirait que tu es sur le point d'acheter un minivan et de porter une ceinture à outils.

— Je suis sérieux, je déclare. Tu te lies à un Oméga, tu n'as pas juste des chaleurs, du sexe et le bonheur domestique. Tu as le *besoin.* Tu as la *responsabilité.* Tu as… des bébés.

Luke s'étouffe avec une noix de pécan. — Jésus, répète ça mais plus lentement.

— *Des bébés,* je répète, le regardant s'étouffer de façon théâtrale. Des versions minuscules, hurlantes et à moitié sauvages de nous. Couverts de bave et de dents.

— Je serais le marrant, dit Luke, en se remettant. Je leur apprendrais à jurer en quatre langues et à lancer des couteaux.

— Tu n'arranges pas ton cas, marmonne Holt.

Mais je vois l'éclair dans son expression. L'immobilité. Parce qu'il y pense aussi — à ce que ça signifierait de vraiment se ranger. D'être *choisi* et pas seulement pris au sérieux… mais complètement.

— J'ai toujours pensé qu'on finirait par se griller avant d'en arriver là, j'avoue. Soit la loi nous rattraperait, soit quelqu'un nous mettrait une balle entre les deux yeux. Mais maintenant, on a une affaire légitime. Une ville qui ne nous déteste pas. Et… elle.

Luke bouge sur son siège, plus calme maintenant. — Tu crois qu'elle veut ça ? Le délire de la barrière blanche ? Avec nous ?

— Elle veut la sécurité. La stabilité. Un avenir, dit Holt. Des choses qu'on n'a jamais eues. Des choses qu'on n'a jamais vraiment su offrir.

— Ça ne veut pas dire qu'on ne peut pas essayer, j'ajoute. Mais on n'a pas le droit de faire ça à moitié. Pas avec elle. Si elle nous choisit, on lui doit tout.

Le silence qui suit n'est pas lourd — il est *solide*. Comme quelque chose qui s'emboîte.

Les lumières dans sa maison commencent à s'éteindre une par une. La chambre en dernier.

— Elle est couchée pour la nuit, dit Holt en ajustant son siège.

Luke bâille. — On a le droit de dormir, ou c'est un boulot de baby-sitting vingt-quatre heures sur vingt-quatre ?

— On surveille encore un peu, je dis. Juste au cas où.

Et on le fait. On reste. On attend. Pas seulement le danger.

Mais on l'attend, elle.

Parce que pour une fois, c'est quelque chose qu'on ne veut pas voler.

On veut le *mériter*.

5

CINDY

Je suis déjà vêtue du polo de travail réglementaire, mais j'ai fait de mon mieux pour combattre le beige avec une touche d'Halloween en ajoutant des pin's chauve-souris sur le col, des collants rayés orange et noir sous ma jupe, et des boucles d'oreilles araignées qui tintent quand je bouge. Professionnel, techniquement. Festif, absolument. D'après Harper, je sers un look « gothique corporate version allégée ». D'après moi, j'essaie juste de ne pas hurler dans un seau à citrouille.

Le stand de la brasserie au festival est toujours bondé le premier soir, tout le monde voulant essayer nos bières de saison pour Halloween. Il y a la stout Vampire's Kiss, l'IPA Witch's Brew, et ma préférée, l'ale Pumpkin Massacre, qui donne l'impression que l'automne et la cannelle se sont affrontés et que les deux ont gagné.

Harper passe me chercher dans une heure, ce qui me laisse juste assez de temps pour ajouter un peu de fard à paupières orange et peut-être ce bracelet toile d'araignée qu'elle m'a offert l'année dernière. Je me demande si des tatouages temporaires ne seraient pas de trop quand mon téléphone sonne.

Numéro masqué.

D'habitude, je les ignore. Ce sont soit des télévendeurs, soit des erreurs de numéro, soit quelqu'un qui essaie de me joindre au sujet de la garantie prolongée de ma voiture pour une voiture que je ne possède pas. Mais quelque chose au fond de moi, ce même instinct qui m'a dit de fuir il y a deux ans, qui m'a murmuré *danger* quand la main de Van s'est resserrée sur mon bras pour la première fois, me pousse à répondre.

— Allô ?

Un silence d'un battement de cœur. Puis : — Cynthia.

Le monde bascule. Mes genoux se dérobent, et je dois m'agripper à la commode pour rester debout, mes doigts agrippant le bois avec une force qui blanchit mes jointures. Cette voix. Parfaitement modulée, jamais trop forte ni trop douce, avec juste la bonne dose de déception tissée en permanence à l'intérieur comme un fil de poison dans de la soie.

Ma mère.

Ma poitrine se serre. Je n'arrive plus à respirer. La pièce tourne, et je ne suis plus à Whispering Grove. Je suis de retour à Greyridge, j'ai dix-sept ans et on me dit que mes opinions ne comptent pas, j'ai dix-neuf ans et je regarde ma sœur épouser un homme qu'elle a rencontré deux fois, j'ai vingt ans et ma mère met des épingles dans mes cheveux pour mon mariage tout en me disant d'être immobile, toujours immobile, ne jamais bouger, ne jamais parler, ne jamais être autre chose que ce qu'ils ont besoin que je sois.

— Comment… Ma voix se brise comme du verre. Je m'éclaircis la gorge, j'essaie à nouveau, mais ma bouche est un désert. Comment avez-vous eu ce numéro ?

— Tu as changé ton nom pour Cindy, accuse-t-elle, et elle le dit comme si j'étais une enfant qui avait mis le maquillage de sa maman et s'était autoproclamée Princesse Paillettes. Comme si ma nouvelle identité, ma liberté, toute ma vie ici n'était qu'un jeu stupide. Nous avons des moyens de trouver les choses, chérie. Ton père a des relations partout. Et Van a entendu assez de choses quand il t'a trouvée. Pensais-tu vraiment que tu pouvais simplement disparaître ?

Les relations de mon père. Celles-là mêmes qui ont trouvé une faille dans chaque loi pour Van, qui ont fait disparaître des ecchymoses des dossiers médicaux, qui ont transformé un mariage forcé en un conte de fées romantique pour quiconque observait de l'extérieur.

— Où étais-tu passée ? poursuit-elle, et je peux me la représenter parfaitement. Assise dans son salon immaculé avec les meubles blancs sur lesquels personne n'a le droit de s'asseoir, pas une mèche de travers dans son chignon gris acier, portant probablement les perles que mon père lui a offertes après le mariage de Juliette. Le mariage de la fille qui a réussi. Nous étions morts d'inquiétude.

Bien sûr ! Pas « j'étais inquiète » ou « tu m'as manqué » ou même « je me demandais si tu étais en vie ». Mais « nous ». Toujours le collectif, toujours l'unité, jamais l'individu. Jamais juste ma mère se souciant simplement de moi.

— Tu es partie comme ça le jour de ton mariage. Sa voix monte légèrement, le seul signe d'émotion qu'elle s'autorisera. Qui fait ça, Cynthia ? Qui met sa famille dans un tel embarras, dans une situation si délicate ?

Je m'effondre sur mon canapé, mes jambes liquides, inutiles. Les souvenirs déferlent sur moi comme une vague que j'ai fuie pendant deux ans, qui finit par me rattraper, par me tirer sous l'eau.

Ses mains dans mes cheveux, y plaçant des épingles en strass. Chacune enfoncée assez fort pour faire mal, petites piqûres de douleur auxquelles je n'avais pas le droit de tressaillir. « Arrête de gigoter. Un Oméga doit toujours être immobile, toujours parfait. Nous ne sommes pas comme les Alphas, qui peuvent se permettre d'être brusques, ou les Bêtas, qui peuvent se permettre d'être oubliés. Nous devons être des poupées de porcelaine, belles et fragiles, dignes d'être protégées. »

Mais qui nous protège de nos protecteurs ?

— « Ta sœur n'a jamais eu ces problèmes », avait-elle dit ce matin-là, me comparant à Juliette même le jour de mon mariage. « Elle comprenait son rôle. Souriait quand on le lui disait, parlait quand on le lui demandait, écartait les jambes quand il le fallait. »

Elle n'avait pas utilisé ces mots exacts, bien sûr. Mère n'aurait jamais été aussi vulgaire. Mais le sens était clair dans chaque leçon, chaque sermon, chaque regard de déception quand je demandais pourquoi, quand je suggérais peut-être, quand j'osais penser.

Je me souviens du poids de la robe, de la façon dont

elle me tirait vers le bas comme des mains m'entraînant dans une vie que je n'avais pas choisie. Le corset si serré que je pouvais à peine respirer, et n'était-ce pas parfait ? Un Oméga qui ne peut pas respirer ne peut pas crier.

— C'est mon passé, parviens-je à dire, ma voix plus forte que je ne me sens. Chaque mot est un combat, se frayant un chemin à travers des années de conditionnement qui me disent de ne pas répondre, de ne pas être en désaccord, de n'être rien d'autre que reconnaissante pour les quelques miettes d'autonomie qu'ils m'accordent. Je ne suis plus cette personne. La fille que vous aviez est morte.

Elle rit. Ce rire qui me donnait l'impression de mesurer cinq centimètres et d'être mal formée, comme si j'étais une pièce de puzzle enfoncée au mauvais endroit.

— Oh, tu as toujours été si dramatique. Tu tiens ça du côté de ta tante Alina, je suppose. Cette femme t'a rempli la tête de notions si ridicules.

Tante Alina. Même son nom me serre la poitrine de manque. C'est elle qui m'avait raconté des histoires d'Omégas qui étaient des guerrières, des guérisseuses, des leaders. Pas seulement des utérus avec des décorations. C'est elle qui m'avait appris à cuisiner non pas parce que c'était mon devoir mais parce que la création était un pouvoir. C'est elle qui m'avait murmuré : « Tu peux t'enfuir, tu sais. Le moment venu, tu peux juste t'enfuir. »

Et je l'ai fait.

Mes mains tremblent maintenant, de violents tremblements qui partent de mes doigts et remontent le long de mes bras. Mais la colère se mêle à la peur, la transformant en autre chose.

— Que voulez-vous, Mère ? Le mot a un goût amer. Je ne reviendrai pas. Je n'épouserai pas Van. Rien de ce que vous direz ne me fera changer d'avis.

— Tss. Je l'entends bouger, lissant probablement sa jupe même si personne ne la regarde. Ou peut-être que Père est là. Peut-être est-il assis juste à côté, écoutant, jugeant, calculant la valeur de cet appel téléphonique. Je découvre enfin où tu es, j'appelle pour savoir si tu vas bien, et tu me traites de cette façon ? Le monde ne tourne pas autour de toi, bien que tu sembles le croire.

— Non, dis-je, me surprenant moi-même. Je pensais qu'il tournait autour de vous. Autour de Père. Autour de ce dont la famille avait besoin. Je n'étais qu'un rouage, n'est-ce pas ? Jusqu'à ce que j'arrête de tourner.

— Tu as laissé notre famille avec une dette énorme, poursuit-elle comme si je n'avais pas parlé. Ils faisaient toujours ça, parler par-dessus moi, à travers moi, autour de moi.

— Une dette ? Je ris, mais c'est un rire forcé. Vous voulez dire l'argent que vous avez reçu en me vendant ? Combien valais-je, Mère ? Quel est le prix courant pour une fille Oméga de nos jours ?

Je me souviens d'avoir trouvé les papiers. Le contrat. Le prix de ma fiancée listé comme si j'étais du bétail. Un demi-million pour effacer leurs dettes.

Elle soupire comme si j'étais délibérément obtuse, comme si j'avais cinq ans et refusais de comprendre pourquoi je ne pouvais pas avoir de bonbons pour le dîner. Le rôle d'un Oméga est de renforcer les liens familiaux, de créer des alliances. Je l'ai fait. Ta grand-mère l'a fait. Ta sœur l'a fait magnifiquement, je dois ajouter.

— Et regardez comme Juliette est heureuse, je lance sèchement. Deux enfants adorables, ne quitte jamais la maison sans permission.

— Ta sœur est épanouie. Elle a un but.

— Elle est malheureuse.

— C'est un Oméga qui connaît sa place.

Les mots restent suspendus entre nous.

— Même tes cousines ont compris leur devoir, continue-t-elle, implacable. Chaque Oméga de notre famille a fait ce qui était nécessaire. Sauf toi. Et ta tante Alina, bien sûr.

— Au moins, tante Alina était heureuse, dis-je fermement.

Un autre soupir, plus lourd cette fois, théâtral dans sa déception. Et regarde comment ça a fini. Seule, sans enfants, morte avec ses chats pour compagnie. C'est ça que tu veux ? Pas de famille autour de toi quand tu seras vieille ?

Je pense à l'enterrement de tante Alina. À la foule présente. Ses amis, ses voisins, les gens qu'elle avait aidés au fil des ans. La bibliothèque où elle faisait du bénévolat a fermé pour la journée en son honneur. Le jardin communautaire a planté un arbre avec son nom dessus. Elle avait plus de famille que ma mère n'en aura jamais, juste pas du genre qui partage le même ADN.

— Oui, dis-je immédiatement. Ça a l'air parfait, en fait. Les chats n'essaient pas de vous vendre pour payer leurs dettes de jeu.

— Cynthia, dit-elle sévèrement. Ton père a fait quelques investissements malheureux…

Silence.

— Cynthia, chérie, son ton change pour ce qu'elle pense être de la chaleur mais qui ressemble à une dionée qui ouvre ses pétales. Je ne veux pas me disputer. J'ai pleuré de nombreuses nuits en m'inquiétant pour toi.

Pleurer. Ma mère, qui n'a pas versé une larme à l'enterrement de sa propre mère parce que les démonstrations publiques d'émotion étaient vulgaires. Qui m'a dit, quand Whiskers est mort alors que j'avais huit ans, que les larmes ne ramenaient pas les cochons d'Inde ni ne changeaient les faits. Qui a regardé mon père me gifler pour avoir parlé sans y être invitée au dîner et m'a simplement rappelé de mettre de la glace sur mon visage avant que ça n'enfle.

— Van t'a enfin trouvée et me l'a dit, me sortant de mon tourment, continue-t-elle, et mon sang se glace. Ils se sont parlé. Coordonnés. Bien sûr. Et puis tu me parles si grossièrement alors que je ne fais que me soucier de toi, t'aimer.

— Je vais bien, dis-je platement, fixant ma rue miniature de Whispering Grove que j'ai assemblée, le petit monde parfait où de petites personnes parfaites vivent de petites vies parfaites. S'il vous plaît, laissez-moi tranquille et dites à Van de rester à l'écart. C'est fini. Je ne retournerai pas.

— Eh bien, dit-elle. Van a mentionné que tu avais un autre Alpha. C'est vrai ?

Mon esprit revoit la grange. Le bras de Holt autour

de moi, solide et sûr, rien à voir avec la poigne possessive de Van. Sa voix à mon oreille : « Laisse-moi gérer ça. » L'odeur de caramel épicé, de guimauve grillée et de vanille chaude avait fait reconnaître à tout mon corps un sentiment de foyer chez un inconnu. Luke et Arrow m'encadrant comme des gardes, comme des protecteurs, comme s'ils allaient brûler toute la grange avant de laisser Van me toucher.

— Oui, m'entends-je dire. Le mensonge sort si facilement, l'instinct de survie déguisé en vérité. Je suis prise. Et il me traite merveilleusement bien. Comme il se doit.

— Alors, dit-elle lentement, le moins que tu puisses faire est de laisser ta mère rencontrer cet homme qui sera ton Alpha.

Mes épaules se contractent. Oh, non. Non, non, non. La pièce se met à tourner de nouveau. Je viens de rendre tout tellement pire.

— Ce n'est… ce n'est pas nécessaire.

— J'insiste. Sa voix a maintenant cet acier sous la soie. Ton père ne laissera pas tomber. Il me harcèle quotidiennement au sujet de l'embarras, de la situation financière. Les Stones sont… contrariés que l'arrangement soit tombé à l'eau.

Les Stones. La famille de Van. De l'argent ancien, des valeurs encore plus anciennes, le genre de personnes qui pensent encore que les Omégas doivent être vus et non entendus, faits pour se reproduire et non pour être éduqués.

— Laisse-moi rencontrer cet Alpha, Cynthia, poursuit-elle. Pour que je puisse dire quelque chose à ton père pour qu'il laisse tomber. Ferastu ça pour moi ?

Tout ce qu'elle fait est pour elle. Pas pour moi. Jamais pour moi.

Je regarde autour de moi dans ma petite maison de ville, mon refuge avec ses meubles dépareillés que j'ai choisis moi-même, mes mondes miniatures que j'ai construits de mes propres mains, ma vie que j'ai créée à partir de rien d'autre que de la détermination et de la terreur. Elle critiquera tout, du canapé d'occasion au manque de décorations d'Oméga appropriées, quoi que ce soit. Les livres sur mes étagères sont trop nombreux, trop variés, trop manifestement lus. L'art sur mes murs est trop moderne, trop abstrait, trop d'opinion pour un Oméga.

Mais surtout, elle remarquera ce qui manque. Un Alpha. Un protecteur. Un gardien. Quelqu'un pour me dire quoi penser, quoi porter, quand parler, quand écarter les jambes et être reconnaissante pour ce privilège. Elle n'acceptera jamais que je vive seule.

— Cynthia, je serai à Whispering Grove ce samedi, dit-elle sans attendre de réponse, car mon accord n'a jamais été requis, seulement ma soumission. Je t'enverrai un message une fois arrivée pour qu'on se voie, d'accord ?

Samedi. Dans deux jours. Deux jours pour faire apparaître un Alpha de nulle part ou affronter la déception et l'interrogatoire de ma mère. Si je n'ai personne à mes côtés qui m'a *revendiquée*, elle ne lâchera jamais l'affaire. Pas avant que je cède, que je rentre à la maison, et que je la laisse me marier. Et si elle sent une faiblesse ?

Si elle soupçonne que je ne suis toujours pas liée ? Elle appellera Van. Ou peut-être l'a-t-elle déjà fait. Un seul petit échec, et je serai de retour dans la cage à laquelle j'ai à peine échappé.

Mon esprit s'emballe et me ramène à un autre moment de décision.

Debout devant ces immenses doubles portes fermées, aux bordures dorées, lustrées, assez lourdes pour sceller un tombeau. Derrière elles, la salle de cérémonie bourdonnait d'anticipation. Les invités s'installaient en rangées. Une musique douce jouait. Van attendait à l'autel comme si j'étais son dû.

J'étais seule. Mon père était parti en trombe dans le couloir, aboyant dans son téléphone au sujet d'investissements, de réputations et d'un accord qui comptait soudainement plus que d'accompagner sa fille à l'autel. Sa voix a résonné puis s'est estompée, et pendant quelques secondes volées, il ne restait personne pour me surveiller.

C'est le moment. Je me souvenais que tante Alina m'avait murmuré une fois, des années auparavant, les yeux vifs et pleins de savoir, *Si jamais tu décides de t'enfuir, n'attends pas. Ne préviens personne. Trouve juste ta sortie et vas-y.*

J'avais donc mémorisé les plans, étudié les itinéraires que le personnel utilisait pour entrer et sortir sans se faire remarquer. J'avais même volé une clé du trousseau de la gouvernante en chef, l'empaumant un jour où j'étais censée choisir les arrangements floraux.

Maintenant, alors que la voix de mon père disparaissait au coin du couloir, cette clé me brûlait dans la poche, celle que je m'étais promis d'emporter partout depuis que je l'avais volée.

Mes mains tremblaient alors que j'attrapais le bord de ma jupe, soulevant des couches de soie, de dentelle et de tulle. J'ai enlevé les talons qu'on m'avait forcée à mettre ce matin-là.

Maintenant, ai-je pensé.

Et j'ai tourné les talons.

Pas vers la salle. Pas vers la vie qu'ils avaient choisie pour moi.

J'ai tourné les talons et j'ai couru.

À travers le couloir de service, dans les quartiers du personnel qui sentaient l'amidon et l'huile de citron, en descendant le petit escalier qui menait à la porte de derrière sans gardes. La clé volée a glissé dans la serrure avec un clic qui a retenti comme un coup de tonnerre.

J'ai couru pour ma vie, pieds nus et à bout de souffle, dans les bois qui entouraient notre manoir. J'ai couru pour la *liberté* même si je n'avais aucune idée de ce à quoi cela ressemblerait.

Je savais seulement à quoi ça ne ressemblerait *pas*.

Aux mains de Van sur moi.

Aux soupirs déçus de ma mère.

Et ça ne ressemblerait certainement pas à l'indifférence calculée de mon père.

— Si tu veux tourner la page, dit ma mère, interrompant ma spirale pour me ramener au présent. C'est la façon de commencer.

— D'accord, murmuré-je, me détestant pour ce mot, pour cette faiblesse, pour les vingt ans de conditionnement qui me font encore, et toujours, vouloir son approbation.

— Merveilleux ! On se voit alors, chérie.

La ligne se coupe.

Le téléphone glisse de mes doigts engourdis, cliquetant sur la table basse. Pendant un instant, je le fixe comme si c'était un serpent prêt à frapper à nouveau. Puis les larmes viennent. Pas de jolies larmes délicates comme les Omégas sont censés pleurer. D'énormes sanglots affreux qui secouent tout mon corps, qui viennent d'un endroit si profond que j'ignorais son existence. Près de deux ans de liberté, à construire une vie, à devenir moi-même, et un seul appel téléphonique me réduit à cette fille effrayée dans une robe de mariée qui ne savait pas si elle survivrait à la nuit.

À quoi ai-je consenti ?

Mes jambes bougent sans ma permission, me portant jusqu'à la porte. Je ne me donne même pas la peine de me chausser, mes pieds recouverts de collants silencieux sur le béton froid. Je frappe à la porte de Mme Meadow avec des mains tremblantes, probablement trop fort, probablement trop désespérément, mais je ne peux pas m'en empêcher.

Elle ouvre immédiatement, jette un coup d'œil à mon visage, et me prend dans une étreinte qui englobe tout ce que les mères sont censées être.

— Oh, ma chérie, murmure-t-elle en me faisant entrer. Qu'est-ce qui s'est passé ? Viens, viens. Assieds-toi.

Sa maison est le miroir de la mienne sur le plan architectural mais complètement différente de toutes les manières qui comptent. Là où la mienne est sobre, la sienne est habitée et aimée. Des photos couvrent toutes les surfaces, enfants et petits-enfants souriant depuis des cadres qui ont probablement des histoires qu'elle raconte à quiconque veut bien écouter. Des napperons protègent des meubles plus vieux que moi. Ça sent comme si elle a encore fait de la pâtisserie, probablement pour une autre fonction de l'église où elle prétendra ne pas avoir fait les meilleurs biscuits et où tout le monde prétendra la croire.

Elle ne pose pas de questions, pose juste des biscuits sur une assiette et verse du lait comme si j'avais cinq ans et m'étais écorché le genou. Les pépites de chocolat sont encore fondantes. Elle doit venir de les sortir du four. Parfois, c'est exactement ce dont on a besoin : que quelqu'un vous materne comme les mères le devraient, avec des biscuits et de la patience, et sans autre intention que de vous faire sentir mieux.

— Ma mère a appelé, parviens-je enfin à dire entre deux hoquets.

La bouche de Mme Meadow se courbe vers le bas aux coins. Elle sait que j'ai fui quelque chose. Elle n'a jamais insisté pour avoir des détails, mais elle sait que c'était assez grave pour que je ne parle pas de ma famille, que je fasse parfois des cauchemars qui me font crier. Elle a probablement reconstitué plus de pièces que je ne le pense. Elle est perspicace comme ça, remarque les choses mais ne se mêle pas de ce qui ne la regarde pas.

— Les familles peuvent être compliquées, dit-elle

prudemment en me tapotant la main. Sa peau est douce comme du papier, marquée de taches de vieillesse.

C'est alors que je remarque les cartons. Des cartons empilés le long des murs, étiquetés de son écriture soignée. Cuisine. Photos. Livres. Dessins de Charlie.

— Tu déménages ? Les mots sortent accusateurs, comme si elle me trahissait, ce qui n'est pas juste, mais les sentiments ne sont pas justes.

Elle soupire, paraissant soudain faire tous ses soixante-treize ans. Les rides autour de ses yeux se creusent. Ma belle-fille vient d'avoir des jumeaux. Des bébés surprises à quarante-deux ans, tu te rends compte ? Ils ont besoin d'aide, et honnêtement, ma chérie, vivre seule à mon âge devient de plus en plus difficile. Les escaliers, l'entretien, le silence.

Je comprends ça. Le genre de silence qui pèse sur les oreilles, qui vous fait parler toute seule juste pour entendre une voix.

— Tu vas me manquer, dis-je. Tu déménages quand ?

— Toi aussi, ma chérie, et ce sera bientôt. Je voulais te le dire correctement, et je préparais des biscuits pour venir te l'annoncer. Tout s'est passé si vite.

Une autre perte. Une autre personne qui s'en va. Une autre chose sûre qui devient incertaine. Je sais que ça ne me concerne pas, mais je le ressens un peu personnellement de la perdre comme voisine.

— Tu t'en sortiras, dit-elle fermement, lisant sur mon visage comme dans les livres en gros caractères qu'elle affectionne. Tu es plus forte que tu ne le penses. Quel que soit le sujet de cet appel, quoi que veuille ta mère, tu es ta propre personne, et tu feras ce qui est juste pour toi, pas pour elle.

— Elle veut rencontrer mon Alpha, avoué-je. Samedi.

Ses sourcils se haussent. Oh.

— Ouais. Je n'en ai pas. J'ai menti. J'ai dit que j'en avais un parce qu'elle me mettait la pression, et maintenant elle vient ici samedi et s'attend à rencontrer cet Alpha imaginaire.

Mme Meadow incline la tête, m'étudiant. Ses lèvres se pincent tandis qu'elle réfléchit, ses doigts balayant des miettes sur l'assiette à côté d'elle.

— Eh bien, dit-elle finalement, doucement et lentement. C'est une situation un peu délicate.

Elle se penche en arrière dans son fauteuil avec un soupir silencieux. Tout ce que je peux suggérer c'est… si tu as des amis masculins qui pourraient jouer le jeu. Juste pour la visite. Si tu sens que tu ne peux pas être honnête avec ta mère.

— Je ne peux vraiment pas, murmuré-je. Ce sera pire pour moi si j'essaie.

Mme Meadow me tapote doucement le bras, sa main chaude et fine comme du papier. Elle prend un autre biscuit et le place dans ma paume sans demander.

— Oui, je pense qu'un ami masculin pourrait être ta solution, dit-elle, plus pensive que certaine maintenant. Quelqu'un en qui tu as confiance. Pas un étranger. Ça pourrait être très évident si ça a l'air… eh bien, mis en scène.

Je soupire, mes pensées se tournant instantanément

vers Holt, mais c'est un étranger et il sera si évident que nous nous connaissons à peine.

Elle fronce un peu les sourcils. Oh, quel sac de nœuds. J'aimerais vraiment avoir une meilleure réponse pour toi.

— Ce n'est rien. Les biscuits aident. Je souris et j'en mange un autre.

Mon téléphone vibre. Harper : *J'arrive ! Mets-toi sur ton 31* ••

La vie normale m'appelle. Je dois aller servir de la bière à des gens ivres en costumes et faire semblant que tout va bien. Faire semblant que ma mère ne vient pas. Faire semblant que j'ai un Alpha. Faire semblant que je ne suis pas complètement foutue.

— Merci, dis-je à Mme Meadow, la serrant prudemment dans mes bras. Elle semble fragile mais forte. Pour les biscuits et les conseils. Et tu vas me manquer quand tu seras partie.

— Quand tu veux, ma chérie. Tu me manqueras aussi. Elle me serre dans ses bras, puis je retourne chez moi.

J'attends Harper, ajoutant ces tatouages de chauve-souris parce que si mon monde est sur le point de s'effondrer, autant être belle pour l'apocalypse à venir.

6

CINDY

Le festival d'Halloween de Whispering Grove s'étend sur Miller's Field comme une fête foraine gothique qui se serait échappée du rêve fiévreux de quelqu'un et aurait décidé d'organiser une fête. L'immense champ, qui était autrefois une terre agricole appartenant à la famille Miller, les fondateurs de Whispering Grove, a été transformé en plusieurs zones, avec la section restauration, où nous sommes installées ; l'aire de jeux, où des cris de joie se mêlent à de vrais hurlements provenant du labyrinthe hanté ; et la scène principale, où un groupe déguisé en Beatles zombies joue « Here Comes the Sun » en tonalité mineure.

Notre stand de brasserie est coincé entre les Doigts Coupés de Mme Lessie, des nems arrangés pour avoir l'air réalistes au point d'en être dérangeant, et le stand de pommes d'amour de Clayton, où chaque pomme est une œuvre d'art. Je viens de servir un échantillon à quelqu'un dont la pomme était décorée à l'effigie de

Pennywise, et honnêtement, elle était trop belle pour être mangée, mais trop effrayante pour être regardée.

— Arrête de dramatiser, lance Harper en ajustant les cornes de Viking en plastique qu'elle a ajoutées à sa tenue, car, selon ses propres mots, *les Vikings sont effrayants et moi, je suis effroyablement mignonne.* Elle a tout documenté pour nos réseaux sociaux, ajoutant des filtres qui donnent l'impression que notre bière luit d'un pouvoir surnaturel. — Ton visage fait ce truc où tu as l'air constipée mais émotive.

— C'est juste mon visage, je proteste, en arrangeant les gobelets de dégustation pour la millionième fois.

— Non, ton visage normal est mignon avec une pointe d'impertinence. Ça, c'est ton visage « ma mère a appelé et maintenant j'ai envie de mourir ». Ce qui est légitime, mais bon, tu fais peur aux clients.

Le champ autour de nous vibre de l'énergie d'Halloween. Il y a un concours de marche de zombies près du labyrinthe de maïs, un concours de sculpture de citrouilles et environ dix-sept versions différentes de Harley Quinn qui se promènent. L'air sent le maïs soufflé caramélisé et la barbe à papa.

— Je n'arrête pas de penser à samedi, j'avoue en servant une sorcière qui a commandé avec un ricanement parfait. — Deux jours pour faire apparaître un Alpha de nulle part.

— Ou bien, dit Harper en remuant les sourcils, de ce magnifique food truck deux stands plus loin, où ces ex-bikers absolument à croquer font actuellement pâmer tout le monde dans un rayon de quinze mètres.

Je risque un coup d'œil vers le camion de Savor. Il

est d'un noir élégant et arbore sur les côtés des autocollants d'Halloween orange représentant des squelettes en train de valser. Il y a déjà une file d'attente, probablement parce qu'Arrow et Luke ont l'air de sortir tout droit d'un calendrier des mauvais garçons de la cuisine.

— Nous devons en discuter de manière stratégique, poursuit Harper en sortant son téléphone. — J'ai fait quelques recherches.

— Tu les as stalkés en ligne.

— Bien sûr. Toute fille qui se respecte l'aurait fait. Bref, Luke Brennan, copropriétaire de Blackline Forge & Security, pas de réseaux sociaux officiels, mais il apparaît en arrière-plan sur les photos du restaurant d'Arrow, et on en ferait bien notre quatre-heures. Arrow Castellan, propriétaire de Savor, a un blog culinaire qui n'est que photos. Et Holt Madison, expert en sécurité, aucune présence en ligne, ce qui est soit super mystérieux, soit super tueur en série. Et il est l'autre moitié de leur société de sécurité, Blackline.

— Mon Dieu, ne dis pas « tueur en série ».

— Je dis juste que ce type n'a aucune empreinte numérique. Alors, c'est intentionnel ou inquiétant ? Ce qu'il faut retenir, c'est que ces gars sont passés de la force de l'ordre à des hommes d'affaires respectables. Et ils doivent avoir beaucoup d'argent aussi.

— Et tu penses que je devrais demander à l'un d'entre eux de faire semblant de sortir avec moi pour ma mère ?

— Demande aux trois et laisse-les se battre. Vends des billets. On pourrait se faire un max de pognon.

Je lève les yeux au ciel de manière théâtrale.

— Mais sérieusement, reprend-elle. — Tu as besoin de renforts. D'après ce que tu m'as dit, ta mère est un requin et elle sentira la faiblesse avant de passer à l'attaque. Tu te souviens de ce que tu m'as raconté sur le mariage de ta sœur ?

Oh que oui. Juliette avait essayé de se défiler une fois. Juste une fois. Elle avait dit qu'elle n'était pas sûre, qu'elle avait peut-être besoin de plus de temps. Notre mère lui avait souri, lui disant de prendre tout le temps dont elle avait besoin. Puis, deux heures plus tard, elle avait fait fuiter les fiançailles dans les journaux locaux et réservé le lieu de réception au nom de Juliette. Le temps que la pauvre fille réalise ce qui s'était passé, la liste des invités avait doublé et faire marche arrière aurait provoqué un scandale public.

— Ces gars t'ont protégée de Van, souligne Harper. — C'est déjà plus que ce que ta famille n'a jamais fait.

— Je déteste mêler quelqu'un d'autre à mon bordel chaotique et à ma famille.

Harper ricane. — Ma belle, *ces gars-là* sont l'incarnation même de la folie. Ils ont probablement tout vu. Et même *fait* pire. Alors rencontrer ta mère ? À quel point ça pourrait mal se passer ?

Je grimace intérieurement, car oui, ça pourrait très mal se passer. Elle a un talent pour transformer la plus petite réunion en désastre monumental.

Harper agite la main comme si de rien n'était. — Elle passe, tu lui prépares du thé et des biscuits, et l'un de tes petits amis motards terriblement sexy s'assoit à côté de toi, l'air dangereux mais dévoué. Tu crois qu'elle va essayer ses jeux psychologiques habituels pendant que Capitaine Regard-qui-TUE la regarde beurrer un scone ? S'il te plaît. Elle va battre en retraite si vite qu'elle laissera des traces de pneu sur le paillasson.

Avant que je ne puisse répondre, un mouvement attire mon attention. Luke se dirige vers nous, et mon cerveau oublie instantanément comment fonctionner.

Il est habillé pour le festival, mais il parvient d'une manière ou d'une autre à donner l'impression qu'une tenue style *diable décontracté* est sortie d'une publicité de mode. Le jean noir lui colle à la peau comme le péché lui-même, et ce t-shirt vintage de Metallica a été juste assez découpé pour laisser entrevoir des éclairs de peau quand il bouge, tout en muscles tendus et en chaleur naturelle. La veste en cuir qu'il porte ne l'adoucit en rien. Au contraire, elle le rend encore plus dangereux, comme s'il sortait d'un rêve conçu pour ruiner des vies.

Et puis il y a tout le reste, les longs cheveux auburn tombant en vagues qui effleurent ses pommettes et ses épaules, juste assez décoiffés pour paraître naturels, mais pas négligés. Quelques mèches tombent sur un œil, refusant d'être domptées par le serre-tête à cornes de diable noir posé nonchalamment sur son front. Les cornes ne repoussent pas les cheveux ; elles les accentuent, attirant l'attention sur les lignes acérées de son visage et cette exaspérante barbe de trois jours qui saupoudre sa mâchoire. Il a l'air d'être une source d'ennuis. Des ennuis magnifiques, injustes et estampillés Alpha.

— Canon en approche, trois heures, murmure Harper à voix basse. — Je vais vérifier nos fûts de secours qui ont absolument besoin d'être vérifiés sur-le-champ, immédiatement.

— Harper, n'ose même pas...

Elle est partie. Je lui lance un regard trahi, mais elle ne se retourne même pas.

Luke arrive au stand, les mains dans les poches de sa veste, les cornes de diable s'inclinant légèrement alors qu'il sourit. — Salut, ma belle, dit-il, et sa voix est le péché pur enrobé de charme.

— Grosse soirée ?

— C'est... — Je fais un vague geste vers tout ce qui nous entoure, car mon cerveau est passé en mode veille. — Halloween.

— J'avais remarqué, dit-il en poussant du doigt l'un des plateaux à verres en forme de cercueil sur le comptoir. — Les cornes m'ont mis la puce à l'oreille. Ça et l'insistance d'Arrow pour qu'on serve tout dans des petites boîtes. Ce mec est obsédé par le respect du thème.

La brise change de direction. Son odeur m'atteint. Pommes d'amour, cidre épicé et cuir, le genre d'odeur qui vous entre dans la peau et vous fait oublier votre propre nom. Mes genoux flageolent. *Sérieusement*, ils flageolent. Je dois m'agripper au comptoir comme si je me préparais à un impact.

Son regard glisse sur ma main. — Ça va ? demande-t-il, son ton changeant alors qu'il se penche. — Tu as l'air sur le point de t'évanouir. Ou de commettre un meurtre. Voire les deux.

— Des histoires de famille, je suppose, j'arrive à dire, car apparemment sa présence anéantit mon filtre.

— Ah. — Il hoche la tête comme s'il avait déjà entendu ce ton précis. — Le genre d'histoires de famille qui demandent de l'alcool, ou le genre qui se terminent par une convocation au tribunal ?

Je laisse échapper un petit rire, reconnaissante pour la distraction. — Quelque part entre le vin et le programme de protection des témoins.

— Aïe. C'est le genre pimenté, ça.

Son sourire est à la fois mortel et chaleureux. Je ne devrais pas regarder sa bouche. Je ne devrais absolument pas me demander ce que ça ferait d'effacer ce sourire narquois d'un baiser. Ou quel goût il aurait. Ou s'il garderait ses cornes de diable.

Je me force à me concentrer sur l'empilement de serviettes qui n'ont absolument pas besoin d'être empilées. — Tu es là pour un cidre, ou juste pour harceler le personnel ?

— Pour la compagnie. Le cidre n'est qu'une excuse.

Il me fait un clin d'œil et attrape l'un des plateaux à verres en forme de cercueil. Ses doigts effleurent les miens, et tout mon système nerveux court-circuite comme s'il avait été frappé par une matraque électrique. Son odeur déferle à nouveau, et mon pouls s'emballe si fort que je manque de renverser le plateau.

Ce n'est pas normal. C'est une guerre chimique à l'échelle de mon corps tout entier. Je transpire et je gèle en même temps, et tout ce qu'il a fait, c'est *exister* dans mon voisinage immédiat.

— Tu es sûre que ça va ? demande-t-il, ses yeux se plissant légèrement comme s'il connaissait déjà la réponse.

— Ouais. Juste occupée. Beaucoup de bière. De costumes. Le chaos d'une petite ville.

Il lève un sourcil. — Donc tu me dis que tu n'es pas du tout dépassée par le nombre de pirates ivres et de tiges de maïs ?

Je cligne des yeux. — Pardon, quoi ?

— Il y a une fille déguisée en maïs, dit-il. — Juste en maïs. Avec des bas résille. C'est beaucoup.

Je renifle et transforme ça en une toux. — Comment tu fais pour remarquer qui que ce soit d'autre dans cette foule ?

— Parce que j'ai déjà trouvé la meilleure vue. — Ses yeux glissent de nouveau vers les miens, et ce n'est même pas une réplique toute faite. Il le *pense*.

Oh, non.

Je détourne le regard, mais il est trop tard. Mon visage est en feu. Je fais semblant de lire le côté d'un carton de cidre que j'ai pourtant déjà déballé.

Peut-être que Harper a raison, me murmure mon cerveau, traîtreusement. *Peut-être qu'il pourrait le faire. Si quelqu'un pouvait faire semblant d'être ton Alpha, c'est bien cet homme aux pommettes assez saillantes pour te ruiner et à la voix de bourbon enflammé.*

Juste une journée. C'est tout ce dont j'aurais besoin.

Il s'assoirait à côté de moi, jouerait le jeu, peut-être enroulerait un bras autour de mes épaules comme si ça signifiait quelque chose. Dirait tout ce qu'il faut. Sentirait comme il sent. Ressemblerait à ce qu'il ressemble. Ma mère n'aurait aucune chance.

J'ouvre la bouche. J'arrive à dire « Dis, Luke, je peux

te demander quelque chose de complètement insensé ? » avant de me dégonfler.

Abandon. Abandon.

— Finalement, oublie, je dis à la place. — Je ne te fais pas assez confiance pour que tu ne te moques pas de moi.

— Jamais de la vie, dit-il, faussement offensé. — Sauf si c'est vraiment stupide. Alors là, absolument.

— Tu es une plaie.

Il s'appuie contre le comptoir, penchant la tête. — Une plaie charmante.

— Ça se discute.

— Avoue, dit-il en attrapant l'un des cookies que Harper a faits et en croquant dedans sans aucune honte. — Je t'ai manqué depuis le bal de la moisson.

Je lève les yeux au ciel, mais sans conviction. Mon corps est encore tout frémissant. Mes pensées sont un chaos. Je n'arrête pas de fixer sa bouche quand je pense qu'il ne le remarquera pas. Et je ne peux absolument pas lui demander d'être mon faux petit ami. Je pourrais m'évanouir en sa compagnie.

Et parce que je pense que s'il disait oui, je pourrais bien vouloir que ce soit réel.

Il se recule mais sort une petite gamelle de son dos. — Tiens. La dernière expérience d'Arrow qu'il a fait préparer par notre chef. Des brownies aux épices de citrouille avec du bacon confit et un glaçage au whisky et à l'érable.

Je l'ouvre, et l'odeur me fait sourire. — Tu essaies de me séduire avec de délicieuses friandises ?

— Ça marche ?

— Peut-être.

— Alors oui, c'est exactement ce que je suis en train de faire, dit-il en me regardant attentivement prendre une bouchée.

Je gémis avant de pouvoir me retenir. C'est involontaire. Charnel. Possiblement audible dans tout le quartier.

— Bon ? demande-t-il, les yeux brillants.

— Je suis quasi sûre qu'il y a de la drogue là-dedans, je murmure en léchant le glaçage à l'érable sur mon pouce.

Son regard suit mon geste. — Beurre, sucre et désir, dit-il. Le trio de choc. Arrow croit que le beurre est un langage d'amour.

Je ris, surtout pour m'empêcher d'imploser. J'ai le visage en feu. Mes cuisses le sont encore plus. Il va falloir que je me plonge la tête dans la glacière à bières si ça continue. Il ne fait même rien. Il est juste là, planté devant moi, tout en sourires narquois et en péchés, avec ses cheveux de démon en bataille et cette ombre de barbe de trois jours qui laisse penser qu'il a oublié de se raser et a réussi à rendre ça sexy.

Bien sûr, c'est à ce moment-là qu'une cliente s'approche d'un pas nonchalant. Une mère de famille dans un costume de chatte sexy sans grande conviction. Oreilles en plastique. Body en résille. Elle regrette clairement chaque décision qui l'a menée ici, mais maintenant, elle joue le jeu à fond avec griffes et décolleté.

— Qu'est-ce qui est bon, ici ? ronronne-t-elle, tournant tout son corps vers Luke comme si elle pensait qu'il était servi à la pression.

— Tout, je lance en m'interposant avec mon sourire le plus serviable et absolument-pas-jaloux du tout. Vous voulez goûter l'IPA Witch's Brew ?

Elle ne cligne même pas des yeux dans ma direction. Se contente de se pencher vers Luke avec un petit rire. — Et vous, qu'est-ce que vous me recommandez, beau gosse ?

Luke ne la regarde même pas. — Je vous recommande d'écouter la femme qui sait vraiment de quoi elle parle.

La femme cligne des yeux, abasourdie par le rejet. Luke fait un geste nonchalant derrière elle. — Au fait, votre queue est en feu.

Elle pousse un cri strident et pivote sur elle-même, s'agitant pour éteindre le bout de son costume qui se consume maintenant à cause d'une citrouille-lanterne à proximité.

Pendant qu'elle s'affaire à ne pas devenir une anecdote édifiante, Luke se glisse derrière le comptoir à côté de moi, comme s'il était à sa place. Comme si sa place était à côté de moi. Assez près pour que je sente son odeur. Assez près pour que mon corps devienne un fil électrique à nu.

— C'était méchant, je souffle, en essayant de me concentrer sur absolument n'importe quoi d'autre que sa bouche.

Il se penche, comme s'il n'avait aucune notion de l'espace personnel. — Elle a été impolie. Toi, tu as droit à mon meilleur comportement. Pour l'instant.

Je lève les yeux vers lui, captivée par ce sourire insolent et la chaleur bien réelle dans son regard.

— C'est censé m'impressionner ? je demande, en feignant que mon cœur ne s'emballe pas comme s'il était pourchassé.

— Non, dit-il, la voix basse et sans regret. C'est censé te faire imaginer ce qui se passe quand je ne suis pas sur mon meilleur comportement.

Oh, non.

Oh, non, non, non.

Mon cerveau court-circuite. Ma langue oublie le français. Je fais un signe de tête vers un fût qui n'a absolument pas besoin d'être vérifié.

— Je vais juste… vérifier ce truc… là-bas.

Il sourit comme s'il savait exactement ce qu'il fait.

Parce que je parie que c'est le cas.

Je baisse la tête et fais semblant d'inspecter la tireuse comme si elle détenait les réponses à mon effondrement moral.

Luke s'appuie sur le comptoir, les bras croisés, m'observant avec beaucoup trop d'amusement. — Ce fût t'a dit quelque chose d'intéressant ?

— Seulement que je suis en danger.

— Immédiat ou à petit feu ?

— Mort de honte.

Il sourit de toutes ses dents, un pur délice coupable. — Dommage. J'espérais quelque chose de plus dramatique. J'ai apporté un couteau au cas où les choses deviendraient intéressantes.

Je jette un coup d'œil. — Tu te balades avec un couteau ?

— J'en ai deux. Ça dépend de la tenue. Il hausse un sourcil.

Je ris malgré moi. — Tu as prévu tes accessoires en fonction d'un meurtre ?

— Non, je les ai prévus en fonction du brunch. Mais le meurtre était le plan B.

Il se rapproche. Je ne bouge pas. Impossible. Son odeur glisse sous ma peau comme un sirop chaud. Mon estomac fait une roue. Mon cerveau oublie l'alphabet. Il ne me touche même pas encore, et je jure que mes genoux ont déjà écrit leur lettre de démission.

Le regard de Luke tombe sur mes lèvres, puis remonte. Il tapote le comptoir entre nous.

— Je pourrais être un gentleman et reculer, dit-il. Mais je ne suis pas vraiment fait pour la déception.

— C'est ça, ta phrase d'approche ?

— Tu préférerais un truc avec des pirates ? J'en travaille une qui implique des cartes au trésor et des clins d'œil bien placés.

Je secoue la tête, retenant un sourire. — Tu es dangereux.

Il se penche comme pour me murmurer quelque chose de salace. — Ouais. Je suis une calamité avec le pain à la banane aussi. Ne le dis à personne.

J'éclate de rire.

C'est à ce moment que Harper réapparaît, les mains complètement vides et rayonnant de malice, à en juger par son sourire et la façon dont elle nous dévisage.

— Oh, regarde, tu es encore là, dit-elle à Luke. Comme c'est pratique.

— Ton amie est subtile, dit Luke.

— Tellement subtile. Comme un canon à paillettes

dans une église, marmonne Harper, nous tirant la langue.

Luke sourit à Harper. — Tu me plais bien, dit-il, puis il reporte son attention sur moi. Mais c'est *toi* que j'épouserais.

Je m'étouffe avec ma salive. — Pardon ?

— Tu m'as bien entendue. Je suis excellent pour les décisions impulsives. J'ai les tatouages et le casier judiciaire pour le prouver.

Harper siffle. — C'est peut-être la demande en mariage la plus déjantée à laquelle j'ai jamais assisté. Je suis assez impressionnée.

Luke hausse une épaule, le regard toujours fixé sur moi. — Je ne fais pas les choses à moitié. Si je veux quelque chose, je le prends.

Ma gorge s'assèche. Mon cerveau n'est que papillons et *Ne t'évanouis pas, espèce d'idiote.* — Tu ne me connais même pas.

Il sourit, lentement, d'un air sombre et dangereux. — Pas encore.

Harper s'évente de façon théâtrale. — Okay, ça y est. Il va me falloir un casque. Ou un prêtre.

— Tu as toujours l'air comme ça quand tu manges un truc bon ? me demande-t-il à voix basse.

Je lève un sourcil. — Comme quoi ?

Comme si tu étais à une mauvaise décision près de laisser quelqu'un te démolir.

Mon estomac se retourne. Je prends une autre bouchée du brownie juste pour éviter de répondre, mais ça n'aide pas. Ses yeux sont toujours sur moi, me suivant, me testant. Comme si j'étais déjà sienne et qu'il attendait juste que je m'en rende compte.

Harper brise le silence d'un grognement. — Oh, mon Dieu. Vous pouvez arrêter de vous bouffer des yeux en public ? Ça pue la tension non résolue, et je n'ai pas pris de pop-corn.

— C'est si évident ? demande Luke.

J'arrive à déglutir et à marmonner : — Un peu.

Il se penche plus près, et l'air entre nous devient lourd, électrique. — Qu'est-ce qu'il faudrait ?

— Pour quoi ?

— Pour que tu arrêtes de faire semblant de ne pas être tentée.

Je pouffe de rire. — Je ne fais pas semblant.

Harper s'évente. — Que quelqu'un me jette de l'eau froide. Ou à elle. Ou aux deux.

Pourtant, Luke ne détourne pas le regard. Ne cligne pas des yeux. — Je risquerais bien plus qu'une langue brûlée pour une bouchée.

— Flatterie venant d'un homme qui sent le sucre brûlé, la sueur et la chaleur du feu de bois.

Son sourire s'élargit, dangereux maintenant. — Et pourtant, tu es toujours là.

Un sifflement aigu tranche la tension. Nous nous tournons tous les deux vers le food truck.

Arrow est à moitié penché par la fenêtre de service, les bras croisés. Une file de gens serpente à travers le champ, quelques-uns criant des commandes et agitant des billets.

Luke soupire, se redressant comme si partir lui faisait physiquement mal. — Le devoir m'appelle.

— Vas-y, je dis en essayant de ne pas paraître essouf-flée. Avant que tes fans ne se révoltent.

Il recule avec un sourire qui promet une affaire inachevée. — Essaie de ne pas trop te languir de moi.

Trop tard.

Harper n'attend pas. Elle prend la gamelle et soulève le dernier brownie du meurtre comme s'il s'agissait d'une relique sacrée. — Désolée, mais pas désolée, dit-elle en prenant une bouchée si coupable que ses yeux se ferment en frémissant.

Un instant s'écoule. Puis elle gémit bruyam-ment — de façon inappropriée pour les heures de jour.

— Okay, je suis furieuse, déclare-t-elle la bouche pleine. C'est la meilleure chose que j'aie jamais mangée. Je vendrais un rein pour y goûter à nouveau.

Je renifle. — Un seul ?

Elle se lèche le doigt. — Ça dépend de la taille de la fournée.

Nous éclatons toutes les deux de rire, mais ça ne dure pas. Son regard se pose sur moi, vif et plein d'in-tention. — Alors...

— Non.

— Tu ne sais même pas ce que j'allais dire.

— Si, je le sais. Je me masse la tempe. Non, je ne lui ai pas demandé d'être mon faux petit ami.

— Cindy !

— Je ne peux pas demander ça comme ça ! C'est bizarre !

— Non. C'est direct.

— Je préférerais m'enterrer dans un trou plein de mousse et y mourir seule.

Harper soupire et s'assoit à côté de moi, fermant la gamelle comme si elle concluait un marché. — Tu sais que tu vas devoir le faire, à un moment ou à un autre.

Je jette un regard en biais vers le food truck. Je ne vois ni Luke ni Arrow. Juste le bourdonnement de leur camion, vivant de chaleur, d'épices et de lui. Et l'immense file d'attente.

— Je sais, je marmonne. C'est juste que… il flirte, bien sûr, mais ça ne veut pas dire qu'il le ferait vraiment.

— Il le fera. Tous les trois le feront.

— Tu n'en sais rien.

— Si, je le sais, dit Harper. J'ai vu comment ils te regardent. Ils ne font pas que s'amuser.

Je secoue la tête. — Il ne s'agit même pas de ça. Il s'agit de… et si l'un d'eux disait oui, et qu'ensuite il les rencontrait ? Et s'il voyait à quel point ma famille est brisée, comment ils me regardent comme si j'étais une tache qu'ils n'arrivent pas à faire partir ? Et s'il décidait que ça n'en valait pas la peine ?

Harper ne répond pas tout de suite. Elle se rapproche, posant son menton sur mon épaule.

— Je n'ai pas peur qu'ils me jugent, je dis, d'une voix plus douce. J'ai peur de me sentir spéciale pendant cinq minutes… et de le voir m'être retiré ensuite.

Harper m'entoure de ses bras. Elle sent le sucre et la cannelle. — Tu es spéciale. Pas parce qu'un mec flirte avec toi. Pas à cause de ce qu'ils t'ont fait. Tu l'es, c'est tout.

Je me laisse aller contre elle le temps d'une respiration. Peut-être deux.

Et tout ce à quoi je peux penser, c'est *Et si je demandais... et que l'un d'eux disait oui ?*

7

CINDY

La voiture de Harper sent le café aux épices de citrouille et le désodorisant à la vanille qu'elle a acheté en gros, ce qui résume assez bien toute sa personnalité : caféinée et extravagante. Nous traversons les rues de Whispering Grove en milieu de matinée, les décorations d'Halloween ont l'air un peu débraillées à la lumière du jour, comme si elles avaient fait la fête trop durement et le regrettaient.

— Alors, Jeff et moi, c'est fini, annonce Harper, en prenant un virage assez serré pour que les caisses de bière de saison à l'arrière se déplacent et s'entrechoquent de façon inquiétante.

— Oh non ! Qu'est-ce qui s'est passé ? je demande en attrapant la poignée de la portière alors qu'elle évite de justesse un squelette en plastique qui a migré sur la route pendant la nuit. Attends, c'est encore une de ces situations du genre « on fait une pause, mais on se remettra ensemble la semaine prochaine » ?

— Non, là, c'est la fin. Le tout dernier épisode. Pas de renouvellement, pas de spin-off, même pas d'épisode spécial retrouvailles. Elle ajuste ses lunettes de soleil aux verres violets, même si le ciel est couvert. Après que je t'ai déposée l'autre soir, je l'ai rattrapé et je lui ai dit que je retournais voir si tu allais bien, m'assurer que tout allait après toute cette histoire avec Van. Il a commencé à faire la gueule, en disant que j'étais théâtrale et surprotectrice.

— Mais tu *es* théâtrale et surprotectrice. Ça fait partie de ton charme.

— Exactement ! Mais apparemment, quand ces Alphas t'ont entourée comme des loups protecteurs, c'était normal. Mais quand je veux m'assurer que ma meilleure amie ne se fasse pas enlever par son ex psychopathe, soudainement, je suis trop impliquée.

— Oh, Harper, je suis désolée que vous vous soyez disputés à cause de moi…

— Ne t'avise surtout pas de t'excuser. Ça a juste montré son vrai visage. On s'est disputés pendant, genre, trois heures. J'ai peut-être utilisé l'expression *morse émotionnellement attardé* à un moment donné.

— Morse ?

— Je voulais dire *lamantin,* mais c'est *morse* qui est sorti. Bref, après notre dispute, j'ai conduit jusqu'à chez toi, mais tu devais être complètement inconsciente. J'ai frappé pendant cinq minutes, rien.

— Tu aurais pu utiliser ton double des clés…

— Mais ensuite je me suis dit, et si Van se pointait ? S'il tentait quelque chose ? Alors je suis restée dans ma voiture devant chez toi. Tu sais, surveillance décontrac-tée. Une activité très normale pour un vendredi soir. J'avais des snacks et tout.

Je manque de m'étouffer. — Tu es sérieuse ? Tu as dormi dans ta voiture, à surveiller ma maison ? Harper, c'est...

— Ce que font les meilleures amies. En plus, personne ne remarque vraiment ce que nous, les Bêtas, on fait. De toute façon, je suis presque sûre que tes beaux motards faisaient la même chose d'un autre angle. On aurait probablement pu covoiturer, économiser de l'essence.

Je me penche pour l'étreindre pendant qu'elle conduit, ce qui nous fait dévier vers une boîte aux lettres décorée pour ressembler à la gueule d'un monstre. Elle redresse le volant à la dernière minute, nous secouant toutes les deux.

Je la regarde, interloquée. — Attends... tu es *sûre* qu'ils surveillaient ma maison ? Genre... c'est protecteur ou flippant ?

Elle lève un sourcil. — Ça dépend. Tu veux que ce soit flippant ?

— Non.

— Alors c'est protecteur, dit-elle en souriant. Tu as des anges qui veillent sur toi.

Je ricane. — Plutôt des diables en blouson de cuir avec des auréoles très déroutantes.

Harper me tapote la cuisse. — Alors, tu as de la chance.

Je passe mon bras autour d'elle et je la serre fort. — Ouais. J'ai de la chance.

— Ok, pas d'assaut émotionnel pendant que je suis au volant ! rit Harper en redressant la trajectoire. Garde tes sentiments pour quand on sera garées, sinon on va finir en véritables décorations d'Halloween.

Le soleil perce les nuages alors que nous traversons le centre-ville, et je réalise que Harper ne prend pas notre chemin habituel vers la brasserie.

— Euh, Harp ? La brasserie, c'est par là.

— Je sais.

— Alors, où est-ce qu'on…

Elle s'engage dans une ruelle, et mon estomac se noue quand j'aperçois le nom sur le bâtiment. — Harper. Non.

— Harper, si.

— C'est le Savor. Le restaurant. Leur restaurant.

— Oh mon Dieu, vraiment ? Je n'en avais aucune idée ! Elle se gare, souriant comme le Chat du Cheshire. Quelle folle coïncidence ! On a une commande pour eux.

— Tu m'as amenée ici sans me le dire !

— Comment voulais-tu que je te fasse leur parler de ton problème avec ta mère ? Tu n'allais certainement pas le faire toute seule.

— Tu es diabolique. Le mal à l'état pur.

— Je préfère « meilleure amie proactive ». Maintenant, prends une caisse. On est déjà en retard pour la livraison.

La porte arrière du Savor est entrouverte, et l'odeur qui s'en échappe et s'infiltre par la fenêtre ouverte de Harper devrait probablement être classée comme substance contrôlée. Du pain frais, des herbes, et quelque chose de savoureux qui me met instantanément l'eau à la bouche.

— Livraison pour l'établissement de luxe ! s'écrie joyeusement Harper.

Holt apparaît dans l'embrasure de la porte, et mon cerveau court-circuite temporairement.

Il en impose… Un mètre quatre-vingt-quinze de pur muscle, enveloppé dans un jean sombre parfaitement ajusté et un t-shirt noir qui moule son torse d'une manière qui devrait être accompagnée d'une mise en garde. Ses cheveux noirs et courts sont légèrement humides, comme s'il venait de prendre une douche, et des mèches tombent sur son front. Quand il se déplace pour aider avec les caisses, chaque mouvement est intentionnel.

— Bonjour, mesdames, dit-il, et cette voix, profonde et grondante comme un tonnerre lointain, donne à mes genoux l'envie de prendre leur retraite anticipée.

— Bonjour à toi, Grand, Ténébreux et Intimidant, répond Harper avec entrain en ouvrant le coffre. J'ai ta commande de bières plus quelques extras qu'Arrow a demandés. Quelque chose à propos de les associer avec son nouveau menu d'automne.

Je sors de la voiture et les rejoins, mes joues déjà en feu.

Holt soulève deux caisses à la fois, et je ne fixe absolument pas ses avant-bras qui se contractent, les veines ressortant sur sa peau. Il me surprend en train de regarder, et un coin de sa bouche se relève légèrement, pas tout à fait un sourire mais une reconnaissance du fait qu'il sait exactement ce que je pense.

— Besoin d'aide ? demande-t-il, et je réalise que je suis restée là, tenant un simple pack de six comme si c'était une bouée de sauvetage.

— Ça va ! Vraiment. Je suis juste, tu sais, en train d'admirer la... ruelle. Super ruelle. Très... typique d'une ruelle.

Harper ricane. — La classe.

Nous déchargeons les caisses, créant un rythme, avec Harper qui jacasse sur les variétés de bière, Holt qui se déplace rapidement, et moi qui essaie de ne pas trébucher sur mes propres pieds chaque fois qu'il s'approche assez pour que j'inhale son odeur, qui me rend folle de désir.

Harper croise mon regard et fait un geste exagéré vers Holt, articulant silencieusement : « DEMANDE-LUI. »

Quand je secoue la tête, elle lève les yeux au ciel de manière théâtrale.

— Alors, dit Harper à voix haute. Cindy pourrait avoir besoin d'un coup de main. De l'aide de petit ami. Du genre faux. Pour samedi. Avec sa mère. Qui vient lui rendre visite. Samedi. Ai-je mentionné samedi ?

Holt s'arrête au milieu d'un mouvement, ces yeux ambrés se concentrant sur moi avec une intensité qui me fait oublier jusqu'à mon propre nom.

— Continue, dit-il simplement, sans paraître rebuté.

— Que diriez-vous, dit Harper avec une fausse gaieté, que toi et Cindy discutiez des détails pendant que je finis d'organiser ces caisses ? Je me découvre soudain une passion pour la température de stockage adéquate de la bière.

Avant que je puisse l'attraper et la forcer à rester comme mon bouclier social, Arrow apparaît dans l'embrasure de la porte, comme s'il avait été invoqué par un quelconque rituel culinaire. Et mon cœur s'emballe encore plus.

Il porte une veste de chef qui devrait avoir l'air professionnelle mais qui, sur lui, semble rebelle, probablement parce qu'il y a ajouté des pin's d'Halloween partout et ce qui semble être « Embrasse le cuistot ou j'empoisonne ton plat » écrit en faux sang sur sa poitrine. Ses cheveux blonds foncés sont attachés en arrière, tombant sur ses épaules, révélant les angles vifs de son visage, ces yeux bruns qui semblent préparer quelque chose de délicieusement chaotique. Comment ces hommes peuvent-ils être si divinement beaux ?

— Tu es venue ! Il me sourit de toutes ses dents, et la transformation de son visage de chef maussade en chiot surexcité est déconcertante. Je rougis de partout sous son regard. Et pas seulement pour la livraison ! C'est parfait. Tu dois me laisser cuisiner pour toi.

— Oh, non, ce n'est vraiment pas la peine. On devrait probablement retourner à...

— J'insiste. Toutes les deux. À quand remonte la dernière fois que vous avez eu un vrai brunch ? Et je ne parle pas de ce triste bol de céréales que l'on mange debout au-dessus de l'évier.

— Comment ? Quoi ?

— Holt, emmène-la à l'intérieur. Fais-lui visiter. Harper et moi, on finit ici.

Harper me fait un clin d'œil. — Vas-y. Je vous rejoins

tout de suite. Arrow peut me parler de son menu de saison pendant qu'on range.

— Traîtresse, je marmonne.

Elle glousse.

Holt me fait un signe vers la porte, et je le suis à travers la cuisine, où les postes de travail sont installés et parfaitement organisés, les ingrédients regroupés, des marmites qui bouillonnent, et quelque chose qui grésille avec une odeur qui donne l'impression que le paradis a décidé de se changer en nourriture.

— Tim, dit Holt à un jeune homme qui coupe des légumes à une vitesse effrayante, on sera à la table six.

— Compris, chef, répond Tim sans lever les yeux.

La salle à manger principale me laisse bouche bée. C'est incroyable. Les poutres en acier noir au-dessus de nos têtes, la lumière du matin qui entre par les fenêtres, faisant tout briller d'une lueur chaude malgré les touches industrielles. L'art sur les murs qui semble moins sinistre et plus passionné.

— C'est magnifique, dis-je en passant la main le long d'une des tables en bois brut, sentant le grain du bois. C'est… original, un peu sombre et accueillant à la fois. Comme si ça pouvait vous étreindre ou vous poignarder, et que vous le remercieriez dans les deux cas.

Holt a un vrai petit rire, un son grave que j'adore entendre. — C'est assez proche de ce qu'Arrow visait. Ses mots étaient « intimidation accessible ».

Nous nous glissons dans une banquette, et immédiatement nos pieds se heurtent sous la table. Au lieu de se retirer comme des gens normaux le feraient, il s'ajuste simplement pour que nos chevilles se touchent.

— Alors, dit-il, ses yeux intenses entièrement fixés sur moi. Dis-moi ce dont tu as besoin.

— C'est une question très ouverte.

— Commence par le problème de ta mère.

— C'est vrai. Ça. Bon, alors… Je prends une profonde inspiration, essayant d'ordonner mes pensées. Ma mère vient me rendre visite, et, eh bien, jusqu'à son appel, je ne lui avais pas parlé depuis presque deux ans. Pas depuis que j'ai fui…

— Van.

— Van, ma famille, toute une vie qu'ils avaient prévue pour moi. Mes doigts trouvent une rainure à la surface de la table, la traçant nerveusement. J'étais censée l'épouser. Tout était arrangé. Mes parents devaient de l'argent à sa famille. Et j'étais la solution. Me marier à leur fils, dette effacée, tout le monde est heureux sauf la personne qui se fait échanger comme une carte de baseball.

La mâchoire de Holt se crispe légèrement, mais il ne m'interrompt pas.

— Le jour du mariage, je me suis enfuie. Littéralement enfuie dans ma robe de mariée à travers les bois derrière le manoir. J'ai changé de nom, suis venue ici, j'ai tout recommencé. Et pendant presque deux ans, ça a marché. Jusqu'à ce que Van me trouve au festival l'autre soir.

— Et maintenant, ta mère vient pour essayer de te convaincre de revenir ?

J'acquiesce. — Apparemment, Van lui a dit où j'étais, espérant probablement utiliser la pression familiale pour me faire revenir. Et il lui a dit que j'avais un autre Alpha, après t'avoir rencontré au bal des récoltes.

Il sourit légèrement, hochant la tête. — Donc tu as besoin que je joue à nouveau le petit ami ?

— Ça a l'air tellement stupide quand tu le dis à voix haute.

— Plutôt une question de survie, corrige-t-il. Tu te protèges du mieux que tu peux.

Nos pieds se touchent toujours sous la table, et je suis hyperconsciente de chaque point de contact, cheville contre cheville, la chaleur à travers nos vêtements, la façon dont il bouge légèrement pour maintenir la connexion.

— Le truc, c'est qu'elle s'attend à rencontrer l'Alpha qui m'a revendiquée, pour qu'il n'y ait aucun doute sur le fait que je ne sois plus disponible.

— C'est faisable. Donc samedi ? À quelle heure ?

Je secoue la tête et me mordille la lèvre inférieure avant de dire : — Samedi, c'est tout ce qu'elle a dit. Elle se pointera et m'enverra un message pour que je lui donne mon adresse. J'imagine que Van finira par savoir où j'habite, vu que ma mère a trouvé mon numéro de portable. Mais si elle me voit heureuse avec un type fort et un peu effrayant, elle laissera peut-être tomber.

— Samedi est notre journée la plus chargée au restaurant, mais Luke et Arrow peuvent s'en occuper. Son bras s'étire sur le dossier de la banquette derrière moi, ses doigts effleurant le cuir. Mon pouls s'affole.

— Je suis partant, dit-il.

— Comme ça ?

— Comme ça.

— Tu ne veux pas plus de détails ?

Son regard se fixe sur moi comme si j'étais quelque chose de fragile et d'inflammable. — On règlera ce qu'il faut. Les règles de base, l'histoire de notre rencontre, depuis combien de temps on est ensemble. Je passerai ce soir, et tu me feras visiter. J'apporterai quelques affaires, pour donner l'impression que je reste là-bas.

Je cligne des yeux. — Oui. Une brosse à dents, peut-être quelques vêtements… des trucs de mec. Tout ce qui peut rendre ça crédible.

Sa bouche s'incurve très légèrement, pas un vrai sourire, plutôt un avertissement. — Fais-moi confiance, ma belle, je sais comment jouer le rôle.

— J'ai un peu d'argent. Pas beaucoup, mais je peux te payer pour ça. Pour la protection. Pour l'aide.

Son visage s'assombrit, pas de colère mais de quelque chose d'indéchiffrable et d'intense. — Non. Pour ça, je ne veux pas d'argent.

— Mais…

— Ce n'est pas une affaire commerciale pour moi.

Les mots restent en suspens, graves et définitifs.

Quelque chose se tord dans ma poitrine. Ce n'est pas seulement ce qu'il a dit, c'est comment il l'a dit. Comme s'il y avait plus, qu'il ne me laissait pas voir. J'ouvre la bouche pour dire quelque chose, pour demander ce que ça signifie exactement, mais je surprends l'expression dans ses yeux.

Il me regarde de trop près. Comme s'il savait déjà que je suis en train de me décomposer.

— Hé, dit-il, sa voix douce mais ferme. Je sais que ce

n'est pas juste un faux rendez-vous pour toi. Je le vois dans tes mains. Tu trembles.

Je les serre sur mes genoux, essayant de le cacher. — C'est juste que… je n'ai pas vu ma mère depuis mon départ. Depuis tout ça. Je ne sais même pas ce que je lui dirais. Ce qu'elle dira. Et une partie de moi s'en fiche, mais l'autre partie, celle qu'elle a brisée, veut toujours qu'elle me regarde comme si je n'étais pas… un échec.

Je ne sais pas quand ma voix a commencé à trembler. Mais c'est le cas. Holt se penche juste un peu, comme si la gravité entre nous suffisait.

— Ce n'est pas à elle de décider de ta valeur, dit-il. Plus maintenant.

Je baisse les yeux, dépassée. Puis je sens son odeur, vive et sombre, s'enrouler autour de moi comme de la fumée. Ma peau picote, ma poitrine se serre. Je ne sais pas pourquoi ça me frappe si fort. Pourquoi tout mon corps est chaud, agité et affamé. Ce ne sont pas des chaleurs. Ce n'est pas possible. Mais il y a quelque chose dans son odeur qui me donne le vertige.

Je bouge sur mon siège, frottant subtilement mes cuisses l'une contre l'autre sous la table, essayant d'ignorer la façon dont je suis en train de m'embraser et de réagir à *lui*.

— Ça va ? demande-t-il.

— Ça va, je mens, la voix faible.

Holt incline la tête. — Si on veut que ça ait l'air vrai… on devrait peut-être s'investir davantage. La plupart des parents ne sont pas ravis que leurs filles Oméga vivent seules.

Je le regarde, interloquée. — Alors tu dis… quoi ?

— Je dis relation sérieuse. Peut-être même liées. Ça calme ta mère et ça rend l'histoire crédible.

Il y a une lueur dans son regard, comme si c'était un jeu qu'il sait qu'il va gagner.

— Et laisse-moi deviner, dis-je en essayant de paraître insensible. Tu es *très* convaincant.

Son sourire est lent, en coin. Dangereux. — Oh, ma belle. Je peux être *doux* quand j'en ai envie.

Une vague de chaleur me parcourt la nuque. J'ai envie de lever les yeux au ciel, mais je finis par rougir à la place. — Je te crois.

— Parfait. Alors, on fait comme ça.

J'expire bruyamment, le cœur battant à tout rompre. — C'est probablement… une bonne idée.

— Super, dit-il en se levant. Je passerai vers six heures et j'apporterai à dîner. On pourra s'entraîner.

S'entraîner.

Seuls. Chez moi. Avec *lui.*

— D'accord, j'arrive à articuler. Je… À tout à l'heure, alors.

Il me jette un dernier regard. Un regard qui dit qu'il voit *tout.* Chaque douleur, chaque fissure, chaque secret.

Et, étrangement, je me sens plus en sécurité que je ne l'ai jamais été de toute ma vie.

À l'instant où Harper pousse les portes du restaurant, elle nous repère, déjà installés dans une banquette d'angle. Ses cheveux sont à moitié en bataille, et son sourire est large. Sans même demander, elle se glisse à côté de moi, me bousculant avec sa hanche comme si on était encore au lycée et qu'on se battait pour la dernière frite.

— Je meurs de faim, déclare-t-elle.

Comme s'il avait été invoqué par un timing divin, Arrow sort de la cuisine, tenant une pile impressionnante de gamelles en métal poli dans une main et une pile d'assiettes vides en équilibre sur son avant-bras, comme s'il était né pour faire ça. Ses manches sont retroussées, révélant des avant-bras qui pourraient avoir leur propre fan-club — une fine couche de farine, des tatouages, des reliefs de muscles et de tendons.

Il pose les récipients et les assiettes avec un fracas artistique, puis il les ouvre un par un d'un clic, comme s'il exécutait un tour de magie. La chaleur et de riches arômes s'épanouissent dans l'air. Mon estomac grogne pour de vrai.

— On commence avec du pain perdu fourré, imbibé de sirop au bourbon. Des œufs Bénédicte avec une sauce hollandaise citronnée. Du bacon confit pour ceux qui aiment leur petit-déjeuner avec un soupçon de danger. Et des galettes de pommes de terre si croustillantes qu'elles ont demandé une ordonnance restrictive contre les patates détrempées.

Arrow me jette un regard en soulevant un couvercle, révélant des tranches dorées de pain perdu. — Tout est de saison, fait maison et moralement discutable.

— Je risquerais mon âme pour ce pain perdu, je marmonne.

Arrow a l'air beaucoup trop satisfait de cette remarque. — Alors j'ai bien fait mon travail.

Harper n'attend pas. Elle nous sert déjà toutes les

deux comme si elle nourrissait des loups. Elle balance une montagne de bacon dans son assiette et fait un clin d'œil à Holt de l'autre côté de la table. — Vous nourrissez toujours Cindy comme ça, vous autres ? Parce qu'à ce rythme, je vais assister à tous les repas.

Holt hausse un sourcil, me regardant. — Si elle pense que tu pourrais nous gérer tous les trois ?

Le regard d'Arrow se pose sur moi à cette remarque. J'essaie de ne pas prendre feu sur-le-champ.

Il devient difficile de respirer. Ils flirtent. C'est du vrai flirt. *Avec moi.*

— Vous êtes toujours aussi charmants, les gars ? je demande, attrapant le bacon pour me distraire. Ou c'est juste comme ça que vous gagnez le cœur de vos habitués ?

— On ne nourrit pas n'importe qui, ajoute Arrow à voix basse en coupant dans ses œufs. On cuisine pour les gens qui comptent.

Ça me fait quelque chose. Droit dans cet endroit sensible que j'essaie d'ignorer.

Je fais semblant de me concentrer sur mon assiette, mais mon corps n'en fait déjà qu'à sa tête. Tout semble… intensifié. Leurs deux odeurs déferlent à nouveau sur moi, plus profondes, s'enroulant comme un brasier entre mes cuisses.

Je me tortille sur mon siège. Je ne suis pas en chaleur. C'est encore dans plusieurs semaines. Mais l'air est chargé, épais, comme s'il collait à ma peau. Mon estomac se retourne, et c'est comme si chacun de mes nerfs était réglé spécifiquement sur lui.

Harper pige instantanément. Bien sûr qu'elle pige.

— Tu es bien silencieuse, Cindy.

— Je pense juste à lécher l'assiette, je marmonne.

— Bien sûr, ma belle. Et elle remplit déjà de nouveau mon assiette. Bref, où est le troisième mousquetaire ?

Arrow se penche légèrement en arrière, le bras drapé derrière Holt. — Luke est parti chercher des provisions pour l'événement de demain. Il a dit qu'il serait de retour dans une heure, mais je lui donne vingt minutes avant qu'il n'envoie un texto pour demander où trouver les gousses de vanille.

Harper pointe sa fourchette comme si c'était une arme. — Et dire que je pensais que vous ne vous quittiez jamais. Comme des triplés maudits et assortis.

— On se sépare, dit Holt d'un ton neutre. Occasionnellement.

— OK, mais sérieusement, continue Harper, clairement lancée. Les Savage Reapers ? C'est un sacré passé. Je veux dire, passer du crime au bacon confit ? Ce n'est pas un pivot. C'est une pirouette.

Je manque de m'étouffer avec ma galette de pommes de terre.

Ma fourchette s'arrête en l'air, et je jette à Harper un regard lent, de côté. Un regard qui hurle *Qu'est. Ce. Que. Tu. Viens. De. Dire ?*

— Bon sang, Harper, je murmure à voix basse. Tu pourrais peut-être commencer par littéralement n'importe quoi d'autre ?

— Quoi ? dit-elle innocemment, en léchant déjà le sirop sur son doigt. C'est de notoriété publique.

— Oui, comme le vol de voitures, mais tu n'en parles pas au brunch.

Arrow se contente de rire, un son sombre et amusé. — Elle n'a pas tort, cela dit. C'*était* une pirouette. Atterrissage gracieux et tout.

— Plutôt un piqué, marmonne Holt, prenant enfin la parole, sa voix profonde et stable. On a d'abord touché le fond. La bouffe est venue plus tard.

Mon regard alterne entre eux. — Donc vous ne vous êtes pas réveillés un beau jour en décidant de troquer les couteaux à cran d'arrêt contre des spatules ?

Arrow a un sourire en coin. — Non, mais les lames sont toujours utiles. La cuisine, c'est juste un autre genre de champ de bataille.

Harper pousse un petit sifflement. — C'est inutilement sexy. Arrête ça.

Je pique une autre bouchée de pomme de terre, ne prêtant plus qu'à moitié attention à la nourriture. — Et moi qui pensais que vous étiez juste des passionnés d'assaisonnements.

— Je le suis, dit Arrow. J'avais juste l'habitude de l'appliquer à un autre genre de viande.

— OK, je dis rapidement. On passe à autre chose avant que je ne trouve ça attirant par accident.

Arrow sourit et tapote le côté de la table avec ses doigts, comme un métronome.

Nous rions, et c'est étonnamment facile. Nous quatre. Pas de tension, qu'on l'ait voulu ou non.

Pourtant, je n'arrête pas de jeter des coups d'œil à Holt.

Pas parce qu'il est bruyant. Il est tout le contraire. Mais cet homme prend de la place sans essayer, avec ces larges épaules sous un t-shirt sombre qui moule un peu trop bien ses bras. Il est solide d'une manière qui dit *Rien ne me fait bouger à moins que je ne le permette.*

Et il vient chez moi ce soir. Je n'arrive pas à me sortir ça de la tête.

Pour parler.

Et je n'ai absolument rien de prêt. Mes vêtements sont éparpillés par terre, mon canapé est à moitié couvert de linge non plié, et je suis presque sûre que l'évier de ma cuisine est rempli de vaisselle.

Arrow me surprend en train de le fixer et me fait un clin d'œil. Une décharge d'excitation parcourt ma colonne vertébrale.

Pas un simple battement de cils. Pas innocent.

Lent. Intentionnel. Criminel.

Dans quoi diable suis-je en train de m'embarquer ?

— Cindy, dit Holt, sa voix basse et directe. Ça va ?

— Ouep, je dis rapidement, enfournant un morceau de bacon confit dans ma bouche et regrettant aussitôt à quel point ça a dû paraître obscène. Totalement bien. Je… planifie.

— Tu planifies quoi ? demande Harper, plissant les yeux de cette manière qu'elle a, celle qui dit *Je suis sur le point de te démasquer.*

— Mon enterrement, je marmonne. Tu sais, quand je mourrai de honte ce soir et que je devrai être enterrée dans le linge que j'ai oublié de ranger.

Arrow glousse de nouveau et tapote la table avec deux doigts. — Je me porte volontaire pour le service traiteur.

Holt se penche enfin en avant, les avant-bras sur la table, le regard fixé sur moi. — Tu n'as pas besoin de ranger pour moi, ma belle, dit-il doucement. Je ne viens pas pour juger ton linge. Je veux juste qu'on parle. Face à face. Sans bruit.

Mon pouls s'emballe.

Facile à dire pour lui.

C'est lui, le bruit.

— C'est quoi ce bordel ? lance une voix à travers le restaurant. Vous faites la fête sans moi ? C'est une trahison du plus haut niveau !

Je relève la tête d'un coup — trop vite — et manque de m'étouffer avec un morceau de bacon.

Luke entre d'un pas de roi. Il porte un jean déchiré qui a été détruit par intention artistique, pas par l'usure. Un t-shirt de groupe délavé annonce *Funérailles d'un Viking*, et ses bottes sont éraflées et boueuses, comme s'il venait de sortir d'une bagarre de bar. Ses longs cheveux auburn captent la lumière qui filtre par les fenêtres de devant, miroitant comme un feu incarné.

Et puis il sourit. Droit sur moi.

Ce même sourire désinvolte, à la diable, qu'il a affiché hier soir quand on a discuté au stand du festival. Il s'était joint à moi, d'une démarche nonchalante, et avait fait fondre mon cœur.

Maintenant, il est là. Avec *eux*.

Tous les trois.

Mon Dieu. Ces hommes vont causer ma perte.

L'expression de Luke se change en une indignation feinte alors qu'il marche vers notre table. — Vous avez *commencé à manger* ? Sans moi ? Je disparais deux heures, et vous me remplacez par Cheveux Violets et la Fille de la Brasserie ?

— Cheveux Violets ? Harper hausse un sourcil.

Luke fait un geste vague. — Ça donne une impression de vengeance violette. Ou de cœur brisé. Pousse-toi, Violence Violette.

Harper renifle. — En fait, c'est plutôt parfait. Elle se décale, me poussant plus près de Holt tout en faisant de la place pour que Luke se faufile à côté d'elle.

La cuisse de Holt heurte la mienne sous la table, et son bras me frôle de près.

— Tim ! crie Luke en direction de la cuisine. Urgence ! Ils m'ont laissé mourir de faim ! J'ai besoin de plus à manger, s'il te plaît.

— Tu es parti deux heures, dit Holt calmement.

Luke suffoque théâtralement. — Deux heures de famine tragique pendant que vous festoyez tous comme des rois. Regarde-moi. Je dépéris. J'ai des pommettes maintenant. C'est grave.

— Tu es littéralement en train de manger le bacon de mon assiette, marmonne Arrow, imperturbable.

— Voler de la nourriture, ça ne compte pas. C'est le principe.

Arrow rit et se penche en arrière.

Tim est là en un rien de temps, glissant une nouvelle pile de gamelles sur la table comme si cela arrivait tous les jours. — Je me suis dit que vous en voudriez plus. Vous mangez comme des loups, vous autres.

— Tu parles, déclare Luke, enfournant la moitié d'un morceau de pain perdu dans sa bouche.

J'essaie de ne pas le fixer. *J'essaie.* Mais il lèche le sirop sur son pouce comme si c'était un putain de péché, puis me sourit à nouveau comme s'il savait exactement ce qu'il faisait.

— Tu vas la manger ? il demande en désignant la dernière galette de pommes de terre dans mon assiette.

Je cligne des yeux. — J'allais le faire.

Il hausse les épaules. — Tu as hésité. Erreur de débutant. Il la pique avant que je ne puisse le poignarder avec ma fourchette.

— Tu es incroyable, je marmonne.

— On me le dit souvent, dit-il, mâchant toujours.

— Généralement avec plus de jurons, ajoute sèchement Arrow.

— Tu as du répondant, déclare Luke en me désignant avec sa fourchette.

— Elle a aussi du gaz poivré, ajoute Harper, serviable.

— Encore mieux. Luke sourit de mille feux. Rien ne dit « romance » comme une petite guerre chimique.

Holt renifle. Son regard glisse lentement sur moi, mais il y a quelque chose de plus doux dans ses yeux maintenant. — Ça va ?

Je hoche la tête même si je n'ai aucune idée de ce à quoi j'acquiesce. L'air à cette table est assez épais pour être mis en bouteille. Et bu. Pour ensuite en mourir.

Ce n'est pas juste la façon dont ils me regardent tous.

Holt, avec ce regard indéchiffrable qui donne l'impression qu'il est déjà à moitié dans mon appartement, en train de vérifier si les draps sont propres. Arrow, suffisant et complice, comme s'il imaginait déjà à quelle vitesse il pourrait me déstabiliser à nouveau. Et Luke, tout nouveau dans ce bazar et agissant déjà comme s'il avait sa place en plein milieu.

Trop.

J'enfourne une bouchée de pain perdu chaud dans ma bouche pour me donner quelque chose à faire à part paniquer.

— Tu deviens toujours aussi silencieuse quand tu es submergée ? demande Arrow, la voix basse.

Je le pointe avec ma fourchette. — Tu te comportes toujours comme si l'excitation était un langage de l'amour ?

Il sourit. — Seulement quand ça marche.

— Elle est en infériorité numérique, intervient Harper. Vous trois, vous êtes en gros un sandwich Alpha.

Mes yeux sortent de leurs orbites, et je lui lance un regard noir, auquel elle répond en m'envoyant un baiser.

Luke se redresse. — Est-ce que je peux être le pain du dessus ?

— Tu serais le cornichon sucré, je marmonne malgré moi.

Il sourit largement, clairement ravi. — Tu me trouves sucré ?

— Je te trouve inattendu.

Arrow renifle dans sa nourriture. Holt se contente de m'étudier et de continuer à manger. — Je pourrais te laisser de l'espace, il propose, sans avoir l'air d'y croire.

— Ça sonne faux, je dis, puis le regrette instantanément quand sa bouche tressaille, juste une légère courbe au coin des lèvres.

Luke cale son menton sur sa main et me jauge lentement d'un regard qui semble plus curieux qu'arrogant. — Tu es toujours aussi prompte à réagir ?

— Seulement quand je suis entourée de beaux hommes et que l'un d'eux pourrait se pointer à ma porte ce soir.

La bouche de Luke s'entrouvre. — Quoi ?

Harper expire. — Mon Dieu, j'adore cet endroit.

— Donc, commence Holt en repoussant son assiette vide. Juste pour que vous deux ne soyez pas pris au dépourvu, la mère de Cindy arrive en ville samedi. Je serai chez Cindy, à jouer le petit ami dévoué.

Mon pouls saute un battement. J'attrape mon verre d'eau que je n'ai pas touché, soudainement assoiffée.

Arrow se penche en avant. — Elle est comment, ta mère ?

Je gémis. — Pensez à un mélange de Martha Stewart et Cersei Lannister. Tout doit être parfait, sinon elle supposera que j'ai raté ma vie. Elle jugera mes cheveux, mon frigo, ma façon d'ouvrir la porte.

— On dirait quelqu'un qui a besoin d'un retour à la réalité, dit Luke.

— J'espère que l'aura générale de Holt calmera le jeu, je marmonne.

— Soit elle va fondre, soit elle va imploser, dit Luke en souriant. Honnêtement ? Je soutiens les deux issues.

— Tu ne viens pas, je lui rappelle, ayant besoin que ces retrouvailles se passent aussi bien et discrètement que possible.

— Ce n'est pas prévu. Il me fait un autre clin d'œil,

me faisant fondre sur place. Juste émotionnellement investi dans le drame.

Arrow hoche la tête. — On ne dit pas qu'on sera là, mais si tu as besoin de quoi que ce soit, des renforts, une distraction, un plan d'évasion de dernière minute…

— Je peux la gérer, dit Holt, les yeux de nouveau sur moi.

C'est censé être pour de faux. Mais la façon dont il me regarde ? Ce que je ressens quand il le fait ? Rien de tout ça ne semble faux. Et c'est ce qui me terrifie le plus.

8

CINDY

J'ai récuré des choses qui n'auraient jamais dû avoir besoin d'être récurées. Qui nettoie le dessous des tiroirs de cuisine ? Moi, apparemment. Le tas de linge sale dans le placard de ma chambre atteint une masse critique. Si cette porte s'ouvre alors que Holt est là, ce sera une avalanche de vêtements sales.

Le frigo contient de la vraie nourriture, au lieu de ma collection habituelle de condiments périmés depuis le dernier mandat présidentiel. J'ai acheté du jus de fruits — orange, pomme et un truc appelé « Lever de soleil tropical » parce que j'ai paniqué à l'épicerie et attrapé des choses au hasard. Harper m'a laissé piller les stocks de la brasserie, donc au moins, le rayon bière est assuré. Il y a même des fruits frais dans une coupe sur le comptoir, même si je ne suis pas tout à fait sûre de savoir quoi en faire. Est-ce que les gens… mangent des fruits ? Crus ? Comme des animaux ?

Je regarde l'heure. 17 h 47.

— D'accord, treize minutes. C'est assez de temps pour faire une autre crise de nerfs, peut-être deux.

Et je sens comme si je venais de me battre avec des meubles dans une usine de détergent au pin. Pas vraiment les phéromones sophistiquées d'Oméga que les romans d'amour m'avaient promises. Je lève le bras pour renifler timidement et je regrette immédiatement tout. C'est un mélange de désespoir sucré, de nettoyant industriel et d'une pointe de levure de la brasserie.

— Fantastique. Je sens la boulangerie en pleine crise de panique.

Pas le temps pour une autre douche. Je me précipite dans la salle de bains et applique assez de déodorant pour endommager la couche d'ozone, puis je vaporise du parfum stratégiquement — poignets, cou, cet endroit derrière mes oreilles qui, selon Harper, rend les Alphas fous.

Je me dévisage dans le miroir de la salle de bains.

— Okay, Cindy. Respire profondément. Tu es une Oméga confiante, indépendante, qui a parfaitement sa vie en main et qui n'a absolument pas mangé de céréales pour dîner trois soirs cette semaine. Un Alpha magnifique vient chez toi pour t'aider à mentir à ta mère. C'est normal. Tout va bien. Bien sûr, il est bâti comme un dieu grec et sa voix te fait fondre, mais ce n'est pas pertinent. Vous êtes juste deux adultes qui préparent une tromperie élaborée. Rien de bizarre là-dedans. Une activité tout à fait normale pour un vendredi soir.

J'examine ma tenue, une robe d'été vert sauge qui semblait être une bonne idée il y a une heure. Elle fait ressortir mes yeux et elle est confortable, ce qui est important car ma température corporelle avoisine les mille degrés à cause de l'anxiété. Je suis pieds nus parce que mettre des chaussures dans ma propre maison me semblait en faire trop, mais maintenant je me demande si les pieds nus ne sont pas trop décontractés ? Trop intimes ? Est-ce que les pieds envoient des messages ?

— Mon Dieu, je perds la tête. Les pieds n'envoient pas de messages. Les pieds sont juste des pieds.

Mes cheveux sont attachés en un chignon flou. Les laisser détachés me semblait trop romantique, comme si j'attendais quelque chose. Relevés, ça faisait trop sévère, comme si j'étais sur le point de diriger une réunion de travail. C'est le compromis, décontracté mais mignon, accessible mais pas désespéré.

Je me surprends à attraper mon mascara et je me fige.

— Non. Méchante Cindy. Ce n'est pas un rendez-vous. Il n'est pas là pour admirer tes cils. Il est là pour t'aider à tromper ta mère émotionnellement manipulatrice. Le mascara n'est pas requis pour la tromperie.

Je l'applique quand même parce qu'apparemment, je n'ai aucune maîtrise de moi.

On frappe à la porte et je sursaute si fort que je manque de me crever un œil avec la brosse du mascara.

— Oh mon Dieu. Il est là. Je ne suis pas prête. Je ne serai jamais prête. Il me faudrait au moins trois ans de thérapie supplémentaires avant d'être prête pour ça.

J'essuie mes paumes moites sur ma robe — très classe, très sophistiqué — et je me dirige vers la porte. Ma main plane au-dessus de la poignée.

— Tu es cool. Tu es sereine. Tu n'as absolument pas

de palpitations cardiaques. Ouvre simplement la porte comme une personne normale.

C'est ce que je fais et j'oublie instantanément tous les mots de la langue française.

Holt emplit l'encadrement de la porte comme s'il avait été sculpté pour s'y adapter parfaitement. Il s'est changé depuis ce matin et porte un jean bleu foncé qui tombe assez bas pour être dangereux pour ma concentration, des bottes marron et une chemise anthracite dont les deux premiers boutons sont défaits, car apparemment il veut ma mort. Les manches sont retroussées jusqu'à ses coudes, révélant des avant-bras qui devraient nécessiter un permis. Ses cheveux noirs sont ébouriffés par le vent, les mèches plus longues du dessus tombant sur son front.

Mais c'est son visage qui me touche vraiment. Une mâchoire forte avec juste assez de barbe naissante pour crier le danger. Ces yeux ambrés qui semblent voir à travers toutes mes défenses. La légère courbe de son nez qui suggère qu'il s'est déjà battu. Ses lèvres sont à la fois sévères et douces, bien qu'en ce moment, elles soient incurvées en un très léger sourire alors qu'il me regarde le fixer comme si j'étais un problème de maths particulièrement séduisant que je n'arrive pas à résoudre.

Il porte deux grands sacs en papier qui sentent le paradis et a un sac de sport sur l'épaule.

— Salut, je parviens à dire, bien que ça ressemble plus à un couinement de souris sur laquelle on aurait marché.

— Salut, dit-il, et ce grondement fait que tout mon corps se réveille et se met au garde-à-vous.

Je le regarde évaluer mon apparence, son regard parcourant mes pieds nus, remontant le long de mes jambes, s'attardant sur la façon dont la robe épouse mes courbes, jusqu'à mon visage, où je dois être en train de rougir comme une tomate atteinte d'anxiété sociale.

— Tu es magnifique, dit-il simplement, comme si c'était un fait plutôt qu'une opinion.

— Je… tu… merci ? Entre ! S'il te plaît, avant que les voisins ne te voient et ne commencent à jacasser.

Je m'écarte et il entre, apportant avec lui l'odeur du vent d'octobre et son propre parfum unique qui me donne envie de le lécher.

— Ça vient du restaurant d'Arrow ? je demande en désignant les sacs. S'il te plaît, dis-moi que ça vient du restaurant d'Arrow, parce que ça sent divinement bon.

Il rit doucement, posant les sacs sur ma console d'entrée. — Arrow a insisté pour envoyer assez de nourriture pour nourrir une petite armée. Il a dit qu'il ne pouvait pas te laisser affronter ta mère le ventre vide ou avec de la nourriture de qualité inférieure dans le système.

Le sac de sport attire mon attention. — C'est… beaucoup de choses pour une seule journée.

— Je veux m'assurer que ça ait l'air authentique, répond-il. Ta mère doit croire que je passe régulièrement du temps ici ou peut-être que j'ai emménagé.

— Exact. Bien sûr. C'est malin. Très stratégique. Je radote. — Entre donc ! Bienvenue à la Casa de Cindy, où les meubles sont d'occasion et l'anxiété est toute neuve.

Il regarde mon salon, et j'essaie de le voir à travers

ses yeux. Le canapé que j'ai sauvé d'un vide-grenier mais que j'ai retapissé avec un tissu gris doux. Ma collection de coussins. La table basse que j'ai peinte moi-même lors d'une soirée vin et bricolage qui a dérapé.

— C'est parfait, dit-il, et il semble le penser. — Chaleureux. Confortable. Très toi.

— Tu peux dire ça juste en regardant mon salon ?

Il pointe ma bibliothèque du doigt. — Le quartier miniature que tu as construit, avec de minuscules décorations d'Halloween. Les cinq couvertures différentes sur un seul canapé. Le fait que tu aies une collection de décapsuleurs décoratifs mais que tu les utilises aussi comme art mural. Ouais, je peux le dire.

Il a remarqué mes miniatures. Cet homme fait attention aux détails, et c'est à la fois excitant et terrifiant.

— Et si je nous servais à dîner et que j'apprenais à me repérer dans ta cuisine ? suggère-t-il.

— Parfait. Je vais chercher les boissons.

Dans la cuisine, nous nous déplaçons l'un autour de l'autre dans le petit espace. Chaque fois que nous nous frôlons, ma peau s'embrase comme si on me parcourait d'électricité. Il passe derrière moi pour atteindre un placard, et je jure que mon âme quitte brièvement mon corps. J'ouvre le frigo, et sa main se pose dans le bas de mon dos pour me stabiliser quand je vacille, et ce point de contact me brûle à travers ma robe.

— Ça va ? demande-t-il, sa voix plus proche de mon oreille que prévu.

— Parfaitement ! Super ! J'ai juste temporairement oublié comment fonctionnent les jambes !

Son rire est bas et tentateur. — Respire, Cindy. Je ne mords pas. Une pause. — Sauf si tu veux que je le fasse.

Je produis un son qui est à mi-chemin entre un rire et un sifflement et je m'enfuis dans le salon avec nos bières, en lâche que je suis. Mes mains tremblent en les ouvrant, reconnaissante pour mon décapsuleur décoratif qui fonctionne vraiment.

— Alors, crie-t-il depuis la cuisine, sa voix portant facilement. Comment s'est passée ta journée à la brasserie ?

— Oh, tu sais, la routine. J'ai eu un livreur très insistant qui pensait que le fait que j'aie un petit ami signifiait qu'il devait redoubler d'efforts, et Mme Carp a ramené son nouveau copain, qui a la moitié de son âge et deux fois son enthousiasme pour l'alcool en journée.

— Donne-moi des noms, dit-il, et il y a quelque chose de tranchant dans son ton qui me fait frissonner.

— Pour le livreur ou le jeunot de Mme Carp ?

— Ceux qui t'ont embêtée.

— Tranquille, l'homme des cavernes. J'ai géré la situation. Je suis plus coriace que j'en ai l'air. Une fois, j'ai fait pleurer un homme en utilisant uniquement le sarcasme et un sourcil levé.

— Je n'en ai jamais douté une seule seconde.

J'allume la télé sur ma chaîne YouTube préférée qui montre une cheminée dans ce qui ressemble à un manoir victorien décoré pour Halloween. La lueur orange vacille sur l'écran, fausse mais étrangement réconfortante. Le son du bois qui crépite remplit le silence pendant que j'essaie de ne pas penser au fait qu'il y a un homme dangereusement séduisant dans ma cuisine en train de me servir à dîner comme si c'était normal, comme si c'était ma vie.

Holt émerge, transportant assez de nourriture pour un petit mariage, et je me lève d'un bond pour l'aider.

— Waouh, est-ce qu'Arrow a cuisiné pour toute la ville ?

— Il s'emballe facilement, répond Holt en posant des récipients sur la table basse devant le canapé. Et aussi, je pense qu'il essaie de t'impressionner.

— En me plongeant dans un coma alimentaire ?

— En te montrant ce que notre meute peut fournir.

Meute. Mon estomac palpite à ce mot.

Il ouvre les récipients, révélant des trésors qui me font baver. — Poitrine de porc glacée à l'érable qu'Arrow a littéralement flambée à table avant de l'emballer. Légumes rôtis avec une sauce dont il refuse de donner le nom mais qui, je pense, implique dix-sept épices différentes et peut-être de la sorcellerie. Purée de pommes de terre à l'ail qui est essentiellement du beurre avec une suggestion de pomme de terre. Et des fondants au chocolat pour le dessert.

Il me tend une assiette vide et commence à me servir avant que je puisse protester, ce qui est étrangement touchant. C'est comme s'il voulait s'assurer que je sois nourrie. C'est une chose tellement Alpha, mais venant de lui, ça ne semble pas contrôlant, juste… attentionné.

Nous nous installons sur le canapé, pas tout à fait aux extrémités opposées mais avec une distance de sécurité entre nous. Je replie mes jambes sous moi, la robe remontant légèrement, et je le surprends à le remarquer. La lumière extérieure commence à baisser, baignant tout dans cette lueur dorée d'octobre que j'adore.

— Alors, dis-je après que ma première bouchée de poitrine de porc m'a fait remettre en question tout ce que je pensais savoir sur la nourriture. Qu'est-ce que mon faux petit ami doit savoir sur ma chère mère ?

— Tout. Le bon, le mauvais, le bizarre.

— Oh, il n'y a pas de bon. Commençons par le bizarre. Elle classe sa collection de thés par ordre alphabétique mais pense que ranger les livres par couleur est l'œuvre du diable. Elle ne boit que des tisanes ou du café noir, n'ajoute jamais de lait parce que c'est ce que font les pauvres. Elle croit sincèrement que manger avec les doigts est une défaillance morale, sauf s'il s'agit de nourriture spécifiquement conçue pour ça, et même dans ce cas, elle utilise ces minuscules fourchettes.

— Elle a l'air charmante, ajoute-t-il sèchement en buvant une gorgée de sa bière.

— Oh, c'est un trésor. Elle a aussi un truc avec la posture. J'ai passé la moitié de mon enfance avec des livres en équilibre sur la tête parce que la colonne vertébrale d'une Oméga doit être assez droite pour soutenir les attentes de la société. Citation exacte.

— Ça explique pourquoi tu te tiens si droite même quand tu te détends.

— Et ma haine profonde des encyclopédies. Les volumes K à M m'ont donné des problèmes de cou.

Je le regarde manger, et c'est injuste à quel point il rend les fonctions humaines de base séduisantes. La façon dont sa mâchoire bouge, la façon dont sa gorge travaille quand il avale, comment il lèche une goutte de sauce sur son pouce — c'est pornographique.

— Tu me fixes, dit-il sans lever les yeux.

— Non, je... j'inspecte. Le mot m'échappe. Génial. Maintenant, j'ai l'air d'une psychopathe qui fait une expertise immobilière.

Il lève enfin les yeux, le coin de sa bouche déjà plissé d'amusement. Ses yeux ne se contentent pas de me regarder ; ils me connaissent. Ou ils essaient. Et je ne suis pas sûre de ce qui est le plus mortel.

Puis il rit, un rire bas et un peu rauque. — Tu devrais être livrée avec un avertissement dans cette robe.

Je manque de m'étouffer avec ma pomme de terre. — Ce vieux truc ? Je l'ai juste enfilé.

Il ne répond pas tout de suite, il penche juste la tête. — Non. Tu l'as choisie pour une raison.

J'attrape ma fourchette comme si c'était une arme, mais c'est mon cœur qui est attaqué.

— Tu as choisi le vert parce qu'il rend tes yeux encore plus sulfureux. L'ourlet est assez court pour que je me demande ce que tu as prévu d'autre, mais assez long pour rester classe. Tu es pieds nus, ce qui signifie que tu es à l'aise avec moi maintenant. Ou que tu veux que je le croie.

— C'est... c'est ce que tu fais ? Transformer les compliments en armes ?

Il hausse les épaules, totalement imperturbable. — Je te l'ai dit. Je fais attention aux choses qui comptent.

Je le dévisage, face à cette confiance tranquille qu'il porte comme une seconde peau. Holt n'est pas tape-à-l'œil. Il n'est pas charmant comme Luke, ni suave comme Arrow. Il est de l'acier enrobé de silence, tranchant quand on s'y attend le moins.

Et il est là. Dans ma maison. Assis sur mon canapé comme s'il était à sa place.

Je prends une inspiration tremblante, essayant de me ressaisir. — Bon. D'accord. Préparation du faux petit ami. On devrait décider quelle histoire on va raconter à ma mère avant qu'elle n'arrive et ne décide que tu diriges secrètement une secte.

Il lève un sourcil. — Ce serait si grave ?

— Oui, dis-je en piquant ma nourriture. — Même si elle trouverait probablement ça moins inquiétant que le fait que je sorte avec un mécanicien.

Son sourire s'étire lentement. — Bonne chose que je ne sois pas mécanicien.

— Que Dieu me vienne en aide, je marmonne, presque dans ma barbe.

Il se penche en arrière sur le canapé, s'étirant comme s'il était parfaitement à l'aise pendant que j'essaie de ne pas me désintégrer sur place. — Ça va ? demande-t-il doucement.

Je hoche la tête trop vite. — Carrément. Je me demande juste… dans quoi je me suis fourrée.

Ses yeux captent les miens une seconde de plus que nécessaire. — Dans quelque chose de bien.

Je m'éclaircis la gorge. — Alors. Notre histoire, dis-je, visant un ton vif et professionnel, ce qui est risible vu l'état de mes entrailles. Comment on s'est rencontrés ?

— Qu'est-ce que tu dirais à ta mère qu'elle croirait ?

— Honnêtement ? Elle s'attendrait à quelque chose

de traditionnel. Rencontre dans un café ou par des amis communs.

— Trop ennuyeux. Au bal d'Halloween de l'an dernier au centre communautaire. Tu étais déguisée en sorcière—

— Prévisible.

— en sorcière bibliothécaire sexy, et je ne pouvais pas te quitter des yeux.

Je arque un sourcil. — Et toi, en quoi tu étais déguisé ?

— En moi-même. Je ne fais pas dans les déguisements.

— C'est tellement une réponse de mec.

— Mais crédible. On a dansé, tu as renversé ton verre sur moi—

— Pas du tout !

— C'est notre fausse histoire. Tu l'as fait. Tu étais gênée. J'ai trouvé ça adorable, je t'ai demandé ton numéro pour remplacer ma chemise ruinée.

— Et je te l'ai donné ?

— Après t'avoir fait ramer. Tu m'as fait deviner ton numéro. Ça m'a pris dix-sept essais.

Je ris malgré moi, alors même que quelque chose de chaud se déploie dans le bas de mon ventre. — C'est plutôt mignon, en fait.

Comme si quoi que ce soit dans la façon dont il me regarde en ce moment était mignon. Son regard lit tout ce que j'essaie de ne pas dire à voix haute. Ma peau pétille sous son attention.

— Premier rendez-vous ? continue-t-il. Où voudrais-tu que je t'emmène si c'était réel ?

La question reste en suspens entre nous, plus lourde qu'elle ne le devrait. Chargée de sens. Trop proche de quelque chose qui ressemble à de l'espoir.

Je baisse les yeux sur mon assiette, puis je le regarde à nouveau. — Je ne sais pas, quelque part de sympa ? Un dîner avec vue ?

Il secoue la tête comme s'il avait déjà réécrit la scène dans son esprit. — Trop public. Je t'emmènerais à Mountain Ridge, cet endroit où on peut voir toute la vallée. Pique-nique privé, bon vin, aucune interruption.

J'avale ma salive. Difficilement. — Pourquoi privé ?

— Pour avoir toute ton attention. Pas de distractions, pas d'autres personnes qui essaient de te jeter des coups d'œil dans cette robe. Juste nous.

Juste nous.

Deux mots qui n'ont aucun droit de faire battre mon cœur comme ils le font. Ma respiration se coupe, et je ne prends même pas la peine de le cacher. Pas quand il me regarde comme ça.

Je le fixe, imaginant ce scénario qui n'arrivera jamais, ressentant des choses que je ne devrais pas ressentir. Voulant des choses que je ne peux pas vouloir.

— La fille qui finira avec toi pour de vrai sera la femme la plus chanceuse du monde, je dis doucement.

Son sourire est lent, prédateur. Pas doux. Pas rassurant. Comme s'il savait exactement ce qu'il me fait et qu'il en voulait plus. — Je m'assurerai qu'elle le sache chaque jour.

La façon dont il me fixe me fait me tortiller sur le canapé. Mes joues brûlent, mon pouls martèle sauvagement à la base de ma gorge. J'enfourne une bouchée dans ma bouche avant de dire quelque chose que je ne pourrai pas reprendre.

Nous continuons à manger, en échangeant des informations.

Plats préférés. Lui : tout ce qui implique de la viande et des glucides. Moi : les glucides sous toutes leurs formes, mais surtout quand il y a du fromage.

Allergies. Aucune pour nous deux, à moins de compter ma réaction soudaine et irrationnelle aux mecs canons assis dans ma maison.

Bêtes noires. Il déteste les conversations de salon. Je déteste ceux qui respirent par la bouche.

Et quelque part au milieu de tout ça, j'oublie que c'est censé être un jeu.

— Comment est notre relation ? demande-t-il. Notre vie sexuelle.

Je manque de laisser tomber ma fourchette. Mon cœur cogne contre mes côtes, et une chaleur monte le long de ma nuque. — Est-ce qu'on est obligés de discuter de ça ?

— Ta mère pourrait poser des questions. On devrait être préparés.

— Elle ne posera pas de questions sur notre vie sexuelle !

— Elle pourrait me les poser à moi. Quand tu ne seras pas là. Si je t'ai revendiquée, marquée.

— Marquée ? je couine, le mot se coinçant dans ma gorge.

— Mordue, clarifie-t-il, sa voix tombant, basse et sombre comme de la fumée s'enroulant dans mes veines. — Les Alphas mordent pour marquer leur terri-toire. Ça montre la possession.

— Oui, je sais, et c'est un peu barbare.

— C'est la biologie. Et ta mère voudra savoir que tu es correctement revendiquée. Protégée.

La pièce semble soudain plus petite. Plus chaude. Son odeur m'enveloppe, vive et masculine. Je bouge sur mon siège et je le regrette instantanément. Chaque nerf est enflammé, vibrant de conscience. Je pose mon assiette sur la table basse devant nous, et Holt fait de même.

— Très bien, je parviens à dire, en essayant de paraître détachée alors même que mes cuisses se contractent. — Dis-lui que tu m'as mordue quelque part où elle ne peut pas voir.

— Où ça ? Il se penche légèrement en avant, les yeux rivés aux miens, tel un prédateur qui tourne autour de sa proie. — Il me faut des détails au cas où elle insisterait.

— Je ne sais pas, mon épaule ?

— Trop visible. Elle pourrait demander à voir.

— Ma… hanche ?

— Mieux. Mais je pense à l'intérieur de la cuisse. Bien haut, un endroit que seul moi pourrais voir. Là où ma bouche devrait remonter le long de ta peau douce, embrassant chaque centimètre jusqu'à ce que tu me supplies…

— Waouh. Je me lève d'un bond, un coussin tombe par terre. J'ai le visage en feu, la peau rouge et tendue comme si elle était trop petite pour moi. — Il fait chaud ici, non ? Il fait carrément chaud. Je vais ouvrir une fenêtre.

Je tripote le loquet, cherchant désespérément un air qui n'a pas son odeur. Mais même la brise n'y fait rien. Il est toujours dans la pièce. Il me regarde toujours comme s'il avait déjà gagné la partie. Puis je m'effondre à nouveau sur le canapé.

— Nous devrions aussi discuter des petits noms, continue-t-il, d'un calme olympien alors que je suis sur le point d'exploser. — Comment je t'appelle ?

— Par mon prénom ?

— Banal. Il me faut quelque chose de plus intime.

— Comme quoi ?

— Duchesse. Princesse. Ma douce. Bébé. Ma petite.

Je pouffe avant de pouvoir me retenir. — Quoi, tu essaies de monter ton propre harem de conte de fées ?

Il sourit. — Tu pourrais être ma tentation.

Je cligne des yeux. — Ce n'est pas un petit nom. C'est un péché.

— Exactement.

Je secoue la tête, riant malgré moi.

Il se penche un peu plus, cette lueur dangereuse dans le regard. — Très bien. « Sage fille », alors.

J'émets un son qui n'est certainement pas humain. — Tu ne peux pas m'appeler comme ça devant ma mère !

— Pourquoi pas ? Si notre relation est aussi sérieuse que tu veux le lui faire croire, je serais possessif. Protecteur. M'assurant qu'elle sache exactement à qui tu appartiens.

— Je n'appartiens à personne, dis-je automatiquement.

— Je le sais. Mais elle, elle ne le croit pas. Alors on joue son jeu, selon ses règles, et on gagne.

Sa logique est implacable, mais mon cerveau est trop embrumé par sa proximité pour l'analyser.

— Parle-moi de ta meute, dis-je, désespérée de revenir sur un terrain plus sûr. — Comment vous êtes-vous retrouvés tous les trois ?

Il se penche en arrière, songeur. — J'ai d'abord rencontré Luke. Une bagarre de bar qui s'est transformée en offre d'emploi. Arrow est arrivé plus tard, il avait besoin d'aide avec des ennuis. Ça a juste collé. Comme si on avait attendu de se trouver.

— C'est mignon, en fait.

Nous nous sommes resservis à manger et nous profitons simplement de la compagnie de l'un de l'autre. Je me sens un peu plus calme alors que nous finissons de manger, nos assiettes empilées sur la table, et je suis douloureusement consciente de l'ambiance domestique de la scène.

— Tu veux savoir un truc drôle ? demande Holt en se rapprochant sur le canapé.

— Toujours.

— Mon pote du club de motards, Diesel, son ex allait se marier. Un vrai mariage mondain, le genre avec un plan de table et dix-sept fourchettes. Elle l'a invité pour le narguer.

— C'est cruel.

— C'est tout craché l'ex de Diesel. Alors il a décidé de se pointer avec une femme.

— Il s'est marié par dépit ?

— Un faux mariage. Un week-end de trois jours à faire semblant d'être fou amoureux de cette Omega qu'il avait engagée. Alliances assorties, histoires coordonnées, ils avaient même répété leur première danse.

— C'est de la folie.

— Et ce n'est pas tout. L'Omega qu'il avait engagée ? Il s'est avéré que c'était une Dom professionnelle à ses heures perdues. Elle a passé tout le mariage à donner des ordres à Diesel, à lui faire chercher des boissons, à lui faire porter son sac à main. L'ex de Diesel était tellement déroutée qu'elle en a pleuré.

Je ris si fort que j'en ai le souffle coupé. — C'est horrible ! Et génial !

— Le meilleur dans tout ça ? Ils sont vraiment mariés maintenant. Pour de vrai. Il se trouve qu'ils étaient parfaits l'un pour l'autre.

— Tu inventes.

— Promis, juré. Je suis allé à leur vrai mariage l'année dernière. La Dom a fait pleurer Diesel pendant les vœux.

Nous rions tous les deux, et d'une manière ou d'une autre, nous nous sommes rapprochés sur le canapé. Sa cuisse presse la mienne, chaude même à travers nos vêtements. Le salon semble plus petit, plus intime. Comme si l'air s'était épaissi de quelque chose d'électrique.

— Tu es magnifique quand tu ris, dit-il doucement.

— Tu n'as pas besoin de t'entraîner aux compliments. Nous sommes seuls.

— Je ne m'entraîne pas. Il tend la main, trace le

contour de ma mâchoire avec un doigt. — Van était un sacré connard.

— Tu ne connais pas toute l'histoire.

— J'en sais assez. Je sais qu'il a essayé de te posséder au lieu de te chérir. Ça fait de lui un connard.

Sa main est toujours sur mon visage, son pouce effleure ma pommette, et je me penche vers son contact sans le vouloir. Ma peau picote partout où il me touche et partout où il ne me touche pas. Mon cœur bat la chamade, comme s'il hésitait entre la fuite et la reddition.

— On devrait s'embrasser, dit-il.

Mon cerveau court-circuite. — Quoi ?

Son pouce s'arrête juste sous ma lèvre. — On est censés sortir ensemble, tu te souviens ? Ça pourrait être utile si tu n'as pas l'air choquée à chaque fois que je m'approche de ta bouche.

— Ce n'est pas pour ça que tu as dit ça.

— Non, admet-il, la voix basse et rauque. — Ce n'est pas pour ça.

Je devrais reculer. Je devrais vraiment. Mais je ne le fais pas. Je suis trop envoûtée par la chaleur de sa main, le regard fixe dans ses yeux, la tension qui vibre dans ma poitrine et qui ressemble étrangement à du désir.

— Juste un baiser d'entraînement ? je demande, et ma voix me trahit en sortant haletante.

— Si c'est comme ça que tu as besoin de l'appeler.

Il est si proche maintenant que la chaleur de son souffle s'écrase sur ma joue. Tout en moi veut se pencher, découvrir son goût, voir si l'embrasser est aussi bon que ce que j'imagine.

Je ne sais pas qui bouge en premier. Peut-être nous deux. Mais au moment où nos lèvres s'effleurent, l'étiquette factice à laquelle nous nous accrochions se brise comme un fil trop tendu.

Au contraire, je me presse contre lui, mes mains trouvant son torse ferme, sentant son cœur s'emballer pour s'accorder au mien. Son corps est une chaleur solide sous mes paumes, et je jurerais que je peux sentir son pouls sous mes doigts, un rythme profond et vibrant qui appelle quelque chose d'enfoui en moi.

Il émet un son sourd, presque un grognement, et incline la tête, approfondissant le baiser. Sa bouche s'empare de la mienne avec une faim lente et doulou-reuse, sa langue traçant ma lèvre inférieure avant de glisser à l'intérieur.

La main sur ma taille me plaque contre lui jusqu'à ce que je sois pratiquement sur ses genoux, ma robe remontant haut sur mes cuisses. Je m'en fiche. Tout ce que je sens, c'est la pression de son corps, sa ligne dure sous moi, la façon dont son autre main s'enfonce dans mes cheveux et tire, pas brutalement, mais assez ferme-ment pour que mon souffle se coupe et qu'une vague de chaleur m'inonde.

Il défait mon chignon jusqu'à ce que mes cheveux se déversent autour de nous, s'emmêlant dans ses doigts. Le son qu'il pousse alors — comme s'il perdait le contrôle de sa retenue — fait se déliter quelque chose en moi.

Il m'embrasse comme s'il était affamé. Comme s'il avait peur que si il s'arrêtait, je disparaîtrais. Sa langue glisse contre la mienne, arrachant un son doux de ma gorge. On ne m'a jamais embrassée comme ça, comme s'il voulait m'adorer et me détruire en même temps.

Quand nous nous séparons enfin, je suis haletante et mes lèvres sont gonflées. Ses yeux sont sombres, la mâchoire serrée, comme s'il se retenait d'aller plus loin.

— Ça, c'est… ce n'est certainement pas le genre de baiser qu'on peut s'échanger devant ma mère, j'arrive à dire.

— Probablement pas, convient-il d'une voix basse et rauque, mais il ne me lâche pas.

— Cindy ?

— Oui ?

— Tu peux me marquer de ton odeur si tu veux. Pour de vrai.

Je le regarde, confuse, jusqu'à ce qu'il défasse deux autres boutons de sa chemise, révélant la ligne tendue de son torse et le bord d'un tatouage de crâne sur sa peau hâlée. Il bascule la tête en arrière, exposant sa gorge.

Cette franchise. Cette confiance. Ça me fait frissonner et me recroqueviller.

— C'est… c'est vraiment intime, je chuchote.

— On est censés être ensemble. Tu devrais connaître mon odeur.

Mes mains bougent d'instinct, glissant sur la surface dure de son torse. Sa peau est brûlante sous mes doigts. Je me penche, le souffle court alors que son parfum m'enveloppe. Il est plus fort ici. Caramel épicé, plus sombre et plus puissant de près. La douceur de la guimauve a une profondeur crémeuse, épaisse et douce, avec une pointe de vanille.

Je presse mon nez contre sa gorge et l'inspire profondément.

Quelque chose en moi se brise et se reforme. Comme si ça avait toujours dû se passer ainsi.

— Accord parfait, je murmure contre sa peau.

Ses bras m'entourent, me serrant si fort que j'ai à peine de quoi respirer. — Je sais.

— Ça ne peut pas être réel.

— Ça m'a l'air putain de réel.

Je recule légèrement, juste assez pour voir son visage. J'ai besoin d'espace. J'ai besoin de réfléchir. Mais il ne me relâche pas. Sa main est sur mon dos, chaude et stable. Son souffle évente ma joue.

— On devrait se concentrer sur demain, je murmure. — Le plan. C'est ça qui compte.

— Si tu le dis. Mais ses yeux sont rivés aux miens, chargés de chaleur. De questions. De promesses que nous ne prétendons plus ignorer.

Il se lève, va chercher son sac de sport, et j'essaie de calmer mon cœur qui s'emballe. *J'essaie* étant le mot clé.

Car à la seconde où il me tourne le dos, quelque chose en moi bascule comme si une allumette avait été craquée, et maintenant tout à l'intérieur de moi brûle. Mes cuisses se serrent sans ma permission. Ma respiration devient superficielle. Il y a une chaleur qui me traverse, lente et méchante, léchant les bords de mon sang-froid, voulant voir ce que je ferai quand il aura disparu.

Ça ne peut pas arriver. Pas maintenant. Pas encore.

Je presse mes paumes sur mes genoux, pour m'ancrer. Mais ça n'aide pas.

Son odeur est partout. Elle flotte dans l'air, s'infiltre dans ma peau, et la partie brute et primale de moi, la chaleur que j'ai essayé d'ignorer, se fraie un chemin vers la surface, désespérée et sauvage. Et chaque fibre de mon être veut se rouler dans cette odeur. Elle veut être *revendiquée*.

Et pire encore ?

Mordue… Qu'est-ce que je ne donnerais pas pour sentir cette douleur entre mes cuisses.

Mon Dieu, qui suis-je devenue ?

La douleur frappe, basse et profonde, aiguë et indéniable. Le genre qui exige de l'attention, qui ne veut pas seulement — elle *a besoin*. De pression. De dents. De langue. D'une bite. Quelque chose pour soulager la pulsation lancinante entre mes cuisses qui me fait maintenant me tortiller sur ce fichu canapé comme si j'étais en chaleur.

Ce qui n'est pas le cas.

Pas du tout.

Je saisis le coussin sous moi et me concentre sur ma respiration, sur la logique, sur n'importe quoi d'autre que la chaleur moite qui monte entre mes jambes et la façon dont mon corps réagit déjà au simple bruit de la fermeture éclair de son sac qu'il est en train de déballer.

— Faisons en sorte que cet endroit ait l'air habité, dit-il, de nouveau très professionnel.

J'arrive à hocher la tête, même si je ne suis pas sûre que mon cerveau fonctionne. Mais en ce moment, tout ce qu'il fait semble lourd de sens. Érotique.

Je le regarde déballer ses affaires. Brosse à dents et rasoir pour la salle de bain. Assez normal. Puis il se met à tout trier à l'autre bout du canapé, comme s'il faisait des petites piles pour chaque pièce, les groupant comme si un plan tacite se déroulait dans sa tête.

— Ça fait beaucoup de vêtements, j'observe, forçant un ton désinvolte alors que mes cuisses se serrent encore plus fort.

— Il faut que ce soit crédible.

Il ajoute des chemises pliées à une pile, une ceinture à une autre. Comme s'il emménageait. Comme si c'était réel. Comme si j'étais à lui et qu'il s'installait simplement dans ce qui avait toujours été inévitable.

Puis il pose un chargeur de téléphone, place sa montre soigneusement à côté, et ajoute une paire de lunettes de lecture au mélange.

— Tu portes des lunettes ? je demande, essayant de me raccrocher à n'importe quoi pour me distraire de l'enfer dans mes veines.

— Parfois. Tu veux voir ?

Il les met, et Dieu merci, je suis assise, parce que je n'étais pas préparée à la version intello de Holt. Il ressemble à un professeur dangereux, le genre qui vous ferait rester après les cours. Le genre qui vous pencherait sur le bureau pour avoir donné la mauvaise réponse — et je me mettrais soudain à oublier comment avoir bon à quoi que ce soit.

— Ce n'est pas juste, je l'informe, la voix un peu rauque. — Tu ne peux pas simplement ajouter des accessoires et devenir encore plus sexy.

Il continue de déballer ses affaires sans commentaire, comme si ça ne me tuait pas à petit feu. Il sort des bandes de résistance et les place à l'autre bout du canapé. Un pot de protéines en poudre suit.

— Ta mère pourrait vérifier la cuisine, explique-t-il.

Puis vient un livre de cuisine usé aux coins tachés.

— Personne ne croirait que je vis quelque part sans livre de recettes.

Même une paire de bottes éraflées atterrit soigneusement près de la table d'appoint comme si elles avaient toujours été là.

— C'est très méticuleux, je dis.

— C'est tout moi. Il sort ensuite une photo encadrée. — C'est Harper qui a envoyé ça.

C'est nous, en quelque sorte. Les talents de Harper sur Photoshop ont combiné ce qui semble être une photo de moi à un événement dans une brasserie avec une de Holt au restaurant. Nous ne sommes pas vraiment ensemble, mais assez proches pour avoir l'air d'un couple. Je ris de quelque chose, et il me regarde avec une expression qui va me donner des fantasmes.

— Quand est-ce que Harper a fait ça ?

— Cet après-midi, apparemment. Elle et Luke ont comploté.

— Évidemment.

Quand il a fini, mon espace a l'air transformé. Une présence masculine partout. La salle de bain sent son savon, sa veste sur le crochet porte son odeur, ses affaires sont mélangées aux miennes comme si nous étions ensemble depuis des mois.

— Parfait, dit-il en inspectant son travail.

— Ouais, j'approuve en regardant mon espace envahi. — Parfait.

Nous retournons sur le canapé, plus proches maintenant, l'air chargé entre nous.

— On devrait revoir plus de détails, dit-il. — Juste au cas où.

— Comme quoi ?

— Tes choses préférées. Ta routine matinale. Comment tu prends ton café.

— Pourquoi ma mère poserait-elle des questions sur mes préférences en matière de café ?

— Je devrais les connaître. Les petits amis connaissent ce genre de choses.

Alors nous parlons. Je lui parle de mon addiction au café avec de la crème, sans sucre, sauf le lundi — là, c'est tout le sucre. Il me dit qu'il le boit noir, comme il se doit. J'apprends qu'il court tous les matins à l'aube, quand le monde est calme. Il apprend que je n'ai pas vu l'aube volontairement depuis des années.

— Ta plus grande peur ? demande-t-il.

— Ça devient un peu profond pour une fausse relation.

— Ta mère pourrait me tester.

— Très bien. Finir comme ma sœur. Mariée à quelqu'un qui la voit comme une décoration. Deux enfants qu'elle n'a jamais voulus, vivant une vie que quelqu'un d'autre a choisie. Je fais une pause. — Et toi ?

— Échouer à protéger les gens qui me sont chers.

Le poids de cette déclaration plane entre nous. Pas lourd. Pas gênant. Juste réel. Comme le reste de cette nuit.

— Holt ?

— Ouais ?

— Qu'est-ce qui se passe après demain ? Quand ma mère partira ?

Il me regarde longuement. — Qu'est-ce que tu veux qu'il se passe ?

— Je ne sais pas, j'admets. — C'est compliqué.

— Pas forcément.

Nous sommes de nouveau proches, cette attraction magnétique entre nous que je ne comprends pas mais à laquelle je ne peux résister.

— Je devrais probablement aller me préparer pour la nuit, je dis. — Grosse journée demain.

— C'est ça, dit-il en se levant avec un étirement qui le fait paraître encore plus large. — Je ferais mieux d'y aller, alors.

Je le suis jusqu'à la porte, le pouls vacillant. — Tu rentres vraiment chez toi, ou tu vas t'asseoir dans ta voiture et surveiller mon appartement toute la nuit ?

Il s'arrête, la main sur la poignée, les yeux se plissant très légèrement.

— Harper m'a dit qu'elle vous avait repérés dehors l'autre nuit.

Le coin de sa bouche se relève, lentement et diaboliquement. C'est le genre de sourire qui pousse les femmes à remettre en question leur morale.

Je manque de m'éventer.

— Alors j'insiste pour que tu restes, dis-je, sortant les mots avant de perdre mon courage. — Le canapé est super confortable. Assez long pour toi. S'il te plaît, ne reste pas dans la voiture.

— J'ai une bonne vue depuis la rue, dit-il, comme si c'était la chose la plus normale du monde. — Je serai plus à l'aise pour garder un œil. Et pour rester un gentleman.

— Je ne dormirai pas en sachant que tu es dehors dans le noir et le froid, j'argumente en croisant les bras. — Tu seras à trois mètres de toute façon. Quelle est la différence ?

Il me considère une seconde de trop. — De cette façon, je repérerai le danger avant qu'il ne t'atteigne.

Je déteste cette logique. Je déteste qu'elle ait du sens. Je déteste que j'aie l'impression qu'il trace une sorte de limite que je ne veux pas.

— Attends, je dis, avant qu'il ne puisse ouvrir la porte. — Laisse-moi au moins te faire un café. Et peut-être quelques en-cas ? Tu aimes les en-cas, non ?

Il sourit de nouveau, comme s'il savait exactement ce qu'il faisait. — Seulement si tu es au menu.

Je bafouille. — Absolument pas.

— Alors je prendrai des cookies si tu en as.

Je me retourne et marche d'un pas décidé vers la cuisine, car rougir devant lui ressemble à une capitulation.

Derrière moi, je l'entends s'installer à nouveau dans l'embrasure de la porte. En mode chien de garde. En mode protecteur. Le genre d'homme qui surveille votre perron comme si c'était une zone de guerre et votre sécurité une mission.

Je remplis la bouilloire, inspirant son odeur qui s'accroche encore à l'air, me demandant comment un faux petit ami peut faire en sorte qu'une maison ressemble plus à un foyer qu'elle ne l'a jamais été.

Je crois que je suis dans le pétrin.

Mais pour une fois, je n'ai pas envie de fuir.

9

HOLT

Les cookies ont disparu. Jusqu'à la dernière miette. Et ouais, j'ai peut-être même léché le chocolat sur le papier d'alu, parce que putain, pas question de gaspiller quoi que ce soit qui vienne de ses mains. Le café a disparu depuis longtemps aussi, la tasse de voyage est vide sur la console, comme si elle avait accompli sa mission et était morte en héros. J'ai mis le chauffage au minimum, les vitres sont juste assez embuées pour flouter le monde sans le masquer complètement. Mon téléphone est retourné sur le tableau de bord, après avoir prévenu les mecs que je suis de surveillance ce soir. Ils s'occuperont des préparatifs du soir pendant que je monte la garde, puis je rentrerai après l'aube pour aider avec l'enseigne et retourner chez Cindy.

Cindy. Putain.

Elle m'a embrassé.

Non, ce n'est pas exact. Je l'ai embrassée, et elle m'a laissé faire, et elle m'a rendu mon baiser avec ce son doux et suppliant au fond de sa gorge que j'entends encore, comme s'il était gravé dans ma putain de boîte crânienne. Mes doigts se resserrent sur le volant, mon pouce appuyant sur le cuir là où il est déjà usé. On m'a embrassé un millier de fois, des femmes ont supplié pour en avoir plus de leurs bouches, de leurs gémissements et de leurs chaleurs. Mais Cindy ?

C'était différent.

C'était tout.

Et à la seconde où je me suis approché, je l'ai su. Elle est mon âme sœur olfactive. Plus de place pour le doute, pas après la façon dont sa peau s'est réchauffée sous la mienne, dont son pouls s'est accéléré, sa nappe parfumant l'air si fort que je pouvais la goûter sans même écarter ses cuisses.

Elle le sait. Les omégas le savent toujours. Ça éclot comme quelque chose d'ancien, de primal, quelque chose de profondément ancré dans la moelle de leurs os.

Je me passe lentement une main sur le visage, puis je tâtonne pour rajuster ma queue à travers mon jean parce qu'elle est toujours à moitié dure et me lance comme pas possible. Ça fait des heures, et je suis toujours tendu comme un arc juste à cause d'un baiser et d'une bouffée de sa nappe. Je n'ai même pas pu la toucher correctement, pas pu la goûter. Elle portait cette robe d'été, celle qui épouse les formes aux bons endroits et qui empêche de réfléchir, et tout ce que je voulais, c'était la déchirer en deux. L'arracher de ses épaules, dévoiler ses courbes douces, et presser ma bouche contre la chaleur entre ses cuisses.

Elle est magique. Le genre de magie qui détruit un homme. Et je vais la laisser faire.

Je fixe le côté de sa maison depuis l'autre côté de la rue. La lumière de son porche est toujours allumée, comme elle l'a promis. Une faible lumière à l'étage, juste assez pour me dire qu'elle est là et installée. La maison est calme, le quartier est mort. Les arbres qui bordent la rue se balancent doucement dans la brise, bruissant comme des murmures. Quelques chats sont passés. Quelqu'un trois portes plus loin vient de rentrer il y a un petit moment et a claqué bruyamment sa portière de voiture.

Mais ici ? À cet endroit de sa rue ? Calme. Silencieux.

J'ai les yeux rivés sur la porte d'entrée, sur la fenêtre qui laisse entrevoir une partie du salon et sur cette lumière à l'étage que j'ai mémorisée. C'est le meilleur angle. Aucun angle mort. Rien à travers quoi elle ne pourrait pas crier si quelque chose tournait mal.

Non pas que quelque chose va mal tourner.

Parce que je suis là.

J'entrouvre la fenêtre d'un centimètre et inspire l'air frais de la nuit. Ça sent toujours comme elle. Je veux m'y noyer. Je rajuste ma queue encore une fois, ravalant un juron, la mâchoire serrée. Je ne tiendrai pas la semaine à ce rythme.

Deux heures passent. Je bâille dans ma manche, essayant de ne pas cligner des yeux trop longtemps, car je pourrais sombrer dans le sommeil. Je ne m'endors jamais en surveillance. Jamais. Mais mon corps me combat ce soir, et je déteste la putain de faiblesse que je ressens.

Puis les lumières s'éteignent.

Juste… éteintes.

Pas de scintillement. Pas de baisse d'intensité. Simplement parties.

Le porche et l'étage, les deux en même temps.

Toute ma colonne vertébrale se bloque.

Je me penche en avant sur le siège du conducteur, les yeux plissés, le sang grondant déjà dans mes oreilles. C'est quoi ce bordel ?

Peut-être la lumière de la chambre, d'accord. Mais le porche ? Elle m'a dit qu'elle la laisserait allumée. Elle a même insisté. Elle a dit qu'elle aimait savoir que j'étais là dehors. Je l'ai vue allumer les lumières plus tôt, j'ai vu comment elle a fait le tour de la maison. Elles ne sont pas sur minuteur, et elles ne sautent pas ensemble comme ça.

Quelque chose cloche.

Tous mes instincts hurlent.

J'ouvre la boîte à gants d'un coup sec, saisis la lame rangée dans un étui en cuir, et la glisse à l'arrière de mon jean. Ensuite, je plonge la main sous le siège, où je garde le compartiment attaché au rail. J'en sors le Glock, d'un geste lisse et rapide, et le coince à l'avant dans ma ceinture.

Ma ceinture est faite sur mesure. Renforcée. De fins crochets en acier sous le cuir, conçus pour maintenir les armes à plat contre mon corps, sans l'encombrement d'un holster. Les mecs ont tous le même équipement. On les a fait faire il y a quelques années, quand ça a mal tourné avec le club rival près de Portside. On apprend à bouger vite et intelligemment quand il y a toujours une menace à l'horizon.

Flingue sécurisé. Lame en place.

J'ouvre la portière de la voiture sans un bruit et sors dans la nuit.

L'air est plus froid maintenant, la brise plus vive. Mes bottes chuchotent à peine contre le bitume alors que je traverse la rue, mes yeux balayant les alentours. Aucune lumière dans la maison mitoyenne voisine. Aucun signe de mouvement à aucune fenêtre. Rien que le faible sifflement du vent à travers les arbres et le martèlement du sang dans mes oreilles.

Quelque chose ne va pas. Je le sens dans mes tripes, dans la façon dont ma peau picote comme un avertissement. Comme si l'univers s'éclaircissait la gorge et disait *Fais gaffe*.

J'accélère le pas.

Le porche est sombre, mais je sais où se trouve la marche fragile et je l'évite. Je ne frappe pas. Je n'appelle pas. Si quelque chose ne va pas, m'annoncer pourrait empirer la situation.

Au lieu de ça, je plaque mon dos contre le mur de briques à côté de la porte et j'écoute. J'essaie la porte, et elle est verrouillée.

Rien d'autre.

Pas de bruits de pas. Pas de voix. Pas même le craquement du plancher à l'étage. Le silence n'est plus paisible. Il est lourd. Tendu. Quelque chose ne va putain de pas.

Je me déplace jusqu'au bord du porche et scrute le côté

de la maison, cherchant des ombres, des mouvements, n'importe quoi qui pourrait expliquer la coupure. Problème électrique ? Bien sûr. Ça pourrait être ça. Mais les lignes électriques ne sont pas tombées. Sa voisine n'a pas de lumière, mais c'était déjà sombre quand j'ai commencé ma surveillance. Le reste du quartier est éclairé.

Non. Ce n'est pas un hasard.

Je descends les marches pour atteindre le chemin, mes bottes crissant sur le gravier, et le suis vers le portail du jardin. Ma main se referme sur le loquet. Toujours verrouillé.

Je le fais sauter, lentement et silencieusement, et pousse le portail vers l'intérieur.

L'obscurité m'enveloppe, une obscurité qui semble respirer, qui semble observer. Chaque pas le long du côté de la maison déclenche des sonnettes d'alarme dans ma colonne vertébrale. Ma paume se pose sur la lame glissée dans ma ceinture.

Je ne veux pas entrer par effraction. Je ne veux pas lui faire peur. Mais si quelque chose est arrivé ?

J'arracherai cette putain de porte de ses gonds.

S'il vous plaît, pas elle. Pas ce soir. Pas sous ma surveillance.

Si quelqu'un est à l'intérieur ? Je l'éventre.

Sans hésitation.

Je frappe. Fort. Une fois. Deux fois.

Pas de réponse.

Le silence a un poids. Trop lourd. Trop immobile.

Je recule, tendu, évaluant la structure. Il pourrait y avoir quelqu'un à l'intérieur. Il pourrait n'y avoir rien. Mais mes instincts sont en alerte maximale. Cette sensation de démangeaison, de grattement au fond de ma poitrine qui dit que quelque chose cloche.

Je déplace mon poids, mes muscles se contractant. Prêt à...

Miaou.

Le son déchire la tension comme un couteau. Je me retourne brusquement, la lame à moitié dégainée...

Une ombre se détache de l'obscurité.

Non. Pas une ombre.

Un putain de char d'assaut de chat.

Noir. Énorme. Une queue comme un plumeau, une fourrure épaisse comme pas possible, et des yeux verts phosphorescents fixés droit sur moi comme si j'étais l'intrus ici.

Un Maine Coon. Ça doit être ça.

Le salopard ne bronche pas. Ne cligne pas des yeux. Il avance simplement sur le chemin comme s'il était chez lui. Comme s'il m'avait convoqué.

Il se pavane jusqu'à moi et pose son gros cul au milieu du chemin.

Je le regarde de haut. — Et toi, tu es censé être qui ? King Kong le matou, ou peut-être Lucifer ?

Le chat cligne des yeux. Lentement. D'un air suffisant.

— Bon, très bien, alors, Boule-de-poils-zilla, je marmonne, en contournant la bête. Tu ferais mieux de rentrer ton cul poilu chez toi avant que quelqu'un ne te confonde avec un petit ours.

Je me retourne vers la porte arrière. — Cindy !

Toujours rien.

Puis j'entends quelque chose.

Une voix. Douce. Crispée.

Je me fige, le souffle coupé.

Il y a un son.

À peine audible à travers les murs épais, mais il tranche le silence comme une lame. Étoffé. Lointain. Je ne suis même pas sûr de l'avoir bien entendu. Ce n'était pas un bruit normal. Il avait la forme d'un cri, par la façon dont il est monté trop vite et s'est terminé trop brusquement. Peu importe que je ne puisse pas distinguer les mots ou que je l'aie peut-être imaginé.

Mon corps réagit avant que mon cerveau puisse suivre.

Tout en moi devient tendu et brûlant.

La peur crépite le long de ma colonne vertébrale, se transformant en une rage si rapide que je vois rouge.

Elle est là-dedans.

Et quelque chose ne va pas.

Je savais putain de bien que Van allait tenter quelque chose. Je savais qu'il était le genre de raclure qui attendrait que je cligne des yeux, que je baisse ma garde. Il a dû s'introduire. Fenêtre arrière ? Sous-sol ? Il est silencieux. Lâche. Le genre de salopard qui ne défonce pas les portes… il se glisse juste par les fissures et attend de frapper quand personne ne regarde.

Ma main se pose sur la porte arrière avant même que je réalise que j'ai bougé.

Et cette fois, je ne frappe pas.

Je m'accroupis, les doigts frôlant la poignée.

Je plonge la main dans la poche de ma chemise et sors le fin rouleau d'outils que j'ai toujours sur moi. Un coup d'œil par-dessus mon épaule pour scanner à nouveau le jardin, puis je me mets au travail.

Le crochet glisse à l'intérieur, les dents cherchant le mécanisme. Des années d'expérience prennent le dessus. Je n'ai pas besoin de voir. Juste de sentir. Un léger déclic, puis un autre. La dernière goupille cède dans un murmure de métal.

Puis j'ouvre doucement la porte et j'entre.

Je me glisse à l'intérieur.

Un courant d'air me frappe. L'air est lourd, chaud, mais quelque chose cloche. Un peu trop calme. Ma botte heurte quelque chose de doux, de la fourrure frôlant ma jambe, et je sursaute, le flingue levé, avant de réaliser que c'est encore ce putain de chat. Il a dû me suivre, et il se faufile maintenant dans la maison.

— Jésus, je siffle. Espèce de petit salopard flippant.

Il disparaît dans le couloir sombre, la queue frétillant.

Je m'en fous.

Je referme la porte derrière moi. Je la reverrouille.

Chaque muscle de mon corps est tendu comme une corde de violon. J'écoute, les yeux balayant la pièce. Pas de bruit de la cuisine. Pas de craquement du salon. Mais ensuite, je l'entends.

Un bruit sourd.

À l'étage.

Putain.

Je me déplace sans réfléchir. Je dépasse la buanderie, j'entre dans le salon ouvert. Le clair de lune tranche à travers les fenêtres de devant. Je remarque à peine les meubles ou les livres éparpillés. Tout ce que je vois, ce sont les escaliers. Droit devant.

Je les monte deux par deux, presque en silence, ma main frôlant le mur en montant. Mon pouls martèle. Je grince des dents. J'ai la bouche sèche, et tout ce que je pense, c'est que si ce fils de pute a posé la main sur elle, il est mort.

Pas de seconde chance.

Pas d'avertissement.

J'atteins le sommet. Le couloir est plus sombre que le reste de la maison, le courant toujours coupé. Mais je l'entends.

— Holt ?

Mon nom. Tremblant. Aigu. Je me jette vers la porte.

— Cindy !

Je l'ouvre d'un coup. Fort. Le bois claque contre le mur avec un craquement qui résonne dans toute la maison.

Et puis je me fige.

Le temps se distord. Tout ralentit. Je ne sais même plus comment respirer.

Elle est au milieu du lit, le clair de lune l'illuminant. Les draps la couvrent à peine. Ses jambes sont écartées sous le coton fin. Sa robe est remontée sur ses hanches. Elle halète, les yeux grands ouverts et hébétés, les joues rouges comme si elle venait juste de…

Puis elle suffoque. Sa tête se tourne brusquement vers moi. Sa bouche s'entrouvre dans un petit gémissement qui se transforme en choc. La panique la frappe avec un temps de retard. Elle tâtonne, tirant sur le drap, les mains s'agitant, et pendant une fraction de seconde, elle semble tout oublier.

Y compris ce qu'elle tient.

Quelque chose de petit. De la couleur de la nappe. Rose.

Un vibromasseur.

Il s'envole de sa main alors qu'elle remonte la couverture jusqu'à son menton. Pur instinct, probablement destiné à se protéger, mais au lieu de ça, elle le lance comme un missile.

Il me frappe en plein entre les deux yeux.

— Putain ! je titube d'un demi-pas, essuyant mon front du dos de mon bras alors que ce satané truc rebondit sur mon crâne et atterrit avec un bruit sourd au bord du lit.

Nous le fixons tous les deux.

Longtemps. En silence. Dans une incrédulité totale.

Il est courbé. Couvert de sa nappe.

Et l'odeur me frappe.

Mes genoux manquent de flancher.

Putain d'addictif. Ma queue était déjà à moitié dure, mais maintenant elle palpite, épaisse et douloureuse, tendue contre mon jean sans nulle part où aller. J'essuie à nouveau mon front, plus lentement cette fois, comme si je pouvais retarder l'inévitable.

Son regard oscille entre moi et le vibromasseur.

Ses yeux s'écarquillent.

— Oh mon Dieu ! elle glapit, plongeant sous les couvertures si vite qu'on dirait qu'elle essaie de disparaître dans le matelas. Holt ! Merde… je suis tellement désolée… oh mon Dieu, qu'est-ce que tu fais ?! Je veux mourir !

Le drap se froisse plus haut. Ses mains se posent sur sa tête.

Elle est mortifiée.

Je suis assez dur pour déchirer du denim.

Et j'essaie de ne pas éclater de rire.

Elle a toujours ce putain de drap tiré sur sa tête comme si ça allait sauver sa dignité. Un oreiller serré dans une main, la voix étouffée sous les couvertures alors qu'elle siffle : « Je n'arrive pas à croire que ça arrive. Je n'arrive pas à croire que tu as vu… oh mon Dieu… »

Je ris. Un rire profond et rauque, parce que putain, qu'est-ce que je suis censé faire d'autre après avoir failli me chier dessus en pensant que quelqu'un était entré, pour me prendre une torgnole en pleine face par son joli petit vibro rose ?

— Ma petite coquine, je dis, réprimant un autre sourire en poussant le vibromasseur du lit avec le dos de mon articulation. Si tu voulais que je monte, tu n'avais qu'à demander.

Elle grogne, d'une voix aiguë et horrifiée. — Ne me parle pas. Je suis en train de mourir. Je suis déjà morte.

— Je ne crois pas que la mort fonctionne comme ça. Je saisis le bord du drap et tire légèrement, sans l'enlever, juste assez pour l'énerver.

Elle pousse un cri aigu et le tire plus fort. — Holt !

— Jésus, ma belle. Ce n'est pas comme si je t'avais surprise en train de sacrifier une chèvre. C'est juste tes chaleurs. Je croise les bras. Naturel. Magnifique. Un peu putain de dangereux, si je suis honnête, mais bon sang, ma puce, tu sens le péché et le sucre et tout ce que j'ai toujours voulu.

— Tu n'aides pas du tout, marmonne-t-elle.

— Je n'essaie pas d'aider. J'essaie de ne pas arracher ce drap et d'enfouir mon visage entre tes cuisses, alors franchement, je pense que je mérite une putain de médaille pour rester ici à te parler.

Un autre bruit horrifié. L'oreiller vole vers moi et me frappe à la poitrine. — Dehors !

Je l'attrape avant qu'il ne touche le sol, le relance sur le lit comme si j'étais chez moi. — Très bien. Tu as gagné. Je fais un pas en arrière, mais je ne pars pas encore. Mais si tu as besoin de quoi que ce soit, et je dis bien quoi que ce soit, je serai juste en bas. Sur le canapé. Prêt. Disposé. Et très, très capable.

Elle gémit plus fort, et je ne saurais dire si elle rit ou si elle pleure. — Tu es le pire.

— Non, ma belle. Je suis la meilleure erreur que tu feras jamais. Je souris, laissant l'arrogance peser lourdement entre nous. Et aussi, la prochaine fois que tu décides de créer l'ambiance, évite peut-être le coup des lumières qui s'éteignent comme dans un film d'horreur. J'ai cru que quelqu'un était entré.

Sa voix se fait toute petite. — Les lumières se sont éteintes ?

— Ouais. Le porche aussi. Toute la putain de maison dans le noir. Pourquoi crois-tu que je suis arrivé en courant comme un fou prêt à démolir un intrus ? J'ai cru que Van avait réussi à se faufiler d'une manière ou d'une autre.

— Oh mon Dieu, murmure-t-elle. Je n'avais même pas remarqué. J'étais... je ne faisais pas vraiment attention.

— Sans blague. Je souris narquoisement. Tu faisais attention à ce petit diable rose que tu m'as jeté à la figure.

— Je n'ai pas fait exprès ! Sa voix se brise, mi-rire, mi-mortification. J'ai paniqué.

— Je ne vais pas mentir, c'est le truc le plus créatif qu'on m'ait balancé à la tête depuis un moment.

Elle émet un son étranglé, toujours enfouie sous les draps. — Tu as intérêt à ne le dire à personne.

— Oh, je vais certainement le dire aux mecs...

— Holt !

— ... juste après que ta mère ait entendu l'histoire en premier.

Elle abaisse les draps juste assez pour jeter un coup d'œil, les yeux écarquillés et le visage rouge. — Tu n'oserais pas.

Je lève deux doigts. — Je le jure sur ma vie. À la première occasion, je l'appelle.

— N'ose même pas !

Je commence à reculer vers la porte, souriant comme un salaud.

Elle grogne et disparaît à nouveau sous les draps. — Tu es diabolique. Le mal à l'état pur.

Je m'arrête, la main sur la poignée de la porte. — Peut-être. Mais tu aimes ça. Et puis, avant qu'elle ne puisse me lancer le matelas entier, je me glisse dehors et je referme la porte derrière moi.

Mon rire me suit dans les escaliers. La maison est de

nouveau calme, mais pas de cette manière étrange et inquiétante d'avant. Maintenant, elle est chaleureuse. Réelle. La sienne.

Je passe devant la buanderie, où la porte arrière est toujours fermée. Verrouillée maintenant. Je m'en suis assuré en entrant. Ce satané chat est introuvable, probablement caché dans l'ombre en train de comploter ma mort.

Le canapé est vieux, du genre qui semble s'affaisser au milieu comme s'il en avait vu de toutes les couleurs. J'enlève mes bottes d'un coup de pied, je pose la lame et le Glock, puis je m'effondre sur le sofa et laisse échapper une longue inspiration.

Putain de merde.

Je passe une main sur la longueur dure dans mon jean. Toujours là. Toujours dure comme de la pierre.

Ce parfum… son parfum. Chaleur sucrée, l'arôme de sa nappe s'accrochant à l'air comme une drogue. Il est dans mes poumons, sur ma peau, gravé dans ma putain d'âme. Je me rajuste avec un grognement, le pouce pressant le long de la veine épaisse. Ouais, aucune chance que je dorme cette nuit.

Et cette vision ? Elle, étendue sur le lit, la robe relevée, gémissant mon nom comme une prière avant même de savoir que j'étais là ?

Je suis foutu. Baisé. Complètement et putain de possédé, et elle ne le sait même pas encore.

C'est à moi.

Tout d'elle.

Je repose ma tête contre le coussin et fixe le plafond, essayant de forcer mon corps à se calmer. C'est une cause perdue. La seule chose qui pourrait apaiser cette tension en ce moment serait de remonter, de tirer ce drap, et de lui donner tout ce qu'elle vient d'essayer de se donner elle-même.

Mais je ne le ferai pas.

Parce qu'elle n'est pas juste un Oméga en chaleur. C'est Cindy. C'est le feu et les « va te faire foutre » et le gloss à la fraise, et bordel, elle mérite mieux que moi l'utilisant comme un fix pour une addiction.

Pourtant, je reste. Juste ici. Chien de garde sur le canapé.

Si elle a besoin de moi, j'accourrai. Si elle me veut, je détruirai le monde pour que ça arrive.

D'ici là, je ferme les yeux, la queue me faisant un mal de chien, et je murmure au plafond sombre au-dessus de moi : « Que Dieu me vienne en aide… je vais la détruire. »

10

CINDY

Je me réveille avec le soleil qui traverse mes rideaux et le souvenir immédiat et écrasant de la nuit dernière. Pas le baiser qui m'a retourné le cerveau. Pas l'association de nos odeurs qui a reconfiguré mon ADN. Pas même la façon dont Holt m'a regardée comme si j'étais quelque chose qui méritait d'être protégé.

Non, je me réveille en me souvenant du moment où il est entré pendant un instant extrêmement intime avec mon petit ami à piles, M. Bunbury.

Oui, j'ai nommé mon vibromasseur M. Bunbury. D'après le malade imaginaire d'Oscar Wilde. Parce que si on ne peut pas avoir de références littéraires pour ses sextoys, à quoi bon vivre ?

Le souvenir me revient en pleine face, en technicolor et avec horreur. Moi, dans mon lit, pensant qu'il était dehors dans sa voiture, à jouer les nobles protecteurs. Lui, entrant, pensant que j'étais attaquée par Van et que son intervention d'Alpha était nécessaire.

Au lieu de ça, il m'a trouvée dans un genre d'urgence très différent. Le genre où j'étais cambrée sur le lit, M. Bunbury faisant l'œuvre de Dieu, et moi criant son nom à lui.

Merde !

Je plaque mon oreiller sur mon visage et je hurle dedans jusqu'à ce que ma gorge me fasse mal.

— C'est comme ça que je vais mourir, j'informe l'oreiller. Pas à cause du harcèlement psychotique de Van ou de la désapprobation de ma mère. Mais de pure, totale, humiliation. Ils trouveront mon corps, et le légiste écrira « mortification » comme cause du décès.

Je l'entends bouger dans la cuisine, le cliquetis des poêles, et l'odeur du bacon s'infiltre dans ma chambre comme une offrande de paix de l'univers. Mon estomac gargouille, le traître. Apparemment, mon système digestif se fiche de ma crise émotionnelle. Mais du bon côté, le courant semble être revenu, à en juger par mon radio-réveil qui clignote sur la table de chevet.

— Ok, Cindy, me dis-je à voix basse en me redressant et en apercevant mon reflet dans le miroir. On dirait que j'ai été électrocutée. Tu vas te lever, prendre une douche, descendre et agir comme une personne normale qui ne possède absolument pas de vibromasseur. Il a probablement déjà oublié. Les hommes ont une mémoire sélective pour ce genre de choses. Tout va bien. Tu vas bien. Tout est spectaculairement bien.

Je titube jusqu'à la douche, réglant l'eau aussi chaude que possible, dans l'espoir de laver la honte ou de m'ébouillanter.

— Écoute bien, toi, dis-je à mon reflet dans le miroir

embué. Aujourd'hui, ta mère arrive, et tu dois la convaincre que tu as ta vie en main. Tu ne peux pas te cacher dans ta douche, en pleurant sur le fait que l'homme le plus sexy que tu aies jamais rencontré t'a vue te masturber. Tu vas canaliser Harper. Que ferait Harper ?

Elle ferait probablement une blague sur le fait que les orgasmes sont bons pour la peau et proposerait de lui prêter sa collection de vibromasseurs pour comparer. Harper n'a aucune honte. J'ai besoin d'emprunter un peu de cette énergie.

— D'ailleurs, je continue mon discours d'encouragement en me savonnant les cheveux avec peut-être plus de violence que nécessaire, il en a vu d'autres. Il était dans un gang de motards. Ils faisaient probablement… je ne sais pas, des orgies ? C'est ce que font les motards ? Des activités de groupe ? Oh mon Dieu, ne pense pas à Holt dans une orgie. Ne pense pas à… et merde, maintenant j'y pense.

L'eau devient froide au moment où j'émerge enfin, enveloppée dans ma serviette la plus moelleuse et déterminée à faire comme si la nuit dernière n'avait jamais eu lieu.

— Pas aujourd'hui, Satan, je marmonne à mon reflet, en pensant à tous les sentiments qui tentent de s'échapper de la boîte dans laquelle je les ai fourrés. L'association de nos odeurs que mon corps a reconnue même si mon cerveau est dans le déni. Le baiser qui m'a fait reconsidérer toute ma compréhension des lèvres humaines. La façon dont il me fait me sentir en sécurité et terrifiée à la fois. Aujourd'hui, il s'agit de survivre à

Mère. Tout le reste va dans le coffre-fort mental étiqueté « À ne jamais traiter ».

Je m'habille de ma tenue de combat pour les courses du samedi : un legging noir avec des motifs de toiles d'araignée orange, un pull crème oversize qui tombe sur une épaule, et mes chaussettes porte-bonheur avec de minuscules citrouilles aux yeux mobiles. On a tous nos mécanismes de défense.

Je dompte mes cheveux au sèche-cheveux, j'applique juste assez de maquillage pour avoir l'air vivante mais pas comme si je faisais un effort, et je me contemple dans le miroir.

— Tu es Cindy Young. Tu as survécu en fuyant ton propre mariage. Tu as survécu au fait que Van t'ait retrouvée. Tu peux survivre en regardant l'homme qui t'a vue avec M. Bunbury. Tu es une guerrière. Une déesse. Une… oh, à qui je veux faire croire ça ? Je vais mourir.

J'ouvre la porte de ma chambre, et l'odeur du petit-déjeuner m'agresse de la meilleure des manières. Du vrai bacon. De vrais œufs. Du vrai pain grillé. Pas mon petit-déjeuner habituel du samedi, composé de café et de ce qui reste dans le tiroir à bonbons.

Chaque pas dans l'escalier me donne l'impression de marcher vers mon exécution. La planche de l'humiliation, si vous voulez.

— Salut ! je lance en entrant dans la cuisine, visant un ton désinvolte mais atterrissant quelque part autour d'une gaieté constipée.

Holt se détourne de la cuisinière, et doux Jésus, il est magnifique. Ses cheveux sont légèrement ébouriffés par le sommeil, il porte un Henley gris qui moule son torse, et ses pieds sont nus, ce qui rend cette scène domestique encore plus intime.

— Salut, répond-il, de sa voix qui est un grondement rauque. Je me suis dit que tu aurais besoin de prendre des forces avant d'affronter ta mère.

Il a mis la table avec de vrais couverts. Il y a du jus d'orange dans une carafe que j'avais honnêtement oublié de posséder, du pain grillé disposé dans une corbeille comme si nous étions des gens chics, et assez de nourriture pour nourrir tout le quartier.

— C'est… wow. Tu n'étais pas obligé de faire tout ça.

— Il faut que tu manges. Correctement. On ne peut pas affronter un dragon le ventre vide.

Il met des œufs dans une assiette, y ajoute du bacon et du pain grillé. Quand il la pose devant moi, la vapeur s'élevant, je pourrais presque verser une larme.

— Ça va ? demande-t-il en s'asseyant en face de moi avec sa propre assiette. Tu sais, après la nuit dernière ?

Je ris, et on dirait le bruit d'un tamia qu'on étranglerait. — Ah ! La nuit dernière ? Qu'est-ce qu'il y a eu la nuit dernière ? Il ne s'est rien passé. Nouveau jour, nouvelles opportunités.

Il m'étudie par-dessus sa tasse de café, et il y a quelque chose dans ses yeux, pas de la moquerie, pas du dégoût, mais peut-être de la compréhension ? — Cindy…

— Non ! je le coupe en enfournant des œufs dans ma bouche. On n'en parle pas. Ça n'est jamais arrivé. J'étais somnambule. Tu avais des hallucinations. Nous avons tous les deux passé des soirées très différentes, sans aucun lien, qui ne se sont certainement pas croisées de manière humiliante.

Le coin de sa bouche tressaille. — Somnambule ?

— Du somnambulisme intense. C'est une maladie. Très grave. Pas de remède.

— D'accord. Il prend une gorgée de café, et je peux dire qu'il se bat pour ne pas sourire. — Eh bien, pour ce que ça vaut, tout le monde a des besoins. Il n'y a pas de quoi être gênée.

— Bref, j'espère que tu as bien dormi sur le canapé, dis-je en changeant de sujet, le visage si brûlant que j'aurais pu faire cuire les œufs moi-même.

— Très bien, répond-il rapidement.

Nous mangeons en silence un instant, et la nourriture est vraiment incroyable. Les œufs sont moelleux, le bacon parfaitement croustillant, le pain grillé a cette couleur dorée parfaite que je n'arrive jamais à obtenir sans déclencher l'alarme incendie.

— J'adore te regarder savourer la nourriture, dit-il soudain. Ton visage entier change. Tu as l'air... heureuse.

— La nourriture est l'un des rares plaisirs simples de la vie, je lui dis, puis je pense immédiatement à M. Bunbury et j'ai envie de me cacher sous la table.

Il tend la main par-dessus la table, ses doigts effleurant les miens, et je ne me retire pas même si ma peau est comme électrisée.

— On devrait s'entraîner à être à l'aise avec des contacts désinvoltes, dit-il, son pouce traçant des cercles sur mon poignet qui ne devraient pas être aussi troublants qu'ils le sont. Ta mère remarquera si on est guindés l'un avec l'autre.

— C'est ça. Désinvoltes. On est super désinvoltes. Le couple le plus désinvolte qui ait jamais existé.

— Prête pour aujourd'hui ? demande-t-il, sa main toujours sur la mienne, me servant d'ancre. Quoi qu'il arrive, on trouvera une solution. Je suis doué pour improviser. Si tu es coincée ou dépassée, serre-moi juste la main. Je prendrai le relais.

— Comme une extraction tactique de petite amie ?

— Exactement comme ça.

Je retourne ma main, entrelaçant nos doigts, pour m'entraîner. Sa main éclipse la mienne, chaude et calleuse, et étonnamment douce.

— Merci, dis-je, sincèrement. Je sais que c'est une énorme faveur. Mentir à ma mère, faire semblant qu'on est ensemble, sacrifier ton samedi. J'ai juste besoin qu'elle voie que je suis installée, heureuse, pour qu'elle me lâche. Peut-être que si elle me laisse tranquille, Van le fera aussi. J'adore cette ville. Je ne veux pas fuir à nouveau.

— Tu ne vas nulle part. Sa poigne se resserre légèrement. Ni à cause de lui, ni à cause d'elle, ni loin de cette ville. Je ne laisserai pas ça arriver.

La certitude dans sa voix me pousse à le croire, ce qui est dangereux pour mon cœur mais réconfortant pour mon anxiété.

Nous finissons de manger, et je commence à débarrasser les assiettes, ayant besoin d'occuper mes mains avec autre chose que le contact de la sienne.

— Je peux te demander quelque chose ? dis-je, en

rinçant la vaisselle, car apparemment nous avons une conversation sérieuse maintenant.

— Vas-y.

— À quel point étiez-vous des mauvais garçons ? En tant que motards ? Genre, est-ce que je devrais vérifier s'il y a des corps dans ma cave ?

Son rire est un mélange de chocolat noir et de whisky. — Pas de corps. Enfin, pas de corps dont tu doives te soucier.

— Ce n'est pas aussi rassurant que tu le penses.

Il reste silencieux un moment, et quand je me retourne, il est adossé à mon comptoir, ressemblant à tous les fantasmes de mauvais garçon que j'ai jamais eus.

— Je dirigeais les Savage Reapers, dit-il finalement. Pas juste un membre. J'étais le président. Le type qui prenait les décisions difficiles, qui donnait les ordres que les autres suivaient.

— Tu dirigeais tout un gang de motards ?

— Un MC. Un Moto Club. Mais ouais, en gros, un gang. Il passe une main dans ses cheveux, les ébouriffant davantage. On a fait des choses dont je ne suis pas fier. Rackets de protection, application de la loi, transport de produits qui ne devraient pas être transportés. Une violence qui n'était pas toujours justifiée, juste rentable.

— Alors pourquoi partir si c'était rentable ?

Son expression s'assombrit, et pendant un instant, je vois l'homme dangereux qu'il était. — On a perdu quelqu'un. Un jeune, Danny, à peine vingt-deux ans. Un aspirant qui voulait tellement faire partie du club qu'il aurait fait n'importe quoi pour faire ses preuves. Il a accepté une mission pour laquelle il n'était pas prêt, il est tombé dans une embuscade qui m'était destinée.

— Oh, mon Dieu.

— Ouais. Le gamin s'est vidé de son sang dans mes bras pendant que Luke essayait de faire pression sur des blessures qui n'allaient jamais se refermer. Et puis... Il s'arrête, la mâchoire crispée. Et puis on a failli perdre Arrow.

— Qu'est-ce qui lui est arrivé ?

— Son frère lui est arrivé. Mack, son petit frère, a débarqué au club-house, complètement défoncé avec un truc qui le rendait courageux et stupide. Il s'est mis à hurler qu'Arrow avait abandonné la famille, le laissant seul face à la folie religieuse de leurs parents.

Je m'essuie les mains et me rapproche, attirée par la douleur dans sa voix.

— Ses parents ont essayé de lui purger son Alpha par la prière. Littéralement. La faim, l'isolement. Arrow est parti à seize ans. Mack est resté, et ça a brisé quelque chose en lui. Alors quand Mack a débarqué ce soir-là, agitant un flingue, proférant des menaces, l'un de nos rivaux y a vu une opportunité.

— Ils ont attaqué pendant une crise familiale ?

— Le MC des Bones n'en avait rien à foutre des drames familiaux. Ils ont vu une vulnérabilité et ont frappé. Arrow a pris trois balles en protégeant Mack. Trois balles pour un frère qui était venu là pour lui faire du mal.

Ma main trouve son bras. — Mais il a survécu.

— De justesse. Il a été entre la vie et la mort pendant des semaines. Et pendant qu'il se battait pour vivre, j'ai réalisé que la prochaine fois, ça pourrait être Luke. Ça pourrait être moi. Ça pourrait être quelqu'un qui n'aurait pas autant de chance. Ça faisait assez longtemps qu'on faisait ça, on avait gagné assez d'argent. Il était temps de s'en sortir avant que cette vie ne prenne tout.

— Ça a dû être difficile. Démanteler tout ce que tu avais construit.

— Je me suis assuré que tout le monde soit pris en charge. S'ils voulaient continuer à bosser, je leur ai trouvé des places dans d'autres MC. S'ils voulaient s'en sortir, ils ont eu assez pour tout recommencer. Et nous trois, nous sommes venus ici. C'est notre foyer maintenant. Là où on s'installe, où on construit quelque chose qui ne se termine pas par des balles et du sang.

— Et les Savage Reapers ?

— Disparus. Dissous. Certains ont rejoint d'autres clubs, d'autres sont rentrés dans le droit chemin. Mais les Savage Reapers sont morts la nuit où Arrow a failli mourir.

— C'est pour ça que tu es si protecteur. Pourquoi vous l'êtes tous. Vous avez déjà trop perdu.

— On a assez perdu, acquiesce-t-il, sa main trouvant la mienne. On ne perdra plus rien. On ne perdra plus *personne* d'autre.

Le poids de cette promesse pèse entre nous, et je serre ses doigts.

— Merci d'avoir partagé ça.

Silence.

— On devrait y aller, dis-je en brisant l'instant. Le marché de producteurs est vite dévalisé si on n'y va pas tôt, et j'ai besoin d'ingrédients pour impressionner ma mère avec mes talents de déesse du foyer.

— Tu as besoin d'un lift ?

— À moins que tu veuilles que je marche huit kilomètres avec des courses, oui, s'il te plaît. En plus, tu as dit que tu devais retourner aider Luke et Arrow ?

— C'est ça. Gros événement ce soir à Savor. Arrow pète un câble à cause du plan de table.

Nous finissons de nettoyer la vaisselle du petit-déjeuner, et je saisis mes sacs de courses réutilisables pendant qu'il prend ses clés.

Dans son pick-up, je suis hyper consciente de tout. De la façon dont ses mains se posent sur le volant. De la place qu'il prend, mais qui donne une sensation de sécurité plutôt que de claustrophobie. De la façon dont sa cuisse se contracte quand il actionne les pédales. Il faut vraiment que j'arrête de mater ses cuisses.

— Alors, dit-il alors que nous traversons la ville, où les décorations d'Halloween sont partout, y a-t-il d'autres mines maternelles que je devrais connaître ?

— Oh, juste les impossibilités habituelles. Elle déteste les démonstrations d'affection en public, mais nous jugera si on n'a pas l'air intimes. En gros, elle veut qu'on soit à la fois victoriens et passionnés, ce qui a tout son sens si on a subi une lobotomie.

— On s'en sortira.

— Tu as l'air très confiant pour quelqu'un qui n'a jamais rencontré l'ouragan Victoria.

— Je suis doué pour lire les gens. Je saurai ce qu'elle a besoin de voir. Sa main repose sur le levier de vitesse entre nous, de manière désinvolte, mais rendant l'espace électrique.

Le marché de producteurs apparaît, des rangées de tentes blanches déjà bondées de clients matinaux, les produits disposés dans des étalages dignes d'Instagram. Le parking est déjà à moitié plein, car apparemment tout le monde à Whispering Grove a besoin de kale bio à huit heures du matin.

Il se gare sur une place près de l'entrée et se tourne vers moi. — Tu n'oublies pas quelque chose ?

Je cligne des yeux, passant mentalement en revue ma liste. — Mes sacs ? C'est bon. Mon portefeuille ? Je l'ai. Ma santé mentale ? Discutable mais techniquement présente.

— Un baiser, ma douce petite amie.

Je lève les yeux au ciel si fort que je pourrais probablement voir mon propre cerveau. — On n'a pas de public. Les légumes du marché ne vont pas faire un rapport à ma mère.

— C'est en s'entraînant qu'on devient parfait. Sa main se pose sur ma cuisse, chaude même à travers mon legging, et ma jambe entière oublie soudain comment fonctionner. D'ailleurs, je ne te laisse pas sortir avant que tu ne m'embrasses pour me dire au revoir. C'est ce que font les couples.

— C'est de l'extorsion.

— C'est un engagement envers le rôle.

— Tu es autoritaire.

— Et toi, tu gagnes du temps.

J'essaie de me pencher pour un baiser rapide, juste une pression brève et clinique des lèvres qui ne signifie rien, mais sa main glisse à l'arrière de mon cou, ses doigts s'emmêlant dans mes cheveux, me maintenant là. Sa langue trace ma lèvre inférieure, et je m'ouvre à lui sans réfléchir, mes mains agrippant sa chemise pour le tirer plus près. Le baiser est affamé, explorateur, comme si nous essayions tous les deux de trouver des réponses à des questions que nous n'avons pas posées. Il a le goût du café, et j'émets un son qui m'embarrasserait si j'avais encore des neurones fonctionnels.

Quand nous nous séparons enfin, je suis haletante et mes lèvres sont gonflées et sensibles.

— Mon Dieu, je souffle.

Il se penche près de moi, ses lèvres frôlant mon oreille, et sa voix prend ce timbre qui devrait nécessiter une autorisation. — Tu sais, murmure-t-il, si tu as besoin d'aide avec ta tension, je suis bien meilleur que n'importe quel jouet. Je pourrais te faire tout oublier sauf mon nom, puis te le faire hurler si fort que les voisins l'apprendraient aussi.

Mon corps entier se liquéfie. Toutes mes terminaisons nerveuses s'illuminent comme une guirlande de Noël. — C'est... Je... tu ne peux pas dire des choses comme ça !

— Je viens de le faire. Il recule, souriant comme s'il savait exactement ce qu'il venait de faire à ma capacité de fonctionner. Envoie-moi un message quand ta mère arrive. J'ai mis mon numéro sur un mot sur ton frigo. Je serai prêt.

Je manque de tomber en sortant du pick-up, mes jambes apparemment faites de coton. — D'accord. Oui. Envoyer un message. Je peux faire ça. Je me souviens comment fonctionnent les téléphones. Les téléphones sont les trucs avec les boutons.

Il rit, me regardant un instant de plus comme s'il mémorisait cette version troublée de moi. Puis il s'en va, me laissant debout sur le parking à essayer de me souvenir des fonctions motrices de base.

— Reprends-toi, Cindy, je me marmonne, en ajustant mon pull et en essayant d'avoir l'air de quelqu'un qui ne vient pas de se faire embrasser langoureusement dans un pick-up. Tu ne peux pas te liquéfier en une flaque d'hormones sur le parking du marché. Tu as des légumes à acheter et une mère à tromper. Priorités.

Mais alors que je marche vers l'entrée du marché, je sens encore ses lèvres sur les miennes, j'entends encore cette promesse à mon oreille, et je sais que quoi qu'il arrive avec ma mère aujourd'hui, Holt a déjà complètement détruit ma capacité à penser à autre chose qu'à ce qu'il pourrait faire avec cette bouche.

Heureusement que le marché vend de la glace. Je vais avoir besoin d'en prendre un bain.

L'odeur des pêches et du basilic frais emplit l'air, se mêlant à la douceur des fraises empilées dans des caisses. Je mets une tranche de nectarine blanche dans ma bouche depuis un plateau d'échantillons gratuits, le jus coulant sur mon menton, et j'attrape une serviette en papier en en prenant une autre. Je suis sur le point de passer aux cerises quand une ombre tombe sur moi.

— Fais attention, ma belle. Continue de sucer des fruits comme ça et quelqu'un va prendre ça pour une invitation.

Je sursaute, manque de laisser tomber l'échantillon,

et je pivote sur mes talons pour me retrouver face à Arrow. Bien sûr que c'est lui. De longs cheveux blonds, lâches et décoiffés comme s'il venait de sortir du lit, des lunettes de soleil miroir relevées sur sa tête, un sourire suffisant comme s'il possédait le soleil.

— Qu'est-ce que tu fais ici ? je demande, ma voix se coinçant à mi-chemin entre l'essoufflement et l'agacement.

— Je fais des courses pour quelques épices et de la nourriture. Comme toi. Il lève un petit sac en toile comme une preuve. On a quelques commandes supplémentaires, et il nous manquait des trucs. Parfois, c'est plus facile de venir les chercher en personne.

— D'accord, je murmure, le cœur battant toujours la chamade.

Arrow se met à marcher à côté de moi comme si nous l'avions prévu et que nous faisions ça tous les samedis. Il désigne les caisses de produits débordantes. — Ces tomates ? La cousine séduisante de la mort par la belladone. On les appelait les "pommes d'amour". Dans les années 1700, les gens pensaient que les manger les rendrait fous de lubricité.

Je cligne des yeux. — Quoi ?

— C'est vrai. Tout ici a une histoire secrète. Ce marché ? C'est pratiquement un musée pornographique si tu regardes bien.

Un rire m'échappe. Je ne remarque même pas que nous nous sommes arrêtés devant un étal de bottes d'herbes fraîches jusqu'à ce qu'il cueille un brin de menthe et me le tende.

— Goûte.

— C'est de la menthe.

— Mais c'est aussi un symbole d'hospitalité, style Grèce antique. Tu sers de la menthe aux invités quand tu essaies de ne pas les poignarder.

Je le dévisage. — Pourquoi tu sais tout ça ?

Il hausse les épaules. — Je me renseigne sur chaque ingrédient que je sers. Si je le mets dans leur assiette, je dois le comprendre.

— Tu es comme un historien culinaire sexy.

— C'est exactement le look que je visais, dit-il d'un ton sec en achetant un paquet de six figues. Essaie la figue maintenant. Sans pression, mais Cléopâtre ne jurait que par ça.

Je goûte à des choses auxquelles je n'aurais jamais jeté un second regard toute seule. Arrow n'arrête pas de commander des fruits étranges et des légumes-racines aux formes bizarres et discute avec les vendeurs comme s'ils étaient de vieux amis. Et à chaque fois, il jette quelque chose dans son sac, puis tend la main et prend tout ce que je tiens pour que je n'aie rien à porter.

Quand j'essaie de l'arrêter, il se contente d'afficher un sourire en coin. — Laisse-moi porter ton fardeau, ô demoiselle du marché.

— Tu es vraiment bizarre.

— Ça te plaît.

Que Dieu me pardonne, mais c'est vrai.

Il s'arrête à un stand de granités, balance un billet de dix sur le comptoir et dit : — Un Punch du Diable, supplément sirop.

— Qu'est-ce que c'est ?

— Une spécialité locale. Tamarin épicé, cerise griotte et cassis. C'est de la folie dans un gobelet. Tu vas adorer.

Il me le tend, et la première bouchée me fait écarquiller les yeux. — Putain. C'est…

— Je sais. Il se penche vers moi. Addictif. Comme moi.

Je lève les yeux au ciel, mais je glousse en prenant un peu de glace sur la cuillère en bois et en la lui offrant. Il accepte sans hésiter, ses lèvres effleurant la cuillère. Mon estomac fait une petite cabriole ridicule.

— Alors, dit-il nonchalamment. Comment s'est passée la répétition avec Holt ?

La cuillère se fige à mi-chemin de ma bouche. — Oh, super. Tout est prêt.

Arrow hausse un sourcil. — Tu es une très mauvaise menteuse. À ce point-là ?

— Non ! dis-je rapidement. Ça s'est même bien passé. C'est juste… moi qui suis gauche.

— Hmm. Il penche la tête. Alors, qu'est-ce que tu as fait hier soir ?

Je le regarde de côté. — Pourquoi ?

— Je me demandais juste si tu avais pensé à moi.

Je me moque, en rougissant. — Et toi, qu'est-ce que tu faisais hier soir ?

— J'arrachais un vieux plancher.

— Quoi ?

— La salle à manger de notre maison avait cet horrible vinyle imitation chêne. On va mettre du pin de récupération d'une école centenaire.

— Waouh. C'est… intense.

— Tu le verras bientôt.

Je cligne des yeux. — Ah oui ?

Il hausse les épaules. — Tu sais. Peut-être. Pour un dîner. Un truc comme ça.

Je baisse les yeux pour cacher mon sourire, puis je les relève pour le trouver plus près. Il ne me touche pas, mais il est dans mon espace. Son nez s'abaisse légèrement, ses yeux fixés sur mon cou.

— Tu viens de… tu viens de me sentir ?

Arrow recule avec un lent sourire. — Tu m'as pris la main dans le sac. Malin, non ?

— C'est quoi, ton problème ?

Il met un temps de trop à répondre, puis dit : — Je crois que tu es mon alter ego olfactif.

Je le fixe. — Toi aussi, hein ?

— Ce n'est pas juste moi qui suis romantique. Je sais ce que je sens.

— Eh bien, comme je l'ai dit à Holt, cette discussion est mise de côté pour l'instant. Je dois survivre à aujourd'hui avant de pouvoir m'occuper d'autre chose.

Il lève les deux mains en signe de fausse reddition. — Bien sûr. Je ne vais pas te forcer la main. Mais je ne vais pas non plus te laisser t'échapper.

Et ce salaud le dit avec un sourire qui me fait fondre complètement.

— Holt a mentionné ton frère, dis-je en essayant de changer de sujet. Il habite en ville ?

L'expression d'Arrow ne cille pas, mais sa réponse est brève. — Temporairement.

— Vous êtes proches, tous les deux ?

— On l'était.

Je l'étudie. — Tu ne veux pas parler de lui.

Il hausse les épaules, évasif. — Certaines histoires ne sont pas prêtes à être racontées.

— Je comprends. J'hésite. J'ai une sœur. Juliette. On ne s'entend pas. Elle a épousé un Alpha et déménagé en Europe du Nord. Elle était heureuse de partir, et j'étais heureuse de la laisser faire.

Il me jette un regard, puis hoche lentement la tête. — Ouais. Je comprends ça.

— Si tu as fini, je te ramène chez toi.

Ce serait parfait.

Je le suis jusqu'au parking, en direction d'une moto solitaire. Élégante. Noir mat. Garée tout au fond, près des buissons. Loin des autres voitures.

— Attends. Tu veux que je monte là-dessus ?

Il sourit. — Tu peux le faire.

— Je n'ai jamais…

— Ça va aller. J'ai des compartiments pour les courses.

Il charge la nourriture, puis sort un deuxième casque d'une sacoche latérale.

— Fais-moi confiance. Quelque chose en moi bascule. Peut-être que je suis encore grisée par l'effervescence du marché. Ou c'est la façon dont il me regarde. Peut-être que c'est juste moi, fatiguée de toujours jouer la carte de la prudence.

— Tu sais quoi ? Je peux le faire. J'ai toujours voulu essayer.

Ses yeux s'assombrissent légèrement. — J'adore ça.

Il me tend le casque. Je l'enfile, ajuste la sangle, puis passe les deux bras dans mon sac à dos. Il grimpe sur la moto et tapote la selle arrière.

Mon cœur bat la chamade tandis que je m'approche, saisis ses épaules et passe ma jambe par-dessus. La selle est étroite, proche. Mes cuisses serrent les siennes. Ma poitrine se presse contre son dos.

— C'est ça, murmure-t-il, une main se posant sur ma cuisse pour la presser. Accroche-toi.

C'est ce que je fais. Je passe mes bras autour de sa taille et sens le vrombissement du moteur lorsqu'il démarre la moto. Et puis nous bougeons, le monde se brouillant en un mélange de vent, de chaleur et de frisson.

Je ris, fort, de manière sauvage, libre. — Oh mon Dieu, c'est incroyable !

Il tapote mes mains, me stabilisant. — Je savais que tu adorerais.

Je me penche avec lui dans les virages, j'essaie de ne pas me fondre entièrement en lui. Mais il n'y a pas d'espace. Mes seins sont plaqués contre son dos, et je sens chaque mouvement de ses muscles pendant que nous roulons.

Et je ne veux jamais que ça s'arrête.

— Accroche-toi, ma belle, dit-il par-dessus son épaule, la voix étouffée mais indiscutablement arrogante. Je ne plaisante pas avec les virages.

Nous nous penchons dans un virage, et je ne peux m'empêcher de rire, portée par la vague de pure adrénaline. Le monde bascule avec nous, et je jure que je sens la courbe dans mon ventre, dans mes orteils, dans des endroits où je ne devrais rien sentir en ce moment.

— Ça va, derrière ? crie-t-il, et je jurerais qu'il sourit. Je peux l'entendre.

— C'est génial, je crie. C'est de la folie !

Nous serpentons sur la dernière portion de route vers ma maison de ville, le monde défilant dans un tourbillon d'arbres verts, de bitume fissuré et de brume de fin d'été. Sa main glisse vers le bas, ses doigts effleurant de nouveau ma cuisse un instant. C'est si désinvolte. Si intime. Si terriblement excitant.

Je n'ai aucune idée de ce qui m'arrive.

Quand nous arrivons enfin dans l'allée, la moto s'arrête en douceur. Le moteur se coupe, et soudain tout est trop silencieux. Trop immobile. La seule chose plus forte que le silence est le bourdonnement dans ma tête et le picotement entre mes jambes.

Je descends de la moto, chancelante, mes jambes fonctionnant à peine. Mes cuisses tremblent. Mes genoux sont faibles.

Oh, mon Dieu.

Est-ce que je viens d'avoir un orgasme à cause d'une moto ?

Non. Non, bien sûr que non.

Probablement.

Très certainement peut-être. Je retire mon casque.

Arrow descend comme s'il avait fait ça mille fois, et soyons honnêtes, c'est probablement le cas, mais ensuite il se tourne et me prend mon casque. Ses cheveux blonds sont emmêlés à la base de son cou.

Il m'observe, son casque maintenant dans son autre main, ses yeux mi-clos, affamés et bien trop perspicaces. J'essaie de ne pas fixer sa bouche alors qu'il sourit en coin.

— Ça va ? demande-t-il en rangeant le casque de rechange dans l'un des compartiments.

Je m'éclaircis la gorge. — Ouais, carrément. Enfin, sauf que maintenant j'ai besoin d'eau fraîche et de repos.

Il glousse. — Si terrible que ça, hein ?

— Si génial que ça.

Et maintenant, j'en ai trop dit. Je referme la bouche d'un coup sec.

Arrow se rapproche. Juste d'une fraction. Mais c'est assez pour que je le sente.

— Je t'emmène faire un tour quand tu veux, dit-il d'un ton bas. Même si tu as envie de *me* chevaucher à la place.

Mon âme quitte mon corps.

Je le regarde sans ciller. — Tu viens de…

— Oh, que oui.

Un petit rire m'échappe. Mon visage est en feu. Littéralement en flammes.

— Tu es incroyable.

— On m'a déjà traité de pire.

Il me fait un clin d'œil, puis fouille dans la sacoche latérale de la moto et commence à sortir le sac de produits frais que j'ai achetés au marché. Il ne commente même pas le fait que je reste là, complètement figée, le cœur battant un sprint olympique dans ma poitrine tandis que mes cuisses complotent pour me trahir à nouveau.

Il me tend un sac, ses doigts effleurent les miens, et je le lâche presque.

— Mains de beurre, me taquine-t-il.

— Doigts de moto, je marmonne.

Il sourit largement. — Tu dis vraiment les choses les plus sexy.

— J'en doute.

Il se penche si près que son souffle effleure mon oreille. — Tu sens la pêche.

Mes genoux flageolent un peu.

Il recule lentement, comme s'il savait exactement ce qu'il faisait.

— Bon, dis-je d'une voix trop haletante, je ferais mieux de rentrer avant de fondre.

— Tu veux de l'aide avec la porte ?

— Non, je couine. Ça va aller. Vraiment.

Il me regarde chercher mes clés en tâtonnant comme si c'était la chose la plus divertissante qu'il ait vue de toute la semaine.

— On se revoit bientôt, jolie fille, dit-il en enfourchant de nouveau sa moto, la voix douce et lourde de sous-entendus. Quand tu veux une balade…

— Arrow !

Il fait vrombir le moteur, casque sur la tête. — Appelle-moi.

Et sur ce, il démarre en trombe dans la rue, ses longs cheveux fouettant le vent, le rugissement de sa moto résonnant dans mes os comme un putain d'appel à l'accouplement.

Je le regarde s'éloigner, en me mordant la lèvre. Toujours à bout de souffle.

Qui est cet homme ?

Depuis quand je craque pour les motards ?

Je le suis du regard jusqu'à ce qu'il disparaisse au détour de la rue. C'est seulement alors que je détourne les yeux et me dépêche d'entrer, les bras chargés, les joues rouges, les cuisses encore vibrantes, et le cœur complètement déphasé de la réalité.

Passé sombre ou pas, je suis tellement foutue.

J'ai à peine refermé la porte que j'entends le bruit de clapotis.

De l'eau ?

Je fronce les sourcils, le sac toujours dans mes bras, et me tourne vers la cuisine.

Il est là.

Perché tel un roi poilu sur ma table de salle à manger, sa queue noire massive élégamment enroulée autour de ses énormes pattes, la grosse bête duveteuse sirote nonchalamment mon verre d'eau.

— Oh, pour l'amour du ciel, Général Flufferton !

Il s'arrête en pleine gorgée, cligne de ses yeux verts perçants, puis roucoule comme un pigeon offensé.

— Ne me prends pas sur ce ton, dis-je en posant les sacs de courses et en marchant vers lui. Comment diable es-tu entré ici ?

Il roucoule de nouveau, clairement imperturbable, puis s'étire, son corps entier de la taille d'un lion s'arquant avec un flair dramatique, et saute à terre. Ce n'est pas gracieux. C'est un affalement. Mais un affalement élégant, comme seul un Maine Coon peut en faire. Il s'approche et se frotte immédiatement contre ma jambe comme s'il ne venait pas de s'introduire chez moi et de me voler mes boissons.

Je soupire, m'accroupis et le prends dans mes bras. Il est si lourd que je grogne sous l'effort, mais sa fourrure est comme de la soie chaude, son ronronnement tonitruant contre ma poitrine.

— Tu n'es pas une petite créature, murmuré-je, en pressant mon nez dans l'épaisse fourrure autour de son cou. Tu es un canapé sous forme de chat.

Il *mrraoue* en réponse, frottant sa joue contre la mienne comme si nous étions des amants réunis après la guerre.

— Espèce de charmant petit cambrioleur.

Le Général Flufferton appartient techniquement à Mme Meadow, ma voisine. Mais il a fait de ma maison sa résidence secondaire depuis que j'ai emménagé, restant parfois trois, voire quatre nuits d'affilée. Surtout quand je sors le poulet rôti.

Je jette un coup d'œil vers la porte de derrière.

Toujours verrouillée.

— Sérieusement, quand t'es-tu faufilé à l'intérieur ?

Il bâille à ma figure.

Je le berce d'un bras et me dirige vers la maison d'à côté. Mme Meadow habite ici depuis toujours, s'occupant toujours de son jardin avec un chapeau à larges bords et un rouge à lèvres vif. Mais elle a mentionné qu'elle allait emménager avec la famille de son fils.

Je sors et traverse la courte allée jusqu'à sa porte, tenant toujours la bête ronronnante comme s'il était mon animal de soutien émotionnel.

Je frappe.

Pas de réponse.

— Mme Meadow ? j'appelle.

Rien.

Je recule et lève les yeux vers les fenêtres.

Pas de rideaux.

Mon estomac se serre. — Attends, je murmure en baissant les yeux vers Flufferton. Est-ce qu'elle... t'a abandonné ?

Le chat miaule, d'un ton sec et insistant.

— Oh mon Dieu. Tu étais censé déménager aussi, n'est-ce pas ?

Il roucoule et cogne sa tête contre mon menton, comme s'il savait exactement ce que je disais. Je regarde à nouveau la fenêtre. Nue. Vide.

Elle est partie.

— Pauvre petite chose. Je l'embrasse sur le dessus de sa grosse tête duveteuse. D'accord, d'accord. Voyons ce qui se passe.

De retour à l'intérieur, je saisis mon téléphone et fais défiler jusqu'au message que le fils de Mme Meadow m'a envoyé il y a des semaines, celui avec son numéro. J'avais aidé à garder le Général Flufferton la dernière fois qu'elle leur avait rendu visite pour le week-end. J'espère qu'il a toujours le même numéro.

Je tape dessus et fais les cent pas, le cœur battant de nervosité.

Il décroche à la deuxième sonnerie.

— Allô ?

— Bonjour, c'est Cindy, la voisine de votre mère. Désolée d'appeler à l'improviste mais... euh... le Général Flufferton est dans ma cuisine.

Une pause. — Il est vivant ?

Je cligne des yeux. — Oui ? Attendez, vous le cherchiez ?

Une autre pause, puis des bruissements. — Ne quittez pas. Je vais vous la passer.

Il y a un appel étouffé : « Maman ! Cindy a le chat ! » puis un clic.

— Oh, saints cieux, Dieu merci. Sa voix tremble. Cindy ? Est-ce qu'il va bien ?

— Il ronronne comme une tondeuse à gazon et a déjà bu dans mon verre d'eau.

Elle rit. — Ce gamin. Je ne l'ai pas trouvé avant notre départ. Je pensais qu'il serait rentré, mais… il ne l'a pas fait. J'étais dévastée. J'avais l'intention de le laisser à ma sœur.

Mon cœur se serre.

— Je suis si contente que vous l'ayez trouvé, dit-elle. Il me manque terriblement, mais… ma belle-fille est allergique, et, eh bien, nous avons déjà déménagé et il n'a jamais aimé les trajets en voiture.

Le Général Flufferton miaule de nouveau depuis son perchoir sur mon comptoir, léchant une patte géante comme si tout ce drame ne le concernait pas.

— Il passe beaucoup de temps avec moi ces derniers temps, dis-je doucement. Plus qu'avec vous, honnêtement.

Mme Meadow rit. — J'ai toujours soupçonné qu'il préférait votre maison. Tous ces jouets et ce plumeau idiot que vous avez acheté.

— Il vit pour le plumeau.

Il y a un long moment de silence. Je l'entends soupirer.

— Il vous aime, ma chère. Ça se voit. Je suis juste si heureuse qu'il soit en sécurité.

Une autre pause.

— Allez-vous... Sa voix se brise. L'aimerez-vous autant que moi ? Il sera peut-être mieux chez vous qu'avec ma sœur, qui a deux chiens.

Je le regarde. Gros, noir, menace féline duveteuse avec un miaulement roucoulant et un ronronnement qui sonne comme un moteur de camion. Il cligne lentement des yeux vers moi, puis saute à terre et cogne de nouveau sa tête contre ma jambe, enroulant sa queue autour de mon mollet.

— Bien sûr, je murmure. Vous pourrez venir le voir quand vous voudrez.

— Oh, merci, ma chérie. Ça représente tout pour moi. Il y a une pause. Oh, mon Dieu, j'ai failli oublier de mentionner ! Comme j'ai déménagé, la compagnie d'électricité doit couper mon service cette semaine. Mais vous savez comment sont ces vieilles maisons de ville... Ça ne m'étonnerait pas que ça vous cause une panne de courant à cause de moi. Comme la fois où j'ai branché ma machine à pain et fait sauter nos deux fusibles.

Je cligne des yeux. Attendez. C'est pour ça que les lumières se sont éteintes l'autre soir ?

Nous nous disons au revoir et raccrochons, et comme ça... j'ai un chat.

Je regarde le Général Flufferton. Il miaule comme s'il était temps que je comprenne.

Je le gratte derrière l'oreille. — Voilà une chose de plus que ma mère va désapprouver.

11

CINDY

Les premières notes d'une chanson entraînante explosent depuis les enceintes de ma cuisine alors que je poche la garniture jaune dans le vingtième œuf mimosa. Le Général Flufferton est assis sur la chaise que j'ai traînée spécialement pour qu'il puisse me superviser, son corps massif de Maine Coon noir occupant la totalité du siège. Ses yeux verts suivent chacun de mes mouvements comme si j'étais en train de pratiquer une opération chirurgicale au lieu de préparer des amuse-gueules.

— Je sais, je sais, lui dis-je en ajustant la poche à douille. Ils ne sont pas parfaits. Mais Mère a toujours adoré ça à Pâques, alors peut-être que… Je serre trop fort, et la garniture gicle sur le comptoir. Merde.

Le Général Flufferton me répond par un gazouillis, ce petit trille étrange que font les Maine Coons et qui ne ressemble en rien à un chat normal.

— Tu as raison. Je me prends trop la tête. Je lui gratte l'arrière des oreilles. Mais tu n'as pas idée à quel point je suis heureuse que tu sois à moi maintenant. D'une manière douce-amère, le déménagement de Mme Meadow est la meilleure chose qui me soit arrivée ce mois-ci. Bon, il y a aussi ces trois motards canons... Non, je ne peux pas penser à eux. Soixante-treize ans et elle emménage avec la famille de son fils. Tu te rends compte que sa belle-fille est allergique aux chats ? Tant pis pour eux, tant mieux pour moi.

Il pousse une sorte de grognement sourd, comme un vieil homme qui protesterait de devoir se lever de son fauteuil.

— Ouais, eh bien, pas de chance. Tu es trop doux pour ton propre bien. Attends que je parle de toi à Harper, qu'elle sache que tu vis officiellement ici. Elle va péter un câble et camper sur mon canapé juste pour te câliner vingt-quatre heures sur vingt-quatre.

Un autre grognement, plus profond cette fois.

— Reine du drame. Je dispose les œufs sur un vieux plat en cristal.

Mes mains tremblent légèrement alors que je recouvre le plat de film plastique. La cuisine est impeccable. Je l'ai nettoyée trois fois aujourd'hui. Le frigo est rempli de vin, de ce fromage cher, de fruits frais disposés dans un bol comme si un tableau Pinterest avait vomi ici.

— Mère va m'accepter comme je suis, dis-je au Général Flufferton, mais ça sonne plus comme une question. Je ne vais pas me soucier de ce qu'elle dira sur le fait que mon appartement est petit, ou que mon travail est indigne de moi, ou... Je m'arrête, je prends une inspiration. Et tu vas te tenir à carreau, d'accord ?

Pas question de sauter sur ses genoux. Elle déteste les chats. Elle dit que c'est pour les vieilles filles et les sorcières.

Il cligne lentement des yeux vers moi, totalement imperturbable.

— Eh bien, peut-être que je suis une sorcière. Une sorcière de brasserie. Je fabrique des potions avec du houblon et de l'orge au lieu d'yeux de triton.

Je vérifie mon téléphone. 18 h 47. Le soleil se couche déjà, l'obscurité d'octobre s'installe tôt. Pas de message. Pas d'appel manqué. Mon estomac se tord à chaque minute qui passe. Bien sûr qu'elle me laisse me demander si elle va même venir.

— Putain. Je commence à faire les cent pas, les yeux du Général Flufferton me suivant d'un bout à l'autre de la pièce. Elle va me poser un lapin, n'est-ce pas ? Elle m'enverra un message à l'aube quand je serai dans mon pyjama miteux avec un masque sur le visage et les cheveux comme si j'avais mis les doigts dans une prise.

À travers la fenêtre, des phares balayent le mur de mon salon. Un pick-up noir familier se gare le long du trottoir. C'est le monstre de véhicule de Holt.

— Dieu merci, je souffle, me dirigeant déjà vers la porte. J'aurais bien besoin qu'il m'aide à ne pas paniquer.

Mais ce n'est pas Holt qui sort du siège conducteur.
C'est Luke.

Quelque chose se tord violemment dans mes entrailles, comme quand on rate une marche dans les escaliers. Pas le bon Alpha. Pas le bon motard. Rien ne va. Mon téléphone vibre et je sursaute, manquant de le faire tomber.

Maman : *Je nous ai réservé une table au Savor. À 20 h.*

Il y a un lien vers le site web du restaurant.

Je fixe l'écran. Le relis. Puis encore une fois, car je dois sûrement halluciner.

— C'est quoi ce bordel ? Les mots sortent, étranglés. Mon esprit tourne comme un mixeur à pleine vitesse. Elle ne vient pas ici ? Après que j'aie tout nettoyé, après que j'aie acheté toute cette nourriture, après m'être préparée mentalement à ce qu'elle juge chaque centi-mètre carré de mon espace, elle réserve au Savor ? Le restaurant d'Arrow ?

Sait-elle que c'est le sien ? Est-ce une sorte de blague cosmique ? Ou a-t-elle choisi l'endroit le plus chic de la ville pour que tout tourne autour d'elle, pour me montrer comment un dîner convenable devrait se dérouler ?

Le Général Flufferton est soudain à mes pieds, miaulant avec insistance, se pressant contre mes jambes. Il sait toujours quand je suis sur le point de partir en vrille. Sa fourrure est douce contre mes chevilles, m'an-crant au sol.

La sonnette retentit.

— C'est vrai. Luke. Je force mes jambes à bouger, ouvrant la porte avec peut-être un peu trop de brusquerie.

Il est là, sur le pas de la porte, absolument parfait, bien évidemment. Comme un ange déchu qui aurait décidé que le paradis était trop ennuyeux. Sauf que…

— Luke ! Tu t'es coupé les cheveux ?

Ses cheveux auburn qui tombaient en vagues sur ses épaules ont disparu. Coupés courts comme ceux de Holt, coiffés mais toujours un peu en désordre. Les mèches cuivrées captent la lumière du porche, leur donnant l'air de véritables flammes.

— Salut, dit-il.

Le Général Flufferton tente une évasion, mais Luke est déjà en mouvement, ramassant les neuf kilos de Maine Coon comme s'il ne pesait rien. Il entre, le chat en sécurité, et j'arrive à fermer la porte tout en essayant de ne pas le dévisager.

Un jean noir qui lui va comme s'il avait été taillé sur mesure par quelqu'un qui l'aime vraiment, vraiment beaucoup. Des bottes de moto. Une chemise blanche à petits pois noirs, les manches retroussées jusqu'aux coudes, révélant les larges bracelets en cuir qu'il porte toujours autour des poignets. En dessous, les tatouages couvrant ses avant-bras. De vrais tatouages de motard. Une tête de mort enroulée dans des chaînes sur son bras gauche, ce qui ressemble à une lame ou un poignard sur le droit, sombre, net et dangereux.

Et son odeur, mon Dieu, son odeur. Le cuir de sa veste se mêle à la pomme d'amour et au cidre épicé, avec en plus cette odeur d'air frais et vif qui s'accroche aux motards. J'ai la tête qui tourne, et j'ai envie de me pencher plus près et de simplement respirer.

— Ça te plaît, les cheveux ? Il me voit le fixer, un sourcil levé, ce sourire entendu qui se dessine sur ses lèvres.

Je m'évente avec la main, sans même essayer de faire

comme si de rien n'était. — D'une manière ou d'une autre, tu es encore plus sexy qu'avant.

— Oh, tu me trouvais sexy ? Ce sourire s'élargit sur son visage, celui qui lui permet probablement d'échapper aux excès de vitesse et de s'attirer des ennuis à parts égales.

La chaleur inonde mes joues, descend le long de mon cou et s'accumule dans le bas de mon ventre. — Je… ce n'est pas… la ferme.

Il pose le Général Flufferton, qui commence immédiatement à se frotter contre les jambes de Luke comme un traître. — Je ne savais pas que tu avais un chat.

— Il est nouveau. Enfin, pas *si nouveau*. Il appartenait à ma voisine, Mme Meadow, mais elle a soixante-treize ans et elle emménage avec la famille de son fils. La belle-fille est allergique, alors elle m'a demandé si je le voulais et évidemment, j'ai dit oui, parce que regarde-le. Je radote, ma bouche débitant des paroles pour éviter de penser à quel point Luke sent la tentation. Où est Holt ?

Luke s'avance plus loin, l'air de rien, et s'appuie contre le dossier de mon canapé. — Eh bien, c'est une drôle d'histoire.

— Oh mon Dieu, qu'est-ce qui lui est arrivé ? Il va bien ? Les mots sortent en un flot précipité. Mon esprit imagine immédiatement le pire : une bagarre de bar, un accident de moto, quelque chose de violent et de dangereux qui va avec leur univers.

— Oui, oui, il va bien. Juste une commotion cérébrale légère, il s'est cogné la tête. Ils le gardent en observation à l'hôpital pour la nuit.

— L'hôpital ? Holt est à l'hôpital ? Ma voix monte.

Mais on a répété ensemble. On avait mis au point toute la routine, l'histoire de notre rencontre, ce qu'il fait dans la vie…

— C'est pour ça que je suis là. On va répéter maintenant. Il sort son téléphone, vérifie l'heure. Ce sera tout frais dans nos esprits.

— D'accord, mais attends… Je plisse les yeux en le regardant. Qu'est-ce qui est *vraiment* arrivé à Holt ?

Quelque chose passe sur son visage. De la culpabilité ? De l'amusement ? — Tu veux vraiment savoir ?

— C'est un truc de… gang de motards ? Les mots m'échappent avant que je puisse les retenir. Des images de gangs rivaux, de disputes de territoire, le genre de violence qu'on voit dans les films, me traversent l'esprit.

Luke éclate de rire. — Non, rien de tout ça. Quoique, ce serait moins embarrassant.

— Continue, je demande.

— Tu vois, Holt était sur une échelle, il réparait l'enseigne du restaurant. Super concentré, tu sais comment il est, il voulait s'assurer que tout soit parfait pour ce soir. Il s'appuie contre le canapé. Et un peu plus tôt, il a peut-être mentionné à Arrow ton petit incident de vibromasseur.

Le sol se dérobe sous mes pieds. — Attends, putain, attends… quoi ? Ma voix monte dans les aigus. S'il te plaît, ne me dis pas qu'il a raconté à tout le monde que…

— Il l'a seulement dit à Arrow. Luke lève une main. Mais Arrow me l'a dit à moi, et, bon, c'est une histoire croustillante. Il se gratte la nuque, l'air presque penaud. Bref, j'avais ce godemiché mou au travail, un cadeau-gag d'un enterrement de vie de jeune fille que quelqu'un avait laissé…

— Qu… En fait, laisse tomber.

— …et je me suis dit que ce serait hilarant de lui balancer dessus pendant qu'il était sur l'échelle.

— Tu n'as pas fait ça.

— Je l'ai touché en plein visage. Il mime la trajectoire avec ses mains. Une visée parfaite, vraiment. Tu aurais dû voir son expression, le choc total. Puis il a vacillé, les bras en moulinet, et il est tombé.

— Oh mon Dieu. Je me couvre le visage avec les deux mains. Je vais mourir. Je vais littéralement mourir de honte ici même dans ma cuisine, et le Général Fluf-ferton va me dévorer le visage et…

— Mais il va bien, continue Luke. Juste une bosse sur la tête, quelques bleus et un œil au beurre noir. Arrow est resté pour s'occuper du restaurant pendant que je l'emmenais à l'hôpital.

Je le regarde, interloquée, en baissant les mains. — Je ne sais même pas quoi dire à ça.

— Tu es toute rouge, observe-t-il, ce même sourire entendu jouant de nouveau sur ses lèvres.

J'attrape un coussin du canapé et le lui lance à la tête. Il le prend en pleine figure avec un *pof* satisfaisant.

— Ça, c'est pour l'avoir blessé ! J'attrape un autre coussin. Et pour m'avoir mise dans l'embarras ! Celui-là, il l'attrape en riant.

— Ce qui m'amène à mon point suivant. Il pose le coussin, et quelque chose dans son expression change, devient plus sérieux. Mes excuses. Et comment je vais me faire pardonner.

— En ne racontant à personne d'autre mon incident mortifiant ?

— Holt nous a tout raconté sur ta mère. Il passe une main dans ses cheveux raccourcis, et je dois serrer les poings pour m'empêcher de tendre la main pour les toucher. Comment elle s'attendrait à ce que ton petit ami lui ressemble après que Van l'ait vu avec toi au Bal des Récoltes.

Mon estomac se retourne, et je regarde ses cheveux. — Oh mon Dieu, tu n'as pas…

— Tout coupé pour jouer le petit ami pour toi ? Si.

— Pour moi ? Les mots sortent à peine plus fort qu'un couinement. Ma gorge se serre. Luke, combien de temps ça t'a pris pour faire pousser tes cheveux ?

Il hausse les épaules. — Quelques années. Ce n'est rien.

Je tremble maintenant, submergée par le geste, le sacrifice, la folie absolue de tout ça. — Je suis tellement désolée, mais aussi merci, mais aussi tu es un parfait crétin pour le coup du godemiché et…

Il franchit l'espace entre nous en deux enjambées et me prend dans ses bras. Je suis enveloppée dans cette odeur virile, ses bras solides et chauds autour de moi. Mon corps s'emballe, le cœur battant la chamade, la peau picotant, la chaleur s'accumulant partout où elle ne devrait pas. C'est faux. C'est pour de faux. C'est…

— Ça va aller, murmure-t-il dans mes cheveux, et je peux sentir la vibration de sa voix à travers sa poitrine. Je te le promets.

— J'en doute. Ma voix est étouffée contre sa chemise. Cette journée s'avère être complètement horrible, et tu veux entendre quelque chose qui va l'empirer ?

Il recule légèrement pour me regarder, les mains toujours sur mes épaules. — Balance. Ça ne peut pas être pire que de donner une commotion cérébrale à Holt avec un jouet sexuel.

— Je viens de recevoir un message de ma mère.

— Ouais ?

— Elle ne vient pas ici.

Son front se plisse. — Elle ne vient pas ?

— Elle nous a réservé une table au restaurant Savor. Pour huit heures. Dans une heure.

Sa bouche s'ouvre littéralement. Genre, surprise totale, mâchoire décrochée. — Le restaurant d'Arrow ?

— Yep. Je ris, mais c'est un rire qui a une pointe d'hystérie.

— Putain.

— Ouais.

— Elle sait que c'est son restaurant ?

— Je n'en ai aucune idée ! Peut-être ? Très probablement pas. C'est l'endroit le plus chic de la ville, donc elle l'a sans doute juste choisi pour me faire sentir inférieure. Je fais un geste vague vers ma cuisine. J'ai tout nettoyé trois fois, Luke.

— Hé. Ses mains restent sur mes épaules, ses pouces frottant de petits cercles qui devraient être réconfortants mais qui me rendent juste plus consciente de lui. Regarde-moi.

Je le fais. Ses yeux gris-vert sont constants, entièrement concentrés sur moi.

— On va trouver une solution. Mais d'abord, il faut que tu respires.

— Je respire.

— Non, tu es en hyperventilation. Il y a une différence. Ses mains glissent le long de mes bras. Inspire par le nez. Allez.

J'inspire d'une manière chancelante.

— Bien. Maintenant, expire par la bouche.

J'expire.

— Encore.

Nous respirons ensemble pendant une minute, et progressivement, mon rythme cardiaque ralentit, passant du colibri à l'écureuil nerveux.

— Mieux ?

— Marginalement. Je recule, ayant besoin de distance par rapport à son contact. Peut-être qu'on devrait répéter notre histoire.

Il sourit doucement, mais je ne peux pas me permettre d'y voir quoi que ce soit.

— Mettons juste notre histoire au clair, dis-je en mettant de l'espace entre nous.

— Exact, dit-il après un instant. Strictement les faits.

Mais la façon dont il me regarde ? Il n'y a rien de faux là-dedans, et c'est bien ça le problème.

12

LUKE

Je la suis dans les escaliers, observant le balancement de ses hanches dans cette robe, la façon dont sa main agrippe la mienne comme si elle avait besoin de ce contact. Mes doigts se resserrent automatiquement sur les siens. Cette femme n'a pas la moindre putain d'idée de l'effet qu'elle me fait.

Sa chambre est exactement ce à quoi je m'attendais et en même temps, totalement différente. Des murs vert sauge, des guirlandes lumineuses qui créent des ombres et une atmosphère chaleureuse, des livres empilés sur chaque surface comme si elle se construisait un fort avec des mots. L'air est imprégné de son parfum, cette odeur d'orange piquée de clous de girofle mêlée à des éclats de caramel qui me donne envie de nicher mon visage dans son cou et de juste respirer.

Elle se précipite vers sa penderie, arrachant des robes comme si la pièce était en feu. L'une d'elles s'accroche à un cintre et elle tire plus fort, manquant de faire tomber toute la tringle.

— Merde, merde... Elle trébuche en arrière, trois robes serrées contre sa poitrine.

Je lui attrape le coude, la stabilise. — Doucement, tornade.

— Ça va. Tout va parfaitement bien. Mais elle ne va pas bien. Ses pupilles sont dilatées, sa poitrine se soulève et s'abaisse trop vite. — Laquelle ?

Elle les jette sur le lit, et j'étudie les options. La première est vert émeraude. Coupe moderne, fines bretelles, le tissu a l'air doux. La seconde est une sorte de monstruosité rose à volants qui a dû s'échapper de 1987 et qu'il faut abattre pour abréger ses souffrances. La troisième est une robe bleu marine, élégante et contemporaine.

— Pas la rose, dis-je immédiatement. Brûle-la.

— Qu'est-ce qui ne va pas avec... Elle la regarde, vraiment. — Oh, mon Dieu, mais pourquoi j'ai ça ? Je crois que c'est ma sœur qui me l'a donnée.

— D'accord, alors la verte ou la bleue d'abord ?

— La verte.

Elle la ramasse et se dirige vers le dressing, et bon sang, la regarder bouger est une torture. Elle referme la porte derrière elle.

— Alors, sa voix filtre à travers la porte, on devrait mettre au point notre histoire. Genre, on dira qu'on s'est rencontrés au bal des Moissons. En octobre dernier. Ça fait un an qu'on est ensemble.

Je m'assois sur le bord de son lit, essayant de ne pas

l'imaginer en train de se déshabiller là-dedans, le tissu glissant sur sa peau.

— Et tu portais ce pull bordeaux. Tu n'arrêtais pas de jouer avec ton collier, j'ajoute à notre histoire.

La porte s'ouvre et je suis instantanément en alerte.

La robe verte épouse son corps comme de l'eau, flottant de sa poitrine jusqu'à juste au-dessus de ses genoux. Les bretelles sont délicates, comme si je pouvais les faire claquer d'un seul doigt. La couleur fait ressortir l'éclat de sa peau, toute de crème et d'or, et quand elle se tourne pour me montrer le dos, je remarque à quel point il est plongeant, dévoilant la ligne de sa colonne vertébrale, les ailes délicates de ses omoplates.

— Ton avis ? demande-t-elle, en faisant un autre tour qui fait voler la jupe.

J'ai un avis. Plein d'avis. Aucun n'est convenable. — Je reste sans voix.

— C'est mauvais à ce point ?

— C'est bon à ce point. Je m'éclaircis la gorge, je bouge sur le lit parce que mon jean devient soudain trop serré. — Mais peut-être trop sexy pour le Savor avec la famille. Sans parler de la difficulté que j'aurais à garder mes mains pour moi.

— Exact. Bien sûr. Elle disparaît de nouveau dans le dressing, et j'entends le bruissement du tissu. — Premier baiser ? On a besoin d'une histoire de premier baiser.

— Après notre troisième rendez-vous. On est allés voir ce film… comment il s'appelle ? Celui avec le type qui hérite de la librairie de sa grand-mère ?

— *Les Mots entre nous* ? Tu adores les comédies romantiques.

— C'est vrai. J'en regarde généralement après une longue journée stressante. Ça m'aide à calmer mes pensées qui s'emballent.

La porte du dressing s'ouvre à nouveau, et putain.

Elle porte maintenant une nouvelle robe noire, elle devait déjà l'avoir là-dedans. Elle est moderne, sophistiquée, avec un dos nu qui laisse ses épaules nues et une jupe qui arrive à mi-cuisse. Le tissu épouse ses courbes, mettant en valeur des jambes interminables. Mais c'est sa posture qui me touche, incertaine, un pied légèrement tourné vers l'intérieur, les mains lissant nerveusement ses flancs.

— Celle-ci est probablement too much, dit-elle rapidement. Je l'ai achetée en solde et je ne l'ai jamais portée parce que…

— Parce que tu provoquerais des accidents de voiture.

Ses mains cessent de bouger. — Quoi ?

— Tu entres au Savor habillée comme ça, et tous les hommes dans le restaurant vont oublier comment se servir d'une fourchette. Moi y compris.

— Tu dis n'importe quoi.

— Je suis honnête. Ta mère va détester ça parce que tu vas l'éclipser sans même essayer.

Elle baisse les yeux sur elle-même, et je remarque le moment exact où elle réalise que ce que je vois est vrai, la façon dont la robe la fait paraître puissante, sexy, intouchable. — C'est peut-être ce que je veux.

— Ah oui ?

— Non. Peut-être. Je sais pas. Elle plaque ses paumes sur ses joues. — Mon Dieu, pourquoi c'est si difficile ? C'est juste un dîner. C'est juste ma mère. C'est juste…

— Hé. Je me lève, m'approche d'elle. — Respire.

— C'est ce que je fais. Elle prend une inspiration tremblante, puis une autre. Je ne la touche pas, même si chacun de mes instincts hurle de la serrer contre moi. C'est à elle de le décider.

— D'accord, donc pas cette robe, dit-elle finalement. La bleu marine.

Elle retourne dans le dressing. Je regagne le lit, mais cette fois je m'allonge sur le dos, fixant son plafond où elle a collé des étoiles phosphorescentes formant de véritables constellations. Évidemment.

— Notre première dispute, lance-t-elle. On a besoin d'une bonne histoire de dispute.

— Pourquoi ?

— Maman dit toujours que les relations sans disputes sont fausses. Comme si on faisait tous les deux semblant d'être parfaits au lieu d'être vrais.

— Très bien. On s'est disputés à propos de… mon ex.

— Tu as une ex ?

— Tout le monde a des ex, Cindy.

— Je veux dire, une qui pourrait causer une dispute ?

— Elle s'est pointée à la brasserie. Tu travaillais. Elle a fait une remarque sur le fait que je m'encanaillais en sortant avec une barmaid.

— Je ne suis pas barmaid. Je suis brasseuse.

— C'est exactement ce que tu lui as dit. Juste avant de lui verser une bière à moitié finie sur la tête.

— Pas du tout !

— Dans l'histoire, si. Puis tu es sortie en trombe, je t'ai suivie, et on s'est engueulés violemment sur le parking à propos de confiance et de jalousie, et de savoir si je te défendais assez.

— Et c'était le cas ?

— Non. C'est pour ça que tu avais raison d'être furieuse. J'essayais d'éviter les histoires au lieu de prendre ta défense.

— Et comment on s'est réconciliés ?

— Je me suis pointé chez toi avec du café, une énorme boîte de chocolats et des excuses. Je t'ai dit que tu valais mille fois mieux qu'elle, que j'étais un idiot, que je ne laisserais plus jamais personne te manquer de respect.

— Est-ce que je t'ai pardonné ?

— Après m'avoir fait ramper pendant une heure.

Elle rit, un vrai rire cette fois. — Bien. J'ai des principes.

La porte du dressing s'ouvre, et ma bouche s'assèche.

La robe bleu marine est parfaite. Elle est moderne mais classique, enveloppant son corps d'une manière qui suggère plus qu'elle ne révèle. Le décolleté en V est assez profond pour être intéressant sans être scanda-leux. Le tissu est cintré à la taille, soulignant ses courbes, puis tombe juste en dessous de ses genoux d'une façon qui me pousse à vouloir la remonter.

— Celle-ci ? demande-t-elle, mais elle sait déjà. C'est évident à la façon dont elle se tient plus droite et dont ses mains reposent avec assurance sur ses flancs au lieu de s'agiter.

— C'est la bonne.

— Tu es sûr ? Parce que j'en ai d'autres…

— Cindy. Je me redresse, croise son regard. — Tu pourrais porter un sac poubelle et être quand même la plus belle femme de ce restaurant. Mais cette robe est une armure. Elle dit : « J'ai réussi, j'ai confiance en moi, et je n'ai pas besoin de ton approbation. »

— Mais si, j'en ai besoin. De son approbation. Je déteste ça, mais…

— Non, pas du tout. Je me lève, marche lentement vers elle, lui laissant le temps de reculer si elle le souhaite. Elle ne le fait pas. — Tu en as *envie*. C'est différent d'en avoir *besoin*.

— C'est de la sémantique.

— C'est la vérité. Je m'arrête juste assez près pour sentir la chaleur qui émane de sa peau. — Tu as bâti toute une vie sans son approbation. Tu as un travail que tu aimes, des amis qui tueraient pour toi, ton propre appart, un chat démoniaque, et maintenant tu nous as : moi, Holt et Arrow.

Nous sommes dangerously proches. Son pouls bat à son cou, et ses pupilles se dilatent quand elle me fixe. Son parfum est plus fort maintenant, plus doux, et il me faut toute ma volonté pour ne pas me pencher et le goûter à la source.

— Luke ?

— Ouais ?

— Et si elle voyait clair dans notre jeu ? Et si elle savait qu'on fait semblant ?

— Alors on sera encore plus convaincants.

— Comment ?

— Comme ça. Je tends la main, glisse une mèche de cheveux derrière son oreille, laisse mes doigts descendre le long de son cou. Elle frissonne. — Chaque couple a ses petits gestes. Des choses qu'ils font sans y penser. La façon dont ils se penchent l'un vers l'autre. La façon dont ils se touchent nonchalamment. La façon dont ils se regardent quand ils pensent que personne ne les voit.

— Et comment on se regarde, nous ? Sa voix n'est qu'un murmure.

— Comme si on n'arrivait pas à croire à notre chance. Comme si on attendait tous les deux que le couperet tombe. Comme si on voulait se dévorer l'un l'autre mais qu'on essayait de rester civilisés.

— C'est comme ça que tu me regardes en ce moment ?

— Dis-moi toi-même.

Elle m'étudie pendant un long moment, et quelque chose change dans son expression. — Je dois... je devrais me maquiller. Et mettre des chaussures. Et...

Elle se retourne trop vite, se prend le pied dans le bord du tapis, et commence à tomber. Je la rattrape par la taille, la plaque contre ma poitrine. On se fige ainsi, son dos contre mon torse, mes bras autour d'elle, tous les deux respirant trop fort.

— Ça va ? Ma voix sort rauque.

— Je suis... Elle se tourne dans mes bras, lève les yeux vers moi, et soudain nous ne sommes plus qu'à quelques centimètres l'un de l'autre. — J'ai terriblement peur.

— De ta mère ?

— De ça. De toi. De la façon dont tout ça semble réel alors que c'est censé être faux.

Mes mains se resserrent sur sa taille. — Cindy…

— Je sais qu'on vient de se rencontrer et que c'est juste un service. Je sais que tu es seulement là parce que Holt s'est blessé. Mais quand tu me regardes comme ça, quand tu me touches, j'oublie que c'est pour de faux.

— Et si ça ne l'était pas ?

Les mots flottent entre nous, trop lourds, trop réels.

— Et si ce n'était pas pour de faux ? je continue, parce que je suis déjà allé trop loin. — Et si c'était la chose la plus vraie que j'ai ressentie depuis des années ?

— Tu pourrais avoir n'importe qui.

— Je ne veux pas n'importe qui. Je veux…

Elle m'embrasse.

C'est doux au début, hésitant. Puis je grogne contre sa bouche, ses mains s'agrippent à ma chemise, et soudain on se noie l'un dans l'autre. Mes mains glissent dans ses cheveux, inclinant sa tête pour que je puisse approfondir le baiser, et elle émet ce son — moitié gémissement, moitié plainte — qui file droit dans mon entrejambe.

— Putain, je gronde contre sa bouche. — Tu vas me tuer.

— Belle façon de mourir, cependant.

— La meilleure.

Je la fais reculer jusqu'à ce que ses jambes heurtent le lit. Elle tombe en arrière, m'entraînant avec elle, et puis je recouvre son corps du mien, en prenant soin de garder mon poids sur mes avant-bras. Elle se cambre contre moi, et je manque de perdre tout contrôle sur-le-champ.

— On devrait... Elle halète alors que j'embrasse son cou. — On devrait peut-être s'arrêter.

— Tu en as envie ?

— Non. Mon Dieu, non. Mais ma mère... le dîner...

— On a le temps. Je me recule pour la regarder, étendue sur le lit, sa robe remontant sur ses cuisses, ses lèvres gonflées par nos baisers. — Laisse-moi t'aider à te détendre. Laisse-moi prendre soin de toi.

— Je ne sais pas si...

— Fais-moi confiance. Je l'embrasse de nouveau, plus lentement cette fois, cajolant plutôt qu'exigeant. — Toute cette tension, toute cette anxiété, laisse-moi l'emporter. Tu entreras dans ce restaurant en te sentant puissante. Confiante. Comme si le putain de monde t'appartenait.

Elle m'observe un long moment, puis hoche la tête.

Je commence par ses chevilles, déposant des baisers à l'intérieur de chacune. Elle glousse, et c'est le plus beau son que j'aie entendu de la journée.

— Chatouilleuse ?

— Peut-être bien.

Je range cette information pour plus tard, puis continue mon chemin le long de ses jambes. Le temps que j'atteigne ses cuisses, elle ne glousse plus. Elle respire par courtes saccades, les mains crispées sur la couette, les hanches se soulevant légèrement du lit.

— S'il te plaît, murmure-t-elle.

— S'il te plaît, quoi ?

— J'ai besoin de... Je ne sais pas de quoi j'ai besoin.

— Moi, si.

Je remonte lentement sa robe, centimètre par centi-mètre, le tissu s'accrochant à mes jointures alors que je reste agenouillé au sol entre ses jambes. Elle me regarde à peine. Son souffle se bloque, ses yeux papillonnent et se ferment comme si elle ne pouvait supporter le poids de mon regard sur elle.

Mon regard descend plus bas. Puis j'aperçois un éclat de couleur, une douce dentelle lavande tendue sur une peau chaude.

Putain.

Une vague de chaleur me traverse. Je presse ma paume contre sa cuisse, ayant besoin de ce contact pour m'ancrer, besoin de quelque chose pour m'empêcher de déchirer cette culotte en deux.

— Bon sang, je murmure.

Ses joues virent au rose, et elle n'ouvre toujours pas les yeux. Je pousse sa robe plus haut, au-delà de ses hanches, la fronçant autour de sa taille. Ce n'est pas seulement sa vue ; c'est la façon dont elle réagit, douce et silencieuse, me confiant tout son corps.

— Regarde-toi, je souffle, la voix épaisse.

Elle entrouvre à peine les yeux, comme si elle ne réalisait pas qu'elle me défait, un battement de cœur à la fois.

— Non, je murmure. Ne te cache pas de moi. Ouvre grand les yeux. Je veux que tu regardes ce que je vais te faire.

Je me penche plus près de l'intérieur de sa cuisse et je l'embrasse, lentement, avec révérence. — Tu es putain de parfaite.

Puis, je m'imprègne de son parfum.

Ma bite palpite, douloureusement prisonnière derrière ma braguette. Elle sent un mélange de paradis et de péché, doux, musqué, absolument putain d'addictif. Le genre de parfum qui se grave dans la mémoire et fait perdre la tête à un homme.

Je glisse les mains sous l'élastique de sa culotte, la dentelle s'accrochant une seconde comme si elle ne voulait pas lâcher prise. Elle soulève les hanches en signe d'approbation silencieuse, et je fais glisser le tissu de dentelle le long de ses cuisses, mes jointures effleurant sa peau douce, sa chaleur, les endroits que je meurs d'envie de goûter.

Je prends mon temps. En l'observant.

Ses cuisses tremblent légèrement tandis que je fais glisser la culotte au-delà de ses genoux, le long de ses mollets, et enfin par-dessus ses chevilles. Je la jette de côté sans regarder, les yeux rivés sur l'endroit qu'elle a essayé de me cacher. La petite bande de poils blonds. Ses lèvres roses et rougissantes.

Elle est déjà luisante.

Humide. Gonflée. Ses replis sont délicats et empourprés, si putain de jolis que je reste figé une seconde. J'admire simplement tout ce qu'elle m'offre.

Je presse mes mains contre l'intérieur de ses cuisses et j'écarte ses jambes.

Et la voilà.

La chatte la plus intime, la plus vulnérable, mise à nu pour moi.

Rose, humide et offerte. Mon nom est écrit partout sur elle.

Ma gorge s'assèche.

Je lève les yeux et je la surprends en train de m'ob-server, les lèvres entrouvertes, son souffle saccadé.

— Putain, je murmure, la voix rauque. Tu coules pour moi.

Je me penche en avant, mon souffle caressant sa fente, et je souris en la sentant frissonner.

— Tu vas me laisser te briser, n'est-ce pas, bébé ?

Je me penche encore plus, incapable de résister. Le premier goût m'anéantit. Chaud, humide, addictif comme rien ni personne d'autre. Je gémis contre elle, faisant remonter mes mains le long de l'intérieur de ses cuisses, l'écartant davantage tandis que je m'installe entre elles. Elle est allongée sur le dos, respirant fort, les yeux écarquillés comme si elle n'arrivait pas à croire que tout ça est en train de se produire.

Elle essaie de refermer ses jambes, juste un peu, pas assez pour m'arrêter, mais assez pour que je relève la tête.

— Je n'ai jamais… Personne ne m'a jamais fait ça avant.

Ses joues s'empourprent, ses mains agrippent les draps. Timide. Vulnérable. Si putain de belle que j'ai du mal à le supporter.

Je presse ma bouche contre l'intérieur de sa cuisse.

— Alors, je vais rendre ça inoubliable, je murmure contre sa peau, putain d'excité à l'idée d'être le premier homme à goûter sa douce chatte. Tu ne douteras plus jamais à quel point ça peut être bon.

J'embrasse plus haut, je la sens se tendre sous moi, puis

je laisse mon souffle chaud se répandre sur son intimité, là où elle est humide et offerte. Mes pouces glissent le long des parties les plus douces de ses lèvres intérieures, les écartant pour moi par mon simple contact. Son corps cède lentement, tremblant, luisant, rougi et exposé.

Elle halète quand ma langue parcourt toute sa longueur, le son lui étant arraché comme si elle ne s'y attendait pas. Je m'occupe d'elle lentement, savourant chaque tressaillement de ses cuisses, chaque respiration tremblante. Mes doigts suivent, glissant dans la chaleur moite, et j'en enfonce deux en elle, centimètre par centimètre. Étroite. Chaude. Elle me prend si doucement que ça me brise presque.

Elle est silencieuse, mais son corps dit tout. La façon dont ses hanches se déplacent à peine vers ma bouche. La façon dont ses mains tordent les draps comme si elle se retenait de toutes ses forces. Et elle continue de me fixer, soutenant mon regard tandis que je titille sa chatte rose.

Je recourbe mes doigts plus profondément, pressant dans sa chaleur étroite jusqu'à ce que je la sente se contracter autour de moi. Ma langue ne relâche pas ses efforts. Au contraire, je la passe de nouveau sur son clitoris, puis je le stimule plus fort, plus vite, avec plus de voracité. Je veux qu'elle soit submergée. Je veux qu'elle ait le souffle coupé et qu'elle crie mon nom de cette voix douce et brisée.

Ses cuisses tremblent autour de ma tête, ses hanches s'agitent, essayant de suivre le rythme que j'ai imposé. Elle est si humide, coulant jusqu'à mes jointures, enduisant ma bouche comme si elle était faite pour ça. Faite pour moi.

Je gronde sourdement contre elle, le son vibrant à travers ma langue, et tout son corps sursaute comme si j'avais touché un fil électrique.

— C'est ça, je marmonne contre elle. Juste comme ça. Si putain de réceptive. Tu vas jouir pour moi, petite Oméga ?

Son dos se cambre. Mes doigts se recourbent à nouveau, plus rudement cette fois, la pénétrant profondément à chaque coup de butoir. Elle se contracte si fort que ça me coupe le souffle.

Je suis dur comme la pierre et je pré-éjacule, ma bite se tendant vers n'importe quel contact, mais je ne peux pas m'arrêter. Pas quand elle s'abandonne comme ça.

Je défais ma braguette d'une main, je sors ma bite et je siffle entre mes dents sous l'effet du soulagement. Ma main s'enroule autour de ma queue, des caresses lentes assorties au rythme de ma langue.

— Tu sens ce que tu me fais ? je dis d'une voix rauque contre son clitoris. Je coule pour toi, putain, bébé. J'en mets partout, et je ne suis même pas encore allé en toi.

Elle gémit, ses cuisses tremblantes, sa respiration rapide et superficielle. Ma mâchoire me fait mal à force de la dévorer, mais je n'arrête pas.

— Tu ne sais même pas, je gémis, à quel point ton goût est parfait. À quel point tu te serres bien autour de mes doigts. Tu as été faite pour être prise comme ça.

Je la baise avec ma main, de manière chaude, profonde et obscène, passant ma langue sur elle en rapides coups implacables jusqu'à ce qu'elle se tortille. Ses hanches roulent, cherchant chaque caresse comme si elle en voulait désespérément plus, mais c'est à moi de décider. C'est moi qui la décompose. C'est moi qui ai le droit de la regarder se défaire.

Je gémis contre elle, me frottant plus durement contre mon poing. Ce n'est pas assez, jamais assez, mais ça me calme. À peine.

Son corps commence à se raidir, ses muscles se contractent, ses mains empoignent les draps. Elle est si proche. Si putain de proche.

— Laisse-toi aller, je gronde contre elle, la voix rauque et basse. Donne-le-moi. Jouis sur mes doigts. Jouis sur toute ma putain de langue.

Tout son corps est secoué de spasmes lorsqu'elle jouit, la mâchoire serrée, un cri sur les lèvres, les yeux fermés. Elle palpite autour de mes doigts, doucement et frénétiquement, inondant ma bouche d'une douceur que je ne veux jamais oublier.

Je n'arrête pas jusqu'à ce que ses jambes se mettent à trembler, jusqu'à ce que ses hanches tressautent comme si c'était trop. C'est seulement à ce moment-là que je ralentis, calmant mes doigts, adoucissant ma langue. Je dépose des baisers sur la peau tremblante de ses cuisses comme si j'étais reconnaissant. Comme si je la vénérais. Parce que c'est putain de vrai.

Je relève la tête, à bout de souffle, et je la regarde. Elle fixe le plafond, les yeux vitreux, les lèvres entrouvertes, sa poitrine se soulevant et s'abaissant comme si elle venait de survivre à quelque chose de sacré.

Et je perds les pédales.

Je cherche à l'aveugle le bout de dentelle que j'ai jeté plus tôt. Sa culotte. Encore humide de sa chaleur, portant encore son parfum. Je la saisis d'une main, je prends appui sur le lit de l'autre et je me masturbe, fort et vite. Ça ne prend que quelques secondes. Je suis sur le fil du rasoir depuis le premier son qu'elle a émis.

Son nom m'échappe alors que je jouis, mes hanches s'agitant, ma bite palpitant dans mon poing. Je me répands dans le tissu délicat, respirant son nom comme une prière, comme une malédiction.

J'essuie le gland contre la dentelle douce, son odeur et la mienne enchevêtrées. Je referme mon poing dessus et j'inspire profondément, pris de vertige.

Quand je relève les yeux, elle m'observe toujours.

Je souris, essuyant ma bouche du dos de ma main.

Son goût est encore collé à mes lèvres. Son parfum est épais dans mes poumons.

Et je sais sans l'ombre d'un doute qu'elle est à moi maintenant.

— Comment tu te sens ? je demande doucement.

Elle ne répond pas tout de suite, se contente de respirer, les lèvres entrouvertes. — C'était incroyable, murmure-t-elle. Je pourrais vraiment faire ça plus souvent.

Je ris, adorant la voir comme ça.

Après avoir rentré ma bite dans mon pantalon et remonté ma braguette, je me lève et je l'aide à s'asseoir, lissant sa robe. Elle me regarde, les yeux encore vitreux, et attrape ma ceinture.

— Laisse-moi...

Je saisis ses mains. — C'était pour toi.

Elle m'attrape par la chemise et m'attire à elle, puis m'embrasse, profondément et sensuellement, goûtant sa propre saveur sur ma langue. Quand elle se recule, nous sommes tous les deux essoufflés.

— Je vais prendre une douche, dit-elle en se levant sur des jambes tremblantes. Essaie de ne pas trop t'ennuyer de moi.

— C'est déjà le cas.

Elle s'arrête à la porte de la salle de bain, me jette un regard en arrière. Elle se mord la lèvre, ne dit pas un mot, puis disparaît dans la salle de bain.

Ma bite palpite. Putain, je ne pense pas savoir dans quoi je me suis embarqué.

La douche se met en marche et je me laisse tomber sur son lit, me léchant les lèvres, y goûtant encore sa saveur. Je dois empester son odeur maintenant, son parfum partout sur mon visage, mes mains, mes vêtements. Je devrais probablement m'en soucier, me laver avant de partir, mais au diable. Que tout le monde le sache. Que sa mère le sente et sache que sa fille est désirée, voulue, chérie.

Elle est à moi. Elle ne le sait pas encore, n'est probablement pas prête à l'entendre, mais elle est absolument putain de mienne. Mon âme sœur, mon accord parfait, ma magnifique catastrophe de femme qui a capturé mon attention.

Bientôt, la douche s'arrête, et je m'assois, essayant d'avoir l'air moins comme si j'avais roulé dans son lit en pensant à elle. Elle sort enroulée dans une serviette, la vapeur tourbillonnant autour d'elle comme si elle était une sorte de nymphe aquatique, et je dois serrer les poings pour ne pas la toucher.

— Ne regarde pas ! Elle file vers le placard, et j'aperçois une épaule pâle, la courbe de son mollet, avant qu'elle ne disparaisse.

— Je n'y penserais même pas, je mens, en y pensant tout à fait.

— Presque prête, lance-t-elle. Juste le temps de remettre la robe et de me maquiller.

— Ton visage est déjà parfait, je réponds.

Je me détache du bord du lit et je me dirige vers la salle de bain, la porte entrouverte, la vapeur s'échappant encore de sa douche dans la chambre. L'air à l'intérieur est chaud et humide, épais de son parfum accroché à chaque surface.

Je baisse les yeux en arrivant au lavabo, observant mes mains dans la lumière douce, les doigts encore légèrement collants, maculés de la preuve de son plaisir. Une partie a séché sur le bord de mes jointures, brillant faiblement comme un secret que je n'ai pas l'intention de révéler. Je les frotte.

Puis je les porte à mon nez et je l'inspire.

Putain.

Toujours sucrée. Toujours chaude. Toujours *la sienne.*

Je passe une main mouillée sur mon menton, essuyant ma bouche même si je sais déjà que le goût est toujours là, tenace et addictif. Une trace d'elle sur ma lèvre inférieure, prise dans le chaume de ma barbe naissante. J'adore ça, putain.

Son parfum est partout sur moi, imprégné dans ma peau comme si je l'avais marquée juste en la touchant.

J'agrippe le bord du lavabo et je me regarde dans le miroir, encore à moitié dur, la mâchoire crispée, le cœur battant d'une faim qui ne s'estompe pas si facilement.

Elle n'a aucune idée de ce qu'elle m'a fait.

Elle sort cinq minutes plus tard, habillée, les lèvres peintes d'un rouge profond, une sorte de brillant sur ses paupières. Elle a l'air chère, intouchable, le genre de femme qui ne jetterait jamais un second regard à un type comme moi.

Sauf qu'elle me jette un second regard. Un troisième. Un quatrième.

— Quoi ? demande-t-elle.

— Tu vas la surprendre.

— Ma mère ?

— Tout le monde. Chaque personne dans ce restaurant va se demander qui tu es, pourquoi ils ne te connaissent pas, comment ils peuvent faire pour te connaître.

— Tu es ridicule.

— Je suis honnête. Viens là.

Elle s'approche lentement, prudente sur ses talons. Je me lève, la dominant même avec cette hauteur supplémentaire, et elle doit pencher la tête en arrière pour me regarder.

— Tu vas entrer là-bas à mon bras, je lui dis. Et ta mère va voir que tu es heureuse. Que tu as réussi. Que tu es désirée. Tout ce qu'elle pense que tu ne pouvais pas être sans son approbation.

— Et si je m'effondre ?

— Alors je te reconstruirai. Je prends son visage entre mes mains. C'est ce que font les petits amis.

— Les faux petits amis.

— C'est ça. Faux. Mais il n'y a rien de faux dans la façon dont je l'embrasse sur le front, les joues, le coin de la bouche. Prête ?

— Non.

— Parfait. Allons choquer quelques mœurs de banlieue.

Elle rit. — C'est ça ton plan ?

— Une partie.

— Quelle est l'autre partie ?

— M'assurer que tu connais ta valeur et m'assurer qu'elle la connaisse aussi. Et aussi, peut-être, si j'ai beaucoup de chance, te convaincre que tout ça n'a pas besoin d'être faux.

Elle me fixe. — Luke…

— Pour l'instant, laisse-moi juste être ton petit ami et t'adorer comme tu le mérites.

Elle m'embrasse alors, doucement et tendrement. — Merci. D'être ici. Pour… tout.

— Tu n'as pas à me remercier de faire quelque chose que je veux faire.

— Tu veux dîner avec ma mère ?

— Je préférerais que ce soit juste avec toi. Ta mère n'est qu'un malheureux effet secondaire.

Elle rit alors que nous descendons. Le général Flufferton nous observe avec jugement depuis son perchoir sur le canapé.

— Sois sage, lui dit Cindy. Pas de fêtes.

— Il va certainement faire une fête, je dis.

— Probablement. Il est très sociable pour un chat qui prétend ne pas aimer les inconnus.

— Ça me rappelle quelqu'un que je connais.

— Tu aimerais bien. Elle me donne un coup d'épaule, et j'attrape sa main, entrelaçant nos doigts. Ça semble naturel, juste, comme si nos mains avaient été conçues pour s'emboîter.

— Luke ?

— Ouais ?

— Je suis vraiment contente que tu sois là.

— Moi aussi.

Et je le suis. Parce que pendant que nous marchons vers la porte et que nous montons dans la voiture pour aller dîner avec sa mère cauchemardesque, vers tout ce qui viendra après, je sais une chose avec certitude : je vais faire de cette femme la mienne. Pas seulement pour ce soir, pas seulement pour sa mère, mais pour de vrai. Pour de bon. Pour toujours.

Je suis très doué pour obtenir ce que je veux.

Et ce que je veux, c'est Cindy.

13

CINDY

Luke gare l'énorme pick-up de Holt devant l'entrée de service de Savor, et mon estomac se noue à la vue du parking bondé. Chaque place est prise, des gens déambulent près de l'entrée, en attendant une table. Un samedi soir dans le restaurant le plus en vogue de la ville, il fallait bien que ma mère choisisse cet endroit.

— On dirait que toute la ville est là, marmonne Luke en manœuvrant ce monstre de véhicule dans la zone de livraison.

Il enclenche la position « Parking » avec l'assurance de quelqu'un qui n'a jamais pris une seule amende de sa vie.

Mes mains ne cessent de trembler. Je les joins, mais cela ne fait que rendre les tremblements plus évidents.

— Hé. La main de Luke recouvre les miennes. — Tout va bien se passer.

— Tu ne connais pas ma mère.

— Non, mais je te connais, toi. Et tu es plus forte que tu ne le penses.

Arrow apparaît à l'entrée au moment où nous sortons de voiture, et mon estomac a un soubresaut en le voyant.

Il porte un jean noir et une chemise ajustée gris ardoise dont les manches sont retroussées jusqu'à ses coudes, dévoilant des avant-bras parsemés de tatouages et de muscles saillants. Les deux premiers boutons sont défaits, révélant juste un soupçon d'encre au niveau de sa clavicule et assez de peau pour m'assécher la bouche.

Une serviette est jetée sur son épaule, un stylo est glissé derrière son oreille, et un tablier en cuir usé est noué bas sur sa taille. Il a tout du propriétaire et tout du problème ambulant, comme s'il sortait tout droit d'une séance photo pour un calendrier de chefs sexy et rebelles pour débarquer dans la vie réelle.

Ses cheveux blonds sont coiffés en un chignon décoiffé, quelques mèches rebelles s'échappant autour de ses tempes et de ses yeux. Son regard balaie le parking jusqu'à ce qu'il me trouve, me dirigeant vers lui.

Ce sourire en coin se dessine sur ses lèvres, paresseux et entendu, comme s'il m'avait déjà cernée et qu'il attendait simplement que je l'admette.

— Ta mère est là, dit-il sans préambule. — Après que tu nous as envoyé un texto en venant pour dire qu'elle avait réservé ici, je l'ai trouvée facilement. Et une surprise t'attend.

— Mon Dieu, ne dis pas ça. Ma voix se brise. — Cette journée a déjà eu son lot de surprises.

— Eh bien, c'est elle qui a réservé la grande table de

groupe pour douze personnes, et tout le monde est là sauf vous deux.

Le sol se dérobe sous mes pieds. Elle a amené neuf autres personnes avec elle ? Ce n'est pas un dîner avec ma mère. C'est une putain d'embuscade.

— Oh, putain de merde, elle n'a pas fait ça !

Ma respiration s'accélère, trop rapide, et ma tête tourne légèrement. Je suis sur le point de faire une grosse crise de panique sur le parking de Savor. Les bords de ma vision se brouillent. Les battements de mon cœur résonnent trop fort dans mes oreilles.

— Je ne peux pas faire ça. Je ne peux pas…

— Hé, hé. Luke est soudain devant moi, les mains sur mes épaules. — Tout va bien se passer.

— Je n'en ai pas l'impression.

Arrow se place de l'autre côté de moi, et entre eux, j'ai moins l'impression que je vais m'envoler. — Tu n'es pas seule ici, ajoute Arrow, sa voix grave et stable. — On assure tes arrières.

— Elle a amené neuf autres personnes pour rencontrer mon faux petit ami.

— Alors on va leur offrir un spectacle, dit simplement Luke, sans paraître le moins du monde alarmé.

— On va vous faire entrer par l'avant pour que ça n'ait pas l'air suspect, poursuit Arrow, et ses yeux sombres me parcourent avec une appréciation sincère. — Et au fait, tu es absolument magnifique.

Il me fait un clin d'œil, et malgré la terreur qui me griffe la poitrine, mon corps de traître répond par un battement de cœur affolé. Même en pleine crise de panique, apparemment, je ne suis pas immunisée contre son charme.

— Oh, putain, j'ai failli oublier. La chaleur m'inonde les joues. — Ne m'appelez pas Cindy. Mon vrai nom est Cynthia.

Luke sourit. — Je sais. J'ai entendu Van t'appeler comme ça au Bal des Récoltes, tu te souviens ?

Arrow s'éclaircit la gorge. — On y va ? Ton public t'attend.

Mon Dieu, ça me terrifie.

Luke prend ma main, entrelaçant ses doigts avec les miens, et je me laisse porter par sa force. Alors que nous entrons dans le restaurant, les têtes se tournent. Une table d'étudiantes arrête carrément sa conversation pour fixer Luke, la bouche entrouverte, les yeux écarquillés, comme si elles venaient de voir une célébrité entrer.

Et honnêtement ? Je les comprends.

Dans sa chemise impeccable et son jean foncé, avec cette nouvelle coupe de cheveux qui accentue chaque ligne brutale de son visage, il ressemble à un homme dont on rêve et auquel on ne survit jamais. Sexy sans effort. Létal de la plus belle des manières. Le genre d'homme qui pourrait vous briser le cœur juste en souriant, et elles le veulent.

Arrow nous guide à travers la salle principale, passant devant des tables de convives curieux qui essaient de ne pas nous dévisager, par la porte du fond et à l'extérieur où…

— Putain de merde, je souffle.

Le chapiteau est époustouflant. Comme tiré d'un

magazine ou d'un film sur les garden-parties de riches. Des tissus blancs drapent les poutres d'une pergola pointue d'au moins 4,50 mètres de haut, avec de minuscules lumières entrelacées, se balançant doucement dans l'air nocturne. Des lustres en cristal sont suspendus à intervalles réguliers, projetant des motifs arc-en-ciel lorsqu'ils captent la lumière. Des lampes chauffantes déguisées en élégantes sculptures de bronze tiennent le froid d'octobre à distance.

La table est encore pire. Ou mieux, selon le point de vue. Elle est ovale, allongée pour accueillir douze couverts, et recouverte de lin blanc. Des assiettes de présentation en argent sous des assiettes en porcelaine, plus de fourchettes et de cuillères que quiconque n'en a besoin pour un seul repas, et des verres en cristal. Les centres de table sont des arrangements élaborés de roses bordeaux et crème mélangées à de l'eucalyptus et à quelque chose qui pourrait être de véritables branches saupoudrées d'or.

Et autour de cette table, dix visages se tournent pour nous regarder.

Ma gorge se serre. Ils sont tous là. Des membres de la famille qui m'ont fait me sentir petite, insuffisante, jamais tout à fait à la hauteur.

À l'autre bout de l'ovale est assise ma mère, positionnée comme une reine tenant sa cour. Victoria Williams. Elle est exactement comme dans mes souvenirs. Chemisier en soie crème, perles ayant appartenu à la grand-mère de mon père, cheveux gris acier coiffés de cette manière qui semble naturelle mais qui demande deux heures et un professionnel. Ses yeux, du même noisette que les miens mais plus froids, se fixent sur moi avec une précision de laser.

À sa droite, deux chaises vides attendent comme des menaces.

— Tu peux le faire, me murmure Luke à l'oreille, son souffle chaud contre ma peau. — Tu ne leur dois rien.

Il y a la tante de Mère, Béatrice, soixante-quinze ans et méchante comme une teigne, dégoulinante de diamants. Mes cousines Sarah et Emma avec leurs maris assortis, tous deux prénommés James, ce qui serait drôle s'ils n'étaient pas de tels connards. Le neveu de Père, Trevor, et sa fiancée, Monica, qui a l'air de préférer être n'importe où ailleurs. Mes cousines Omégas, les jumelles Lisa et Laura, qui chuchotent déjà derrière leurs mains comme si nous étions encore au lycée.

Je lève le menton, rassemblant chaque once de fausse confiance que j'ai apprise en regardant Harper foncer dans la vie.

— Regardez qui est enfin arrivé ! La voix de Mère porte à travers l'espace, sur un ton qui se veut ravi mais avec cette nuance qui dit *Tu es en retard et tout le monde le sait.*

La main de Luke se resserre sur la mienne, puis il avance, m'entraînant avec lui.

— Ravi de tous vous rencontrer ! Sa voix résonne avec le genre de confiance que je n'aurai jamais. — Je suis Luke, le chéri de Cynthia.

Sarah renifle littéralement du vin par le nez. Le mari d'Emma, James Numéro Un, ricane. Le sourire de Mère se fige comme si quelqu'un avait appuyé sur "pause".

— Salut tout le monde, j'arrive à dire, surprise que ma voix fonctionne. — Quelle surprise de vous voir tous ici.

— Surprise ? Mère se lève, les bras ouverts comme si elle voulait un câlin. — Ma chérie, je t'ai dit que nous dînions ensemble.

— Vous avez dit *nous*. Vous, moi et mon petit ami. Pas l'arbre généalogique au complet.

— Ne sois pas si théâtrale. Elle me fait la bise, à l'européenne, un tic qu'elle a pris après un unique voyage à Paris. — Tout le monde mourait d'envie de rencontrer ton jeune homme.

Nous nous dirigeons vers nos sièges, la main de Luke sur le bas de mon dos, chaude à travers le tissu de ma robe. Je m'enfonce dans la chaise à côté de Mère, et Luke s'installe à côté de moi, avec Tante Béatrice de l'autre côté. Nous sommes piégés, encadrés par le jugement.

— Alors, c'est lui, dit Mère, examinant Luke comme s'il était un cheval qu'elle envisageait d'acheter. — Vous êtes plutôt... grand.

— Mère !

— Quoi ? C'est une observation. Elle se tourne vers Luke. — Cynthia, présentez-nous correctement.

— Mère, voici Luke Brennan. Luke, ma mère, Victoria Williams.

Luke se penche par-dessus moi pour la serrer dans ses bras, et je vois les yeux de Mère s'écarquiller alors qu'elle est engloutie par ses bras. Ce n'est pas une petite femme, mais il la fait paraître délicate.

— Mon Dieu, vous êtes un très grand gaillard, n'est-ce pas ? Elle se recule, ses yeux se concentrant immédiatement sur les tatouages visibles sur ses avant-bras, là où ses manches sont retroussées. Ses doigts s'avancent, traçant même le crâne enroulé dans des chaînes. — Et quel art intéressant. C'est du vrai ?

— Entièrement vrai, confirme Luke, sans s'écarter bien que je sente la tension qui émane de lui. — J'ai fait celui-ci quand j'avais dix-neuf ans. Un pote venait d'ouvrir son salon, il avait besoin de s'entraîner. Ça a fait un mal de chien... pardon, ça a fait assez mal, mais ça en valait la peine.

— Luke, elle n'a pas besoin de savoir...

— Non, non, je suis fascinée. Les doigts de Mère sont toujours sur sa peau, et j'ai envie de les gifler. — Chacun doit avoir une histoire. Cette lame ici, est-ce qu'elle a une signification ?

— Je me suis fait faire celui-là après une période particulièrement difficile de ma vie, explique Luke. — Voyez-vous, je travaillais dans la sécurité pour une entreprise qui s'occupait de... eh bien, disons simplement qu'ils n'étaient pas tout à fait honnêtes, et il y a eu cet incident avec une livraison...

— Luke. Je pose ma main sur la sienne. — Elle n'a pas besoin de toute l'histoire de votre vie.

— Mais je veux l'entendre, insiste Mère, relâchant enfin son bras. — Après tout, tu l'as gardé si secret. Nous avons tant de choses à rattraper.

L'interrogatoire commence immédiatement.

— Alors, comment vous êtes-vous rencontrés, exactement ? Tante Béatrice se penche en avant, ses nombreux colliers s'entrechoquant.

— Au Bal des Récoltes l'année dernière, répond Luke. — Le soir d'Halloween. Elle était déguisée en… c'était quoi, bébé ? Une sorcière ?

— Une sorcière-brasseuse, je marmonne.

— Voilà, une sorcière-brasseuse. Créatif. Bref, je l'ai vue de l'autre côté de la salle et juste… Il fait un geste comme si sa tête avait explosé. — Il fallait que je la rencontre.

— Vraiment ? La voix de Sarah dégouline d'incrédulité. — Notre petite Cynthia a attiré ton attention dans une pièce pleine de monde ?

— Impossible de la manquer, même en essayant. Elle se disputait avec un type au sujet de la différence entre une IPA et une stout, en s'emportant sur les variétés de houblon et les profils de malt. La chose la plus sexy que j'aie jamais vue.

Emma s'étouffe avec son vin. Elles ont dû commander avant notre arrivée. — Sexy ? Une connaissance de la bière ?

— L'intelligence est sexy, dit simplement Luke. — La passion est sexy. Votre cousine a les deux à revendre.

— Et que faites-vous dans la vie ? demande Trevor en haussant un sourcil.

— De la sécurité, répond Luke. — Protection privée, gestion d'actifs, ce genre de choses.

— Comme un garde du corps ? demande Lisa ou Laura, je ne peux jamais les distinguer, en le dévorant des yeux.

— Parfois. D'autres fois, il s'agit plutôt de sécuriser des lieux, de s'assurer que des objets de valeur arrivent sains et saufs d'un point A à un point B. C'est un travail varié, ça me tient en alerte.

— Ça semble dangereux, observe Mère, cette fausse inquiétude se glissant dans sa voix.

— Ça peut l'être. Mais je suis très bon dans ce que je fais. Luke sourit. — De plus, le danger paie bien. Très bien. Je viens d'acheter une maison près des montagnes, en fait. Six chambres, piscine, un immense terrain, tout le toutim.

— Six chambres ? Les yeux de Tante Béatrice se plissent. — C'est assez grand pour un homme seul.

— Eh bien, je ne prévois pas de rester seul. Son bras glisse autour de mes épaules, me tirant contre son flanc. — N'est-ce pas, bébé ?

Mon visage me brûle. — Luke…

— Et qu'est-ce qui l'a rendue si spéciale, exactement ? Mère l'observe attentivement maintenant. — Qu'est-ce qui vous a attiré spécifiquement chez notre Cynthia, au-delà de ses discussions sur la bière ?

J'avale difficilement ma salive.

— Vous voulez dire, en plus du fait qu'elle est sublime ? Luke serre mon épaule. — Elle est brillante. Drôle. Indépendante. Elle ne se laisse emmerder par personne… pardon, elle ne se laisse pas faire. Elle m'a remis à ma place dans les cinq minutes qui ont suivi notre rencontre.

— Le langage, s'il vous plaît, dit Mère froidement.

— Oui, pardon. Je travaille parfois avec des gens peu fréquentables, j'oublie mes manières.

— Êtes-vous d'ici ? intervient Monica.

— Né et élevé ici. Je n'ai jamais vu de raison de

partir. Tout ce que je veux est ici. Il me jette un regard en disant cela, et mon estomac fait à nouveau cette chute vertigineuse.

Il y a un moment de silence, comme s'ils étaient tous en train de se réajuster, ne sachant pas quoi faire de cet homme qui est clairement en train de marquer son territoire.

— Et vos parents ? demande tante Beatrice. Que font-ils ?

Je me raidis. Ils ne font même pas de pause dans leur interrogatoire.

— Ils sont morts quand j'avais huit ans. Dans un accident de voiture.

Mon cœur se serre, car je ne le savais pas non plus, alors je me penche vers lui et lui murmure :

— Je suis vraiment désolée.

— Oh. Même tante Beatrice a l'air humaine un instant. Je suis désolée.

— Ça remonte à longtemps. Ça a fait de moi qui je suis, vous savez ? J'ai dû grandir vite, apprendre à me débrouiller seul.

Je le regarde, quelque chose de chaud et de serré éclôt dans ma poitrine en entendant sa douleur. Et ils ne me demandent toujours rien, à *moi*.

— Vous n'avez donc pas de famille ? demande Emma, et sa question sonne comme si elle soulignait un défaut. Un manque. Quelque chose qu'elle est soulagée de ne pas trouver chez ses prétendants.

— J'ai une famille de cœur. Des frères qui se prendraient une balle pour moi. Et maintenant, j'ai Cynthia.

Il dépose un baiser sur ma tempe, doux mais possessif. C'est plus que suffisant.

Ça devrait me faire fondre, et une partie de moi fond, en effet, mais le reste de moi est juste… conscient. Conscient que je suis assise à une table avec des gens qui ne m'ont pas posé une seule question. Ni sur mon travail. Ni sur ma vie. Ni sur pourquoi je n'ai pas appelé.

— Comme c'est romantique, dit Sarah sur un ton qui suggère que c'est tout le contraire.

J'esquisse un sourire crispé, bois une gorgée d'eau et résiste à l'envie de leur demander s'ils se souviennent au moins pourquoi je suis partie. Ou s'ils avaient juste besoin de quelqu'un de nouveau à juger maintenant que j'ai arrêté de leur faciliter la tâche.

Une ombre s'étend sur la table, et je lève les yeux en m'attendant à voir Arrow. Mais la silhouette qui dépose un verre devant Luke porte une tenue de serveur : pantalon noir, chemise blanche, et…

Attendez…

Un cache-œil noir. Comme un pirate. Comme un putain de pirate.

C'est Holt.

Mon cerveau hoquette. Il est censé être à l'hôpital. Commotion. Repos. C'est ce que Luke a dit.

Mais il est là, bien debout, et apparemment en train de travailler.

— Votre habituel, monsieur, grogne-t-il presque en posant ce qui pourrait être le cocktail le plus ridicule que j'aie jamais vu. Il est bleu vif, avec un parapluie, un cierge magique, ce qui semble être de la glace carbo-

nique qui le fait fumer, et au moins trois fruits différents en garniture sur le bord.

Luke ne se démonte pas.

— Ah, mon préféré ! Merci, mec. Tu me connais si
bien.

Avant que je puisse dire un mot, il donne un coup de
pied dans le dossier de la chaise de Luke, assez fort pour
que ce dernier soit projeté en avant et se rattrape à la
table en grognant.

Je cligne des yeux, toujours bloquée sur ce foutu
cache-œil. Quelle sorte de sortie d'hôpital inclut un
accessoire de méchant de pièce de théâtre d'Halloween ?

— Oups, pardon, monsieur. Ces nouvelles chaussures sont glissantes.

— Pas de problème, dit Luke d'un ton enjoué en
prenant une gorgée de la monstruosité. Ça arrive aux
meilleurs d'entre nous.

Tout le monde regarde Luke boire ce cocktail ridicule qui fume et pétille encore, et il joue le jeu sans
sourciller, comme si c'était vraiment quelque chose qu'il
commande d'habitude.

— Un choix intéressant, observe ma mère.

— J'aime vivre dangereusement, dit Luke en sortant
un morceau d'ananas pour le manger. Et puis, regardez
cette présentation. C'est de l'art.

Je croise le regard de Holt alors qu'il s'éloigne, et il a
un sourire narquois avant de disparaître vers la cuisine.
Mon cerveau est en ébullition. Holt est ici, pas à l'hôpital. C'est de la folie.

— Cynthia, vous êtes bien silencieuse, observe ma
mère. Ne voulez-vous pas parler à tout le monde de

votre vie ? De votre petit travail ? Qu'avez-vous fait au lieu d'être avec votre famille ?

Je me crispe intérieurement.

— Je travaille comme assistante-brasseuse dans une brasserie locale. J'apprends le métier.

— Bien sûr que vous le faites, dit-elle sur ce ton qui signifie *Comme c'est amusant que vous pensiez que cela a de l'importance*. Mais comment est-ce viable à long terme ? Vous ne vous attendez sûrement pas à ce que Luke attende pendant que vous courez après vos petites entreprises.

— Je ne cours après rien, dis-je, la voix tendue. J'ai bâti quelque chose. C'est important.

— Ne soyez pas sur la défensive, ma chérie. Je ne fais que penser de manière pratique. Luke ici semble être un homme qui sait ce qu'il veut. Cela n'inclut-il pas une famille ? Un avenir plus… stable ?

J'ouvre la bouche, prête à riposter, mais Luke me devance.

— J'adore le fait qu'elle soit une femme de carrière, dit-il avec aisance. C'est l'une des premières choses qui m'a attiré chez elle. Elle est ambitieuse. Passionnée. Le genre de personne qui n'attend *pas* que la vie lui tombe dessus. Elle la construit elle-même. Et je soutiens ça complètement.

Il regarde directement ma mère en disant cela, son pouce effleurant le dos de ma main sous la table.

— Elle ne fait pas semblant, ajoute-t-il. Elle le fait. Et elle le fait sacrément bien.

Le sourire de ma mère se crispe, mais elle ne répond pas.

Tante Beatrice sirote son vin, clairement déçue que personne n'ait encore perdu contenance.

— Je pense que ce que fait Cynthia est incroyable, poursuit Luke, ramenant fermement les projecteurs sur moi. Savez-vous à quel point le brassage est complexe ? C'est de la chimie et de l'art combinés. Elle a développé une bière de saison qui va faire connaître toute la brasserie.

Il le dit comme si c'était un fait, comme si c'était déjà en train de se produire. Comme s'il était fier de moi d'une manière dont personne à cette table ne l'a jamais été.

Et pour une fois, je me permets de respirer cette fierté. De la laisser s'installer profondément en moi.

Ma mère penche la tête.

— C'est tout un discours de vente, Luke. Vous devriez envisager de faire de la politique.

— Pas besoin, répond-il facilement. J'ai déjà obtenu ce que je voulais.

— De la bière, dit tante Beatrice avec dédain. Une occupation si masculine.

— Certaines des meilleures brasseuses du monde sont des femmes. Les mots me sortent de la bouche avant que je puisse les adoucir.

— Bien sûr, ma chère, répond-elle avec un sourire crispé qui montre clairement qu'elle croit exactement le contraire.

Arrow apparaît alors, m'évitant de dire quelque chose que je regretterais absolument.

— Bonsoir à tous. Je suis Arrow, le propriétaire de Savor. Je voulais vous souhaiter personnellement la bienvenue et prendre toute autre commande de boisson.

Il commence à l'autre bout de la table, mais quand il arrive à Luke, il dit simplement :

— Votre habituel, monsieur, encore une fois ? avec un visage parfaitement impassible.

— Je l'ai déjà, merci. Luke lève son ridicule cocktail bleu.

Arrow continue son tour, et je commande du vin avec une pointe de désespoir qui le fait s'arrêter.

— Un grand verre, s'il vous plaît, je marmonne.

— Comptez sur moi, m'assure-t-il à voix basse.

Une fois qu'il a toutes les commandes, il s'éclaircit la gorge, attirant l'attention de tout le monde.

— Nous avons préparé un menu de banquet spécial pour votre groupe ce soir. Sept services, commençant par un amuse-bouche de soupe de courge butternut au beurre noisette et à la sauge, suivi d'une salade composée avec une vinaigrette à la grenade et des noix de pécan caramélisées...

Il détaille chaque plat avec un tel niveau de précision que même tante Beatrice a l'air impressionnée. Quand il part enfin, ma mère se tourne de nouveau immédiate-ment vers Luke.

— Alors dites-moi, Luke, commence-t-elle. Travailler dans la sécurité doit impliquer des horaires irréguliers ?

— Parfois. Mais je fais mon propre emploi du temps, la plupart du temps. Les avantages d'être le patron.

— Vous possédez l'entreprise ?

— Je la codirige avec mon ami. On l'a fondée ensemble.

Luke glisse sa main dans la mienne sous la table et la serre.

— Et cette entreprise qui est la vôtre, continue ma mère, elle a du succès ?

— Beaucoup, dit-il sans hésitation. Nous avons des contrats dans tout l'État. On vient de signer un accord avec… Il fait une pause. En fait, je ne devrais probablement pas le dire. Confidentialité du client, tout ça.

— Bien sûr, répond-elle, clairement irritée de ne pas pouvoir le jauger uniquement par les noms qu'il pourrait citer.

Luke bouge légèrement sur sa chaise, son pouce effleurant maintenant le dos de ma main. Je ne réalise pas à quel point mes épaules étaient tendues jusqu'à ce qu'elles commencent à se détendre.

— Cynthia trouve aussi que je suis sexy en costume, ajoute-t-il nonchalamment, me lançant un sourire mi-malicieux, mi-tendre.

Je manque de m'étouffer.

— Luke !

— Quoi ? Il hausse les épaules, les yeux pétillants de malice. C'est toi qui l'as dit. J'aime juste être précis.

— Passons à autre chose, dis-je plus fort que nécessaire, les joues en feu.

Sarah se penche en avant, toute en fausse innocence.

— Quand ça ? Pendant que vous vous prépariez ensemble ?

— Elle m'aidait à choisir une chemise, dit Luke avec aisance, lâchant ma main juste assez longtemps pour la poser sur ma cuisse. Chaud. Rassurant. Possessif d'une manière qui fait battre mon cœur.

Les yeux d'Emma se plissent, brillant d'intérêt.

— Alors… vous vous êtes préparé chez elle ?

— Non, dit Luke facilement. Chez moi. Elle vit avec moi.

Le silence tombe comme un verre brisé.

Mon souffle se coupe. Mon cœur frappe fort contre mes côtes.

Il l'a dit si nonchalamment. Si naturellement. Comme si ce n'était pas une bombe au milieu d'une table pleine de gens qui ne savaient même pas que notre relation était sérieuse. Nous nous étions mis d'accord pour dire que nous vivions ensemble pour montrer que nous étions sérieux.

L'expression de ma mère se fige.

— Elle… *quoi* ?

Luke ne bronche pas.

— Elle a emménagé il y a un moment. J'ai la place. Et j'aime l'avoir là.

Tante Beatrice fait un bruit dans son verre de vin qui pourrait être une toux ou un ricanement réprobateur. Probablement les deux.

— Ce n'est pas une invitée, ajoute Luke, son pouce caressant doucement ma cuisse à nouveau. Elle est à la maison.

Ses mots résonnent dans ma poitrine comme une ancre et une allumette à la fois.

Et cette fois, je ne détourne pas le regard. Je les laisse tous me voir me redresser sous son contact, je les laisse me voir choisir de ne pas me recroqueviller.

Ma mère pose son verre de vin avec un cliquetis délicat.

— Alors, elle a emménagé avant même que j'aie eu la chance de vous rencontrer ? Sa voix n'est pas montée, mais elle tranche l'atmosphère de la table comme une lame. Chargée de jugement. Je bouge mal à l'aise sur mon siège. Cependant, Luke et moi avons répété notre histoire. Et c'est une Oméga, ajoute ma mère, me regardant mais s'adressant à la table. Vivre avec un homme non apparié sans même en parler à ses parents ? C'est… préoccupant.

Mon estomac se tord. Voilà. La chose autour de laquelle elle tournait depuis que je suis entrée : sa conviction que je me suis mise dans l'embarras. Que j'ai franchi les limites de ce qui est acceptable pour quelqu'un comme moi.

— Je ne savais pas qu'elle avait besoin d'une permission pour décider où elle dort, dit Luke, la voix basse et égale. C'est une adulte. Elle prend ses propres décisions.

Le sourire de ma mère est cassant.

— Elle reste une Oméga. Et les Omégas…

— Ne sont pas des propriétés, la coupe Luke, plus sèchement cette fois.

Il y a une pause, puis il ajoute, plus doucement mais avec plus de poids :

— Elle vit avec moi. C'est à moi de la protéger maintenant. Pas à vous de la gérer.

Le poids des mots tombe lourdement entre nous. Pas bruyants, mais définitifs.

Tante Beatrice regarde son assiette. Emma attrape son verre de vin comme si c'était une bouée de sauvetage. L'atmosphère a changé — chargée, vibrante de ce genre de tension qui fait oublier aux gens comment respirer.

Mais je ne me cache pas.

Je lève le menton et affronte le regard de ma mère.

— Vous n'avez pas à décider quel genre d'Oméga je suis, dis-je, ma voix plus stable que je ne le pensais. Plus maintenant.

— Vous ne comprenez pas l'image que ça renvoie, dit-elle, perdant son sang-froid. Vous avez emménagé avec un homme que je n'ai jamais rencontré. Un Alpha. Avant tout arrangement formel. Avant une marque d'accouplement. Qu'étais-je censée penser ?

Luke bouge à côté de moi.

— Il y a une marque, dit-il. Calmement. Sûrement.

Les lèvres de ma mère s'entrouvrent. Son regard file vers mon cou, mais je sais qu'elle ne la verra pas. Pas à moins que je ne la lui montre. Pas à moins que je ne le veuille.

— Elle ne vous l'a pas dit, continue Luke en entrelaçant ses doigts avec les miens. Parce qu'elle savait comment vous réagiriez. Mais vous devriez savoir qu'elle est déjà à moi. Entièrement. Réclamée. Il fait une pause, son regard fixe tandis qu'il ajoute : Marquée, aussi.

Tout le monde se fige.

Tante Beatrice cligne des yeux.

— Marquée ?

Luke ne sourcille pas.

— Avec ma morsure. En haut de sa cuisse.

Je me crispe violemment. Pourquoi a-t-il dû ajouter cette partie ?

Tante Beatrice halète bruyamment, la main sur sa poitrine.

Quelqu'un émet un bruit étranglé qui pourrait être une toux ou un rire qu'elle tente de ravaler.

Et ma mère, ses joues prirent une teinte rouge violacé et marbrée. Était-ce dû à la fureur ou à l'humiliation, je n'en étais pas sûre.

— Vous… commença-t-elle, mais Luke ne lui laissa pas le temps de partir en vrille.

— Elle me l'a demandé, dit-il simplement, comme si c'était la chose la plus naturelle au monde. Parce qu'elle me fait confiance. Parce que c'était son choix. Pas le vôtre.

Mon pouls martelait mes tempes, mais je n'ai pas détourné le regard. J'ai serré sa main plus fort.

— Je ne l'ai pas caché parce que j'avais honte, ai-je dit. Je ne vous ai rien dit parce que je ne voulais pas que ceci… ai-je fait en désignant la table, la tension, le jugement qui pesait lourdement dans l'air, gâche quelque chose qui m'appartient.

— Il ne t'appartient pas à toi seule, cingla ma mère, retrouvant un peu de sa fermeté. Tu es une Oméga. Tes choix rejaillissent sur ta famille, tout comme le choix de ton Alpha.

— Non, ai-je dit, le souffle court. Mes choix me reflètent, *moi*. Et je n'ai pas besoin d'être dirigée. J'ai besoin d'être respectée.

La main de Luke glissa jusqu'au creux de mes reins,

un geste à la fois rassurant et possessif. Sa voix s'abaissa, intime mais ferme.

— Elle n'est plus sous votre toit. Elle est sous le mien. Et je ne m'excuserai pas de prendre soin de ce qui est à moi.

Le silence s'étira, se resserrant comme un étau.

Ma mère me dévisageait comme si elle voyait une étrangère.

— Je n'ai pas honte de ce que nous sommes, ai-je poursuivi. Et je ne cherche pas votre approbation, à moins qu'elle ne soit sincère.

Luke n'a pas lâché ma main. Pas une seule fois.

— Elle est en sécurité, dit-il. Heureuse. Et elle n'est plus seule.

Pendant un instant, ma mère ne dit rien. Elle leva simplement son verre de nouveau, comme si tout était soudain trop lourd à affronter de front.

Mais je vis la fissure dans son sang-froid, la fine craquelure où le masque se brisait. Sa fille Oméga, marquée sans sa bénédiction. Sans attendre une robe blanche ou un contrat. Juste… aimée. Entièrement. Farouchement.

Et j'ai réalisé autre chose aussi.

Je n'étais pas venue ici pour la convaincre.

J'étais venue pour lui montrer que j'étais déjà entière.

Les boissons arrivèrent, nous épargnant d'autres commentaires. J'ai attrapé mon verre de vin et bu une gorgée probablement peu élégante.

— Vas-y doucement, ma chérie, dit ma mère. Tu sais

comment tu deviens. Toute émotive. Pleurnicharde. Tu te souviens au mariage de la cousine May ?

— J'avais dix-sept ans !

— Même.

J'ai bu une autre gorgée par pur esprit de contradiction.

Le premier plat arriva, et pendant quelques minutes bénies, tout le monde fut occupé avec la soupe et ses ravioles. Mais le répit ne dura pas.

— Alors, où voyez-vous cette relation aller ? demanda tante Béatrice à Luke entre deux cuillerées.

— Où que Cynthia veuille qu'elle aille, répondit Luke avec aisance.

— Ce n'est pas très décidé, répliqua ma mère.

— C'est réaliste. Les relations sont des partenariats, ajouta-t-il.

— Mais l'homme ne devrait-il pas mener la danse ? C'était Laura. Ou Lisa. L'une des cousines interchangeables.

Luke lui jeta un regard, imperturbable. —Pourquoi ?

— Parce que c'est comme ça que ça se passe, répondit ma mère, comme si c'était la loi. L'homme courtise, et la femme accepte ou refuse.

— Ça a l'air ennuyeux, dit Luke avec un petit rire grave. J'aime que Cynthia aille chercher ce qu'elle veut.

Le regard de ma mère glissa vers moi. —Et qu'est-ce qu'elle veut ?

Mes doigts se resserrèrent autour de mon verre de vin. —Construire quelque chose de vrai.

— Et se cacher de sa famille en fait partie ?

J'ai cligné des yeux. —Pardon ?

— Tu disparais pendant presque deux ans, dit-elle doucement. Pas un appel. Pas une visite. Et maintenant tu te pointes avec ce… Elle fit un vague geste en direction de Luke. Cet individu dont nous n'avons jamais entendu parler.

— Cet individu a un nom, ai-je dit prudemment. Calmement. Luke.

— Bien sûr. Luke. Ses lèvres se tordirent comme si elle goûtait du vinaigre. Un nom si informel. Est-ce le diminutif de Lucas ?

— En effet, dit Luke suavement. Mais seules les personnes que je n'aime pas m'appellent Lucas.

Le silence qui suivit était à couper au couteau. La bouche de ma mère se pinça, mais elle ne répondit pas.

L'endroit était chaud. Trop chaud. Ma robe me collait à l'arrière des genoux.

— Je crois que j'ai besoin de prendre l'air, ai-je dit en me levant de ma chaise.

— Cynthia. La voix de ma mère était sèche. Asseyez-vous.

— J'ai juste besoin d'une minute. J'ai gardé un ton égal, calme.

— Vous venez à peine d'arriver.

— Je sais, ai-je dit en lissant le tissu de ma robe. Mais je préfère m'éclipser plutôt que de dire quelque chose que je regretterai.

Ses yeux se plissèrent. —Vous êtes mélodramatique.

— Peut-être, ai-je admis tranquillement, offrant un mince sourire. Mais c'est toujours mieux que d'être impolie.

Le silence qui suivit n'était pas une approbation. C'était son autorité qui était mise à l'épreuve.

Luke ne bougea pas. Il resta assis, calme et indéchiffrable, mais je sentais le poids de son attention suivre chacun de mes pas alors que je reculais ma chaise.

Sa main reposait sur sa cuisse. —Elle reviendra quand elle sera prête, dit-il, la voix égale, le regard stable.

Ma mère ne répondit pas, mais sa bouche se pinça.

Je n'attendis pas sa permission. Je suis sortie de sous le chapiteau et j'ai traversé une partie de la cour pour me diriger vers le bâtiment du restaurant, les mains ballantes le long de mon corps. Mais à l'instant où j'ai franchi le seuil des toilettes, ma respiration s'est échappée de mes poumons en un frisson.

Non pas parce que je regrettais d'être partie.

Mais parce que, pour la première fois, je n'avais pas demandé.

— Oh mon Dieu, je vais peut-être mourir ce soir, me suis-je murmuré.

Les toilettes étaient un sanctuaire de marbre et de lumière tamisée, le seul endroit calme que j'avais trouvé depuis notre arrivée. J'ai fait couler l'eau froide et j'ai mouillé une serviette en papier, que j'ai pressée sur ma nuque. Mon reflet me fixait, les yeux trop brillants, les joues rouges, le rouge à lèvres trop parfait, comme un mensonge que j'essayais de maintenir.

— Tout va bien, ai-je marmonné. Tu gères. Souris. Hoche la tête. Fais semblant. J'ai inspiré à fond. Mets Luke en avant. Montre-leur que tu es heureuse.

C'était un tel mensonge que mon estomac se tordit. Mais ça m'a suffi pour me remettre en route.

Après être allée aux toilettes et m'être lavé les mains, j'ai lissé ma robe, redressé les épaules et ouvert la porte…

Droit sur un mur de muscles.

— Merde !

Des mains ont attrapé mes bras, fortes et rassurantes. J'ai levé la tête, surprise, et j'ai croisé le regard de Holt. Son odeur m'a submergée instantanément.

Caramel épicé, guimauve grillée et vanille.

Ça m'a envahie comme une vague de chaleur, et mon corps a réagi avant mon esprit. Mes genoux ont vacillé. Ma peau s'est empourprée. Une chaleur s'est accumulée dans mon bas-ventre.

Et puis j'ai vu le bleu sous le bord de son cache-œil, et l'adrénaline est montée en flèche pour une autre raison.

— Oh mon Dieu. Luke m'a dit que tu t'étais blessé ! Les mots sont sortis de ma bouche, haletants. Ça va ? Il a parlé de *commotion cérébrale* mais, ton œil, qu'est-ce que tu fais ici ?

Holt s'approcha, ses doigts se refermant sur mon poignet, et me fit reculer de quelques pas, me guidant dans un coin sombre du couloir. C'était calme ici. Tamisé. Le bourdonnement des voix provenant de la salle à manger s'estompa pour devenir un grésillement indistinct.

Son odeur le suivait, épaisse et dominante. Je l'ai inspirée trop vite, trop profondément, et elle a tout brouillé.

— Je suis tellement désolé de ne pas avoir pu être là pour toi, ajouta-t-il, la voix basse et rauque, comme du gravier sur du velours. Je t'ai vue à table avec Luke et je savais que j'aurais pu faire mieux.

— Holt... Mes doigts s'agitèrent en direction du pansement sous son cache-œil. Tu devrais te reposer. Pas être ici...

— Je ne pouvais pas rester loin, insista-t-il, un tremblement perçant sous la fermeté de son ton. Son œil valide me brûlait, vif et brut. J'ai besoin de savoir que tu vas bien. J'ai besoin de te sentir par moi-même.

Avant que je puisse répondre, il s'approcha encore.

Trop près.

Son torse frôla le mien, et l'air s'épaissit, lourd d'un besoin inexprimé. J'ai oscillé vers lui, d'à peine quelques centimètres, mais c'était suffisant.

Son nez plongea dans le creux de mon cou, son souffle effleurant ma peau. Il ne me toucha pas, pas vraiment. Il se contenta d'inhaler.

Et j'ai craqué.

Mes jambes s'affaiblirent, mes cuisses se serrant involontairement l'une contre l'autre. Un gémissement s'échappa, à peine un son, mais il était réel, et je détestais à quel point je voulais me blottir contre lui. Le laisser me sentir plus profondément. Le laisser me *revendiquer*.

— Holt, ai-je murmuré. S'il te plaît, ne...

— Dis-moi d'arrêter, dit-il, la voix tendue par la retenue, alors même que ses doigts effleuraient mon poignet, traçant ma peau comme s'il la marquait au fer. Dis-le-moi maintenant, et je m'en irai. Je te le jure.

Mais je ne l'ai pas fait.

Parce que la vérité, c'est que je ne voulais pas qu'il s'arrête. Pas vraiment. Pas alors que mes entrailles criaient, que mon odeur s'élevait en une douce trahison, trahissant tout ce que j'essayais de retenir.

— Tu sens comme si tu étais mienne, même si je sens Luke sur toi, souffla-t-il, sa voix se brisant sur le dernier mot. J'espère que tu sais que nous sommes tous prêts à te partager.

La douleur de vouloir que ce soit vrai était vive, mais une partie de moi refusait de croire que de tels hommes puissent s'intéresser à moi au-delà du simple fait de m'aider.

— Luke fait un travail incroyable, ai-je chuchoté, mais les mots manquaient de conviction. Pas alors que mon corps trahissait chaque syllabe, tremblant sous l'odeur de Holt alors que je devrais me concentrer sur le dîner.

— Il se débrouille, souffla-t-il, puis il eut un sourire en coin. Sa main se pressa contre le mur à côté de ma tête, m'emprisonnant de chaleur et d'ombre. Ça ne change rien au fait que j'aimerais tellement que ce soit moi, là-bas, avec toi.

Je devrais m'écarter. Dire quelque chose pour mettre fin à tout ça. Mais je ne pouvais pas bouger. Je ne pouvais plus respirer.

Son front toucha le mien, et c'était trop et pas assez à la fois. Son souffle effleura mes lèvres, épais de retenue.

— Je devrais me tenir à l'écart pour l'instant, marmonna-t-il. Tu as ce dîner à gérer.

Pourtant, il ne bougea pas.

Moi non plus.

Pas alors que ma peau picotait et que mon corps se penchait déjà vers lui, mon odeur s'enroulant en une vague traîtresse qui le reconnaissait. Le désirait. Tout comme elle l'avait fait avec Luke plus tôt. J'essayais sans cesse de réprimer ces désirs, de les enfermer à double tour, mais ils montaient maintenant, en fusion et insistants, comme un volcan menaçant d'exploser.

— Je ne sais pas ce que je fais, ai-je murmuré, la gorge nouée. J'essaie de faire ce qui est juste.

Son œil valide s'assombrit. —Alors ne le dis pas.

— Dire quoi ?

— Que tu ne veux pas de moi.

Parce que je le voulais.

Et nous le savions tous les deux.

Sa bouche s'écrasa sur la mienne avec une frénésie qui me coupa le souffle. Ses mains encadrèrent mon visage, me retenant comme si je pouvais disparaître s'il me lâchait, et je fondis instantanément en lui. Ce baiser était dévorant, exigeant, comme s'il essayait de prouver ou peut-être de revendiquer quelque chose. Mes mains agrippèrent sa chemise, le tirant plus près, et il laissa échapper un grognement sourd qui m'envoya une décharge de chaleur.

Sa langue traça la jointure de mes lèvres, et je m'ouvris à lui, goûtant le whisky. Une de ses mains glissa dans mes cheveux, inclinant ma tête pour un meilleur angle, tandis que l'autre agrippait ma taille assez fort pour que j'aie probablement des bleus. Je m'en fichais. Je voulais des bleus. Je voulais la preuve que c'était arrivé, que cet homme magnifique et dangereux m'avait désirée à ce point.

Il m'embrassait comme si le monde touchait à sa fin et que nous n'aurions jamais une autre chance, et que j'étais la seule chose qui pouvait le satisfaire. Quand il mordilla ma lèvre inférieure, je haletai, et il avala le son, se pressant plus près jusqu'à ce qu'il n'y ait plus aucun espace entre nous. Je pouvais sentir chaque ligne dure de son corps, sa chaleur à travers nos vêtements, et ce n'était toujours pas assez. Mes mains remontèrent sur son torse, sentant les muscles se tendre sous mon contact, et il émit un son presque endolori avant de m'embrasser encore plus profondément.

— Oh. Mon. Dieu. La voix de Sarah déchira la brume.

Nous nous figeâmes, toujours collés l'un à l'autre, et tournâmes la tête d'un coup pour voir ma cousine debout au bout du couloir, la bouche bée, les yeux brillants de la joie de quelqu'un qui venait de gagner le jackpot des ragots.

— Oh, putain, ai-je soufflé contre la bouche de Holt.

Sarah se retourna et courut presque vers la porte qui menait au chapiteau.

Bravo, Cindy...

e suis en train de boire cette ridicule monstruosité de cocktail bleu, essayant de ne pas rire de ce que Arrow et Holt croient bien foutre. La boisson a le goût d'une confiserie fondue à laquelle on aurait ajouté du rhum, mais pas question qu'ils me voient tiquer. Le cierge magique a fini par s'éteindre, laissant de petites particules noires qui flottent dans le liquide bleu et qui ne sont probablement pas censées être là.

Holt est clairement jaloux comme un pou que je sois ici avec Cindy et pas lui. Sa façon de heurter *accidentelle-ment* ma chaise chaque fois qu'il passe ? Du travail d'amateur. Un tibia meurtri ne va pas me déstabiliser.

Je souris en coin dans mon verre, sentant Cindy se tendre à côté de moi chaque fois que sa mère ouvre la bouche. Ce qui arrive constamment. Cette femme est comme un requin qui mourrait s'il arrêtait de bouger ou, dans son cas, de parler. Mais je gère. J'ai réussi à me sortir de postes de police, à m'introduire dans des bâtiments fermés à clé et à traverser trois États avec de la contrebande rien qu'avec mon bagou. Ce n'est pas une mère bourge qui va…

La cousine, Sarah je crois, celle au visage pincé comme si elle sentait en permanence une mauvaise odeur, arrive pratiquement en courant à la table. Elle est littéralement en train de haleter, comme si elle venait d'assister à un meurtre. Ou d'avoir gagné au loto. Avec cette famille, c'est probablement la même chose.

Tout le monde la dévisage. Même la mère s'interrompt au milieu d'une phrase, ce qui pourrait être un putain de miracle.

— Mon Dieu, halète Sarah. Je viens de voir Cynthia embrasser le serveur au cache-œil dans le couloir !

Le silence qui s'ensuit est magnifique. Absolu. Le genre de silence où l'on peut entendre un verre de vin se poser contre une assiette trois sièges plus loin.

Puis tout le monde se tourne pour me fixer.

Bien joué, Holt. Putain de bien joué. Merde.

Mon cerveau passe en surrégime. Option un : jouer l'air choqué et trahi, partir en claquant la porte. Problème : ça laisse Cindy seule avec ces vautours. Option deux : en rire, dédramatiser la situation. Problème : Sarah vibre pratiquement à l'idée du scandale et ces gens cherchent à faire couler le sang. Option trois : assumer complètement, rendre la situation gênante pour eux au lieu de nous.

Je choisis l'option deux avec une touche de trois.

— Ha ! je lâche un rire qui est probablement trop fort. C'est tout Cynthia. Elle a toujours été une blagueuse. — Je prends une autre gorgée de mon cauchemar bleu, l'air de rien. — Le serveur est un de nos amis. En fait, Arrow, le propriétaire, est aussi un ami proche. Elle est juste amicale.

— Ça n'avait pas l'air amical, pour moi, insiste Sarah, les yeux brillants de méchanceté. Il était pratiquement en train de la sauter contre le mur.

— Sarah ! La voix de Victoria est tranchante, mais elle n'enchaîne pas. Ils me regardent tous maintenant, attendant l'explosion. Le petit ami trahi. La scène.

Qu'ils aillent se faire foutre.

Je dois bien jouer mon coup. Je ne peux pas paraître faible, ni cocu, mais je ne peux pas non plus balancer Cindy sous les roues du bus quand elle reviendra. Ces gens cherchent la moindre faille dans l'armure, le moindre signe que leur précieuse Cynthia est la paumée qu'ils veulent qu'elle soit.

Il est temps d'être le petit ami si confiant, si sûr de lui, que d'embrasser des amis est un truc normal du mardi.

Avant que je puisse dire un mot de plus, Cindy apparaît à l'entrée du chapiteau. Elle est pâle, sauf ses lèvres, qui sont nettement plus roses qu'avant, légèrement gonflées. Putain de merde, Holt n'y est pas allé de main morte. Ses cheveux sont un peu en bataille, et il y a de la panique, du défi, et peut-être une touche de satisfaction d'avoir été bien embrassée dans son expression.

Je lui offre mon plus grand sourire crispé. Celui qui dit « Il faut qu'on parle » tout en ayant l'air de dire « Je t'aime tellement ».

— Bébé, quel plaisir de te revoir !

Je la fixe, essayant de communiquer « Joue le jeu ou

on est foutus » rien qu'avec mes yeux. Elle s'assoit, et j'enroule immédiatement mon bras autour de son dos, la tirant contre moi assez fort pour qu'elle laisse échapper un petit *oof*.

— C'est drôle, dis-je en riant comme si c'était la meilleure blague que j'aie entendue de l'année. Sarah ici insiste sur le fait que tu roulais une pelle au serveur pirate, mais j'étais justement en train d'expliquer que Holt est un ami et que vous êtes proches.

Je me penche pour l'embrasser sur la tempe, chuchotant contre sa peau : — Les loups sont prêts à attaquer.

Elle se raidit une seconde, puis relève le menton de cette façon qui signifie qu'elle est sur le point de se montrer rebelle. Bien. Cindy la rebelle vaut mieux que Cindy la paniquée.

— C'est vrai. C'est un ami, insiste-t-elle, la voix plus assurée que je ne l'aurais cru. Nous sommes tous proches, en fait. Il n'y a pas de quoi s'inquiéter. — Puis elle sourit, et je sais qu'elle s'apprête à dire quelque chose qui va soit nous sauver, soit nous condamner. — Je veux dire, c'est un très bon ami à nous, et il est super européen avec toutes ces bises. Vous devriez le voir, lui et Luke, s'y mettre.

Elle glousse et je lève un sourcil dans sa direction. Putain, qu'est-ce qu'elle fabrique ?

Mais je vois alors la façon dont la famille se penche, confuse mais intriguée. Elle rend la situation bizarre pour eux. Brillante idée.

— Oh, ouais. — Je souris, décidant de marcher dans son jeu. — Je me lance aussi. Avec la langue et tout.

Je rigole maintenant, et Cindy me lance un regard en

coin qui promet une vengeance pour plus tard. Ça en vaut la peine, rien que pour voir la tête de tante Beatrice, comme si elle venait d'avaler un citron entier.

— Ce n'est rien, dit Cindy fermement. Absolument rien dont il faille s'inquiéter.

— Exactement, j'ajoute, en regardant autour de la table avec mon plus grand sourire narquois. Mais c'est agréable de voir la famille si préoccupée par Cynthia. Vraiment touchant.

Le sarcasme est assez épais pour être coupé au couteau, mais je continue de sourire. Qu'ils se débrouillent pour savoir si je suis sérieux ou non.

Arrow apparaît alors, tel un ninja de restaurant, tout en fluidité et en contrôle. — Le plat suivant est prêt à être servi. Pétoncles poêlés avec purée de chou-fleur et pancetta.

Il me regarde avec une question dans les yeux, et je me contente de hausser les épaules. La meilleure chose à faire maintenant est d'agir comme si de rien n'était et d'aller de l'avant. Ces gens nous observent comme si nous étions leur propre émission de télé-réalité.

Les serveurs sortent avec les assiettes, et bien sûr Holt est parmi eux. Chaque regard dans la pièce suit ses mouvements alors qu'il s'approche de notre table. Il sourit, rebondissant presque sur ses pieds.

Alors qu'il pose une assiette devant moi, il heurte à nouveau ma chaise. Plus fort cette fois.

— Oups, lance-t-il, sans même essayer de paraître désolé. Ces nouvelles chaussures.

On peut jouer à deux à ce jeu, connard.

Je serre Cindy plus près. — Viens ici, ma magnifique

Oméga. — Puis je l'embrasse. Pas une bise, pas un bécot amical, mais un vrai baiser. Le genre de baiser qui marque son territoire. Le genre qui dit *à moi* dans un langage que tout le monde comprend.

Elle émet un bruit de surprise contre ma bouche, mais ensuite elle me rend mon baiser, et pendant une seconde, j'oublie que nous sommes en pleine représentation. Ses lèvres sont douces, et elle a le goût du vin et de quelque chose de sucré, peut-être son gloss. Quand je me recule, ses yeux sont un peu vitreux.

Holt a cessé de bouger. Il reste là, à tenir un plateau vide, à nous regarder.

C'est ça, connard. On se partage les Omégas sans problème, mais que tu essaies de me saboter ? C'est une tout autre histoire.

Cindy me donne un léger coup de coude, reprenant ses esprits, puis sourit à sa mère. — Goûte la nourriture, Mère. Tu vas être époustouflée.

Victoria prend sa fourchette comme si elle pouvait être empoisonnée, ses yeux ne nous quittant jamais.

Holt revient avec la tournée suivante, et cette putain de fois, il renverse de la salade sur mes genoux. Des jeunes pousses avec ce qui semble être une bouteille entière de vinaigrette.

— Oh, merde, dit-il, n'ayant pas l'air désolé du tout. Laissez-moi...

— C'est rien ! je ris, probablement trop fort, en attrapant ma serviette. La vinaigrette traverse déjà mon jean. Ça arrive tout le temps. Les mains qui glissent, pas vrai ?

Le regard de Victoria se réduit à deux

fentes. — Êtes-vous sûr que vous n'êtes pas en train de vous disputer ma fille ?

La table se tait à nouveau. Ces gens adorent leurs silences dramatiques.

Cindy rit, mais il y a une pointe d'hystérie. — Si c'était vrai, alors je les prendrais tous les deux comme Alphas.

Je jure devant Dieu qu'on aurait pu entendre une mouche voler. Bon sang, on aurait pu entendre une plume tomber. Dans l'espace.

— Cynthia ! La voix de Victoria pourrait geler l'enfer. Va te laver la bouche avec du savon à l'instant.

— Mère, je plaisantais…

— Dans notre famille, les Omégas ne prennent qu'un seul Alpha. — Elle utilise ce ton qui a probablement traumatisé Cindy dans son enfance. — Je sais que beaucoup ne se soucient plus des convenances et qu'il est à la mode d'être… progressiste. Mais aucune Williams ne succombe à ce genre de comportement.

— Il ne s'agit pas de succomber… commence Cindy.

— Les hommes ne devraient pas ramper devant les Omégas, continue Victoria comme si Cindy n'avait pas parlé. Ça devrait être le contraire. Une Oméga devrait être reconnaissante de l'attention d'un Alpha, pas les collectionner comme… comme des cartes à collectionner.

— Des cartes à collectionner ? La voix de Cindy est incrédule.

— Tu sais ce que je veux dire.

— Pas vraiment, non.

Je décide d'intervenir avant que ça ne dégénère. — Je soutiendrais Cynthia si elle voulait un autre Alpha.

Toutes les têtes pivotent vers moi.

— Il n'y a rien de mal à s'adapter aux traditions modernes, je continue, l'air de rien, tout en essuyant la vinaigrette de mes genoux. Le monde change. Les gens trouvent ce qui fonctionne pour eux au lieu de ce qui fonctionnait pour leurs grands-parents.

— C'est très… progressiste de votre part, dit tante Beatrice.

— Très réaliste de ma part, je corrige. Cynthia est incroyable. Bien sûr que d'autres Alphas la voudraient. Je serais plus inquiet s'ils ne le faisaient pas.

— Vous ne seriez pas jaloux ? demande l'une des jumelles.

— De quoi ? C'est moi qui suis ici avec elle, non ? — Je serre la main de Cindy. — D'ailleurs, la jalousie, c'est juste de l'insécurité avec un joli nom.

— Quelle modernité, dit froidement Victoria.

— Quelle honnêteté, je rétorque.

Nous nous tournons tous vers notre nourriture, qui est, il faut l'avouer, putain de délicieuse. Arrow est peut-être une plaie, mais lui et son équipe savent cuisiner. Les pétoncles sont parfaits, fondants et sucrés, et la purée de chou-fleur est si lisse qu'elle est pratiquement soyeuse.

Je garde la main de Cindy dans la mienne pendant que nous mangeons, frottant son pouce sur ses jointures. Elle est toujours tendue, mais chaque contact semble la détendre un peu plus. Je ne peux m'empêcher de penser à tout à l'heure, quand je la léchais dans sa chambre, à son goût, au son de sa voix quand elle a joui.

Ma bite palpite, et je bouge sur mon siège. Putain, pas maintenant. Mais mon cerveau peint déjà des images : Cindy allongée sur cette table chic, sa robe relevée, moi entre ses cuisses, lui faisant oublier l'existence de chaque personne ici présente. La faisant crier mon nom si fort que sa mère aurait une vraie crise cardiaque.

— Luke ? La voix de Cindy me sort de ma rêverie.

— Hum ?

— Mère vous a posé une question.

Merde. — Désolé, j'étais distrait par votre beauté ce soir.

Belle rattrape, si je puis me permettre.

Arrow revient pour voir si tout va bien, passant autour de la table avec cette grâce qui vient d'années à gérer des clients difficiles. Quand il arrive à Victoria, elle s'illumine pratiquement.

— La nourriture est absolument divine, s'extasie-t-elle, et c'est la première chose sincère que je l'entends dire de toute la soirée. En fait, je voulais vous demander. Organisez-vous parfois des mariages ?

Arrow s'arrête, se grattant le menton.

Elle fait un geste vers le bout de la table où est assis un couple à l'air nerveux. Le type, Trevor, je crois, à côté d'une minuscule Oméga blonde qui n'a presque pas dit un mot de la soirée, semble essayer de se rendre invisible.

— Trevor et Monica vont se marier, continue Victoria. Ils voulaient un mariage pour Halloween, à la toute dernière minute, j'en ai bien peur.

— D'habitude, on ne… commence Arrow.

— Mais sûrement pour la famille ? La voix de Victoria a cette intonation qui signifie que ce n'est pas vraiment une question. Ce serait quelque chose de petit, d'intime. Rien que vous ne puissiez gérer.

Arrow me regarde, et je lis parfaitement le « C'est quoi ce bordel ? » dans ses yeux.

— Tant que c'est en petit comité, dit-il finalement, probablement parce qu'il sait que Cindy a besoin que ça se passe bien. Je ne vois pas pourquoi pas.

Victoria tape dans ses mains. Putain, elle tape vraiment dans ses mains comme si elle avait cinq ans.

— Merveilleux ! Puis elle se tourne vers moi, et tous mes instincts se mettent à hurler *Danger !*. Luke, mon cher.

Rien de bon ne commence jamais comme ça.

— Ça ne vous dérangerait pas d'organiser un petit mariage dans votre immense manoir, n'est-ce pas ? Arrow pourra aussi servir le repas chez vous.

Je cligne des yeux. — Quoi ?

— Eh bien, le préavis est si court, avec Halloween dans environ deux semaines, et vous venez tout juste de nous dire à quel point votre maison est spacieuse.

Toute la table nous regarde à nouveau. C'est un test. Un piège. Elle veut que j'admette que je n'ai pas de manoir, ou que je refuse et que je passe pour un connard.

— C'est vraiment un préavis très court, Mère, dit Cindy rapidement. Je ne pense pas que…

— Oh, ma chérie, tout est possible si vous vous en donnez les moyens. Le sourire de Victoria est aussi tranchant que du verre. N'est-ce pas, Luke ? C'est une si bonne façon d'être accueilli dans la famille, en nous aidant.

Elle m'a coincé comme un rat. Si je dis non, je suis le connard qui n'aide pas sa famille. Si je dis oui, j'ai deux semaines pour leur ouvrir les portes de la maison où je vis avec Arrow et Holt.

— Mais vous n'avez pas le temps d'organiser un mariage, dis-je pour gagner du temps. En vivant si loin…

— Eh bien, ça signifie simplement que je vais devoir rester en ville jusqu'au mariage. Son sourire s'élargit. M'occuper de l'organisation avec quelques membres de notre famille. C'est la moindre des choses.

Cindy se raidit à côté de moi. Sa mère, qui reste en ville jusqu'à Halloween. Qui organise un mariage. Qui sera omniprésente.

Je jette un coup d'œil à Arrow, qui hausse les épaules et me fait un minuscule signe de tête.

Pour Cindy, je pense en lui serrant la main.

— Je ne pense pas que ce soit trop demander, dis-je finalement. On peut les aider.

La tête de Cindy se tourne brusquement vers moi, les yeux écarquillés.

— On n'avait pas quelque chose ce week-end-là ? demande-t-elle, la mâchoire si crispée que j'ai peur qu'elle ne se casse une dent.

— Oh, ma chérie, roucoule Victoria. Sûrement rien de plus important que la famille.

Cindy me fixe, et il y a quelque chose de désespéré dans ses yeux. Mais aussi… de la confiance ? Peut-être ? Elle fait le plus infime des hochements de tête.

— Oui, dis-je, scellant notre destin. Nous sommes heureux d'accueillir un petit mariage.

Les yeux de Cindy s'écarquillent encore plus, et elle expire si fort que tout le monde l'entend. Tout son corps est tendu contre le mien, vibrant du besoin de fuir ou de se battre, ou les deux.

— Comme c'est merveilleux ! Victoria applaudit de nouveau. Trevor, Monica, n'est-ce pas généreux ?

Trevor a l'air de vouloir mourir. Monica n'a pas bougé. Elle est peut-être littéralement figée sur place.

— Super généreux, parvient à articuler Trevor.

— Nous commencerons à planifier demain, annonce Victoria. Je devrai voir la maison bientôt, bien sûr.

— Bien sûr, dis-je en écho, déjà mentalement épuisé par ces jeux.

— Et, Cynthia, vous aiderez. Ce sera un si bon entraînement pour votre propre mariage.

— Mon propre… commence Cindy.

— Le moment venu, naturellement. Le sourire de Victoria pourrait couper du diamant. Quoique, à votre âge, il ne faudrait pas trop attendre. Vous devez agir tant que vos chaleurs sont actives. Et les ovules ne durent pas éternellement.

— Mère !

— Quoi ? C'est de la biologie, ma chérie.

Cindy s'agite sur son siège, prête à exploser. Sa main dans la mienne tremble, et une rougeur lui monte au cou, ce qui signifie qu'elle est sur le point de dire quelque chose qui va empirer la situation.

— Encore du vin ? je demande à toute la tablée. Je pense qu'il nous faut plus de vin.

— Excellente idée, ajoute Arrow après être resté là en silence. Je vais demander à ce qu'on apporte d'autres bouteilles.

Holt apparaît avec du vin, parce que évidemment. En servant, il réussit à en renverser une petite goutte sur mon épaule.

— Oups, dit-il à nouveau.

— Tu passes une sale soirée, j'observe. Tu devrais peut-être faire une pause.

— Je vais bien, déclare-t-il en me fixant de son seul œil valide. Je commence juste à m'échauffer.

— Les garçons, dit Cindy d'une voix menaçante.

Nous la regardons tous les deux, puis nous nous regardons. L'espace d'un instant, j'envisage sérieusement de lui mettre mon poing dans la figure, ici même, à cette table chic, devant toute sa famille. Ça en vaudrait presque la peine.

— Un autre excellent plat, annonce Victoria, ramenant l'attention sur elle. Même si je m'interroge sur la taille des portions. De mon temps, nous n'avions pas besoin de sept plats pour nous sentir repus.

— Les temps changent, dis-je. Maintenant, les gens veulent l'expérience, pas seulement la nourriture.

— Hmm. Elle le dit comme si j'avais dit une bêtise.

Le plat suivant arrive. C'est une sorte de poisson avec une sauce qui a probablement un nom français que je suis incapable de prononcer.

Le reste du dîner est plus ou moins du même acabit. Des insultes subtiles déguisées en questions. Des jugements enveloppés de sollicitude. Holt qui me bouscule à chaque fois qu'il passe. À un moment, il laisse carrément tomber une fourchette sur mon pied. Les dents en premier, bien sûr.

Mais je gère tout cela avec le sourire. Parce que c'est ce qu'on fait pour les gens qu'on aime.

— Le dessert ! annonce Arrow, et je n'ai jamais été aussi heureux d'entendre ce mot de ma vie. Mi-cuit au chocolat avec glace à la vanille et coulis de framboise.

— Quelle décadence, observe Victoria.

— Quelle délice, je réplique, en y plongeant déjà ma cuillère.

C'est divin. Riche, chaud et exactement ce dont j'ai besoin pour survivre au reste de ce cauchemar.

— Alors, à propos du mariage, commence Victoria, parce qu'apparemment, nous n'en avons pas fini avec cette torture particulière.

— Qu'est-ce qu'il y a à propos de ça ? demande Cindy, la voix neutre.

— Nous devrons nous coordonner. Les couleurs, les fleurs, la nourriture.

— C'est le mariage de Trevor et Monica, fait remarquer Cindy.

— Oui, mais ils sont jeunes. Ils ont besoin de conseils.

Monica semble vouloir dire quelque chose, mais s'abstient. Trevor se contente de fixer son dessert.

— Je suis sûr qu'ils ont leurs propres idées, surtout s'ils veulent un thème Halloween, dis-je.

— En avez-vous ? leur demande Victoria directement.

— On... on pensait au noir et à l'orange, murmure Monica. Des décorations d'Halloween.

— Comme c'est... festif. Le ton de Victoria suggère qu'elle préférerait mourir. Nous allons travailler là-dessus.

— Mais... commence Monica.

— Faites-moi confiance, ma chérie. Vous me remercierez plus tard.

Monica se tasse sur sa chaise. La main de Cindy se resserre sur la mienne.

— Laissez-les avoir ce qu'ils veulent, dit Cindy. C'est leur mariage.

— Et ils veulent mon aide, dit Victoria d'un ton suave. N'est-ce pas ?

Monica hoche la tête, mais ça a l'air forcé. Trevor ne répond même pas.

— Vous voyez ? Tout le monde est content.

Personne n'a l'air content. Sauf peut-être Sarah, qui est probablement déjà en train de planifier comment elle va raconter les potins de la soirée à toutes ses connaissances.

— Bon, dis-je en me levant et en entraînant Cindy avec moi. C'était charmant, mais nous devrions y aller.

— Déjà ? Victoria fronce les sourcils. Mais nous avons à peine rattrapé le temps perdu.

— Travail demain, je mens. Tôt le matin.

— Un dimanche ?

— La sécurité ne dort jamais.

— Comme c'est inopportun.

— Comme c'est rentable.

Elle se lève aussi, et soudain tout le monde se lève, dans cette danse maladroite d'au revoir que personne ne veut faire.

Victoria fait à nouveau la bise à Cindy, puis se tourne vers moi.

— C'était… intéressant de vous rencontrer, Luke.

— De même.

— Prenez soin de ma fille.

— Toujours.

— C'est ce que nous verrons.

La menace est subtile, mais claire. Elle n'en a pas fini avec nous. Loin de là.

Nous faisons le tour de la table pour dire au revoir, ce qui prend une éternité parce qu'apparemment, les riches ont besoin de se faire la bise et de faire de fausses promesses de se revoir bientôt avec chaque personne individuellement. Tante Beatrice me tapote la joue comme si j'avais cinq ans, en me disant que je suis *un peu brut de décoffrage, mais malléable.* Je résiste à l'envie de lui mordre les doigts.

Enfin, putain d'enfin, nous nous tournons pour partir. Je vois la sortie, la liberté à seulement six mètres. Ma main trouve le bas du dos de Cindy, la guidant vers le salut.

— Cynthia, ma chérie, lance sa mère.

Nous nous figeons tous les deux.

— Avez-vous un instant, s'il vous plaît ? Elle est déjà en train de sortir du chapiteau pour entrer dans le restaurant, vers un couloir à l'écart de la salle principale.

Cindy se retourne pour la suivre, et j'entre dans le

restaurant avec elle, mais Victoria s'arrête à l'entrée du couloir, une main parfaitement manucurée levée.

— Juste ma fille et moi, si cela ne vous dérange pas.

Elle le dit comme si c'était une requête, mais ses yeux indiquent clairement que ce n'en est pas une. C'est un renvoi. Une démonstration de pouvoir. Un rappel que, peu importe ce qui s'est passé au dîner, Cindy est toujours sa fille d'abord, ma petite amie ensuite.

Cindy me fixe, et il y a quelque chose de désespéré dans ses yeux. Mais aussi de la résignation. Elle connaît cette danse.

— Je reviens tout de suite, dit-elle doucement.

Je veux dire non. Je veux dire à Victoria d'aller se faire foutre, que Cindy n'a pas à aller où que ce soit si elle n'en a pas envie. Mais ce n'est pas mon combat. Pas encore.

— Je serai juste là, je dis à Cindy, en m'assurant que Victoria entende la promesse dans ma voix.

Son sourire est glacial. — Ça ne prendra pas longtemps.

Elle se retourne et s'engage dans le couloir, s'attendant clairement à ce que Cindy la suive. Et après un instant, Cindy le fait, me jetant un dernier regard par-dessus son épaule avant de disparaître au coin du couloir.

Parfois, la chose la plus difficile à faire est de ne rien faire du tout.

15

CINDY

Le couloir s'étend, plus long qu'il ne le devrait, ou c'est peut-être juste mon anxiété qui déforme tout. Les talons de Mère claquent sur le parquet tandis que je la suis, chaque pas me donnant l'impression de marcher vers ma propre exécution.

Elle s'arrête près d'une petite alcôve meublée de deux fauteuils et d'une orchidée à l'air ridiculement cher sur une table d'appoint. Bien sûr qu'elle choisirait l'endroit le plus privé possible. Pas de témoins pour la guerre psychologique qu'elle s'apprête à déclencher.

— Asseyez-vous, ordonne-t-elle, et je déteste que mon corps obéisse automatiquement, vingt ans de conditionnement qui l'emportent sur mon autonomie d'adulte.

Elle ne s'assoit pas. Au lieu de ça, elle se tient au-dessus de moi, les mains jointes devant elle comme si elle s'apprêtait à prononcer un sermon. Après ce dîner, l'interrogatoire, le jugement et l'embuscade du mariage, je suis plus stressée que jamais. Mes nerfs sont à vif, ma tête me martèle, et je sens encore le goût du vin que j'ai sifflé pour essayer de survivre. Autant écouter les folies qu'elle a encore manigancées. En finir une bonne fois pour toutes en une seule nuit horrible.

— Vous pensez peut-être que je suis une idiote, commence-t-elle, la voix étrangement calme. Et ça me blesse de le croire. Mais j'amène la famille ici, je crée cette occasion de réconciliation, et vous vous pointez avec cet homme, en pensant que je ne verrais pas clair dans votre charade.

Mon sang se glace dans mes veines. Chaque cellule de mon corps devient glaciale.

Putain. Était-on si évidents que ça ? Si mauvais ?

— Je ne vois pas de quoi vous…

— Un homme comme ça ne s'intéresserait jamais à vous, Cynthia. Elle le dit de manière si catégorique. Vous tournez notre nom en ridicule avec cette mise en scène pathétique.

Quelque chose de chaud et de vif me monte à la poitrine, perçant la glace. Je redresse les épaules, essayant de retrouver un peu de courage dans les décombres de ma confiance en moi.

— C'est tout simplement cruel, Mère. De ne même pas accepter que je puisse attirer un homme comme Luke. Ma voix tremble, mais je continue. Ou même Holt, d'ailleurs.

Elle secoue lentement la tête, avec ce regard apitoyé qui me réduisait aux larmes à l'adolescence. — Et c'était quoi, ça ? Embrasser quelqu'un d'autre ? L'avez-vous payé lui aussi pour nous montrer comment tous ces hommes vous désirent ? À quel point vous êtes désirable ?

Mes mains se serrent sur mes genoux, mes ongles s'enfonçant dans mes paumes. — Je commence vraiment à m'énerver…, je commence, mais elle me coupe d'un geste sec. Cependant, je l'ignore. — Écoutez, vous m'avez invitée à dîner. Je ne voulais pas prendre de vos nouvelles, et puis vous avez fait venir tout le monde pour me bombarder. Je n'avais aucune idée que vous ameniez autant de monde !

— Si vous ne comptez pas être honnête avec moi, Cynthia, je découvrirai la vérité. Elle se penche légèrement en avant, et je sens son parfum, le même Chanel qu'elle porte depuis que je suis née, désormais associé pour toujours à la critique et à la déception. C'est la raison pour laquelle je reste en ville. Pour découvrir ce que vous me cachez.

— Il n'y a rien…

— Et quand je découvrirai que vous n'êtes pas vraiment avec Luke… Elle marque une pause pour faire monter la tension, laissant la menace s'installer. Je vous ramènerai à la maison par tous les moyens nécessaires. Soit vous cessez volontairement de couvrir le nom de la famille de honte, soit je m'en charge pour vous.

Je suis abasourdie. En colère. Écœurée par la façon dont elle me fait sentir si petite, même maintenant, même après deux ans de liberté. Mais plus que tout, je suis terrifiée, parce que je sais qu'elle est sérieuse. Ce n'est pas une menace en l'air. Mère a des relations, de l'argent et une rancune tenace plus large que le Mississippi.

— Pour votre information, je m'entends dire, la voix plus assurée que je ne le suis. Luke et moi nous aimons. On a même parlé de mariage.

Putain. Je m'enfonce encore plus. Mais à ce stade, je dirais n'importe quoi pour la faire sortir de ma vie. Parce qu'elle est le genre de personne qui resterait vraiment en ville pendant un an juste pour me prouver que j'ai tort. Je ne devrais pas m'en soucier. Je suis une adulte. J'ai ma propre vie. Mais je sais aussi qu'elle n'hésiterait pas à faire enlever quelqu'un, littéralement, si elle pensait que cela sauverait la réputation de la famille.

Et je suis épuisée. Tellement épuisée. Je veux juste qu'on me laisse tranquille.

— Alors, c'est facile, dit Mère, et son sourire est celui qui précédait les pires punitions. Vous avez jusqu'à Halloween, au mariage, pour me montrer que tout ça est réel.

— Quoi ?

— Environ deux semaines. Prouvez-moi que cette relation est authentique, et je vous donne ma parole que je vous laisserai tranquille pour de bon. Elle penche la tête. Je sais que c'est ce que vous voulez, n'avoir rien à faire avec votre propre mère.

— Peut-être...

— Nous vous déshériterons, juste pour que vous le sachiez. Elle le dit sur le ton de la conversation, comme si elle parlait de la météo. Votre père est furieux. Mais c'est ce que vous voulez, n'est-ce pas ? Être libre de nous ?

Je ne peux pas parler. Je ne peux pas respirer. Après tout ça, tout se résume à ceci : deux semaines pour prouver qu'une fausse relation est réelle ou perdre ma liberté pour toujours.

— Le choix vous appartient, ma chérie. Elle me tapote le bras, le contact me brûlant à travers ma robe. Halloween. Le mariage. Montrez-moi que ce que vous avez avec Luke est réel, ou rentrez à la maison, où est votre place.

— Je-je n'ai pas besoin de vous montrer quoi que ce soit, je balbutie, et elle me foudroie du regard.

— Alors, attendez-vous à nous voir bien plus souvent dans votre vie, ici en ville ou où que vous fuyiez, nous vous trouverons, lance-t-elle, sa menace claire. Elle ne va pas me laisser tranquille, n'est-ce pas ? Lui prouver que je suis en couple est ma seule issue, bien qu'une partie de moi craigne qu'elle n'abandonne pas, même dans ce cas.

Elle se retourne et sort d'un pas martial, me laissant seule dans le couloir avec une orchidée hors de prix et les ruines de ma vie.

Je tremble. Tout mon corps est secoué par la rage, la peur et cette fatigue profonde qui me donne envie de me rouler en boule sur le sol et de tout abandonner.

Je la déteste. Mon Dieu, je la déteste tellement que c'est comme un poison dans mes veines. L'idée de quitter la ville me traverse l'esprit : faire mes valises, prendre le Général Flufferton et disparaître, recommencer quelque part où elle ne me trouvera jamais. Vancouver, peut-être, ou Portland, ou, merde, l'Alaska.

Mais j'en ai marre de fuir. Tellement marre de regarder par-dessus mon épaule, de sursauter à la moindre ombre, de me demander quand elle va débarquer pour me ramener à *cette* vie. C'est ma chance de régler ça une bonne fois pour toutes. Deux semaines d'une performance convaincante, et je serai libre pour toujours.

Mes nerfs se tendent à l'idée de rendre tout ça crédible. Luke a déjà fait tellement de choses. Il s'est coupé les cheveux, a affronté ma famille et a proposé sa maison pour un mariage. Puis-je lui demander de continuer à faire semblant, de vendre ce mensonge encore plus fort ?

Mais je n'ai pas que Luke.

J'ai trois hommes qui vivent dans ce manoir. Qui m'ont chacun montré plus de gentillesse en quelques jours que ma famille en des années. Trois hommes dangereux, compliqués et magnifiques qui sont peut-être juste assez fous pour m'aider à réussir ce coup. Des hommes qui insistent sur le fait que je suis leur âme sœur olfactive... je n'en suis pas encore sûre, car mes émotions sont si incontrôlables que je ne sais pas ce que je ressens. Mais peut-être que cela jouera en notre faveur...

Alors, la question est : jusqu'où suis-je prête à aller pour vendre ce mensonge ?

Je me redresse, me lève et sors de ce couloir. Je prends simplement la main de Luke quand je le rejoins et le laisse me guider vers la sortie. Ses doigts s'entrelacent immédiatement avec les miens, sans poser de questions, et nous nous échappons dans la nuit d'octobre.

L'air froid est une libération après l'atmosphère suffocante. Luke m'aide à monter dans l'énorme camion de Holt, et nous quittons Savor sans un mot. Il conduit pendant quelques minutes, puis se gare sous un immense chêne quelques rues plus loin, ses branches créant des ombres sous la lumière d'un lampadaire.

Nous restons assis en silence un moment avant qu'il ne tende la main, sa paume chaude sur mon genou. — Qu'est-ce qu'elle a dit ? Tu vas bien ?

Je me tourne vers lui, et les mots jaillissent. Comment elle a vu clair dans notre fausse relation, a dit qu'il ne s'intéresserait jamais à quelqu'un comme moi. La menace de me ramener de force. L'ultimatum : prouver que c'est réel d'ici Halloween ou perdre ma liberté pour toujours.

— Cette putain de garce. Ses mains se resserrent sur le volant jusqu'à ce que ses jointures blanchissent. Tu pourrais avoir n'importe quel homme. Elle ne fait que te rabaisser pour que tu retournes vers elle. Il se tourne vers moi, les yeux féroces. Il est hors de question que je permette ça.

Je tremble maintenant, la chute d'adrénaline me frappant de plein fouet. Luke se penche et me serre contre lui, maladroitement à cause de la console centrale entre nous, mais c'est tout de même réconfortant.

— Alors, il nous faut un plan, dit-il dans mes cheveux. Tu sais que je suis partant. Tu n'as même pas besoin de demander. Merde, s'il le faut, on se marie ce soir. Je t'achèterai une énorme bague en diamant et je lui prouverai qu'elle a tort.

Un petit rire m'échappe, nous surprenant tous les deux. Une partie de moi trouve ça vraiment romantique, cette offre folle d'un homme que je connais à peine.

— Elle ne le croira pas si ça arrive si vite. Ça doit avoir l'air réel. Elle doit voir la réalité de notre romance se dérouler sous ses yeux.

— Eh bien, dans ce cas, je sais ce qu'on va faire. Il recule pour me regarder. Tu viens chez nous ce soir, et on va en discuter. Puis on va se goinfrer de crème glacée.

Je ris, un vrai rire cette fois. — En fait, j'aimerais bien. Mais oh, je dois aller chercher le Général Flufferton, mon chat. Il est seul à la maison.

— Compris. Il démarre la voiture immédiatement. Allons chercher ton chat démoniaque.

Pendant que nous roulons, il me jette un regard. — J'ai connu des gens comme ta mère. Super manipulatrices, qui changent constamment les règles du jeu. Quoi que tu fasses pour te justifier, elle ne te croira pas, car il ne s'agit pas de la vérité. Il s'agit de contrôle.

— Alors, pourquoi s'embêter ?

— Parce qu'on fait ça pour toi, pas pour elle. On passe le cap du mariage, et si Arrow et Holt se prêtent au jeu aussi, ce qu'ils feront, qu'est-ce qu'elle pourra faire si on te garde constamment à nos côtés ? Elle ne pourra pas prouver que c'est faux si on ne sort jamais de notre rôle.

— Je suppose. Je regarde par la fenêtre, observant Whispering Grove défiler. Des émotions contradictoires s'agitent dans mon estomac : la gratitude, la peur et cette horrible culpabilité d'entraîner ces hommes dans la folie de ma famille.

Nous arrivons à mon appartement, et Luke me suit à l'intérieur et prend le Général Flufferton, qui se met immédiatement à ronronner en le voyant.

— Prends quelques vêtements, dit Luke. On ne va pas te laisser seule ici ce soir avec ta famille en ville. Tu as besoin de compagnie.

Je souris malgré tout et attrape un sac, y jetant des vêtements et des affaires de première nécessité. Sur un coup de tête, je prends aussi la boîte de biscuits que j'ai faits hier et une partie de la nourriture du frigo, tout ce que j'avais préparé en pensant que Mère viendrait chez moi.

— Pas question de gaspiller, j'explique.

Bientôt, nous sommes de retour dans le camion, mes sacs à l'arrière, le Général Flufferton sur mes genoux, essayant de son mieux de migrer sur les genoux de Luke bien qu'il soit en train de conduire.

— Je pourrais te calmer à nouveau, dit Luke avec un sourire coquin. Comme avant.

Mais je suis en train de rire. — Tu aimerais bien.

— Quoi ? J'ai eu des fantasmes à ce sujet pendant le dîner. Te dévorer là, sur cette table chic.

Je halète, une vague de chaleur m'envahissant. — C'est faux !

— C'est vrai. Toi dans cette robe, l'air si élégante et intouchable ? Ça m'a donné envie de tout toucher.

Le Général Flufferton choisit ce moment pour se mettre en équilibre sur la console centrale, ses pattes avant sur l'épaule de Luke, reniflant ses cheveux.

— Je crois que quelqu'un t'approuve, je dis.

— Bon sang, ce chat est énorme. On dirait une panthère. Il va me déchiqueter ?

— Seulement si tu arrêtes de le caresser.

Luke parvient à conduire d'une main tout en grattant le Général Flufferton derrière les oreilles, et mon traître de chat ronronne assez fort pour rivaliser avec le moteur.

Puis nous tournons dans une allée, et je reste bouche bée.

Il y a un portail de sécurité avec un clavier et des caméras. Luke tape un code, et les grilles s'ouvrent pour révéler une allée qui semble s'étendre à l'infini, serpentant vers les montagnes.

— Mais qu'est-ce que...

Et puis je la vois.

La maison, non, le manoir, qui se dresse au pied des montagnes, comme sorti d'un magazine. Il est énorme, tout en pierre et en bois, avec d'immenses fenêtres qui doivent offrir des vues à un million de dollars. Le terrain est entretenu, mais sans chichis, avec de grands arbres centenaires et un pool house sur le côté. Il y a un garage pour six voitures, un éclairage extérieur qui donne à tout une lueur chaleureuse, et est-ce que c'est une putain de fontaine ?

— Vous vivez ici ? Ma voix est devenue aiguë.

— Tous les trois, ouais.

La maison elle-même est un mélange de moderne et de rustique, avec des poutres en bois sombre et des touches de pierre.

— Vous êtes des milliardaires secrets ? je souffle. Ma

mère pourrait s'évanouir en voyant ça. Elle essaierait probablement de t'épouser elle-même.

Luke fait mine d'avoir un haut-le-cœur et nous rions tous les deux, le son légèrement hystérique. Le Général Flufferton frotte sa tête contre le bras de Luke jusqu'à ce qu'il obtienne plus de caresses.

— Je t'avais dit qu'il t'aimait bien, je dis.

Nous sortons, moi tenant le chat pendant que Luke s'occupe de tous mes sacs, et nous nous dirigeons vers l'immense double porte d'entrée. Quand il en ouvre une et allume les lumières, mes yeux s'écarquillent.

Le hall d'entrée fait deux étages de haut avec un grand escalier qui monte en courbe. Les parquets brillent, sombres et riches, menant à des pièces qui partent dans plusieurs directions. Il y a de l'art sur les murs et un lustre moderne mais élégant, tout en cristal et aux lignes épurées. À gauche, j'aperçois ce qui doit être un salon avec des meubles en cuir et une cheminée assez grande pour y faire rôtir un cochon entier. À droite, une salle à manger avec une table pour douze personnes.

— Vous avez vraiment bien réussi dans vos précédents boulots, je dis avec un clin d'œil.

Il glousse. — Viens, laisse-moi te faire visiter.

Je pose le Général Flufferton et il commence immédiatement à explorer, la queue haute, plein d'assurance. Nous le suivons à un rythme plus tranquille, la main de Luke sur le bas de mon dos pour me guider. Chaque pièce est magnifique et masculine mais chaleureuse, chère mais habitée. Il y a une grande cuisine moderne avec tout ce dont on peut avoir besoin, une salle multimédia avec un écran qui occupe un mur entier, et même une bibliothèque qui sent le cuir et les vieux livres. Parce que, bien sûr, les Bêtes ténébreuses ont une bibliothèque de conte de fées. Quelle sera la prochaine étape, des meubles enchantés ?

Sa main trouve sans cesse des raisons de me toucher, me guidant à travers les portes, me stabilisant dans les escaliers, écartant une mèche de mes cheveux de mon visage. Chaque contact envoie de l'électricité à travers moi, et je suis hyper consciente du fait que nous sommes seuls dans cette immense maison.

— Et ça, dit-il en ouvrant une porte au deuxième étage, c'est quelque chose qui était déjà là, mais on l'a amélioré.

J'entre et je me fige. — C'est… c'est une chambre de chaleurs pour Oméga ?

— Ouais. On l'a gardée, en pensant qu'un jour on se poserait, qu'on trouverait quelqu'un qui en aurait besoin.

La pièce est incroyable. Un éclairage doux, des commandes de température au mur, une insonorisation évidente dans la porte épaisse. Le lit, ou plutôt la zone de nidification, est vraiment immense et légèrement encastré dans le sol, entouré d'étagères intégrées remplies de couvertures, d'oreillers et de plaids de toutes les textures imaginables. Il y a une salle de bain attenante avec une douche assez grande pour six personnes et une baignoire qui est pratiquement une petite piscine.

— On l'a approvisionnée, explique Luke en ouvrant quelques tiroirs. Il faut encore ajouter de la nourriture, des en-cas, des points d'hydratation, nos vêtements…

Je jette un œil dans un tiroir et le referme immédiatement, le visage en feu. L'assortiment… d'articles… à l'intérieur est impressionnant. Des lubrifiants de toutes sortes, des jouets que je n'ai vus que dans des boutiques en ligne que je n'admettrais jamais avoir consultées, des huiles de massage, des choses que je ne reconnais même pas.

— Wow, vous avez été minutieux, je parviens à dire.

— Seulement le meilleur pour les besoins d'un Oméga.

Je me promène dans la pièce, laissant traîner mes doigts sur les tissus doux, sur les petits détails qui témoignent d'une grande attention. C'est si confortable, si parfaitement conçu, qu'une partie de moi a envie de se blottir dans ce nid dès maintenant et de ne plus jamais en sortir.

— C'est dangereux, je dis sans réfléchir.

— Quoi ?

— Cette pièce. Elle est trop parfaite. Elle me donne des envies que je ne devrais pas avoir.

Luke s'approche, et soudain la pièce semble beaucoup plus petite. — Comme quoi ?

J'avale difficilement. — Comme rester.

Le mot reste en suspens entre nous, lourd de sous-entendus.

— J'adorerais ça. Laisse-moi te faire un chocolat chaud, dit-il. On pourra se détendre, parce que rencontrer ta famille était sacrément tendu et épuisant.

— Tu m'étonnes.

Nous redescendons, le Général Flufferton dévalant les escaliers devant nous comme s'il était déjà chez lui.

— Je dois mettre une partie de la nourriture au frigo, je dis, reconnaissante d'avoir quelque chose de normal sur quoi me concentrer.

Dans la cuisine, nous travaillons côte à côte, moi trouvant de la place dans leur grand réfrigérateur à double porte, lui préparant du chocolat chaud à partir de vrai chocolat, pas de la poudre. Le Général Flufferton supervise depuis son perchoir sur le comptoir, donnant de temps en temps un coup de patte à la main de Luke pour attirer l'attention.

Une partie de moi ne peut s'empêcher d'imaginer ce que ce serait de vivre dans un endroit comme celui-ci. Se réveiller avec la vue sur les montagnes, cuisiner dans cette cuisine de rêve, se blottir dans cette bibliothèque avec un livre. Avoir ces hommes autour, leurs rires remplissant les espaces vides, leur présence donnant l'impression d'être à la maison.

Mais la culpabilité vient briser ce fantasme. Ces hommes n'ont été que gentils avec moi, et je les entraîne dans la folie de ma famille. Et s'ils ne pouvaient en supporter qu'une certaine dose ? Et si les manipulations de Mère les faisaient fuir ? Et si…

— Arrête de trop réfléchir, dit Luke en me tendant une tasse du chocolat chaud le plus riche que j'aie jamais vu. Tu as cette expression concentrée sur ton visage. Comme si tu te disputais avec toi-même. Il me touche doucement la joue. On est là-dedans parce qu'on veut y être.

— Tu me connais à peine.

— J'en sais assez.

— Ma famille est folle.

— Les nôtres aussi, juste différemment.

— Ma mère va te faire vivre un enfer.

— Elle peut toujours essayer. Il sourit. J'ai affronté pire qu'une mère autoritaire.

— Vraiment ?

— À quel point ça peut être difficile ?

Je ris malgré moi. — Paroles célèbres.

— Ça en vaut la peine, cependant. Il me regarde à nouveau avec ce regard hypnotique, celui qui me fait oublier pourquoi tout ça est censé être faux. Tu en vaux la peine.

Et pendant un instant, dans cette cuisine trop parfaite avec le meilleur chocolat chaud que j'aie jamais bu et un homme qui me fait ressentir des choses que je ne devrais pas, je le crois presque.

Luke m'accompagne à la chambre d'amis, avec son éclairage chaleureux, sa literie douce et son grand espace. Je prends mon temps pour me changer, laissant le calme s'installer autour de moi pendant une minute, m'accordant un instant pour respirer.

Me voilà de retour dans le salon, vêtue de vêtements confortables, ceux que j'ai attrapés en faisant mes valises à la hâte. Un jean usé aussi confortable qu'un pyjama, et un pull bordeaux trop grand. Mes pieds sont nus, mes orteils s'enfonçant dans le tapis moelleux.

Le salon est immense, avec une cheminée en pierre qui occupe la majeure partie d'un mur. La télé est fixée au-dessus du manteau de la cheminée, d'une de ces tailles ridicules qui donnent l'impression d'être au cinéma. Le canapé en L fait face à la fois au feu et à l'écran, un cuir sombre aussi doux que du beurre et assez profond pour s'y perdre.

Je suis blottie dans un coin, avec Général Flufferton étalé sur mes genoux, ronronnant comme s'il avait une conversation avec lui-même. Luke m'a préparé un sandwich au fromage grillé, parce qu'il a insisté sur le fait que j'avais à peine touché à mon dîner avec tout ce chaos, et il est parfait. Doré à point, le fromage dégoulinant, coupé en diagonale parce qu'apparemment, c'est la seule façon correcte de le faire.

Luke est assis sur la partie adjacente du canapé, et je n'arrête pas de lui jeter des coups d'œil. Il a enfilé un jean usé et un t-shirt noir qui se tend sur son torse quand il bouge. Ses pieds nus sont posés sur la table basse, et il passe sans cesse la main dans ses cheveux courts comme s'il n'était toujours pas habitué à leur longueur. Ou peut-être qu'il est agité. Ses doigts tambourinent contre sa cuisse, s'arrêtent, puis recommencent.

L'espace entre nous est électrique. Je veux me rapprocher, me blottir contre lui comme si c'était ma place. Mon corps ne cesse de me trahir, se penchant vers lui, suivant chaque mouvement de ses mains, remarquant comment sa gorge bouge quand il boit une gorgée. La chaleur du feu n'est rien comparée à celle qui monte sous ma peau chaque fois que nos regards se croisent.

À la télé, *Bon Appétit, Your Majesty* est en cours de diffusion. C'est l'histoire d'une cheffe pâtissière moderne qui est mystérieusement transportée à l'époque Joseon en Corée et qui doit convaincre le palais qu'elle n'est pas folle.

— Elle est en train de se disputer avec le prince, là, dit Luke. Elle ne croit pas qu'il fasse vraiment partie de la famille royale, elle pense que c'est du cosplay ou une blague.

— Elle vient de le traiter d'aristocrate gâté et mégalomane, je marmonne avec un sourire en coin au-dessus de ma tasse.

Il rit. — Dans le dernier épisode que j'ai regardé, elle a essayé de faire un dessert français sans aucun outil moderne et a failli se faire chasser de la cuisine.

— Tu aimes vraiment cette série.

— Je suis à fond dedans. Il sourit. J'attends les nouveaux épisodes tous les jeudis. On n'en est qu'à l'épisode neuf en tout.

Général Flufferton s'étire et attrape le coin de mon sandwich, repartant avec un fil de fromage.

— Général ! Ce n'est pas à toi !

Il m'ignore complètement, ronronnant plus fort en mâchant son butin.

Luke se met à rire. — Je viens littéralement de lui donner du saumon frais. Celui qui est cher et qui vient de la poissonnerie.

— Clairement, le fromage volé a meilleur goût. Je protège le reste de mon sandwich. C'est le vol qui ajoute de la saveur.

— Chat criminel. Il va bien s'intégrer ici.

Je prends une autre bouchée, en faisant attention à la garder loin des pattes chapardeuses. — En parlant de ça... si tu pouvais voyager dans le temps, n'importe où, où irais-tu ?

Il se frotte le menton, en réfléchissant, et je me laisse distraire par ses mains. Ces doigts qui étaient en moi un peu plus tôt aujourd'hui. Le frottement de sa barbe de trois jours sous sa paume. Sa lèvre inférieure prise entre ses dents pendant qu'il réfléchit.

— À Chicago, pendant la Prohibition, dit-il finalement. Dans les années 1920.

— Sérieusement ? Avec Al Capone et les mitraillettes ?

— Penses-y. Tout était illégal, mais tout le monde le faisait quand même. Des bars clandestins cachés derrière des salons de coiffure. Du jazz. Tout le monde était tiré à quatre épingles même s'ils étaient tous des criminels. Il bouge, et son genou frôle le mien, envoyant une décharge électrique le long de ma cuisse. En plus, j'aurais été parfait pour ça. Protection pour les contrebandiers, sécurité pour les clubs illégaux. Le même boulot que je fais maintenant, mais avec de la meilleure musique.

— Et nettement plus de meurtres.

— Détails. Son sourire est diabolique. Et puis, j'ai survécu à pire que... Il se rattrape. Je veux dire, je suis un dur à cuire. Je m'en sortirais.

— J'en suis sûre, le dur à cuire. Je lève les yeux au ciel, mais je souris. Laisse-moi deviner : tu séduirais une garçonne et tu mourrais dans une fusillade.

— Nan. Je trouverais ma nana et je la convaincrais de s'enfuir avec moi à Paris ou un truc du genre. Vivre la vie d'expatrié. Écrire de la poésie horrible. Boire de l'absinthe.

— Tu écris de la poésie ?

— Horriblement mal. Il y a une différence.

— Montre-moi un jour.

— Jamais. Mais il me fixe avec une lueur ardente dans les yeux. À ton tour. Où irais-tu ?

— Dans l'Égypte ancienne. Plus précisément, à la cour de Cléopâtre.

— Bien sûr que tu choisirais la civilisation des chats.

— Ils étaient des dieux là-bas ! Vénérés ! Momifiés à leur mort ! Je désigne Général Flufferton d'un geste. Il aurait été traité comme un roi.

— Il l'est déjà.

— Et puis, ces vêtements, l'or, le maquillage, les coiffes. Et je résoudrais enfin le mystère des pyramides.

— Il n'y a pas de mystère. C'était des milliers d'ouvriers et une ingénierie astucieuse.

— Mais et si ce n'était pas ça ? Je finis mon sandwich, léchant le fromage sur mon doigt et ne remarquant absolument pas comment les yeux de Luke suivent le mouvement. Et s'il y avait autre chose ? Une technologie perdue ou…

— Des extraterrestres. Tu penses que c'était des extraterrestres.

Avant que je puisse défendre ma position sur les anciens astronautes, Général Flufferton remarque mon assiette vide. La trahison dans ses yeux verts est digne d'un Oscar. Il se lève, s'étire de façon théâtrale et se pavane vers Luke, grimpant directement sur son torse sans aucune considération pour ses organes ou sa respiration.

— Putain de merde… Luke siffle alors que l'énorme chat s'installe sur son sternum, nez à nez avec lui. C'est comme ça que je vais mourir. Suffoqué par un chat qui me juge.

Général Flufferton pépie, pressant son front contre le menton de Luke dans un coup de tête qui est à la fois agressif et affectueux.

— Il te teste, je l'informe. Pour voir si tu es digne de son affection.

— En m'écrasant les poumons ?

— C'est un processus de sélection rigoureux. Je glousse en voyant la scène.

Le chat se met à ronronner si fort qu'on dirait un moteur, pétrissant les pattes sur le torse de Luke.

— OK, mais les extraterrestres, je continue, en essayant de ne pas rire du visage de Luke. On ne peut pas être seuls dans l'univers. Mathématiquement, ça ne tient pas. Des milliards de galaxies, des milliers de milliards d'étoiles…

— Oh, je suis entièrement d'accord. Il parvient à déplacer légèrement le chat pour pouvoir respirer. On est probablement le projet de science d'un gamin extra-terrestre qui a eu un 10/20.

— « Leur a donné la conscience, mais ils ont quand même détruit leur propre planète. Effort médiocre. »

Nous sommes en train de rire quand la porte d'entrée s'ouvre, laissant entrer un courant d'air froid ainsi qu'Arrow et Holt. Ils s'arrêtent dans l'entrée, observant la scène : moi, blottie, Luke, piégé sous mon chat, et nous deux souriant comme des idiots.

— Ça a l'air confortable, observe Arrow en retirant sa veste en cuir.

— Qu'est-ce qui s'est passé après notre départ ? demande Luke.

— On a attendu qu'ils s'en aillent. Ta cousine Sarah a tenu salon près de sa voiture pendant vingt minutes sur le parking, probablement encore en train de parler de l'incident du couloir, dit Holt.

Mon estomac se noue. — Oh, mon Dieu.

— Hé. La voix d'Arrow s'adoucit. Comment vas-tu ? C'était intense.

— Je vais… Je tire mes manches sur mes mains, une habitude nerveuse. Je vais mieux maintenant. Loin d'eux. C'était plus que ce à quoi je m'attendais.

— Une embuscade, dit simplement Holt. Ta mère a planifié ça.

— Ouais. Je m'enfonce plus profondément dans le canapé. C'est sa spécialité.

Arrow s'étire, faisant craquer son cou. — Bon, il faut que je quitte ce jean avant qu'il ne devienne une seconde peau.

Holt a un petit rire. — Ouais, je devrais me changer aussi.

Ils montent à l'étage, et Luke essaie immédiatement de s'extraire de sous Général Flufferton.

— Allez, mon pote. Laisse-moi me lever.

Le chat enfonce ses griffes juste assez pour se faire comprendre.

— Je dois préparer des en-cas pour ta mère.

Général Flufferton saute instantanément à bas du canapé et suit Luke jusqu'à la cuisine, la queue haute, supervisant son raid dans le garde-manger.

— Luke, je viens de manger…

— Pas assez. Jamais assez. Tu as picoré ce dîner chic comme un oiseau.

Il revient les bras chargés de trois sortes de chips, de barres de chocolat, de ce qui ressemble à des cookies faits maison, de canettes de soda, de bouteilles d'eau et même d'un bol de raisins.

— Tu as dévalisé une supérette ?

— Je ne savais pas ce qui te ferait plaisir. Il dispose tout sur la table basse comme des offrandes. Je veux juste que tu sois heureuse. Nourrie. À l'aise.

La sincérité dans sa voix me serre la poitrine. Général Flufferton se faufile entre ses jambes, ronronnant son approbation.

— Tu vas me pourrir gâtée.

— C'est le but.

Avant que je puisse répondre à cette déclaration lourde de sens, Holt redescend et mon cerveau se vide complètement.

Un pantalon de jogging gris porté bas sur ses hanches, montrant le V de ses muscles qui disparaît sous la ceinture. Un débardeur blanc qui ne cache rien de la puissance de son torse, des tatouages complexes qui couvrent ses bras. Ses cheveux sombres sont en bataille, et son cache-œil médical le rend encore plus séduisant, comme le danger personnifié.

Il attrape une bière dans la cuisine et se laisse tomber sur le canapé de l'autre côté de moi, assez près pour que sa cuisse presse la mienne. La chaleur de son corps s'infiltre immédiatement à travers mon jean. Mon corps réagit à sa proximité sans ma permission, ma peau s'empourpre, mon pouls s'accélère.

— J'espère que vous n'êtes pas en train de regarder la suite sans moi, dit-il en désignant la télé, où la cheffe pâtissière enseigne maintenant un certain plat aux servantes du palais.

— On a recommencé depuis le premier épisode pour Cindy, l'assure Luke.

— Bien. Holt prend une longue gorgée de sa bière, et je regarde sa gorge bouger, la façon dont ses lèvres se referment sur la bouteille.

— Après m'avoir envoyé ce cocktail nucléaire, tu mérites une punition, ajoute Luke.

— C'était une vengeance pour la commotion cérébrale, proteste Holt.

— Et ensuite tu as empiré les choses en l'embrassant devant l'espionne de la famille ! réplique Luke.

Mon visage s'enflamme. — Désolée pour ça. Très mauvais timing.

La main de Holt se pose sur ma cuisse, lourde et chaude. — Pas désolé. Si Luke tenait tant à ce rôle de faux petit ami, c'est à lui de gérer les complications.

— Tu es juste énervé que je sois arrivé le premier, rétorque Luke.

— Tu es arrivé le premier parce que tu m'as provoqué un traumatisme crânien.

— OK ! J'interviens, brûlant de gêne. On peut ne pas parler de… l'incident ? Comment va ton œil ? je demande à Holt. Vraiment ?

La bouche de Holt s'ouvre pour parler, mais…

— Hardi, matelot, il guérit fort bien ! La voix d'Arrow résonne depuis les escaliers avec le pire accent de pirate que j'aie jamais entendu. Mais ma perception de la profondeur est foutue, yarr !

— Arrête, grogne Holt, mais ses lèvres tressaillent.

— Quoi ? J't'entends pas avec le bruit de ma jambe de bois ! Arrow nous rejoint, et ma bouche s'assèche pour des raisons complètement différentes.

Ses cheveux sombres sont mouillés par la douche, plaqués en arrière, soulignant ses pommettes saillantes et ses yeux dangereux. Il porte un pantalon de costume noir et un t-shirt blanc fin qui colle à son torse, ses pieds nus silencieux sur le parquet. Il paraît détendu mais prêt à bondir à tout moment.

— Tas d'chiens galeux, vous avez intérêt à bien traiter ma donzelle ! Il s'accroche vraiment à ce terrible accent.

— Arrow, je te jure que… commence Holt.

— Sinon, je vous ferai passer par-dessus bord dans… euh… la piscine !

Nous rions tous maintenant, même Holt, bien qu'il essaie de le cacher derrière sa bière.

— Vous êtes tous des idiots, marmonne Holt. Mais toi… Il serre ma cuisse, et je manque d'exploser. Toi, je ne regrette pas. Ce baiser valait bien le chaos qu'il a causé à Luke.

Arrow attrape un autre paquet de chips et se laisse tomber sur le canapé entre moi et Luke, nous faisant tous rebondir. Je suis maintenant coincée entre lui et Holt, hyperconsciente de chaque point de contact. Le bras d'Arrow passe derrière moi, sur le dossier du canapé, sans tout à fait me toucher mais assez près pour que je sente sa chaleur.

— Alors, dit Arrow, sa voix redevenue normale. On va vraiment organiser un mariage ici ?

La culpabilité m'envahit. — Je suis tellement désolée. Elle a juste balancé ça comme ça et...

— Ce n'est pas ta faute, dit fermement Luke.

— Quand même. Vous pouvez dire non. Dites-lui que la maison n'est pas disponible ou...

— On le fait. La voix de Luke ne souffre aucune contestation. D'ailleurs, cette femme a besoin de voir exactement à qui elle a affaire.

— Qu'est-ce que tu veux dire ?

Luke regarde les autres, une communication silencieuse passant entre eux, puis il leur raconte tout. L'ultimatum. La menace de me ramener de force à la maison. L'exigence de prouver que notre relation est réelle d'ici Halloween.

— Elle a dit quoi ? La voix d'Arrow devient terriblement calme.

— Elle ne peut pas... commence Holt.

— Si, elle peut. Et elle le fera. Je triture nerveusement mes manches. Vous ne la connaissez pas. Elle a des relations, de l'argent, une rancune tenace qui... Je m'arrête, déglutissant difficilement. Je suis tellement désolée de vous avoir entraînés dans ce désastre. Maintenant vous comprenez pourquoi je me suis enfuie. Pourquoi j'ai changé de nom. Ils détruisent tout.

— Cindy. Luke se rapproche. Regarde-moi.

Je le fais, à contrecœur.

— On ne va nulle part.

— Ce n'est pas un jeu, dit Holt doucement. Pas pour nous.

Mon cœur s'arrête. — Quoi ?

— Tu es notre fragrance compatible. La voix d'Arrow est neutre. Nous réagissons tous les три à toi. Tu réagis à nous. Ce n'est pas faux.

— Mais…

— Donne-nous une chance de te courtiser, l'interrompt Holt. Correctement. Comme tu le mérites.

— On t'emmènera à de vrais rendez-vous, ajoute Arrow. Montrer à ta mère à quoi ressemble une vraie romance. Pas cette merde arrangée qu'elle a essayé de t'imposer.

— Tout ce dont tu as besoin, dit Luke. On a environ deux semaines pour prouver que c'est réel, parce que ça l'est.

Je les regarde, ces trois hommes dangereux et magnifiques qui m'offrent… tout. — Vous êtes sérieux.

— On ne peut plus sérieux, confirme Luke.

— Vous voulez tous les trios… sortir avec moi ?

— Nous voulons plus que ça, dit Holt doucement. Mais on commencera par des rendez-vous si c'est ce avec quoi tu es à l'aise.

Mes yeux me brûlent de larmes non versées. L'espoir sur leurs visages, la sincérité, la façon dont ils se penchent tous vers moi, tout cela est bouleversant.

— Je ne… je ne peux pas… Je prends une inspiration chancelante. Et si elle gagne ? Et si elle prouve que c'est faux d'une manière ou d'une autre ?

— Comment peut-elle prouver que quelque chose est faux ? demande Arrow.

— Elle est intelligente. Manipulatrice. Elle trouvera un moyen de déformer les choses…

— Alors nous ne lui donnerons rien à déformer. La main de Luke trouve la mienne. Nous lui montrerons la vérité. Que tu es à nous.

— Que nous sommes à toi, corrige Holt.

— Que c'est réel, finit Arrow.

Je les fixe, ces hommes qui me connaissent à peine mais qui sont prêts à se battre contre ma mère pour moi.

— Un mariage pour Halloween, songe Luke. Ta mère va détester chaque seconde de ce que nous allons organiser.

— Oh que oui. On va en faire le mariage le plus gothique de tous les temps. Arrow sourit. On va vraiment se plonger dans le thème d'Halloween.

— Des centres de table en forme de squelettes, suggère Luke.

— Des roses noires, ajoute Holt.

— Costume obligatoire, termine Arrow.

Je ris malgré tout. — En fait, Monica adorerait ça.

— Alors c'est ce qu'elle aura. Luke serre ma main. Ta mère devra sourire pendant tout le long puisqu'elle nous a demandé notre aide.

La conversation se poursuit, les plans devenant de plus en plus ridicules, et je me détends peu à peu. Mais sous les rires et les plans, une angoisse sourde se love dans mon estomac.

Ma famille est un poison. Ils s'infiltrent dans tout ce qui est bon et le souillent, le déforment, le détruisent jusqu'à ce qu'il ne reste que du ressentiment et de la douleur. Ces hommes qui sentent comme s'ils m'appartenaient, qui me laissent les désirer, qui m'étudient comme si j'étais précieuse, ils ne comprennent pas dans quoi ils s'engagent.

Ma mère va fouiller. Elle va manipuler. Elle trouvera chaque faiblesse et l'exploitera. Et quand elle le fera, quand elle prouvera que tout cela est faux — même si ça devient terriblement réel — elle les détruira juste pour le plaisir.

— Ta mère est sur le point d'apprendre à ne pas toucher à ce qui est à nous, dit Holt, les deux autres acquiesçant.

Le grognement possessif dans sa voix me réchauffe. Général Flufferton choisit ce moment pour traverser nos genoux à tous, réclamant son attention, et la tension se dissipe dans un éclat de rire.

Mais alors que je suis assise ici, entourée de ces hommes qui ont décidé que je valais la peine de se battre, je ne peux me défaire du sentiment que je les entraîne dans une guerre qu'ils ne peuvent pas gagner.

Ma mère gagne toujours.

Toujours.

16

ARROW

Le soleil matinal perce le froid d'octobre alors que je sors ma Ducati du garage. La peinture noir mat brille à la lumière comme une arme chargée, chaque ligne acérée et tendue, pleine d'intention. Le moteur ronronne de ce vrombissement sourd et mortel qui fait tourner les têtes et pousse les conducteurs de SUV à vérifier deux fois leurs rétroviseurs. Elle est modifiée pour la vitesse et le contrôle, avec un pot d'échappement amélioré, une suspension réglée pour la piste et des bracelets positionnés exactement là où j'en ai besoin pour une conduite qui flirte avec la frontière entre le frisson et le crime. Puis je me dirige vers l'avant de la maison.

Cindy m'attend sur les marches de son porche, emmitouflée dans ce pull bordeaux qui donne à sa peau un aspect crémeux, et vêtue d'un jean usé qui moule son cul magnifique. Ses boucles douces scintillent dans la lumière du matin, tout en reflets de miel et d'or, et quand elle me voit, tout son visage se transforme. Ce sourire nerveux, sa façon de glisser une mèche de cheveux derrière son oreille, ce petit rebond sur la pointe des pieds... putain, cet Oméga va causer ma perte.

— Votre carrosse vous attend, je lance en m'arrêtant au bord du trottoir.

Elle dévisage la moto avec un mélange d'excitation et de terreur.— Je suis prête à refaire un tour avec toi.

Je souris en lui tendant le deuxième casque, noir mat avec une visière teintée.— La sécurité d'abord. Pas question que *mon* Oméga se fasse mal.

Ses joues rosissent, mais elle ne me corrige pas. Progrès.

Elle passe la jambe par-dessus la selle, s'installe derrière moi, et le premier contact de ses cuisses contre les miennes envoie une décharge électrique directement dans ma queue. Puis ses bras s'enroulent autour de ma taille, hésitants au début, comme si elle avait peur de trop serrer.

— Plus près, je gronde.— Sauf si tu veux t'envoler quand je passerai la troisième.

Elle se rapproche, pressant tout son buste contre mon dos, et merde. Ses seins écrasés contre moi, ses cuisses encadrant les miennes, ses mains étalées sur mon ventre, je peux sentir son cœur battre à travers mon blouson en cuir, rapide et nerveux. Son odeur m'enveloppe malgré le vent, cette douceur qui me donne envie de crier *À moi, revendiquer, protéger*.

— Accroche-toi bien, je préviens, puis je mets les gaz.

Elle pousse un petit cri, ses bras se resserrant au

point de me faire mal, et je ne peux m'empêcher de sourire à l'intérieur de mon casque. Le quartier industriel défile, de vieux entrepôts reconvertis en conneries branchées, des graffitis laissant place à des fresques commandées, des brasseries artisanales et autres trucs d'artisans-je-ne-sais-quoi qui poussent comme des champignons après la pluie. La Whispering Grove Brewing Company se dresse au milieu de tout ça, un bâtiment en briques restauré avec d'immenses fenêtres et une enseigne qui se donne trop de mal pour paraître vintage.

Je me gare sur le parking des employés et je coupe le moteur. Le silence soudain semble assourdissant.

— Tu peux me lâcher maintenant, je dis, amusé.

— Donne-moi une minute. Sa voix est étouffée contre mon dos.— Mes jambes ont oublié comment fonctionner.

Je l'aide à descendre, la retenant quand elle vacille. Son visage est rouge, ses yeux brillants, et elle sourit comme si elle venait de descendre d'une montagne russe.

— C'était terrifiant, dit-elle.— Quand est-ce qu'on peut recommencer ?

— Quand tu veux, ma belle. Je suis ton service de taxi personnel maintenant.

— Je devrais vraiment m'acheter une voiture…

— Pourquoi ? Pour rester coincée dans les bouchons comme tous les autres pigeons pendant que je vis ma vie librement ? J'enlève mon casque en secouant mes cheveux.— Et puis, j'aime bien t'avoir plaquée contre moi. C'est le meilleur moment de ma matinée.

Elle baisse la tête, mais pas avant que je n'aperçoive son sourire.— Merci, Arrow. Vraiment.

— Va brasser ta bière, ma grande. Je passe te prendre à dix-sept heures.

Elle se dirige vers l'entrée des employés, et je la suis de chaque pas parce que je suis un homme faible et que ce cul dans ce jean est une expérience mystique. Elle se retourne à la porte, me fait un signe de la main, et disparaît à l'intérieur.

Je me retourne, et c'est là que je le repère.

De l'autre côté de la rue, à une dizaine de mètres, appuyé contre un lampadaire cassé comme si le trottoir lui appartenait. Même sans casque, même avec la distance, je reconnaîtrais cette posture arrogante n'importe où.

Mack.

Mon petit frère, la catastrophe ambulante. Il observe l'entrée de la brasserie où Cindy vient de disparaître, et tous mes instincts protecteurs passent en alerte maximale.

Je démarre la Ducati, sans prendre la peine de mettre le casque, que je garde devant moi. Le rugissement du moteur résonne sur les bâtiments alors que je traverse la rue à toute allure, dérapant pour m'arrêter à quelques centimètres de ses pieds. Le gravier gicle, et il ne bronche même pas.

— Belle entrée, dit Mack, avec ce sourire narquois que je lui connais depuis qu'il a douze ans et qu'il allumait des feux dans le jardin.— Très théâtral.

Il a l'air mal en point. Mais pas autant que la dernière fois. Il a toujours les pommettes saillantes de notre mère, les yeux sombres de notre père, mais il y a une dureté qui n'existait pas quand il était gamin. Ses cheveux sont plus longs, attachés en arrière, de nouveaux tatouages lui grimpant sur le cou. Il porte un jean déchiré, des rangers et un gilet en cuir par-dessus un Henley noir.

— Qu'est-ce que tu fous ici ? je demande, sans descendre de la moto.— Comment tu savais que je serais là ?

— Content de te revoir aussi, mon frère. Il écarte les bras comme pour me prendre dans les siens.— Ça fait des années.

— Ouais, depuis que tu as appelé de la prison du comté pour que je paie ta caution. Je m'en souviens très bien, agression avec une arme mortelle, c'était ça, non ?

Il lève les yeux au ciel, un geste si familier que ça en est douloureux.— Putain, mec. J'ai merdé. Laisse tomber.

— Pas qu'une seule fois.

— Je sais, je sais. Quelque chose est différent. L'énergie frénétique qui émane habituellement de lui comme des vagues de chaleur est atténuée. Contrôlée. — Écoute, j'essaie de...

— Qu'est-ce que tu veux cette fois ? je le coupe, car les excuses de Mack sont comme ses promesses : elles valent moins que l'air utilisé pour les prononcer.

Il étire ses épaules.— Rien. Je suis là pour un boulot, je me suis dit que ce serait bien de voir mon grand frère. Peut-être recoller les morceaux.

Je ricane avant de pouvoir me retenir. C'est automatique, comme respirer. D'habitude, ça veut dire qu'il a besoin d'argent, d'un endroit où dormir, ou de quelqu'un pour porter le chapeau pour la connerie dans laquelle il s'est fourré.

La dernière fois que je l'ai vu, il avait débarqué à Savor en plein service du dîner, complètement défoncé, hurlant la même chose, que je l'avais abandonné, que je l'avais laissé dans cette maison avec ces monstres. Il avait fait une scène, cassé de la vaisselle, effrayé les clients. J'avais dû le jeter dehors physiquement pendant qu'il pleurait et me maudissait à parts égales. La fois d'avant, il avait volé ma moto et l'avait enroulée autour d'un poteau téléphonique. Ça m'avait coûté quinze mille dollars pour la reconstruire.

Mais avant tout ça, avant la drogue, le crime et les putains de déceptions sans fin, il était juste mon petit frère. Le gamin qui se faufilait dans ma chambre pendant les séances de prière de Papa, quand les cris devenaient trop forts. Qui partageait son dîner quand on me mettait au régime sec pour désobéissance. Qui a pleuré pendant trois jours d'affilée après les passages à tabac quand il s'est fait prendre à m'aider.

J'avais seize ans. Il en avait treize. Et je l'ai laissé làbas. Putain, ça me ronge encore parce que les choses auraient pu tourner différemment.

— Quel boulot ? je demande, sachant déjà que la réponse ne va pas me plaire.

Son regard se porte sur la brasserie.— Cette nana sur ta moto. Ta copine ?

Chaque muscle de mon corps se raidit.— Et comment. Mais elle n'est pas pour tes yeux.

— Hé, je comprends. Il lève les mains, et il y a

quelque chose dans son expression, de la résignation ?

— Mais c'est ça le truc, Arrow. Je suis là à cause d'elle, et il faut qu'on parle. Il y a quelque chose que tu dois savoir.

Ses mots ont l'effet d'une douche froide. Van. Ça ne peut être que ce putain de Van. Cet enfoiré a le bras long, des relations, le genre d'argent qui achète des gros bras. Et Mack, mon frère désespéré et toujours fauché, serait exactement le genre de gros bras qu'il achèterait.

— Bordel de merde, je crache.— Bien. Suis-moi au restaurant. On parlera là-bas.

Je n'attends pas de réponse, je quitte le quartier industriel comme si j'avais le diable à mes trousses. Dans mes rétroviseurs, je vois Mack peiner à me suivre, même s'il a toujours su piloter comme si le diable lui-même lui avait appris. Nous nous faufilons dans le trafic matinal, nous faufilant entre les files, passant aux feux orange qui sont définitivement rouges le temps que nous les franchissions.

Savor est vide quand nous arrivons, il n'ouvrira pas avant le déjeuner. J'utilise l'entrée de service, allumant les lumières au fur et à mesure. L'équipe de cuisine est déjà en train de préparer — je les entends hacher, je sens les oignons et l'ail qui crépitent dans l'huile chaude — mais la salle de restaurant est toute à moi.

Je prends deux bières derrière le bar, je décapsule les bouteilles avec le bord du comptoir et je me glisse dans une banquette d'angle. Mack me suit.

— Le coin a l'air bien, admet-il.— Ça marche.

— Oui. Je lui fais glisser une bière.— Maintenant, parle.

Il prend une longue gorgée, soit pour se donner du courage, soit pour gagner du temps. Avec Mack, c'est toujours difficile à dire.

— Il y a quelques jours, j'ai accepté un boulot par l'intermédiaire d'un MC. Il décolle l'étiquette de sa bière, un tic nerveux.— Pour un certain Van. Il voulait que quelqu'un fasse de la surveillance, peut-être mettre un peu la pression. Sur une fille.

Ma main se resserre sur ma bouteille au point de m'étonner qu'elle n'éclate pas.— Continue.

— C'était pour un joli Oméga, blonde, qui bosse dans une brasserie. Il croise mon regard.— Je n'avais aucune putain d'idée que c'était la tienne, Arrow. Je le jure sur la tombe de Maman...

— Je ne crois pas que Maman soit morte.

— Peu importe. Tu vois ce que je veux dire. Il se penche en avant.— Le boulot était simple. La surveiller. La rendre nerveuse. Peut-être provoquer quelques accidents, rien de grave. La pousser à quitter la ville.

— Et tu as accepté.

— J'avais besoin d'argent. Sa voix se brise, juste un peu.— J'essaie d'entrer chez les Savage Sons MC. Des anciens de ton club, les Savage Reapers. C'était censé être ma période d'essai, alors ils m'ont proposé le boulot et faisaient la liaison directement avec Van. Et je devais prouver que je pouvais suivre les ordres, être utile avant qu'ils envisagent de me prendre.

— C'est ton ambition professionnelle ? Un gang de motards ?

— C'est une protection. C'est le sentiment d'appartenir à quelque part. Les mots flottent entre nous, lourds d'accusation : *Tu ne m'as laissé nulle part où appartenir.*

— Alors, quoi, tu es venu effrayer mon Oméga et gagner ton écusson ?

— Je suis venu faire un boulot. Puis je t'ai vu avec elle ce matin, et... Il hausse les épaules.— Le sang, c'est le sang, Arrow. Même après tout.

J'ai envie de le croire. De croire qu'il reste quelque chose de mon petit frère dans cet homme brisé. Mais Mack m'a trahi trop de fois, chaque trahison coupant plus profondément que la précédente.

— Tu l'as approchée ? je demande.

— Jamais. Je vous ai vus ensemble pour la première fois aujourd'hui, j'ai tout annulé immédiatement.

— Et les Sons ?

— Je vais leur dire que tu es impliqué. Ils connaissent ta réputation, savent ce qu'ont fait les Reapers. Ils ne toucheront à rien qui te soit lié.

Nous restons assis en silence, à boire nos bières. Le bruit de la cuisine remplit l'espace, le rythme familier de la mise en place, mon équipe se préparant pour une nouvelle journée. Des bruits normaux de ma vie normale, pendant que mon passé est assis en face de moi avec des yeux fatigués et des mains tremblantes.

— Tu as l'air fatigué, je lui dis.

— Merci. Tu as l'air d'un vendu. Il sourit.— Restaurant chic, fringues propres. Tu joues au citoyen modèle.

— Ça s'appelle grandir.

— Ou oublier d'où tu viens.

— Je sais exactement d'où je viens. Les mots sortent plus durement que prévu.— D'une maison où Papa a essayé de me faire sortir l'Alpha à coups de poing et où Maman priait sur mon corps inconscient. Où ils m'ont enfermé dans la cave quand je me suis déclaré, comme si c'était mon putain de choix. Où ils t'ont forcé à regarder…

— Arrête. Sa voix est faible.— Je sais. J'y étais.

— Vraiment ? Parce que je me souviens t'avoir supplié de venir avec moi. De te tirer de là avant qu'ils ne te brisent aussi pour t'être rebellé.

— J'avais treize ans !

— Et je n'avais nulle part où aller. Ni argent, ni contacts. Je me penche en arrière, soudain épuisé. — Mais je te voulais quand même avec moi.

— Alors pourquoi n'es-tu pas revenu ?

La question qui me hante depuis des années. Pourquoi ne suis-je pas retourné le chercher ? L'orgueil ? La peur ? La conscience que je survivais à peine moi-même, travaillant à des boulots de merde payés au noir, dormant dans l'arrière-salle du garage de motos, me battant pour de l'argent quand le travail honnête se tarissait ?

— Parce que j'étais un lâche, j'admets.— Parce que je me suis convaincu que tu étais mieux avec eux que sans-abri avec moi.

— Je ne l'étais pas. Sa voix est plate.— Ils ont empiré après ton départ. Après qu'il n'ait pas pu réparer un fils, il est devenu fou et s'est déchaîné sur moi sans aucune raison.

Je sais ce que ça veut dire. Les séances de prière qui laissaient des bleus. Les régimes restrictifs qui frôlaient la famine. L'isolement, la manipulation, la destruction minutieuse de tout ce qui aurait pu te faire te sentir fort, digne ou entier. Mes entrailles se glacent.

— Je suis vraiment désolé, je dis, et je le pense. — J'aurais dû...

— Laisse tomber. Il me fait un signe de la main. — On a tous les deux fait des choix. Les miens étaient juste plus merdiques que les tiens.

— Clairement. Je désigne le restaurant autour de nous. — Regarde où mes choix de merde m'ont mené.

Cela lui arrache un petit sourire. — Tu as toujours réussi à retomber sur tes pieds. Comme un putain de chat.

— Mack. J'attends qu'il croise mon regard. — Reste en ville un moment. Ne rejoins pas le club. On trouvera une solution.

Son visage entier change, des années s'effacent jusqu'à ce que je puisse voir le gamin qu'il était. — Ouais ?

— Ouais. Mais écoute bien. Si tu me fais encore une crasse, si tu me mens, si tu t'approches de Cindy ou si tu fais quoi que ce soit pour lui faire du mal, je te virerai personnellement de la ville. Et tu pourras considérer que tu n'as plus de frère. C'est clair ?

— Limpide. Il hoche la tête rapidement. — J'essaie de changer, Arrow. J'essaie vraiment. Gagner de l'argent honnêtement quand je peux, rester clean. Enfin, presque clean. La beuh, ça ne compte pas.

— La beuh ne compte jamais.

— Tu vois ? Tu comprends. Il finit sa bière. — Je devrais appeler Jon chez les Sons. Lui dire que je me retire pour de bon.

Jon. Ce nom traverse la brume dans mon esprit comme un coup de poing.

Je me souviens de lui de notre époque chez les Savage Reapers. Il a le regard perçant, c'est un beau parleur, toujours deux coups d'avance, et il n'a jamais peur de se salir les mains.

Intelligent comme pas deux. Trop intelligent.

Le genre de type qui sourit tout en manigançant des coups que personne d'autre ne voit venir.

Je ne le qualifierais pas d'ami, mais je ne le sous-estimerais jamais.

Et je ne lui mentirais certainement pas à moins d'être prêt à tout faire brûler ensuite.

— Ouais, tu devrais. Je me lève, me dirigeant vers l'avant du restaurant.— Je serai là-haut à faire mes trucs de gérant.

Je m'occupe avec les recettes de la veille, mais j'écoute. La voix de Mack porte même quand il essaie d'être discret et je capte quelques mots.

— Ouais, c'est Mack… Non, je me retire… L'Oméga est connectée… Arrow… Ouais, cet Arrow-là… Mon frère…

Des cris retentissent à l'autre bout, métalliques à travers le haut-parleur du téléphone.

— Je m'en fous de ce que Van vous a proposé de payer… Non, vous ne comprenez pas. Arrow va… Ne me menacez pas, espèce de…

Plus de cris. Les réponses de Mack deviennent plus courtes, plus sèches.

— Très bien. Peu importe… Pour votre bien, vous feriez mieux de refuser ce boulot.

Il raccroche, et je compte jusqu'à dix avant de revenir vers lui.

— Comment ça s'est passé ? je demande en haussant un sourcil.

— Comme prévu. Ils sont furieux. Van va être enragé. Il hausse les épaules, puis hésite.— Mais Jon a dit qu'ils laisseraient tomber le boulot.

Je penche la tête sur le côté.— Tu es sûr que c'est ce qu'il a dit ?

— Qu'est-ce que tu veux dire ?

— Je veux m'assurer que tu es sincère avec moi.

Mack me lance un regard vide.— Crois-moi ou non, Arrow. J'ai dit ce qui devait être dit. Si Jon est malin, il écoutera.

Je ne réponds pas tout de suite. J'ai un nœud dans l'estomac qui ne s'est pas desserré, mais en même temps, j'ai ce sentiment avec tout ce que fait Mack.

Pourtant, je force un sourire et je jette un œil à l'heure.— Viens au festival ce soir. On a un food truck à Miller's Field. Tu pourras donner un coup de main, prendre des nouvelles de Luke et Holt.

Il hoche la tête.— Ouais ? Ça serait bien de les revoir.

— On est partenaires. En tout.

— Même pour l'Oméga ?

— Surtout pour l'Oméga.

Il laisse échapper un sifflement admiratif.— Je ne pensais pas que tu serais du genre à partager.

Je souris.— Ça ne te regarde pas. Contente-toi d'être là vers dix-neuf heures. Et, Mack ? Fais pas en sorte que je le regrette.

— Je ne le ferai pas. Il se dirige vers la porte, fait une pause.— Arrow ? Merci. De ne pas m'avoir foutu à la porte.

— Je n'ai pas encore décidé que je ne le ferais pas. La journée ne fait que commencer.

Il rit, et pendant une seconde, c'est comme si nous étions à nouveau des gosses. Avant la violence, avant les ruptures, avant que Papa ne rejoigne une putain de secte et que tout parte en couille. Puis il est parti, sa moto rugissant au-dehors, et je suis laissé seul avec le fantôme de chaque choix qui nous a menés ici.

Mon téléphone vibre. Un texto de Luke : « *Comment va notre fille ?* »

« *Livrée saine et sauve. Mais j'ai un problème. Mack surveillait Cindy pour un boulot.* »

« *Putain, quoi ? Van ?* »

« *Cet enfoiré l'a engagé pour effrayer Cindy.* »

Les trois petits points apparaissent et disparaissent plusieurs fois avant la réponse de Luke : « *Je vais le tuer.* »

« *Lequel ?* »

« *Les deux. Je commence par Van, je force Mack à regarder, puis c'est son tour.* »

« *Il vient ce soir. Il a annulé le truc devant moi.* »

« *Tu le crois ?* »

Je pense au visage de Mack, à l'épuisement qui s'y lisait, à la résignation. À la façon dont il a dit *Le sang, c'est le sang* comme si ça signifiait encore quelque chose après tout.

« *Peut-être. Je vais le garder à l'œil.* »

« *Bien. Comment va Cindy ?* »

Je l'imagine pressée contre moi sur la moto, la façon dont elle s'agrippait comme si j'étais la seule chose solide dans son monde. Les petits bruits qu'elle a faits quand on a pris les virages trop vite. Comment elle sentait à la fois le foyer, le sexe et le "à moi".

« Parfaite. Absolument putain de parfaite. »

« T'es complètement dingue d'elle. »

« Dit celui qui s'est coupé tous les cheveux pour un seul rencard. »

« Ça valait le coup. »

« Ouais, » je tape, regardant mon restaurant, pensant à mon frère, à mon Oméga, à ma putain de vie compliquée. *« Ça l'est toujours. »*

17

CINDY

Le site du festival vibre de l'énergie d'octobre. Des guirlandes de lumières orange s'entre-croisent au-dessus de nos têtes, telles des flammes sur le ciel qui s'assombrit, et l'odeur de friture se mêle à la fumée du feu de joie qui attire déjà les papillons de nuit et les adolescents en égale mesure. Des enfants hurlent dans des manèges qui semblent sur le point de s'effondrer tandis que leurs parents serrent des gobelets en plastique remplis de bière. Le stand de notre brasserie est coincé entre un food truck à tacos qui crache de la musique mariachi et un stand de churros à l'odeur alléchante.

Harper se bat avec notre bannière pendant que je dispose les verres de dégustation, mais ses cheveux noirs aux pointes violettes ne cessent de lui fouetter le visage avec la brise du soir.

— Putain de…

Elle crache ses cheveux pour la troisième fois.

— J'aurais dû prendre des élastiques.

— Tiens.

J'en sors un de ma poche, toujours prête, car l'anxiété signifie tout avoir en double.

— Tu es une déesse.

Elle attache ses cheveux en une queue de cheval.

— Bon, maintenant, réexplique-moi, et lentement, ce qui putain est arrivé à l'œil de Holt le Canon ?

Je jette un coup d'œil au food truck où il aide Luke et Arrow à s'installer. Le cache-œil médical, d'un noir intense sur sa peau, lui donne l'air d'un dangereux pirate qui pourrait vous détrousser avant de vous préparer le meilleur repas de votre vie. Il nous surprend en train de le regarder, et son œil valide se plisse d'une manière qui me fait sourire. Mon Dieu, même blessé, il dégage cette puissance sulfureuse que j'adore.

— Est-ce que quelqu'un l'a enfin frappé parce qu'il était trop beau ? continue Harper, sans même prendre la peine de baisser la voix. Parce que j'y ai déjà pensé. C'est franchement injuste pour nous, simples mortels.

— Ahoy, matelot !

La voix d'Arrow nous parvient du camion avec cet horrible accent de pirate qu'il a utilisé dans leur manoir.

— Le gredin se remet d'une bataille féroce contre une échelle qui a gagné, qu'elle repose en pièces !

— Très drôle, grogne Holt, mais je vois ses lèvres frémir. Va bien te faire voir, Luke.

Luke se plie en deux de rire, manquant de faire tomber la caisse de matériel qu'il transporte. Le mouvement fait remonter son t-shirt, exposant une bande de peau et ces abdos en V qui disparaissent dans son jean. Je suis bouche bée.

— Ça valait bien la commotion !

Harper m'agrippe le bras assez fort pour y laisser des marques.

— Pardon, quoi ? Commotion ? Échelle ? Luke ? J'ai besoin de détails immédiatement. Genre, alerte nationale, immédiatement.

Je me penche vers elle, gardant la voix basse même si les garçons sont trop loin pour nous entendre par-dessus le chaos du festival.

— Tu te souviens de mon incident avec le vibro que je t'ai raconté ?

— Comment pourrais-je l'oublier ? C'était le meilleur moment de tout mon mois.

— Eh bien, Holt en a parlé à Arrow. Puis Arrow l'a dit à Luke.

— OK, je te suis pour l'instant.

— Luke avait par hasard un gode tout mou qui venait d'un enterrement de vie de jeune fille, et il l'a lancé. Sur Holt. Alors que Holt était sur une échelle.

La bouche de Harper s'ouvre. Se referme. Puis s'ouvre à nouveau. On dirait un poisson en pleine crise existentielle.

— Un gode ? Et ça lui a causé une commotion cérébrale ?

— Holt est tombé de l'échelle. S'est cogné la tête. Hôpital. Tout le bazar.

— Tout ça a commencé parce que tu as accidentelle-ment lancé un vibromasseur ?

La voix de Harper monte à un niveau qui inquiète les chiens des environs.

— C'est mieux que n'importe quelle série Netflix. C'est du grand spectacle !

— On peut passer à autre chose, s'il te plaît…

— Non ! On ne peut pas passer à autre chose !

Elle vibre pratiquement de joie, sautillant sur la pointe des pieds.

— Il y a tout un feuilleton qui se joue là, et tu vas tout me raconter pendant qu'on s'installe. Chaque. Petit. Détail.

Elle m'entraîne derrière la table de notre stand, nous positionnant assez loin des garçons pour qu'ils ne puissent pas nous entendre, mais assez près pour que je puisse continuer à les voir. Et Dieu me pardonne, je ne peux pas m'arrêter de les regarder. Les bras de Luke se contractent lorsqu'il soulève du matériel, ses muscles bougeant sous l'encre. Le t-shirt d'Arrow remonte quand il attrape quelque chose en hauteur, dévoilant des abdos qui pourraient râper du fromage. Holt se déplace avec la grâce d'un dieu malgré sa blessure, chaque mouvement délibéré et étrangement sexuel, même quand il se contente de porter des caisses.

Mon corps est trop chaud, hypersensible. Chaque brise me fait frissonner. Chaque frôlement accidentel du bras de Harper me fait tressaillir. C'est comme si ma peau était deux tailles trop petite, et la seule chose qui pourrait m'apaiser serait de laisser ces trois hommes poser leurs mains sur…

— Arrête de les dévorer des yeux et commence à parler, exige Harper. Commence par le début. Et inclus le dîner de l'enfer. Le diable en jupons qui te sert de mère. Tout.

Alors je lui raconte tout pendant que nous travaillons.

— Et elle t'a donné deux semaines pour prouver que votre relation est réelle, sinon elle te traîne à la maison ?

Harper s'arrête au milieu de l'ajustement de notre bannière.

— Genre, te traîner physiquement ? C'est la mafia ?

— C'est tout comme, dis-je, souriant à moitié à l'absurdité de la situation, même si je sais qu'elle ferait tout ce qui est en son pouvoir.

— Merde !

Harper secoue la tête.

— Et ensuite ?

— Eh bien, les gars m'ont demandé d'emménager.

Harper laisse tomber la pile de sous-verres qu'elle tenait. Ils se dispersent sur l'herbe comme des confettis à la fête la plus triste du monde.

— Tu n'as pas fait ça ?

— Si, samedi soir. Enfin, juste pour une nuit au début. Puis j'ai accepté de rester là-bas au moins jusqu'à Halloween. J'ai passé toute la journée d'hier à déménager une partie de mes affaires chez eux et à aménager la chambre d'amis pour moi. Ils insistent aussi pour m'emmener et venir me chercher au travail, donc je suis venue ici avec eux directement après le boulot.

— C'est pour ça…

Ses yeux s'écarquillent.

— Je t'ai proposé de passer te prendre, et tu as dit que tu avais déjà quelqu'un et… putain de merde, Cindy.

Tu vis avec trois Alphas ? Qu'est-ce qui va se passer quand tes chaleurs arriveront ?

— Bon sang, je n'en sais rien, mais peut-être qu'elles ne viendront pas. Et ce n'est que jusqu'après le mariage. Pour que ce soit crédible.

— Ouais, bien sûr. Temporairement.

Elle mime des guillemets avec ses doigts avec une telle force qu'elle pourrait se déboîter quelque chose.

— Et comment ça se passe ? Partager platoniquement ton espace avec trois hommes qui te regardent comme si tu étais un repas sept services et qu'ils n'avaient pas mangé depuis un an ?

Je m'occupe en alignant les verres de dégustation en rangées obsessionnellement parfaites, mes mains tremblant légèrement.

— Ça va.

— Cindy.

— C'est compliqué.

— Cindy.

— OK, d'accord ! C'est une torture !

Les mots explosent hors de moi.

— Ils sont partout, à être magnifiques, serviables et adorables, et ils sentent si bon que mon cerveau fond dans ma culotte. Luke m'a fait le petit-déjeuner... des pancakes en forme de cœur, Harper. De cœur ! Holt a réparé la porte de ma chambre qui grinçait sans que je le demande. Arrow m'a apporté un café exactement comme je l'aime, et je ne lui ai jamais dit comment je l'aimais !

— Et ?

— Et ils veulent que ce soit réel. Tous les trois.

Harper s'évente avec un sous-verre.

— Et toi non ?

— Si. Mon Dieu, si. Tellement que ça fait mal.

Je risque un autre regard vers eux. Ils me regardent tous maintenant, trois paires d'yeux qui me brûlent la peau. Luke me fait un clin d'œil. Arrow a un sourire en coin. Holt se contente de me fixer avec une intensité qui me fait serrer les cuisses.

— Mais et si tout est gâché ? Tout ce que ma famille touche se transforme en merde. Et si ma mère trouve un moyen de détruire ça ? Je ne pense pas que je survivrais si on me les arrachait.

— D'accord, mais et si…

Harper grogne, s'interrompant pour vérifier sous la table.

— Merde, je dois aller chercher les fûts avant que le patron n'arrive et me lance ce regard qui signifie que j'ai raté ma vie.

Elle me lance un regard interrogateur en se tournant vers la glacière.

— Mais on n'a pas fini de parler. Si j'étais à ta place ? Je rendrais visite à ces Alphas dans leurs chambres. Toutes les nuits.

Je cligne des yeux.

— Wow.

— Je veux dire, soyons sérieux.

Elle s'arrête à mi-chemin, souriant par-dessus son épaule.

— Tu sais que les Alphas sont des bêtes au lit. Tu imagines ce qu'ils pourraient te faire ? Genre, le niveau *attachée, incapable de marcher droit, âme réarrangée.*

— Harper.

— Quoi ? Tu y penses.

Elle me lance un sourire et regarde vers le parking, où les fûts sont toujours à l'arrière de la camionnette.

— Je dis juste, dit-elle. Si j'avais trois Alphas dans une seule maison ? Je ferais la tournée des chambres comme un putain de menu dégustation. Un chaque nuit… et puis merde, peut-être en faire deux d'un coup.

Je secoue la tête, essayant de ne pas rire.

— Harper.

— Quoi ? Tu *sais* qu'ils sont probablement déments au lit. Les Alphas ne rigolent pas. Tu aurais de la chance si tu pouvais encore marcher après.

J'ouvre la bouche pour lui renvoyer quelque chose de tout aussi déplacé, mais Harper est déjà à mi-chemin de la camionnette, me jetant un regard suffisant par-dessus son épaule.

Une minute plus tard, elle revient péniblement vers la table, transportant le premier fût contre sa hanche avec ses deux bras, vacillant un peu sous le poids mais déterminée à ne pas demander d'aide.

Elle atteint presque notre stand quand une voix d'homme l'interpelle :

— Besoin d'aide avec ça ?

Harper se retourne à moitié vers le son.

Je remarque la façon dont sa prise se desserre, sa tête s'inclinant légèrement alors qu'elle le dévisage.

Grand. Mince. Saisissant, avec des cheveux sombres ramenés en un chignon désordonné qui semble pourtant délibéré. Des traits fins, une posture assurée. Il y a une légère ressemblance avec Arrow, pas assez pour attirer l'attention, mais quelque chose dans le mouvement, l'immobilité aux yeux perçants, le calme acéré sous le charme. Ses yeux bruns parcourent Harper comme s'il lisait une situation et en savourait chaque seconde. Est-ce que c'est son frère ?

— Carrément.

Harper reste bouche bée, tenant toujours le fût comme si elle avait oublié à quoi il servait.

— Ils sont dans ma camionnette, elle n'est pas verrouillée. Je suis Harper, au fait.

Elle pose le fût et tend la main, battant des cils assez fort pour provoquer des changements météorologiques.

— Mack.

Il prend sa main et la garde un instant de trop.

— Un joli nom pour une jolie femme.

Harper glousse.

— Très galant. Allez, beau gosse, montre-moi ces muscles en action.

Elle abandonne le fût près de moi, m'adresse un sourire fou et se dirige vers le parking avec Mack. Je regarde Harper déployer tout son arsenal de séduction : le mouvement de cheveux, le frôlement des doigts accidentel-mais-pas-trop, le rire calculé juste ce qu'il faut pour flatter l'ego d'un homme. Mack se régale, contractant ses muscles inutilement quand il soulève le premier fût, s'assurant que son t-shirt remonte pour montrer ses abdos.

— Alors, tu as rencontré Mack.

Je sursaute, manquant de renverser mes verres si soigneusement disposés. Arrow est apparu à côté de moi, silencieux comme de la fumée malgré son mètre quatre-vingt-douze de muscle pur.

— Bordel ! Porte des clochettes ou quelque chose !

— Où serait le plaisir ?

Il observe son frère avec une expression que je n'arrive pas à déchiffrer.

— C'est mon frère, au fait.

— Je vois la ressemblance.

Maintenant que je le sais, c'est évident. La même structure osseuse, la même beauté dangereuse.

— Il a l'air… gentil. Serviable.

Arrow grogne, passant ses deux mains dans ses cheveux, et ses biceps se contractent. J'en ai l'eau à la bouche. Littéralement. Qu'est-ce qui ne va pas chez moi ?

— Ouais, c'est ce que tout le monde pense au début. C'est ce que le juge a pensé aussi, juste avant que Mack ne lui vole son marteau.

— Il a volé le marteau d'un juge ?

— Pendant sa propre audience. Pour avoir volé des nains de jardin.

— Oh, wow.

— Quarante-sept d'entre eux. Dans tout le comté. Il construisait ce qu'il appelait une armée du jugement dans le jardin de l'ex de quelqu'un.

Arrow observe toujours Mack, qui porte maintenant un fût sur son épaule pendant que Harper émet des bruits d'appréciation qui frisent la pornographie.

— C'était en fait l'une de ses phases les plus calmes. L'année d'avant, il a convaincu la moitié de Tucson qu'il était un prêtre itinérant et a célébré treize mariages.

— Étaient-ils légaux ?

— Absolument pas. Il était défoncé aux champignons pour la plupart d'entre eux.

Je ne peux m'empêcher de rire.

— Tu inventes.

— J'aimerais bien.

Mais il sourit maintenant, ce sourire rare et sincère qui transforme son visage de dangereux à dévastateur.

— Écoute, Mack est… compliqué. Bon fond, mais une exécution désastreuse. Genre, historiquement désastreuse. Niveau plaies d'Égypte. Il essaie de se reprendre en main, mais il a un schéma récurrent. Il débarque, charme tout le monde, a de bonnes intentions, puis, d'une manière ou d'une autre, tu te retrouves à expliquer aux flics pourquoi ta voiture est dans une piscine et pourquoi tous les flamants roses de jardin du quartier sont disposés en pentagramme.

— C'est étrangement précis.

Son expression s'assombrit. — J'ai quitté la maison quand il avait treize ans. Je l'ai laissé là-bas avec nos parents, qui pensaient que faire entrer la crainte de Dieu dans la tête des enfants à coups de poing était littéralement écrit dans la Bible. Toutes les mauvaises décisions qu'il a prises depuis sont en partie de ma faute.

La douleur dans sa voix me frappe plus fort que je ne m'y attendais. Avant de pouvoir me retenir, je tends la main et touche son bras. Sa peau est chaude et ferme sous mes doigts. Le contact provoque une étincelle vive et électrique qui parcourt mon bras, mais je ne me retire pas.

— Arrow…, je commence, mais le nom reste coincé dans ma gorge.

Parce que pour la première fois, je ne vois pas seulement l'attitude et l'assurance qu'il porte comme une armure, mais aussi les blessures en dessous. Pas si différentes des miennes. Nous venons tous les deux de familles où l'amour était une arme, pas un refuge. De parents qui savaient mieux nous démolir que quiconque n'aurait jamais pu le faire.

Cette prise de conscience me coupe un peu le souffle.

Nous nous ressemblons plus que je n'aurais jamais voulu l'admettre.

— Dis juste à Harper de faire attention. Mack a le don de vous faire croire qu'il a changé, juste avant de prouver que ce n'est pas le cas. En général de façon explosive.

Mack et Harper reviennent, Mack portant un autre fût comme s'il ne pesait rien. Sa chemise est maintenant complètement sortie de son pantalon, et Harper lui touche le bras toutes les trois secondes comme si elle vérifiait s'il était réel.

— On y va, Mack, dit Arrow, sur un ton qui suggère que ce n'est pas une demande.

— Déjà ? Mais je viens de rencontrer cet ange. — Mack sourit à Harper, tout en charme dangereux.

— Maintenant.

Les deux frères se dévisagent, une bataille silencieuse se déroulant entre eux. La tension émane d'Arrow, la mâchoire de Mack se contracte. Finalement, Mack cède.

— Ravi de t'avoir rencontrée, Harper. — Il lui prend la main et la baise tel un héros de roman à l'eau de rose. — On se reverra peut-être.

— Compte là-dessus, ronronne Harper.

Ils s'en vont, la main d'Arrow sur l'épaule de Mack, soit pour le guider, soit pour le retenir. Harper s'évente avec ses deux mains.

— Tu as vu ces abdos ? Ces bras ? Toute cette énergie du genre « Je prends de terribles décisions et tu peux en être une » ? Et c'est un Bêta comme moi. C'est parfait.

— C'est le frère d'Arrow. Et Arrow dit de faire attention. Apparemment, Mack a un passé compliqué qui inclut vol, fraude et flamants roses de jardin.

Elle me fixe un long moment. — Dit la fille qui s'est installée avec trois motards qui ont probablement un vrai tableau de chasse. — Harper arbore un sourire malicieux.

— Touché. — Je ris malgré moi. — Tu as gagné. Va de l'avant et prends tes propres terribles décisions.

— C'est bien ce que je compte faire. Maman a besoin d'un mauvais garçon pour ruiner sa cote de crédit.

— Harper !

— Quoi ? Je suis honnête sur mes objectifs.

— Mesdames ! — tonne une voix masculine familière à travers la pelouse.

Garrett s'approche avec Ruby à ses côtés, et ils forment un couple si parfaitement assorti que j'en ai mal au cœur. Il n'est que larges épaules et assurance de propriétaire de brasserie, vêtu d'une chemise en flanelle et d'un jean usé. Ruby est magnifique de cette façon naturelle qui demande trois heures de préparation, avec des ondulations blond vénitien encadrant son visage, des yeux ambrés vifs de chaleur, et des courbes que sa robe pull ne peut cacher.

Ils se sont rencontrés à un festival de la bière, présentant tous les deux leurs propres brassins, et quelque part entre les tireuses partagées et une rivalité amicale, les choses sont devenues personnelles. Bien qu'aucun des deux n'aime parler de la façon dont Ruby a failli perdre le bar que sa tante lui avait légué à cause d'un cousin connard.

— Monsieur le patron ! — Harper le salue avec un gobelet de dégustation qu'elle sort de nulle part. — Et madame la patronne ! Vous êtes là pour vérifier qu'on ne donne pas toute votre bière à des mineurs ?

— On est là pour profiter du festival, corrige Garrett, son bras autour de la taille de Ruby avec une possession décontractée. En plus, Ruby voulait jeter un œil à la compétition.

— Une nouvelle brasserie s'installe ? je demande.

Ruby hoche la tête. — J'en ai vu deux, en fait. — Puis elle se penche en souriant. — Alors, Harper me dit que vous vous êtes trouvé trois Alphas sexy ?

Garrett glousse dans sa barbe.

Je lance un regard noir à Harper, qui n'a pas l'air du tout dérangée. Bien sûr qu'elle en a parlé. Elle *s'épanouit* en étant la machine à relations publiques non officielle de la ville.

— Ce n'est rien pour l'instant, je dis rapidement, en essayant de minimiser la chose.

Harper fait semblant de s'étouffer. — Bien sûr, souffle-t-elle. Absolument rien.

Ruby rit. — Quand j'ai rencontré Garrett, Knox et Dominic, j'ai aussi essayé de garder mes distances. Mais parfois, l'univers se fiche de savoir si vous êtes prête. Quand c'est votre meute, il trouve un moyen.

Je jette un coup d'œil aux trois hommes près du food truck, et mon cœur s'emballe. — Comment vous gérez ça ? je demande en la regardant à nouveau. La peur que tout puisse s'effondrer… ou que vous ne soyez pas assez pour eux tous ?

Ruby réfléchit, ses doigts enroulant distraitement une mèche de ses cheveux.

— On ne *gère* pas ça comme un problème, dit-elle doucement. Vous faites confiance au lien que vous construisez et vous prenez les choses un jour à la fois. Communiquez. Laissez-les être là pour vous, et laissez-vous être vue, même quand c'est le bazar. Surtout quand c'est le bazar.

Ses mots s'ancrent plus profondément que prévu, calmes et vifs, comme l'est toujours la vérité.

Ruby me donne un léger coup de hanche. — Vous y arriverez. Et hé, demain soir, c'est « réservé aux adultes » au festival. Pas d'enfants, pas de règles, juste des costumes, des boissons, et beaucoup d'amusement.

Garrett soupire comme s'il s'y était déjà résigné. — Costumes obligatoires. Le comité a été très clair.

— J'y vais sans faute, annonce Harper. J'ai déjà mon costume. Sorcière sexy, mais genre, vraiment sexy, pas le sexy de chez Gifi.

— Je n'ai rien préparé…

— Les gars vous aideront, suggère Ruby avec un sourire entendu. Croyez-moi, les Alphas adorent habiller leur Oméga.

— Nous ne sommes pas… je ne suis pas leur…

— Pas encore, l'interrompt Ruby. Vous n'êtes pas encore leur Oméga. Mais, ma belle, la façon dont ils vous regardent ?

Je me retourne pour regarder le food truck. Tous les trois ont arrêté de travailler pour me fixer. Luke tient une spatule comme s'il avait oublié à quoi elle servait.

Mon corps réagit instantanément, une chaleur inondant mon système, ma peau hypersensible, cette douleur révélatrice entre mes cuisses qui n'a fait qu'empirer toute la journée. Mes chaleurs arrivent plus vite que prévu. Et être entourée de trois Alphas qui sentent tout ce dont j'ai toujours rêvé n'aide en rien.

— Tu es déjà raide dingue d'eux, n'est-ce pas ? me demande Ruby.

— Complètement foutue, répond Harper. De la meilleure des manières. Regarde-la. Elle vibre pratiquement.

— Je ne suis pas…

— Tes pupilles sont dilatées, tu n'arrêtes pas de frotter tes cuisses l'une contre l'autre, et tu produis assez de phéromones pour déclencher une émeute, énumère Harper cliniquement. Tes chaleurs sont prévues pour quand ?

— Harper !

— Ok, c'est le moment pour moi de m'éclipser, dit Garrett en s'éloignant vers un autre stand.

— Quoi ? C'est une question médicale légitime.

— Bientôt, j'admets à voix basse. Peut-être dans une semaine.

Les lèvres de Ruby se pincent. — Et vous vivez avec trois Alphas non-liés ?

— Ça va aller, je dis rapidement, peut-être trop rapidement. Ils ont une chambre pour les chaleurs. Elle est entièrement équipée. Ça ira.

— Une chambre pour les chaleurs, répète lentement Ruby. Qu'ils ont construite. Pour une Oméga. Avec qui ils vivent maintenant.

— Elle était vendue avec la maison, je marmonne, même si je ne suis pas sûre que ça arrange les choses.

Ruby me lance un regard qui est à la fois de la sympathie et un *ma pauvre, tu rêves*. Elle me tapote doucement le bras. — Cindy, juste pour que vous le sachiez, vous jouez avec le feu.

Je laisse échapper un rire haletant, mais mon estomac se noue. Parce qu'elle n'a pas tort. Je suis pratiquement blottie dans le feu, faisant semblant de ne pas sentir la brûlure.

— C'est plutôt comme prendre un bain d'essence en jonglant avec des torches, ajoute joyeusement Harper. Mais d'une manière amusante !

Je force un sourire, mais mes pensées partent déjà en vrille. Je ne sais même pas qui je suis quand j'ai mes chaleurs. Et si je disais quelque chose que je ne pourrais pas retirer ? Et si je *voulais* des choses que je ne devrais pas ?

Et s'ils voyaient mon vrai moi et ne voulaient plus de moi ?

Ruby me serre la main comme si elle pouvait

entendre cette pensée aussi clairement que si je l'avais dite à voix haute. — Tout ira bien, dit-elle doucement. Juste… ne niez pas ce qui est inévitable. Parfois, le destin n'attend pas la permission.

Elle m'offre un petit sourire, puis jette un coup d'œil par-dessus son épaule. — Je devrais aller trouver Garrett avant qu'il n'adopte accidentellement un autre touriste perdu.

Je la regarde disparaître dans la foule, sa présence persistant comme un réconfort et un avertissement tout à la fois.

La foule du soir a commencé à s'épaissir, les rires et la musique s'élevant avec l'air frais de l'automne. Nous sommes occupées à servir des échantillons, mais je suis hyper consciente du mélange d'odeurs d'Alphas tout autour de moi, du poids de trois regards spécifiques qui ne semblent jamais me quitter.

Un client frôle accidentellement ma main quand je lui donne son échantillon, et je manque de gémir. Juste pour un frôlement de doigt.

C'est mauvais. C'est très, très mauvais.

— Ça va ? demande Harper pendant une brève accalmie.

— Je suis… — Je presse le dos de ma main contre mon front. Je n'ai pas encore de fièvre, mais j'ai chaud. Trop chaud, d'une manière qui sonne comme un avertissement. — Je pense que ça pourrait être plus tôt que dans une semaine.

— À quel point ?

— Dans quelques jours ? Peut-être moins ?

— Putain de merde, souffle Harper.

— Ce n'était pas censé arriver si vite, je marmonne. C'est probablement leurs odeurs qui les déclenchent en avance...

— Tu crois ? — Harper rit, mais son rire est teinté d'une réelle inquiétude maintenant. — Chérie, tu dois leur parler. Genre, vraiment leur parler. Avant que ça ne se transforme en crise de nerfs avec des conséquences dénudées.

Je regarde à nouveau vers le food truck. Luke jongle avec des bouteilles de sauce pour divertir quelques enfants, ses mouvements faciles et enjoués. Arrow est concentré, dressant une assiette qui a l'air bien trop bonne pour un food truck. Et Holt... Holt me regarde comme s'il savait déjà que quelque chose n'allait pas.

Comme s'il sentait mon regard, il pose ce qu'il est en train de faire et commence à marcher vers moi, son expression complètement indéchiffrable.

Mais avant qu'il ne m'atteigne, Harper attrape doucement mon bras et se penche près de moi.

— Hé, dit-elle, la voix douce mais ferme. Ça va aller. Tu verras.

J'avale difficilement.

— Je suis sérieuse, continue-t-elle. Je suis là pour toi, quoi qu'il arrive. Mais tu dois arrêter de trop réfléchir et commencer à ressentir. Concentre-toi sur ce qu'ils te font ressentir. C'est ça qui est réel. C'est ça qui compte. Et ta mère ? — Elle hausse les épaules. — Elle finira par le voir. Je le sens jusqu'au plus profond de mes os.

Je jette à nouveau un coup d'œil vers le camion. Holt marche toujours, son regard ne quittant jamais le mien.

Luke sourit à quelque chose qu'Arrow a dit. Et soudain, le poids sur ma poitrine ne me semble plus si lourd.

Peut-être qu'elle a raison.

Peut-être qu'il est temps d'arrêter de combattre chaque instinct et de voir où ils me mènent.

Peut-être que pour une fois, je peux m'autoriser à vouloir quelque chose.

Peut-être qu'il ne s'agit pas de survivre cette fois. Peut-être qu'il s'agit de choisir quelque chose qui semble enfin juste.

18

⸻

CINDY

a chambre dans leur manoir est plus grande que mon salon, ma cuisine et ma salle de bain réunis. Le lit king-size m'avale tout entière, avec ses draps luxueux qui sont frais contre ma peau surchauffée. Général Flufferton est étalé au pied du lit, ronronnant dans son sommeil, complètement indifférent à mon agitation.

Il est plus de onze heures, et cela fait une heure que je suis allongée là, à fixer le plafond, en essayant de ne pas penser aux trois Alphas quelque part dans cette maison. La chambre de Luke est au bout du couloir, sur la gauche. Celle de Holt est en face de la sienne. Celle d'Arrow est tout au fond, la suite parentale qu'il a insisté pour que je prenne, mais j'ai refusé parce que cela revenait trop à accepter quelque chose que je ne devrais pas.

La lampe projette des ombres douces sur les murs, et j'ai déjà repoussé les couvertures deux fois. Je cuis lentement de l'intérieur. Ce n'est pas la chaleur normale d'une pré-chaleur. J'ai déjà eu deux chaleurs pour connaître la différence. C'est autre chose. C'est le fait d'être entourée de phéromones d'Alphas, de leurs odeurs qui se sont infiltrées dans tous les recoins de cette maison, bien qu'ils essaient d'être respectueux et de me laisser de l'espace.

Je plaque mes paumes contre mes joues, sentant la chaleur qui s'en dégage. Mon débardeur colle à ma peau, humide d'une fine pellicule de sueur, et mon short de pyjama me serre alors que c'est le plus ample que j'aie. Tout est trop et pas assez à la fois.

Je n'arrive à me concentrer sur rien d'autre que le fait qu'ils sont si proches.

Mon corps vibre de conscience, chaque terminaison nerveuse est hypersensible. Je suis en feu. Et mon odeur doit diffuser mon excitation dans toute la maison. Oméga non liée en pré-chaleur, entourée d'Alphas non liés. C'est comme ça que commencent ces contes, ceux que les mères racontent à leurs filles Omégas pour les protéger. Sauf que je ne veux pas être en sécurité. Je veux…

Non. Je ne peux pas penser à ce que je veux. Parce que ce que je veux, c'est descendre le couloir et frapper à l'une de leurs portes. Ou à toutes leurs portes. Ce que je veux, c'est céder à ce besoin qui me dévore de l'intérieur.

Je me redresse, surprenant Général Flufferton, qui me lance un regard mécontent avant de se réinstaller.

— Je vais chercher à boire, je lui dis. De l'eau froide. De l'eau polaire. Assez glacée pour me remettre les idées en place.

Il pépie d'un air endormi et se lève, s'étire en arquant le dos, puis saute du lit avec un bruit sourd.

La maison est silencieuse quand j'ouvre ma porte. Aucune lumière ne filtre sous les autres portes. Bien. Ils dorment. Je peux me faufiler jusqu'à la cuisine, prendre de l'eau, peut-être mettre la tête dans le congélateur une minute, puis remonter sans que personne le sache.

Les escaliers ne craquent pas — bien sûr que non — car tout dans cette maison est parfaitement entretenu, mais Général Flufferton file devant moi comme une fusée, manquant de me faire dégringoler.

— Traître, je murmure après lui alors qu'il disparaît dans l'obscurité en bas, et que je le perds de vue.

La cuisine n'est qu'ombres et clair de lune filtrant par les immenses fenêtres. Je n'allume pas les lumières, ne voulant pas signaler ma présence. Le réfrigérateur bourdonne doucement, et je l'ouvre, laissant l'air froid m'envahir. Ça aide, un peu. Je saisis la carafe d'eau, la condensation froide contre mes paumes, et je me sers un verre.

La première gorgée est un pur bonheur, assez glacée pour me faire mal aux dents. Je bois la moitié du verre d'un trait, puis je plaque la surface froide contre mon front, ma nuque, essayant de calmer le feu sous ma peau.

— Tu n'arrives pas à dormir ?

Je pousse un cri aigu, sursautant et renversant de l'eau partout, sur mon torse, sur le comptoir, sur le sol. Le verre glisse de ma main mais ne se casse pas, il roule simplement sur le granit avec un bruit de tonnerre dans la cuisine silencieuse.

— Merde ! Désolé, je ne voulais pas… Arrow sort de l'ombre près du cellier, et mon cerveau cesse complètement de fonctionner.

Il porte un pantalon de pyjama taille basse, et rien d'autre. Sa poitrine est une œuvre d'art, un enchevêtrement de muscles saillants et d'encre que je veux tracer avec ma langue. Le V de ses muscles au niveau de ses hanches pointe vers le bas comme une flèche — jeu de mots totalement intentionnel — vers ce que son pantalon de pyjama dissimule à peine. Ses cheveux sont en désordre, comme s'il y avait passé les mains, et ses yeux sombres sont rivés sur…

Oh, mon Dieu.

Mon débardeur blanc est trempé, complètement transparent, collé à chacune de mes courbes. Mes tétons sont clairement visibles, durs à cause de l'eau froide et, si je suis honnête, parce qu'il est à moitié nu devant moi. Je saisis un torchon, m'épongeant inutilement, ce qui ne fait qu'empirer les choses car maintenant le tissu frotte contre ma peau sensible, et il continue de me fixer.

— Ça n'aide vraiment pas, dit-il, la voix plus rauque que d'habitude.

Ses yeux se sont assombris, ses pupilles sont dilatées, et sa poitrine se soulève et s'abaisse plus rapidement. Il a l'air presque féroce, prédateur, comme s'il était à deux doigts de bondir. Tous mes instincts me hurlent de fuir, de retourner dans la sécurité de ma chambre avant de…

Mais mon corps me trahit. Au lieu de courir, je reste figée, agrippant le torchon inutile. Au lieu de la peur, une chaleur s'accumule dans mon bas-ventre, cette douleur devenant une pulsation. Au lieu de reculer quand il fait un pas de plus, je me penche en avant.

— Je devrais… je commence.

— Devrais quoi ? Il est assez proche pour que la fournaise qui émane de sa peau m'engloutisse. Retourner au lit ? Où tu resteras éveillée à penser à ça ? À nous ?

— Je ne…

— Ne me mens pas, Cindy. Un autre pas. Il m'a maintenant coincée contre le comptoir, sans me toucher mais assez près pour que je remarque le pouls qui bat dans son cou sous le clair de lune qui inonde la cuisine. Je le sens sur toi. À quel point tu es excitée. À quel point tu veux ça.

— C'est juste… c'est la pré-chaleur. Ça ne veut pas dire…

— N'importe quoi. Ses mains se posent sur le comptoir de chaque côté de moi, m'emprisonnant. Ça a commencé avant tes chaleurs. Ça a commencé dès notre première rencontre.

— Arrow…

— Dis-moi que tu ne veux pas de ça. Son visage est si proche maintenant que son souffle effleure mes lèvres. Dis-moi de reculer et je le ferai. Je monterai tout de suite, et nous ferons comme si ça n'était jamais arrivé. Mais si tu ne me dis pas d'arrêter…

Ma main bouge sans ma permission, se pressant contre sa poitrine. Sa peau est chaude, lisse sur ses muscles durs, et son cœur bat la chamade sous ma paume. — On ne devrait pas.

— On devrait absolument. Sa main recouvre la mienne. On aurait dû le faire il y a des jours.

Il se penche, ses lèvres effleurant à peine mon oreille. — Tu es fougueuse et magnifique, et je veux te plaquer contre ce mur et t'embrasser jusqu'à ce que tu ne te souviennes plus pourquoi tu veux retourner dans ta chambre.

Un gémissement m'échappe, et son grognement en réponse transforme mes genoux en guimauve.

— Je sais que je ne devrais pas, je chuchote, mon autre main venant se poser sur sa poitrine, car apparemment je n'ai aucune maîtrise de moi.

Son nez longe ma mâchoire, sans vraiment me toucher, mais assez près pour que je frissonne. — Ne te bats pas.

— Comment tu… comment tu me veux ? La question m'échappe avant que je puisse la retenir.

Il se recule pour me regarder, et l'intensité dans ses yeux me rend reconnaissante envers le comptoir qui me soutient. — De toutes les manières. N'importe comment. Doucement et tendrement. Fort et brutalement. Sur ce comptoir. Contre ce mur. Dans mon lit jusqu'à ce que tu oublies qu'un autre homme existe.

— Oh, mon Dieu. Mes doigts se crispent sur sa poitrine, mes ongles le griffant légèrement, et il siffle.

— Mais maintenant ? Sa main se lève pour prendre mon visage en coupe, son pouce traçant ma lèvre inférieure. Maintenant, je veux juste t'embrasser jusqu'à ce que tu arrêtes de trop réfléchir.

— Je ne suis pas…

Il m'embrasse.

Ce n'est rien de ce à quoi je m'attendais. Je pensais qu'Arrow serait contrôlé, comme il l'est dans sa cuisine. Au lieu de cela, il embrasse comme s'il était affamé et que j'étais sa seule nourriture. Sa bouche s'écrase sur la mienne, une main s'emmêlant dans mes cheveux tandis que l'autre agrippe ma hanche, me tirant contre lui. Je halète au contact, et il en profite, sa langue glissant contre la mienne d'une manière qui enflamme tout mon corps.

Mes mains glissent sur sa poitrine jusqu'à ses épaules, m'agrippant à lui alors qu'il me dévore. Quand il mordille ma lèvre inférieure, j'émets un son nécessiteux, désespéré et complètement éhonté.

— Putain, grogne-t-il contre ma bouche. Les sons que tu fais.

Il me soulève sur le comptoir comme si je ne pesais rien, se plaçant entre mes cuisses écartées, et la position nous met à la hauteur parfaite. Il est si dur contre moi à travers le tissu fin de nos pyjamas, et je roule des hanches sans réfléchir, cherchant la friction.

— Attention, prévient-il, mais il bouge aussi, se frottant contre moi, et je vois soudain des étoiles. Continue comme ça et je ne pourrai pas m'arrêter.

Je ris et je m'évanouis en même temps.

Il se recule pour me regarder, et nous respirons tous les deux avec difficulté. Mes lèvres sont gonflées, ma peau hypersensible, et je n'ai jamais rien désiré autant que je désire qu'il continue à me toucher.

— Cindy...

Je l'embrasse cette fois, y déversant toute ma frustration, mon besoin et mon désir. Mes jambes s'enroulent autour de sa taille, le tirant plus près, et il grogne dans ma bouche. Ses mains sont partout — mes cheveux, ma taille, glissant le long de mes côtes mais s'arrêtant juste avant l'endroit où je les veux le plus.

Nous nous déplaçons, bien que je ne sois pas sûre de comment… il marche vers le salon en me portant, tout en continuant de s'embrasser comme si nous allions mourir si nous arrêtions. Mon dos heurte un mur, et je halète, la surface fraîche étant un choc contre ma peau brûlante.

Il m'embrasse maintenant dans le cou, trouvant cet endroit qui me fait fondre. — Dis-moi comment tu le veux. Sa voix n'est plus que gravier maintenant, l'autorité d'Alpha suintant dans ses mots. Fais-moi entendre ce dont tu as besoin.

Je rougis si fort que je dois briller dans le noir. — Brutalement. Je le veux… Mon Dieu, j'en ai *besoin*… brutal et fort. Cette douleur me détruit. Je ne peux penser à rien d'autre que…

— Que quoi ? Il ronronne les mots, ce qui me défait complètement.

— Toi en moi, je chuchote, et tout son corps frémit.

— Tu vas causer ma mort. Il m'embrasse à nouveau, plus fort cette fois, plus désespéré. Ta façon de sentir et ton goût, ces putains de bruits que tu fais…

Ses mains glissent plus haut sous mon débardeur, ses paumes chaudes contre ma peau, et je me cambre à son contact. Il bouge lentement, d'une manière exquise, poussant le tissu centimètre par centimètre tandis que sa bouche continue son assaut sur la mienne.

— Si belle, murmure-t-il contre mes lèvres. Si putain de parfaite.

Quand il retire enfin le débardeur par-dessus ma tête, l'air frais me fait frissonner. Ou peut-être que c'est la façon dont il me dévore du regard, comme si j'étais un festin et qu'il était affamé depuis des années.

— S'il te plaît, je souffle, et il grogne.

— Dis mon nom.

— Arrow.

— Encore.

— Arrow, s'il te plaît...

Il m'embrasse lentement, puis commence à descendre. Ses lèvres tracent un chemin de feu le long de ma gorge, sur ma clavicule, et quand il atteint mes seins, je dois me mordre la lèvre pour ne pas crier. On ne peut pas réveiller les autres. — Fais-moi entendre à quel point c'est bon.

— Et si quelqu'un nous entend ?

— Qu'ils entendent, murmure-t-il, son regard fixé sur mes seins. Pour qu'ils sachent ce qu'ils manquent.

— On ne peut pas... ils vont...

— Ils vont quoi ? Descendre ? Nous rejoindre ? Il lève les yeux vers moi, ses prunelles sombres de désir. C'est de ça que tu as peur ? Ou c'est ce que tu veux ?

Je ne peux pas répondre, car il utilise à nouveau sa bouche, ses dents raclant légèrement avant de sucer fort, enroulant ces lèvres autour d'un téton avec juste assez de pression pour me faire cambrer contre lui. Il n'est pas doux. Il ne me ménage pas. Il *dévore*, comme s'il avait attendu et que j'étais la seule chose qui puisse le satisfaire.

Mes mains s'emmêlent dans ses cheveux, les empoignant pour le maintenir là, ou peut-être pour m'ancrer, car mon corps se désagrège. Je halète, je suffoque, ces petits sons impuissants m'échappant sans ma permission. Mes cuisses tremblent, la chaleur pulsant entre elles par vagues qui n'ont rien à voir avec mon cycle et tout à voir avec *lui*.

Il change de côté sans prévenir, mordant juste assez pour me faire tressaillir, puis apaisant la piqûre avec sa langue. Chaque nerf de ma poitrine est à vif et en feu, comme s'il m'avait recâblée avec rien d'autre que sa bouche.

— Je vais te détruire, murmure-t-il contre ma peau, sa voix sombre et révérencieuse. Je vais te défaire pièce par pièce jusqu'à ce que tu ne te souviennes plus pourquoi tu te battais contre ça.

— Ne t'arrête pas, je halète. Mon Dieu, oui, je t'en prie...

Le salon n'est qu'ombres et clair de lune, et je devrais être gênée d'être à moitié nue dans un endroit aussi ouvert, mais tout ce sur quoi je parviens à me concentrer, ce sont les mains d'Arrow, sa bouche, la façon dont il me donne l'impression que je vais exploser en morceaux.

Je glisse le long de son corps jusqu'à me retrouver à genoux devant lui, levant les yeux vers son expression choquée.

— Cindy, tu n'es pas obligée de...

— Je le veux. Mes mains se dirigent vers sa taille, et je fixe la dureté de son sexe, dont les contours sont clairement visibles à travers le tissu fin. J'ai besoin de te goûter.

— Putain. Sa tête bascule en arrière, ses mains se crispant le long de son corps. Tu ne peux pas me dire des choses comme ça.

— Pourquoi pas ? Je baisse lentement son pantalon de pyjama, le dévoilant centimètre par centimètre, et... — Oh mon Dieu.

Il est énorme. Épais, dur et parfait, et pendant une seconde, le doute m'envahit, car comment est-ce que ça va pouvoir rentrer ? Mais je me souviens que ce n'est pas la première fois que je fais ça. Il y a eu ce serveur Bêta, chez moi, sur qui je me suis entraînée, à la grande horreur de mes parents quand ils l'ont découvert — et je sais ce que je fais. Plus ou moins.

J'enroule ma main autour de lui, et il grogne comme si je venais de lui donner un coup de poing.

— Bébé...

Je le lèche de la base à la pointe, goûtant le sel, la peau et Arrow. Ses mains s'emmêlent dans mes cheveux, sans forcer, juste pour me tenir, et quand je fais glisser mes lèvres sur son gland, il gémit. Alors, je le prends dans ma bouche.

— Putain de merde... ta bouche...

Je fredonne autour de son sexe, ce qui le fait grogner plus fort, puis je trouve mon rythme. Je me souviens de ce que ce Bêta m'a appris, comment utiliser ma main et ma bouche en même temps, comment prêter attention aux réactions, comment l'enthousiasme est plus important que la technique.

Et je suis enthousiaste. La façon dont ses cuisses

tremblent, son goût, tout cela va droit au feu qui crépite entre mes jambes. Je suis tellement excitée que je n'en peux plus, mon short est trempé, et sans réfléchir, ma main libre se glisse dans mon short de pyjama.

— Est-ce que tu... putain, Cindy, est-ce que tu te touches ?

Je gémis autour de lui en guise de réponse, ma bouche montant et descendant le long de sa verge, mes doigts trouvant cet amas de nerfs qui me fait souffrir depuis toute la journée. Je les pousse entre mes lèvres gonflées et soyeuses et je gémis au contact. La double sensation de l'avoir dans ma bouche et de sentir mes propres doigts est écrasante, de la meilleure des manières.

— Putain oui, juste comme ça. Mais je veux, j'ai besoin de te toucher...

Mais je ne le lâche pas, je ne m'arrête pas, j'accélère simplement mon rythme sur les deux fronts. Je suis proche, si proche, et quand les hanches d'Arrow commencent à saccader, quand sa prise dans mes cheveux se resserre...

— Cindy, je vais... tu devrais...

Je ne me retire pas.

Au lieu de ça, je le regarde en l'enfonçant plus profondément. Mes lèvres s'étirent, ma mâchoire me fait mal, et je continue, lentement, jusqu'à ce que son gland épais heurte le fond de ma gorge. Il est si gros que ça me brûle un peu, et j'*adore* ça. Mes yeux larmoient alors que je m'enfonce davantage, ma langue pressée contre la face inférieure de son sexe.

Sa main trouve l'arrière de ma tête. Pas pour forcer,

pas encore, mais pour me tenir. Appliquant juste assez de pression pour que mon pouls s'affole. C'est possessif. Directif. Exactement ce dont j'ai envie.

— Putain, bébé, gémit-il, la voix rauque. Regarde-toi. Tu le prends si bien.

Je fredonne autour de lui, le son profond dans ma gorge, et cela le fait frissonner. Mes hanches se balancent, désespérées de sentir une friction, mes doigts s'activent, frottant mon clitoris en cercles frénétiques. Je suis trempée, brûlante, chaque nerf à vif rien qu'en l'ayant dans ma bouche, en goûtant sa peau, en entendant les bruits qu'il fait.

Il commence à bouger, de légers coups de reins dans ma bouche qui deviennent un peu plus brusques à chaque passage. Je le laisse faire. Je le veux comme ça, déchaîné, défait. Sa prise se resserre dans mes cheveux, sa respiration est saccadée, ses gémissements s'échappent à chaque glissement humide de mes lèvres sur sa verge.

— Tu as été faite pour ça, halète-t-il. Putain, ta bouche, ta gorge, c'est mieux que tout ce que j'ai jamais connu.

Il palpite contre ma langue. Il est proche, c'est évident à la façon dont ses jambes se tendent et son rythme s'altère.

— Tu vas tout avaler pour moi ? grogne-t-il, d'une voix basse et primaire. Tu vas être ma gentille fille et tout boire ?

Je gémis autour de lui en réponse, pressant mes cuisses l'une contre l'autre alors que mon propre orgasme se resserre, déferle, une chaleur m'inondant tandis que je frotte plus fort, perdue dans l'intensité de tout ça.

Il se contracte dans ma bouche avec un son rauque et brisé, le genre de grognement qui semble devoir être dangereux. Et puis il jouit. Fortement. Un flot épais et chaud qui remplit ma bouche, et je n'hésite pas. J'avale tout, vite, avidement, même si une autre giclée suit, et je ne m'arrête toujours pas. Sa prise me maintient en place, ses doigts tremblants enfouis dans mes cheveux tandis qu'il siffle.

— Bonne petite fille, putain, dit-il d'une voix rauque. Si sage, si parfaite, putain, tu as tout bu. Mon Dieu.

Je le relâche enfin, respirant lourdement, les lèvres gonflées et humides. Son sexe reste dur, luisant de salive, une goutte de sperme persiste sur la pointe. Il me regarde, prêt à me détruire à nouveau.

Et peut-être que j'en ai envie aussi.

Il s'agenouille devant moi, son pouce effleurant le coin de ma bouche, attrapant la brillance qui s'y trouve et l'étalant lentement sur mes lèvres. Ses yeux sont sombres, pur Alpha, et sa voix tombe dans un ronronnement dangereux.

— Tu n'as aucune idée de ce que ça m'a fait. Voir ma queue dans ta bouche ? Te regarder en avoir *besoin* à tel point que tu as joui sur tes propres doigts ? Il se penche plus près. C'était la chose la plus excitante que j'aie jamais vue. Toi, à genoux, dégoulinante et désespérée avec mon sperme encore sur ta langue ? Bébé, je n'arrêterai jamais de vouloir ça.

— Tu vas me tuer, je murmure, ma voix toujours rauque de tout ce que nous venons de faire. Je sens mes genoux en coton, et mon cœur ne veut pas cesser de marteler mes côtes.

Arrow sourit, lentement, d'un air dévastateur, puis il me relève comme si je ne pesais rien. — Non, bébé. Pas te tuer. Ses doigts s'enfoncent dans l'élastique de mon short de pyjama. Je vais putain de te faire hurler. Cette bouche — il gémit, ses yeux plongeant vers mes lèvres comme s'il s'y voyait encore — n'était que le début.

Je n'arrive plus à respirer. Mon sang afflue à nouveau vers le sud, mon corps déjà en manque de plus. Et j'adore sa façon de le dire. Sa rudesse. La façon dont sa voix devient épaisse et basse quand il me veut.

Je tends la main vers lui. — Alors fais-le. Baise-moi comme si je t'appartenais.

Sa bouche s'écrase sur la mienne, désordonnée et brûlante, tandis que ses pouces s'accrochent sous la ceinture de mon short, le tirant lentement vers le bas.

Mais alors…

Un mouvement attire mon regard.

Un scintillement dans l'obscurité, juste par-dessus l'épaule d'Arrow.

Ma respiration se bloque, mon corps s'immobilise au milieu du baiser alors que mon regard se fixe sur la table de la salle à manger, à l'autre bout de l'espace ouvert.

Et c'est là que je les vois.

Holt et Luke.

Assis comme des ombres jumelles dans la faible lueur de la cuisine, tous deux avec un verre de quelque chose. Respirant manifestement fort. Nous regardant comme s'ils tenaient à peine le coup.

Mon estomac se serre. Mon visage s'empourpre.

Arrow se tourne légèrement, suivant mon regard figé, et gémit, passant une main sur son visage. — Putain.

Je pousse un cri aigu. Aigu et horrifié, en remontant mon short. Puis j'attrape mon débardeur par terre et le serre contre ma poitrine.

— Oh mon Dieu, je murmure. Ohmondieuohmondieu…

— Cindy… attends… Arrow essaie de me rattraper, son ton entre l'excuse et l'excitation toujours présente.

Trop tard.

Je file vers les escaliers, à moitié nue, le cœur battant comme si je venais de m'échapper d'un cauchemar. Ou d'un fantasme. Ou peut-être les deux.

— Sérieux ? Il fallait que vous gâchiez le moment parfait ? grogne Arrow.

— Hé ! réplique Luke. On était là les premiers.

— Et vous êtes juste restés là ? Arrow a l'air d'avoir envie de l'étrangler.

— Eh bien, on n'allait pas interrompre, dit Luke, et j'*entends* le sourire narquois dans sa voix. Ça aurait été impoli. Et honnêtement ? C'était mieux que n'importe quel film.

— J'allais la baiser juste là, gronde Arrow.

Je n'entends pas la suite. Je suis déjà dans ma chambre, la porte claquée derrière moi, le dos pressé contre le bois tandis que j'essaie de respirer.

Mon corps est rouge et électrique, mes cuisses collantes, ma peau picote encore là où la bouche d'Arrow s'était posée. Je laisse échapper un rire tremblant, à moitié hystérique, à moitié excité, et je me laisse glisser au sol.

Qu'est-ce que je viens de faire, *bordel* ?

Et pire encore...

Pourquoi ai-je envie de recommencer ?

Pourquoi ai-je envie qu'*ils* voient ?

Serrant toujours mon débardeur contre ma poitrine, tout mon corps palpitant des répliques de l'orgasme et de la mortification.

Putain, mais à quoi je pensais ?

Mes lèvres sont gonflées, mes cuisses tremblent encore. Ma bouche a son goût. Ma peau semble marquée par ses mains. Et maintenant, ils m'ont *tous* vue. Pas seulement Arrow, mais Holt et Luke aussi. Ils ont regardé. Bandant. Immobiles. Comme s'ils *attendaient* quelque chose.

On frappe à la porte derrière moi, et je sursaute comme si j'avais été électrocutée.

— Ça va, je lance trop vite. Ma voix est aigüe et fêlée. Vraiment, ça va. Tout va bien. Tout va bien !

Silence.

— Cindy. Je peux entrer ? dit Arrow de cette voix douce et rocailleuse.

J'hésite. Ma main plane au-dessus de la poignée de porte.

— Je ne veux pas que tu penses que c'était un coup d'un soir. Ou que ça change quoi que ce soit à l'attirance que j'ai pour toi.

Mon souffle se coupe.

— Je suis juste... fatiguée, je dis faiblement. Et un peu... embarrassée.

Nouveau silence. — Tu n'as pas à être embarrassée. Crois-moi. Holt et Luke vont rester éveillés toute la nuit, *mourant* d'envie de chasser ces images de toi de leur tête.

Je laisse échapper un son étranglé. — Ça n'aide vraiment pas.

Un petit rire de l'autre côté de la porte. — Désolé. J'essaie juste… de te réconforter.

— Tu me fais sentir *quelque chose*, c'est sûr.

Il se tait de nouveau, comme s'il me laissait choisir la suite des événements, attendant de voir si j'ouvrirai la porte.

Je ne le fais pas.

Mais je presse ma paume contre le bois qui nous sépare. Ayant besoin de sentir quelque chose de concret.

— Tu ne penses vraiment pas que c'était juste pour le plaisir afin de pouvoir te vanter devant tes amis ? je demande doucement.

— Pas le moins du monde, dit-il. Tu es magnifique, tu es intelligente, tu es obscène de la meilleure des putains de façons… et quand tu t'es mise à genoux pour moi, j'ai failli perdre la tête. Je m'estime chanceux d'avoir rencontré quelqu'un d'aussi incroyable que toi.

Mon visage me brûle. Mais je ne peux m'empêcher d'esquisser un petit sourire.

— Tu es une source de problèmes, Cindy, murmure-t-il. Mais du bon genre.

J'appuie mon front contre la porte, le cœur toujours battant, essayant de ralentir la spirale d'embarras, de réminiscence et d'envie.

Le silence s'étire, juste assez longtemps pour que je pense qu'il est parti.

— Eh bien… fais de beaux rêves, ma gentille fille.

Mes genoux menacent de lâcher à nouveau.

Je fonds. Littéralement, je fonds contre le bois comme s'il pouvait me rattraper.

Et quand je suis sûre qu'il est vraiment parti, je murmure à la porte fermée : — Ouais. Je crois que je suis dans la merde en emménageant ici.

HOLT

La table de la salle à manger a besoin d'un exorcisme. Peut-être brûler un peu de sauge.

Et puis merde, qu'on y ajoute n'importe quel rituel capable d'effacer le souvenir de la nuit dernière, gravé à jamais dans les veines du bois. Parce qu'être assis ici, à manger des pancakes pour le petit déjeuner en prétendant que je n'ai pas vu Cindy à genoux, prenant la queue d'Arrow dans sa bouche comme si elle en mourait de faim… putain. Ma bite est à moitié dure depuis hier soir, et ni les douches froides, ni les branlettes n'y changent quoi que ce soit.

J'attaque un autre pancake aux pépites de chocolat avec les mains, ignorant complètement la fourchette. Arrow a encore exagéré, comme d'habitude. Il y a cinq sortes différentes étalées sur la table. Pépites de chocolat, myrtilles, banane et noix de pécan qui embaument comme une pâtisserie, des nature pour les gens ennuyeux, et une version avec des morceaux de bacon qui ne devrait pas marcher, mais qui est une vraie tuerie.

Le soleil qui entre par les fenêtres de la cuisine illumine le banquet créé par Arrow.

Mon œil me semble bizarre sans le cache-œil. Bizarre dans le bon sens du terme, mais bizarre quand même. Comme quand on porte des bottes tous les jours et que, soudain, on se retrouve pieds nus. Tout me semble trop exposé, trop lumineux. Le médecin de l'hôpital avait dit deux ou trois jours maximum quand ils m'ont laissé sortir, et je le sens prêt. Pas de dommages permanents, sauf à ma dignité et à ma capacité de regarder un godemiché sans rire.

— C'est bizarre de te revoir avec tes deux yeux, marmonne Luke, mais il n'est pas vraiment présent dans la conversation. Il en est à sa quatrième tasse de café, et sa jambe n'arrête pas de s'agiter sous la table. On dirait qu'il a livré dix rounds contre ses démons et qu'il a perdu. Ses cheveux partent dans tous les sens, il a des cernes sous les yeux, et il n'arrête pas de se réajuster sous la table quand il pense que personne ne le regarde.

— Le cache-œil t'allait bien, ajoute Arrow, qui est encore en train de faire sauter des pancakes sur la cuisinière, parce qu'apparemment, cinq sortes ne suffisaient pas. Tu avais ce côté pirate dangereux. Les femmes adorent ces conneries d'Alpha mystérieux et blessé.

— Va te faire voir, je grogne, mais je surveille la réaction de Cindy du coin de l'œil.

Elle est assise en face de moi, en train de détruire méthodiquement sa troisième pile de pancakes. Elle mange vraiment, au lieu de picorer sa nourriture comme si elle avait peur des glucides ou de toutes ces conneries que les magazines pour Omégas leur conseillent de surveiller. Il y a du sirop d'érable sur sa lèvre inférieure, et elle le lèche lentement, sans doute sans même s'en rendre compte. Ma queue sursaute, et je dois me repositionner sur ma chaise.

Arrow finit par s'asseoir avec sa propre assiette, prenant le bout de la table en vrai maniaque du contrôle qu'il est. Luke est à la droite de Cindy, assez près pour que leurs coudes se touchent quand ils attrapent quelque chose. Elle porte une chemise blanche boutonnée, et chaque fois qu'elle rit, ce qui arrive souvent car Luke n'arrête pas de piquer du bacon dans l'assiette d'Arrow, sa chemise se tend sur sa poitrine, m'offrant un petit aperçu de son soutien-gorge en dentelle. Cette vision me frappe en plein dans les couilles.

— Alors, le festival d'Halloween ce soir, commence Arrow en se servant du jus d'orange. Le moment où ils virent tous les gosses et laissent les adultes s'amuser pour de vrai. On devrait y aller en groupe.

J'attrape l'assiette de bacon avant que Luke ne puisse la piller à nouveau. L'année dernière, un gamin de huit ans m'a vomi sur les bottes après avoir mangé trop de barbe à papa.

— C'est bien fait pour toi, tu fais trop peur, me taquine Cindy. Et merde, depuis quand est-elle assez à l'aise pour me taquiner ? Le pauvre gosse a probable-ment jeté un œil à ton air de tueur au repos et a tout lâché.

Luke recrache son café par le nez, ce qui le fait

tousser et rire en même temps. Un air de tueur au repos ! Putain, c'est parfait.

— Je n'ai pas…

— Si, carrément, confirme Arrow avec un grand sourire. C'est pour ça qu'on te garde. Tu es notre système de sécurité naturel.

— En parlant de ce soir, poursuit Cindy, en s'essuyant le sirop des doigts d'une manière qui ne devrait pas être érotique mais qui l'est totalement. Harper y va, et il me faut un costume. Il nous en faut un à tous, non ?

— Laissez-moi faire, annonce Luke, soudain plus animé qu'il ne l'a été de toute la matinée. Ses yeux s'illuminent de cette lueur qui signifie généralement qu'il prépare un mauvais coup. Je m'occupe des costumes pour tout le monde. Il nous faut de la coordination. De l'unité. Un impact visuel.

Je pose ma tasse de café assez fort pour faire trembler la salière. Absolument pas. Je ne porte rien de coordonné. On n'est pas un boys band. Je ne vais pas me pointer comme si on avait pillé le même tableau Pinterest.

— Pas coordonnés, insiste Luke en gesticulant sauvagement comme si ça aidait. Thématiques. C'est une ambiance totalement différente.

Arrow rit déjà, de ce rire lent et dangereux qui suggère qu'il est sur le point d'empirer les choses. Tu veux dire comme l'année dernière ? Quand tu as essayé de nous faire nous déguiser en Tortues Ninja ?

— C'était du génie, dit Luke, profondément offensé. Et tu n'es qu'un lâche pour t'être défilé.

— On est dans la trentaine, je lui rappelle, pas impressionné.

— Techniquement, Holt, tu es le seul à avoir la trentaine, dit Luke d'un air suffisant, comme si ça justifiait quoi que ce soit.

— Je ne me déguise quand même pas en tortue.

Cindy nous regarde tour à tour avec une expression mi-amusée, mi-perplexe, comme si elle n'était toujours pas convaincue que nous soyons de vrais adultes. D'accord, alors qu'est-ce que tu prévois cette année ? demande-t-elle à Luke, sa voix assez suspicieuse pour compter comme un avertissement.

— Je suis avec elle, je dis en pointant mon pouce en direction de Cindy. Je veux un briefing complet avant d'accepter quoi que ce soit. Tu as un passif de... désastres créatifs. Comme l'année Elvis, je dis en les énumérant. La débâcle des elfes sexy pour l'œuvre de charité. La fois où tu as commandé des morphsuits en spandex intégral de couleur fluo.

— C'était festif ! s'exclame Luke.

— C'était un appel à l'aide, ajoute Arrow.

Cindy s'étouffe avec son café. Attendez. Des elfes sexy ?

— Non. Je secoue la tête. Absolument pas. Cette histoire est scellée dans le coffre-fort.

— Il faut que je sache, dit-elle entre deux crises de rire. J'ai l'impression que c'est une information cruciale.

— Non, pas du tout, je dis sèchement. Personne n'a besoin de savoir.

— Mais je vais vous dire ce que je ne ferai pas, continue-t-elle en pointant sa fourchette couverte de sirop vers Luke comme si c'était une dague. Je ne me pointerai pas dans un costume d'Halloween révélateur. Vous savez, le genre. De la lingerie avec des oreilles d'animaux. Ou une tenue d'infirmière qui se résume à un soutien-gorge et beaucoup d'optimisme. C'est un non catégorique.

Le silence se fait à table.

Je suis certain qu'on se l'imagine tous, parce que moi, putain, c'est mon cas.

Arrow serre sa fourchette à s'en blanchir les doigts, Luke est à moitié en train de prendre une bouchée et est complètement figé, et moi ? Je crois que j'ai oublié comment mâcher. Cindy en lingerie. Avec des oreilles. Une petite queue en coton. Des bas. Peut-être des talons. Oui, des talons, c'est sûr.

— Ce n'est pas... forcément la pire des idées, dit Arrow prudemment.

— Non ! Cindy rougit, mais elle rit. Si je suis en lingerie, vous trois, vous portez ces strings fantaisie en forme d'animaux. Engagement total. Des oreilles. Une trompe. Aucune échappatoire.

Luke s'illumine instantanément. Je prends l'anaconda. Il faut que ce soit réaliste.

— C'est ça, dis-je, impassible. Parce que tu es connu pour ta puissance de constricteur.

— Il me faudrait l'éléphant, continue Arrow, sans sourciller. Pour la capacité de la trompe. Une ingénierie supérieure.

— Vous rêvez tous les deux, je les interromps, en essayant toujours de ne pas sourire. Clairement, il me faudrait la baleine bleue. Le plus grand mammifère de la planète.

— Ce n'est même pas une option ! crie Luke.

— Et pourtant, dis-je en déchirant un autre morceau de pancake, j'y arrive quand même.

Luke plisse les yeux en me regardant. Tu as encore cherché des sous-vêtements exotiques sur Google ?

Je lève les sourcils. Tu parles comme si j'avais jamais arrêté.

Cindy enfouit son visage dans ses mains, les épaules secouées de rire. C'est de loin la conversation la plus bizarre que j'aie jamais eue au petit déjeuner.

— Il y en a aussi des girafes, dit Arrow comme s'il donnait une conférence TED. Pour ceux qui ont le goût de la hauteur.

— Comment diable ça pourrait marcher ? je demande, regrettant déjà la question.

— Le cou te remonte le long du torse. Un design vraiment innovant.

— Merde, halète Cindy, lui lançant une fraise comme si c'était une arme. Elle l'atteint en plein milieu de la joue, laisse une petite trace rouge, et Arrow se contente de sourire, puis la mange.

— Plus d'éducation sexuelle zoologique au petit déjeuner, déclare-t-elle, en essayant de paraître sévère tout en riant.

— C'est toi qui as ouvert les vannes, dit Luke en haussant les épaules.

— J'essayais de nous éloigner du cosplay d'animaux en lingerie !

— Un peu tard pour ça après hier soir, je marmonne sans réfléchir.

À la seconde où les mots sortent, je sais que j'ai merdé. Ils tombent sur la table comme un verre à shot lâché d'un toit. Le visage de Cindy s'embrase, Arrow lève un sourcil comme s'il était prêt à attiser les flammes, et Luke ? Il s'étouffe à nouveau avec son café.

— Je voulais dire…

— On a tous compris, dit Arrow gaiement, en tapotant le dos de Luke qui siffle.

Cindy avale son jus d'orange comme si c'était un shot de tequila. Je regarde sa gorge bouger, son léger frémissement, et ouais, j'arrête. Je ne vais pas me repasser ce film mental pendant les pancakes.

Je prends son verre, le remplis juste pour occuper mes mains, et elle me lance ce regard qui semble dire « désolée ».

— D'accord, dit-elle, la voix un peu rauque. Les costumes, c'est ton truc, Luke. Mais si je finis par ressembler à un mème d'Halloween qui a pris vie…

— Non, tu n'auras pas l'air de ça, la coupe-t-il rapidement. Tu auras l'air d'une dingue. Dans le meilleur sens du terme.

Cindy renifle, secouant la tête, mais ses joues rosissent à nouveau.

— Je le jure sur mon sens de l'esthétique si soigneusement cultivé, ajoute Luke, en traçant un X exagéré sur son cœur.

Je surprends le regard de Cindy suivre le mouvement, la façon dont elle se mord la lèvre comme si elle n'en avait même pas conscience.

Et juste comme ça, le petit déjeuner se transforme en un autre champ de mines dont je ne suis pas sûr de sortir indemne.

La table redevient silencieuse pendant une minute, ce qui est rare pour nous. Le genre d'accalmie qui ne vient qu'après avoir trop ri, trop longtemps, et maintenant tout le monde se plonge dans sa nourriture.

Puis je prends une bouchée de pancake, et le goût me frappe plus fort que prévu, trop sucré, trop familier. Banane et noix de pécan. Un cœur chaud et moelleux. Exactement comme ceux que ma grand-mère avait faits la seule fois où elle nous a rendu visite chez mes parents. Je crois qu'elle était venue pour arranger les choses entre eux. Elle avait préparé le petit déjeuner pour tout le monde et avait essayé de nous faire agir comme une vraie famille. Pendant une matinée, ça a presque marché. Pas de cris, pas de contrats en cours de négociation, pas d'armes sur la table. Juste des pancakes. Même moi, j'ai pu en manger autant que je voulais.

Ça n'a pas duré.

Les pancakes me rappellent des trucs auxquels je n'ai pas pensé depuis des années. Mon père, quand il était entre deux boulots, ce qui signifiait entre deux crimes, essayait parfois de jouer à la petite famille. Préparait le petit déjeuner comme les familles normales. Sauf que les familles normales n'avaient probablement pas d'armes dans les boîtes de céréales ni n'utilisaient la conversation du petit déjeuner pour planifier des routes de drogue. J'ai commencé à transporter des paquets à treize ans, des petites choses au début. Puis des armes. Puis des choses pires encore.

Maman a disparu quand j'avais dix ans. Un mardi matin, elle était là ; le mercredi, elle n'y était plus. Papa a dit qu'elle s'était barrée avec un Bêta de son travail. Les Russes à qui il devait de l'argent n'ont pas dit la même chose. C'est incroyable comme les gens peuvent disparaître quand quelqu'un a besoin d'effacer une dette. Je n'ai jamais su quelle version était la vraie. Je n'ai jamais vraiment voulu savoir.

— Ça va ? La voix de Cindy me ramène à la réalité. Elle me regarde avec ces yeux qui voient trop de choses, qui captent trop de détails.

— Ça va. Je me rappelle juste pourquoi je ne mange pas de pancakes d'habitude.

— De mauvais souvenirs ? demande-t-elle, et son pied heurte le mien sous la table. Pas par accident.

— Quelque chose comme ça.

Son pied reste contre le mien, juste ce petit point de contact, et cela apaise quelque chose dans ma poitrine que j'ignorais avoir besoin d'apaiser.

Le téléphone de Cindy vibre. Elle y jette un œil, ses yeux s'écarquillant. — Merde. Je vais être en retard. Le travail. Il faut que je... — Elle bouge déjà, buvant la dernière gorgée de son jus comme si cela pouvait lui faire gagner du temps.

Je me lève avant même d'avoir pris la décision. — Je t'emmène. Je dois passer à la quincaillerie de toute façon.

Elle s'arrête à mi-chemin de l'escalier, ses yeux se posant sur moi. Une hésitation se lit dans le pli entre ses sourcils, comme si elle voulait accepter sans être sûre de le devoir. — Tu es sûr ?

— Je prends déjà mes clés.

— Laisse-moi prendre mon sac. — Elle monte à l'étage.

À la seconde où elle disparaît, Arrow se penche en arrière sur sa chaise comme s'il attendait ce moment. Ce sourire suffisant s'étale sur son visage comme une tache d'huile. — La quincaillerie ?

— Va te faire foutre.

— C'était bien joué, de te lever d'un bond pour la conduire, ajoute Luke, la voix sèche. Tu craignais qu'on n'y arrive avant toi ?

— Je craignais que vous deux, les idiots, ne la mettiez encore plus en retard qu'elle ne l'est déjà. — J'avale le reste de mon café. Il brûle, amer et vif, et j'accueille cette sensation. — Il faut bien que quelqu'un soit responsable.

Les lèvres d'Arrow tressaillent. — Responsable, hein ? Choix de mot intéressant.

— Après la nuit dernière, marmonne Luke, la voix tombant comme une pierre, la partie est officiellement lancée.

— Quelle partie ? demande Arrow, avec une innocence feinte.

— Celle où on essaie tous de ne pas perdre la tête et où on échoue lamentablement. — Luke ricane, mais sa mâchoire est crispée. — Je parie sur Holt. Il est tendu comme la corde d'un garrot depuis qu'elle est entrée.

Je ne réponds pas. Je ne peux pas. Les pas de Cindy résonnent dans l'escalier, et puis elle est là.

Et j'en oublie comment respirer, bordel.

Elle s'est changée pour sa réunion de travail aujourd'hui. Ça ne devrait pas être si important. Mais cette jupe crayon sexy lui colle à la peau comme le péché, et ce chemisier boutonné fait de son mieux mais peine à tout contenir. Le bouton du haut est défait. Peut-être le deuxième aussi. Juste assez de peau pour aguicher, juste assez de jambe pour faire pulser ma queue. Elle attache ses cheveux en une queue de cheval lâche, dévoilant la douce colonne de son cou.

— Prêt ? demande-t-elle, et je réalise que je la dévisage depuis si longtemps qu'elle a commencé à s'agiter, mal à l'aise.

— Ouais. — Ma voix est basse, rauque. Je ne m'éclaircis pas la gorge.

Deux minutes plus tard, nous sommes dans mon pick-up. Le moteur vrombit, les pneus crissent sur le gravier alors que nous nous dirigeons vers la route de montagne. Son odeur me frappe avant même que j'aie fermé la portière. Orange piquée de clous de girofle, nougatine et pain d'épices à la citrouille. Mais il y a quelque chose de plus aujourd'hui. De plus profond. De plus doux. De mûr.

Ses chaleurs approchent. Je le sens dans mes os. Dans la façon dont mes mains me démangent sur le volant. Dans la crispation de quelque chose de primal en moi qui veut faire demi-tour, la ramener à l'intérieur de force, et lui faire oublier la notion du temps.

Elle bouge à côté de moi, ajustant son sac, et sa cuisse presse le siège d'une manière qui est carrément indécente. Elle croise les jambes. Les décroise. La jupe remonte. Un éclat de peau apparaît, pâle et doux, et tout ce à quoi je peux penser, c'est à quel point elle serait chaude si je la touchais là. À quelle vitesse elle perdrait tout contrôle.

Le silence s'étire. Seul le bourdonnement discret de la radio se fait entendre, passant une chanson mélancolique qu'aucun de nous n'écoute. Je sais qu'elle y pense aussi. Je le sens dans l'air, chargé et dangereux, comme l'instant qui précède l'éclatement d'un orage.

— On devrait probablement parler. — Enfin, elle prend la parole.

Je lui jette un regard.

Ma prise sur le volant se resserre. — De quoi ?

Elle ne détourne pas les yeux. — Tu as vu.

Ce n'est pas une question.

Je ne réponds pas.

— Je ne l'avais pas prévu. Ce n'était pas... — Elle s'interrompt, le souffle court, comme si elle triait des pensées qui refusent de s'aligner. — C'est juste arrivé.

J'expire par le nez, gardant les yeux sur la route. — Tu ne me dois aucune explication.

— Je sais que je n'en dois pas, dit-elle rapidement. Puis, plus doucement : — Mais je veux quand même t'en donner une, puisque c'est aussi ta maison et qu'on s'était embrassés et...

Il y a un silence entre nous, mais il n'est pas vide. Il est rempli de tout ce que nous ne disons pas.

— C'était plus que ça, murmure-t-elle. — Même avec toi. Surtout avec toi.

Ces mots me frappent plus fort que prévu. Pas parce qu'elle était avec quelqu'un d'autre hier soir — je peux vivre avec le fait que ce soit Arrow. On le peut tous.

C'est tout l'intérêt pour notre meute de partager une Oméga.

Mais parce que *ça* signifiait quelque chose.

Parce qu'elle dit ce que j'ai ressenti aussi. Ce que je ressens *toujours* à chaque fois qu'elle me regarde comme si j'étais déjà à elle. Comme s'il y avait de la place pour nous *tous* et pour une histoire d'un soir.

— Je pensais ce que j'ai dit, je murmure. — Tu passes en premier, et nous voulons tous te partager. Peu importe comment ça se passe. Peu importe combien de temps je dois attendre.

— Je suppose que j'étais gênée, et tout ça est si nouveau pour moi, dit-elle.

— Je ne suis pas blessé, dis-je, et cette fois, ce n'est pas un mensonge. — Je… veux juste plus de toi. On le veut tous.

Son souffle se coupe. Ses cuisses se serrent l'une contre l'autre. Elle ne répond pas, mais le silence vibre maintenant comme une corde que l'on vient de pincer.

Nous essayons tous les deux d'être patients.

Nous échouons tous les deux.

Elle émet ce petit son, pas tout à fait un hoquet. — J'ai été prise au dépourvu.

— Mais tu as aimé. Je pouvais le sentir. Chaque seconde.

Son visage s'enflamme. — Mon Dieu, c'est… tu pouvais… — Elle gémit et baisse sa vitre comme si elle avait besoin de l'air froid pour ne pas prendre feu. Le vent s'engouffre, faisant virevolter sa queue de cheval.

— C'est une torture, dit-elle, le souffle court. — Mon corps est complètement hors de contrôle près de vous trois. Emménager était probablement une erreur.

— Non, dis-je, la voix basse. — Pas une erreur.

Ma main bouge sans ma permission, trouvant sa cuisse nue juste au-dessus du genou. Sa peau est douce, chaude, tellement tentante, putain. Elle inspire brusquement au contact.

— Tu es exactement là où tu es censée être.

Elle se tourne vers moi, les yeux écarquillés. — Tu dis ça comme si tu y croyais.

— J'y crois. — Je la regarde, la mâchoire serrée. — Tu es à nous, Cindy. Déjà à nous. Je brûlerais le monde entier pour le prouver, et je le ferais avec le sourire si ça me permettait de m'approcher assez pour t'inspirer. Profondément. Comme si j'étais affamé.

Son odeur s'intensifie, et ma queue réagit instantanément, pressant durement contre la couture de mon jean. Je bouge sur mon siège, ma main se resserrant sur le volant.

— J'ai besoin d'y aller doucement, dit-elle d'une voix mal assurée. — Mon corps n'écoute clairement pas, mais mon cœur... — Elle déglutit. — J'ai besoin d'être sûre.

— Sûre de quoi ?

— Que c'est réel. Que vous voulez *moi*, pas seulement ces chaleurs ou je ne sais quel lien qui rend tout si intense. J'ai un lourd passif, Holt. Ma famille... — Sa voix baisse. — Ils détruisent tout ce qu'ils touchent.

— Alors qu'ils essaient, et on verra ce qui se passera. — Ma voix n'est plus que gravier. — Ta mère ne me fait pas peur. J'ai affronté des hommes deux fois plus grands que moi avec des flingues sur la tempe et je suis reparti en souriant. J'ai vu à quoi ressemblent les vrais monstres, ma belle. Et je suis devenu l'un d'entre eux juste pour survivre.

Elle tressaille mais ne détourne pas le regard.

— Quand j'étais plus jeune, je crois que mon père a échangé ma mère pour couvrir ses dettes. Quand j'avais dix-sept ans, j'ai mis le feu à un bâtiment parce que c'est ce que la loyauté signifiait à l'époque. Aucune idée s'il y avait quelqu'un à l'intérieur. Quand j'avais dix-neuf ans, j'ai laissé quelqu'un dans une benne à ordures, en sang, pour avoir touché une fille qui avait dit non. Peu importait qui il était. Il a appris à ne plus le refaire.

Elle me fixe.

— J'ai fait des choses dont je ne me remettrai jamais, dis-je en garant le pick-up et en coupant le moteur. — Mais je les referais toutes, chacune d'entre elles, si ça signifiait te garder en sécurité. Si ça signifiait mériter ne serait-ce qu'un morceau de ce que tu donnes si librement tout en continuant d'appeler ça une erreur.

Elle déglutit difficilement, clignant des yeux comme si elle essayait de retenir quelque chose de vif et de réel. — Tu donnes l'impression que c'est si simple, dit-elle à voix basse. — Comme si te protéger n'avait pas de prix. Comme si tu savais dans quoi tu t'engageais.

Je tends la main, mon pouce effleurant sa joue.

— Laisse ta famille venir te chercher, je murmure. — Laisse le putain de monde entier venir. Je serai toujours là. Debout entre toi et la tempête qui s'abattra. Je suis prêt.

Son expression s'adoucit. Puis elle se penche par-dessus la console et m'embrasse.

Ce n'est pas désespéré.

Ce n'est même pas affamé.

C'est doux, comme si elle craignait que me désirer trop fort puisse briser quelque chose entre nous.

Mon front tombe contre le sien, mon souffle tremblant.

— Je pense à toi, je chuchote. — Constamment. Dans chaque pièce. Dans chaque silence. Quand je te touche, c'est comme si l'univers retenait son souffle. Comme si j'avais attendu mille vies juste pour goûter les étoiles sur ta peau.

Ses lèvres s'entrouvrent. Pas de mots. Pas de souffle.

Juste ce regard qui dit qu'elle le ressent aussi.

Celui qui pourrait bien causer ma perte.

— Je ne sais pas ce que j'ai fait pour mériter tout ça, dit-elle finalement. — Mais je n'ai jamais rien désiré de plus.

Elle me fixe comme si j'étais la seule chose stable dans un monde qui a toujours tourné trop vite.

Quand elle se recule, nous respirons tous les deux fort.

— Je devrais y aller, murmure-t-elle.

— Ouais.

Aucun de nous ne bouge.

— Ce soir, dit-elle. — Le festival. C'est un rendez-vous ?

— C'est tout ce que tu veux que ce soit.

Elle sourit, un petit sourire, mais sincère. — C'est un rendez-vous. Avec vous trois. — Puis elle disparaît dans la brasserie, et je reste assis là comme un idiot, à la regarder partir. Son goût persiste, son odeur me noie, et ma queue est si dure que ça fait mal.

Je pense à ce que Luke a dit. La partie. Qui craquera le premier.

En regardant l'endroit où elle a disparu, en la sentant sur mes lèvres, je sais que je suis foutu. Complètement, totalement foutu.

Mais alors que je m'éloigne, la vitre baissée pour chasser son odeur, je réalise quelque chose : je veux qu'elle me détruise. Je brûle d'envie qu'elle prenne tout ce que je suis et le remodèle en quelque chose qui la mérite. Je suis désespéré de marquer sa peau.

Le jeu n'est pas de savoir qui craquera le premier.

C'est de savoir si l'un de nous lui survivra.

20

CINDY

Le manoir ne me semble toujours pas réel. Même après plusieurs jours, je m'attends à me réveiller dans ma maison de ville, avec le Général Flufferton qui me juge parce que j'ai fait la grasse matinée, et à découvrir que tout ceci n'était qu'un rêve fiévreux et élaboré. Mais me voilà, enlevant mes chaussures de travail du bout du pied dans l'entrée d'une maison digne des magazines, écoutant Luke parler avec excitation.

— Timing parfait ! Ses mains sont jointes comme s'il s'apprêtait à dévoiler des cadeaux de Noël en plein mois d'octobre. — Les costumes sont dans vos chambres. Pas de plaintes, pas de négociations, pas de retours. Habillez-vous et redescendez avant que je meure d'impatience.

— Qu'est-ce que tu as fait ? je demande, déjà nerveuse mais aussi ravie.

Toute la journée au travail, je n'ai pas pu m'arrêter de penser à Holt. Sa voix bourrue dans le camion disant que ma famille ne pourrait pas le briser. Mais plus que ça, la façon dont son visage tout entier s'est transformé quand il est venu me chercher après le travail. Une joie pure et simple de me voir, comme si j'étais le point culminant de toute sa journée.

En grandissant, personne n'a jamais été excité de me voir. Peut-être ma tante, lors des rares occasions où je pouvais lui rendre visite, mais ces moments étaient peu nombreux et espacés, précieux en raison de leur rareté. Mes parents me voyaient soit comme une déception, soit comme une marchandise à échanger contre un statut social. Van me voyait comme une propriété qu'il avait achetée mais dont il n'avait pas encore pris livraison. Voir le visage de quelqu'un s'illuminer simplement parce que j'ai franchi une porte ? C'est la chose la plus merveilleuse que j'aie jamais vécue.

— Arrow est déjà en haut en train de se changer, dit Luke, me tirant de mes pensées.

De l'étage, la voix d'Arrow résonne clairement dans toute la maison. — Qu'est-ce que c'est que cette merde ? Luke, je te jure devant Dieu, si c'est encore une de tes conneries perverses...

— Mets-le, c'est tout, lui crie Luke en retour, les mains en porte-voix. — C'est un classique de la culture américaine !

— Mon cul, un classique !

Holt apparaît derrière moi dans l'embrasure de la porte. Il jette un œil à l'expression de Luke et grogne.

— S'il te plaît, dis-moi que tu n'as rien fait qui nous vaudra d'être arrêtés pour outrage public à la pudeur.

— Tout ce qui est important est couvert ! proteste

Luke. — Vas-y, jette un œil, le grand. Fais-moi confiance, tu vas adorer. Ou du moins, tu n'y mettras pas immédiatement le feu, ce qui est vraiment tout ce que je peux espérer avec vous trois.

— Ta confiance est débordante, dis-je, mais je me dirige déjà vers les escaliers, la curiosité l'emportant sur la prudence.

— LUKE ! La voix d'Arrow tonne de nouveau. — Pourquoi ce pantalon est en velours ? Tu sais ce que le velours fait à mes cuisses ?

— Ça les rend incroyables ? suggère Luke, plein d'espoir.

— Ça donne l'impression que je fais de la contre-bande de jambons !

Je me précipite dans ma chambre, pousse la porte et trouve le Général Flufferton étalé sur mon oreiller. Il se réveille avec un miaulement pépiant qui sonne comme une accusation, exigeant immédiatement de l'attention en me donnant des coups de tête agressifs dans la main.

— Bonjour, mon précieux démon, je roucoule, en le grattant derrière les oreilles, ce qui le fait ronronner comme un moteur cassé. — Devine quoi ? Luke nous a trouvé des costumes et... Oh. Mon. Dieu.

Je pousse un vrai cri strident. Un cri strident digne d'une adolescente à un concert.

Étalée sur mon lit se trouve une robe chasuble en vichy bleu clair avec un chemisier blanc en dessous, complétée par des manches courtes bouffantes avec de minuscules boutons de perles. Des souliers rouge rubis qui brillent comme du sang frais à la lumière de la lampe. Des chaussettes blanches avec de petits bords en dentelle qui sont à la fois innocentes et pas du tout. Et la pièce de résistance, un petit sac à main marron en forme de chien.

— Il a fait de moi Dorothée ! Je ris et je tournoie, même si personne ne peut me voir à part le Général Flufferton, qui semble profondément indifférent. — Ça veut dire que les mecs sont… oh, ça va être hilarant.

Je ferme ma porte et la verrouille par précaution, puis je me dépêche de me changer. À travers les murs, j'entends les garçons se plaindre mais je ne distingue pas leurs mots.

Il commence déjà à faire nuit dehors, il est plus de dix-neuf heures, car Holt a insisté pour s'arrêter prendre des burgers sur le chemin du retour. Nous nous sommes assis dans son camion sur le parking du fast-food local comme des adolescents qui se cachent de leurs parents, la sauce spéciale dégoulinant sur des serviettes que nous n'avions pas en assez grand nombre.

Il a mangé d'une main, fait défiler son téléphone de l'autre, me montrant de temps en temps des vidéos de chats se comportant comme des connards. C'était étrangement intime. Partager un repas salissant dans un silence confortable, lui me tendant des serviettes supplémentaires sans que je le demande, sachant juste que j'en aurais besoin, c'était parfait.

De retour dans la salle de bain, je prends une douche rapide. Je me sèche les cheveux avec une serviette, puis je les sèche au sèche-cheveux juste assez longtemps pour qu'ils ne gouttent pas, laissant les ondulations tomber librement.

Revenue dans ma chambre, je m'arrête devant mon tiroir à sous-vêtements.

Personne ne verra ce que je porte. La robe est assez sage, arrivant à mi-cuisse. Mais quand même… mes doigts survolent les options en coton raisonnable avant de dériver vers le string en dentelle rouge que j'ai acheté sur un coup de tête il y a des mois après que Harper m'a traînée dans un magasin de vêtements.

L'étiquette est toujours là.

Plus maintenant.

— Il est assorti aux chaussures, dis-je au Général Flufferton, qui m'observe avec ses yeux verts critiques. — C'est la seule raison. La coordination des couleurs, c'est important.

Il cligne lentement des yeux, ce qui, en langage de chat, signifie soit « je t'aime », soit « tu te fous de ma gueule ». Le connaissant, c'est probablement les deux.

Le costume me va parfaitement. Comment Luke a-t-il pu connaître ma taille avec autant de précision ? La robe épouse ma taille avant de s'évaser, le motif vichy étant à la fois sage et aguicheur. Le chemisier se boutonne correctement sans bailler au niveau de la poitrine, miracle entre tous les miracles. Les chaussures me vont comme si elles avaient été faites pour moi, et quand je fais une marche d'essai, je ne manque pas de tomber.

Je fais une pirouette devant le miroir et je ris de moi-même. Je ressemble à Dorothée si Dorothée avait grandi, développé des formes et décidé que le Kansas était surcôté.

Le Général Flufferton miaule à la porte, réclamant sa liberté avec un volume croissant.

— D'accord, d'accord. On croirait que je te retiens prisonnier.

Je le laisse sortir, et il file immédiatement dans le couloir vers la porte entrouverte d'Arrow, la queue en l'air, tel un étendard de détermination féline.

— Salut, Messire Froufrou. J'entends la voix d'Arrow devenir douce et mielleuse. — Tu viens voir le désastre que Luke a créé ? Au moins, quelqu'un apprécie ma souffrance.

Des bruits de bisous suivent, le genre de bruits qui ruineraient la réputation de dur à cuire d'Arrow si quelqu'un les entendait. Pour quelqu'un qui a l'air de mâcher du verre et qui a certainement caché des cadavres, Arrow se transforme en véritable guimauve avec mon chat.

En bas, je trouve Luke qui attend sur le canapé.

Il est déguisé en Épouvantail, mais avec une touche de style. Un pantalon à pièces dans diverses nuances de brun et de beige, porté taille basse. Une veste en lambeaux, dont les patchs et les déchirures révèlent tout son torse, partiellement maintenue fermée par une corde en guise de ceinture. Il ne porte rien en dessous, juste son torse nu avec ses muscles secs et ses tatouages épars. Il a de la vraie paille qui sort de ses manches, de son col, et même coincée derrière ses oreilles. Ses cheveux sont coiffés pour partir dans tous les sens comme s'il avait été électrocuté, et d'une manière ou d'une autre, ça fonctionne.

— Putain de merde, je souffle, toujours aussi éloquente.

— Je te retourne le compliment, Dorothée. Il se lève, tournant lentement autour de moi comme un prédateur qui a repéré son dîner. — La fermière du Kansas la plus sexy que j'aie jamais vue. Ça me donne envie de sautiller sur ta route de briques jaunes. De claquer tes talons trois fois. De trouver ta Cité d'Émeraude.

Puis il m'embrasse, me plaquant contre le mur avec détermination, et toute pensée cohérente quitte les lieux. Sa bouche est exigeante, affamée, sa langue glissant contre la mienne. Mes genoux flageolent. Ses mains agrippent ma taille à travers la fine robe, et je gémis dans le baiser sans le vouloir. Mes doigts s'emmêlent dans sa veste, le tirant plus près, sentant la paille gratter mes paumes.

Quelqu'un se racle la gorge avec la puissance et la durée d'une corne de brume.

Nous nous séparons pour trouver Arrow et Holt au bas de l'escalier, et je me mets à rire si fort que je finis par renifler, ce qui me fait rire encore plus fort.

Arrow est le Lion Poltron, et il a l'air à la fois ridicule et, d'une certaine manière, toujours aussi intimidant. Un pantalon en velours marron qui rend ses cuisses puissantes plutôt que jambonneuses, malgré ses protestations. Une veste en velours assortie qui se bat pour sa vie sur ses épaules. Mais le col est un chef-d'œuvre d'absurdité en fausse fourrure, si énorme qu'il encadre son visage comme une crinière en barbe à papa marron. On dirait un lion qui s'est retrouvé coincé dans l'explosion d'un magasin de loisirs créatifs. Mais ça s'accorde avec ses cheveux blonds foncés.

Holt est l'Homme de Fer-Blanc, portant un pantalon gris argenté et une veste qui semble avoir été attaquée à la bombe de peinture métallisée. Plusieurs couches, à vue de nez, certains endroits étant plus sombres là où la peinture s'est accumulée. Des gants argentés et des bottes peintes qui étaient certainement noires hier. Et il y a un véritable entonnoir attaché à sa tête avec ce qui semble être un fil élastique.

— On a l'air complètement ridicules, déclare Holt d'un ton neutre, l'entonnoir se balançant quand il parle.

— On est incroyables ! je rétorque, gloussant encore chaque fois que l'entonnoir bouge. — C'est parfait ! On est toute la bande du *Magicien d'Oz* ! C'est génial !

Arrow grogne. — On est déguisés comme pour un film pour enfants.

— Un film culte ! proteste Luke en écartant les bras, ce qui envoie valser encore plus de paille.

— J'ai l'air d'avoir perdu un pari contre un magasin de bricolage, marmonne Holt en levant ses mains gantées d'argent.

— Tu ressembles à un robot sexy, je propose, ce qui fait renifler Luke derrière moi.

— Un robot sexy. Le summum de la masculinité, dit Holt. Ça fait vraiment grincer les engrenages. « Oh, bébé, mets à jour mon micrologiciel. »

— Au moins, tu n'es pas couvert de velours écrasé, marmonne Arrow en passant un doigt sous le col qui menace de dévorer sa mâchoire. — J'ai l'impression de rôtir à l'étouffée dans un ours en peluche en édition limitée.

— Tu fais un lion très majestueux, je l'assure, levant la main pour ajuster un morceau de sa crinière qui a commencé à flétrir. — Puissant. Prêt à conquérir.

— Je suis censé être poltron, répond-il en fronçant les sourcils. — C'est un peu le principe.

— Alors peut-être arrête de donner l'impression d'être un type qui gagnerait une bagarre de bar juste en ayant l'air de s'ennuyer.

— Et je la gagnerais quand même.

— Si je dois mourir de l'intérieur, je veux au moins le faire avec une pomme d'amour à la main, ajoute Holt.

Avant de partir, je file à la cuisine.

Le Général Flufferton me fusille déjà du regard alors qu'il court à mes côtés. Je verse une gamelle de la seule nourriture que Sa Majesté Royale daigne juger comestible après avoir rejeté trois autres marques, tel le petit critique gastronomique à fourrure qu'il est. Et un bol d'eau fraîche.

— On ne sera pas longs, je murmure en me penchant pour le gratter entre les oreilles. — Défends la patrie. Griffe les cambrioleurs. Tu sais, les opérations félines standard.

Il miaule une fois. Puis il plonge dans sa nourriture.

Une fois dehors, nous nous entassons dans le camion de Holt, où je me retrouve sur le siège avant. Arrow et Luke sont à l'arrière, la crinière touffue d'Arrow prenant assez de place pour avoir son propre code postal.

— Je ne vois que dalle, se plaint Luke. — Je me prends Simba en pleine gueule, là, derrière.

— Tant mieux, dit Arrow, sans même faire semblant d'être désolé. — Laisse ça approfondir ton personnage.

Le costume rend la position assise difficile, la robe remontant sans cesse, malgré mes efforts pour la tirer vers le bas. La main de Holt repose sur le levier de vitesse, ses phalanges effleurant occasionnellement mon genou quand il change de vitesse, et chaque contact envoie de petites décharges électriques le long de ma jambe.

— Bon, dit Luke alors que nous roulons sur la route sinueuse vers le festival, son menton posé entre les sièges avant. — On devrait répéter nos personnages. Entrer dans nos rôles. Jouer la Méthode.

— Absolument pas, putain, répond Holt, donnant un coup de volant juste assez fort pour envoyer Luke valdinguer en arrière avec un couinement.

Arrow renifle. — Tu l'as bien mérité.

— Allez ! proteste Luke depuis la banquette arrière. — Arrow, tu es le Lion Poltron. Fais-nous un rugissement. Ou peut-être un gémissement. Au choix.

— Je vais te donner quelque chose, c'est sûr, grogne Arrow. — Une démonstration de la sélection naturelle.

— Tu vois ? C'est parfait ! Les lions sont nobles mais mortels.

— Les lions sont aussi connus pour manger leurs petits, ajoute Arrow en regardant par la fenêtre. — Tu veux une démonstration ?

Je ris, me tortillant sur mon siège pour les regarder. La moitié de la crinière d'Arrow est dans le visage de

Luke. L'entonnoir de Holt brille sous les lampadaires, et je me sens… étrangement heureuse. Comme si j'étais tombée dans un conte de fées chaotique pour lequel je n'avais pas auditionné, mais où j'avais quand même décroché un rôle.

— Je crois qu'aucun de vous ne connaît vraiment l'histoire, dis-je. — Le lion est adorable. Il a peur de tout. Il veut juste du courage.

Arrow lève un sourcil. — Tu m'as bien regardé ? La peur, c'est pas mon truc. Moi, je fais peur.

— Et je respecte ça, dis-je en retenant un sourire. — Mais tu as tendance à grogner quand les gens essaient de te faire un câlin.

Luke tapote l'épaule de Holt. — L'Homme de Fer-Blanc a besoin d'huile pour ses articulations. Tu devrais marcher tout raide. Comme si tu avais un balai dans le…

— Finis cette phrase et tu iras au festival à pied, l'interrompt Holt sans même quitter la route des yeux.

— Ce n'est pas très Homme de Fer-Blanc, ça, déclare Luke. — Il est doux. Émotif. Il veut juste un cœur.

— Je vais te montrer ce que c'est, émotif, marmonne Holt. — Ça s'appelle la rage.

— Incroyable, dis-je d'un ton neutre. — On a réussi à traumatiser toute la distribution du *Magicien d'Oz* en moins de cinq minutes.

— Et moi, je suis l'Épouvantail, déclare Luke fièrement. — Ce qui tombe bien, parce que je n'ai pas de cerveau, pas vrai ? C'est ce que vous pensiez tous.

— Personne n'a dit ça, je mens, avant de faire une pause. — À voix haute.

— C'est la première chose sensée qu'il dit de la soirée, marmonne Arrow.

— Vous êtes des connards, tous les deux, dit Luke avec un petit rire. — Pas du genre sympa. Du genre qui juge tout le temps.

Le pick-up devient silencieux un instant, seuls le ronronnement des pneus et le léger bruissement d'Arrow qui ajuste sa crinière démesurément grande se font entendre. La playlist que Holt a lancée plus tôt continue de jouer doucement, un morceau mélancolique, chargé en guitare que je ne reconnais pas, mais qui colle à l'ambiance.

— Est-ce que l'un d'entre vous a vraiment vu le film ? je demande en les regardant d'un air soupçonneux.

Silence.

Pas un silence coupable. Le genre de silence qui vient avec une pincée de panique et un soupçon de honte.

— Luke ? je lance pour l'inciter à parler.

Il s'éclaircit la gorge. — J'ai peut-être... regardé sur Wikipédia hier.

— *Luke.*

— Quoi ? Je savais qu'il y avait une route jaune et peut-être des singes volants. Ça compte pour quelque chose.

— Il y a clairement une sorcière, ajoute Arrow. — Visage vert, elle se balade sur un balai en ricanant. Le B.A.-ba de la sorcière.

— Et une maison tombe sur sa sœur, intervient Luke. — Pas vrai ? Donc, en fait, l'histoire commence par un homicide.

— Homicide involontaire, techniquement, je dis. — Sauf si Dorothy a visé.

— Je savais bien qu'elle me plaisait, marmonne Holt.

— Évidemment, dis-je pour moi-même en me retournant vers le pare-brise.

La main de Holt frôle la mienne sur la console. Ce n'est pas intentionnel, mais je ne m'écarte pas. Lui non plus. Et dans ce pick-up, rempli de velours, de fourrure, d'argent synthétique et de chaos émotionnel déguisé en humour, quelque chose de chaud s'installe dans ma poitrine. Comme si j'avais déjà trouvé une chose qui valait la peine d'être gardée, même si je ne sais pas encore la nommer.

Le parc du festival est déjà en vue, et bondé quand nous arrivons. Le ciel est peint de ces parfaites couleurs d'octobre, un orange qui se fond dans le violet, derniers soupirs de rose avant que l'obscurité totale ne s'installe. L'air sent tout ce qu'il y a de bon en automne : le pop-corn caramélisé, le cidre de pomme, cette odeur fraîche de feuilles qu'on ne trouve qu'à cette période de l'année.

Le parking est un chaos total. Des adolescents en gilets réfléchissants règlent la circulation avec le sérieux de contrôleurs aériens. Nous sortons du pick-up et je lisse ma robe.

Nous suivons le lent flot de festivaliers vers une arche en fer forgé noir, enroulée de guirlandes lumineuses orange et d'épaisses toiles d'araignées. Un squelette géant nous sourit d'en haut, ses yeux animatroniques rougeoyant alors qu'il s'anime sous l'effet d'un détecteur de mouvement et pousse un *bouh* caverneux et retentissant. Autour de nous, il y a des rires, le cri occasionnel provenant du labyrinthe hanté, et le son métallique d'un manège tout proche.

À l'intérieur du parc du festival, le chemin s'ouvre sur une large clairière remplie de stands de vendeurs, de citrouilles-lanternes vacillantes et de décors surdimensionnés tout droit sortis d'un délire d'Halloween. Des bottes de foin servent de bancs et un DJ épouvantail passe de la musique sous un dais de drapeaux noirs et dorés flottant dans la brise.

— Séance photo ! crie un homme d'un ton joyeux, agitant un bras tout en équilibrant un énorme appareil photo de l'autre. Il est posté juste devant l'attraction principale, une maison hantée véritablement impressionnante qui semble avoir été conçue par quelqu'un ayant à la fois un budget et des problèmes psychologiques. — Toutes les photos du festival seront disponibles à la vente sous la tente de sortie !

Arrow fait une grimace, comme si on venait de lui annoncer qu'il devait chanter au karaoké. — Non merci, très peu pour moi.

— Allez, insiste Luke, faisant déjà un signe de tête à l'homme avec son attirail photographique posté près de l'immense façade de la maison hantée. Le photographe sourit en nous voyant approcher.

— Par ici, la bande de bras cassés d'Oz, annonce l'homme.

— Ta gueule d'Oz, marmonne Holt à voix basse en ajustant l'entonnoir argenté sur sa tête.

Nous nous mettons en place. Holt à ma gauche, Luke à ma droite, Arrow à l'extrême droite de Luke. Le photographe commence à prendre des clichés immédiatement.

— Le lion, arrête d'avoir l'air de préparer un meurtre !

— L'Homme de Fer-Blanc, l'entonnoir est de travers !

— L'Épouvantail, il y a encore de la paille qui tombe !

— Dorothy, parfait, ne change rien !

Il prend une photo de nous en train de poser. Puis il en prend une autre des trois hommes se penchant pour m'embrasser sur les joues en même temps. J'éclate de rire alors que la crinière d'Arrow me chatouille le cou et que la paille de Luke me pique l'épaule. Le flash se déclenche au milieu de mon fou rire.

— Magnifique ! s'exclame le photographe. — Celle-là ira certainement dans la vidéo des meilleurs moments du festival. Allez voir sous la tente plus tard !

Je recule, les joues rouges à cause de l'attention, des rires, de la chaleur tacite d'être ainsi entourée.

Le festival s'étend devant nous comme un livre de contes qui aurait pris vie. Des stands proposent des beignets en spirale aux épices de citrouille, du pop-corn salé au bacon et à l'érable, du cidre de pomme au caramel, et une barbe à papa à la citrouille d'un gris suspect que je note mentalement de *ne pas* goûter.

Au-dessus de nos têtes, des guirlandes de lumières orange et violettes s'entrecroisent comme un dais lumineux, tissées de fausses feuilles d'automne si convaincantes que je dois résister à l'envie d'en attraper une. Chaque surface est illuminée, des citrouilles-lanternes sourient depuis des meules de foin, des dessus de table et des étagères en bois, chacune unique. Certaines sont terrifiantes, d'autres des chefs-d'œuvre artistiques.

Quelque part, un groupe joue une reprise rock de « Monster Mash », réussissant à la rendre étrangement agressive et entraînante. La basse vibre à travers le sol tandis que des gens dans tous les costumes imaginables défilent : des Spice Girls au maquillage scintillant, quatre versions différentes de Pennywise, allant du cauchemar ambulant au clown triste, et ce qui semble être un enterrement de vie de garçon complet déguisé en céréales pour le petit-déjeuner.

— Il y a déjà une longue file d'attente pour la maison hantée. On devrait d'abord faire le tour en charrette, dit Arrow en nous entraînant à travers la foule.

Luke me prend la main alors que nous nous faufilons entre les gens, ses doigts s' entrelaçant avec les miens comme si c'était la chose la plus naturelle du monde. Sa main est immense, chaude. Ma peau picote à chaque point de contact, une chaleur se propageant dans mon bras pour venir se loger quelque part dans ma poitrine.

— Cindy ? lance une voix de femme. Je connais cette voix, et chaque muscle de mon corps se tend.

Je me retourne pour trouver ma cousine Sarah, habillée en ce qui ne peut être décrit que comme une sorcière sexy qui aurait perdu la plupart de son costume dans un terrible accident, qui me regarde.

— Sarah. Ma voix sort plus stable que je ne le suis, ce qui est un petit miracle.

Son regard me déshabille, détaillant le costume de Dorothy, puis les hommes, s'attardant sur ma main dans

celle de Luke avec le genre de concentration habituellement réservé à la recherche de Charlie. — Choix de
costume intéressant. Très… sage.

Luke me colle contre son flanc, son bras glissant
autour de ma taille de manière possessive, sa main s'étalant sur ma hanche d'une façon qui n'a absolument rien
de sage.

— Chérie, on va rater le tour en charrette, dit-il, avec
ce ton impatient qu'ont les mecs quand ils veulent être
n'importe où sauf là.

Puis il m'embrasse.

Pas un bisou. Pas pour la frime. Il m'embrasse
comme si nous étions seuls dans sa chambre, comme s'il
y avait pensé toute la journée. Sa langue glisse dans ma
bouche, avec un goût de menthe. Sa main s'emmêle
dans mes cheveux, défaisant la coiffure que j'avais réussi
à faire. L'autre main me rapproche jusqu'à ce que je sois
complètement pressée contre lui, sentant chaque ligne
dure de son corps.

Quand il se recule, je suis hébétée, les lèvres pico-
tantes, ayant probablement l'air d'avoir été longuement
embrassée. La bouche de Sarah est béante, comme si
elle assistait à un miracle ou à une tragédie, peut-être les
deux.

— Ravi de t'avoir vue, lui lance Luke joyeusement,
comme s'il ne venait pas de marquer son territoire
devant Dieu et tout le monde. — Bonne soirée !

Il m'entraîne plus loin, sa main fermement posée sur
le bas de mon dos.

— Allons-y, dit Luke, assez fort pour que Sarah

entende. — Ce soir, c'est pour s'amuser. Tu es à nous. Oublie que tout le reste existe.

Je jette un regard en arrière. Sarah est toujours en train de regarder, probablement déjà en train de composer le message pour le groupe de discussion de la famille. Parfait. Qu'elle rapporte que je suis heureuse, que je ne suis pas le raté de la famille qui se cache dans une petite ville. Qu'elle dise à ma mère comment Luke m'a embrassée comme si j'étais précieuse et indispensable.

— Merci, je murmure à Luke alors que nous marchons derrière Arrow et Holt.

— N'importe quelle excuse est bonne pour t'embrasser, répond-il. — En plus, ta cousine a l'air de sucer des citrons pour le plaisir. Je me suis dit que j'allais lui donner un vrai truc acide à ruminer.

J'éclate de rire alors que Holt ralentit de l'autre côté, prenant ma main libre et la portant à ses lèvres pour un baiser tout aussi possessif.

Nous atteignons l'entrée de la balade en charrette, une arche en bois qui semble avoir été construite par quelqu'un avec une sensibilité gothique et un amour du drame. Un panneau peint avec ce qui est censé ressembler à du sang proclame : VOUS QUI ENTREZ, ABAN-DONNEZ TOUT ESPOIR — LA DERNIÈRE COURSE DU FOU.

— Subtil, observe Arrow.

La charrette hantée est en fait un vieux chariot en bois qui semble avoir été traîné hors du plateau d'un film d'horreur, laissé à vieillir pendant une décennie, puis ramené — des planches usées qui ont certainement connu de meilleures décennies, des fixations métalliques rouillées qui violent probablement plusieurs codes de sécurité, et des poutres en bois en guise de sièges. Il est attaché à un tracteur.

— C'est vraiment intéressant, dis-je alors que les gars m'aident à monter, les mains de Luke sur ma taille me soulevant facilement.

— Où est ton sens de l'aventure ? demande Luke, bien qu'il regarde aussi les boulons rouillés avec méfiance.

J'essaie de ne choquer personne alors que ma robe remonte, la lissant rapidement une fois assise. La charrette a des bancs le long des deux côtés, nos jambes pendantes à travers des interstices dans les lattes de bois qui servent de protection minimale contre les chutes. Nous sommes tournés vers l'extérieur de la charrette. Cinq autres personnes sont déjà à bord — un couple déguisé en mariée et marié zombies, avec du faux sang et des tenues de cérémonie déchirées, deux femmes en ce qui pourrait être des hôtesses de l'air vampires, et un type qui est soit déguisé en tueur en série, soit qui a juste un sens de la mode malheureux.

Holt s'assoit à ma gauche, sa cuisse pressée contre la mienne de la hanche au genou. Luke est à ma droite, assez proche pour que je puisse sentir la paille mélangée à son parfum. Arrow est à côté de Luke, sa crinière prenant beaucoup de place.

Le tracteur rugit et démarre dans un rot, et nous nous enfonçons dans les bois. Le chemin est à peine visible, juste deux ornières dans la terre que les roues suivent, et les arbres se referment immédiatement comme s'ils attendaient. Quelqu'un a accroché des lumières de manière sporadique pour créer des ombres menaçantes, pas assez pour voir réellement ce qui cause ces bruissements.

— Bienvenue, âmes damnées, nous lance le conducteur d'une voix rauque qui en fait un peu trop, mais nous apprécions l'effort. — À la ferme Henley, où le maïs pousse haut, les nuits se refroidissent, et les cris… eh bien, les cris ne s'arrêtent jamais.

— On commence fort avec le mélodrame, marmonne Arrow, mais il sourit.

Le tracteur nous enfonce plus profondément dans les bois, et celui qui a conçu cela s'est vraiment investi dans l'atmosphère. Des machines à fumée cachées dans les arbres créent une brume épaisse qui tourbillonne autour de la charrette. Des haut-parleurs cachés diffusent des sons d'ambiance de chaînes qui cliquettent, de cris lointains et de comptines pour enfants, ce qui est en quelque sorte la pire partie.

— La légende dit, continue le conducteur, s'investissant vraiment dans son rôle, — que le fermier Henley est devenu fou une nuit d'octobre en 1887. Il a tué toute sa famille avec une faux rouillée, puis s'est suicidé. Mais les nuits comme celle-ci, quand le voile est mince et la lune haute, il revient. Cherchant de nouvelles âmes à faucher. Du sang frais pour…

Quelque chose bruisse dans les arbres sur notre gauche. Nous nous tournons tous…

Une silhouette jaillit des buissons, brandissant une tronçonneuse qui est clairement en marche, mais dont la lame est, espérons-le, absente. Il porte un tablier ensanglanté par-dessus une salopette, le visage caché par ce qui semble être un masque de cuir. Tout le monde crie, y compris les garçons et moi.

— C'était un cri de guerre, affirme Holt, la voix légèrement plus aiguë que d'habitude.

— Un entraînement au cri, le corrige Arrow, la main sur le cœur.

— Je vous prévenais tous, ajoute Luke. En criant.

Je ris trop fort pour relever leur pipeau. La silhouette à la tronçonneuse poursuit brièvement le chariot, se donnant à fond dans son rôle, avant de disparaître à nouveau dans les bois.

Nous prenons un virage et entrons dans ce qui est censé être une ferme abandonnée, mais qui est clairement une section aménagée spécialement pour faire peur. Des poteaux de clôture brisés sont penchés à des angles impossibles, un épouvantail qui va certainement bouger, parce que c'est toujours comme ça que ça marche, et, est-ce que c'est un corps qui pend à un arbre ?

— Oh, ce n'est qu'un mannequin, dit le conducteur d'un air décontracté. Probablement. C'est ce qu'on pense. Personne n'a vérifié récemment.

L'épouvantail bouge, en effet, se dirigeant vers le chariot avec des mouvements saccadés qui seraient effrayants si l'acteur ne se battait pas de toute évidence avec son costume. L'une des hôtesses de l'air vampires pousse un cri strident. Luke me prend la main.

— Tu es en sécurité, me murmure-t-il à l'oreille, son souffle chaud contre ma peau. Je te protégerai des faux monstres et des vrais.

— Mon héros, le taquiné-je en me penchant contre lui, car sa chaleur est agréable dans l'air frais de la nuit.

D'autres silhouettes surgissent à mesure que nous avançons : un cavalier sans tête dont la tête sous son bras a une lumière LED pour une raison quelconque, des fermiers zombies qui traînent des pieds, quelque chose en robe de mariée qui est en fait vraiment flippant dans sa façon de bouger.

Puis le tracteur s'arrête dans une clairière.

— Qu'est-ce qui se passe ? demande la mariée zombie, nerveuse.

Une silhouette émerge du champ de maïs. Grande, vêtue d'une salopette et d'un chapeau de paille, portant une faux dans une main et...

— C'est un godemiché ? demande quelqu'un, sans même essayer de le dire à voix basse.

Ça en est un, sans l'ombre d'un doute. Un grand godemiché violet anatomiquement ambitieux que la silhouette agite maintenant comme un étendard de bataille.

Le chariot tout entier devient silencieux pendant trois bonnes secondes. Puis tout le monde éclate d'un rire hystérique.

— La légende locale raconte... — le conducteur essaie de continuer sérieusement, mais il se bat de toute évidence pour ne pas rire — ... que le fermier Henley n'était pas seulement fou. Il était aussi un pirate avant de devenir fermier. Il a perdu son œil dans une bataille en mer, ce qui l'a conduit à la folie et à... des appétits inhabituels.

— Un fermier pirate ? demande Holt en fusillant Luke et Arrow du regard. C'est ça, votre version ?

— Les hautes mers du Kansas ! crie Luke, des larmes de rire coulant sur son visage.

— Capitaine Henley, qu'on m'appelait, se lamente le fermier Henley, agitant sa faux et son jouet sexuel avec le même enthousiasme. Fléau des sept mers ! Maître de… la navigation !

— La navigation ! halète Arrow, et je ris comme une folle. Avec sa boussole violette !

— La légende dit qu'il a enterré son trésor juste ici, continue le conducteur, complètement dans son rôle maintenant. Mais quel genre de trésor, personne ne le sait.

— Je crois qu'on peut le deviner, parvient à dire le marié zombie entre deux hoquets de rire alors que le chariot redémarre.

— Vengeance pour mon œil ! hurle le fermier Henley. Et pour mes… autres trucs !

— C'est la meilleure et la pire chose que j'aie jamais vécue, dis-je en suffoquant, les côtes endolories à force de rire.

— Vous avez manigancé ça, bande de connards, n'est-ce pas ? les prévient Holt.

Le reste de la balade est presque décevant après ça. D'autres sursauts, plus de brouillard, un loup-garou assez convaincant qui aurait pu être effrayant si nous n'étions pas tous encore en train de glousser à propos du Capitaine Fermier Henley. Finalement, nous sommes de retour à notre point de départ, et tout le monde descend du chariot sur des jambes tremblantes.

Arrow me fait descendre du chariot, ses mains s'attardant sur ma taille plus longtemps que nécessaire. Une chaleur intense émane de son contact.

— Ça t'a plu ? demande-t-il, la voix assez basse pour que je sois la seule à l'entendre.

— C'était incroyable. Ridicule, mais incroyable.

— Toute notre soirée a été ridicule. Ses yeux descendent sur mes lèvres. Ça ne l'empêche pas d'être parfaite.

— L'HEURE DU LABYRINTHE ! annonce Holt, se dirigeant déjà d'un pas décidé vers un champ où d'énormes haies ont été cultivées et taillées en murs plus hauts que n'importe lequel d'entre nous. Et avant que quiconque ne proteste, Cindy commence avec moi. C'est juste.

— En quoi c'est juste ? proteste Arrow, trottinant pour nous suivre. Tu l'as eue pendant la balade en chariot. Luke a pu l'embrasser devant sa cousine. C'est mon tour.

— Ce n'est pas un accord de garde partagée ! La voix de Luke est exaspérée, mais un rire bouillonne en dessous.

— Maintenant, si. Holt a déjà ma main dans la sienne, possessif et décidé, me tirant avec lui à travers la foule. Sa poigne est chaude et solide, ses doigts s'enroulant sur les miens comme s'il en avait tous les droits. Luke, Arrow, allez chercher des en-cas ou autre chose. Gagnez-lui un prix. On vous retrouve après.

— Putain, c'est ta vengeance pour l'histoire de pirate, c'est ça ? nous crie Luke, levant les bras au ciel.

Holt ne jette même pas un regard par-dessus son

épaule, mais il glousse en m'entraînant vers le labyrinthe de haies imposant qui brille devant nous.

L'entrée en treillis couvert de lierre se dresse
comme une bouche prête à nous avaler tout ronds,
formant une arche au-dessus de nos têtes, entrelacée de
guirlandes lumineuses scintillantes et de chauves-
souris en papier noir qui flottent dans la brise. Une
machine à fumée pompe de paresseuses volutes de
brume autour de nos chevilles alors que nous passons
sous l'arche, et d'un coup, les bruits du festival
commencent à s'estomper, étouffés par les épais murs
verts qui s'élèvent à au moins trois mètres de haut de
chaque côté.

Nous nous enfonçons rapidement dans le
labyrinthe.

Les haies sont denses et sombres, le genre de
barrière vivante qui avale la lumière et le son. De près,
les feuilles sont cireuses et leurs bords acérés, et il est
clair qu'il ne s'agit pas d'une installation fragile montée
pour la décoration. Ce truc est *réel* — conçu pour
piéger, dérouter, désorienter.

De petites lumières solaires parsèment le sentier de
gravier, projetant juste assez de lueur pour nous empêcher de foncer tête la première dans un mur, mais pas
assez pour voir à plus de quelques mètres devant nous.
C'est comme être à l'intérieur d'une cathédrale haute et
silencieuse, où chaque pas est étouffé par les feuilles
écrasées et la terre humide.

— Je connais bien ce labyrinthe, dit Holt alors que
nous prenons notre troisième virage à gauche sans hésiter. Il a l'air presque suffisant. J'ai même aidé à le conce-

voir. Le propriétaire est un vieil ami qui me devait une faveur pour… peu importe quoi.

Je m'arrête net et retire ma main de la sienne, lui lançant un regard écarquillé. — C'est de la triche !

Il lève les sourcils. — De la triche ?

— Où est l'aventure si tu connais déjà le chemin ?

Il se rapproche, et l'étroitesse du sentier m'oblige à pencher la tête en arrière pour croiser son regard. La lumière frappe son visage juste assez pour rendre son sourire narquois visible, et la façon dont il me regarde à ce moment-là ? C'est comme si j'étais la seule chose qui ait jamais compté.

— Le plaisir, c'est de t'attraper, dit-il doucement.

Les mots s'imprègnent en moi comme de l'encre dans du papier, lentement et de manière indélébile. Il y a quelque chose dans sa façon de le dire, si calme, si certaine, comme s'il avait déjà imaginé exactement comment cela se terminerait. Cela envoie un frisson le long de ma colonne vertébrale qui n'a rien à voir avec l'air frais d'octobre.

Mon cœur rate un battement. J'essaie de ne pas le laisser paraître.

— Seulement si tu arrives à m'attraper, je rétorque, essayant de paraître enjouée, mais ma voix sort essoufflée.

Puis je détale en souriant, en riant, sprintant au prochain virage sans attendre sa réponse. Mes chaussures crissent sur le gravier tandis que j'esquive un squelette suspendu et que je contourne un coin éclairé par une citrouille-lanterne au sourire bien trop suffisant.

Derrière moi, il y a un juron bas et amusé, puis le bruit de bottes qui martèlent le sol à ma poursuite.

Que la partie commence.

Je m'élance dans un sentier latéral, mon rire résonnant sur les murs de haies. La robe s'évase pendant que je cours, mes chaussures rubis claquant sur le chemin de terre battue. Il est derrière moi, ne courant pas mais marchant d'un pas déterminé.

— Cindy, m'appelle-t-il. Tu ne peux pas t'échapper. Ce labyrinthe est immense, mais pas infini. Et je connais chaque impasse, chaque boucle, chaque passage secret.

— Alors il va falloir que je coure plus vite ! je déclare en prenant un virage à droite au hasard, tout sourire.

— Cours autant que tu veux. J'aime la chasse.

Dieu m'aide, cette voix. Profonde, certaine et amusée, comme s'il appréciait ce jeu autant que moi. Je jette un coup d'œil au coin d'une haie pour voir un chemin vide s'étendre devant moi. Je file vers une autre section, essayant de mettre de la distance entre nous, mais ses pas sont là, réguliers et sans hâte.

— Tu sais ce qui arrivera quand je t'attraperai ? Sa voix semble venir de partout et de nulle part, l'acoustique du labyrinthe jouant des tours.

— *Si* tu m'attrapes, je réponds en criant, à bout de souffle à cause de la course et de l'anticipation.

— Quand, me corrige-t-il, et soudain il est là, sortant d'un chemin que je n'avais même pas vu.

Je pousse un cri et essaie de l'esquiver, mais il est plus rapide que quelqu'un de sa taille ne devrait l'être. Il m'attrape soudain par la taille, me soulevant nettement du sol. Je ris et me débats mollement tandis qu'il me jette par-dessus son épaule d'un mouvement fluide, mes protestations se perdant dans des gloussements essoufflés.

— Je t'ai eue, gronde-t-il, la main à l'arrière de mes cuisses pour me stabiliser.

Maintenant, tu es à moi.

— Je peux marcher ! je m'exclame, mais je n'essaie pas vraiment de descendre.

— Bientôt. Il me porte plus profondément dans le labyrinthe, vers une section qui semble plus ancienne, où les haies sont plus épaisses et les chemins plus étroits.

Il s'arrête devant ce qui ressemble à un mur de haie solide, puis se fraie un chemin à travers ce qui est en fait une ouverture dissimulée. Les branches s'écartent autour de nous, et il les remet en place derrière nous. Nous sommes dans une petite clairière, d'environ trois mètres de diamètre, du foin jonchant le sol comme si quelqu'un avait préparé cet endroit. Les bruits du festival sont assourdis ici, lointains. La lune est directement au-dessus de nous, fournissant une lumière argentée qui donne à tout un air de rêve.

— Tu avais prévu ça, je l'accuse, mais je ne suis pas vraiment contrariée. Mon cœur s'emballe, ma peau picote là où il m'a touchée.

— J'ai peut-être pris quelques dispositions pour que nous soyons seuls... une sorte de rendez-vous qui implique de te pourchasser. Il ne recule pas, me maintenant prisonnière entre lui et le mur de haie. J'ai demandé au propriétaire d'entretenir cet endroit spécialement. Je lui ai dit que c'était pour une demande en mariage.

— Holt…

— Est-ce que je mentais ? Ses mains se lèvent pour encadrer mon visage, ses pouces caressant mes pommettes. Parce que de mon point de vue, tu es déjà à nous. Nous attendons juste que tu le réalises.

Tout mon corps s'embrase à ses mots, à la certitude qu'ils contiennent. — Vous ne pouvez pas simplement décider…

— Je le peux. Je l'ai fait. Nous l'avons tous fait. Son pouce trace le contour de ma lèvre inférieure. Tu crois que j'allais te laisser nous échapper ? Retourner seule à cette maison ? Ou prétendre que ce n'est pas réel ?

— Ça va trop vite.

— Je sais que tu prends ton café avec très peu de sucre et beaucoup de crème. Je sais que tu chantes faux sous la douche quand tu penses que personne n'écoute. Je sais que tu vérifies les serrures trois fois avant de te coucher parce que tu as toujours peur que quelqu'un vienne te chercher. Sa voix se fait plus basse. Et je peux dire que tu es mouillée depuis qu'on a quitté la maison. Je peux le sentir sur toi, à quel point tu désires ça.

— Mon Dieu…

— Je peux être ton dieu, si c'est ce que tu veux ? Il sourit d'un air diabolique. Dis-moi que tu ne veux pas de ça et que je dois te ramener aux autres tout de suite, et je le ferai. On ira manger des pommes d'amour et on fera semblant que je ne connais pas le goût de tes lèvres. On fera semblant que je n'ai pas pensé à toi toute la journée, tous les jours, depuis que tu es entrée dans nos vies.

Je lève les yeux vers lui, son chapeau en entonnoir perdu depuis longtemps quelque part dans le labyrinthe, ses yeux sombres de désir sous le clair de lune.

— Je ne peux pas te dire ça, je chuchote.

— Alors, dis-moi ce que tu peux dire.

— Ne me ramène pas. Ne fais pas semblant. Ne t'arrête pas.

Il émet un son de pure satisfaction d'Alpha, puis sa bouche est sur la mienne et tout le reste cesse d'exister.

21

CINDY

Le bruit du festival s'estompe en un lointain grésillement. Les murs du labyrinthe deviennent protecteurs plutôt que confinants. Même le froid d'octobre disparaît, remplacé par une chaleur qui naît là où ses lèvres rencontrent les miennes et se propage dans chaque cellule de mon corps.

— Tu ferais mieux de faire moins de bruit, me souffle-t-il contre la bouche. À moins que tu ne veuilles que tout le monde nous entende.

Je glousse comme une adolescente, ce qui devrait être embarrassant, mais ne l'est étrangement pas.

— Alors peut-être qu'on ne devrait rien faire qui me rendrait bruyante.

Il rit, un rire grave et vibrant dont le son parcourt son torse contre lequel je suis pressée. — Je ne fuis jamais le danger. Ni les risques. Surtout pas quand le risque te ressemble dans cette robe.

Puis il m'embrasse à nouveau, et ce n'est plus la faim désespérée d'avant. C'est délibéré, appliqué, comme s'il

mémorisait la façon exacte dont nos bouches s'em-
boîtent. Ses mains encadrent mon visage, ses pouces
caressant mes pommettes tandis que sa langue trace la
commissure de mes lèvres. Je m'ouvre à lui immédiatement. Mes mains s'agrippent à sa veste peinte en
argent.

Il me fait reculer jusqu'à ce que mon dos heurte la
haie, les branches cédant légèrement sous mon poids.
Une de ses mains glisse dans mes cheveux, inclinant ma
tête pour un meilleur accès, tandis que l'autre me saisit
la taille. Le baiser s'approfondit, devient quelque chose
de plus urgent, de plus nécessaire. Je pousse un son que
je n'ai jamais fait auparavant, un son nécessiteux et
désespéré, et il l'avale, se pressant plus près jusqu'à ce
qu'il n'y ait plus d'espace entre nous.

— Tu me rends dingue, murmure-t-il lorsque nous
nous séparons pour respirer, tous deux haletants.

— Depuis la nuit dernière. Tu as lutté, n'est-ce pas ?
je murmure.

— Tu n'as pas la moindre putain d'idée, grogne-t-il,
puis sa main s'abat sur ma fesse dans une petite claque
qui me fait écarquiller les yeux.

— Hé !

— J'ai envie de faire ça depuis que tu t'es penchée
pour nourrir le chat dans cette robe.

Avant que je puisse répondre, il me soulève comme
si je ne pesais rien, me portant là où le foin est plus
épais. Les murs se dressent autour de nous, créant notre
propre monde privé. Au-dessus, les étoiles parsèment le
ciel comme si quelqu'un avait jeté des diamants sur du
velours noir. La lune est presque pleine, fournissant

assez de lumière pour voir, mais pas assez pour se sentir exposée.

Il me dépose doucement sur le foin, puis se débarrasse de sa ridicule veste argentée. Il ne porte rien en dessous, et j'en bave. Son torse n'est que muscles. Des tatouages serpentent sur sa peau, une encre sombre qui paraît argentée au clair de lune.

— Dieu merci, marmonne-t-il en jetant la veste de côté. Ce truc m'étouffait. La peinture en bombe, ça ne respire pas.

Puis il s'allonge à côté de moi, m'embrassant à nouveau avec une intensité qui me fait tourner la tête. Mes mains explorent son torse nu, suivant l'encre, sentant les muscles se contracter sous mon toucher. Il est si chaud, comme une fournaise, et je me presse contre lui, désirant cette chaleur.

— J'ai besoin de toi, je murmure contre sa bouche, me surprenant moi-même par mon audace. Je n'ai cessé de penser à ça, à toi.

— Putain, Cindy, gémit-il.

Ses mains glissent le long de mes cuisses sous la robe, me faisant frétiller d'anticipation. Il soulève ma jupe, et ses yeux s'assombrissent quand il voit ce que je porte en dessous.

— De la dentelle rouge, dit-il, la voix rauque. Assortie à tes chaussures. Magnifique.

— Je pensais… je voulais…

— Il faut l'enlever, exige-t-il, accrochant déjà ses doigts sur les côtés.

— On ne devrait pas… pas ici…

Mais il la tire déjà vers le bas, et je soulève mes

hanches pour l'aider parce que mon corps s'est complètement déconnecté de mon cerveau. Une partie de moi hurle que c'est trop public, trop dangereux, mais la plus grande partie, celle qui brûle depuis des jours, s'en fiche. Le danger rend ce moment encore meilleur, d'une certaine façon, la possibilité d'être surpris ajoutant du piquant.

Il glisse la dentelle rouge dans sa poche avec un sourire de pure satisfaction masculine. — À moi, maintenant.

— Voleur, l'accusé-je, mais je suis à bout de souffle, anticipant déjà la suite.

Il embrasse mon cou, trouvant ce point qui me fait fondre, tandis que ses doigts remontent le long de l'intérieur de mes cuisses. J'écarte les jambes plus largement sans y penser, et il émet ce son d'approbation qui va droit au plus profond de moi.

— Je tiens à peine le coup, j'halète alors que ses doigts montent plus haut. Tu me taquines tellement.

— Tu veux que je te touche plus haut ? Sa voix est sombre, pleine de sous-entendus. C'est ça que tu demandes ?

— Tu es le diable en personne, je murmure, mon souffle s'accrochant aux mots.

Le sourire de Holt est lent et malicieux, une promesse qui enroule une chaleur au creux de mon ventre. Il se penche tout près, son souffle frôlant mon oreille. — Tu aimes ça, murmure-t-il.

Puis il me touche, doucement au début, juste un effleurement de ses doigts près de la ligne de mon maillot qui éveille chaque nerf. Le foin bruisse sous moi alors que je me cambre, essayant de poursuivre la chaleur qu'il donne et retire à parts égales.

— Chut, dit-il, mais le son n'est pas un avertissement. C'est plutôt une adoration déguisée en ordre.

Quand sa main glisse vers le bas, le premier contact de ses doigts sur mes lèvres inférieures me fait suffoquer, l'air quittant mes poumons dans un son aigu et impuissant. Tout mon corps lui répond, à la pression du bout de ses doigts.

— Regarde-toi, murmure-t-il en observant mon visage. Si douce. Si prête.

Je ne peux pas détourner le regard. L'intensité de son regard fait basculer le monde, son poids est à la fois une promesse et une menace. Chaque caresse lente me fait monter plus haut alors que mes cuisses tremblent, et j'oublie le monde au-delà de son toucher.

— Dis-le-moi, souffle-t-il, ses lèvres frôlant ma gorge. Est-ce que c'est bon ?

— Merveilleux. C'est à peine un son, plus un souffle qu'une voix.

Il ne se précipite pas. Son toucher est exaspérant de lenteur, comme s'il voulait mémoriser la façon dont mon corps réagit, comment je respire, comment je craque. Ses doigts glissent dans le sillon entre mes cuisses avec une précision si minutieuse que cela frise la cruauté. Chaque mouvement est une taquinerie, jamais assez pour me pousser au-delà, mais tournant toujours autour du bord comme s'il savait exactement ce dont j'ai besoin et refusait de me le donner trop tôt.

Mes hanches se soulèvent instinctivement, poursuivant le désir qu'il ne cesse de retirer. Je tremble maintenant, les muscles tendus, chaque nerf hurlant pour en avoir plus. J'enfonce mes ongles dans ses épaules, essayant de me stabiliser, mais il gémit seulement, comme si la piqûre l'excitait. Cela me fait me sentir puissante et défaite en même temps.

— Putain, murmure-t-il, la voix rauque contre ma gorge. Tu as le goût du péché.

Puis sa bouche est sur ma clavicule. Quand il fait légèrement glisser ses dents sur l'encolure de ma robe, le tissu cède un peu. Un son silencieux m'échappe, mi-halètement, mi-invitation. Il le suit, tirant jusqu'à ce que le tissu glisse plus bas, libérant mon sein. Son souffle évente ma peau avant que sa bouche ne se referme sur mon téton durci, un baiser lent qui tend tout mon corps.

Je gémis, la chair de poule me couvrant de désir.

Sa langue effleure la pointe dure avant de la sucer plus profondément. Je crie, trop loin pour me soucier de qui entend. Le frottement de sa barbe de trois jours brûle de la meilleure des façons. Chaque succion de sa bouche sur mon téton tire sur quelque chose au plus profond de mon ventre.

C'est à ce moment-là qu'il presse un doigt en moi, et je frissonne, la sensation est écrasante, incroyable, me laissant affamée pour plus. Puis il en pousse un deuxième en suçant fort mon téton, sans me relâcher.

La pression de ses doigts monte et monte, de plus en plus vite, de plus en plus fort, mes hanches se balançant pour le rencontrer, jusqu'à ce que j'aie l'impression que je vais éclater entre ses mains.

Quand l'orgasme déferle, ce n'est que lumière, pulsation et souffle, son nom coincé dans ma gorge alors qu'il me tient pendant toute la durée, murmurant quelque chose que je ne peux pas tout à fait saisir, sauf un mot : magnifique. Mais je ne me souviens pas d'un orgasme aussi intense, aussi spectaculaire.

Je cherche de l'air, ouvrant enfin les yeux. Il me regarde toujours. Il n'y a plus rien de joueur en lui maintenant, seulement de la faim dans son regard. Et il retire ses doigts de moi, me laissant haletante, en ayant besoin de nouveau.

— C'était incroyable.

Il sourit malicieusement. — Tu es prête pour la suite, alors ? demande-t-il.

Je hoche la tête, puis trouve ma voix. — Je veux ça. Je te veux. Mais… tu seras mon premier.

Tout son visage change. Le sourire qui s'étale sur ses traits est brillant, presque enfantin, en total décalage avec son intensité habituelle.

— Cindy, souffle-t-il en m'embrassant doucement. Merci de me faire confiance avec ce cadeau. Je m'en souviendrai pour toujours.

Nous nous embrassons pendant de longs moments, doux et profonds, avant que je ne me recule et qu'il dise : — On pourrait attendre. Jusqu'à ce qu'on soit à la maison…

— Non, je l'interromps. Je veux ça ici. Maintenant. Je veux une histoire pour ma première fois, quelque chose de sauvage et d'amusant. Je ne me suis pas sentie aussi vivante depuis si longtemps.

Je suis déjà en train d'attraper sa ceinture, mes doigts tâtonnant avec la boucle tandis qu'il reste allongé à côté de moi dans le foin. Il m'aide, soulevant ses hanches pour que je puisse descendre son pantalon juste assez. Quand j'enroule ma main autour de son énorme verge, nous gémissons tous les deux. Il est gros, épais, dur et parfait, et je le caresse, adorant la sensation.

— Putain, siffle-t-il en attrapant mon poignet. Ne fais pas ça ou ce sera fini avant d'avoir commencé.

— Comment tu me veux ? je demande, me sentant courageuse et téméraire.

— Sur le dos, m'ordonne-t-il en se déplaçant pour se positionner entre mes cuisses, où il s'agenouille devant moi. Je veux voir ton visage. Je veux te regarder.

Il regarde en bas, là où je suis offerte à lui, ma jupe relevée jusqu'à ma taille, et l'expression sur son visage me fait me sentir comme une déesse. — Tellement parfaite, putain, murmure-t-il. Absolument délicieuse.

Il saisit sa verge et se penche plus près, se positionnant à mon entrée, la large tête pressant contre moi. — Prête ?

— Plus que prête, je souffle.

Il pousse lentement, prudemment, surveillant mon visage pour tout signe d'inconfort. Il y a une résistance au début, mon corps s'ajustant à sa taille, puis un pincement vif qui me fait haleter.

— Je te tiens, me calme-t-il, restant parfaitement immobile. Prends ton temps.

La douleur s'estompe rapidement, remplacée par une plénitude qui est écrasante mais incroyable. Quand il est enfin tout à l'intérieur, nous respirons tous les deux lourdement.

— Ça va ? demande-t-il, la mâchoire serrée par l'effort de rester immobile.

— Oui. Oh mon Dieu, oui. Bouge, s'il te plaît.

Il commence lentement, de doux roulements de hanches qui me font déjà voir des étoiles. Chaque mouvement envoie des étincelles à travers moi, le plaisir montant. Il abaisse l'autre côté de mon haut, révélant mes deux seins à son regard affamé.

Juste à ce moment-là, nous entendons des voix proches, des voix familières.

— Où diable sont-ils passés ? La voix de Luke s'estompe.

— Ils sont partis depuis une éternité, ajoute Arrow, l'air agacé.

Je glousse contre l'épaule de Holt, et il sourit, sans jamais arrêter ses mouvements.

— Devrions-nous... je commence.

— Absolument pas, déclare-t-il, accélérant légèrement son rythme. Ils peuvent attendre.

Sa prise change soudainement, une main rugueuse glissant sous mon genou pour soulever ma jambe autour de sa taille. Je halète, m'agrippant instinctivement à ses épaules, mais il ne pousse pas, me tenant juste là, douloureuse de désir.

— Tu te souviens avoir dit à Luke que tu le voulais dur ? La voix de Holt est un râle, chaque syllabe trempée dans la faim. Brutal ?

Je hoche la tête, trop essoufflée pour parler, trop loin pour faire semblant du contraire.

Il pousse plus profondément, ses hanches ondulant lentement et lourdement. — Dis-le.

— C'est vrai, j'halète. Mon Dieu, oui. Je veux... Ma voix se brise. Je veux tout.

Il gémit, le son chaud et proche. — Tu n'as aucune idée de ce que ça me fait.

La douleur entre mes hanches brûle plus fort, plus vive, et je le rencontre alors qu'il plonge en moi, chaque mouvement plus dur maintenant, délibéré, m'arrachant des sons que je ne savais pas que je pouvais faire. Il change à nouveau de prise, se remettant sur ses genoux, soulevant mes chevilles dans ses mains et m'inclinant plus profondément.

— Je peux aller plus loin comme ça, marmonne-t-il, me regardant avec cette lueur de loup. Mais je me retiens. Première fois et tout.

Mes yeux papillotent. — Ne te retiens pas. Je peux le supporter.

Sa tête tombe en avant, les dents serrées. — Putain, tu es parfaite.

Puis il s'enfonce violemment, le claquement sec de la peau contre la peau englouti par mon gémissement, rauque, nécessiteux. Le foin gratte mon dos alors que je me cambre, mes ongles s'agrippant à ses bras, essayant de me tenir alors que la sensation déferle en moi.

— Comme ça ? grogne-t-il, les hanches claquant.

— Oui. Oh mon Dieu... oui, Holt...

— Tu es tellement serrée, putain, siffle-t-il. Tellement mouillée. Putain, tu me serres comme si tu ne voulais pas me lâcher.

Il ne ralentit pas. Ne me laisse pas le temps de penser. Il pousse en moi comme s'il essayait de brûler le besoin qui nous consume tous les deux. La pression monte trop vite, l'étirement et la chaleur se brouillant en quelque chose d'insupportable. Je ne veux pas que ça s'arrête.

Et puis...

Le monde tourbillonne alors que je perds tout contrôle et que j'atteins l'orgasme. Chaque son s'estompe sauf le grondement grave de sa voix contre ma peau. Mes pensées se dispersent, et il n'y a que chaleur, pression, et lui, partout. Je cherche des mots et n'en trouve aucun, seulement des sons brisés qui n'appartiennent à aucune langue.

Il murmure quelque chose que je ne peux pas distinguer, quelque chose qui ressemble à un éloge ou peut-être une prière, et le son défait ce qui reste de moi. Mon corps répond par instinct, les muscles se contractant, le souffle coupé, la vision devenant blanche sur les bords. Je ne réalise même pas que je tremble jusqu'à ce qu'il me serre plus près, une main à l'arrière de mon cou, me stabilisant.

Quand les tremblements finissent par se calmer, je suis toujours à moitié perdue, reprenant encore mon souffle contre sa poitrine. Le foin pique ma peau, son rythme cardiaque tonne sous mon oreille, et pendant un instant, c'est comme si le monde entier s'était arrêté.

— Tu étais tellement belle quand tu as joui, murmure-t-il.

Puis soudain, il se retire, toujours dur, et je pousse un son de protestation.

— Attends, tu n'as pas...

— Pas ici, dit-il, bien que sa mâchoire soit serrée par l'effort de s'arrêter. Quand je jouirai avec toi pour la première fois et que je te nœuterai, je veux pouvoir te tenir après. Pendant des heures. Même si ça me tue.

— Tu es vraiment adorable, dis-je, touchée par sa retenue.

— Seulement pour toi, Cindy. Pendant un instant, Holt ne bouge pas. Il jette juste un œil entre mes cuisses, où je suis ouverte pour lui, et quelque chose dans son expression s'adoucit. Il se lèche les lèvres alors que la faim dans ses yeux ne s'estompe pas ; elle s'approfondit. — Tu es un spectacle que je n'oublierai jamais, dit-il.

Mes joues brûlent. Je commence à me lever, mais il m'arrête juste assez longtemps pour voler un autre baiser, lent, persistant, une promesse glissée entre deux respirations.

Puis il sourit, ce sourire de travers, dangereux, réapparaissant. — On devrait te rhabiller avant que ces deux-là ne viennent nous chercher.

Je ris, d'un rire tremblant mais réel, et le laisse m'aider à me relever.

Je lisse ma jupe sur mes cuisses et couvre mes seins, les doigts tremblant un peu, encore vibrante de tout ce que nous venons de partager. Holt bouge à côté de moi, se remettant en place avec une profonde inspiration, refermant son jean.

Mon regard tombe sur la courbe de sa poche arrière, et la voilà. La dentelle rouge.

Je tends la main et la lui prends.

— Hé, dit-il, les lèvres se retroussant. Elle est à moi, maintenant.

Je ris en l'enfilant et en la remontant sous ma jupe. — Tu pourras venir la chercher plus tard, dis-je.

Son regard me frappe en plein cœur. Chaud. Direct. Plein de promesses.

Un frisson parcourt ma peau, s'installant bas dans mon ventre. La chaleur s'accumule au fond de mon ventre, et je suis déjà à nouveau en manque. Si nous étions n'importe où ailleurs et seuls, je pourrais continuer toute la nuit. Mon corps est en extase, et je crains que mes chaleurs n'arrivent plus tôt que prévu, comme je l'avais mentionné à Harper. Une chose dont je devrai peut-être m'occuper demain.

Nous quittons la section secrète par le mur de buissons, puis nous tournons à un coin et manquons de heurter un autre couple. Mon estomac se serre.

Ce sont Monica et Trevor, qui vont bientôt se marier. Leurs yeux s'écarquillent, observant nos mains jointes, mes cheveux en désordre, la prise possessive de Holt.

J'essaie de retirer ma main, mais Holt la tient fermement.

— Salut, couine Monica. On était juste… on s'est perdus…

— Le labyrinthe est piégeux, dit calmement Holt. Par là, c'est la sortie.

Ils courent presque dans la direction qu'il a indiquée, les chuchotements commençant avant même qu'ils soient hors de vue.

— Holt ! je siffle. Ils vont le dire à tout le monde !

— Tant mieux. Il me serre contre lui, pas le moins du monde dérangé. Qu'ils sachent que tu as trois petits amis. Ta mère voulait un spectacle, non ? Donnons-lui-en un.

Malgré tout, je ris. — Tu es terrible.

— Tu adores ça.

C'est vrai. J'adore vraiment ça.

Et si ma mère a vent de ça ? Eh bien… elle déteste déjà tout ce que je fais. Ce sera juste un péché de plus à ajouter à la liste.

Trois petits amis ? Elle va s'en étouffer.

Elle a bien précisé que notre famille ne fait pas des choses comme ça.

Eh bien. Clairement, moi, si.

Nous trouvons enfin la sortie, où Luke et Arrow attendent, tous deux l'air agacé. Mais à mesure que nous nous approchons, leurs expressions changent. Ils inspirent profondément, les narines frémissant, et leurs yeux s'assombrissent.

— Putain, vous n'avez pas osé, dit Luke en nous regardant tour à tour.

— Dans le labyrinthe ? ajoute Arrow. Sérieusement ?

— S'il vous plaît, dites-moi que ce n'est pas si évident, je plaide.

— Seulement de près, dit Luke, les yeux toujours sombres de désir. On est obsédés par ton odeur. Depuis le premier jour.

— On devrait aller manger un morceau si ça vous dit, dit Arrow, la voix tendue.

— D'abord les toilettes, dis-je, désespérée de me rafraîchir un peu.

Ils m'accompagnent aux sanitaires comme des gardes du corps, et en sortant, j'aperçois Harper.

— Cindy ! Cindy, c'est toi ?

Harper apparaît dans ce qui est peut-être le meilleur

costume que j'ai vu de toute la soirée. Elle est en Morticia Addams, avec la longue robe noire qui épouse chaque courbe, un maquillage spectaculaire et une perruque qui touche le sol. Elle est magnifique, gothique et parfaite.

— Harper ! Tu es sublime !

— Je sais, pas vrai ? Mais, oh mon Dieu, tu as l'air... Ses yeux se plissent. Tu as l'air de t'être bien fait ramoner dans un...

Elle s'arrête parce que quelqu'un apparaît à son coude.

Mack. Le frère d'Arrow. En pantalon de cuir et chemise de poète blanche déboutonnée jusqu'au nombril, probablement censé être un vampire ou quelque chose du genre.

— Oh, vous deux, vous êtes... ? je souffle en les regardant.

Harper sourit, sans le moindre remords. — Oh, oui.

Ça va être intéressant.

22

CINDY

— Harper, tu es sûre de ça ? je demande en regardant Mack, qui se tient là et donne l'impression que les ennuis ont décidé de se déguiser en vampire romantique pour Halloween. Son pantalon en cuir est taille basse, sa chemise de poète déboutonnée pour révéler une poitrine couverte de tatouages qui semblent avoir été faits dans un garage à trois heures du matin après trop de tequila. Il dégage la même énergie dangereuse qu'Arrow, le genre qui pousse les gens sensés à traverser la rue, mais là où le danger d'Arrow semble contrôlé, calculé, celui de Mack ressemble à un pétard à la mèche allumée.

— Oh, j'en suis très sûre, ronronne Harper en passant la main sur sa robe à la Morticia. La fente remonte jusqu'à sa cuisse, et je surprends les yeux de Mack qui suivent la peau exposée comme s'il la mémorisait. Il a été absolument adorable toute la soirée. Un parfait gentleman. Il m'a même gagné une pieuvre en peluche au lancer d'anneaux.

— Une pieuvre ? demande Luke, confus.

— Elle est sur le thème d'Halloween, explique Mack, sortant une pieuvre noire et orange de sa poche arrière et la tendant à Harper. Elle n'est pas énorme, mais elle est adorable et porte un minuscule chapeau de sorcière. Harper a dit qu'elle aimait les choses avec des tentacules.

— Je parlais d'anime, proteste Harper, mais elle serre la pieuvre comme si elle était précieuse.

Arrow apparaît à côté de son frère, et les voir côte à côte, c'est comme regarder deux versions de la même personne, l'une qui a choisi la thérapie et l'autre la vie de débauche. Les mêmes pommettes saillantes, les mêmes yeux qui voient tout, la même façon de se tenir comme s'ils étaient prêts à se battre. Mais Arrow a des pattes-d'oie, et Mack des rides d'inquiétude.

— Il faut qu'on parle, dit Arrow à Mack, en faisant un signe de tête sur le côté.

— Putain, ça recommence, marmonne Mack, mais il le suit à quelques pas de là.

Ils ne sont pas assez loin. Nous pouvons tous entendre chaque mot.

— Tu lui fais du mal, dit Arrow, la voix basse et dangereuse, et tu regretteras d'être venu en ville. Je m'en assurerai. C'est clair ?

— Oui, je t'ai déjà dit que je ne lui en ferai pas, dit Mack, croisant le regard de son frère sans broncher.

— Je suis sérieux, Mack. Ce n'est pas une de tes combines. Harper n'est pas une cible ou un coup d'un soir. Elle fait partie de la famille.

Je m'interromps, adorant la façon dont il a parlé de

Harper comme d'un membre de la famille, comme s'ils me considéraient déjà, tous les trois, comme telle. Mon cœur palpite.

— Tu crois que je ne le sais pas ? La voix de Mack s'élève légèrement.

— Tes antécédents disent que…

— Et puis merde. Mack passe la main dans ses cheveux, le même geste qu'Arrow fait quand il est frustré. Je n'ai jamais ressenti ça pour une femme. Jamais. Elle me donne envie d'être meilleur. Elle me fait penser que je pourrais peut-être l'être.

— Vouloir et faire sont deux choses différentes.

— Je le sais. Mais j'essaie, Arrow. Pour la première fois de ma vie, j'essaie vraiment.

Je me glisse aux côtés de Harper, qui observe les deux frères en tenant sa pieuvre.

Il y a un moment de silence où les frères se contentent de se regarder, une communication silencieuse qui parle d'une histoire commune et de vieilles blessures.

Holt est resté silencieux pendant tout cet échange, mais maintenant il s'avance, et d'une manière ou d'une autre, c'est plus effrayant que les menaces d'Arrow. — Harper peut prendre soin d'elle-même, dit-il tranquillement. Mais elle ne devrait pas avoir à le faire. Si elle doit se défendre à cause de tes conneries, alors ce qu'Arrow te fera passera pour de la clémence comparé à ce que Luke et moi te ferons.

— Mon Dieu, c'est comme avoir sept pères en colère, dit Harper en riant, pas le moins du monde intimidée. Je peux me débrouiller. Ça fait des années que je le fais. J'ai survécu à mon propre père, à mon ex, à la fois où Cindy m'a convaincue d'essayer le CrossFit…

— Reine du drame.

— Reine de la défaillance musculaire, merci beaucoup.

— On peut manger, s'il vous plaît ? poursuit Harper, en resserrant sa prise sur la pieuvre. Je meurs de faim, et il y a une zone de food trucks incroyable qui va vous épater. En plus, vous voir tous menacer Mack me donne faim. La violence a toujours cet effet sur moi.

— C'est inquiétant, observe Luke.

— C'est sexy, réplique Mack, ce qui fait grogner Arrow.

Nous suivons Harper à travers le festival, et c'est comme naviguer sur un parcours d'obstacles d'Halloween.

La zone des food trucks est son propre écosystème d'odeurs incroyables. Des guirlandes lumineuses orange et violettes s'entrecroisent au-dessus de nos têtes, baignant tout dans les couleurs chaudes d'Halloween. Des tables de pique-nique remplissent l'espace entre les camions, la plupart occupées par d'autres personnes. Les odeurs concurrentes ne devraient pas s'accorder, le barbecue coréen se mêlant au grilled cheese gastrono-mique et à ce qui semble être un camion vendant uniquement des variations de mac and cheese, mais d'une manière ou d'une autre, c'est parfait.

— Alors, cet endroit… Harper désigne un camion vert vif sur lequel est peint *Julio's Authentic Tacos* en rouge et jaune délavé, à côté d'un dessin de taco avec un sombrero qui est *limite* offensant mais quand même étrangement adorable… prépare la meilleure cuisine mexicaine que vous ayez jamais goûtée. Je parle de tacos qui sont une expérience religieuse.

— C'est beaucoup de pression pour un taco, ajoute Holt, les sourcils levés.

— Fais-moi confiance. J'ai déjà vu un adulte pleurer dans sa torta, dit Harper.

— C'était toi ? je demande.

Harper ne répond pas. Elle se contente de me sourire.

— Je vais commander pour tout le monde, déclare Arrow, se dirigeant déjà vers le camion. Je parle couramment le taco. En plus, Julio me doit une faveur depuis que je lui ai appris à bien assaisonner sa viande.

— Évidemment, marmonne Luke.

— Je viens aussi, ajoute Mack, emboîtant le pas à son frère.

Nous trouvons une table de pique-nique en bois gravée d'initiales, de cœurs, de dessins grossiers et d'une déclaration particulièrement agressive : *Brad + Janet 4Ever*, qui semble avoir été faite avec un couteau à beurre. Des banderoles orange et noires sont enroulées au hasard autour des poteaux, avec de fausses araignées suspendues à du fil de pêche au-dessus de nos têtes. Chaque fois que le vent se lève, l'une d'elles s'agite comme si elle prenait vie, faisant sursauter au moins une personne à proximité qui tape dans le vide.

Luke se glisse à côté de moi et passe aussitôt son bras sur mes épaules. — Alors, sommes-nous officielle-ment le scandale du festival maintenant, vu que tu as des membres de ta famille ici, ou devons-nous mettre le feu à quelque chose ?

Je ris, même si je ne lui ai pas dit que nous avions croisé d'autres membres de ma famille dans le labyrinthe.

De l'autre côté de la table, Harper ricane. — Oh, vous avez bien allumé quelque chose. La moitié de la ville vous a vus menacer un homme tout à l'heure près de la ferme pédagogique. Je suis presque sûre que la chèvre s'est évanouie.

— De rien, dit Luke avec un grand sourire. Notre but est de traumatiser le bétail.

— Tu es hilarant, je marmonne en me rapprochant de lui.

— Pour être juste, ajoute Harper, le mélodrame était plutôt sexy. Je veux dire, si quelqu'un avait coincé *mon* harceleur et lui avait lancé le regard de mâle alpha qui tue…

— Je pensais chaque mot, déclare Luke.

Holt s'assoit sur le banc de l'autre côté de moi. Sa cuisse frôle la mienne, et je sens la tension qui s'était enroulée en moi toute la soirée se détendre un peu.

— Ouais, tu as failli lui casser le nez avec ton regard, dit Harper en levant les yeux au ciel. Sérieusement, c'était très gentil de votre part à tous de veiller sur moi aussi.

Luke se contente de sourire.

Holt s'adosse légèrement, son bras drapé sur le dossier du banc, me jetant un regard et m'envoyant un baiser. Je frissonne de tout mon corps de la meilleure façon possible.

De l'autre côté de la table, la pieuvre en peluche de Harper me regarde fixement depuis la table où elle est posée.

Je regarde Luke, qui me sourit, et Arrow, qui parle avec animation au type du food truck.

Je suis en train de tomber amoureuse d'eux.

Plus fort que je ne l'avais prévu. Plus vite que je ne le devrais.

Et je devrais être inquiète, mais je ne le suis pas. Je veux une famille à moi qui m'adore telle que je suis. Ce qui me fait peur, c'est que je pourrais tout perdre.

— Alors, je dis en me penchant en avant, regardant Harper, est-ce que Mack te traite bien ? Genre, *vraiment* bien ?

L'expression de Harper change instantanément, sa bouche s'étirant en un petit sourire rêveur que je ne lui ai jamais vu.

— Tu n'as *aucune* idée à quel point, dit-elle, pratiquement rayonnante. On a parlé toute la nuit. Genre, *vraiment* parlé. Il m'a posé des questions sur mon travail, ma famille, et bien plus encore. Je crois qu'il s'intéresse à mon *cerveau,* pas seulement à mes... elle désigne de manière théâtrale son décolleté corseté, qui mérite honnêtement son propre moment de silence... atouts. Cependant, ne vous y trompez pas, il s'intéresse aussi beaucoup à ceux-là. Genre, avec une concentration digne d'un laser.

— Et en quoi c'est différent des autres mecs ? demande Holt, sincèrement curieux.

— La plupart des mecs ? Ils voient les seins et perdent toute fonction cérébrale supérieure. Le reste de moi pourrait aussi bien être un bruit de fond. Mack, en revanche… Elle secoue la tête, incrédule. C'est littéralement *lui* qui m'empêche de lui grimper dessus comme à un arbre. Il dit qu'il veut "faire les choses bien". Elle fait même des guillemets avec ses doigts. Qui dit ça ? Quel genre de mauvais garçon criminel tatoué dit ça sans sourciller ?

Je la regarde, une chaleur s'épanouissant sous mes côtes. — Le genre qui essaie d'être meilleur.

Ses yeux rencontrent les miens, plus doux maintenant. — Exactement. Il a l'air… bien. Solide. Comme s'il avait peut-être fait des erreurs…

— C'est le cas, intervient Luke, sans même faire semblant de le cacher. Genre, *beaucoup* d'erreurs.

— …mais il essaie d'être meilleur, termine Harper en l'ignorant complètement. C'est sexy. La rédemption, c'est sexy.

Il y a un temps de silence. Holt et Luke échangent un regard par-dessus la table, comme s'ils jouaient en silence à un jeu de télépathie masculine.

Harper plisse les yeux. — Ok. Quoi ? C'était quoi ce regard ? Ne me forcez pas à lancer la pieuvre.

— Mack a… un passé. Le genre qui, d'habitude, ne se termine pas par de joyeux barbecues dans le jardin.

— Vous trois aussi, rétorque-t-elle immédiatement. Tu crois que Cindy ne le sait pas ? Qu'elle ne le *voit* pas ?

Je cligne des yeux face à ce coup de projecteur soudain. Mais elle n'a pas tort.

— Quoi que vous ayez fait, dit-elle en balayant la table de sa main comme si elle distribuait des cartes, vous êtes là maintenant. Vous essayez. Ça compte. Elle le comprend, ça.

Ils se taisent tous.

— On est réformés. Ou... vous savez. *En cours de réforme.* Comme un vieux boys band, mais avec plus d'airs ténébreux et moins de coupes de cheveux, ajoute Luke.

— Très peu de coupes de cheveux, je marmonne à voix basse, en jetant un coup d'œil aux cheveux toujours en désordre de Holt.

Il le remarque et sourit en coin.

Harper secoue la tête, souriant maintenant. — Vous êtes tous adorables ensemble.

Holt ne parle pas, mais sous la table, je sens son auriculaire frôler le mien.

Un rappel silencieux.

Il écoute.

Observe.

Arrow et Mack reviennent peu après, portant deux plateaux chargés de nourriture suffisante pour nourrir un petit village. L'odeur frappe immédiatement : viande grillée, coriandre fraîche, citron vert, oignons, ce côté parfaitement carbonisé qui ne vient que d'un gril bien rodé. Des tacos emballés dans du papier blanc déjà taché de graisse, des tortas de la taille de ma tête farcies de tout ce qui est imaginable, des chips encore chaudes sorties de la friteuse, du guacamole, des elotes couverts de fromage blanc et de poudre de chili qui vont en mettre partout.

— Oh mon Dieu, souffle Harper. C'est magnifique.

— Je t'ai pris le pescado especial, dit Mack à Harper,

posant un récipient devant elle avec le soin habituellement réservé aux artefacts religieux. Tu as mentionné plus tôt que tu adorais les tacos au poisson avec de la sauce à la mangue. Plus de citron vert, léger sur la coriandre parce que tu as dit que ça avait parfois un goût de savon.

Harper se pâme littéralement. Du genre, main sur le front, cils qui papillonnent, pourrait avoir besoin de sels.

— Tu as écouté, dit-elle, la voix douce et émerveillée. Tu as vraiment écouté mes préférences alimentaires.

— Bien sûr que oui, dit Mack en se glissant à côté d'elle, sa jambe immédiatement pressée contre la sienne. Tout ce que tu dis est fascinant. Même la tirade de vingt minutes sur la façon dont les films *Twilight* ont ruiné les livres.

— Ils ont tout gâché !

— Je sais, ma belle. Tu me l'as expliqué. En détail.

Arrow fait un bruit de haut-le-cœur qui se transforme en une toux très fausse quand Harper le foudroie du regard avec la force de mille soleils.

— Désolé, dit-il, pas désolé du tout. Allergique aux sentiments.

— Tu es allergique au bonheur de ton frère, rétorque Harper.

Arrow rit, et je remarque que ses épaules se détendent légèrement.

— Ils vont bien ensemble, je murmure à Holt et à Arrow à côté de lui.

— Ouais, concède-t-il tranquillement. Elle lui fait

faire de vrais sourires. Je n'en avais pas vu depuis des années.

— C'est une bonne chose, je dis.

— À ce propos, tu es sacrément à croquer ce soir, Dorothy, ajoute Arrow. Assez pour te manger. Ça me donne envie de claquer tes talons trois fois et de te ramener à la maison tout de suite.

Harper nous regarde en gloussant tout en se penchant plus près de Mack.

Je rougis. — Arrow, on est en public.

— Et alors ? Ça n'a pas arrêté Holt tout à l'heure.

— C'était différent, ajoute Luke, sa main sur ma cuisse remontant doucement.

— On mange ! je glapis, saisissant son poignet pour arrêter le voyage de sa main.

— Alors ! dit Harper à voix haute, essayant clairement de détourner l'attention de ce qu'elle voit sur mon visage. Parlez-moi de ce manoir où vous avez tous emménagé. Cindy dit qu'il est incroyable, mais elle a tendance à minimiser les choses.

Je ris, car elle n'a pas tort.

— Tu devrais venir le voir un de ces jours, propose Luke, la bouche pleine de taco, réussissant quand même à être séduisant malgré la sauce sur son menton.

— Eh bien, ma chambre d'amis a sa propre salle de bains avec une baignoire qui est pratiquement une petite piscine. Et un plancher chauffant ! Mes pieds n'ont jamais été aussi heureux.

— C'est ta maison maintenant, me rappelle Holt, sa voix douce mais ferme. Pas seulement ta chambre. Tout. Chaque pièce, chaque centimètre carré.

— Je m'y habitue encore, je dis doucement.

Ça me frappe soudain, assise ici entourée de rires, que c'est ça, la normalité. C'est ce qui m'a manqué pendant toutes ces années en grandissant.

Des amis qui m'apprécient vraiment. Des hommes qui me regardent comme si j'étais quelque chose de précieux au lieu d'un fardeau ou d'une marchandise. Harper qui sourit. Arrow et Mack qui débattent pour savoir si un hot-dog est un sandwich. La main chaude de Luke sur ma cuisse. La présence solide de Holt à côté de moi. La compagnie confortable de personnes qui se choisissent mutuellement.

Est-ce que la vie aurait pu être comme ça si ma famille ne m'avait pas étouffée ? Toutes ces années à m'entendre dire que je n'étais pas assez, que j'étais trop, que je devais être plus petite, plus silencieuse, moins. Et me voilà, étant exactement moi-même, riant trop fort, mangeant mon quatrième taco sans m'excuser, couverte de foin après m'être roulée avec Holt, ma robe probablement ruinée, et ces gens en veulent plus de moi, pas moins.

— Ça va ? demande Arrow tranquillement.

— Je réfléchis, c'est tout.

— À quoi ?

— À quel point tout est différent maintenant. Différent en bien. Il y a quelques semaines, je vivais dans une maison de ville, je faisais profil bas et je sursautais à chaque fois qu'on frappait à la porte. Maintenant, je suis avec trois Alphas, ma meilleure amie sort avec un criminel potentiellement repenti mais n'a pas été aussi heureuse depuis des années, et je… j'ai toujours envie de me pincer. M'assurer que c'est réel.

— C'est réel, m'assure Holt. Les deux autres me sourient. Nous sommes réels. Tout ça est réel.

Je retourne à mon repas et j'accueille la paix qui s'installe en moi.

Alors que nous ramassons nos déchets, mon téléphone vibre. Je le sors et je remarque que c'est un message de Mère.

Mon sang se glace… tout ce qui vient d'elle me met dans tous mes états.

Je passerai demain matin pour voir ce manoir. Pour les besoins du mariage, bien sûr. Merci de m'envoyer l'adresse.

Tout mon corps se raidit. La chaleur de la soirée, le confort d'être entourée de gens qui m'apprécient vraiment et la sécurité que je ressentais s'évaporent instantanément.

23

CINDY

Il fait trop chaud.

Pas le genre de chaleur qu'un ventilateur ou une fenêtre ouverte peut apaiser. C'est une chaleur plus profonde, qui gronde sous ma peau comme un orage qui monte en pression, une sorte de *besoin* brûlant qui rend le sommeil impossible.

Je repousse les draps, la fine couverture, puis l'oreiller que je serrais comme s'il pouvait magiquement absorber la chaleur qui irradie de moi. Ma peau est moite, poisseuse de sueur et d'autre chose. Je pulse. Je palpite. Mes cuisses glissent l'une contre l'autre, et le bruit mouillé est si obscène que je gémis et me tourne sur le ventre, pressant ma joue contre l'oreiller frais comme s'il pouvait me sauver d'une peur soudaine et bien réelle :

Oh mon Dieu. Et si j'entrais en chaleurs ?

De *vraies* chaleurs. Celles qui font perdre tout contrôle à votre corps, qui réécrivent votre cerveau, vous rendent sauvage.

Et bien sûr, les premiers signes apparaissent maintenant. Parce que demain, ma mère vient ici. Et me voilà, l'entrecuisse poisseux comme si on y avait cassé un œuf, haletant dans mon oreiller comme si je venais de courir un marathon et avec un *désir lancinant* des Alphas.

Ce n'est pas juste. J'ai tout essayé pour me rafraîchir. Une compresse froide. De l'eau glacée. Mais rien n'y fait. C'est ce qu'il m'a fait dans ce labyrinthe. La sensation de lui en moi. La façon dont je me suis brisée pour lui, comme si j'avais attendu ce moment toute ma vie.

Et puis il s'est arrêté, toujours dur, épais et lourd dans son pantalon.

— Putain, je marmonne, en me frappant le front du revers de la main. Pourquoi je suis comme ça ?

J'essaie de me tourner sur le côté. Puis sur le dos. Puis en position fœtale.

Non. Toujours excitée. Toujours en surchauffe. Toujours à un souvenir près de traverser la maison pour grimper dans le lit de Holt comme une folle.

Je balance mes jambes sur le bord du lit. Mauvaise idée. Dès que je bouge, je sens la glissade humide de ma cyprine sur mes cuisses, comme la preuve que, oui, mes hormones ont déclaré la guerre à la raison. J'essaie de me lever, mais mes jambes tremblent, et je dois m'appuyer d'une main sur la table de chevet pour ne pas m'étaler de tout mon long.

Adieu la dignité.

Je me traîne vers la salle de bain, mes pieds collant légèrement au parquet à chaque pas. — Sexy, je me murmure. Tellement sexy. S'il y avait un concours de Miss Oméga Catastrophe, je gagnerais haut la main.

J'allume la lumière de la salle de bain à tâtons, clignant des yeux face à la lueur. Dans le miroir, je ressemble à une femme au bord de la combustion spontanée. Joues rouges. Pupilles dilatées. Cheveux en pagaille. Il y a même une marque sur mon cou, là où j'ai dû me griffer de frustration.

Bon sang.

Je baisse mon short de pyjama et grimace devant le filet filandreux de cyprine qui colle à mes cuisses. Je suis trempée. Et pas de la jolie manière des romans d'amour. Non, je suis *visqueuse*.

Je saisis un gant de toilette, le passe sous l'eau froide et fais une toilette rapide.

Je m'assois sur l'abattant des toilettes et prends ma tête dans mes mains.

— Je devrais aller me coucher, je murmure. Je ne devrais absolument *pas* aller dans la chambre de Holt.

Sauf que je suis en feu.

Et je me souviens du regard qu'il a posé sur moi tout à l'heure, comme s'il n'arrivait pas à croire que j'étais réelle. Mais il n'a pas fini.

Il *s'est arrêté* pour que je puisse jouir, puis il m'a tenue dans ses bras, m'a aidée à me nettoyer, et a souri quand j'ai récupéré ma culotte comme un petit gremlin.

Il a été adorable. Et cochon. Et *parfait*.

Serait-ce vraiment si mal de me pointer dans sa chambre maintenant pour lui rendre la pareille ? Juste pour le remercier ? Juste pour m'asseoir sur ses genoux et…

Ok, ça part en vrille.

Je m'asperge le visage d'eau froide et jette un nouveau coup d'œil au miroir.

— Tu lui dois bien ça, je dis à mon reflet. Et tu es généreuse.

Mon Dieu, même mon reflet rougit.

Pourtant, l'image reste gravée. Moi. Lui. Mes cuisses à califourchon sur les siennes. Sa grande main posée sur mon dos pendant que je descends lentement sur lui, le prenant enfin en moi comme j'en ai besoin depuis le labyrinthe.

Je gémis dans mes mains.

— Ok, je murmure en me relevant. Je vais juste voir s'il est réveillé. C'est tout. Peut-être qu'il a du mal à dormir lui aussi. Peut-être qu'il est allongé là, à penser à moi et au fait que c'était impoli de le laisser comme ça.

Je fais une pause. — Et sinon… je pourrais peut-être juste m'allonger là et être tenue dans ses bras. Non ? C'est bien. C'est normal.

Sauf que je marche déjà dans le couloir.

J'avance sur la pointe des pieds, le cœur battant plus fort à chaque pas. Je ne sais même pas pourquoi j'essaie d'être silencieuse. Ce n'est pas comme si je faisais le mur chez mes parents. C'est ma maison. En quelque sorte. Temporairement. Avec trois hommes dangereusement canons après qui j'ai apparemment décidé de baver en même temps, tel un raton laveur en rut.

Je passe devant la porte d'Arrow et me fige.

Elle est entrouverte, juste assez pour laisser passer une lame de lumière chaude provenant de sa lampe de chevet qui se déverse sur le sol. Je jette un coup d'œil à l'intérieur sans le vouloir, et mes lèvres s'étirent en un sourire malgré moi.

Il est affalé en travers du lit, une jambe pendant dans le vide, les cheveux ébouriffés comme s'il avait perdu un match de lutte contre son oreiller. Et étalé sur son ventre, ronronnant comme un moteur au ralenti, se trouve le Général. Le gros Maine Coon l'a revendiqué comme un suzerain à fourrure, une patte posée sur le torse nu d'Arrow comme s'il le tenait en otage.

J'étouffe un rire derrière ma main.

Arrow renifle dans son sommeil et marmonne quelque chose à propos de « Pas touche à mes frites », et je continue rapidement mon chemin avant de le réveiller. Le sourire reste sur mes lèvres alors que je poursuis dans le couloir, mon corps toujours endolori mais mon humeur légèrement meilleure.

Je suis vraiment en train de faire ça ?

Le temps d'arriver à la porte de Holt, le doute s'installe. Mes pas ralentissent. Mes doigts flottent près du bois mais sans le toucher.

Qu'est-ce que je suis en train de faire ?

Je devrais faire demi-tour. Retourner au lit. Faire littéralement n'importe quoi d'autre que de me jeter sur le seul homme qui me fait perdre tous mes moyens d'un seul regard. Surtout quand mes hormones sont en ébullition et que je suis à deux doigts de me jeter dans une baignoire remplie de glaçons.

Mais alors je me souviens de sa bouche sur la mienne. De sa main entre mes jambes. Du regard qu'il a posé sur moi quand je me suis brisée contre lui.

Je ferme les yeux et appuie mon front contre la porte.

— C'est une idée terrible, je murmure. C'est une erreur.

Et c'en est peut-être une. Mais ma peau brûle et fourmille, et je sais que si je retourne au lit, je ne dormirai pas. Je resterai juste là, à penser à nous dans le labyrinthe. À le vouloir. À partir en vrille.

Alors peut-être, juste peut-être, qu'être avec lui apaisera la douleur. Juste assez pour passer la nuit. Juste assez pour survivre au regard jugeur de ma mère demain sans grimper aux murs ni me frotter contre les meubles.

Je prends une inspiration et redresse la colonne vertébrale.

Juste une petite visite. Juste un petit soulagement. Ensuite, je m'occuperai de tout le reste demain.

La porte grince légèrement quand je la pousse, le cœur battant à tout rompre dans ma gorge comme si j'étais sur le point de faire quelque chose de dangereux.

Probablement parce que c'est le cas.

La pièce est baignée d'un clair de lune argenté. Le rideau près de la fenêtre ouverte flotte paresseusement dans la brise, projetant des ombres mouvantes sur le sol. L'air sent comme lui. Et là, étendu sur l'immense lit, se trouve Holt.

Il est sur le ventre, le drap s'accrochant à peine à ses hanches. Son dos large n'est que plans durs et muscles qui bougent subtilement à chaque respiration. Une jambe est pliée, l'autre tendue, et le drap descend assez bas pour m'offrir une vue parfaite sur la courbe de ses fesses. Le clair de lune le drape comme s'il avait été sculpté dans l'ombre et le péché.

Bordel.

Il ressemble à un prédateur se reposant entre deux chasses. Comme sorti du genre de livres que je cachais sous mon matelas. Ceux où l'héroïne sait que c'est une mauvaise idée mais grimpe quand même dans le lit de la bête, parce que certaines douleurs ne s'en vont pas avec la raison.

C'est une erreur. Je le sais.

Ma mère sera là demain. Je suis moite et agitée, et un mot de travers pourrait faire voler en éclats toute cette trêve. Et pourtant, me voilà, me faufilant dans la chambre de Holt comme une sorte de cambrioleuse de dessin animé en chaleur.

Je devrais m'en aller.

Je ne le fais pas.

— Je me demandais combien de temps il te faudrait pour venir à moi, ma petite Oméga. Sa voix transperce l'obscurité. Il ne tourne même pas la tête pour me faire face.

Je me fige. — Tu étais réveillé ?

— Ferme la porte.

Mes doigts tâtonnent derrière moi, trouvent la poignée et poussent la porte qui se referme dans un clic silencieux. La pièce semble encore plus sombre maintenant, plus intime. Ma peau picote.

Je marche vers le lit, le cœur battant la chamade. Il se retourne lentement, le drap glissant sur son corps comme s'il savait qu'il valait mieux ne pas rester sur le chemin. Et puis il est sur le dos, nu, dur, et absolument pas gêné par le moindre sens de la pudeur.

J'en ai littéralement le souffle coupé. Son sexe est en érection, dressé bien droit.

Est-ce la lumière ? La lune ? Parce qu'il a l'air plus grand que dans le labyrinthe. Plus intimidant. Sa poitrine se soulève et s'abaisse lentement, ses bras croisés derrière sa tête comme s'il était une sorte de dieu attendant d'être vénéré. Chaque muscle est dessiné et puissant, des ombres jouant sur ses abdominaux et le long du V de ses hanches.

Je devrais dire quelque chose d'spirituel. D'intelligent. N'importe quoi. Mais mon cerveau a été réduit à du bruit blanc.

Son regard me dévore. — Enlève tes vêtements, ma belle Oméga, gronde-t-il, les yeux brillants dans le noir. À moins que tu ne sois venue juste pour regarder.

Cette voix. Elle va droit au plus profond de moi. Grave. Impérieuse. Une faim brute mêlée d'un amusement sombre.

— C'est une idée terrible, je murmure.

— Alors prends ta décision rapidement. Je suis en train de mourir, là.

Mes lèvres s'entrouvrent. Mon souffle se bloque. Une vague de chaleur déferle sur ma peau. Mes mains tâtonnent à l'ourlet de mon t-shirt, l'enlevant, essayant de prétendre que je ne tremble pas. Son regard suit chaque centimètre de peau que j'expose, et quand mon short tombe, il expire comme s'il venait de recevoir un coup de poing.

Mon Dieu, il me regarde comme s'il était affamé.

Une fois nue, je reste là un instant de trop. Vulnérable. Exposée.

Sa mâchoire se contracte, et je peux voir juste derrière ses yeux à quel point il est proche de bondir.

— Viens ici, dit-il. Lentement.

Alors je le fais. Je grimpe sur le lit en rampant, essayant d'avoir l'air séduisante mais ressemblant probablement à un bébé girafe apprenant à marcher. Mes genoux s'enfoncent dans le matelas, et j'avance vers lui, son regard rivé sur chacun de mes mouvements.

Chaque centimètre que je parcours ressemble à un fil électrique qui se resserre entre nous. Je ne sais pas ce qui va se passer une fois que je l'aurai atteint. Seulement que je ne quitterai pas cette pièce la même.

Et peut-être que c'est exactement ce que je veux.

Son sourire est acéré. Dangereux. — On va régler cette douleur, n'est-ce pas ?

Il se redresse, tous ses muscles se bandant comme une menace. Je suis à genoux, et soudain il est là, juste devant moi, dominant. Il se tourne vers sa table de chevet, ouvre le tiroir et en sort quelque chose de sombre et de doux.

Des menottes en tissu.

Je déglutis difficilement.

Il les fait pendre entre deux doigts.

J'ai le souffle court. — Oh.

Il se penche vers moi. — Celles-ci resteront en place jusqu'à ce que tu dises le contraire. Ça te va ?

Je hoche la tête, mais il attend.

— Oui, dis-je d'une petite voix.

— Et si tu veux arrêter à n'importe quel moment…

— Je te le dirai.

Il acquiesce d'un signe de tête, puis passe les bras derrière moi. Ses grandes mains sont étonnamment douces tandis qu'il rassemble mes poignets et ferme les menottes. Le tissu doux épouse ma peau. Je frissonne.

— Tu trembles.

— Pas parce que je veux arrêter.

À ces mots, son regard s'enflamme. — Bien.

Puis, à ma plus grande surprise, il se laisse tomber sur le dos et passe de nouveau les bras derrière sa tête, comme s'il s'offrait à moi.

— Très bien, ma belle. C'est à toi de commencer. En selle, cowgirl, et montre-moi ce dont tu as envie.

Ma gorge s'assèche. Il est étendu là, tel un putain de fantasme, avec sa peau dorée et tous ces muscles sculptés, et cette bite, mon Dieu. Si dure. Si énorme. M'attendant.

Je chevauche ses hanches, un genou de chaque côté de son corps. Sa bite se presse contre moi, et je gémis tout bas, incapable de me retenir.

— Tu es déjà trempée, murmure-t-il.

— C'est à cause de toi.

Je balance légèrement les hanches pour le taquiner, et son regard s'assombrit. — C'est ce que tu imaginais dans le labyrinthe ? je chuchote. — Moi te chevauchant, te faisant me supplier ?

Sa mâchoire se contracte. — Tu joues avec le feu.

— Peut-être, le taquiné-je.

Ses mains tressaillent derrière sa tête, mais il ne bouge pas.

— J'ai pensé à ce que ça faisait de t'avoir en moi. À quel point tu étais épais. À quel point c'était bon.

Son grognement est guttural.

Je bouge les hanches, le bout de sa verge frôlant l'entrée de ma chatte.

— Ça va ? demande-t-il, la voix tendue.

— Oui.

— Alors prends ce dont tu as besoin.

C'est ce que je fais.

Lentement. Centimètre par centimètre. L'étirement est une brûlure exquise. Mes paupières se ferment en papillonnant, ma bouche s'entrouvre tandis que je m'enfonce sur lui.

Il est épais. Plus profond que dans mon souvenir. Ou peut-être est-ce simplement que je le vois enfin tout entier, que je le revendique sans les murs d'un labyrinthe ou la précipitation d'un moment.

Quand je me pose, complètement assise, il jure : — Putain, Cindy.

— C'est toujours moi qui commande ?

— Pour l'instant.

— Alors ne bouge pas.

Son sourire est le péché incarné. — À vos ordres, M'dame.

Je commence à le chevaucher. Lentement d'abord, me laissant m'habituer, sentant chaque centimètre de lui. Il me surveille attentivement.

Ma chatte est partout. Elle suinte, et les bruits humides que je fais en bougeant sont évidents, mais je m'en fiche. Je ne me suis jamais sentie aussi puissante, aussi désirée.

— T'es tellement incroyable à voir, souffle-t-il d'une voix rauque. — Tes seins qui rebondissent, tes lèvres toutes entrouvertes comme ça. Tu es faite pour ça.

— Pour toi ? le taquiné-je, le souffle court.

Il grogne. — Ça ne fait aucun doute.

Je me penche légèrement en arrière, changeant l'angle. Des étoiles explosent derrière mes yeux.

— Putain, Holt…

— Je te tiens, dit-il, la voix tremblante de retenue. — Chevauche-moi aussi longtemps que tu en as besoin. Je serai là. Je serai toujours là.

Et avec ça, je sais que je ne suis pas seulement en train de perdre le contrôle ; je le lui donne. Volontairement. Désespérément.

Et ça n'a jamais été aussi bon.

Mes cuisses tremblent alors qu'un orgasme inattendu me percute. Je frémis, gémissant, essayant de ne pas réveiller toute la putain de maison.

— Putain, siffle-t-il.

Ses mains volent soudain à ma taille, son souffle s'accélère alors que je me frotte contre l'épaisse longueur sous moi. Il grogne, d'une voix basse et profonde, à bout de souffle. — C'est ça. Trempe-moi. Dégouline sur moi, jolie fille.

Et c'est ce que je fais.

Je continue de me défaire, mon corps tremblant alors que vague après vague me submerge. Mes poignets tirent sur les liens tandis que je me désagrège. Je suis haletante, hébétée, tandis que l'extase s'estompe.

Alors que je redescends des cieux, ses mains agrippent ma taille plus fermement. — Pas encore fini.

Il se redresse soudainement, si vite que j'en couine, et me soulève de sa bite comme si je n'étais rien de plus qu'une poupée. Il me repose doucement sur mes genoux et sourit en coin. — Il faut être juste. À mon tour.

Je glousse, le souffle court. — Tu me rends nerveuse quand tu le dis comme ça.

Son expression s'adoucit. — Jamais je ne ferai quelque chose que tu n'aimes pas, ma belle. Tu dis un mot, j'arrête. Toujours.

Je hoche la tête, le souffle court. — Je sais. J'ai confiance en toi.

Il m'embrasse sur la joue et glisse hors du lit, pour s'agenouiller derrière moi sur le matelas, ce corps massif se déplaçant comme un prédateur. Le frottement de sa bite entre mes cuisses est une taquinerie, une promesse.

— Penche-toi en avant pour moi, murmure-t-il.

Je le fais, la poitrine contre le lit, la joue contre les draps. Il pose une grande paume sur ma colonne verté-brale, la faisant glisser lentement et chaleureusement jusqu'au bas de mon dos, m'incitant à prendre position. Je halète alors qu'il écarte doucement mes genoux, m'exposant à lui.

— Parfait, souffle-t-il. — La vue d'ici... putain, Cindy. Je ne cesserai jamais de la chérir.

Mon gémissement est rauque et affamé, car je sens ce désespoir dans sa voix, la façon dont il vénère chaque parcelle de mon corps.

Puis il est là. Sa bite à mon entrée.

Et il glisse en moi d'un long et profond coup de rein

qui me coupe le souffle. Je pousse un cri. L'étirement, la pression, c'est tout. C'est lui.

— Dis-moi si je suis trop. Trop brutal, dit-il dans un chuchotement rauque.

Je gémis, mes hanches se pressant en retour contre les siennes. — C'est comme ça que je le veux.

Il grogne un son féroce, possessif, et me prend comme s'il était affamé. Ses mains agrippent fermement mes hanches alors qu'il me pénètre, lentement au début, faisant traîner les choses jusqu'à ce que je me tortille, en suppliant davantage. Chaque mouvement est dominant, me faisant sentir chaque centimètre de sa bite s'enfonçant en moi.

Il se penche sur moi, sa poitrine frôlant mes bras entravés, sa bouche chaude contre mon oreille. — Tu sens ça ? C'est moi qui te possède. Te remplissant si profondément qu'il n'y a plus de place pour personne d'autre.

— Holt... Je halète son nom, désespérée.

Il agrippe mes cheveux, pas fort, juste assez pour incliner ma tête. — Tu es à moi, Cindy. Mon ajustement parfait. Mon addiction.

Je ne peux pas former de mots. Tout ce que je peux faire, c'est encaisser. Le rythme s'accélère, implacable, maîtrisé. Il observe la façon dont je le prends, la façon dont je me désagrège. Je le sens aussi dans ma colonne vertébrale, mes orteils se crispent, la sueur rend nos corps glissants.

— Tu me prends si bien, putain, gémit-il. — Si avide, n'est-ce pas ?

Je pleurniche, la tension dans mon ventre s'intensifiant. — S'il te plaît. S'il te plaît, Holt.

Sa main plonge entre mes jambes, ses doigts trouvant mon clitoris, et c'en est fini.

J'explose.

C'est brûlant, un orgasme qui me vole l'air de mes poumons et la force de mes membres. Mon cri est étouffé par les draps, mes hanches se contractent alors qu'il me chevauche à travers ma jouissance.

Il halète, perdant le contrôle. Ses doigts s'enfoncent dans mes hanches alors qu'il donne des coups plus forts. — Je vais te remplir, Oméga. Tu veux ça ? Tu veux être pleine de moi ?

— Oui, je sanglote. — Mon Dieu, oui.

Et c'est tout ce qu'il faut.

Il grogne, ses hanches se soulevant. — Putain, c'est ça. Je vais te nouer, bébé. Prépare-toi.

Son nœud gonfle en moi, nous liant l'un à l'autre. Je sens chaque centimètre épais de lui pulser, m'étirant à nouveau jusqu'à la limite de la douleur, mais une douleur mêlée d'un plaisir abrutissant. Je pleurniche, impuissante et pleine.

Il n'arrête pas de bouger, de lents coups de butoir destinés à traire jusqu'à la dernière goutte de sa semence.

— Si serrée, gémit-il. — Tu me tiens si bien.

Il m'inonde, une chaleur épaisse se répandant, la pression intense. Je ne peux pas bouger, je ne peux que gémir et me tortiller sous lui, complètement défaite.

Alors que la vague finit par refluer, il laisse échapper

un soupir profond et satisfait et tend la main vers mes poignets.

Les menottes s'ouvrent dans un déclic, tombant alors qu'il glisse ses grandes mains sous moi, les faisant passer pour me prendre les seins.

— Viens là, murmure-t-il.

Toujours unis, il me soulève doucement jusqu'à ce que je sois droite, mon dos contre sa large poitrine, tous deux à genoux.

Il me tient comme si j'étais précieuse, son nœud toujours en moi, et la façon dont il pulse à chaque petit tressaillement me fait gémir.

— Comment te sens-tu, ma petite Oméga ?

Je suis haletante, sans force dans ses bras. — Je ne savais pas du tout à quoi m'attendre en étant avec un Alpha et en étant nouée. C'est… c'est là. Tellement. Une petite douleur… mais aussi tellement bon.

Il glousse, sa chaleur contre mon cou. — C'est une sensation incroyable. Tu m'étreins si fort. Il se penche et dépose un baiser sur mon oreille, puis descend sur mon cou, et encore plus bas. — Magnifique, chuchote-t-il. — Tu es mienne. Nôtre.

Puis il me mord.

Juste dans le creux de mon cou.

Je pousse un cri, la piqûre aiguë se transformant en une vague d'euphorie qui me laisse tremblante.

Je viens d'être marquée.

Et je ne veux jamais que ce moment se termine.

Son nœud est toujours gonflé en moi, nous bloquant ensemble, ses bras enroulés fermement autour de ma taille. Sa poitrine se soulève et s'abaisse contre mon dos, ralentissant maintenant, mais régulière. Chaude. Réelle.

Je ne me suis jamais sentie à la fois aussi démolie et aussi entière. Mon corps est endolori de la meilleure des manières, étiré, rassasié et en sécurité. La tempête de besoin qui m'avait fait ramper jusqu'à sa chambre ressemble maintenant à un lointain souvenir, apaisé sous le poids de son étreinte possessive.

Il frotte son nez le long du pavillon de mon oreille, puis dépose un baiser à l'arrière de mon cou. — Tu respires toujours, ma belle ?

Je laisse échapper un petit rire, trop contente pour ouvrir les yeux. — À peine.

Son rire gronde contre moi, profond et satisfait. — Tu t'es bien débrouillée.

— Mmm. Ma tête bascule légèrement en arrière, reposant contre son épaule. — C'est toi qui t'es le mieux débrouillé.

Un silence confortable s'installe entre nous, rompu seulement par nos respirations et sa caresse douce occasionnelle sur ma peau. Je sens chaque centimètre de lui en moi. Mais ce n'est plus écrasant. C'est un point d'ancrage.

Mes paupières sont lourdes maintenant. Le sommeil m'attire, chaud et enivrant. Puis les mots s'échappent. — Je suis en train de tomber amoureuse de toi, je murmure, presque trop doucement pour être entendue. — De vous tous. Et ça me fout une trouille monstre.

Ses bras se resserrent juste un peu autour de moi. Pas de taquinerie, pas de réaction de ma chatte. Juste l'expiration silencieuse d'un homme qui entend ce que je ne voulais pas dire à voix haute.

— Tu es en sécurité ici, dit-il, sa voix une promesse grave contre ma peau. — Personne ne va nulle part. On t'adore, putain.

Je veux le croire.

Je crois qu'une partie de moi le croit déjà.

Les dernières choses que je sens avant que le sommeil ne m'emporte sont ses lèvres effleurant ma tempe et le battement régulier de son cœur contre mon dos.

24

LUKE

La sonnette retentit dans toute la maison, et je me dirige déjà vers la porte d'entrée. En plein milieu de la matinée, pile à l'heure pour la séance de torture programmée. Victoria Williams. Putain de merde.

J'aperçois Cindy dans le couloir, et quelque chose me fige sur place. Elle est appuyée contre le mur comme si elle en avait besoin pour tenir debout, une main pressée sur son ventre. Son visage est rouge, une fine pellicule de sueur perle sur son front malgré la climatisation qui tourne à plein régime.

— Ça va ? je demande à voix basse.

Elle se redresse trop vite, affichant un sourire qui n'atteint pas ses yeux. — Très bien. Tout va très bien.

Conneries. Cindy cumule tous les signaux d'alerte possibles. Son odeur, putain, son odeur est différente. Toujours cette douceur qui l'accompagne, mais en dessous, il y a quelque chose de plus profond maintenant. De plus riche. Ça me fait serrer les dents et bander, et je dois me forcer à ne pas faire quelque chose de stupide comme la plaquer contre le mur et goûter son cou.

Elle s'est aspergée de parfum. Un truc floral, écœurant, qui donnerait la nausée à la plupart des gens. Mais pour le nez d'un Alpha ? C'est comme si elle agitait une enseigne au néon qui disait *Oméga en pré-chaleurs*.

À ce propos, elle n'arrête pas d'essayer de cacher la morsure sur son cou avec ses cheveux, mais je l'ai repérée dès ce matin. Discrète, fraîche et, sans l'ombre d'un doute, celle de Holt. Comme si je ne l'avais pas déjà entendu la nuit dernière, baisant notre Oméga comme un possédé. Comme si c'était à lui de la revendiquer en premier.

Mais mon tour viendra.

Et putain, cette attente me rend fou.

La sonnette retentit de nouveau. Avec insistance.

— Je vais ouvrir, dis-je. Tu devrais t'asseoir ou un truc du genre.

— Je vais bien. Elle se décolle du mur en vacillant légèrement. Je peux accueillir ma mère.

— Ouais, tu as l'air drôlement stable, ma belle. Le mot tendre m'échappe, et je vois ses joues s'empourprer. Pas à cause de la chaleur. À cause de moi.

Son regard s'enflamme. — Je gère.

Je lève les mains, mais je n'arrive pas à détacher mon regard de sa bouche. — Je dis juste que tu as l'air sur le point de tomber dans les pommes et que ça m'inquiète.

— Je me suis portée pâle au travail ce matin, dit-elle, comme si ça expliquait tout. Je dois encore finir quelques trucs sur mon ordinateur plus tard. Je suis juste… stressée.

Encore un mensonge. Elle est nulle pour mentir. Son pouls s'emballe dans sa gorge à chaque fois, et j'ai envie de poser ma bouche juste là, de le sentir palpiter contre ma langue.

Putain. Reprends-toi.

La sonnette retentit une troisième fois, suivie de coups secs.

— Bon sang, je marmonne. Cette femme n'a aucune patience.

J'ouvre la porte avant que Victoria ne commence à l'enfoncer. Elle se tient là dans un tailleur crème, un sac de créateur au bras et des talons. Ses cheveux sont coiffés en un chignon compliqué qui crie « salon de coiffure hors de prix ». Tout en elle est impeccable, repassé, parfait.

Et elle est seule.

Je m'attendais à ce qu'elle amène une équipe de sbires… au moins quelqu'un. Mais non, Victoria Williams fait son entrée en solo, comme si elle n'avait pas besoin de renforts pour intimider tout le monde.

Ses yeux, du même ton noisette que ceux de Cindy, mais froids là où ceux de Cindy sont chaleureux, me balaient du regard.

— Madame Williams, je dis en lui adressant mon plus charmant sourire. Content de vous revoir.

— Luke. Elle entre sans attendre qu'on l'y invite, ses talons claquant sur le parquet. Son regard parcourt l'entrée, le lustre, l'escalier en courbe. Je peux presque la voir calculer la superficie et la valeur de la propriété. Où est Cynthia ?

— Juste là, Mère. Cindy apparaît dans le couloir, et je ne manque pas de remarquer qu'elle garde ses distances. Au moins trois mètres entre elles. Aucune salutation au-delà de ces deux mots.

Victoria le remarque aussi. Un de ses sourcils parfaitement dessinés se hausse. — Est-ce que vous vous sentez bien ? Vous avez l'air rouge.

— Je vais bien. Cindy agite une main pour balayer sa remarque. J'ai juste chaud. Vous savez ce que c'est.

— Il fait plutôt frais ici, en fait. Le ton de Victoria est léger, voire agréable, mais il y a une pointe acerbe en dessous. Et vous transpirez. Vous couvez quelque chose ?

— Je me suis portée pâle ce matin, dit Cindy rapidement. Je ne veux pas vous rendre malade non plus, alors je garde mes distances.

J'interviens avant que Victoria ne puisse insister. — Et cette visite, alors ? Vous vouliez voir la maison, n'est-ce pas ?

L'attention de Victoria se tourne vers moi. — Oui. Je suis très curieuse de voir où nous organiserons le mariage et où ma fille vit. Elle marque une pause, laissant le sous-entendu planer. *Vivre avec un homme qu'elle connaît à peine.*

— C'est ma demeure, je dis suavement, m'en tenant au mensonge convenu. Plus simple que d'expliquer qu'elle sort avec nous trois. Pour le moment. Et Cynthia considère cet endroit comme sa maison aussi.

Derrière le dos de sa mère, Cindy me lance un

regard reconnaissant. Puis elle grimace, une main de nouveau posée sur son ventre.

Merde. Il faut qu'on fasse sortir Victoria d'ici. Vite. Parce que l'odeur de Cindy s'intensifie de seconde en seconde, et ça me demande chaque once de contrôle que j'ai pour ne pas réagir. Mon pouls martèle mes tempes, et une douleur sourde s'installe dans mes couilles.

— Par ici. Je fais un geste vers le salon, en gardant une voix légère et facile. Luke le guide touristique, à votre service. Nous allons commencer par le rez-de-chaussée, puis nous monterons.

Victoria entre dans le salon, et je la regarde tout absorber. Les baies vitrées donnant sur les montagnes. Les meubles sur mesure, en cuir et bois sombre, qu'Arrow a choisis parce qu'il a un avis sur ce genre de choses. Les œuvres d'art sur les murs, sur lesquelles Holt a insisté.

Son expression ne change pas, mais je remarque la façon dont ses doigts effleurent le dossier du canapé. Pour tester la qualité du cuir. La façon dont son regard s'attarde sur la vue.

— Très joli, s'exclame-t-elle sur un ton qui réussit à la fois à paraître impressionné et comme si elle trouvait ça à peine adéquat. Assez spacieux.

Cindy reste sur le seuil de la porte, sans vraiment entrer. Son visage est encore plus rouge maintenant, et sa respiration est un peu trop rapide.

Je continue à parler, détournant l'attention de Victoria. — La cuisine est par là. On s'est assurés qu'elle soit haut de gamme. Beaucoup de plans de travail, électro-ménager professionnel.

La cuisine fait hausser les sourcils de Victoria, juste un peu, mais je le vois. L'énorme îlot en marbre, la cuisinière Wolf, le frigo Sub-Zero. Arrow me ferait la peau s'il savait que je sais à peine comment utiliser la moitié de ce bordel.

— Impressionnant, dit Victoria en passant une main manucurée sur le comptoir. Tout cela a dû coûter une petite fortune. Comment avez-vous pu vous le permettre ?

— Mère, l'interpelle Cindy depuis l'embrasure de la porte, la voix tendue. Vous ne pouvez pas demander aux gens...

Je ris, en la rassurant d'un geste de la main. — Ce n'est pas grave. Oui, ce n'était pas donné. Mais ça en valait la peine. Je m'appuie contre l'îlot, offrant à Victoria mon sourire le plus désarmant. Tout est un héritage de mes parents. Ils avaient bon goût et de meilleurs investissements.

C'est du pipeau complet. Mes parents ne m'ont rien laissé du tout, si ce n'est un casier judiciaire par procuration, mais Victoria n'a pas besoin de le savoir. Elle a juste besoin de penser que mon argent est légitime, pas l'argent du club.

Ses yeux se plissent légèrement, comme si elle essayait de décider si elle me croit. — Je vois. Et que faisaient-ils ?

— Promoteurs immobiliers. J'invente ça de toutes pièces maintenant. Sur la côte Ouest, principalement. J'ai vendu l'entreprise après leur décès.

— Quelle tragédie, dit Victoria sur un ton qui suggère qu'elle ne trouve pas ça tragique du tout. Vous deviez être bien jeune.

— Assez jeune. Je me détache de l'îlot. Vous voulez voir le jardin ? C'est la vraie pièce maîtresse.

Cindy laisse échapper un son étranglé depuis le seuil. Quand je la regarde, elle s'agrippe au cadre de la porte comme si c'était la seule chose qui la maintenait debout.

Victoria se tourne vers sa fille. — Cynthia, êtes-vous certaine que tout va bien ?

— Très bien. Sa voix est à peine stable. Je vais juste… chercher mon ordinateur. Des trucs pour le travail.

Elle disparaît avant que Victoria ne puisse protester, et je dois me retenir physiquement de la suivre.

Victoria la regarde partir, les lèvres pincées en une fine ligne. — Elle se comporte de façon très étrange.

— Elle est probablement juste fatiguée d'être malade. Je la dirige vers la porte arrière, désespéré de faire avancer les choses. Venez, attendez de voir ce jardin.

Je la conduis dehors sur la terrasse, et même moi je dois admettre que la vue est d'enfer. Le jardin s'étend devant nous, une pelouse parfaitement entretenue qu'une entreprise de paysagisme nous facture une fortune pour garder verte, des parterres de fleurs sur lesquels Arrow a insisté, et au-delà, la forêt naturelle qui monte vers les montagnes.

— On a environ deux hectares au total, j'explique. On a fait refaire le jardin de l'ancien propriétaire, fait venir un designer de Seattle qui nous a coûté un bras pour planter un tas d'espèces indigènes. Il a dit un truc sur l'éco-durabilité et la gestion du bassin versant.

Victoria me regarde comme si elle essayait de savoir si je suis sérieux.

Je continue. — Ouais, apparemment on a une situation de mousse rare près du lac. Le type a dit qu'on pourrait peut-être obtenir une déduction fiscale pour ça. Je fais un vague geste de la main vers la lisière des arbres.

— Vraiment, dit Victoria d'un ton plat.

— Parole de scout. Je souris maintenant, cette dernière partie étant entièrement vraie. Mais, entre vous et moi, je pense qu'il faisait juste grimper la note.

Sa bouche tressaille. Presque un sourire. — Ça semble en effet plus probable.

Je désigne le petit lac qui scintille à travers les arbres. — C'est là qu'on pense faire le mariage. Au bord de l'eau. Je me suis dit que ça ferait de belles photos.

Victoria s'avance jusqu'au bord de la terrasse, son regard perçant évaluant la distance. — C'est assez loin de la maison.

— Non, cinq minutes de marche, tout au plus. On installera un chemin avec des lumières, peut-être des lampions ?

— Et en cas d'intempéries ? demande Victoria.

— On aura un plan B. Une tente, peut-être. Ou on déplace ça sur la terrasse couverte. J'indique du menton la grande structure de la pergola sur le côté. Ça peut accueillir une centaine de personnes si on l'aménage bien.

La porte arrière s'ouvre. Cindy sort, toujours pas

d'ordinateur en vue, et la vague d'odeur qui émane d'elle manque de me faire tomber raide. Son nuage de parfum s'est intensifié, elle a dû s'en remettre, mais en dessous, ses chaleurs sont indubitables.

J'ai l'eau à la bouche. Mes mains se serrent en poings. Tous mes instincts hurlent de me débarrasser de Victoria, de jeter Cindy sur mon épaule et de m'occuper d'elle comme il se doit.

— Qu'en pensez-vous, Mère ? La voix de Cindy sonne trop enjouée, trop forcée.

Victoria se retourne, et son nez se plisse légèrement. — Cynthia, votre parfum est plutôt fort.

— Ah oui ? Cindy touche son cou. Désolée. J'ai peut-être eu la main lourde.

— Et votre odeur semble… étrange. Victoria fronce les sourcils. Vous devriez faire vérifier ça. Ça pourrait être un déséquilibre hormonal.

Je manque de m'étouffer. Ouais, c'est un déséquilibre hormonal, c'est ça. Appelé chaleurs combinées à du parfum qui déroute sa mère. Bien.

— Je vais bien, Mère. Vraiment.

Victoria n'a pas l'air convaincue, mais elle se retourne pour inspecter le jardin. — La propriété est assez impressionnante. Bien que je m'interroge sur l'aspect pratique d'un si grand espace pour seulement deux personnes.

Ah, merde.

— Oh, j'ai des colocataires, je dis, en gardant un ton désinvolte, sachant que ça devait sortir à un moment ou un autre. Arrow et Holt. On vit tous ici.

La tête de Victoria pivote brusquement. — Des colocataires.

— Oui. Grande maison, ça semblait stupide de la laisser vide.

— Je vois. Sa voix est devenue glaciale. Et où sont ces colocataires en ce moment ?

— Dehors à faire des courses, je dis. Ils rentreront plus tard.

Victoria jette un regard à Cindy, qui essaie désespérément de regarder n'importe où sauf sa mère. — Vous vivez dans une maison avec trois hommes.

— J'ai ma propre chambre, déclare rapidement Cindy. Mon propre espace. Pour mon intimité. Jusqu'à ce que Luke et moi soyons officiellement mariés.

— Très… moderne. Le ton de Victoria pourrait geler l'enfer sur place. Pendant un long moment, elle me dévisage. Je la vois essayer de trouver quelque chose à critiquer, un angle d'attaque, mais je ne lui laisse aucune ouverture.

Finalement, elle se détourne. — J'aimerais voir la chambre de Cynthia.

Merde. Bien sûr qu'elle le voudrait.

— Sans problème, Mère.

Je les reconduis à l'intérieur, essayant de ne pas remarquer que Cindy trébuche légèrement. — C'est juste en haut.

Les escaliers sont une torture. Cindy réussit à monter trois marches avant de devoir s'arrêter, une main appuyée contre le mur, la respiration haletante. Des perles de sueur apparaissent à la naissance de ses cheveux, et je peux sentir la chaleur qui émane d'elle par vagues.

Ça m'affecte aussi. Ma peau me brûle, mon jean est trop serré, et un grognement sourd monte dans ma poitrine, que je dois physiquement ravaler.

Victoria le remarque. Évidemment.

— Cynthia, vous devriez peut-être vous allonger.

— Je vais bien. Cindy se force à monter une autre marche. — Je manque juste d'exercice.

— Vous avez vingt-deux ans, dit sèchement Victoria. — Pas quatre-vingt-dix.

Je monte les marches deux par deux, en partie pour accélérer les choses et en partie parce que si je reste près de Cindy plus longtemps, je vais faire une bêtise monumentale.

— La chambre d'amis est au fond du couloir.

Je pousse la porte, et Victoria entre. C'est une belle chambre. On s'en est bien assurés. Un lit Queen Size avec un matelas de qualité, une commode, un fauteuil près de la fenêtre, une salle de bain attenante. Les affaires de Cindy sont éparpillées partout, comme si elle vivait vraiment ici. Des vêtements sur le fauteuil, des chaussures près du placard, son sac de travail sur le bureau.

Victoria observe tout, et je me prépare à la critique.

— C'est convenable, dit-elle enfin. Ce qui, venant d'elle, est quasiment un compliment élogieux.

Cindy apparaît dans l'embrasure de la porte, s'appuyant lourdement sur le cadre. Ses pupilles sont dilatées, et elle tremble.

Il faut que je fasse sortir Victoria. Maintenant.

— Alors, dis-je d'un ton enjoué, qu'en pensez-vous ? Cet endroit conviendra pour le mariage ?

Quelque chose passe dans son expression. Pas vraiment de l'approbation. Mais presque.

— Oui, dit-elle lentement. — Je suppose que ça... fera l'affaire.

— Excellent. Je me dirige déjà vers l'escalier, la poussant presque dehors. — Laissez-moi vous raccompagner à votre voiture.

— Je devrais dire au revoir à Cynthia...

— Elle ne se sent pas bien, l'interromps-je avec un sourire désolé. — Mieux vaut ne pas trop s'approcher, n'est-ce pas ? Il ne faudrait pas que vous attrapiez ce qu'elle a.

Cindy émet un son étranglé derrière moi.

— Je vous appellerai plus tard, Maman. Promis.

Victoria n'a pas l'air ravie, mais elle me laisse la guider jusqu'en bas. Chaque seconde qui passe est comme un compte à rebours, mon contrôle s'effiloche. Mes mains tremblent. Un léger frémissement parcourt tout mon corps, et il me faut toute ma volonté pour continuer à marcher normalement au lieu de retourner en courant vers Cindy.

Nous atteignons la porte d'entrée, et je l'ouvre peut-être un peu trop vite.

— Merci pour la visite, Luke. Victoria s'arrête sur le seuil, me fixant de son regard perçant. — Prenez soin de ma fille.

— Toujours, parviens-je à dire. Ma voix semble brisée même à mes propres oreilles.

Elle me lance un dernier regard évaluateur, comme

si elle savait que quelque chose n'allait pas mais ne parvenait pas à mettre le doigt dessus, puis hoche la tête et se dirige vers sa voiture. Une Mercedes noire, évidemment.

Je la regarde jusqu'à ce qu'elle sorte de l'allée, puis je ferme la porte et la verrouille.

— Cindy ! l'appelé-je, en me dirigeant déjà vers l'escalier. Ma voix sort presque comme un grognement.

Pas de réponse.

Je monte les escaliers trois par trois, le cœur battant à tout rompre. Chaque inspiration est remplie de son odeur, plus forte maintenant, qui appelle chacun de mes instincts. La chambre d'amis est vide. La suite parentale. Rien.

— Cindy, où es-tu ?

Toujours rien, et putain, je commence à paniquer.

La porte d'entrée s'ouvre, et je jette un coup d'œil en bas. Arrow et Holt entrent d'un pas assuré, et je manque de les plaquer dans ma hâte de descendre.

— Putain, c'est quoi ce bordel ? Arrow laisse tomber les sacs de courses qu'il transporte. — Qui est mort ?

— La mère de Cindy vient de partir, dis-je rapidement. Je sens à quel point ma voix est sur le fil. — Et Cindy… putain, quelque chose ne va pas. Elle entre en chaleur.

Holt se fige.

— Tu es certain que ce ne sont pas des pré-chaleurs ?

— Son odeur est différente. Elle est rouge, en sueur, elle tient à peine debout. Elle a essayé de le cacher toute la matinée. Je passe une main dans mes cheveux, tirant dessus avec force. — Et ça me tue. J'arrive à peine à penser.

Je suis déjà en mouvement, suivant l'attraction de son odeur, mais elle est partout.

— On doit la trouver, elle ne répond pas. Maintenant.

Nous nous dispersons, fouillant la maison. Salon, cuisine, les deux bureaux, la salle de sport. Rien. Puis Holt s'arrête dans le couloir, la tête penchée.

— Tu sens ça ?

Oui. Son odeur, plus forte maintenant, assez épaisse pour en suffoquer. Venant de l'aile est, là où nous avons installé la chambre de chaleur pour Oméga. Un espace que nous avons construit juste pour un tel moment.

Nous suivons la piste le long du couloir. La porte de la chambre de chaleur est fermée, et quand j'essaie la poignée, elle est verrouillée. Derrière, j'entends l'eau qui coule. La douche.

Je frappe, en essayant de garder ma voix stable.

— Cindy ? Je sais que tu es là.

L'eau se coupe. Le silence d'abord.

— Je vais bien. Sa voix est rauque, tendue, et cela m'envoie une décharge de pur besoin droit au cœur.

— Alors pourquoi es-tu dans cette pièce ? demandé-je.

Des bruits de pas. Se rapprochant de la porte.

— J'avais juste besoin d'un moment Oméga pour moi.

— Ouvre la porte, Cindy. La voix de Holt est basse, douce. — Tout va bien.

Encore le silence. Puis un cri aigu, étouffé comme si

elle essayait de le retenir. Le bruit de quelque chose qui heurte le sol.

— Et puis merde. Arrow sort déjà le passe-partout de la maison qu'il garde sur son porte-clés.

Il déverrouille, pousse la porte, et nous nous arrêtons tous.

Cindy est par terre à côté du lit, enroulée dans une serviette. Ses cheveux sont trempés, dégoulinant sur le parquet. Elle tremble, respire fort, et l'odeur de ses chaleurs nous frappe comme une force physique.

Oh, putain !

Mon contrôle vole en éclats. Mes mains tremblent, ma vision se rétrécit pour ne plus voir qu'elle, et un rugissement dans mes oreilles noie tout le reste. Désir. Besoin. *À moi.*

Elle lève son regard vers nous, les yeux agrandis et sombres.

— Je… je vais bien.

— Tu ne vas pas bien, dis-je, et ma voix sort presque comme un grondement. — Est-ce que tu entres en chaleur ?

— Ne dis pas ça. Elle essaie de se lever, échoue, et s'affaisse contre le lit. — Je suis juste stressée. Ma mère, et la maison, et…

Elle pousse un cri, se pliant en deux. Ses mains serrent la serviette, et je peux voir la nappe humidifier l'intérieur de ses cuisses.

Nous traversons la pièce en quelques secondes. Je tombe à genoux à côté d'elle, et la puissance de son odeur de si près me brouille la vue. Douce, riche, *à nous.* Chaque instinct que je possède s'éveille en une explosion, exigeant que je prenne soin d'elle, que je la revendique, que je la fasse nôtre de toutes les manières possibles.

— Ton odeur est si forte, parviens-je à articuler, ma voix à peine humaine. — Ma belle, tu n'as pas à souffrir seule. Putain, on ne te laissera pas.

Holt s'accroupit de l'autre côté. Arrow plane derrière nous, son habituelle expression narquoise disparue. Il a l'air aussi bouleversé que moi.

— S'il vous plaît. La voix de Cindy se brise, et des larmes coulent maintenant sur son visage. — Je ne... je ne sais pas comment gérer cette intensité. Ça fait tellement plus mal que mes chaleurs précédentes.

Quelque chose dans ma poitrine se fend. Je tends la main vers elle, prends son visage en coupe, sens sa peau brûlante contre mes paumes.

— C'est pour ça qu'on est là, dis-je doucement. Holt repousse une mèche de cheveux mouillés de son visage. — C'est notre raison d'être. Prendre soin de toi pendant tout ça.

— On ne te laissera pas souffrir, ajoute Arrow. Sa voix est plus douce que je ne l'ai jamais entendue. — C'est hors de question.

Je vois le moment où elle craque. Ses épaules s'affaissent, et elle se penche vers nous comme si elle ne pouvait s'en empêcher. Comme si notre seule présence apaisait la douleur qui grandit dans son corps.

— Viens, dis-je, me retenant à grand-peine. — Allons te mettre dans le nid.

La chambre de chaleur a un lit immense — un California Omega King conçu pour au moins six adultes, couvert de couvertures et d'oreillers que nous avons imprégnés de notre odeur pour elle. Le matériel pour un nid.

Nous l'aidons à se relever, et elle grimpe sur le lit avec des membres tremblants. Dès qu'elle est entourée de nos odeurs, elle laisse échapper un souffle frissonnant.

— Mieux ? demande Holt.

Elle hoche la tête, se blottissant dans les oreillers. Nous nous installons autour d'elle, Holt à sa droite, Arrow à sa gauche, moi en face où je peux voir son beau visage.

Mes mains tremblent encore. Je me retiens à peine, chaque muscle tendu par l'effort de ne pas la prendre sur-le-champ.

— C'est comme ça que ça doit se passer, murmure Holt. Il lui caresse le bras de haut en bas avec des gestes lents et apaisants. — Toi, entourée par ta meute. En sécurité. Protégée.

— On est là pour tout, dit Arrow. — Chaque besoin, chaque douleur.

La respiration de Cindy est encore saccadée, mais la panique dans ses yeux s'estompe. Elle nous regarde chacun notre tour. Nous n'avons pas peur, nous ne fuyons pas. Nous voulons ça. Nous la voulons, *elle*.

— Ça fait mal, murmure-t-elle.

— Je sais, bébé. Je tends la main, prends son visage en coupe, et mon pouce caresse sa joue. — Mais on va arranger ça. Je te le promets.

Elle se penche contre mon contact, et putain, la

confiance dans ce simple geste me détruit. Mon contrôle ne tient qu'à un fil.

— Tu n'as pas à avoir peur, dit Holt. — Ton corps sait ce dont il a besoin. On est là. Je déplace ma main de son bras à sa hanche.

Pendant plusieurs minutes, nous nous contentons de la tenir. De la toucher. De la laisser sentir que nous l'entourons, que nous l'ancrons. Elle tremble encore, mais c'est différent maintenant. Moins de douleur.

Quand elle se penche et presse ses lèvres contre les miennes, je goûte le désespoir, le besoin et tout ce dont j'ai rêvé.

Je lui rends son baiser, en essayant de rester doux même si tout en moi veut la dévorer. Sa bouche est si douce, si sucrée, et quand elle gémit contre mes lèvres, je perds presque la tête. Sa main trouve la cuisse d'Arrow, la serrant fort. Sa jambe s'accroche à celle de Holt, le tirant plus près.

Elle a besoin de nous sentir tous en même temps. Elle a autant besoin du lien de la meute que du soulagement physique.

Quand elle se retire, elle est haletante.

— Je ne peux pas… j'ai besoin…

— On sait, dis-je. Ma voix est éraillée, à peine reconnaissable. Tout mon corps vibre de besoin. — Alors, tu es prête pour nous ?

— Vous tous. Elle nous regarde, les yeux fous de désir. — Il vous faudra tous. Peu importe combien de temps ça durera.

La main de Holt se resserre sur sa hanche. Arrow émet un son rauque dans sa gorge. Et moi ? J'essaie désespérément de garder le contrôle alors que tout ce que je veux, c'est arracher cette serviette et m'enfouir en elle jusqu'à ce que nous oubliions nos propres noms.

Mais elle mérite mieux que ça. Elle nous mérite à notre meilleur, pas seulement nos instincts primaires.

Cindy attrape la serviette. Ses mains tremblent alors qu'elle la dénoue, la laissant tomber.

Putain de merde !

Elle est parfaite. Des courbes et une peau douce, des seins pleins aux tétons durs, et oui, il y a une cicatrice sur son bras, une brûlure d'après ce que je vois, mais ça n'a pas d'importance. Un petit ticket de métro de poils blonds entre ses cuisses. Rien n'a d'importance, sauf le fait qu'elle est à nous, qu'elle est là, et qu'elle s'offre à nous.

Elle devrait être timide. Elle devrait être nerveuse. Mais les chaleurs ont consumé tout ça. Elle observe nos visages, la façon dont nous la dévorons du regard, et putain, elle *adore* ça. Je le vois à la façon dont son souffle se coupe, à la façon dont ses cuisses se serrent à la recherche de friction.

— Tu es magnifique, souffle Arrow.

Ses cuisses sont couvertes de nappe, luisantes. L'excitation qui s'écoule à l'intérieur de ses jambes, son corps qui se prépare. Je dois déglutir difficilement.

— Regarde-toi, dis-je d'une voix rauque. — Tellement prête pour nous.

Elle gémit, écartant légèrement les jambes. Une invitation. Un appel.

Arrow respire fort.

— Cindy...

— J'ai besoin de vous tous. Elle pleure maintenant, submergée par la sensation, par le besoin. — En moi. Je ne supporte plus la douleur.

Holt embrasse son épaule, ses dents effleurant sa peau. Arrow fait glisser ses doigts sur son flanc, se penchant plus près, la faisant se cambrer. Et moi, je m'avance, pressant mon front contre le sien, respirant son odeur jusqu'à ce qu'elle soit tout ce que je connaisse.

— On s'occupe de toi, je murmure. — Tu es en sécurité. Tu es à nous. Et on va prendre tellement bien soin de toi.

Ses chaleurs la submergent par vagues, et nous sommes là pour accueillir chacune d'entre elles.

25

CINDY

Un instant, je suis rouge et en manque, me prélassant dans la chaleur de mes Alphas qui m'entourent. L'instant d'après, c'est un incendie sous ma peau. Mon souffle se bloque, et la douleur est encore pire.

Mes chaleurs sont en avance. Trop fortes. J'ai à peine la force d'y penser.

L'odeur de mes Alphas emplit la pièce, épaisse et puissante. Elle me fait tourner la tête. Mon cœur bat la chamade.

Je suis au milieu d'un lit énorme, nue et dans un état de manque absolu. Je suis désespérée.

Leurs mains se promènent avec une attention exaspérante, glissant sur mes hanches, frôlant l'intérieur de mes cuisses, traçant chaque creux et chaque courbe comme s'ils avaient rêvé de ce moment. Je me cambre involontairement alors que la paume de Holt s'étale sur mon ventre, la chaleur de sa peau s'enfonçant dans la mienne, m'ancrant au sol alors que tout à l'intérieur de moi menace de s'effondrer. Les doigts d'Arrow remontent le long de mes côtes, me faisant frissonner, tandis que la bouche de Luke trouve le point sensible sous mon oreille, son souffle chaud et taquin.

Mes cuisses restent écartées, les draps frais contre l'arrière de mes genoux, mais je ne peux pas rester immobile. La tension s'enroule dans mon ventre comme un orage qui se prépare. Un gémissement m'échappe avant que je puisse le retenir, brut et désespéré.

Je me tortille contre les oreillers, le dos cambré, les muscles tremblants d'un besoin qui frise l'agonie. Je suis trempée, endolorie, complètement à leur merci, et ils n'ont même pas encore vraiment commencé.

— Je sais que les chaleurs sont douloureuses, je murmure, à bout de souffle. Mais c'est la première fois que j'ai vraiment hâte d'éteindre les flammes. Parce qu'avec vous trois ? Ce sera inoubliable. J'en suis certaine.

Arrow a un petit rire sombre, ses lèvres frôlant mon oreille. — Tu peux en être sûre.

Je pousse un cri quand Holt embrasse l'endroit juste sous mes côtes. Ça chatouille. Je glousse malgré la douleur, et Holt sourit comme s'il venait de découvrir un trésor. — Sensible, ici ?

Je hoche la tête en me mordant la lèvre. — Apparemment.

Luke se déplace pour s'agenouiller entre mes jambes, ce lent sourire malicieux étirant sa bouche. Ses doigts descendent le long de mon estomac, et le contact brûle plus fort qu'il ne le devrait. Chaque centimètre qu'il parcourt laisse derrière lui une traînée de conscience, comme des étincelles sur de l'herbe sèche. J'inspire une bouffée d'air qui ne remplit pas tout à fait mes poumons.

L'espace entre mes cuisses palpite de désespoir, une pulsation que je ne peux ignorer. Lorsque le bout de ses doigts descend plus bas, je tressaille, mes hanches basculant vers l'avant dans une supplique que je suis trop perdue pour cacher. Il se contente de me regarder, cette lueur suffisante dans son expression disant qu'il sait exactement ce qu'il fait.

Puis la main d'Arrow s'enroule autour de ma cuisse gauche, tandis que la paume de Holt imite le contact sur la droite. Leur force m'encadre, me forçant à m'ouvrir davantage. Le matelas s'affaisse sous nous, le son des respirations, du tissu et des battements de cœur se confondant jusqu'à ce que je ne sache plus quel pouls appartient à qui.

L'air frais m'atteint, et je frissonne sous leur regard. Pas un seul mot n'est échangé entre eux, mais j'ai l'impression d'être étudiée, mémorisée, vénérée. Une chaleur s'enroule en moi si vivement que ça en est presque douloureux. Je devrais me couvrir, me cacher de cette intensité, mais au lieu de ça, je lève le menton, provocante et tremblante, les défiant silencieusement de continuer à regarder.

Le souffle de Holt frôle mon oreille. — Tu es parfaite comme ça, murmure-t-il.

Les mots glissent en moi, doux et possessifs, et

quelque chose au plus profond de moi s'y abandonne. Je fonds, mon pouls s'emballe, la douleur entre mes jambes s'intensifiant jusqu'à devenir presque insupportable.

Luke sourit.

Puis il passe à l'action.

Sa langue trouve ma chatte. Une étincelle de chaleur jaillit, et je sursaute avec un hoquet de surprise, mon dos se cambrant et se décollant du lit.

Mes hanches se cabrent, avides, frénétiques, mais Arrow et Holt m'empêchent de bouger.

Luke passe à nouveau sa langue entre mes lèvres. Plus profondément. Plus lentement. Comme s'il goûtait à quelque chose d'interdit. Un son bas m'échappe, mi-gémissement, mi-supplique.

— Putain de merde, sa façon de réagir, grogne Arrow en se penchant sur moi. Garde-la comme ça. Laisse-moi...

Sa bouche trouve mon téton, l'aspirant dans une chaleur et une pression qui me volent le peu de souffle qui me reste. La main de Holt remplace sa bouche sur l'autre sein, le taquinant de son pouce avant que ses lèvres ne s'y referment aussi, plus brutalement.

Je sanglote.

Je me désarticule. Je me tortille.

— Trop ? murmuré Holt, sa voix à la fois sombre et douce.

Je secoue violemment la tête, mes hanches se frottant contre la bouche de Luke.

— Pas assez, je chuchote. Plus. S'il te plaît... putain... je ne peux pas...

Luke gémit comme si je venais de dire la chose la plus obscène qui soit. Il replonge, implacable maintenant, sa langue bougeant plus vite, avec plus de force, comme s'il voulait me briser et boire tout ce qui reste. Il suce mon clitoris tout en enfonçant deux doigts en moi, et je crie. Il pompe vite, fort, me détruisant.

Ma tête se débat contre l'oreiller. Mes cuisses tremblent sous leur emprise. Mon corps brûle, tremble, à la poursuite de quelque chose qui est juste hors de portée.

Les lèvres de Holt se déplacent vers mon cou. — Sage fille. Tellement putain de belle. Regarde-toi, tu ne peux même pas rester tranquille.

— Elle adore ça, ajoute Arrow, ses doigts caressant mon sein, me regardant frémir. Elle va jouir si fort qu'elle en criera à s'en rendre aphone.

Et c'est ce que je fais.

Le cri s'arrache de moi, fort, brut, incontrôlable. Mon corps tout entier se crispe et se brise entre leurs mains, vague après vague m'emportant jusqu'à ce que je ne puisse plus dire où ils finissent et où je commence.

Luke se retire, les lèvres humides, haletant contre ma cuisse. Mais ses doigts continuent de bouger, et je sursaute, tressaillant, surstimulée. Puis il en ajoute un autre. Un troisième.

Mon souffle s'étrangle. — N-non... putain... je ne pense pas que ça va...

— Ça va rentrer, grogne Luke, me souriant, ses cheveux tombant dans ses yeux. Regarde-toi, bébé. Tu les prends tous les trois.

Ma protestation se fond en un cri, aigu et brisé. Mon corps se tend, se contractant contre eux, mes hanches se soulevant du lit alors que les replis de ma chatte s'étirent autour de ses doigts.

Arrow gémit comme s'il souffrait. — Putain, j'adore la voir dans cet état.

Holt caresse mon téton avec son pouce, le regardant durcir. — Regarde comme elle serre tes doigts, les aspirant à nouveau.

— Tu palpite autour de mes doigts, ma belle, grince Luke. Mon Dieu, tu es parfaite.

Je me tortille, me pressant contre la main de Holt, puis contre la bouche d'Arrow alors qu'il se verrouille sur mon sein, suçant fort à nouveau. Je crie, complètement dévastée. Leurs bouches, leurs doigts, leurs voix, c'est trop.

Et pas assez.

La pression monte, insupportable et électrique. Chaque nerf de mon corps est en alerte, ma peau brûle, ma bouche ouverte dans des halètements silencieux et désespérés. Maintenant, ils regardent tous Luke me doigter. Tous gémissant. Tous obsédés.

Luke tord ses doigts juste comme il faut, et tout se brise.

Je hurle, me cambrant contre lui alors que l'orgasme déferle comme un raz-de-marée. C'est trop. Ce n'est pas assez. Je m'effondre à nouveau, plus violemment qu'avant, le plaisir me déchirant comme si je n'allais jamais redescendre.

Arrow jure. Holt jure. Luke n'arrête pas jusqu'à ce

que je tremble, que je supplie, des larmes sur mes joues à cause de la force de la sensation.

— Je te tiens, dit Arrow, attrapant l'un de mes bras agités et le ramenant contre sa poitrine. Respire, bébé.

Luke se retire enfin, la bouche et le menton luisants de mes fluides, ses doigts dégoulinants, son expression à la fois suffisante et affamée. — Je n'ai pas encore fini avec toi, bébé.

— S'il vous plaît, je halète, chassant les larmes de mes cils. J'ai besoin de vous tous. C'est comme si cet orgasme avait à peine calmé la douleur.

Ils gémissent à l'unisson comme si je venais de leur offrir un fantasme.

Holt presse son front contre le mien. — Tu veux qu'on te défonce, ma puce ?

— Oui. Je me mords la lèvre, mon corps se cambrant sous son contact. Ravagez-moi.

La main de Luke glisse à nouveau entre mes cuisses, aguicheuse. — Cette chatte ne sera pas satisfaite tant que nous ne serons pas tous en elle.

— Et même là, ajoute Arrow, en léchant mon cou, elle en suppliera encore.

Je hoche la tête frénétiquement.

Parce qu'ils ont raison.

Parce que je n'arrête pas de les désirer.

Parce que je veux être détruite, de la plus belle des manières.

Je me redresse et attrape Luke par le devant de sa chemise, l'attirant dans un baiser. — Mon Dieu, j'adore le goût que j'ai sur toi, je halète dans sa bouche, étourdie par le besoin, me tortillant sous son contact. S'il te plaît... J'ai besoin de toi en moi.

Luke grogne, ce son profond et sauvage vibrant contre mes lèvres. — Tu veux être à moi, bébé ?

Je hoche la tête, déjà tremblante. — Je vous veux tous.

C'est tout ce qu'il faut.

Autour de moi, il y a le froissement des tissus, le bruit lourd des chemises retirées par-dessus les têtes, des ceintures qui se débouclent, des fermetures éclair qui glissent. Ma vision se brouille en voyant les Alphas se déshabiller pour moi. Torses larges, abdominaux saillants, bites lourdes, dures et fières. Je ne peux plus respirer. Ils ne sont que muscles, que chaleur et faim, et cela me fait mal d'une manière que j'ignorais. C'est brut et primal, et je suis complètement partante.

Luke jette ses vêtements de côté, sa bite épaisse se balançant librement. Mon regard se fixe dessus, sur toutes, en fait, et je me lèche les lèvres en regardant Luke enrouler sa main autour de la base, se caressant lentement, savourant le moment comme s'il savait à quel point je veux me tortiller.

Arrow me sourit, ne cherchant même pas à cacher la façon dont il regarde mes cuisses trembler. — Elle tremble déjà.

Puis Luke s'allonge sur moi, les deux autres regardant.

Mes jambes s'écartent et s'enroulent autour de sa taille par instinct. Mon corps sait. Il l'appelle à grands cris.

— Tu es sûre, bébé ? La voix de Luke est rauque,

craquant sous la contrainte. Une fois que je commence, je n'arrêterai pas avant que tu sois marquée.

— Oui, je murmure, si rauque que je m'entends à peine. S'il te plaît.

Il s'aligne, sa bite épaisse pressant déjà contre mon entrée. Je sens sa taille instantanément alors qu'il s'enfonce, lentement au début. Je retiens mon souffle, une main agrippant son épaule, l'autre crispant les draps. Chaque centimètre épais m'étire, mes parois palpitant autour de lui, mon souffle coincé dans ma gorge.

— Oh, putain, il gémit, s'enfouissant profondément. Tu es si putain de serrée.

Je crie, le plaisir me transperçant si vivement que ça en est presque douloureux. — Luke…

— Tu me prends si bien, ma douce, grogne-t-il, ses hanches ondulant alors qu'il commence à bouger. Tu as été faite pour ça. Pour nous.

L'étirement est brutal, mais mon corps adore ça. Mes hanches se soulèvent pour rencontrer chacune de ses poussées, la moiteur et la chaleur rendant tout incroyablement parfait. Autour de moi, les deux autres se rapprochent, leurs mains sur mes cuisses, mes seins, leurs bouches effleurant mes épaules.

— Tu es tout, murmure Arrow près de mon oreille, embrassant juste en dessous. Regarde comme tu t'accroches à Luke. Putain, j'adore ça.

— Tu es à nous, ajoute Holt, sa voix un bourdonnement graveleux contre ma clavicule. Et tu le sais.

Luke se penche et grogne à mon oreille : — Tu veux porter ma marque comme tu portes celle de Holt ?

— Oui, je halète. S'il te plaît… s'il te plaît…

Ses dents effleurent l'autre côté de mon cou, et mon corps tout entier se tend d'anticipation, ma moiteur pulsant entre mes jambes alors qu'il accélère, poussant en moi encore et encore. Je suis à bout de souffle.

— Supplie-moi, exige-t-il.

— Baise-moi. Marque-moi, je gémis. Fais de moi tienne. Revendique-moi.

Il enfonce ses dents dans la douceur du haut de mon sein et pousse plus profondément, gémissant contre ma peau alors que je hurle, mes jambes se resserrant autour de lui, mes ongles griffant son dos. C'est trop. Trop bon. Tout brûle de la meilleure des manières. Et il me pilonne comme une machine, tout le lit tremble.

— Tu vois ça ? La voix de Holt est basse, possessive. C'est à nous.

Arrow murmure : — Tellement putain de parfaite.

Luke continue, me martelant de plus en plus vite, la sueur coulant sur son front, ses hanches claquant durement. Il est trop loin. Son corps percute le mien avec une force brutale, et je gémis comme si j'avais perdu la tête. Je le veux. Je veux tout. Mon corps en réclame plus.

Mais juste au moment où je sens la pression monter à nouveau, juste sur le point de basculer, il grogne et se retire, arrachant un gémissement du plus profond de ma poitrine.

— Tu nous veux ? halète Luke, sa bite tressaillant contre mon ventre, toujours dure, et pas encore sur le point de jouir. Alors tu nous auras tous.

Il s'écarte, et avant que je puisse reprendre mon souffle, Arrow se glisse entre mes jambes, agrippant mes cuisses. Sa bite est épaisse et veinée, rougie et prête.

— J'attendais de te sentir, marmonne-t-il en pressant sa tête contre mon entrée trempée. Je parie que tu frémis encore à cause de Luke.

Il enfonce lentement cette queue lourde en moi, en observant mon visage, et je me cambre à nouveau, sanglotant sous la pression, la plénitude. Il est plus large, m'étirant encore de nouvelles manières, et je pousse un cri tandis qu'il s'enfonce jusqu'à la garde dans un grognement.

— Bordel, t'es parfaite, siffle-t-il. Chaude et trempée. Cette jolie chatte m'a déjà gobé tout cru.

Mes hanches se contractent, mon corps s'enroulant contre lui. Je ne peux retenir le gémissement qui s'échappe de moi.

Holt se penche sur moi, une main sur mon sein, le pétrissant, tandis qu'il regarde Arrow me baiser lentement et profondément. — Tu aimes ça quand on te prend à tour de rôle, bébé ? Tu veux savoir à quel point on est tous différents ?

— Oui, dis-je d'une voix étranglée, les larmes aux yeux tant tout est intense. Mon Dieu, oui.

Luke se penche, pressant son front contre le mien. — Tu es à nous maintenant. Et il passe son pouce sur la marque de morsure où il a fait couler le sang au-dessus de mon sein.

Puis Arrow commence à bouger plus vite. Chaque coup de rein me coupe le souffle. La pièce bascule. Je sens chaque relief de sa verge, chaque veine, qui frotte en moi. Mes orteils se crispent, et je m'agrippe à son dos, poussant un gémissement plaintif quand Holt passe un bras entre Arrow et moi et que son pouce se met à frotter mon clitoris.

— Laisse-la sentir, marmonne Holt, les dents contre mon oreille. Laisse-la jouir sur ta queue, Arrow.

— Je suis proche, je sanglote. Je suis… s'il vous plaît… je vais…

Arrow grogne. Sa main s'enroule autour de ma nuque tandis qu'il se penche, son souffle chaud contre ma peau.

— Il est temps d'officialiser les choses, dit-il d'une voix rauque.

Et puis ses dents, acérées et implacables, s'enfoncent dans le côté de mon cou opposé à celui où Holt m'a mordue. Une douleur fulgurante éclate pendant une fraction de seconde, me volant l'air des poumons, mais elle se transforme ensuite en une vague de chaleur pure et écrasante. Mon corps se crispe sous lui, pris sur cette ligne entre l'agonie et l'euphorie. J'étouffe un cri mêlé de sanglot, mes doigts le griffant, ma chatte se resserrant autour de lui comme si j'essayais de m'accrocher à quelque chose de solide dans le déluge qui m'engloutit tout entière.

Au moment où ses dents déchirent ma peau, quelque chose en moi se brise.

Ce n'est pas juste une morsure. C'est une *prise de possession* complétée par trois Alphas, et mon corps le sait, le sent, l'accepte d'une manière qui va au-delà de la chair. Les marques me brûlent, s'impriment dans le lien qui nous unit, et je *sens* Arrow, Luke et Holt maintenant, je sens que leur présence est un autre battement de cœur qui martèle en moi. C'est brut, primal, inébranlable.

Il lèche lentement la blessure, sa langue apaisant la piqûre jusqu'à ce qu'elle pulse de chaleur et se transforme en une pulsation profonde et douloureuse.

— Tu es parfaite comme ça, murmure-t-il contre ma peau. Portant nos marques, nue et dégoulinante.

Mon odeur change, épaisse et saturée par la chaleur moite du lien, la réaction instinctive et biologique au fait d'appartenir entièrement à ma meute. Je ne suis plus sans attache. Je suis à eux. Les marques brûlent d'une chaleur vivante qui irradie à travers ma peau et s'installe dans mes os.

L'émotion monte en même temps que le plaisir, un raz-de-marée auquel je ne peux échapper. Les larmes me piquent les yeux, non pas de douleur ni de peur, mais à cause de l'intensité de tout cela. La façon dont mon corps les reconnaît, les *désire*, leur *appartient*. Le lien s'installe sur moi comme une seconde peau, vivante et électrique.

Arrow relève la tête et me regarde, ses yeux fous de faim, les lèvres maculées de mon sang et de ma sueur, et à cet instant, je ne me suis jamais sentie plus désirée… plus à *eux*.

Puis il gémit et s'enfonce brutalement en moi, et mon orgasme me déchire de l'intérieur. Je crie à nouveau, plus fort cette fois, la bouche ouverte dans un cri silencieux avant que le son ne jaillisse de ma gorge. Mon corps entier tremble tandis qu'il se bat contre la vague, me baisant durement jusqu'à ce que je ne puisse plus supporter une seconde de plus.

Et puis, avec une malédiction, il se retire, haletant, sa queue luisante.

— Putain, griffe-t-il. Elle est trop douce. J'ai failli…

— À mon tour, gronde Holt en se glissant déjà en position.

Il n'attend pas.

D'un seul coup de rein puissant, il me remplit, me prenant avec force. Je crie de nouveau, mais cette fois, je suis prête. Mes hanches s'enroulent vers lui, avides, en quête de plus. Il est tout aussi puissant et dominateur qu'hier soir.

Il est rude. Brutal de la manière que je désire ardemment. Sa poigne laisse des bleus. Son corps martèle le mien comme s'il avait quelque chose à prouver. Holt a toujours été celui qui marque avec force et tient les autres à distance.

Mais maintenant, je suis ouverte à eux tous. Et il marque son territoire à nouveau.

Il grogne, ses dents raclant mon cou là où il m'a déjà marquée. — On va te nouer, ma belle.

Je crie, non seulement à cause de la promesse, mais aussi du plaisir. Il touche quelque chose de profond, de primal, et mes jambes tremblent violemment.

— Fais-le, je sanglote. Prends-moi. Fais de moi la tienne.

Il siffle une malédiction et s'enterre jusqu'à la garde, puis ralentit juste assez pour faire durer le plaisir, sa voix gutturale. — Tu veux être remplie par nous trois, bébé ? Tu veux dégouliner pendant des jours ?

Je hoche la tête frénétiquement, incapable de parler, chaque parcelle de mon être frissonnant sous lui. — Donne-le-moi…

Holt se retire de moi dans un grognement, et mon

corps entier est secoué, tremblant encore du sommet qu'Arrow vient de me faire atteindre. Mes lèvres s'entrouvrent, mais aucun son n'en sort alors que j'essaie de respirer, d'essayer de me souvenir comment exister dans un corps qui ne m'appartient plus seulement à moi.

— Viens ici, ma belle, murmure Holt, et je cligne des yeux pour le trouver accroupi au bord du lit, les bras tendus.

Il me soulève sans effort, comme si je ne pesais rien, me berçant contre sa poitrine. Je fonds contre lui, ma peau encore rougie et humide. Il me porte à travers la pièce, et c'est là que je remarque une cheminée nichée dans un coin. Mais Holt appuie sur un interrupteur, et soudain la pièce est baignée d'une lueur dorée et vacillante.

Il s'agenouille et me dépose sur une épaisse couverture en fourrure étalée devant le feu. La douceur pelucheuse embrasse mes genoux, et je halète au contraste de la tiédeur d'un côté et de la chaleur du feu de l'autre.

Puis ils me rejoignent. Tous. Holt s'écarte pour laisser ses amis s'approcher.

Arrow s'agenouille devant moi, complètement nu, les yeux brûlants. Luke s'installe derrière moi, sa chaleur s'infiltrant dans ma colonne vertébrale tandis que ses bras m'emprisonnent doucement. Je suis prise entre eux, leurs odeurs m'entourant, leurs mains frôlant mes côtes, mes cuisses, mes hanches.

Ma tête bascule en arrière contre l'épaule de Luke. Je tremble à nouveau, mais cette fois, ce n'est pas de nervosité. C'est de désir. D'envie. Mon corps vrombit, vivant et avide. Je tourne le visage et vole un baiser à Arrow, et il gémit dans ma bouche comme si je venais de le sauver.

Luke m'embrasse le cou par-derrière, tandis que la bouche d'Arrow sur la mienne est d'une dépendance dévastatrice. Je suis noyée sous l'attention. Puis Arrow bouge, m'attirant plus près, soulevant une de mes cuisses de sa main forte et la guidant autour de sa taille, puis l'autre jambe jusqu'à ce que je sois dans ses bras, mes jambes enserrant ses hanches.

Il agrippe mes hanches et m'abaisse sur sa queue en attente, et je halète tandis qu'il me retrouve, glissant profondément en moi. Il n'y a aucune hésitation. Aucune pause. Juste une épaisseur parfaite et écrasante.

Un son m'échappe. Pas un gémissement. Pas un halètement.

Un ronronnement.

Il monte de ma poitrine sans prévenir, vibrant contre la bouche d'Arrow alors qu'il m'embrasse à nouveau. Il sourit contre mes lèvres. — La voilà.

Derrière moi, la main de Luke glisse vers le bas, ferme contre ma colonne vertébrale, puis plus bas. Ses doigts tracent le sillon entre mes fesses, et je me raidis d'anticipation. Mon souffle se bloque.

— Je serai lent, murmure-t-il, ses lèvres frôlant mon oreille.

— Je le veux, je chuchote en retour, choquée de voir à quel point je le pense.

D'abord, son doigt taquine mon cul, et je me tortille sur la queue d'Arrow, haletante, la double sensation me détruisant déjà. Puis il enfonce lentement sa grosse queue en moi, m'ouvrant avec soin. Ma bouche s'ouvre.

— Oui, je souffle.

Arrow se balance progressivement en moi, la sensation différente mais tout aussi excitante, et je frissonne.

Luke s'enfonce plus profondément, et je gémis.

C'est tellement intense. Je suis si pleine. Je ne sais pas où une sensation se termine et où la suivante commence. Ils bougent en rythme, Luke derrière moi, Arrow devant moi, trouvant une cadence qui me fait ronronner.

Ma tête retombe sur l'épaule de Luke, mes bras drapés autour du cou d'Arrow. J'ai à peine la force de me tenir, mais eux le font. Ils me tiennent comme s'ils étaient faits pour ça. Les mains d'Arrow agrippent mes hanches, m'ancrant tandis que Luke tripote mes seins.

Puis Holt s'avance.

Je cligne des yeux, les larmes brûlant déjà le coin de mes yeux à cause de la surcharge. Holt est dur. Nu. Il me domine de toute sa hauteur, la lumière du feu révélant chaque muscle saillant de son corps. Ses yeux sont rivés aux miens alors qu'il empoigne la base de sa queue, faisant glisser le gland le long de mes lèvres.

Il n'a pas besoin de dire un mot. J'ouvre la bouche de mon plein gré.

Il se guide dans ma bouche, et je le prends plus profondément, laissant ma mâchoire s'étirer pour l'accueillir. Ma bouche est humide, avide, et je le suce, le travaillant comme je sais qu'il en a besoin.

Le moment est obscène. Magnifique. Tous les trois en moi d'une manière ou d'une autre, leurs corps revendiquant chaque partie du mien. Je cherche mon air, bavant autour de Holt tandis que je suis ballotée entre Arrow et Luke, nos respirations bruyantes et désespérées.

Ils tombent dans un rythme.

Arrow gémit. Luke gronde. Holt jure, sa main s'emmêlant dans mes cheveux.

Je me perds, je me désagrège, chaque nerf en feu.

— Tu vas prendre nos nœuds, bébé, dit Luke d'une voix tendue.

Arrow lèche mon cou sur la marque qu'il a laissée plus tôt. — Ensuite, on se reposera, et quand tu seras prête, on recommencera. Et encore.

Je pousse un cri, ou j'essaie. Ma bouche est pleine, mais un gémissement s'échappe autour de Holt alors qu'il s'enfonce plus profondément.

Ils continuent de bouger, lents et implacables, me remplissant, m'étirant, m'aimant de toutes les manières qu'ils connaissent. Je grimpe à nouveau.

Et puis j'explose.

Ça frappe comme la foudre. Mon corps entier se bloque, ma vision devient blanche, et je crie autour de la queue de Holt, le son étouffé mais désespéré. Ils n'arrêtent pas. Pas avant de me suivre au-delà du précipice.

Arrow gémit et s'immobilise devant moi, son nœud gonflant alors qu'il se verrouille profondément. Luke jure, poussant une dernière fois puis se pressant fermement contre moi, son nœud m'étirant.

Holt se déverse dans ma bouche avec un grognement, et j'avale avidement, étourdie et gémissante.

C'est trop.

Je ne peux pas le supporter.

Je pleure, je halète, je tremble.

Mais j'adore ça.

— Si pleine, dit Luke, la voix tremblante. Tu prends tout.

— On va te mettre en cloque, bébé, chuchote Arrow contre ma joue. Tu seras si belle, le ventre gonflé de nos bébés.

— Enceinte et pieds nus, rayonnante dans notre lit, murmure Holt. Tu as été faite pour ça. Faite pour nous.

Je sanglote.

Pas de douleur.

D'amour.

Holt se retire doucement de ma bouche, essuyant le coin de mes lèvres avec son pouce. Je le lèche. Ma poitrine se soulève alors que je cherche à reprendre mon souffle.

La douleur a disparu.

Pour la première fois depuis ce qui me semble une éternité, je me sens comblée. Pas seulement dans mon corps, mais dans mon âme.

Je me sens aimée.

Dorlotée.

Désirée.

Les larmes coulent librement sur mes joues, et je n'essaie pas de les cacher.

Holt me prend le menton, les essuyant avec ses doigts.

— Tu mérites tout ça, murmure-t-il. Tout.

— Même quand je pensais que non ? dis-je d'une voix rauque.

— Surtout à ce moment-là, ajoute Luke en déposant un baiser sur mon épaule.

— Tu es à nous, ajoute Arrow, la voix brisée. Et nous prenons soin de ce qui est à nous.

Je les laisse me tenir.

Me bercer.

Me laisser croire que peut-être, juste peut-être, je n'ai jamais été trop brisée pour être aimée aussi complètement.

26

CINDY

Je suis debout devant l'îlot de la cuisine, censée vérifier la liste finale des invités pour le mariage, mais la vérité, c'est que ça m'est complètement égal et que je n'ai aucune envie de savoir qui sera là. C'est comme si ma mère pensait qu'en me consultant sur tout, ça finirait par m'intéresser. Ce n'est pas le cas. En plus, je n'arrive pas à me concentrer sur quoi que ce soit en ce moment.

Ma main tremble alors que j'essaie d'écrire une note dans la marge. Le stylo dérape sur le papier, laissant un gribouillis illisible parce que je n'arrive pas à tenir en place. Ni à réfléchir correctement.

Cela fait des jours que mes chaleurs sont terminées. Des jours à redevenir moi-même, à voir le brouillard se dissiper, à pouvoir aligner des pensées cohérentes qui ne tournent pas autour du besoin, de la douleur et du désir d'en avoir *davantage*.

Mais apparemment, mon corps n'a pas reçu le message.

Le vibromasseur télécommandé que Luke m'a convaincue de porter ce matin se met à vrombir, et je halète, m'agrippant au bord du comptoir alors que mes genoux manquent de se dérober. La pulsation basse et régulière appuie pile contre mon clito, envoyant une onde de plaisir à travers tout mon corps. Ce n'est pas écrasant, mais c'est le genre de sensation qui s'enroule au plus profond de moi, insistante et lente, comme une mèche allumée sous ma peau. Mon souffle se coupe alors que mon corps se contracte autour du vide, désirant plus, mes cuisses se serrant dans une tentative futile d'atténuer la délicieuse pression qui monte à chaque seconde qui passe.

— Luke, je lance en essayant de paraître agacée plutôt que désespérée. Ce n'est pas juste.

Son rire vient de quelque part derrière moi. — Tu as dit que tu le porterais. Je m'assure juste qu'il fonctionne correctement.

— Putain, oui, qu'il fonctionne, ma voix sort dans un souffle.

La vibration s'arrête, et je m'affale contre le comptoir, essayant de reprendre mon souffle. La liste des invités est floue devant moi. Trente personnes. Des cousins et des amis de ma mère, surtout. Quelques parents éloignés qui doivent penser que toute cette histoire est scandaleuse.

Je m'en fiche, maintenant. Plus que trois jours avant le mariage, et tout ce à quoi je peux penser, c'est qu'Arrow est au restaurant, que Holt est parti en ville pour des provisions, et qu'ils m'ont laissée seule avec Luke, qui n'a pas arrêté de bander.

Qui, apparemment, s'est réveillé ce matin en décidant qu'une délicieuse torture était au programme. Je ne peux pas me plaindre, parce que j'ai sauté sur l'occasion, alors au fond, est-ce que je vaux mieux que lui ?

Je touche distraitement mon cou, mes doigts trouvant une morsure. Elles sont toutes en train de guérir mais sont encore en relief, encore sensibles. Chaque fois que je les touche, elles picotent. Comme si elles étaient vivantes. Comme si les hommes qui les y ont mises tendaient la main à travers les marques pour me rappeler que je suis à eux.

Réclamée.

Cette pensée me donne un frisson qui n'a rien à voir avec le jouet actuellement niché en moi.

Je ne peux plus imaginer ma vie sans eux. Ça ne fait qu'un mois, moins que ça, en réalité, mais l'idée de retourner à ma maison de ville, de dîner seule, de me réveiller dans un lit vide ? Ça me semble impossible. Anormal.

Le vibromasseur se remet en marche, plus fort cette fois, et je pousse un cri avant de pouvoir me retenir.

— Luke ! je crie en me retournant, et il est juste là. Appuyé contre l'embrasure de la porte avec ce sourire nonchalant, son téléphone à la main. Accès à distance.

— Quoi ? il a l'air de l'innocence même. Je teste juste les réglages.

— J'essaie de travailler.

— Travailler, répète-t-il comme si c'était un concept étranger. Sur quoi, exactement ?

Je fais un geste vers les papiers éparpillés sur le

comptoir. — Le plan de table. M'assurer qu'on a assez de chaises.

— Arrow s'occupe de tout ça. Luke se détache de l'embrasure, et je le regarde s'approcher de moi avec une grâce prédatrice. Tu sais qu'il a fait trois feuilles de calcul, non ? Avec des codes couleurs. On est bons.

— N'empêche. Je devrais… le vibromasseur émet une pulsation qui affaiblit mes genoux, et je m'agrippe de nouveau au comptoir. Arrête ça.

— Fais-moi arrêter. Il est tout près, maintenant.

Je me penche vers lui. — Arrow et Holt seront bientôt de retour.

— Ce n'est pas grave. Sa main se pose sur ma hanche. Et tu es déjà tellement excitée. Ça se voit sur ton visage.

Il n'a pas tort. Depuis la fin de mes chaleurs, c'est comme si mon corps ne savait pas comment se calmer. Chaque contact m'excite. Chaque regard de l'un d'eux me laisse fantasmer qu'ils me dévorent. Ça devrait s'estomper maintenant, n'est-ce pas ? Les effets persistants des chaleurs ?

Mais si quoi que ce soit, ça empire en présence de mes hommes.

— C'est de ta faute, je lui dis. C'est toi qui as suggéré que je porte ce truc.

— Suggéré. Son sourire s'élargit. Je suis presque sûr que je t'ai mise au défi et que tu as sauté sur l'idée.

Je lui lance un sourire malicieux.

Il ajuste quelque chose sur son téléphone, et la vibration change. Plus lente. Plus profonde. — Comment tu te sens ?

— Comme si j'étais sur le point de fondre.

Sa main libre vient me caresser le visage, et je suis prise entre la douceur de son contact et la sensation implacable entre mes jambes. — Tu adores ça.

— Le mariage est dans trois jours, dis-je, essayant de me concentrer sur littéralement n'importe quoi d'autre. On a encore tellement de choses à faire.

Il se penche, son nez effleurant ma tempe. — Et nous devons aussi nous assurer que tous tes besoins sont satisfaits. C'est ma priorité.

Les marques sur mon cou picotent, et je halète.

Luke le remarque. Évidemment. — Elles sont encore sensibles ?

— Ouais. Je touche la marque de Holt, et c'est comme si je pouvais le sentir même s'il n'est pas là. C'est bizarre. Elles n'arrêtent pas de… réagir.

— C'est notre lien, la voix de Luke est douce maintenant. Sérieuse. Ça fait partie du marquage. Tu nous sentiras toujours, même quand on ne sera pas là.

L'idée me procure un sentiment de sécurité.

— Je ne peux plus imaginer ne plus les avoir, j'admets à voix basse. Ne plus vous avoir tous les trois.

Sa main quitte mon visage pour ma hanche, resserrant sa prise. — Tant mieux. Parce que tu es coincée avec nous maintenant.

— Quelle façon de le dire.

— Tu sais ce que je veux dire, il recule juste assez pour me regarder, et son expression est si ouverte qu'elle me fait pâmer. Contrat ou pas contrat, mariage ou pas mariage, tu es à nous maintenant. On ne te laissera pas partir. Quelque chose brille dans ses yeux. De la chaleur. De la possession.

Le vibromasseur passe à la vitesse supérieure, et ma réponse se dissout en un gémissement.

Je m'agrippe maintenant à ses bras, mes doigts s'enfonçant dans sa chair. — Tu aimes me faire languir.

— Je n'ai jamais dit que je jouerais franc jeu. Mais il baisse l'intensité, juste assez pour que je puisse respirer à nouveau. J'ai pensé à toi toute la matinée. Je n'arrive à me concentrer sur rien d'autre.

Il se presse plus près, et sa bite est là. Dure. Tirant sur son jean. Le renflement est évident, lourd et épais, et je frissonne de partout à cette promesse.

J'ignore tout le reste.

Il gronde, un son bas et rauque, puis sa bouche s'écrase contre la mienne. Le baiser me coupe le souffle, sa langue glissant contre la mienne avec une faim qui frôle la sauvagerie. Je m'agrippe à sa chemise comme si c'était la seule chose qui me maintenait debout.

Le vibromasseur continue de tourner, et j'ai l'impression qu'il est synchronisé avec mon pouls. Il propage de la chaleur à travers moi, s'enroulant plus étroitement, s'étendant dans le bas de mon ventre jusqu'à ce que tout mon corps tremble. La poitrine de Luke est solide contre la mienne, son souffle rauque.

— Arrête de me taquiner, je halète lorsqu'il rompt le baiser, mes lèvres gonflées, ma voix brisée. J'ai besoin de...

Sa main glisse le long de ma colonne vertébrale, le contact assez rude pour me faire frissonner. — Je t'ai observée toute la matinée, murmure-t-il, sa voix sombre et basse contre mon oreille. Je t'ai regardée essayer de te concentrer sur cette putain de liste d'invités pendant que tes cuisses se serraient, pendant que ce petit jouet vrombissait entre tes jambes. Je t'ai regardée te tortiller.

Mon souffle se bloque. — Tu es terrible.

Il sourit, malicieux et sûr de lui. — Tu adores ça. Il me retourne pour faire face au comptoir avant que je puisse répondre, son corps se pressant contre le mien jusqu'à ce que mes hanches soient contre le plan de travail. Son souffle effleure ma nuque. Admets-le.

Je n'ai pas à le faire, mon corps me trahit. Je me cambre contre lui, le brasier entre nous insupportable, chaque terminaison nerveuse hurlant pour qu'il me touche. Ma poitrine se soulève contre la pression solide de son corps contre mes fesses, épais et dur à travers son jean.

Ses mains trouvent l'ourlet de ma jupe, la remontant, amassant le tissu autour de ma taille. L'air frais frappe mes cuisses, et je frissonne. Puis ses doigts s'accrochent sous le fin élastique de mon string, le tirant lentement vers le bas, presque de manière provocante. La friction du tissu glissant sur ma peau me coupe le souffle.

— Il faut que j'enlève ça, gronde-t-il.

Je le pousse du pied, le souffle saccadé, le pouls martelant comme s'il essayait de s'échapper de ma poitrine.

Puis la main de Luke se glisse entre mes jambes, et la première caresse me fait gémir. Je suis trempée et endolorie.

Ses doigts se glissent entre mes lèvres, touchant le

jouet en partie à l'intérieur de moi, en partie contre mon clito, son souffle tremblant contre ma nuque.

— Putain, murmure-t-il. Ça vibre encore.

Il le retire progressivement, le traînant sur chaque nerf hypersensible. Je tremble, gémissant alors que le jouet soyeux glisse hors de moi dans un bruit humide, me laissant vide et désespérée.

Luke le lève, me laisse entendre le doux vrombissement avant de l'éteindre, puis le jette sur le comptoir avec un cliquetis silencieux.

— Tu l'as porté toute la matinée pour moi, chuchote-t-il, sa bouche effleurant le pavillon de mon oreille. Dégoulinante pendant des heures. Et maintenant, regarde-toi...

Il écarte mes jambes d'une main, puis passe à nouveau sa main entre mes cuisses. — Tellement prête, putain.

Je ne peux même pas former de mots. Juste un grognement étranglé alors que je ronronne pour lui.

Il jure doucement, comme s'il luttait pour garder le contrôle. Puis j'entends le bruit sec de sa braguette, un son électrique dans l'air chargé. Mon pouls s'accélère.

L'instant d'après, le gland épais et chaud de sa bite se presse contre mes fesses, puis glisse entre mes fesses. Je bascule mes hanches, prête.

— Doucement, murmure-t-il, une main agrippant ma taille, l'autre me stabilisant contre le comptoir. Sa voix est rauque de retenue. Laisse-moi entrer lentement, ma chérie. Laisse-moi te sentir me prendre.

Mais la patience m'a quittée. Je me pousse contre lui,

désespérée, et son grognement étouffé me dit que j'ai brisé le peu de contrôle qu'il lui restait.

Il presse la pointe contre mon entrée et s'enfonce d'un coup, et la douleur est parfaite. Je suis encore sensible de mes chaleurs, de jours à être complètement utilisée, mais c'est le bon type de douleur. Le genre qui me rappelle que je suis vivante, désirée, marquée.

— Putain, la voix de Luke est brisée. Je jure que ta chatte est en or. Je n'arrive pas à me faire à quel point c'est bon.

Je ris, le souffle court. — C'est la pire façon de parler salement.

— Je m'en fous. Il se retire et pousse à nouveau, plus fort cette fois. C'est vrai. Chaque fois que je suis en toi, je pense que je vais perdre la tête.

Il établit un rythme régulier, et je m'agrippe si fort au comptoir que mes jointures sont blanches. Les papiers s'éparpillent, le stylo roule et tombe sur le sol, et je m'en fiche. Je ne peux me soucier de rien d'autre que de la sensation de lui en moi, me remplissant, me réclamant.

Ses mains sont sur mes hanches, me maintenant en place. — Dieux, je n'en ai jamais assez. J'ai passé des jours à te dévorer et j'en veux encore plus.

— Alors prends-le, je halète.

C'est ce qu'il fait. Son rythme s'accélère, plus brutal maintenant, et il frappe profondément. L'angle est parfait, car je vois des étoiles à chaque coup de rein.

Mon téléphone sonne.

Nous nous figeons tous les deux.

— Ne réponds pas, grogne Luke, mais il ne s'arrête

pas de bouger. Des coups de rein lents et peu profonds qui me maintiennent sur le fil.

Je jette un coup d'œil à mon téléphone qui vibre sur le comptoir. Le nom de Harper illumine l'écran.

— Je dois répondre. Je l'attrape d'une main tremblante. C'est Harper.

— Bien. Fais vite. Luke se retire, puis s'enfonce à nouveau, et j'arrive à peine à ravaler un cri. Mais je ne m'arrête pas.

— Luke…

— Réponds. Au. Téléphone. Sa voix est sombre, autoritaire, et cela me donne un frisson.

Je fais glisser mon doigt pour répondre, portant le téléphone à mon oreille. — Salut, Harper.

— Salut ! sa voix est vive, joyeuse. Je voulais juste confirmer qu'on se voyait toujours pour la soirée pizza ce soir ?

— Ouais. Luke pousse à nouveau, et je dois mettre ma main libre sur ma bouche. Ouais, ça tient toujours.

— Dix-neuf heures chez toi, c'est ça ? Mack est super excité.

— Ça marche. J'essaie si fort de paraître normale, mais Luke maintient un rythme régulier maintenant. Sans s'arrêter. Ses mains fermement sur mes hanches, m'inclinant juste comme il faut. C'est… c'est parfait.

— Tu es sûre que tu ne veux pas qu'on apporte quelque chose ? demande Harper. Je sais qu'Arrow a dit qu'il s'occupait de la nourriture, mais…

— Non, n'… Luke touche un point qui fait se recroqueviller mes orteils, et je dois transformer un gémissement en toux. Désolée. N'apporte rien. Arrow est devenu un peu fou avec la nourriture.

Luke se penche en avant, sa poitrine contre mon dos, sa bouche à mon oreille. — Bonne fille, chuchote-t-il, assez bas pour que Harper n'entende pas.

Je vais mourir. Je vais vraiment mourir ici, dans cette cuisine.

— Ça va ? la voix de Harper s'aiguise d'inquiétude. Tu as l'air bizarre. Essoufflée.

— Je vais bien, je m'appuie le front contre le marbre froid du comptoir. Je fais juste quelques trucs. Je cours partout, tu sais.

Luke change légèrement l'angle, et oh mon Dieu…

Un gémissement m'échappe avant que je puisse l'arrêter.

— Cindy ?

— Ouais, désolée. Je glousse maintenant, je ne peux pas m'en empêcher. L'absurdité de cette situation. Essayer d'avoir une conversation normale pendant que Luke est en moi, alors que je peux sentir chaque centimètre de lui m'étirer. Oui. On se voit tout à l'heure pour la pizza. Pas besoin d'apporter quoi que ce soit. Je suis sérieuse.

Elle rit. — D'accord, mais j'apporte quand même du vin. Harper fait une pause. Tu es sûre que ça va ? Tu as l'air vraiment…

— Je vais très bien. Un autre coup de rein, et je me mords la lèvre fort. Parfaitement. Totalement normale. On se voit à dix-neuf heures.

Je raccroche avant que Harper ne puisse poser

d'autres questions, laissant tomber le téléphone sur le comptoir.

Luke accélère immédiatement, me pilonnant assez fort pour que je doive me tenir. — C'était tellement excitant, putain, grogne-t-il. Te regarder essayer de rester silencieuse. Sachant que je suis en toi et qu'elle n'en a aucune idée.

— Tu es terrible, je halète, mais je me pousse contre lui, répondant à chaque coup de rein.

*O*uais, mais tu adores ça.

Le téléphone sonne à nouveau.

Je cligne des yeux, hébétée, m'accrochant au comptoir alors que Luke est toujours profondément en moi. — Tu te fous de moi ? je souffle, me tournant pour voir l'écran.

Holt.

Oh, mon Dieu.

Avant que je ne puisse frapper le bouton rouge pour que ça s'arrête, Luke attrape le téléphone.

— Salut, ma belle, la voix de Holt crépite dans le haut-parleur.

Et puis Luke s'enfonce en moi avec force.

Je manque de tomber à genoux, un gémissement m'échappant avant que je puisse l'arrêter. — Oh…

Il y a une pause à l'autre bout du fil. — Cindy ? Qu'est-ce que c'était que ça, bordel ?

— Je vais bien, j'articule, essoufflée. Tout à fait bien. Qu'est-ce qu'il y a ?

Les yeux de Luke brillent de malice. Il sourit et accélère.

Tlac. Tlac. Tlac.

— Putain de merde, grogne Holt. Tu es en train de te faire baiser, là, maintenant ?

— On est juste un peu occupés. Tu sais ce que c'est, répond Luke pour moi.

Il pousse à nouveau, assez fort pour que le claquement de leurs peaux résonne dans la cuisine, et je jure que je vois des étoiles.

— Espèce de salaud, Holt gronde. Tu es en train de la baiser. Tu as répondu à ce putain de téléphone alors que tu étais en elle ?

— Désolée, je chuchote, ne sachant pas si je m'excuse auprès de Holt, des dieux ou de mes genoux tremblants.

— Ne t'excuse pas, rétorque Holt. Tu n'as pas à être désolée. Il se la pète juste parce que je ne suis pas là.

Luke glousse sombrement, arrogant comme pas possible. — Je ne me la pète pas. Pas encore.

— Espèce de connard suffisant...

J'attrape le téléphone, à peine capable de parler entre deux respirations. — Holt. Je t'aime. Mais je te jure devant Dieu que si tu ne raccroches pas, je vais imploser.

— J'espère bien, marmonne-t-il. Explose sur sa bite. Et garde un peu de cette chaleur pour moi.

Puis la ligne se coupe.

Luke jette le téléphone de côté avec un sourire satisfait. — C'est lui qui a commencé.

Je me pousse contre lui, la voix brisée. — Alors finis-le.

Sa main glisse jusqu'à l'endroit où nous sommes joints, ses doigts trouvant mon clito. — Allez. Laisse-moi te sentir jouir.

Il n'en faut pas beaucoup. Je suis déjà si proche, si tendue par le vibromasseur, le risque d'être surprise et juste lui. L'orgasme me frappe fort, et je tremble, criant son nom, à peine capable de rester debout.

Ses hanches se contractent contre les miennes et s'arrêtent. — Putain, Cindy. Putain. Je te veux à l'étage pour pouvoir faire un nœud en toi.

Nous restons comme ça un long moment, tous les deux respirant fort.

— Wow. Vous avez fini de baptiser la cuisine, ou je devrais revenir plus tard ?

Je *couine* et tourne la tête vers l'embrasure de la porte.

Arrow est là. Appuyé contre le cadre comme s'il avait tout le temps du monde. Des sacs de courses à ses pieds. Souriant comme si le diable venait de lui offrir un spectacle privé.

— Oh mon Dieu, je halète, me détachant du comptoir en panique, les joues en feu.

Luke se retire de moi, sans excuses et toujours complètement bandé.

— Bon Dieu, grogne Arrow, se protégeant les yeux d'une main. Tu pourrais *ne pas* pointer ce truc vers moi ? Ce n'est pas un duel.

— C'est toi qui es entré. Luke hausse les épaules, attrapant un torchon de cuisine bien trop lentement. Peut-être que tu devrais frapper la prochaine fois avant d'entrer dans *ma zone d'orgasme.*

Arrow éclate de rire, les yeux rivés sur moi plutôt que sur Luke. — Désolé. Je ne m'attendais pas à un porno en direct entre les bananes et les œufs. Salut, ma belle.

Je me dépêche de ramasser ma culotte, le vibromasseur et mon téléphone, essayant de lisser ma robe et échouant lamentablement.

Le regard d'Arrow me dévore comme si j'étais le putain de buffet.

— Tu es radieuse, tu sais ? dit-il, toujours souriant. Toute rouge. C'est adorable.

— Arrête de la regarder comme ça, marmonne Luke.

— Alors arrête de la baiser dans les espaces communs, réplique Arrow, bien qu'il n'essaie même pas de détourner le regard. Son sourire ne fait que *s'agrandir*.

Luke lève les yeux au ciel, jetant le torchon par-dessus son épaule. — On allait monter.

— Oh ? Arrow lève un sourcil vers moi. La chambre des chaleurs est libre, aux dernières nouvelles. Vous voulez de la compagnie ?

— Non, je dis trop vite, en reculant. Non. C'est bon pour vous deux. J'ai juste besoin, euh, d'hydratation. Et d'espace. Pour respirer.

Ils font tous les deux un pas vers moi.

— Ça me va, dit Luke, la voix basse.

— Allons-y, fait écho Arrow, se déplaçant déjà pour ramasser les sacs de courses avec un clin d'œil. J'ai apporté des sucettes glacées.

— Oh mon Dieu, je couine, sortant en trombe de la

cuisine par la porte latérale qui me mène dans le couloir, le visage en feu. Vous êtes fous, tous les deux !

Des pas lourds me suivent. Pas rapides. Juste assez pour faire comprendre que je suis chassée.

— Hé, ma belle ? crie Arrow en haut des escaliers. Tu as fait tomber ta culotte !

— Tais-toi ! je crie, riant et courant, complètement dépassée et follement heureuse.

Je n'arrive pas à croire que c'est ma vie.

Et je ne suis pas sûre de vouloir y changer quoi que ce soit.

27

ARROW

Trois jours plus tard

*L*e café est encore trop chaud, mais je le bois quand même. Il me brûle la gorge en descendant, âpre et amer. Exactement ce dont j'ai besoin.

C'est à peine l'aube en cette matinée d'Halloween, et le ciel a cette étrange teinte gris-violet qui donne à tout un air hanté. Ce qui tombe bien, vu le bordel monstre qu'on a prévu pour aujourd'hui. Ces derniers jours ont été consacrés à l'organisation et à passer chaque seconde de libre avec ma magnifique Oméga. Je n'en ai jamais assez d'elle… Je suis un homme obsédé.

Je m'appuie contre la balustrade du porche à l'arrière de notre maison, contemplant notre œuvre dans le jardin. Le chemin qui descend vers le lac est bordé de ces lumières orange de mauvais goût. Des fantômes gonflables se balancent dans la brise matinale, des fantômes énormes d'au moins deux mètres cinquante de haut. Il y a un couple de squelettes mariés installé au bord de la rivière, avec un haut-de-forme et un voile qui n'arrête pas de s'envoler avec le vent.

C'est d'un kitsch pas possible.

Exactement ce que nous visions.

À notre droite, sur le terrain, on dirait qu'Halloween a dégueulé sur la pergola, puis est revenu pour en remettre une couche. Des serpentins orange et noirs pendent de chaque poutre, s'enroulant dans la brise. D'autres structures gonflables encombrent les coins : un Frankenstein géant, une sorcière sur un balai, une sorte de maison hantée gonflable que Luke a trouvée en solde. De fausses toiles d'araignée recouvrent les poutres de soutien, assez épaisses pour paraître presque réelles dans la pénombre. Des citrouilles-lanternes bordent le périmètre, leurs visages sculptés en sourires et en cris exagérés. Il y a même une machine à fumée cachée sous l'une des tables, prête à cracher sa brume artificielle.

Les chaises au bord de l'eau sont disposées en rangées nettes, ce qui aurait l'air élégant s'il n'y avait pas ce chat noir gonflable, le dos arqué comme s'il feulait sur quiconque ose s'avancer dans l'allée. Une chaise sur deux a une citrouille en mousse bon marché posée dessus. C'est hideux. Absolument hideux.

Putain, j'adore ça.

La porte arrière s'ouvre et Holt sort. Pas de t-shirt, juste un pantalon ample. De la vapeur s'échappe de sa tasse de café dans l'air frais, et il a cette expression de quelqu'un qui est debout depuis un moment mais qui fait semblant de venir de se réveiller.

— Tu n'as pas pu dormir non plus, dit-il. Ce n'est pas une question.

— Nan. Je prends une autre gorgée. Je voulais m'assurer que tout était en place. Tu sais, pour ce cirque.

Holt vient se tenir à côté de moi, et nous contemplons tous les deux les décorations.

— C'est ridicule, dit Holt.

— Putain de magnifique, j'acquiesce en souriant.

Nous nous mettons tous les deux à rire. Impossible de s'en empêcher. Tout est tellement excessif, tellement délibérément kitsch, que c'en est presque de l'art. Comme si nous avions pris chaque chose que Victoria détesterait et que nous l'avions entassée au même endroit.

— Victoria va péter un câble, dit Holt.

— C'est le but. Je souris. Elle voulait un mariage et nous a laissé décorer. On va lui en offrir un qu'elle n'oubliera pas.

Penser à elle me fait serrer la mâchoire. Cette femme a appuyé sur tous les boutons depuis notre première rencontre. Trop occupée pour le mariage de son propre neveu. Trop importante pour aider à la moindre organisation. Juste à aboyer des ordres comme si nous étions ses assistants personnels et à s'attendre à ce que nous obéissions au doigt et à l'œil.

Eh bien, nous avons obéi. Droit dans le magasin d'Halloween le plus proche où nous avons dévalisé tout leur putain de stock pour créer notre propre version au lieu de la version fade et ennuyeuse qu'elle voulait.

— Je me suis fixé cette règle il y a longtemps, dis-je en regardant les fantômes gonflables se balancer. Ne pas questionner les idiots ou les psychopathes. Les laisser faire leur truc et rester à l'écart de l'onde de choc.

— Et Victoria entre dans ces catégories ?

— Définitivement dans les deux. Je serre plus fort ma tasse. Tant qu'elle fait ce mariage ridicule et qu'elle laisse Cindy tranquille pour de bon, je ferai semblant d'être gentil. Mais là, ça pousse ma patience à sa putain de limite.

Holt me jette un coup d'œil. — Si elle ne part pas après aujourd'hui, on en a fini avec elle, putain.

— Et comment. Après aujourd'hui, si elle ne fout pas le camp et ne laisse pas Cindy tranquille, elle aura affaire à nous trois directement. Fini de jouer les gentils, fini de sauter à travers des cerceaux. Et elle perdra tout accès à Cindy. Complètement.

— D'accord.

Nous sirotons notre café en silence pendant un moment. Les fantômes gonflables se balancent plus fort alors que le vent se lève, leurs visages figés dans ces stupides cris de dessin animé. Un des serpentins se détache de la pergola et bat sauvagement avant de s'accrocher à une poutre.

— La cérémonie est à midi, dit Holt. Tout est prêt.

— La nourriture est préparée, j'ajoute. Il faudra juste la faire cuire à l'approche de l'heure. J'en ai assez pour cinquante personnes même s'il n'y en a que trente qui viennent. Je préfère en avoir trop que d'en manquer et d'entendre Victoria se plaindre.

— Intelligent.

Je hoche la tête, fixant à nouveau l'installation. — Je pense que Cindy va mourir de rire.

Mes pensées dérivent vers Cindy, toujours endormie à l'étage. Nous avons partagé son lit à tour de rôle depuis la fin de ses chaleurs. Un de nous chaque nuit pendant que les deux autres dorment dans leur propre chambre. La nuit dernière, c'était mon tour, et putain, la quitter ce matin a été plus difficile que ce à quoi je m'attendais.

Au moment où je me suis glissé hors du lit, en essayant de ne pas faire de bruit, elle s'est roulée dans la chaleur que j'avais laissée derrière moi. Elle a attrapé mon oreiller sans même se réveiller, l'a serré contre sa poitrine. Elle a fait ce petit son doux, quelque part entre un soupir et un gémissement, qui a failli me tuer.

Je suis resté là pendant une bonne minute, juste à la regarder. Envie de remonter dans le lit. D'y rester. De la réveiller comme il se doit avec mes mains et ma bouche et de la faire jouir avant même qu'elle n'ouvre complètement les yeux.

Mais on a des trucs à faire. Un mariage à organiser. Une mère à gérer.

Alors je suis parti.

— Elle dort encore ? demande Holt, comme s'il lisait dans mes pensées.

— Ouais. Je souris malgré moi, en me souvenant. Tellement difficile de se lever et de la laisser.

L'expression de Holt s'adoucit de cette façon qui n'arrive que lorsque nous parlons de Cindy.

— Hier soir, elle m'a dit quelque chose, j'avoue, en regardant le ciel s'éclaircir lentement derrière les montagnes. Elle a dit qu'elle adorerait qu'on commence à dormir ensemble. Nous tous. Dans la chambre des chaleurs, dans cet immense lit que nous avons installé.

Holt hoche la tête. — Je pense, dit-il finalement, que ça a l'air putain de parfait.

— D'accord, dis-je.

Les marques du lien sur le corps de Cindy me traversent l'esprit. Je me souviens encore exactement de ce que j'ai ressenti en la marquant, la façon dont sa peau a cédé sous mes dents, son goût, la façon dont elle a crié quand j'ai mordu. Le lien qui s'est enclenché comme un fil à haute tension, immédiat, permanent et indéniable.

À moi. À nous.

— Tu penses qu'elle veut qu'on la demande en mariage ? Mes pensées sortent sous forme de question… quelque chose auquel je réfléchissais récemment.

Holt me regarde, les sourcils levés.

Je me sens soudain mal à l'aise, exposé. Un sentiment auquel je ne suis pas habitué. — Je veux dire, une vraie demande en mariage. Pas cette connerie de contrat qu'on fait aujourd'hui.

— Qu'est-ce qui te fait penser ça ?

— Je ne sais pas. Je regarde mon café. Elle a grandi en voyant sa famille organiser des mariages, non ? Des mariages traditionnels. Tout le tralala formel. Même si sa famille était merdique, peut-être qu'elle… je ne sais pas. Veut le conte de fées ?

Holt est de nouveau silencieux, il réfléchit. Quand il parle, sa voix est prudente. — Elle est déjà à nous. Les marques le prouvent. Le lien est là.

— Ouais, mais certaines Omégas veulent plus que le lien. J'essaie de trouver les bons mots. Elles veulent le romantisme d'un jour spécial. Le geste. La connerie du genou à terre avec une bague et un discours.

— Tu penses que Cindy veut ça ?

— Je ne sais pas, j'avoue. C'est pour ça que je demande. Sa famille a été horrible avec elle. On le sait. Mais peut-être qu'elle a toujours cette idée en tête de ce à quoi ressemble une vraie demande en mariage ? Ce que devrait être un vrai mariage ?

Holt regarde le lac au loin. — On pourrait essayer de la sonder aujourd'hui, dit-il finalement. Voir comment elle réagit au mariage. Si elle adore, si elle déteste, si elle s'en fout. Ça pourrait nous dire ce qu'on a besoin de savoir.

— Ouais. Je finis mon café d'une longue gorgée. C'est une bonne idée.

— Si elle veut une vraie demande en mariage, continue Holt, on lui en offrira une. Tous les trois. On en fera quelque chose dont elle voudra vraiment se souvenir. Et je mettrai Luke au courant pour m'assurer qu'il est sur la même longueur d'onde que nous.

La porte arrière s'ouvre violemment, assez fort pour faire trembler le cadre, et Luke sort en titubant. Il est en jogging gris et en t-shirt délavé, les cheveux en bataille. Son téléphone est serré dans sa main, et il a cette expression sur le visage. Celle qui signifie que quelqu'un l'a fait chier avant même qu'il n'ait eu sa dose de caféine.

— Merde, annonce-t-il au matin en général. Qui diable appelle à cette heure du matin avec des putains d'ordres ?

Il lève son téléphone. Même d'ici, je peux voir le fil de discussion, de longs paragraphes.

— C'est une sacrée garce, dit Luke en faisant défiler avec son pouce. Regardez-moi cette merde.

Holt et moi nous rapprochons, et Luke tend le téléphone pour que nous puissions vraiment lire.

C'est de Victoria. Envoyé il y a quelques minutes à peine, ce qui signifie que cette femme est debout depuis avant l'aube pour planifier cette merde.

Bonjour, Luke ! Vraiment désolée pour cette demande de dernière minute, mais il y a eu un petit problème avec le gâteau. La pâtisserie a besoin que quelqu'un vienne le chercher ce matin. Il y a eu une confusion avec l'heure de livraison, et ils ne peuvent pas l'apporter à la maison. Ils ont aussi besoin d'un dernier ajustement pour la figurine du gâteau (les figurines des mariés). J'aurai besoin de quelqu'un avec une camionnette, et d'au moins deux personnes pour aider à le porter et le tenir, car il est assez grand. L'adresse est ci-dessous. Merci beaucoup ! xx

Une adresse suit. Une zone industrielle que je ne reconnais pas.

— Quelle putain de taille peut bien faire un gâteau pour trente personnes ? je demande. Quoi, elle s'attend à une monstruosité à cinq étages ?

Luke grogne, passant sa main libre dans ses cheveux déjà en désordre. — C'est ça, non ? C'est complètement dingue. Ma patience avec elle s'épuise. Je fais cette merde uniquement pour Cindy.

La mâchoire de Holt se crispe. — Le plus tôt on se débarrassera d'elle, le mieux ce sera. J'en ai marre d'être sa petite chose.

— Je reste ici, je propose. Vous deux pouvez vous occuper de récupérer un gâteau.

Luke me regarde comme si je venais de lui suggérer de sauter d'un pont. — Et s'il est énorme ? Et si je ne peux pas le tenir correctement et qu'on le détruit sur le chemin du retour ? Je ne veux pas gérer cette merde. Victoria va péter un câble et nous accuser d'avoir ruiné son précieux mariage.

— Alors on lui dit d'aller se faire foutre, je dis.

— Ou, contre-attaque Luke, on va juste chercher ce satané gâteau et on évite le drame.

Je secoue déjà la tête. — Pas question. Je leur ferai un gâteau éponge à la vanille moi-même. C'est plus que ce qu'ils méritent de toute façon.

Holt rit vraiment à ça.

— Avec un glaçage de merde en pot. Et voilà. Je croise les bras. Je ne vais pas passer ma matinée à jouer les livreurs pour cette femme.

— Allez, dit Luke. C'est pour Cindy.

Et putain, le voilà. Le seul argument qui fonctionne vraiment.

Je le fusille du regard. — C'est un coup bas.

— Mais c'est vrai. Le sourire de Luke est suffisant. On fait ça, on prend le gâteau, on rentre avant même que Cindy ne se réveille. Et après aujourd'hui, on n'aura plus jamais à gérer les conneries de Victoria.

— D'accord, je crache. Merde. Mais notre frigo au sous-sol a intérêt à être assez grand pour n'importe quelle monstruosité qu'elle a commandée, ou je le laisse dehors et je laisse la faune s'en charger.

— Marché conclu, dit Luke.

Holt se dirige déjà vers la porte. — Allons nous

habiller et partons. Plus vite on partira, plus vite on sera de retour.

Je les suis à l'intérieur, regrettant déjà cette décision. Nous montons nous changer. Je prends un jean qui est propre pour une fois, un t-shirt bleu foncé et ma veste en cuir. Des bottes qui ont connu des jours meilleurs mais qui sont faites à mes pieds. Alors que j'enfile tout ça, je jette un œil à Cindy, qui dort toujours.

Elle est recroquevillée dans le lit, les couvertures remontées jusqu'au menton, ses cheveux étalés sur l'oreiller. Toujours profondément endormie, respirant lourdement.

Je m'attarde dans l'embrasure de la porte une seconde de plus que je ne devrais probablement, juste à la regarder. Même comme ça, le visage rougeaud et à moitié enfouie sous les couvertures, c'est la plus belle chose que j'aie jamais vue.

Ma poitrine se serre, fort. Je ne sais pas comment on a eu la chance de l'avoir, mais je ne la laisserai jamais partir, c'est une certitude.

Je referme lentement la porte, en faisant attention de ne pas faire de bruit.

Luke apparaît dans l'encadrement de sa porte, enfilant un t-shirt par-dessus sa tête. — Ouais. Laissons-la en paix tant qu'elle le peut. Une fois que Victoria se pointera, ça va être le chaos.

Nous sommes tous prêts en moins de dix minutes. Holt attrape les clés de son pick-up, et nous sortons par la porte d'entrée, la fermant silencieusement derrière nous.

Le pick-up démarre avec un grondement qui semble

trop fort dans le calme matinal. Holt sort de l'allée, et nous nous dirigeons vers le restaurant, où nous garons la camionnette.

Je suis sur le siège passager, regardant le soleil commencer enfin à poindre derrière les montagnes. Matinée d'Halloween. Le seul jour de l'année où tout est censé être effrayant et amusant, et nous voilà à jouer les larbins pour une femme qui traite sa propre fille comme une transaction commerciale.

Nous arrivons au restaurant en quinze minutes. Holt gare le pick-up, et nous descendons tous. La camionnette est là où nous l'avons laissée, garée dans le coin sous un lampadaire cassé. Je la déverrouille, et nous montons, moi au volant.

Le GPS nous dirige vers le quartier industriel, et je regarde la ville changer par les fenêtres. Les beaux quartiers laissent place aux zones commerciales, puis aux entrepôts et aux installations de stockage qui se regroupent près des anciennes usines.

— Ça devrait être sur la gauche, annonce Luke.

Le bâtiment apparaît à travers la brume matinale, avec une enseigne délavée à l'avant : PÂTISSERIES & GÂTEAUX. Les vitrines sont sombres, les lumières éteintes. Une pancarte FERMÉ est suspendue de travers sur la porte.

— Ça a l'air d'un endroit merdique, si tu veux mon avis, dit Holt en se penchant pour mieux voir.

Il n'a pas tort. Tout le bâtiment est délabré. La peinture s'écaille sur le bardage, des mauvaises herbes poussent dans les fissures du parking. Pas vraiment l'endroit où je m'attendrais à ce que Victoria commande un gâteau de mariage, mais c'est peut-être le but. Peut-être qu'elle fait des économies sur ce mariage.

— Passe par derrière, dit Holt en suivant les indications du GPS. Quai de chargement.

Nous contournons le bâtiment par la ruelle arrière. Il y a un petit parking ici, de l'asphalte fissuré. Une benne à ordures qui déborde de déchets. Et la porte du quai de chargement, enroulée juste assez pour laisser entrevoir l'obscurité à l'intérieur.

— Je ne le sens pas, dis-je.

— Ouais, acquiesce Luke, mais il ouvre déjà sa porte. Allons juste chercher ce satané gâteau et tirons-nous d'ici.

Holt et moi échangeons un regard. Quelque chose là-dedans ne me dit rien qui vaille. Mais nous sommes là. Autant en finir.

Nous sortons tous de la camionnette.

Holt se déplace pour ouvrir les portes arrière, gardant les yeux sur le quai silencieux.

— Je vais jeter un œil, marmonne Luke, se dirigeant déjà vers la baie de chargement. Ses mains sont enfoncées dans les poches de son sweat à capuche, mais il y a une tension dans ses épaules, le genre qui dit qu'il ne fait pas confiance à tout ça.

— Je vais avec lui, dis-je, me mettant à ses côtés. Holt hoche la tête, restant près de la camionnette, une main posée nonchalamment sur le manche du pied-de-biche rangé près des portes arrière. Juste au cas où.

Luke et moi passons par la porte ouverte du quai de chargement.

Il fait noir.

Pas sombre. Pas dans l'ombre.

Noir.

Mes bottes raclent le béton alors que mes yeux s'habituent. Ce n'est pas une pâtisserie.

C'est un entrepôt. Un entrepôt vide.

Un sol en béton nu s'étendant dans toutes les directions, entouré de murs et de poutres en acier. Pas de fours. Pas de gâteau. Pas d'étagères. Pas de lumières, à part la faible lueur grise derrière nous.

Luke s'arrête net à côté de moi. — Ce n'est pas le bon endroit.

— Ouais, je marmonne. Ça ne me plaît pas.

Nous avançons plus loin. L'air est vicié et épais de poussière, avec une odeur chimique qui s'accroche au fond de ma gorge.

— Y a quelqu'un ? je crie, d'une voix sèche.

Silence.

Puis—

Clac.

Quelque chose surgit du côté, rapide et silencieux, un tuyau en métal ou une batte, je ne peux pas dire. Ça percute le flanc de Luke. Il grogne, trébuche. Puis tombe.

S'effondre juste à côté de moi comme si ses jambes l'avaient lâché, s'écroulant sur le sol avec un bruit sourd.

— Luke ! j'aboie, plongeant vers lui, le cœur battant à tout rompre.

Derrière moi — Arrow, BOUGE ! La voix de Holt, féroce et tranchant l'obscurité comme un coup de feu.

Je me retourne juste à temps pour voir Holt se précipiter, un flou de mouvement alors qu'il attrape une silhouette sortie de l'ombre, un homme en noir.

Holt le plaque contre le mur, les poings volant, les dents découvertes. Un autre homme apparaît derrière lui.

Il se jette en avant.

Un chiffon blanc serré dans une main gantée.

— Derrière toi ! je crie, sprintant vers eux.

Holt se tord juste à temps pour donner un coup de coude dans la gorge du type, en grognant. — Tu penses que ça va suffire ?!

Mais le deuxième agresseur presse déjà le chiffon contre le visage de Holt, le tirant vers le bas avec une poigne de fer.

Je suis à mi-chemin d'eux quand quelque chose me percute dans le dos.

J'ai à peine le temps de lever le bras avant qu'il ne soit sur moi, et un chiffon se plaque sur ma bouche et mon nez.

L'odeur me frappe instantanément. C'est chimique et suffocant.

Je me débats et me tords, grognant, les poings frappant dans le vide, mais ce salaud s'accroche. Une prise de militaire.

L'odeur me brûle le nez et la gorge. C'est du putain de chloroforme.

Je balance mon coude en arrière de toutes mes forces, le sens se connecter avec quelque chose de solide. Des côtes, peut-être. L'homme derrière moi grogne, son souffle s'échappant, mais sa prise ne se desserre pas. Au contraire, elle se resserre. Le chiffon appuie plus fort sur mon visage, couvrant complètement mon nez et ma bouche.

Impossible de respirer sans en inhaler davantage.

J'essaie de retenir ma respiration, d'essayer de me battre, mais mes poumons crient déjà. Mon corps réclame de l'oxygène, et il n'y a pas d'autre moyen de prendre de l'air que par ce chiffon.

Holt s'effondre. S'écroule simplement, l'homme le déposant presque doucement sur le béton comme si c'était une routine. Comme s'il avait déjà fait ça avant.

Ma vision se trouble sur les bords. Tout commence à devenir flou, les sons deviennent distants et étouffés.

Mes jambes ne fonctionnent plus correctement. Trop lourdes. Je ne sens plus mes pieds.

L'entrepôt bascule sur le côté, ou peut-être que je suis en train de tomber. Impossible de faire la différence.

Ma dernière pensée cohérente, avant que l'obscurité n'avale tout : *Putain. Comment on a pu être aussi cons pour tomber dans le piège de cette salope ?*

Et puis, alors que ma conscience s'évanouit complètement... *Cindy.*

28

———

CINDY

*L*a robe rose et vaporeuse est trop légère pour le poids qui m'accable aujourd'hui. Je lisse le tissu pour la dixième fois, fixant mon reflet dans le miroir du couloir. Les cheveux tressés en deux nattes sur mes épaules, des chaussures que Harper m'a aidée à choisir la semaine dernière alors que nous rions de la stupidité de ce mariage. Si ce n'était pas pour cette horrible cérémonie, ce serait une journée magnifique. Le soleil est éclatant et chaud, une brise fraîche descend des montagnes, transportant l'odeur des pins et de la terre, et les décorations d'Halloween sont partout, donnant à toute la propriété des allures de conte de fées gothique.

Mais mon estomac refuse de se calmer.

Je jette un nouveau coup d'œil à mon téléphone. L'écran est vide. Aucun nouveau message. Aucun appel manqué. Rien.

Je leur ai envoyé trois textos à chacun. Luke, Holt,

538

Arrow. Chaque message plus désespéré que le précédent. *Où es-tu ? Tu vas bien ? S'il te plaît, réponds-moi.*

Rien. Silence radio.

Le message de Luke de ce matin est toujours là, envoyé à six heures cinquante alors que j'étais encore à moitié endormie : *On part faire une course. On ne sera pas longs. Tu dors encore, ma chérie ?*

Je m'étais réveillée à huit heures pour trouver le lit vide et froid. Les draps du côté d'Arrow avaient perdu toute leur chaleur. J'avais pressé mon visage dans son oreiller, respirant son odeur, en me disant qu'ils seraient de retour pour neuf heures. Peut-être dix heures au plus tard s'ils s'arrêtaient pour le petit-déjeuner.

Il est plus de dix heures et demie maintenant.

Mes doigts planent au-dessus du clavier, tentée de leur envoyer un autre texto. Mais à quoi bon ? J'ai déjà envoyé trois messages à chacun, je les ai appelés. Ils ne répondent pas, et ce n'est pas normal. Mais maintenant ? Aucune nouvelle d'aucun d'entre eux.

Quelque chose ne va pas. Je le sens dans mes tripes, cette sensation de torsion et de douleur qui ne s'en va pas, peu importe à quel point j'essaie de la rationaliser. C'est la même sensation que j'avais la nuit avant de fuir mon mariage.

Je me dirige vers la cuisine, ayant besoin de quelque chose pour calmer mon estomac. La tisane à la camomille que j'ai préparée plus tôt est sur le comptoir, encore assez chaude pour être bue. J'enroule mes mains autour de la tasse, laissant la chaleur m'ancrer, et je me déplace vers la fenêtre qui donne sur le jardin.

Mère est là-bas.

Bien sûr qu'elle y est. Elle est arrivée il y a une heure avec ce qu'elle a appelé *les troupes*. Une poignée de parents. Je peux voir la frustration sur le visage de Mère même d'ici. Ses lèvres sont pincées en cette ligne fine qu'elle arbore quand les choses ne se déroulent pas selon son plan. Elle fait des gestes en direction du couple de squelettes gonflables, sa bouche bougeant dans ce que je sais être des ordres secs et saccadés. Quelqu'un essaie de dégonfler une des citrouilles massives, tirant dessus inutilement pendant qu'elle flotte dans la brise. Une autre personne démêle des serpentins orange, les retirant de la pergola, pour en voir apparaître d'autres. Il y a des toiles d'araignée partout, des bonbonnes de machine à fumée empilées près des tables, des citrouilles-lanternes alignées sur chaque surface disponible.

Je souris malgré l'anxiété qui me ronge la poitrine. Les mecs ont rendu cette installation aussi peu nuptiale que possible, aussi criarde, kitsch et merveilleuse qu'ils le pouvaient. Chaque décoration est un doigt d'honneur à la vision d'élégance et de sophistication de Mère.

Mais ils devraient être là maintenant pour voir l'agonie de Mère, pour en rire avec moi, pour faire des blagues graveleuses sur les décorations gonflables et probablement en ajouter d'autres juste pour l'énerver encore plus.

Putain, où est-ce qu'ils sont ?

Je sirote ma tisane, la camomille ne faisant absolument ment rien pour apaiser le nœud dans mon estomac. Mes yeux reviennent sans cesse sur mon téléphone posé sur le comptoir, le suppliant de s'allumer avec leurs noms. Avec n'importe quoi.

Rien.

Les mariés ne sont même pas encore là non plus. Monica et Trevor. Mère a dit qu'ils devraient arriver d'un moment à l'autre. En ce moment, je n'en ai rien à foutre que ce mariage ait lieu ou non. Mère et ses troupes peuvent faire ce qu'elles veulent dans le jardin. Elles peuvent dégonfler chaque décoration, remplacer l'installation d'Halloween par n'importe quelle stupidité élégante qu'elle a prévue.

Je veux juste savoir que mes hommes vont bien.

Ça ne leur ressemble pas de ne pas répondre. Depuis les chaleurs, nous avons été en contact constant. Des textos de groupe tout au long de la journée. Des messages individuels quand l'un d'eux pense à quelque chose à dire. Luke qui m'envoie des photos cochons quand il s'ennuie. Holt qui vérifie que j'ai bien déjeuné. Arrow qui transfère des recettes qu'il veut essayer.

Mais maintenant ? Des heures de silence.

Mon pouce survole à nouveau le clavier. Peut-être un texto de plus à Holt. Juste un. Juste pour avoir l'impression de faire quelque chose.

S'il te plaît, dis-moi juste que tu vas bien.

J'appuie sur Envoyer avant de pouvoir revenir sur ma décision. Je regarde le message s'afficher comme livré. J'attends qu'il passe à Lu.

Il ne change pas.

— Ça va ? demande une voix d'homme.

Je me retourne brusquement, manquant de faire

tomber ma tasse. La tisane chaude se renverse sur le côté, me brûlant la main, mais je le sens à peine.

Mack se tient dans l'embrasure de la porte de la cuisine. Le frère d'Arrow. Grand et large d'épaules, avec les mêmes cheveux bruns et la même mâchoire acérée, bien que celle de Mack soit couverte d'une barbe de quelques jours comme s'il avait oublié de se raser ce matin. Il porte un jean foncé et une veste en cuir, les mains dans les poches, et il y a quelque chose de réconfortant à le voir ici. Solide. Réel.

— La porte d'entrée n'était pas verrouillée, dit-il en désignant l'entrée d'un signe de tête. Je me suis dit que vous quatre pourriez avoir besoin d'aide aujourd'hui avec cette monstruosité de mariage.

Le soulagement m'envahit si vite que j'ai la tête qui tourne. — Mack. Je pose ma tasse avant de la laisser tomber pour de bon. Tu as parlé à Arrow aujourd'hui ? Ou aux autres ?

Ses sourcils se froncent, et je vois l'inquiétude vaciller sur son visage. — Pas depuis hier. Pourquoi ? Qu'est-ce qui ne va pas ?

— Ils sont partis faire une course ce matin. Ma voix sort fine, tendue. Aucune idée pourquoi. Luke a juste dit qu'ils seraient bientôt de retour. Mais je n'ai pas de nouvelles d'eux depuis des heures.

Mack sort immédiatement son téléphone, déjà en train de composer un numéro. — Je tombe sur sa messagerie, dit-il enfin, et j'entends une pointe d'agacement dans sa voix maintenant. Il se met à taper, ses pouces se déplaçant rapidement sur l'écran. Je lui envoie un texto. Je lui dis de m'appeler immédiatement.

Je le regarde taper, mon cœur battant si fort que je le sens dans ma gorge. Les marques sur mon cou et sur le haut de ma poitrine picotent, toutes les trois en même temps.

— Je suis sûr qu'ils seront bientôt de retour, dit Mack, mais il y a quelque chose dans sa voix qui me dit qu'il n'est pas aussi confiant qu'il essaie de le paraître.

Je hoche la tête, mais l'angoisse ne me lâche pas. Elle enfonce ses crocs plus profondément, rendant ma respiration difficile.

— Ok. Mack range son téléphone. Laisse-moi aller voir ce qu'ils foutent là-bas. Il fait un signe de tête vers le jardin où les troupes de Mère se battent encore avec les décorations. Et il y a des fleurs sur le pas de la porte. Une grosse composition. Je vais les prendre et les rentrer.

— Merci, réussis-je à dire.

Il s'attarde dans l'embrasure de la porte, me regardant. — Ils vont bien, Cindy. Je peux le sentir. Arrow est trop têtu pour laisser quoi que ce soit lui arriver, et les deux autres sont tout aussi coriaces.

Puis il disparaît, ses pas résonnant dans le couloir en direction de la porte d'entrée.

Je suis de nouveau seule avec mon téléphone et mes pensées qui tourbillonnent.

Et s'ils étaient blessés ? S'il y avait eu un accident ? Les routes ici peuvent être dangereuses, surtout les cols de montagne. Et s'ils étaient sortis de la route, s'ils étaient piégés quelque part, ou s'ils appelaient à l'aide et que personne ne pouvait les entendre ?

Arrête.

Je me force à prendre une inspiration. Puis une autre. Ils vont bien. Ils doivent aller bien. C'est Luke, Holt et Arrow. Trois ex-motards qui ont survécu à Dieu sait quoi. Ils ne vont pas se faire avoir par une simple course.

Mais alors pourquoi ne répondent-ils pas ?

Des bruits de pas résonnent à nouveau dans le couloir, et je me retourne, m'attendant à voir Mack avec une brassée de fleurs et peut-être quelques mots rassurants.

Ce n'est pas Mack.

C'est Van.

Le monde bascule. Tout devient flou sur les bords, comme si je le regardais à travers de l'eau. Ma vision se rétrécit sur lui seul, debout là, dans ma cuisine, comme s'il avait tout à fait le droit d'être ici. Comme si les deux dernières années n'avaient jamais existé. Comme si je ne m'étais jamais enfuie.

Il est exactement comme dans mon souvenir du Bal des Moissons. Un mètre quatre-vingts, les cheveux blonds parfaitement coiffés. Des vêtements de créateur. Une veste de costume bleu marine sur une chemise blanche impeccable, les deux premiers boutons défaits. Pas de cravate. Une montre de luxe scintillant à son poignet.

Mais ses yeux. Mon Dieu, ses yeux.

D'un bleu froid. Un bleu glacial. Le genre qui ne correspond jamais tout à fait à son sourire, qui ne montre jamais ce qu'il pense vraiment. Ils sont fixés sur moi maintenant avec ce regard que je reconnais de tous mes cauchemars. Celui qui me donnait l'impression d'être une proie encerclée par un prédateur.

Mes mains se mettent à trembler si fort que je dois m'agripper au comptoir pour ne pas m'effondrer.

Je suis de retour là-bas. Dans le domaine familial, dans cette pièce aux murs blancs avec la porte verrouillée et la seule fenêtre trop haute pour être atteinte. La voix de Van dans mon oreille. Sa main sur mon bras, ses doigts s'enfonçant juste assez pour faire mal sans laisser de marques visibles pour les autres.

La cicatrice de la brûlure palpite comme si elle était fraîche, comme si son briquet était pressé contre ma peau en ce moment même.

— *Ne bouge pas, a-t-il dit, sa voix presque douce, presque. Le clic métallique du briquet a résonné dans le noir avant que la flamme ne jaillisse, avide et brillante.*

— *S'il te plaît, ne... ai-je supplié, me débattant contre l'emprise qui me tenait immobile.*

Il a souri. — *C'est toi qui as fait ça, tu te souviens ? Tu m'as mis en colère. Tu me mets toujours en colère.*

Puis la chaleur a frappé. Une douleur incandescente, brûlante, qui m'a arraché un cri du fond de la gorge.

Il a appuyé plus fort, jusqu'à ce que je puisse sentir l'odeur de ma propre peau qui brûlait.

— *Voilà ce qui arrive quand tu oublies ta place, a-t-il murmuré. Une bonne Oméga sait comment se soumettre.*

Je secoue la tête pour chasser le souvenir, faisant glisser la tasse de thé loin de moi sur le comptoir.

— Vous me devez un mariage, déclare Van. Son ton est doux, agréable même. Conversationnel. Comme si nous étions de vieux amis qui se retrouvaient autour d'un café.

Il a les mains dans les poches, la posture détendue, légèrement appuyé contre le cadre de la porte.

La rage m'envahit, brûlant une partie de la peur. Je ne suis plus cette Oméga. Je ne suis plus la fille effrayée qui a fui l'autel en panique.

Je suis marquée maintenant. Revendiquée. Trois Alphas m'ont mordue, se sont liés à moi, ont fait de moi la leur de toutes les manières qui comptent.

Je ne suis plus faible.

Mais mes jambes vacillent toujours. Mes mains tremblent toujours. Et cette voix dans ma tête, celle qui ressemble à celle de Van, murmure : *Tu seras toujours faible. Tu seras toujours à moi.*

— Qu'est-ce que tu fous ici, putain ? Ma voix sort plus forte que je ne le pense, plus sonore que ce à quoi je m'attendais. Tu n'es pas le bienvenu dans ma maison. Fous le camp, putain.

Il ne bouge pas. Il reste juste là, à m'observer avec ce petit sourire.

— Quel langage, dit-il d'un ton neutre. Ce n'est pas très digne d'une Oméga, Cynthia.

Mon esprit s'emballe. Tout se passe en même temps, trop vite, trop de choses. Mes hommes ont disparu. Mère est dans le jardin avec ses troupes, s'appropriant ma maison. Et Van est ici, dans ma cuisine, me regardant comme si j'étais quelque chose qu'il avait égaré et enfin retrouvé.

Les pièces du puzzle commencent à s'emboîter dans ma tête, chacune pire que la précédente.

Putain, qu'est-ce qu'il a fait ?

Est-ce à cause de lui qu'ils ne sont pas là ? Est-ce à cause de lui qu'ils ne répondent pas à leurs téléphones ?

— Vous parlez comme ça à votre Alpha, dit Van. Toujours pas une question. Une affirmation.

— Tu n'es rien pour moi. Je force les mots à sortir entre mes dents serrées, repoussant la peur qui essaie de m'étouffer. Et certainement pas mon Alpha. C'est du passé, et tu en fais partie. Mort et enterré.

Il se gratte le menton, ce geste calculé que je ne connais que trop bien. Celui qu'il fait quand il prétend être pensif, alors qu'en réalité, il décide juste comment manipuler la situation.

— Vous parlez si cruellement, Cynthia. Avez-vous la moindre idée de l'agonie que j'ai traversée lorsque ma première Oméga m'a rejeté ?

La voilà. La carte de la victime. Le pauvre Alpha blessé dont la compagne s'est enfuie, le laissant le cœur brisé, seul et meurtri.

Je ne marche pas. Je n'ai jamais marché.

Il m'a raconté l'histoire au tout début, quand il prétendait encore être quelqu'un digne de sympathie. Avant que le masque ne tombe complètement.

Sa famille a été humiliée. La famille de la mariée a exigé le remboursement de son argent. Et Van a décidé que c'était sa faute. Qu'elle était défectueuse. Brisée. Trop abîmée pour reconnaître un bon Alpha quand elle en avait un.

Il ne s'est jamais demandé une seule fois pourquoi elle s'était enfuie. Ce qu'elle avait vu en lui qui l'avait terrifiée au point de tout abandonner.

Et quand je suis arrivée, un arrangement de nos familles qui pensaient que nous serions parfaits ensemble, il était déterminé à ne pas laisser cela se reproduire.

— Sors de ma maison, je crie, plus fort cette fois. Ma voix résonne dans la cuisine.

Il se rapproche.

Je recule immédiatement, l'instinct prenant le dessus. Ma hanche heurte le comptoir assez fort pour y laisser un bleu. Mon téléphone est toujours dans ma main, serré si fort que mes articulations sont devenues blanches et que mes doigts sont crispés.

— J'espérais vraiment que nous pourrions régler ça de manière civilisée, dit Van. Nous avons un passé, Cynthia. Une histoire. Et je veux vous récupérer.

— Jamais de la vie. Les mots sortent presque comme un grognement.

— Je vous reprends, continue-t-il, comme si je n'avais pas parlé. Comme si mes mots n'avaient pas d'importance. Ils n'en ont jamais eu pour lui. Vous avez eu votre temps libre. Votre amusement. À jouer à la petite maison avec ces motards.

Ma main se dirige vers le tiroir. Celui avec les couteaux de cuisine. Arrow les garde bien aiguisés, les affûte chaque semaine. Si je peux juste l'atteindre, saisir le plus grand, peut-être que je pourrai faire reculer Van. Peut-être que je pourrai me défendre assez longtemps pour courir, pour crier, pour obtenir de l'aide.

Van regarde ma main bouger. Il regarde et sourit, comme s'il savait exactement à quoi je pense.

Puis il sort quelque chose de sa poche.

Trois téléphones que je reconnais immédiatement.

Celui de Luke a une fissure sur l'écran qu'il n'a jamais pris la peine de réparer. Celui de Holt est noir et impeccable. Celui d'Arrow est un simple modèle rouge.

Mon estomac tombe dans mes talons. L'air quitte mes poumons.

— Je vous ai observée envoyer frénétiquement des messages à ces types toute la matinée, dit Van. Il brandit les téléphones comme des trophées, comme des prix qu'il a gagnés. Envoyant texto après texto. De plus en plus inquiète à chaque minute qui passe.

Je ne peux plus respirer. Ni penser. Je ne peux rien faire d'autre que de fixer ces téléphones.

— Où les as-tu eus ? Ma voix sort à peine comme un murmure.

— Est-ce que ça a de l'importance ? Il savoure ce moment. Le fait est que je les ai. Et pas vous. Et eux non plus.

— Qu'est-ce que tu as fait ? La question m'échappe. Où sont-ils ?

— Vous pensez vraiment qu'ils vous veulent autant que moi ? demande Van au lieu de répondre. Il retourne l'un des téléphones dans sa main, l'examinant comme si c'était quelque chose d'intéressant.

— Oui, ils me veulent. Les mots sortent féroces, certains.

— Ils ne sont rien, dit Van. Pas assez bien pour vous. Pas dignes d'une Oméga de votre famille.

— Va te faire foutre. Ma voix se brise sur les mots.

Il empoche à nouveau les téléphones, un par un, en

prenant son temps. En faisant tout un spectacle. Me montrant qu'il a le contrôle total.

— Le problème, Cynthia. Il s'approche encore, et je n'ai plus où aller. Je suis piégée entre lui et le comptoir, et mon cœur bat si fort que je l'entends dans mes oreilles. C'est que je vous veux. Et j'obtiens ce que je veux. Je l'ai toujours fait. Vous le savez.

Des larmes commencent à brouiller ma vision.

— Vous allez être mon Oméga, continue-t-il. Maintenant, vous vous agenouillerez pour moi comme vous auriez toujours dû le faire. Vous ferez votre devoir en tant que mon Oméga.

Je secoue la tête.

— Et si vous voulez vous assurer que vos hommes voient un autre jour, ajoute-t-il. Vous céderez. Vous prendrez ma main pour le mariage. Vous signerez le contrat pour être mon Oméga. Légalement, officiellement, définitivement.

Mon souffle se coupe. — Qu'est-ce que vous voulez dire ?

— Je dis que vous avez le choix. Je ne suis pas un monstre fini. Ma peau se hérisse. Vous me refusez, vous fuyez, vous essayez de compromettre quoi que ce soit qui doive se passer aujourd'hui, et ces trois hommes ne verront pas demain. C'est aussi simple que ça.

— Putain de salaud. Les mots s'arrachent de ma gorge.

Mon esprit tourbillonne si vite que je n'arrive pas à m'accrocher à la moindre pensée. Les options défilent dans ma tête, toutes pires les unes que les autres.

Je pourrais m'enfuir. Crier pour appeler Mack, espérer qu'il m'entende, espérer qu'il arrive à temps. Mais même dans ce cas, comment retrouverions-nous mes hommes ? Et si Van leur ordonne de... Je ne peux même pas penser à ces mots.

Ou alors, je pourrais accepter, signer tout ce qu'il veut, subir ce cauchemar, puis m'échapper plus tard. Retrouver les garçons, chercher de l'aide, trouver une solution. Mais Van est malin. Trop malin. Il m'observera à chaque seconde.

Des larmes coulent maintenant sur mon visage, brûlantes, furieuses et humiliantes. Je les sens perler sur mon menton, je sens le goût du sel sur mes lèvres.

— Vous ne pouvez pas faire ça, chuchoté-je. S'il vous plaît. S'il vous plaît, ne faites pas ça.

Il se contente de sourire. — Évacue toutes ces émotions maintenant, Cynthia. Pleure un bon coup. Parce que tout le monde va te regarder aujourd'hui. Tous les membres de la famille. Et si jamais tu penses pouvoir t'enfuir, si tu me donnes la moindre raison de croire que tu n'es pas totalement investie là-dedans, ma bonté de les laisser respirer prendra fin. Compris ?

Je ne peux pas parler. Impossible de forcer les mots à franchir la boule dans ma gorge.

Van tend la main. — Le téléphone. Maintenant.

Je ne bouge pas assez vite à son goût.

Il franchit l'espace qui nous sépare en deux enjambées et m'arrache le téléphone des mains. Je pousse un cri, plus de surprise que de douleur. Il empoche mon téléphone avec les autres.

La porte de service s'ouvre.

Mère entre depuis le jardin, le claquement sec et autoritaire de ses talons résonnant sur le carrelage. Elle me jette un regard, maculée de larmes, tremblante et acculée, puis se tourne vers Van qui se tient trop près, et son expression ne change pas. Pas même un frémissement.

Putain, elle savait qu'il était là. Elle lui a probablement dit exactement quand entrer.

— Mère. Ma voix se fissure, se brise complètement. Vous étiez au courant ?

Elle fait un geste dédaigneux en direction de Van, comme s'il était un serviteur dont elle n'avait temporairement plus besoin. — Laissez-nous un moment, s'il vous plaît.

Van me fixe pendant un long moment. Son regard parcourt mon visage. Puis il se retourne et se dirige vers la porte. Il s'arrête sur le seuil, regardant par-dessus son épaule avec ce sourire.

— Tâche d'être belle pour moi.

Puis il disparaît, dehors dans le jardin.

— Mère, qu'est-ce que vous avez fait ? Ma voix est rauque.

Elle arrange ses vêtements, époussetant un grain de poussière invisible de son tailleur couleur crème. Ajustant son collier de perles. — C'est peut-être mieux ainsi, Cynthia. Ta place est parmi nous. Avec quelqu'un qui comprend tes origines, ton éducation. Pas avec des hommes sauvages qui ne savent pas ce que signifie faire partie d'une famille convenable.

— C'est de la folie. Je suis marquée par les trois. J'ai choisi trois Alphas. Je tire brutalement mes tresses sur le côté, lui montrant les marques de morsure sur mon cou. Elles sont encore visibles, en cours de cicatrisation, la peau encore légèrement boursouflée. — Je suis une Oméga liée. Vous ne pouvez pas faire ça.

— Bien sûr que tu allais t'opposer à tous nos vœux. Et ça, c'est facile à arranger, m'interrompt Mère, d'un ton désinvolte. Comme si nous discutions d'arrangements floraux, et non de ma vie. — C'est mieux ainsi. Tu épouses Van aujourd'hui. Tout est déjà en place. L'officiant est là, les invités arrivent, et le contrat est préparé.

Les pièces du puzzle s'assemblent dans mon esprit avec une clarté écœurante.

— Vous avez tout arrangé depuis le début, n'est-ce pas ? Ma voix sort creuse, résonnant étrangement à mes propres oreilles. — Monica et Trevor n'ont jamais été censés se marier. Ça a toujours été censé être mon mariage.

Mère n'a même pas la décence d'avoir l'air honteuse. Son expression reste parfaitement composée, parfaitement calme.

— Sois une gentille fille et mets la robe que je t'ai apportée, dit-elle. — Elle est dans le salon, accrochée à la porte. Nous commençons cette union plus tôt que prévu. J'en ai assez de cette ville horrible et de ses tentatives risibles de sophistication. Ces bêtises d'Halloween, ces décorations. Elle plisse le nez.

Je jette un coup d'œil par la fenêtre. D'autres personnes arrivent dans le jardin. Je reconnais mon père maintenant, debout là, grand, large et terrifiant. Il parle à mes cousins, des gens que je n'ai pas vus depuis plus de deux ans.

— Je vais être malade, je murmure.

— Ne fais pas ta comédie. La voix de Mère se durcit. — Vas-y maintenant. Je t'attendrai, ma chérie. Et tu sais ce qui arrivera si tu te conduis mal ou si tu ne vas pas jusqu'au bout. Ne sois pas égoïste. Ne laisse pas ces hommes perdre la vie parce que tu t'entêtes.

La menace plane dans l'air entre nous.

Je sors de la cuisine en titubant. La pièce tourne, l'obscurité me ronge le champ de vision. Mes pieds me portent vers le salon en pilote automatique, mon corps bouge même si mon esprit hurle d'arrêter, de me battre, de faire quelque chose.

La robe est là. Accrochée à la porte du salon, exactement comme elle l'a dit.

Elle est blanche. En dentelle. Un col montant qui couvrirait les marques de lien, des manches longues, un corsage ajusté clairement conçu pour restreindre les mouvements. Le genre de robe qui crie *pureté*, *obéissance* et *propriété*. Le genre de robe qui me donne l'impression d'étouffer rien qu'en la regardant.

Elle est hideuse.

Je m'effondre. Je m'écroule littéralement sur le sol devant elle, sanglotant si fort que je ne peux plus respirer, plus voir, plus penser. J'ai l'impression d'être de retour au domaine familial. De retour dans cette chambre, en train de me noyer, sur le point de perdre tout ce que je suis. Tout ce que j'ai construit. Tout ce que je suis devenue.

Je veux m'enfuir. Chacun de mes instincts me hurle de courir, de prendre mes clés, de monter dans une voiture et de conduire jusqu'à l'océan ou le Canada ou n'importe où qui ne soit pas ici.

Mais la peur me glace sur place.

Ma famille est rancunière. Je le sais par expérience. J'ai vu ce qu'ils font aux gens qui les contrarient, qui les défient, qui ne respectent pas leurs règles. Et Van ? Van est cruel d'une manière qui m'empêche parfois de dormir, les souvenirs de ce qu'il m'a fait refaisant surface quand je m'y attends le moins.

Ils feront du mal à Arrow, Holt et Luke. Ils mettront leur menace à exécution.

Je me force à me relever sur des jambes tremblantes. Tout mon corps tremble si fort que j'ai à peine la force de marcher, mais j'atteins les escaliers. Une marche. Une autre. Ma main agrippe la rampe comme si c'était la seule chose qui me rattachait à la réalité.

Je suis à mi-hauteur de l'escalier quand une voix me transperce.

— Cindy.

Je regarde par-dessus mon épaule.

Mack est en bas des escaliers, la tête penchée en arrière, me regardant. Son expression est orageuse.

— J'ai tout entendu, dit-il doucement. — Parlons.

Nous nous précipitons tous les deux dans ma chambre. Je manque de m'effondrer en franchissant le seuil, et Mack me retient par le bras pour me stabiliser. Il referme la porte d'un coup de pied derrière nous, et je la verrouille avec des mains tremblantes.

Pendant une seconde, nous restons là, tous les deux essoufflés.

— Putain, qu'est-ce qui se passe ? C'était Van ?

J'acquiesce, incapable de formuler des mots.

— Merde ! Mack serre la mâchoire. — Putain, j'aurais dû… Je l'ai entendu te menacer.

Les mots sortent de ma bouche en fragments brisés. Van, le mariage arrangé que j'ai fui, le jour où je l'ai planté devant l'autel. Son apparition aujourd'hui, les téléphones, l'ultimatum.

L'expression de Mack s'assombrit à chaque phrase. Ses mains se serrent en poings le long de son corps, et je le vois lutter pour contenir sa rage.

— Ce putain de connard, gronde-t-il quand j'ai fini. — Je vais le tuer. Je vais lui arracher la gorge.

— Mack…

— Non, écoute-moi. Il m'attrape par les épaules, me forçant à le regarder. — Je n'ai jamais rencontré Van, mais le MC que je voulais rejoindre traitait directement avec lui. Ils avaient des affaires avec lui.

L'espoir jaillit dans ma poitrine, douloureux et désespéré. — Vraiment ?

— Ouais. Et je crois que je sais comment trouver Arrow et les deux autres.

Le soulagement qui m'envahit est si intense que je manque de m'effondrer. — C'est vrai ? Vraiment ?

— Van a des relations, mais moi aussi. Mack sort son téléphone, parcourant déjà ses contacts. — Le MC a encore des yeux partout. Quelqu'un a vu quelque chose. Ne t'inquiète pas, dit Mack, et sa voix est posée, sûre, pleine de conviction. — Je vais les trouver. Tu as juste besoin de retarder ce mariage aussi longtemps que tu peux. Ne fais rien avant notre retour. Tu peux faire ça ?

Je veux le croire. Je veux croire qu'il peut arranger ça, qu'il peut les sauver. Alors j'acquiesce.

— On est là pour toi, Cindy. Tous. Cet enfoiré s'est attaqué à la mauvaise famille. Tiens bon. Fais-moi gagner autant de temps que tu pourras.

Puis il est déjà en mouvement, sortant par la porte et descendant les escaliers. Je me précipite à la fenêtre et le regarde sortir par la porte d'entrée, sa démarche déterminée et agressive. Il monte sur sa moto, le moteur rugit, puis il disparaît à travers le portail ouvert, dévalant l'allée si vite que son pneu arrière projette du gravier.

Je m'assois sur le bord de mon lit, essayant de penser clairement au-delà de la panique. Nous avons un plan. Mack va les retrouver. Je dois juste gagner du temps. Gagner du temps. Faire tout ce qu'il faut pour empêcher Van de leur faire du mal.

Vingt minutes passent. Je ne cesse de vérifier par la fenêtre, de surveiller l'allée, espérant voir la moto de Mack revenir avec le camion de Holt derrière elle. Espérant voir le sourire idiot de Luke, la présence rassurante de Holt, le froncement de sourcils inquiet d'Arrow.

Rien.

Juste d'autres invités qui arrivent.

On frappe à la porte. — Tu es prête, Cynthia ?

La voix de Mère. Aucune patience. Juste de l'attente.

La porte s'ouvre avant que je puisse répondre. Elle entre, me regarde, toujours dans ma robe rose, les cheveux encore tressés, sans maquillage, et ses lèvres se pincent en cette ligne fine et réprobatrice.

— Tu n'es même pas habillée ?

— Je ne vais pas me marier, Mère.

— Oh, si, tu vas te marier. On peut le faire sans douleur, ou on peut le faire de force. C'est toi qui choisis.

— C'est comme ça que vous voulez que je me marie ? Je me lève, lui faisant face, essayant de trouver un peu de force quelque part. — Menacée ? Forcée ? Un pistolet sur la tempe ?

Elle hausse les épaules. Le geste est si désinvolte, si dédaigneux de tout ce que je ressens. — La plupart des Omégas ont de la chance de trouver quelqu'un qui veuille bien s'occuper d'eux. Pourvoir à leurs besoins. Et là, nous avons un Alpha prêt à faire exactement ça, et tu n'arrêtes pas de le rejeter. Tu es ingrate, Cynthia. Égoïste.

— J'ai déjà trois hommes qui font ça. Ma voix monte, devenant plus forte malgré ma peur. — Trois hommes qui m'ont choisie. Que j'ai choisis en retour. Je ne veux pas de Van. Je ne veux rien de tout ça.

— Ce n'est pas une discussion. Son ton devient froid, définitif. — Change-toi maintenant.

Je ne bouge pas. Impossible de bouger. Mon corps a décidé de se mutiner, m'enracinant sur place.

Dans mon entêtement, dans mon besoin désespéré de gagner plus de temps pour que Mack les trouve, je lâche : — Je ne me sens pas bien.

Je me précipite dans la salle de bain, m'y enferme à clé et me penche sur les toilettes. Je n'ai pas vraiment besoin de vomir, mais je fais les bruits quand même. Des haut-le-cœur, des nausées, n'importe quoi pour que ce soit convaincant. N'importe quoi pour gagner du temps.

Mère frappe à la porte en quelques secondes, son poing martelant assez fort pour faire vibrer le cadre. — On y va maintenant. Tout le monde attend. Arrête de tout ramener à toi et de nous mettre dans l'embarras. Fais ce qu'il faut, Cynthia. Pense un peu aux autres pour une fois.

J'essuie mes larmes avec une serviette, je la presse contre mon visage, je prends une dernière inspiration tremblante.

Puis j'ouvre la porte.

Père se tient derrière elle.

Chaque muscle de mon corps se crispe.

Des épaules larges qui remplissent l'encadrement de la porte, des mains comme des marteaux que j'ai vues briser des choses sans effort. Vues frapper Mère au visage assez fort pour la faire tomber. Vues agripper mon bras et laisser des bleus qui ont duré des semaines. Il ne parle pas beaucoup, ne l'a jamais fait, mais il n'en a pas besoin. Sa présence suffit à terrifier la plupart des gens jusqu'à la soumission.

Il pousse Mère sur le côté, doucement, presque tendrement, et tend une main énorme. — Ton temps est écoulé, Cynthia. Nous y allons habillée comme tu es.

Je tremble. Chaque cellule de mon corps me hurle de courir, de me battre, de faire autre chose que de rester plantée là. Mais il n'y a nulle part où aller. Il bloque la porte. Mère est derrière lui maintenant.

D'une main tremblante, bougeant comme si j'étais sous l'eau, je tends lentement la main et accepte celle qu'il me tend.

Sa poigne est dure. Écrasante. Puis il me sort de la salle de bain en me tirant, me traînant presque.

Je trébuche à ses côtés alors qu'il me tire vers les escaliers. Les larmes coulent maintenant librement sur mes joues, dégoulinant sur ma robe. Sa main me serre la mienne au point de me couper la circulation.

— On n'est pas obligé de faire ça, je le supplie, tentant une dernière fois. — S'il vous plaît. Père, s'il vous plaît. Je ne veux pas de ça. S'il vous plaît, ne me forcez pas à faire ça.

Il ne dit rien.

Nous sommes dehors maintenant. Le chemin menant au lac s'étend devant nous, serpentant à travers le jardin où subsistent encore quelques petites décorations d'Halloween que Mère a manquées. Père avance vite, ses longues foulées dévorant la distance, et je cours presque pour le suivre. Mes chaussures glissent sur l'herbe. Je manque de tomber deux fois, mais sa poigne me maintient debout, me fait avancer.

Je continue de regarder par-dessus mon épaule, mais personne ne court à mon secours.

Juste une allée vide et le bruit grandissant des voix devant nous.

Tous mes cousins sont là. Des parents que je n'ai pas vus depuis plus de deux ans, peut-être plus. Tous vêtus de leurs tenues de cérémonie, costumes sombres et robes élégantes, tous me fixant alors qu'on me traîne le long de ce qui devrait être une allée nuptiale. Certains ont l'air apitoyés, leurs expressions douces d'une sympathie sur laquelle ils n'agiront jamais.

Aucun d'eux ne fait rien. Aucun d'eux ne fait jamais rien.

Ils restent simplement là, dans leurs rangées de chaises bien alignées, à regarder comme si c'était un spectacle.

Devant, Van se tient dans son costume. Bleu marine, parfaitement taillé, probablement fait sur mesure pour mettre en valeur son physique. Il arbore ce sourire froid, me regardant approcher comme si j'étais un prix qu'il s'apprête à réclamer. Comme un trophée qu'il a travaillé dur pour gagner.

À côté de lui se trouve l'officiante. Une Bêta plus âgée que je ne reconnais pas, habillée sobrement en gris, tenant un livre relié en cuir qui contient probablement mon avenir.

Et sur la table à côté d'eux repose le contrat.

La documentation officielle dans les familles comme la mienne qui montre que Van m'a achetée, que de l'argent a été échangé, que je lui appartiens légalement maintenant. Des papiers qui me dépouillent de mon autonomie et la lui remettent comme un reçu, comme si j'étais un meuble en cours de livraison.

Une glace me brûle les veines, froide et anesthésiante.

Je regarde en arrière une dernière fois, balayant désespérément du regard le chemin derrière moi, l'allée au-delà, le portail au loin.

S'il te plaît. S'il te plaît, Mack. Dépêche-toi, je t'en prie. S'il te plaît, trouve-les.

Van tend la main vers moi.

Père lâche ma main meurtrie et engourdie et la transfère dans la poigne de Van sans cérémonie.

Ce contact me donne la chair de poule. La main de Van est froide malgré la chaleur de la journée, ses doigts s'enroulant autour des miens de manière possessive, serrant trop fort.

— Tu n'as même pas pris la peine de te changer, hein ? murmure-t-il, sa voix assez basse pour que je sois la seule à entendre. — C'est osé. Les traînées de mascara apportent vraiment la touche finale au look.

Je veux vomir. Je veux crier. Je veux courir.

Mais je ne le fais pas. Parce que quelque part, Luke, Holt et Arrow ont besoin que je sois forte. Ont besoin que je leur fasse gagner du temps.

L'officiante commence à parler, sa voix portant à travers l'assemblée des invités. Quelque chose sur les unions et le destin et le lien sacré entre Alpha et Oméga et le devoir et l'honneur.

Tout ce à quoi je peux penser, ce sont les marques sur mon cou, sur ma poitrine. Celles de Luke, de Holt, d'Arrow. Trois liens, trois revendications, trois hommes qui m'ont choisie et que j'ai choisis en retour. Trois morceaux de mon âme se promenant dans d'autres corps.

Ce n'est pas juste. Ce n'est pas comme ça que ça doit se passer.

Mais la main de Van est verrouillée autour de la mienne comme une menotte, et le contrat est juste là sur la table, attendant ma signature, et je ne sais pas quoi faire.

Je ne sais pas comment me sauver cette fois.

L'officiante parle toujours. Van sourit. La famille regarde.

Et d'une manière ou d'une autre, je dois trouver un moyen de tenir bon jusqu'à ce que l'aide arrive.

Si elle arrive un jour.

29

HOLT

Mon crâne me martèle comme si on m'y avait donné un coup de masse. La douleur irradie depuis la base de mon crâne, vive et féroce, rendant ma vision floue sur les côtés. J'essaie de bouger, mais je ne peux pas. Mes mains sont attachées dans mon dos, les poignets serrés par quelque chose en plastique. Des colliers de serrage, à en juger par la façon dont ils me scient la peau.

Je force mes yeux à s'ouvrir. Lumière tamisée. Un sol en béton sous moi, le froid s'infiltrant à travers mon jean. Mon dos est contre un mur, et quand j'essaie de me décaler, je réalise que mes chevilles sont aussi ligotées. Encore des colliers de serrage.

Putain.

La pièce devient lentement nette. Pas la « boulangerie » délabrée dans laquelle nous sommes entrés. Carrément pas. C'est différent. Un petit entrepôt, on dirait, avec des étagères métalliques le long des murs. Toutes vides. Pas de cartons, pas de matériel, rien. Juste des étagères nues, du béton et une odeur de poussière et d'huile de moteur.

Ils nous ont déplacés. Les connards qui nous ont eus nous ont déplacés pendant qu'on était dans les vapes.

Je jette un œil à ma gauche. Arrow est là, à environ trois mètres, assis lui aussi le dos contre le mur. Sa tête dodeline vers l'avant, des mèches de cheveux blonds couvrant son visage, mais je peux voir sa poitrine se soulever et s'abaisser. Il respire. Il est vivant.

Luke est à ma droite, plus près. Il commence à s'agiter, grognant sourdement.

Le fait qu'aucun de nous n'ait de bâillon me dit tout ce que j'ai besoin de savoir. On est au milieu de nulle part, assez loin pour que personne ne puisse nous entendre crier.

La rage m'inonde. Je me débats contre les colliers de serrage, tirant assez fort pour que le plastique s'enfonce plus profondément dans mes poignets. La douleur flambe, mais je m'en fous. Je dois me libérer. Je dois retourner auprès de Cindy.

Il n'y a personne d'autre avec nous dans la pièce. Juste nous trois et l'espace vide. Mais de l'autre côté de l'entrepôt, à peut-être dix mètres, il y a une porte. La lumière filtre en dessous, et je peux voir des ombres bouger. Des jambes. Quelqu'un monte la garde dehors.

— Putain, croasse Luke. Qu'est-ce qui s'est passé, bordel ?

— Du chloroforme, je marmonne en testant à nouveau mes liens.

Arrow lève la tête, clignant des yeux avec force.

— Combien de temps on a été inconscients ?

— Je ne sais pas. Ça peut être des minutes. Ou des heures.

— Putain ! Arrow se débat contre ses propres liens, son visage tordu par la fureur. C'est forcément ce putain de Van. La fausse livraison de gâteau, le texto de Victoria, tout ça.

— Quand je mettrai la main sur eux, je commence, puis je m'arrête. Quand je mettrai la main sur lui, quoi ? Qu'est-ce que je vais faire ? Toutes les pensées violentes que j'ai jamais eues déferlent dans ma tête en ce moment, et aucune d'entre elles n'est suffisante.

Luke jure maintenant sans discontinuer, un flot de blasphèmes à voix basse.

— On est tombés dans le plus vieux piège du monde, putain. Fausse adresse, porte ouverte, et boum. On s'est fait avoir comme des amateurs.

— Tais-toi, je lance sèchement. On doit sortir d'ici.

— Sans blague. Arrow se débat plus fort maintenant, et je peux voir le sang commencer à tacher ses poignets. Cindy est là-bas. Avec eux. Avec Van et Victoria et Dieu sait qui d'autre, murmure-t-il doucement.

Cette pensée me fait voir rouge. Cindy, seule, face au cauchemar qu'ils ont manigancé. Elle est plus forte qu'elle ne le pense, mais elle ne devrait pas avoir à affronter ça seule.

Nous sommes censés être là pour la protéger.

Je me force à penser au-delà de la rage. Me concentrer. Nous devons nous libérer, et nous devons le faire vite.

Ma ceinture. Je garde un petit couteau caché à l'intérieur de ma ceinture sur mesure, niché dans une poche.

Il m'a sauvé la mise plus de fois que je ne peux le compter.

Je me décale, essayant d'atteindre mon dos. L'angle est malaisé, mes mains peuvent à peine bouger. Mes doigts effleurent le cuir de ma ceinture, cherchant la poche cachée.

— Ils nous ont fouillés, chuchote Arrow. Ils ont pris la lame que je garde dans ma botte. Putain de minutieux.

— Donne-moi une seconde. Je m'étire, les doigts tendus. J'y suis presque. Juste un peu plus.

Le couteau m'échappe des mains.

— Putain ! Le mot m'échappe.

Je l'entends frapper le béton avec un petit cliquetis métallique, quelque part derrière moi et sur la gauche.

Luke tourne brusquement la tête.

— Tu avais un couteau ?

— Ouais. Et je viens de le faire tomber.

— Eh bien, ramasse-le !

— J'y travaille. Je me penche sur le côté maintenant, essayant de tâtonner le sol derrière moi. Les colliers de serrage s'enfoncent plus fort, mes épaules hurlant de douleur sous l'angle. Donnez-moi juste une foutue minute.

Arrow siffle entre ses dents.

— Van a Cindy. Tu sais ce qu'il va lui faire.

— Je sais ! Le mot sort plus brutal que je ne le voulais. J'essaie.

Luke jure de nouveau.

Mes doigts effleurent quelque chose de métallique. Là. Je m'étire davantage, ignorant la douleur dans mes épaules, et je parviens à poser le bout de mes doigts sur le couteau.

— Je l'ai, je dis.

— Dieu merci. Luke se décale, s'orientant vers moi. Dépêche-toi, mec. On perd du temps.

J'ouvre la lame d'une seule main, ce qui est à peu près aussi facile que ça en a l'air. Le petit couteau pliant a un ergot pour le pouce, et j'appuie dessus maladroitement, essayant de faire levier.

Il s'ouvre. Enfin.

Maintenant vient le plus dur. Couper des colliers de serrage dans mon dos, à l'aveugle, alors que mes mains sont engourdies par le manque de circulation.

Je place la lame contre le plastique, sciant avec précaution. Trop de pression et je me couperai. Pas assez et ça prendra une éternité.

— Tu l'as ? demande Arrow.

— J'y travaille.

— Bosse plus vite.

— Utile, je marmonne.

Luke émet un son frustré.

— On doit y retourner.

La lame accroche le collier, mord dedans.

— Je sais, mais fermez-la et laissez-moi me concentrer.

L'entrepôt est silencieux, à l'exception de nos respirations rauques et du bruit de la lame travaillant le plastique. Les ombres sous la porte n'ont pas bougé. Celui qui est dehors se contente de monter la garde, probablement en train de consulter son téléphone.

Le collier de mon poignet droit cède en premier. Le

plastique casse, et soudain ma main droite est libre. Des fourmis me parcourent les doigts à mesure que la circulation revient, une sensation douloureuse et aiguë.

Je ramène mes mains devant moi, les fléchissant pour retrouver des sensations. Puis j'attaque le collier de mon poignet gauche, le coupant en quelques secondes maintenant que je peux voir ce que je fais.

— Voilà. Je me penche en avant, sciant les liens à mes chevilles. Presque libre.

— Putain, enfin, marmonne Luke.

Je libère mes chevilles et me dirige immédiatement vers Luke, coupant ses liens. Il se frotte les poignets à la seconde où ils sont libres, des marques rouges virulentes sur sa peau.

Arrow est le suivant. Je m'agenouille à côté de lui, coupant rapidement.

— On s'en va d'ici. On retourne la voir.

— Et comment. Sa voix est glaciale. Du genre de celle qui bout sous la surface, plus létale que n'importe quel cri. Et ensuite, on s'occupe de chaque personne qui a cru pouvoir faire ça.

Luke est déjà sur ses pieds, testant son équilibre.

— C'est quoi le plan ?

J'ouvre la bouche—

Puis nous l'entendons.

Un bruit. Pas de la porte du garde. De plus profond dans l'entrepôt.

Du métal qui racle. Des pas. Rapides. Légers.

Nous nous figeons.

Le genre de silence qui est synonyme de survie.

Je resserre ma prise sur le couteau, me positionnant

par instinct devant mes hommes. Chaque muscle se tend, prêt à frapper.

Un autre pas. Plus proche.

Plus proche.

Puis un mouvement. Une ombre se détachant d'une pile de palettes près du coin le plus éloigné.

Mack.

Le frère d'Arrow, se déplaçant comme un fantôme, le regard balayant l'espace. Il repère l'ombre du garde sous la porte, lève un doigt sur ses lèvres.

— Mack, souffle Arrow. Espèce de champion. Tu nous as trouvés.

Mack se précipite, accroupi.

— Pour vous sortir de là, putain, murmure-t-il.

— Comment tu nous as trouvés ? je demande, en rangeant déjà ma lame.

— C'est une longue histoire. Je te raconterai quand on ne risquera plus de se faire descendre.

Nous nous regroupons. Mack se penche, la voix tendue par l'urgence.

— Écoutez. Votre Oméga a des problèmes. De gros problèmes.

Mon pouls s'arrête.

— Qu'est-ce qui s'est passé ? je demande, mais ça sort trop brusquement. Comme si je savais déjà que je ne veux pas de la réponse.

— Victoria a tout organisé, crache Mack, faisant les cent pas comme s'il ne tenait plus dans sa peau. Le mariage est un faux. Ce n'est pas une fête. C'est un piège pour Cindy. Van est là-bas. La famille regarde, un célébrant attend, un putain de contrat. Il la force à l'épouser.

Arrow pousse un son qui n'a rien d'humain. Un grognement bas et brisé qui vient des profondeurs de sa poitrine.

— Quand ?

— Maintenant. Ou d'une seconde à l'autre. Mack nous regarde chacun dans les yeux, comme pour s'assurer que nous comprenons bien. Je lui ai dit de gagner le plus de temps possible et je suis venu vous chercher. Van l'a menacée. Il a dit que si elle n'allait pas jusqu'au bout, vous mourriez tous les trois.

Luke s'immobilise. Ce genre d'immobilité terrifiante qui annonce la tempête. Ses phalanges blanchissent. Sa mâchoire se contracte. Puis il chuchote :

— Cet enculé.

La rage dans sa voix glace l'air.

Mon cœur martèle mes côtes. Je ne peux pas respirer au-delà. Je ne peux pas *penser* au-delà.

— Il faut qu'on y aille, je dis. Ma voix est basse. Plate. Comme si ce n'était même pas la mienne. Comme si elle appartenait à l'animal en moi. Celui qui est prêt à arracher la chair des os. Maintenant.

— Ouais. Mack hoche la tête. Mais il y a un problème. Il y a au moins trois types dehors. Peut-être plus. Van a amené des hommes de main du gang de Jon. Ils surveillent toutes les sorties.

Les doigts d'Arrow tremblent comme s'il réprimait l'envie de frapper à travers le mur.

— Alors on va leur passer dessus.

— Et comment. La bouche de Mack s'étire en quelque chose qui n'est pas un sourire. Mais, Holt, il faut que tu sortes le premier. Va au mariage. Arrête ça.

On s'occupera de ceux qui sont dehors et on sera juste derrière toi.

Les yeux d'Arrow se posent sur un tuyau de métal appuyé contre une étagère. Il le saisit, teste son poids, le fait tournoyer comme par réflexe musculaire. Cette violence désinvolte s'installe dans sa posture comme une seconde peau.

— On sort en force. Holt fonce vers la moto. On couvrira le chemin.

— Et comment, ajoute Luke.

Mack sort un jeu de clés de son jean et les claque dans ma paume.

— Harley noire. À deux rues à l'ouest. Le casque est sur la selle. Gaz à fond et ne regarde pas en arrière, putain.

Je regarde les clés. Leur poids n'est rien. Le poids de ce qu'elles signifient est tout.

Luke fait craquer ses jointures, lentement, délibérément. Le son résonne.

— Il est temps de rappeler à ces salauds pourquoi personne ne nous emmerde.

— Ex-Savage, dit Arrow, les lèvres tressaillant dans un sourire narquois teinté de fureur.

— J'ai toujours les compétences, grogne Luke. Toujours la rage. Toujours la *raison*.

Je jette un coup d'œil aux trois autres. Mes frères. Pas de sang. Par le lien. Par le feu. Mack, qui connaît à peine Cindy mais qui a quand même couru dans le feu pour nous avertir. Luke et Arrow, loyauté saignante, brûlant vifs de fureur.

La même fureur qui rugit dans ma poitrine.

— Très bien. Je m'avance vers la porte. À trois ?

— J'emmerde trois, grogne Mack.

Il se jette de tout son corps contre la porte, l'ouvrant en grand dans un fracas assourdissant. Elle heurte quelqu'un à l'extérieur, os et bois entrant en collision dans un craquement écœurant. Un cri déchire l'air.

Et puis—

Nous bougeons.

Explosant hors de l'entrepôt comme un putain de feu de forêt.

Je n'attends pas de voir les dégâts. Je ne regarde pas en arrière.

Cindy attend.

Et je démolirai le monde entier avant de laisser ce salaud lui passer la bague au doigt.

L'entrepôt donne sur un quai de chargement.

Trois types là, grands, larges d'épaules, vêtus de noir avec des gilets en cuir et l'emblème du crâne des Savage Sons. L'un d'eux est déjà au sol à cause du coup de porte de Mack, du sang coulant entre ses doigts alors qu'il se tient le visage en gémissant.

Les deux autres n'hésitent pas. Ils sont déjà en mouvement, les mains plongeant vers leurs armes.

— On a de la compagnie ! aboie l'un d'eux, la voix aiguisée par l'adrénaline.

Mack est sur le plus proche avant même qu'il puisse dégager sa ceinture. Ils se percutent, s'écrasant lourdement sur le béton dans un déluge de poings et de fureur.

Arrow n'hésite pas. Il balance le tuyau comme une batte. Un os craque quand le métal rencontre les côtes.

Le troisième type s'effondre en avant avec un cri, se tenant le flanc.

Luke est là pour l'accueillir. Il attrape le type par le col de sa chemise, le tire vers le haut et lui enfonce un poing dans la mâchoire. Une fois. Deux fois. Le bruit sourd et écœurant de l'impact résonne sur le quai. Le type s'affaisse, KO.

Puis des pas.

Qui courent.

Trois autres ombres surgissent au coin de l'entrepôt. Des renforts. Des costauds.

— Putain, marmonne Arrow, se tournant déjà pour leur faire face. Il plante ses pieds, le tuyau levé comme si c'était juste une extension de son bras. Holt, vas-y ! crie-t-il, la voix tranchante. Tire-toi d'ici, putain !

Cindy a plus besoin de moi.

Un des nouveaux types se jette en avant, essayant de m'intercepter. Je fais un pas de côté, saisis son bras et utilise son propre élan pour le faire pivoter contre le mur. Son crâne rebondit sur la brique avec un craquement répugnant. Il tombe comme un sac de viande.

Je pousse un autre homme qui essaie de m'attraper. Il trébuche, déséquilibré, et je suis passé, sprintant au loin.

Derrière moi, le combat éclate de plus belle. Grognements. Rugissements. Le bruit sourd des corps heurtant le béton. C'est une putain de zone de guerre là-derrière.

Et je les laisse.

Parce qu'ils peuvent se débrouiller.

Mais pas Cindy.

J'atteins la ruelle, les poumons en feu, les muscles hurlants.

Puis je la vois.

La moto de Mack. Harley noire. Garée exactement là où il a dit qu'elle serait.

Je saute dessus, glisse la clé dans le contact, tourne—

Le moteur rugit à la vie comme s'il n'attendait que moi.

Tiens bon, bébé. J'arrive.

Les pneus crissent alors que je déchire le bitume de la ruelle, le moteur hurlant. Je me faufile dans la circulation comme un possédé. Les voitures klaxonnent. Les gens crient. Je n'enregistre rien de tout ça.

Mon monde s'est rétréci à la route devant moi. À la femme que j'aime et aux salauds qui essaient de me la prendre.

Je pousse l'accélérateur plus fort. La vitesse augmente. La ville se transforme en une traînée de lumières et de métal.

Le quartier industriel cède la place au résidentiel. Puis les arbres. Les collines sinueuses.

Notre terre. Notre maison.

J'y suis presque.

Je déboule dans l'allée de gravier, manquant de peu une rangée de voitures garées. Toutes lisses, brillantes, trop chères pour appartenir à qui que ce soit que je connaisse. Mon sang se glace quand je vois la Mercedes noire en haut.

Ce doit être celle de Victoria.

Puis je bouge.

Descends de la moto. Monte le porche.

Cours vers la maison.

— Cindy ! Son nom m'arrache la gorge.

Pas de réponse.

Je charge par la porte d'entrée. Vide. Cuisine. Vide. Salon. Vide.

Puis je l'entends. Des voix. Venant du jardin. Du lac.

Je sprinte vers la porte arrière et je les vois tous. Une foule de gens près de l'eau, disposés en rangées de chaises. Et devant, debout, légèrement recroquevillée, se trouve mon Oméga. Et la vue de sa main dans celle de Van me donne envie de foutre le feu au monde entier.

Quelque chose se brise en moi.

Je dévie vers ma chambre. Mon coffre-fort. La combinaison tourne sous mes doigts, un réflexe musculaire, et la porte s'ouvre. Mon arme est là, chargée et prête. Je la saisis.

Je n'hésiterai plus à l'utiliser. Plus maintenant. Pas quand il s'agit d'elle.

Je charge de nouveau à l'extérieur, pistolet levé, et je n'hésite pas. Je le pointe vers le ciel et j'appuie sur la détente.

Le coup de feu claque dans l'air comme le tonnerre.

Plusieurs personnes crient. Toutes les têtes se tournent vers moi.

Van tient toujours la main de Cindy, la serrant fermement. Elle se retourne, et je vois son visage. Des larmes coulant sur ses joues, les yeux immenses, terrifiés et tellement soulagés de me voir.

— Holt ! Sa voix se brise sur mon nom.

Mon cœur se brise et se reconstruit en l'espace d'une seconde.

— Bande de putains de merdes, je grogne en m'avançant. Le poids de l'arme est agréable dans ma main, solide, stable, une extension de ma rage. Je la pointe droit sur la poitrine de Van. Vous croyez pouvoir nous kidnapper et voler notre Oméga ? Vous croyez vous en tirer vivants après ça ?

Le visage de Van se vide de son sang. La fanfaronnade a disparu ; maintenant, il n'est plus qu'un lâche parmi d'autres avec ses mains sur quelque chose qui ne lui appartient pas. Il tire Cindy devant lui comme un bouclier humain, ses doigts s'enfonçant dans ses bras.

C'est sa première erreur.

— Cindy, bébé, je dis, la voix basse mais assez tranchante pour couper l'acier. Je modifie ma posture, les pieds plantés, scrutant les bords de l'espace, chaque ombre, chaque tressaillement de mouvement. Viens vers moi. Maintenant.

Van resserre sa prise, la tirant si près de lui qu'elle en a le souffle coupé. Ce son — *son* son à elle — fait voler quelque chose en éclats au plus profond de ma poitrine.

Deuxième erreur.

Les yeux de Cindy lancent des éclairs, et avant même que Van réalise ce qui se passe, elle lui enfonce violemment son talon dans le pied. Il pousse un glapissement, tente de la retenir, mais elle a déjà pivoté pour lui faire face. Son genou fuse entre ses jambes et le heurte avec un craquement qui *me* fait grimacer.

Van s'effondre comme une masse, se tenant l'entrejambe, laissant échapper un sifflement pathétique et aigu.

Cindy se met à courir.

Et Victoria se met en travers de son chemin.

Elle écarte les bras comme si elle venait sauver la situation, le visage déformé par cette fausse sollicitude qu'elle arbore comme un parfum.

— Asseyez-vous, Victoria, je gronde, ma voix tombant dans ce registre grave et dangereux qui autrefois suffisait à figer une pièce entière. Espèce de sorcière vile et manipulatrice. Vous avez perdu la moindre parcelle de décence en organisant ce putain de cirque.

Son visage blêmit. Elle *tressaille*, vraiment. Puis elle s'écarte dans un froufroutement de jupons.

Cindy vient s'écraser contre ma poitrine en tremblant. Je range mon flingue juste assez longtemps pour la plaquer contre moi, un bras fermement enroulé autour de son dos, l'autre pointant de nouveau l'arme vers la foule. Mon pouls bat comme un tambour de guerre dans mes oreilles.

Elle tremble. Mais elle est là. Elle est en vie. Et c'est tout ce qui compte.

— Tout le monde, j'aboie, ma voix résonnant dans tout l'espace. Venez sur la pelouse et mettez-vous à genoux. Maintenant.

Personne ne bouge. Juste des yeux écarquillés, des visages figés, le genre de silence qui s'installe quand les gens réalisent qu'ils se tiennent sur un champ de mines.

Alors je tire un autre coup en l'air.

La détonation explose comme le tonnerre. L'odeur de la poudre à canon mord l'air.

— J'ai dit *maintenant* !

Le charme est rompu. Des chaussures raclent

l'herbe. Des chaises basculent. Les gens se précipitent et tombent à genoux.

Sauf Victoria. Elle tremble, mais essaie quand même de parler, agrippant son collier de perles comme si ça allait la sauver.

— Victoria, siffle son mari depuis sa position à genoux. Pour l'amour de Dieu, baisse-toi. Fais ce qu'il dit.

— La police sera bientôt là, lance-t-elle, la voix chancelante, ignorant son mari. Vous croyez que vous pouvez nous menacer avec…

— Tant mieux, je la coupe, d'une voix d'un calme mortel. Et quand ils arriveront, j'expliquerai précisément comment vous avez enlevé trois hommes, forcé une Oméga à signer un contrat de mariage contre sa volonté, et laissé ce cher Van engager un putain de gang de motards pour faire votre sale boulot.

J'abaisse juste assez mon arme pour la pointer sur Van, qui geint toujours dans l'herbe, la sueur perlant sur son visage pâle. — Je suis quasi certain que ça vous place du mauvais côté de la loi, *ma belle*.

Quelques personnes jettent un coup d'œil vers leur téléphone. Je lève à nouveau mon arme, et chacun d'entre eux se fige, les mains bien en vue.

— C'est mieux, je murmure. Vous allez tous rester là, à genoux. Et vous allez réfléchir très sérieusement à ce qui arrive aux gens qui touchent à ce qui est à moi.

Les mots sont calmes, mais ils frappent comme un explosif. La foule retient collectivement son souffle.

Une partie de moi a envie d'en finir ici. D'appuyer

sur la détente. De leur montrer ce qui se passe quand on accule un Alpha et qu'on menace sa compagne.

Mais la main de Cindy s'agrippe à ma veste, me ramenant sur terre. Sa chaleur. Son odeur. Le tremblement de ses doigts.

Je baisse les yeux. Ses yeux sont grands ouverts, embués de larmes et d'adrénaline, mais son regard est stable.

— Ils t'ont fait du mal ? je demande, la voix douce maintenant.

Elle secoue la tête, un sanglot étranglé coincé entre ses dents.

Et à cet instant, alors qu'elle se presse contre moi et que mon doigt se détend sur la gâchette, je sais exactement à quel point j'ai failli devenir le monstre qu'ils pensent que je suis.

Mais si ça signifie la garder en sécurité…

Je deviendrais pire encore.

— Je vais bien. Sa voix est étouffée contre ma poitrine, tremblante et faible, mais vivante. Et putain, j'étais sur le point de dire "oui, je le veux". Merci infiniment d'être venu me chercher.

Elle me serre plus fort, ses doigts s'agrippant à ma veste comme si elle avait peur de lâcher prise. Quelque chose dans ma poitrine se fend de part en part. Elle l'aurait fait, elle serait restée là, seule, se serait sacrifiée juste pour nous sauver. Cette pensée me coupe plus profondément que n'importe quelle lame.

Plus jamais.

Mon regard balaie la pelouse et les douzaines de salauds inutiles toujours à genoux, le visage blême, tremblants, prétendant qu'ils n'avaient rien à voir avec ce cirque. Mon pouls s'emballe, et mon esprit s'assombrit, esquissant toutes les manières de les faire *payer*. Je peux le voir, chaque leçon, chaque cri, chaque rappel de ce qui arrive quand on touche à ce qui est à moi.

— Tu ne peux tuer personne, murmure Cindy contre moi, la voix ferme mais suppliante. S'il te plaît. Je ne veux pas de ça à cause de moi.

Je cligne des yeux en la regardant. Pendant une seconde, je ris presque. — Je n'avais pas l'intention de le faire.

Son regard croise le mien, grand ouvert, confiant, tellement convaincu que je vais être le gentil dans cette histoire. Elle n'a aucune idée de la minceur de cette ligne.

— Et la torture ? je demande.

Elle grimace. Puis ses lèvres s'étirent en un sourire. — Peut-être.

Putain, je l'aime.

Un mouvement fugace perce ma brume mentale. Van se relève, toujours courbé comme un animal blessé, mais il bouge. Et puis, bien sûr, un connard dans la foule lève son téléphone, l'appareil photo pointé droit sur moi.

— Tue-moi, et tout le monde le verra, siffle Van en titubant vers moi, une main agrippée à son entrejambe, l'autre me pointant du doigt comme si j'étais en plein procès. Tu pourriras en prison, espèce de déchet de motard ! Cindy est à moi. Elle a *toujours* été à moi. Nos familles avaient un accord. Elle m'est promise ! Tu ne fais que te ridiculiser, en prenant ce qui ne t'appartient pas !

Il crie encore quand il arrive à ma hauteur.

Je rengaine mon arme. Pas besoin de ça pour régler son compte.

À la seconde où il ouvre à nouveau la bouche, je frappe.

Mon poing s'écrase sur son visage avec un craquement qui résonne contre la maison. Un os se brise. Van s'effondre comme une marionnette dont on a coupé les fils, se tenant le visage et hurlant, le sang coulant entre ses doigts et dégoulinant sur son costume sur mesure.

— Tu l'as cassé ! il hurle, sa voix montant dans une plainte pathétique. Putain, tu m'as cassé le nez !

Je m'accroupis à côté de lui. Ma main se referme sur sa gorge, pas assez fort pour l'écraser, juste assez pour lui rappeler à quel point il est proche de tout perdre.

— Tu disais quelque chose à propos de *mon Oméga ?* Ma voix n'est qu'un grondement sourd, calme et froid.

Van gargouille, les yeux larmoyants, le visage devenant rouge alors que mes doigts se resserrent d'un cran. Il essaie de secouer la tête, de parler, mais rien ne sort à part un sifflement.

— C'est bien ce que je pensais. Je le repousse dans la terre, le laisse aspirer une bouffée d'air rauque qui semble douloureuse. Puis je me relève d'un bond, me dirige vers Cindy et la prends dans mes bras.

Du gravier crisse derrière moi. Des bottes lourdes.

Je jette un coup d'œil en arrière, gardant toujours un bras autour de Cindy, et la vue qui m'accueille me fait presque sourire.

Arrow, Luke et Mack traversent la pelouse d'un pas décidé. Derrière eux, des épaules larges, du cuir noir, des visages sinistres, arrivent quelques-uns des Savage Sons. La nouvelle mouture de l'ancien club. Ceux qui sont renés des cendres après que nous avons tout incendié.

Et en tête de la meute se trouve Jon.

Il n'a pas beaucoup changé, juste durci sur les bords. De longs cheveux sombres tirés en arrière, une barbe épaisse striée de gris, des yeux comme du verre aiguisé. Le genre d'homme qui n'a pas besoin de crier pour se faire écouter. Sa présence déferle sur la pelouse comme le tonnerre, constante, lourde, impossible à ignorer.

Il s'arrête à quelques pas, les bras croisés sur sa poitrine, les Sons se déployant derrière lui en demi-cercle.

— Holt. Sa voix est rauque, profonde, calme, le genre qui impose l'autorité sans effort. J'ai entendu dire que tu avais des ennuis.

Je ne peux retenir le sourire qui fend mon visage. — On peut dire ça.

Jon jette un coup d'œil à Van, toujours en train de saigner et de geindre dans l'herbe, puis à Victoria, figée près du groupe, pas à genoux. Sa mâchoire se contracte une fois.

— Certains de mes gars ont fait cavalier seul, admet-il. Il y a de l'acier sous son calme, un poids qui rend ses paroles définitives. Ils ont aidé cet enfoiré à te tendre un piège. C'est ma faute. Il s'approche. Je suis là pour arranger les choses. Quoi que tu veuilles.

Cindy s'échappe de mon étreinte avant que je puisse

l'arrêter, fonçant droit sur Arrow et Luke. Ils la rattrapent ensemble, les bras de Luke en premier, ceux d'Arrow ensuite, la serrant fort contre eux. Le soulagement éclate sur leurs visages comme l'aube après une tempête.

J'hoche la tête une fois en direction de Jon, chaque muscle de mon corps commençant enfin à se détendre. — J'apprécie.

Il hoche la tête en retour, lentement. — Je n'en attendais pas moins de l'un des miens. Son regard balaie la scène, le marié amoché, les invités recroquevillés, le chaos à genoux. Tu as géré ça proprement, tout bien considéré.

Je jette un coup d'œil à Van. Du sang partout. Mes articulations écorchées. Cindy en sécurité.

— Assez proprement, je marmonne.

La bouche de Jon s'étire en quelque chose qui pourrait être un sourire, ou peut-être juste de l'approbation. Difficile à dire avec lui.

Quoi qu'il en soit, la tempête est passée. Mais si l'un de ces salauds bouge à nouveau, je m'assurerai que ce soit la dernière erreur qu'ils commettent.

— Vous ne pouvez pas nous garder prisonniers, tranche la voix de Victoria. Nous n'avons rien fait de mal, et vous allez amèrement regretter quand…

— Quand quoi ? Je me tourne lentement pour lui faire face. Quand vos avocats se pointeront ? Cette merde ne marche pas sur moi, Victoria. Plus maintenant.

Le père de Cindy se relève. Grand. Carré. Le genre d'homme qui a bâti sa vie en faisant en sorte que les gens tressaillent quand il entre dans une pièce.

— Combien on peut vous payer pour elle ? dit-il, comme si nous négociions une putain de voiture. Donnez votre prix.

Un silence de mort s'abat sur la foule comme une bombe.

Je cligne des yeux en le regardant. — Vous vous foutez de ma gueule ?

— Tout a un prix, réplique-t-il, d'un calme olympien. Comme s'il ne venait pas d'essayer de racheter la fille qu'il a jetée.

Ma mâchoire se serre. — Remettez-vous à genoux.

Il hésite, une seconde à peine, mais s'agenouille.

— Voici ce qui va se passer, je dis, la voix tranchante comme une lame de rasoir. Vous allez tous quitter la ville. Tout de suite. Sans vous arrêter pour prendre vos affaires, sans passer d'appels, rien. Vous montez dans vos voitures et vous partez. Si vous revenez, entre moi et l'équipe de Jon, vous ne quitterez plus jamais cette ville. C'est compris ?

Je jette un coup d'œil à Cindy, enroulée dans les bras d'Arrow et de Luke, protégée entre eux comme le putain de trésor qu'elle est.

— Cindy ne fait plus partie de votre famille, je dis, assez fort pour que chacun d'eux entende. Elle est à moi. Elle est à Arrow. Elle est à Luke. Notre compagne. Et si vous osez ne serait-ce que lui parler à nouveau, si vous la menacez, si vous *pensez* même à revenir, vous me trouverez sur le pas de votre porte.

Je me tourne vers Jon. — Tes gars peuvent escorter

personnellement certaines de ces personnes ? Pour s'assurer qu'elles partent vraiment ?

— Absolument. Jon balaie déjà la foule du regard. Lesquels ?

Je lève une main et pointe. — Victoria. Son mari. Et Van.

— C'est noté. Jon fait un geste à ses hommes. Et s'ils nous posent le moindre problème ?

— Faites ce que vous avez à faire, je dis.

Trois motards s'avancent. Des colosses, couverts d'encre et de muscles, avec le genre d'yeux froids et morts qui rendent les gens intelligents nerveux.

Victoria commence à protester à la seconde où l'un d'eux lui saisit le bras, sans ménagement. — Comment osez-vous me traiter de la sorte ! Savez-vous qui je suis ?

Le motard ne cille même pas. Il la traîne simplement vers l'allée.

Elle lance un dernier regard par-dessus son épaule à Cindy. — C'est comme ça que tu aimes voir ta mère traitée ?

Cindy ne tressaille pas. Ne pleure pas. Ne supplie pas.

— Après la façon dont vous m'avez traitée, vous avez de la chance que ce soit tout ce que vous récoltiez.

Le visage de Victoria se vide de toute couleur.

Un autre motard a attrapé Van par les cheveux, le forçant à se relever. Il est en piteux état, se plaignant de son nez, plus rien de l'Alpha arrogant qui s'avançait fièrement plus tôt. Son costume est déchiré, sa bouche molle de douleur. Il a l'air pathétique. Et c'est exactement ce qu'il mérite.

Le père de Cindy trébuche à côté d'eux, le visage rouge de honte, la tête baissée alors qu'un troisième motard le dirige vers l'allée. L'homme ne regarde même pas sa fille. Tant mieux. Il ne le devrait pas.

Les invités se dispersent dans toutes les directions. Courant vers leurs voitures, robes emmêlées, talons abandonnés, la peur gravée sur leurs visages. Ils viennent d'assister à quelque chose de réel, et ils veulent désespérément prétendre que ce n'est pas arrivé. Des lâches.

Mack se tient au bord du chaos, bras croisés, menton relevé, les regardant partir. — Je vais m'assurer qu'ils quittent tous la ville, dit-il. Ses yeux se posent sur nous. M'assurer que personne n'ait l'idée de revenir.

— Merci, frérot, dit Arrow, la voix basse et reconnaissante.

Et puis, le calme.

Juste nous.

Moi. Arrow. Luke. Cindy. Et le fantôme de tout ce qui vient de se passer, toujours accroché à la brise.

Elle est entre nous maintenant, tremblante. J'essuie ses larmes avec la pulpe rugueuse de mes pouces, aussi doucement que possible. Ses yeux sont gonflés, rouges. Mais son odeur, mon Dieu, son odeur est l'amour.

— Plus de larmes, je murmure. Tu es à la maison maintenant. Tu es à nous. Et ta famille ne te touchera plus jamais. On s'en assurera.

Elle hoche la tête, déglutissant avec difficulté. — Je n'arrive toujours pas à croire ce qu'elle avait préparé…

Sa voix tremble. Ma propre mère. Elle secoue la tête. Mais les voir partir, c'est suffisant. Je ne veux pas de vengeance. Je veux juste… la paix.

Je la serre contre moi, enfouissant mon visage dans ses cheveux. Puis je dépose un baiser sur son front. Son nez. Ses lèvres. Je prends mon temps. Parce que c'est ça qui compte.

Arrow s'approche, ses doigts parcourant sa colonne vertébrale. Luke effleure sa joue du dos de ses doigts. Nous l'entourons à nouveau. Nous l'inspirons. Et pour la première fois de la journée, elle laisse échapper un vrai rire. Brisée, doux, mais réel.

— Cette journée s'est avérée bien pire que ce que j'imaginais, dit-elle en gloussant à travers ses larmes.

— Mais elle se termine mieux, murmure Arrow. Parce que nous sommes toujours là. Et nous ferions n'importe quoi pour toi. Tu le sais, n'est-ce pas ?

Elle nous regarde tour à tour. — Oui.

Luke me regarde, puis Arrow. — Alors… et maintenant ?

Nous ne parlons pas.

Nous n'en avons pas besoin.

Mes yeux croisent d'abord ceux d'Arrow. Puis ceux de Luke.

Pas de mots. Juste un regard. Un ordre silencieux, enveloppé de quelque chose de brut et de certain.

C'est le moment.

Ils le savent.

Arrow acquiesce d'un signe de tête léger, presque imperceptible. Luke expire lentement, comme s'il retenait son souffle depuis que tout est parti en enfer.

Je me retourne vers Cindy. Putain, elle est tout pour moi. Puis de nouveau vers eux. Juste pour m'assurer qu'ils ressentent la même chose.

Ils sourient.

Et puis, de manière synchronisée, nous tombons tous les trois à genoux dans l'herbe devant elle.

Elle se fige. Les yeux écarquillés, les lèvres entrouvertes, la peau encore marbrée d'avoir pleuré, mais putain de magnifique.

Plus que ce que je mérite. Plus que n'importe lequel d'entre nous.

Mais je me battrai pour la garder chaque putain de jour.

Cindy a le souffle coupé, les lèvres entrouvertes. — Qu-… qu'est-ce que vous faites ?

Je saisis sa main. Mon cœur bat la chamade, mais ma voix est stable.

— Cindy, je dis, d'une voix rauque et basse. Veux-tu nous épouser ? Tous les trois. Je t'aime tellement.

Ses yeux redeviennent brillants, mais cette fois, pas de chagrin.

De joie.

D'espoir.

D'amour.

Arrow avance un genou, souriant comme un parfait idiot, les yeux humides. — Je t'aime, mon rayon de soleil. Tu es tout ce dont j'ignorais avoir besoin.

Luke effleure le dos de son autre main avec son pouce, sa voix profonde et stable. — Je t'aime, Oméga. Tu es mon cœur.

Elle laisse échapper un rire tremblant qui se brise en

sanglot, couvrant sa bouche comme si elle ne pouvait croire que tout cela est réel.

— Oh mon Dieu. Je vous aime tellement, tous. Ses lèvres tremblent. Vous… vous êtes sérieux ?

Je serre sa main, me penchant plus près.

— Comme une putain de crise cardiaque, je réponds.

— Très sérieux, dit Arrow, en prenant son autre main.

Luke arbore un large sourire. — On n'a pas de bagues. Pas encore. Mais on va en avoir. Ça ? Ce n'est que le début.

— Tu nous fais transpirer là, bébé, en nous faisant attendre une réponse, j'ajoute en la poussant doucement du coude avec un sourire en coin.

Elle rit à travers ses larmes. Hoche la tête. — Oui. Oui. Bien sûr que oui. Un million de fois oui.

Et puis, elle nous tombe dessus, les bras jetés autour de nos cous, s'accrochant comme si elle n'allait jamais nous lâcher, et nous n'avons pas l'intention de la laisser faire.

Les décorations d'Halloween flottent dans le vent derrière elle. Et pour la première fois de ma vie, quelque chose se met en place.

C'est ça.

C'est elle.

Et avec elle dans nos bras, plus rien d'autre ne compte.

30

CINDY

Plus tard dans la soirée

Je suis dans ma chambre, en sous-vêtements, et je dévisage Harper comme si elle avait perdu la tête.

— Tu avais comme ça, par hasard, une robe de mariée dans ton appartement ? je demande.

Harper sourit de toutes ses dents, en brandissant la plus magnifique robe blanche que j'aie jamais vue. — Bon, d'accord, techniquement, c'était pour une soirée à thème où je ne suis jamais allée. Mais regarde-la ! Elle est parfaite !

Elle n'a pas tort. La robe est sublime. À épaules dénudées avec de délicates manches en dentelle. Le bustier est ajusté, avec des perles complexes qui captent la lumière. La jupe descend en douces couches de tulle et de soie, ni trop bouffante, ni trop simple. Juste ce qu'il faut. Et il y a une fente sur le côté qui est nettement plus sexy que traditionnelle.

— Allez, essaie-la, exige Harper en s'avançant déjà vers moi avec la robe.

Je me glisse dans la robe, et Harper remonte la fermeture éclair. Quand je me retourne pour me regarder dans le miroir, j'ai du mal à me reconnaître.

— Putain de merde, je souffle.

— Pas vrai ? Harper est rayonnante en me tendant une pince à cheveux qu'elle a probablement piquée dans le sac de sport de quelqu'un. — Je n'arrive pas à croire que tu vas te marier, Cindy. Genre, vraiment te marier. Aujourd'hui. Tout de suite.

— Moi non plus. Je fixe mon reflet, touchant le tissu de la robe comme si elle pouvait disparaître sous mes doigts. — J'ai l'impression que c'est le jour le plus bizarre du monde.

— Et le meilleur de tous, aussi, ajoute Harper rapidement.

Je ris, mais le son qui sort a une pointe aiguë qui ressemble étrangement à de la panique. — Ouais. Ça aussi. Le plus bizarre et le meilleur. Comme un rêve fiévreux, mais avec des amuse-gueules.

Elle continue de s'occuper de mes cheveux, les coiffant en quelque chose de vaguement élégant, et peut-être un peu sexy aussi. Ses cheveux noirs aux pointes violettes lui tombent sur le visage, et elle souffle dessus par petites bouffées agacées qui ne cessent de me faire glousser.

— Ils n'ont même pas hésité, je dis, la voix douce. — J'ai dit : « Marions-nous aujourd'hui », et ils ont tous les trois dit oui. Immédiatement. Comme si j'avais demandé s'ils voulaient un plat à emporter, pas une cérémonie de lien olfactif juridiquement contraignante.

— C'est parce qu'ils sont obsédés par toi. Le nez de Harper se plisse alors qu'elle se concentre pour attacher une autre mèche. — C'est franchement impoli. Avant, je pensais que l'amour était mélodramatique. Maintenant, je pense que c'est juste être pot de colle. Dégoûtant. J'en veux.

Je souris au miroir, mon cœur se remettant à papillonner. — En parlant d'obsession. Je croise son regard. — Toi et Mack sembliez plutôt proches, ces derniers temps.

Harper s'arrête, le rouge lui montant aux joues comme si on l'avait surprise la main dans le sac à gâteaux et en train d'embrasser des garçons. — La ferme.

Je penche la tête juste assez pour être agaçante. — Il les a sauvés, Harper. Il est allé à l'entrepôt. Il a repoussé les hommes de Van. Il a aidé à les faire sortir. C'est, genre, le niveau cinq du héros Alpha.

— Il a vraiment prouvé sa valeur, admet-elle, plus calme maintenant. — Je savais qu'il était le frère d'Arrow, mais aujourd'hui ? Le voir débarquer comme ça ? Putain, Cindy. Je crois que je suis dans la merde.

Je lève un sourcil. — Des problèmes du bon genre ?

— Le meilleur qui soit. Elle sourit, puis me tape légèrement sur l'épaule. — Maintenant, ne bouge plus. Je vais te maquiller, et si tu continues de me faire rire, je vais te crever un œil avec ce tube de mascara.

Je renifle, mais me fige docilement. — Les yeux sont sacrés le jour de son mariage. Compris.

Elle commence à appliquer du fond de teint, puis de l'anti-cernes, puis quelque chose de pailleté qui me donne l'impression d'avoir été embrassée par une fée. Ses doigts sont rapides et doux, et malgré le champ de bataille dans ma poitrine, je commence à me détendre. Un peu.

Peut-être.

— Ok, alors. La voix de Harper prend cette intonation qui signifie qu'elle est sur le point de prendre mon âme en main. — Tu as quelque chose de vieux ?

— Quoi ?

— Tu sais bien. Elle agite le tube de mascara comme une baguette de chef d'orchestre. — Quelque chose de vieux, quelque chose de neuf, quelque chose d'emprunté, quelque chose de bleu. C'est une tradition. On ne peut pas tenter le destin sans armure.

— Je n'en ai aucune idée. Je baisse les yeux vers la robe. — Ça, c'est emprunté ?

— Validé. Elle hoche la tête. — Quelque chose de neuf ?

— Les alliances ? je fais un vague geste vers la porte. — Les garçons se sont précipités pour les chercher tout à l'heure. Sauf s'ils ont été distraits et sont revenus avec des donuts et un nouveau chiot.

— C'est valable aussi. Mais oui. Validé. Elle se penche avec un petit pinceau. — Vieux ?

Je cligne des yeux. — Heu… mes traumatismes ?

Harper part d'un grand éclat de rire, manquant de me crever l'œil pour de bon. — Cindy.

— Je sais pas, moi ! Je n'avais pas prévu de me

réveiller et de me marier aujourd'hui. Mais me voilà. Dans une robe blanche.

Elle saisit ma main et la serre. — Tu t'en sors à merveille. Sérieusement. Je ne t'ai jamais vue aussi heureuse.

— J'ai l'impression que je vais vomir des paillettes, je murmure.

— C'est le rêve, ma belle. Elle sourit. — Maintenant, dépêche-toi de choisir quelque chose de vieux avant que je ne te donne mon vieux sweat à capuche pour la blague.

Je pousse un cri étranglé. — Je te jure, Harper. Et j'éclate de rire.

— Alors trouve autre chose ! Allez. Il doit bien y avoir quelque chose par ici. Harper fouille dans mon sac comme une femme possédée.

Je cligne des yeux, puis je désigne la table de nuit. — Ce bracelet. Le truc bon marché. Dans le bol.

Elle l'attrape et laisse échapper un léger rire. — Ça ? Celui que Holt t'a gagné au stand de lancer d'anneaux ?

— Ouais.

— Celui en plastique blanc avec une breloque en forme de cœur de travers ?

— C'était un jeu horrible, mais ils n'ont pas voulu s'arrêter avant que je choisisse un prix.

Harper le glisse à mon poignet, sa voix maintenant douce. — Alors il est parfait pour le « vieux ».

Je souris, la poitrine serrée. — Ils en étaient si fiers. Comme si je venais d'être couronnée reine du festival.

— C'était un peu le cas, murmure-t-elle en l'ajustant pour que la breloque soit bien placée.

Je ris malgré la pression soudaine dans ma poitrine. — Ça fera l'affaire.

Dehors, le bruit des pneus sur le gravier.

— Ils sont rentrés, je murmure.

Harper recule en souriant.

— C'est presque l'heure d'aller épouser tes petits copains Alphas sauvages.

Harper pose le mascara. — Maintenant, le bleu.

— Je n'ai pas de bijoux bleus.

Harper est déjà en train de fouiller dans mes tiroirs. Elle en sort une paire de strings en dentelle bleue, du genre qui est plus décoratif que fonctionnel. — Tiens.

— Tu es sérieuse ?

— Très sérieuse. Va les mettre.

Je prends les sous-vêtements, vais dans la salle de bain et me change en riant tout le long. Quand je reviens, Harper m'attend, les mains sur les hanches.

— Alors ?

— Je porte des sous-vêtements en dentelle bleue à mon mariage, j'annonce.

— Et comment ! Elle me tape dans la main. — Tes Alphas vont perdre la tête plus tard.

— Harper !

— Quoi ? Je dis ça comme ça. Elle affiche un sourire diabolique. — Trois Alphas, une Oméga, des sous-vête-ments sexy. C'est la recette d'une nuit de noces très amusante.

Je rougis tellement que j'ai l'impression d'avoir le visage en feu. — Tu es terrible.

— Tu m'adores.

— C'est vrai.

On frappe à la porte.

La voix de Mack me parvient, étouffée mais indiscutablement amusée. — Vous êtes présentables ?

— Entre ! lance Harper.

La porte grince en s'ouvrant, et Mack entre. Il s'est nettoyé après le chaos de tout à l'heure ; pas de sang, pas de bleus, et il est à moitié présentable dans un jean foncé et une chemise. Les manches sont retroussées jusqu'à ses avant-bras, comme si même lui savait que des manches longues, ce serait trop demander.

Il s'arrête net quand il me voit. — Waouh.

Je cligne des yeux. — Un bon waouh ?

Son sourire est lent et assuré. — Un très bon waouh. Genre, « putain de merde, tu vas ruiner les standards de tous les hommes pour le reste de leur vie », ce genre de waouh.

Je rougis jusqu'à la racine des cheveux. — Ça fait… beaucoup de waouh.

Harper lui fait un clin d'œil. — Essaie de ne pas pleurer, Mack. Tu vas ruiner ta réputation.

Il lève les yeux au ciel. — Je ne pleure pas. C'est toi qui pleures. Et puis, on va vraiment ignorer le fait que tu es pour moi une véritable déesse ?

— La flatterie te mènera partout, marmonne Harper en se pâmant sur place.

Je souris maintenant, mes nerfs momentanément oubliés.

— Tu es prête ? demande-t-il, plus doucement cette fois. — Tout le monde attend.

Mon estomac fait un saut périlleux complet. — Je crois bien.

Il fait un signe de tête vers le jardin. — Il se pourrait que toute la ville se soit pointée après qu'on a appelé tout le monde. Il ne reste que des places debout, là-dehors.

Harper renifle.

— Je n'arrive pas à croire que ça arrive, je murmure pour ce qui doit être la centième fois.

Harper me prend la main et la serre. — Crois-le. Tu es sur le point d'épouser trois hommes magnifiques et possessifs qui t'adorent. C'est bien réel.

— Allez, future Madame Chaos. Allons faire une scène.

Nous sortons, et j'ai failli m'arrêter de respirer.

Le jardin a été transformé. Les chaises qui étaient installées près du lac ont été déplacées plus près de la maison, disposées en rangées bien nettes face aux montagnes. Des pétales de fleurs blanches sont éparpillés dans l'allée entre les chaises. Des torches enflammées bordent le chemin. Et, mon Dieu, le ciel est parfait. Des traînées orange et roses sur l'horizon, le soleil se couchant derrière les montagnes. Les arbres autour de nous sont cuivrés et dorés dans la lumière déclinante, et toute la scène ressemble à une carte postale.

Et les chaises sont pleines. Toutes sans exception. Et en plus, il y a des gens debout sur les côtés, qui se retournent tous pour me regarder, exactement comme Mack l'avait dit.

Je reconnais tant de visages. Des gens du travail. Ruby et Lily, les propriétaires de la brasserie et de la boulangerie de la ville. Le personnel du festival où nous avons eu notre premier vrai rendez-vous. Des amis que je me suis faits depuis que j'ai déménagé à Whispering Grove, des gens qui m'ont souri quand j'étais nouvelle et effrayée, et que je ne savais pas où était ma place.

Ils sont tous là. Pour moi.

Mes émotions sont écrasantes. L'excitation, la joie et l'incrédulité, toutes enchevêtrées.

Harper serre de nouveau ma main. — Prête ?

— Je crois que oui.

Mack me tend le bras, et Harper me confie prudemment à lui. Elle se penche tout près, sa voix douce dans mon oreille. — Tu mérites ça. Tout ça. N'ose même pas douter de toi. Va chercher ta fin heureuse.

Les larmes me piquent les yeux. — Merci.

Harper disparaît sur le côté, et Mack commence à me faire remonter l'allée.

Les pétales blancs sont doux sous mes chaussures. Quelqu'un joue de la musique, un morceau instrumental et magnifique. Les gens me sourient, certains essuient leurs joues humides.

Mais je n'ai d'yeux que pour les trois hommes qui attendent au bout.

Luke est à gauche, et il porte un costume. Gris foncé, parfaitement ajusté, avec une chemise noire en dessous et sans cravate, parce que, bien sûr, pas de cravate. Ses cheveux sont plaqués en arrière, et il me sourit comme si j'étais la plus belle chose qu'il ait jamais vue.

Arrow est au milieu, en costume lui aussi. Gris anthracite avec une chemise bordeaux qui fait ressortir ses yeux sombres. Ses cheveux sont coiffés. On dirait qu'il pourrait faire la couverture d'un magazine, à l'exception de la façon dont il me fixe avec tant d'émotion que j'ai à peine le souffle.

Holt est à droite. Costume noir, chemise blanche, et lui, il porte une cravate. Ses cheveux sont repoussés en arrière, son expression sérieuse, mais ses yeux — mon Dieu, ses yeux sont si pleins d'amour que ça me fait mal à la poitrine.

Ils me regardent tous comme si j'étais la huitième merveille du monde.

L'officiante est là aussi, la même femme plus âgée que tout à l'heure. Nous l'avions rappelée, et elle avait accepté, même si elle était confuse et probablement traumatisée, mais quand nous lui avions demandé si elle nous marierait pour de vrai, elle avait tout de suite dit oui.

Mack m'accompagne jusqu'à mes hommes. Il se penche, sa voix assez basse pour que je sois la seule à l'entendre. — Bienvenue dans la famille, Cindy. Officiellement. Puis plus fort, pour tout le monde : — Prenez soin d'elle, ou je vous botte le cul à tous.

— Noté, dit Luke.

Mack recule, et soudain, je me tiens devant eux.

Mes trois hommes.

Mes Alphas.

Mes partenaires.

Luke est le premier à prendre ma main. Ses doigts sont chauds, fermes, m'ancrant au sol comme toujours.

Ses yeux me parcourent lentement, comme s'il me voyait pour la première fois et en mémorisait chaque centimètre.

— Tu es putain d'incroyable.

— Surveillez votre langage, le réprimande gentiment l'officiante.

Luke hausse les épaules, souriant sans s'excuser. — Elle est vraiment putain d'incroyable.

Je ris, et d'un coup, les nerfs se dénouent un peu. Luke a toujours eu ce don — percer le bruit ambiant et me recentrer.

Arrow prend mon autre main, son pouce caressant mes phalanges avec une sorte d'admiration qui me coupe le souffle. Son regard est doux et brillant, et je vois bien qu'il peine à trouver ses mots.

— Tu es magnifique, dit-il finalement. — Si magnifique que je n'arrive plus à réfléchir.

Luke a un sourire en coin. — Ça, c'est juste ton état par défaut.

— La ferme, marmonne Arrow, mais il sourit aussi.

Puis Holt se place derrière moi. Il ne dit rien au début. Il presse juste une main au creux de mes reins, ferme et possessive, et dépose un baiser sur le sommet de ma tête.

— Tu es prête ? demande-t-il tranquillement.

Je les regarde tous, l'amour indéfectible de Luke, le cœur ouvert d'Arrow, la protection féroce de Holt, et je n'hésite pas.

— Oui, je murmure. — Je suis prête.

L'officiante s'éclaircit la gorge, mais il y a une chaleur dans ses yeux quand elle commence. — Nous sommes réunis aujourd'hui pour être témoins de l'union de ces âmes.

Elle marque une pause, me jette un regard, et son sourire s'élargit. — Aujourd'hui, nous célébrons un lien forgé non seulement par la biologie ou le destin, mais par le choix. Par la confiance. Par une dévotion librement offerte.

Mes mains tremblent dans celles de Luke et d'Arrow. Holt n'a pas lâché ma taille. Je suis consciente de chacune de leurs respirations, de chaque parcelle de chaleur qui émane d'eux et qui m'ancre.

L'officiante tourne son attention vers moi. — Cindy, dit-elle, et mon nom sonne différemment ici, formel et plein de sens. — Vous vous tenez devant trois Alphas qui vous ont choisie. Qui vous ont marquée. Qui souhaitent se lier à vous de toutes les manières qui comptent.

Elle s'interrompt de nouveau, attendant. Mais je ne parviens pas à détacher mes yeux d'eux trois.

Ma poitrine se serre.

— Les acceptez-vous ? La voix de l'officiante s'adoucit.

— Oui, je les accepte, dis-je, ma voix se brisant légèrement. J'avale ma salive et relève le menton. — Je les accepte tous les trois. Pour toujours.

Un doux murmure d'émotion me traverse.

Puis elle se tourne vers les garçons. — Luke, Arrow, Holt, dit-elle, et ils se redressent comme un seul homme. — Vous vous tenez devant une Oméga qui s'est déjà donnée à vous à travers le lien. Vous engagez-vous maintenant envers elle aux yeux de cette communauté ?

À l'honorer, la protéger et la chérir aussi longtemps que vous vivrez tous ?

— Oui, nous nous engageons.

Mes genoux vacillent. Le bras de Holt me soutient sans que j'aie besoin de le demander.

L'officiante expire doucement. — Les alliances ?

Luke sort le petit écrin de sa veste et l'ouvre, révélant les quatre anneaux qu'ils ont choisis.

Trois anneaux en métal sombre pour eux, simples, robustes, mais gravés de ce minuscule motif que seule une personne attentive remarquerait. Un dessin tressé, comme une corde. Comme une force tissée de nombreux fils.

Et le mien.

Un seul anneau fait de trois métaux — or, argent et or rose — entrelacés en un nœud incassable.

Putain de merde.

Mon souffle se coince, mais cette fois, c'est d'émerveillement.

Arrow surprend mon regard et murmure : — Ça te plaît ?

— J'adore, je chuchote en retour, les yeux me piquant.

L'officiante nous fait un signe de tête, nous laissant l'espace pour continuer.

Je prends la première alliance avec des doigts tremblants et me tourne vers Holt. Sa main attend déjà, paume vers le bas, comme s'il était prêt pour ce moment depuis le jour où il m'a rencontrée.

— Tu as été le premier à me faire sentir en sécurité, dis-je, la voix étranglée par l'émotion. — Le premier qui m'a fait croire que je méritais d'être aimée.

Il presse son front contre le mien, juste un bref instant. — Je t'aime aussi, ma belle.

Je me tourne vers Arrow, passant l'anneau suivant à son doigt. — Tu m'as fait rire à nouveau. Faire confiance à nouveau. Respirer à nouveau.

Sa mâchoire se contracte. — Tu m'as sauvé aussi, murmure-t-il.

Puis je me tourne vers Luke. Sa main éclipse la mienne alors que je lui enfile l'alliance, et je cligne des yeux rapidement pour empêcher les larmes de couler.

— Tu m'as offert un foyer quand je ne croyais pas en mériter un. Tu m'as offert tout ton être.

Sa voix est rauque et basse. — Et je te donnerai tout le reste aussi.

Ils se rapprochent alors, tous les trois, et ensemble, leurs mains se superposant, ils guident l'anneau entrelacé sur mon doigt.

Notre lien. Notre amour. Tout ça, scellé ici.

Et je tremble, mais je ne me suis jamais sentie plus stable.

Ce n'est pas juste une bague.

C'est une promesse.

Un vœu.

Un pour toujours.

Et je ne me suis jamais sentie plus aimée. Plus vue. Plus *chez moi*.

J'essaie si fort de ne pas pleurer, mais les larmes viennent quand même. Des larmes de joie que je ne peux retenir même si je le voulais.

— Par le pouvoir qui m'est conféré, dit l'officiante en souriant, je vous déclare maintenant partenaires liés. Vous pouvez embrasser votre mariée.

Ils n'ont pas besoin qu'on leur dise deux fois.

Luke m'embrasse le premier, un baiser profond et possessif. Puis Arrow, doux et tendre. Puis Holt, possessif et parfait.

Tout le monde éclate en applaudissements. Les gens sont debout, ils acclament, et j'entends Harper pousser des cris de joie quelque part dans la foule.

— Je vous aime tellement tous les trois, je dis, peinant à sortir les mots à travers l'émotion.

— Nous t'aimons aussi, ajoute Arrow, la voix épaisse d'émotion. — Plus que tout.

— Pour toujours, termine Holt.

Mon souffle se coupe. Je jure que le monde bascule un peu. S'ils ne me tenaient pas déjà, je fondrais probablement sur place.

— Bon, alors. Je prends une inspiration tremblante, essayant de calmer le battement dans ma poitrine. — Maintenant, il est temps que je vous montre comment on danse. Parce que je vous ai caché ça, mais… je suis une piètre danseuse.

Luke glousse, caressant ma joue de son pouce. — Tu ne peux pas être pire qu'Arrow.

— Hé ! proteste Arrow.

— C'est vrai, rétorque Luke, et Holt renifle à côté d'eux.

Nous commençons à descendre l'allée ensemble, nos cœurs battant à l'unisson. Quelqu'un applaudit, et des rires ondulent à travers la foule. J'aperçois des guirlandes lumineuses scintillantes tendues entre les arbres. Quand est-ce qu'elles ont été installées ? Elles déversent une lumière dorée sur tout, chaleureuse et onirique. Le soleil est descendu bas, peignant le lac d'un orange en fusion, et pendant une seconde, je ne sais pas si c'est réel ou un rêve fiévreux né du bonheur.

La photographe, une femme que je ne reconnais même pas, mitraille, le déclic de son appareil photo résonnant.

Nous atteignons la pergola, où des tables sont dressées avec des bougies vacillantes et de la nourriture parfaitement disposée. Quelqu'un a monté un bar, et la légère odeur de fumée de feu de joie flotte dans l'air.

— Rejoignez-nous ! je crie, ouvrant grand les bras à nos invités. — Faisons de cette nuit une nuit que nous n'oublierons jamais !

Des acclamations répondent, et la musique monte en volume. Harper apparaît de nulle part, jette ses bras autour de moi, et me fait tournoyer une fois avant de me serrer fort.

— Tu l'as fait, dit-elle contre mon épaule, sa voix mi-rire, mi-sanglot. — Tu l'as vraiment fait.

— Je l'ai fait, je murmure, à bout de souffle d'incrédulité. — Je suis mariée.

— C'est parfait, dit-elle en souriant.

Luke ne me laisse même pas le temps de récupérer qu'il attrape ma main et me fait virevolter sur la piste de danse, les deux autres suivant.

— C'est le plus beau jour de ma vie, je dis.

Ils se tournent vers moi. — Le nôtre aussi, répondent-ils à l'unisson.

Pendant un moment parfait, entourée de lumière dorée, de musique, et des hommes que j'aime, je réalise quelque chose que je n'aurais jamais pensé croire à nouveau —

Je ne suis pas seulement aimée.

J'ai enfin trouvé mon véritable foyer.

CINDY

Le bateau donne une embardée sur la gauche, et je m'agrippe à la rambarde à deux mains, riant si fort que j'en ai le souffle coupé.

— Luke ! je crie pour couvrir le bruit du moteur et du vent. Tu vas nous tuer !

— Je gère ! hurle-t-il en retour, surcorrigeant sa trajectoire au point de nous faire virer brusquement à droite.

La bière d'Arrow déborde de son gobelet. — Clairement, tu ne gères rien du tout !

Holt s'agrippe à la banquette. — Et on a failli percuter trois autres bateaux.

— Ils me gênaient, rétorque Luke en tournant de nouveau le volant.

Nous zigzaguons sur l'eau comme des dauphins ivres, laissant dans notre sillage un remous qui enfreint probablement plusieurs lois maritimes. Les autres bateaux nous évitent de loin, et je jurerais avoir vu quelqu'un sur un yacht secouer la tête en nous regardant.

— On va se faire bannir de cette marina, c'est sûr à cent pour cent, j'arrive à articuler entre deux éclats de rire.

— Ça en vaut la peine ! Arrow lève sa bière pour trinquer, puis la lâche presque quand Luke prend un autre virage serré.

Je suis assise sur les eaux de Waikiki à O'ahu, à Hawaï, mon gilet de sauvetage bien attaché, ma robe d'été flottant autour de mes cuisses. Le soleil tape au-dessus de nos têtes, chaud et éclatant, et l'océan s'étend à perte de vue. Un bleu profond qui s'estompe en turquoise près du rivage, si clair que je peux voir le fond dans les parties peu profondes.

Nous avons quitté l'hôtel il y a trois heures. Luke a insisté sur le fait qu'il savait ce qu'il faisait. Comme c'est le premier jour de notre lune de miel, le type de la location avait l'air de plus en plus inquiet, et pourtant, nous voilà tous entassés dans ce minuscule bateau avec une glacière remplie de boissons et absolument aucun plan.

Ce sont les trois meilleures heures de ma vie.

— OK, nouvelle règle, dit Holt en se levant prudemment. C'est moi qui conduis.

— Mais ça va !

Je ris encore, essuyant des larmes au coin de mes yeux.

Holt écarte physiquement Luke du volant. Il y a quelques bousculades, mais Luke finit par abandonner et se laisse tomber à côté de moi sur la banquette.

— Mutinerie, marmonne-t-il.

Je me penche contre lui, et son bras m'entoure automatiquement. — J'aimerais bien survivre à ma lune de miel, merci.

— Où est passé ton esprit d'aventure ?

— Je l'ai laissé sur le quai, là où on a failli percuter ce pilier.

Arrow rit aussi maintenant, debout à l'avant du bateau, les bras grands ouverts. La chemise hawaïenne turquoise qu'il porte flotte dans la brise, et ses cheveux blonds sont en bataille. — C'est génial ! Et c'est exactement comme ça que les lunes de miel devraient être !

— Chaotiques et quasi fatales ? demande Holt d'un ton sec, mais il sourit en nous menant vers des eaux plus calmes.

— Exactement !

Le bateau se stabilise maintenant que Holt est à la barre. Nous avançons toujours vite, mais c'est intentionnel. Le moteur vrombit régulièrement, et l'eau s'étend à l'infini autour de nous.

Je penche la tête en arrière, je ferme les yeux, laissant le soleil réchauffer mon visage. La brise sent le sel et le soleil. Le bruit des vagues, la respiration de Luke à côté de moi, les cris de joie d'Arrow à l'avant. Tout se mélange pour former quelque chose de parfait.

— Je n'arrive pas à croire qu'on est vraiment là, je dis.

Luke me serre un peu plus contre lui. — Où est-ce qu'on serait d'autre ?

— Je ne sais pas. À la maison ? Au manoir ?

Je lève les yeux vers le ciel bleu. Pas un seul nuage. Juste un soleil et une chaleur sans fin.

— Il y a quatre semaines, j'étais debout dans notre

jardin, dans une robe empruntée, en train de me marier, je dis. Et maintenant, je suis à Hawaï. Sur un bateau. Avec vous trois. Ça ne semble pas réel.

— C'est bien réel. Luke dépose un baiser sur ma tempe. Tu es coincée avec nous maintenant.

— Tant mieux.

Arrow se retourne depuis l'avant, tout sourire. La couleur de l'eau vire à ce turquoise éclatant qui est incroyable. J'aperçois des poissons qui filent sous nous, des éclairs colorés de jaune et de bleu.

— Là ! crie soudain Arrow en montrant du doigt.

Je suis son regard et je manque de hurler.

Des dauphins.

Tout un groupe, qui font surface à côté de notre bateau. Des corps gris et lisses qui percent l'eau en décrivant des arcs, si près que je pourrais les toucher en me penchant par-dessus la rambarde. Ils nagent à nos côtés, gardant le rythme, et je peux les entendre émettre des sons. Des clics et des sifflements qui percent le bruit du moteur.

— Oh mon Dieu, je murmure, figée. Ils sont juste là.

Luke sourit à côté de moi. — Je t'avais bien dit que les bateaux étaient une bonne idée.

Les dauphins restent avec nous pendant ce qui me semble une éternité, mais qui n'est probablement que quelques minutes. Ils plongent et refont surface, jouant dans notre sillage, et je suis complètement hypnotisée. L'un d'eux fait un saut complet, se propulsant hors de l'eau, et je crie de joie.

— Tu as vu ça ? Je serre si fort le bras de Luke que je lui laisse probablement des marques. Tu as vu ?

— On a tous vu, ma belle.

— Je ne pars plus jamais. Je reste ici avec les dauphins pour toujours.

— Et nous alors ? crie Arrow.

— Vous pourrez me rendre visite. Le week-end.

Les dauphins finissent par plonger profondément et disparaître, mais je suis toujours transportée par l'adrénaline et la joie. J'ai mal au visage à force de sourire.

Holt ralentit le bateau, nous laissant dériver.

— C'est dingue, je dis pour peut-être la vingtième fois aujourd'hui.

— Tu n'arrêtes pas de le dire, observe Holt.

— Parce que ça n'arrête pas d'être vrai !

Arrow se déplace à l'arrière du bateau, ouvre la glacière et en sort... attends.

— C'est un gril portable ? je demande.

— Yep. Il est déjà en train de l'installer sur la partie la plus plate du bateau, comme si c'était tout à fait normal.

— Quand est-ce que tu as emporté un gril portable ?

— Je l'ai loué quand on a pris le bateau.

Luke sort maintenant des choses de la glacière. Un gros poisson emballé dans du papier dont la queue dépasse, des légumes, du papier d'aluminium. — Fraîchement pêché.

Holt jette l'ancre, faisant quelque chose de compliqué avec des cordes et des chaînes. Le bateau se stabilise, oscillant doucement avec les vagues.

— On va cuisiner sur le bateau, je dis lentement. Au milieu de l'océan. Toute cette journée est absurde. Ça fait moins de vingt-quatre heures qu'on est à Hawaï, et c'est ma vie maintenant.

Holt finit avec l'ancre et va aider Arrow avec le gril. Luke est en train d'assaisonner le poisson.

Je m'assois sur ma serviette sur la banquette et je les regarde, tout simplement.

La chemise hawaïenne de Luke est rouge vif avec d'énormes fleurs jaunes, déboutonnée à moitié parce qu'il prétend qu'il fait trop chaud pour la boutonner correctement. Ses lunettes de soleil n'arrêtent pas de glisser sur son nez. Il est pieds nus, son short de bain tombant bas sur ses hanches, et il fait de grands gestes tout en se disputant avec Arrow au sujet de l'assaisonnement.

La chemise turquoise d'Arrow est toujours boutonnée jusqu'en haut malgré la chaleur. Ses cheveux blonds se mettent à boucler à cause de l'air salin et de l'humidité. Il a son air de cuisinier sérieux, celui qu'il prend quand il est concentré sur la préparation de quelque chose de parfait. Une spatule dans une main, l'autre chassant Luke loin du gril.

La chemise violette de Holt avec les perroquets fluo devrait avoir l'air ridicule, mais il arrive à la porter. Ses lunettes d'aviateur sont toujours en place, ses cheveux repoussés en arrière, et il observe Arrow et Luke avec ce petit sourire qu'il a quand il est amusé mais essaie de ne pas le montrer.

Le gril s'allume sans incident, ce qui semble être un miracle. Bientôt, l'odeur du poisson grillé se mélange à l'air salin, et mon estomac gargouille assez fort pour que Luke l'entende de l'autre côté du bateau.

— Tu as faim ? crie-t-il.

— Je meurs de faim.

Holt vient s'asseoir à côté de moi, sa cuisse pressée contre la mienne.

Je me penche contre lui. — J'attends toujours de me réveiller. Que tout ça ne soit qu'un rêve.

— Ce n'est pas un rêve.

— Je sais. Mais il y a quelques mois, j'étais terrifiée. En fuite. Et maintenant, je suis ici. À Hawaï. Avec vous trois. Mariée. Heureuse. Ma voix se brise légèrement. Je n'ai jamais pensé que j'aurais droit à ça.

Son bras m'entoure, me tirant plus près. — Tu mérites ça. Tout ça.

— On le mérite tous, ajoute Luke, qui écoutait apparemment. On s'est tous battus comme des diables pour en arriver là.

Arrow retourne le poisson avec plus de force que nécessaire. Le poisson finit par être cuit, servi dans des assiettes en carton qu'Arrow a aussi réussi à emporter. Nous mangeons assis sur les banquettes, les pieds ballants au-dessus de l'eau, le bateau se balançant doucement sous nous.

C'est le meilleur repas que j'aie jamais mangé. Le poisson est parfaitement cuit, tendre et juste assez assaisonné. Les légumes sont grillés et délicieux. Même la bière bon marché de la glacière a un goût de luxe ici, avec le soleil qui réchauffe ma peau et l'océan qui s'étend à l'infini autour de nous.

— Hé, Cindy, dit Luke après que nous ayons tous mangé à notre faim. Ça te dit un petit plongeon avant de rentrer ?

Il est déjà debout, enlevant sa chemise hawaïenne et

la jetant sur la banquette. Son short de bain est noir avec de minuscules crânes blancs dessus.

— L'eau est probablement froide, je dis.

— Il n'y a qu'un seul moyen de le savoir.

Holt est déjà en train d'enlever son short, révélant un maillot de bain couvert d'ananas, et je glousse. Arrow pose son assiette et me regarde avec un défi dans les yeux.

— Tu viens ou pas ?

Je me lève, soudainement décidée. La robe d'été s'enlève facilement. En dessous, je porte le bikini magenta que j'ai acheté spécialement pour ce voyage, avec de petits liens blancs sur les côtés et plus couvrant que ce que Harper voulait me faire prendre, mais moins que ce à quoi je suis habituée.

Ils me fixent tous les trois.

— Quoi ? je demande, soudainement gênée.

— Rien, arrive à dire Luke. Juste… putain.

— Mes yeux sont ici, les garçons.

— Non, dit Arrow joyeusement. Ça n'arrivera pas.

Holt se ressaisit le premier, secouant la tête. — Tu essaies de nous tuer.

— Je porte un maillot de bain normal !

— Il n'y a rien de normal là-dedans, dit Holt.

Avant que je puisse répondre, Arrow court et saute en bombe sur le côté du bateau. L'éclaboussure est énorme, trempant le pont, et il refait surface en riant et en crachotant.

— Elle est parfaite ! crie-t-il. Venez !

Luke est le suivant, plongeant avec grâce. Holt le suit, faisant à peine une éclaboussure.

Ils font tous la planche, me regardant avec expectative.

Je prends une grande inspiration et je saute.

L'eau est fraîche mais pas froide, parfaite contre ma peau chauffée par le soleil. Je remonte à la surface, haletante et riant, et immédiatement, ils sont tout autour de moi.

Les mains de Luke trouvent ma taille, me tirant contre lui. — La voilà.

Holt est derrière moi, me stabilisant dans le courant. Arrow flotte à proximité, souriant comme un idiot.

— C'est dingue, je dis encore.

— Tu adores ça, rétorque Luke.

— Vraiment, oui.

Nous flottons là, tous les quatre, portés par l'océan et les uns par les autres. Le bateau tangue à proximité, abandonné. La plage est assez proche pour être vue clairement, les palmiers se balançant dans la brise. Le soleil commence à descendre, encore à des heures du coucher du soleil, mais projetant une lumière dorée sur tout.

Ici, je suis en apesanteur. Entourée d'eau, de chaleur et des trois hommes qui sont devenus mon monde entier.

— Je vous aime, je dis soudainement. À tous. Je vous aime tellement.

— On t'aime aussi, disent-ils, leurs voix se superposant.

Luke m'embrasse, de l'eau salée sur ses lèvres et le soleil dans son sourire. La main de Holt trouve la mienne sous l'eau, la serrant doucement. Arrow nous éclabousse tous, brisant le moment par un rire.

C'est mon avenir maintenant.

Pas de fuite. Pas de cachette. Pas de terreur face à ce qui va suivre.

Juste ici. Flottant dans l'océan Pacifique pour ma lune de miel avec trois Alphas qui me suivraient n'importe où.

Qui m'ont suivie. À travers tout. À travers la peur, le danger et le chaos, et qui s'en sont sortis de l'autre côté avec moi.

Pour arriver à ça.

À flotter, à rire et à être complètement, totalement, incroyablement heureuse.

Et je n'en échangerais pas une seule seconde.

Parce que ça m'a menée ici.

À eux.

À ce moment.

À tout ce dont j'ignorais avoir besoin.

Et je ne le laisserai jamais s'échapper.

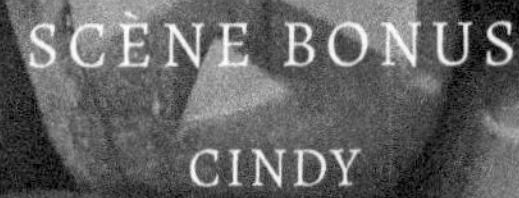

La table de la salle à manger est un véritable champ de bataille.

Pas à cause de disputes ou de dîners gênants, mais d'un carnage de citrouilles. Des couches de vieux journaux recouvrent chaque centimètre du bois, comme une scène de crime en plein nettoyage, détrempées de pulpe orange et filandreuse et de graines égarées qui s'écrasent sous nos coudes. Quatre citrouilles monstrueuses trônent devant nous comme des sentinelles boursouflées, le sommet décapité, les entrailles se déversant à l'extérieur. Toute la pièce sent l'automne.

Du rock classique s'échappe de l'enceinte Bluetooth de Luke, et le crépitement du feu dans le salon projette une lueur dorée sur les murs.

J'ai les bras enfoncés jusqu'aux coudes dans les entrailles froides et visqueuses de la citrouille, mes doigts dégoulinent tandis que j'arrache un autre morceau de chair filandreuse.

— C'est *dégueulasse*, je déclare en envoyant une

graine sur Arrow d'une pichenette. Elle rebondit sur son bras et y reste collée. Ha !

— Et pourtant, tu t'es portée volontaire, dit-il, imperturbable, en extrayant délicatement les graines comme s'il réalisait une greffe. — Essaie de ne pas contaminer mon travail, s'il te plaît.

— Tu *vides une citrouille*, tu ne construis pas un réacteur nucléaire.

Il renifle. — La précision est ce qui différencie l'art de… peu importe le désastre aux yeux triangulaires que tu t'apprêtes à créer.

— C'est méchant, je marmonne en essayant de m'essuyer la main sur un morceau de journal, pour ne faire que l'étaler davantage.

De l'autre côté de la table, Luke sourit, déjà plongé dans sa sculpture. Il a la même concentration intense que lorsqu'il répare un carburateur en panne, sauf que maintenant, elle est dirigée vers une pauvre courge sans défense. — Tu dois juste t'investir à fond dans ta vision, dit-il sans lever les yeux. — Les citrouilles peuvent sentir la peur.

— Ou peut-être que tu es juste trop compétitif, je dis.

Il hausse un sourcil sans interrompre sa sculpture. — La jalousie ne te va pas au teint, Mademoiselle-je-suis-incapable-de-sculpter-une-ligne-droite.

— Je te demande *pardon*…

— Concentre-toi, dit Holt, impassible. Il a déjà fini la moitié de sa propre sculpture, bien sûr. Probablement en train de dessiner à main levée un truc ridicule comme un crâne aux proportions parfaites. Ce type aiguise des couteaux pour s'amuser ; pour lui, c'est juste un préliminaire.

— Tu es drôlement suffisant pour quelqu'un qui a refusé de porter le T-shirt de citrouille assorti « Let's Get Smashed », je rétorque à Holt.

Sa bouche a un soubresaut. À peine. Mais je l'ai vu. — Il était orange.

— C'est pour Halloween.

— Je ne porte pas de orange.

— Tu en as porté la semaine dernière.

— C'était couleur rouille.

Arrow grogne comme s'il souffrait. — Je vous en *supplie*, concentrez-vous. Je ne peux pas me faire détrôner par le Picasso de la citrouille.

Je lui lance une graine de citrouille en plein front.

Luke se penche, ayant enfin terminé. — Tu fais une citrouille d'Halloween basique ? Ma belle. C'est comme sculpter un smiley sur une miche de pain.

— C'est *classique*, j'insiste.

Holt pose son couteau avec une tranquillité définitive. — Fini.

Je lève les yeux. — Déjà ? Quoi, tu as sculpté la Joconde ?

Il ne répond pas. Il se contente de se caler dans son siège avec ce sourire suffisant et secret qui dit que nous allons *tous* recevoir une leçon d'humilité.

Luke termine ensuite, laissant tomber son couteau comme s'il venait d'achever un plat digne d'un restaurant étoilé. — Contemplez, dit-il en faisant un geste théâtral. — Un chef-d'œuvre en trois dimensions.

Arrow est toujours penché sur sa citrouille, des

gants chirurgicaux aux mains. Le bout de sa langue sort légèrement au coin de sa bouche, le front plissé.

Je me penche vers lui. — Besoin d'une loupe, Docteur ?

Il ne cille même pas. — Certains d'entre nous croient au travail bien fait. Tu ne comprendrais pas.

— Oh, je *comprends*. Je sais juste que je vais gagner des points rien que sur le charme.

Il a un sourire en coin. — De ta citrouille ? Ou de ton petit sourire narquois ?

— Les deux, je dis en lui tirant la langue.

Le manoir semble différent ce soir. Pas comme la bête intimidante et résonnante qu'il était quand je suis arrivée, mais comme *notre* chez-nous. Une lumière chaude. Trop de rires. Des graines dans nos cheveux. Des manches de couteaux collants de citrouille. L'odeur de thé à la cannelle, de suie et de satisfaction.

C'est le bordel.

C'est parfait.

Et j'ai l'impression d'être à la maison.

Je me dépêche de terminer les dernières coupes sur la mienne, en essayant de faire des dents régulières. Elles ne le sont pas, mais elle a du caractère.

— OK, j'ai fini aussi, je dis en essuyant la pulpe de citrouille de mes mains sur mon jean.

Arrow fait une dernière coupe, enlève une graine de sa joue d'un geste sec et se penche en arrière. — Terminé.

Luke se frotte les mains. — Très bien. C'est l'heure de la présentation. Cindy, à toi l'honneur.

Je retourne ma citrouille avec une petite pirouette

fière. Le visage est de guingois, un œil plus grand que l'autre, et le sourire est tordu comme si elle avait bu quelques verres de trop.

— Elle est mignonne, dit Arrow en penchant la tête.

— Elle est bourrée, corrige Luke. — Ta citrouille est torchée.

— Elle est heureuse ! je proteste.

— Ivre de bonheur, confirme Holt.

Je lui lance une graine de citrouille collante sur le torse. — À ton tour, Monsieur le croque-mort.

Holt ne tressaille pas. Il se contente de tendre les bras, de faire pivoter sa citrouille à deux mains et de révéler sa création.

Et j'éclate de rire.

Il a sculpté un crâne détaillé dans la citrouille. Pas un dessin animé. Pas un truc idiot. Un véritable crâne, anatomiquement correct, avec des orbites creuses et des dents d'un réalisme troublant.

— OK, ça, c'est terrifiant, je dis en frissonnant de manière théâtrale.

— C'est le but. — Il a l'air suffisant.

Arrow enchaîne en posant sa citrouille. Il a sculpté un motif géométrique complexe, des triangles imbri-qués, des losanges acérés, des lignes entrecroisées qui scintillent là où la lumière les frappe.

— Crâneur, marmonne Luke en plissant les yeux pour mieux voir.

— C'est magnifique, je dis, sincèrement impression-née. — Comment as-tu fait ça ?

— Très prudemment. — Arrow sourit.

C'est au tour de Luke. Il attrape sa citrouille. Nous nous penchons tous.

Il me faut une seconde, et puis…

— Oh, mon Dieu.

Il a sculpté un doigt d'honneur parfait, douloureusement détaillé. Genre, avec les articulations des phalanges et tout. Anatomiquement correct, mais… tendu bien haut.

— Sérieusement ? dit Holt, un sourcil haussé.

— Quoi ? — Luke a l'air beaucoup trop fier de lui. — C'est de l'art.

— C'est puéril, marmonne Holt.

— C'est parfait, je dis à travers mes rires, en essuyant une larme sur ma joue. — Mère va voir ça et entrer en combustion spontanée.

— C'est le but, ajoute Luke avec suffisance.

Nous restons assis dans le calme, devant les citrouilles d'Halloween, entourés de morceaux d'écorce de citrouille, d'outils abandonnés et de bave de graines.

— On devrait les mettre dehors, dit Arrow en étirant ses bras au-dessus de sa tête. — Les aligner sur le porche.

— D'accord, déclare Holt. — Mais d'abord… on a une surprise.

Je cligne des yeux en les regardant. — Quel genre ?

Tous les trois sourient maintenant. Ce genre de sourire qui me dit que je vais avoir des ennuis. Le sourire malicieux du genre « on-a-préparé-un-coup ».

— Je devrais m'inquiéter ? je demande avec méfiance, en plissant les yeux.

Ils ne répondent pas, se contentant d'échanger des

regards comme s'ils prenaient un malin plaisir à faire durer le suspense.

Luke se lève le premier, époussetant son jean. — Il est temps de le découvrir. Reste ici. On revient tout de suite.

Ils montent tous les trois à l'étage, me laissant seule avec les citrouilles.

— C'est quelque chose que je devrais savoir ? je leur crie. — Je suis censée faire quelque chose ? Allô ?

Des rires résonnent depuis l'étage.

— Attends un peu ! me crie Arrow en retour.

Je les entends parler là-haut, rire aux éclats, et je sais que, quoi que ce soit, ça va être complètement dingue.

Les minutes passent. Encore des rires. Des bruits sourds. Un fracas suivi d'un « Je vais bien ! ».

— Qu'est-ce que vous fabriquez là-haut ? je crie.

— Tu verras bien ! me lance Luke.

Finalement, j'entends des pas dans l'escalier. Ils descendent tous les trois.

Ils apparaissent devant moi, vêtus de rien d'autre que de serviettes nouées autour de la taille. Torses nus, pieds nus.

— OK, on va se baigner ? je demande, complètement perplexe.

— Tu te souviens de la conversation qu'on a eue au petit-déjeuner l'autre jour ? — Le sourire de Luke est diabolique.

Je réfléchis et secoue la tête. — On a parlé de beaucoup de choses.

Ils se regardent tous, une communication silencieuse passant entre eux.

Puis, à l'unisson, ils laissent tomber leurs serviettes.

Je ne sais pas à quoi je m'attendais, mais ce n'était certainement pas à ça.

Arrow porte un string éléphant. Rose vif avec une longue trompe qui pend, agrémentée de petites défenses de chaque côté. Le visage de l'éléphant est positionné juste au niveau de son entrejambe, et la trompe bouge au gré de ses mouvements.

Luke porte un python. Des rayures vert fluo et noires s'enroulent en spirale, la tête du serpent stratégiquement placée avec la langue qui sort. Le corps s'enroule et la queue disparaît à l'arrière.

Et celui de Holt est un rhinocéros. Gris avec une énorme corne qui pointe vers l'avant, si réaliste et absurde à la fois. La corne est positionnée exactement là où on s'y attendrait, et il y a de petites oreilles de chaque côté.

— Oh, mon Dieu ! — Les mots jaillissent de ma bouche en même temps qu'un rire incontrôlable.

Ils sont juste là, debout, à me laisser admirer la scène, et je ne peux plus m'arrêter de rire. Des larmes coulent sur mon visage. J'ai mal au ventre.

Mais en même temps, je ne peux pas m'empêcher de les dévorer des yeux.

Les strings leur vont beaucoup trop bien. Après mes chaleurs, après avoir passé des jours avec eux, je sais exactement à quel point ils sont bien montés tous les trois. Et ces ridicules strings d'animaux ne font absolument rien pour cacher ce fait. Au contraire, ils le soulignent.

La trompe d'éléphant se balance. Le python a l'air

sur le point d'attaquer. La corne du rhinocéros est définitivement pointée sur moi.

— Vous êtes complètement fous, je parviens à dire
entre deux éclats de rire.

— On va jusqu'au bout du délire, dit Arrow en
commençant à se déhancher. La trompe de l'éléphant
s'agite dans tous les sens.

Luke se joint à lui, esquissant une sorte de mouvement de charmeur de serpents qui fait se tortiller le
python.

Holt reste simplement immobile, mais la corne du
rhinocéros dodeline de haut en bas tandis qu'il change
d'appui.

J'applaudis maintenant, pliée en deux de
rire. — C'est la meilleure chose que j'aie jamais vue !

Ils font une révérence, tous les trois, et les animaux
pendent et se balancent. Je vais mourir de rire.

Luke passe la main derrière le canapé et en sort un
paquet emballé. — À ton tour.

— Vous m'en avez pris un ? je demande en prenant le
paquet, soudain nerveuse.

— Évidemment, sourit Arrow. On ne va pas
s'amuser tout seuls.

— Va le mettre, dit Holt.

Ils me poussent tous vers les escaliers, et je serre le
paquet, à moitié excitée et à moitié terrifiée par ce qu'il
y a à l'intérieur.

J'arrive dans ma chambre et je déballe soigneusement le paquet.

C'est un costume de chat. Et j'utilise le mot *costume*
avec générosité, parce que ce truc a l'air d'avoir perdu

un combat contre une paire de ciseaux et du ruban adhésif double face.

Il y a un soutien-gorge, ou ce qui a pu en être un autrefois. Deux cercles de velours noir reliés par un bout de ficelle. Des oreilles de chat sur un serre-tête, une queue et de petits autocollants en forme de moustaches. Et le bas... eh bien, dire que c'est un bas est ambitieux. C'est en gros un string avec un unique triangle de tissu qui pourrait —*pourrait*— préserver ma dignité si je reste très immobile et que je prie.

Tout est noir. Tout est minuscule. Tout crie : « *Ça va mal finir... et aussi, possiblement, bruyamment.* »

Je brandis le string. — C'est de la folie.

Et pourtant, je suis déjà en train de me déshabiller. Parce qu'ils ont porté des strings d'animaux ridicules pour moi, alors la moindre des choses est de leur rendre la pareille avec un ronronnement.

J'enfile d'abord le bas, le tirant doucement en place, même s'il n'y a pas beaucoup de *place* avec laquelle travailler. La ficelle disparaît entre mes fesses comme si elle avait été conçue par un sadique. Le triangle de tissu sur le devant remonte haut, exposant une quantité dangereuse d'os de la hanche et de courbes. Un faux mouvement et je flashe quelqu'un. Puis j'attache la queue à l'arrière du string. Un long morceau noir.

Ensuite, les cache-tétons qui se font passer pour un soutien-gorge. J'ajuste les cercles de velours jusqu'à ce qu'ils soient parfaitement alignés.

Je me regarde dans le miroir. Et ouais.

— Oh, merde, je murmure.

Mais putain, qu'est-ce que ça rend *bien*.

D'une manière ou d'une autre, ma taille paraît plus fine. Mes jambes sont plus longues. Je hausse un sourcil à mon reflet, prenant la pose. — Qui est une vilaine minette ?

Mes joues s'empourprent et je souris.

OK. J'ai l'air d'être une source d'ennuis. Il est temps d'agir en conséquence.

Je m'enroule dans une serviette par pudeur, non pas que les garçons s'attendent à de la pudeur ce soir, et je descends, entendant déjà le grondement de leurs voix basses provenant du salon.

Au moment où j'atteins la dernière marche, leurs trois têtes se tournent brusquement vers moi.

Ils portent toujours ces foutus strings d'animaux. Le feu crépite derrière eux. Les citrouilles sur la table ricanent avec leurs visages sculptés.

Et, oh, oui. Tous les trois sont déjà en train... *d'être à la hauteur de la situation.*

J'ai un sourire en coin. — Faites attention avec ça, je dis en hochant la tête vers leurs situations très évidentes. Si vous crevez un œil à quelqu'un comme ça, on va avoir besoin d'une trousse de premiers secours.

— Montre-nous, gronde Luke, la voix rauque de désir.

Arrow siffle doucement. — Allez, minette. Laisse tomber la serviette.

Holt ne dit pas un mot. Il croise simplement les bras, le regard fixé sur moi comme s'il imaginait toutes les façons dont il allait me briser.

Je me retourne lentement, leur tournant le dos, m'assurant qu'ils aient la vue *complète*.

Puis je laisse tomber la serviette.

Le silence qui suit est *glorieux*.

J'entends une inspiration brusque. Quelqu'un marmonne une injure.

Je bouge légèrement les hanches pour leur offrir une meilleure vue. La ficelle du string disparaît entre mes fesses, ne laissant presque rien à l'imagination. Je cambre juste un peu le dos. Je jette un regard par-dessus mon épaule et ronronne : — Vous respirez encore ?

— À peine, dit Arrow en s'éventant avec un coussin.

La voix de Holt est un murmure rauque. — Retourne-toi.

Alors je le fais, lentement, leur laissant admirer le tableau complet, et je frétille de la queue.

Les minuscules cercles s'accrochent à peine à mes seins. Les lanières s'enfoncent dans ma peau, soulignant ma douceur. Le string est posé haut sur mes hanches, dévoilant tout le reste.

Luke reste bouche bée. — Tu ne peux pas porter ça et t'attendre à ce qu'on puisse fonctionner.

— On m'avait dit qu'il y aurait des citrouilles et des en-cas, je dis d'une voix douce, en marchant vers eux avec un peu plus de déhanchement. Personne n'a dit que je serais chassée par des animaux de la jungle. Miaou.

Arrow tend la main vers moi, les yeux vitreux. — Correction, chaton. C'est nous qui sommes chassés.

— Tant mieux, dis-je en m'arrêtant devant eux avec un sourire malicieux. Parce que cette minette mord.

Luke me prend dans ses bras comme s'il réclamait son prix, son étreinte possessive, prudente et forte. Les lèvres de Holt sont maintenant sur mon épaule, ses dents effleurant ma peau, tandis qu'Arrow nous suit comme un loup qui tourne en rond, ses yeux affamés et fixés sur moi comme si j'étais sa prochaine obsession.

Je suis portée jusqu'en haut des escaliers comme une sorte d'offrande décadente, le rire bouillonnant toujours dans ma poitrine, même si mon corps se contracte d'anticipation.

— Quelqu'un va tirer sur cette queue plus tard, murmure Holt, la voix chargée de promesses.

— Oh non ! je m'exclame d'un ton théâtral, en enroulant un bras autour du cou de Luke. Pas la queue. C'est ma seule arme d'autodéfense.

Une fois qu'ils me reposent sur mes pieds, je remue la queue et fais à Holt ma meilleure moue faussement boudeuse. — Cette minette a besoin de lait, je ronronne.

La main de Luke se resserre sur ma hanche. — Continue à parler comme ça, et tu auras plus que du lait.

Arrow renifle en secouant la tête. — Elle l'a pratiquement cherché.

— J'ai tout le lait que tu veux, dit Holt en tâtant sa corne de rhinocéros.

Je suis à nouveau essoufflée par l'excitation.

Holt me prend dans ses bras et m'allonge sur le lit, mais Arrow rampe déjà de l'autre côté, les paumes à plat tandis qu'il s'approche de moi. Luke se rapproche aussi.

Je suis encerclée.

Admirée.

Désirée.

— Tu n'as aucune idée de ce que tu viens de

commencer, dit Arrow alors qu'il s'agenouille à côté de moi, faisant glisser un doigt le long de la lanière de mon soutien-gorge-pastille. Ça peut à peine être considéré comme un vêtement.

J'ai un sourire narquois. — C'est l'hôpital qui se moque de la charité, l'homme-éléphant.

Il grogne et se penche pour mordiller ma gorge, et mon souffle se bloque.

Luke glisse une main sous la lanière à ma hanche. — Je pourrais casser cette ficelle d'une simple pensée.

— Alors ne pense pas, je chuchote.

Ses yeux brillent. — C'est une chose dangereuse à dire à un homme avec un python dans son pantalon.

— Tu dis ça comme si ce n'était pas en partie la raison pour laquelle j'ai mis ça.

Leur rire est bas, sombre, bestial.

Et puis ils bougent.

Des mains glissent le long de mes cuisses, sur mon ventre, partout à la fois. Mon minuscule costume est retiré morceau par morceau, le serre-tête jeté à l'autre bout de la pièce, un autocollant de moustache retiré de ma joue d'un coup de langue. Holt prend son temps avec les pastilles de soutien-gorge, son sexe effleurant un mamelon avant d'arracher complètement le tissu.

— Je ne crois pas que les chats ronronnent comme ça, marmonne-t-il, la voix étouffée contre ma peau.

— Si, quand on les caresse comme il faut, je réplique, puis je gémis quand Arrow me mordille la hanche.

La pièce sent le musc et quelque chose de distinctement *nous*. Chaud, sauvage, intime.

Ce n'est pas juste du sexe. Pas juste des taquineries.

C'est à nous.

Mon corps est électrisé comme un fil à haute tension. Chaque contact me fait cambrer. Chaque murmure me laisse gémissante. Je ris, je halète et je suffoque, tout ça dans le même souffle.

Et puis —

Ils s'arrêtent.

Juste une seconde. Assez longtemps pour que j'ouvre les yeux et que je les voie tous les trois me regarder.

— Ça va ? demande Luke, et j'entends la vraie question dans sa voix.

Est-ce que tu veux toujours ça ?

Est-ce que tu nous fais confiance ?

Es-tu à nous ?

— Oui, je murmure. Ça va tellement bien que ça devrait être illégal.

Et c'est tout ce qu'il faut.

Les taquineries ont disparu.

Le jeu, les costumes, les blagues, tout se fond en quelque chose de plus chaud, de plus brut. De *réel*.

Je suis mise à nu sous leurs mains et leurs bouches, et ils me vénèrent comme s'ils avaient attendu toute une vie.

Et peut-être que c'est le cas.

Parce que je réalise que quelque chose éclate dans ma poitrine comme un feu d'artifice.

Je n'ai plus peur.

Pas d'être trop. Pas de les aimer trop fort. Pas de cet avenir dans lequel nous trébuchons ensemble.

Je veux tout.

Le ridicule, le chaos, l'affection, les strings d'animaux, les jeux de mots, l'alchimie folle.

Je les veux *eux*.

Et je me veux *moi*, cette version de moi qu'ils font ressortir. Féroce, libre et riant au bord du gouffre.

Page 642

À PROPOS DE HARLEY KNIGHT

Bonjour, je suis Harley Knight ! Je suis une auteure de romans d'amour complètement passionnée par les livres, l'écriture et les fins heureuses. J'adore créer des histoires remplies d'émotion, de passion et de personnages inoubliables qui vous accompagnent bien après la dernière page. Quand je n'écris pas, vous me trouverez plongée dans un bon livre ou en train d'imaginer ma prochaine grande aventure. Pour moi, rien n'est plus beau que de façonner des histoires d'amour qui nous rappellent pourquoi l'amour vaut la peine qu'on se batte pour lui.